国家社科基金重大项目（19ZDA295）阶段性成果
Anthology of East Asian Sinitic Poetry
东亚汉诗丛选 | 严明　主编

日本
汉诗选 全二册（上）

Anthology of Japanese
Sinitic Poetry

严明　史可欣　编选

江西教育出版社
JIANGXI EDUCATION PUBLISHING HOUSE
·南昌·

赣版权登字-02-2023-140

图书在版编目（CIP）数据

日本汉诗选：全二册 / 严明, 史可欣编选. —— 南昌：江西教育出版社，2023.12

（东亚汉诗丛选 / 严明主编）

ISBN 978-7-5705-3557-6

Ⅰ. ①日… Ⅱ. ①严… ②史… Ⅲ. ①汉诗－诗集－日本 Ⅳ. ①I333.22

中国版本图书馆CIP数据核字（2022）第253612号

日本汉诗选：全二册
RIBEN HANSHI XUAN ：QUAN ER CE

严 明 史可欣 编选

江西教育出版社出版
（南昌市学府大道299号 邮编：330038）

各地新华书店经销
湖北金港彩印有限公司印刷
889毫米×1194毫米 32开本 26.75印张 580千字
2023年12月第1版 2023年12月第1次印刷

ISBN 978-7-5705-3557-6
定价：145.00元（全二册）

赣教版图书如有印装质量问题，请向我社调换 电话：0791-86710427
总编室电话：0791-86705643 编辑部电话：0791-86705903
投稿邮箱：JXJYCBS@163.com 网址：http://www.jxeph.com

总序

　　汉诗词创作源于中国，传播并流行于东亚各国，因此东亚汉诗词是源自中国的诗歌形式，同时也是属于东亚各国的传统诗歌形式。汉诗词在东亚诗歌史上长期发挥着不可或缺的作用，成为东亚各国文学史的发展基石及其社会文化的重要组成部分。本丛书所选汉诗词，即东亚各国诗人用汉语创作并遵从汉诗词格律用韵的诗词作品。其中包含古代中国周边的朝鲜、日本、琉球（今冲绳）、安南（今越南）等国诗人的佳作，但不含北方的渤海国，东南亚的缅甸、暹罗等国的汉诗词作品，因其存量极少，相关文献散佚殆尽。从东亚史的视野看，东亚汉诗词的概念既囊括了地理的因素，又代表了历史的真实存在，更具有汉字文化传播的价值。

　　东亚各国汉诗词创作的起讫时间有别。本丛书所取时间范围，上自公元前（朝鲜津卒妻丽玉所作《箜篌引》），下至20世纪中叶（第二次世界大战期间的日本汉诗）。东亚各国汉诗词在长期发展过程中逐渐融入本土因素，形成独特的表现内容及诗作特色，成为东亚文学传统的重要组成部分。据不完全统计，古代朝鲜汉诗总集存约 40 部，汉诗别集超过 1000 部，诗人约 5000 人（有些人的诗作不传，或可能只有 1 首或几首保存），总存诗约 25 万首。古代日本汉诗文集仅据日籍《汉诗文图书目录》记载，从汉诗发轫的奈良时代至汉诗衰替的明治时代，先后问世的汉诗总集与别集达 769 种，计 2339 册，保守估计日本汉诗存量约 20 万首。琉球王国汉诗文集留存约 30 余种，汉诗人 100 余人，存诗约 4000 首。古代越南汉诗文集留存 620 余种，汉诗人 1000 余人，存诗约 5 万首。合计东亚汉诗总集、别集存留 3000 种以上，汉诗人 1 万人以上，存诗则在 50 万首以上。本丛书各分册所含，就是从上述丰沃土壤及丰富的文学遗产中细勘精选出来的佳作，旨在展示东亚各国汉诗词的主要风貌及艺术精华。

东亚各国社会有着关联紧密的传统文化根基，涉及儒学、佛教、官制等重要因素。汉诗词作为古代东亚各国共同的文学形式长期存在，对各国本土诗歌乃至各种文体的艺术创作影响巨大，而东亚各国汉诗人唱酬交往，艺术表现精彩纷呈，成就斐然，至今美誉不减。然而一个多世纪以来的欧风美雨，摧残着延续千年的东亚文化命脉，东亚汉诗词创作式微早成定局，无可奈何花落去，这种历史宿命是令人遗憾的。与之相关的是，对东亚汉诗词的关注和研究虽早已有之，迄今却还没有一部完整的"东亚汉诗史"问世，也没有一套完整的东亚汉诗词选本出版，这对今日想了解东亚各国汉诗发展历史及其艺术价值的读者来说，无疑是一个很大的遗憾。本丛书的编撰，就是想尽早尽力弥补这一历史缺憾，通过东亚诗词精选的方式，回顾东亚文化共同体的辉煌历程，展现东亚汉诗词佳作丰富多彩的文学成就以及出神入化的艺术境界。

东亚各国汉诗词创作兴盛达千年以上，长期占据各国文坛主流地位。在东亚各国，能够吟诗填词象征着高雅的修养和尊贵的身份。汉诗词的兴盛发展成为促进东亚各国本土歌调发展的重要因素，也成为本土文学艺术乃至社会文化传统的重要组成部分，其巨大的魅力和重要的作用，有很多是今人难以想象的。这种跨语言、跨国度、跨文化、跨时代的诗歌吟诵，在世界文学史上极为罕见，意义重大，弥足珍贵，其发展规律至今依然值得东亚学界探讨总结。

迄今为止，对东亚汉诗词的研究历程，大致可分为古代、近世及近代三个阶段。

第一阶段是古代，大致到 14 世纪末为止。汉诗来自中国，其渊源可追溯到 2500 多年前的周王朝，但其形式格律的定型还是在距今约 1500 年前的南朝到初唐时期。汉诗从中国向邻近国家地区的传播，史籍早有记载，但是东亚大规模的汉诗传播还是在盛唐之后。宋元时代通过各种方式向东亚邻国输出的汉籍数量剧增，其中有不少汉诗总集、别集，还包括各类诗话。中国对东亚各国汉诗创作情况很早就有记载，比如《汉书》就有对新罗汉诗的记载及评价。这一阶段东亚各国对汉诗的认知及写作，大体上围绕着接受中国诗歌经典而展开，基本上是心悦诚服地模仿和学习。

第二阶段是从 15 世纪到 19 世纪的东亚近世（在中国是明清时期），这是东亚汉诗词创作繁荣的黄金期。其中包括朝鲜的李氏王朝（1392—1910），日本的室町、江户时代（1336—1867），琉球王国（1429—1879），越南的后黎朝、阮朝（1428—1884）。这一时期东亚汉诗创作的时空环境变化、本土意识觉醒及本国文字的创立，影响着各国汉诗人对中国诗学传统作出不同的解读和创新，因此出现了流派纷呈、各具特色的东亚汉诗创作。在此过程中逐渐也产生出本土诗史的意识，比如江户明和八年（1771），就诞生了日本第一部具有诗史性质的诗话著作——江村北海的《日本诗史》。近世以来，东亚各国中的有识之士不断提出把官方奉若经典的汉诗文进行本土化改造的主张。比如15世纪的朝鲜李朝学者徐居正就指出："我东方之文，非宋元之文，亦非汉唐之文，而乃我国之文也，宜与历代之文并行于天地间，胡可泯焉而无传也哉？"（《东文选序》）这种对汉诗进行本民族化改造的努力，使得近世东亚各国都出现过独具特色的汉诗史观。其中较为突出的是日本江户时代后期的赖山阳，他的汉诗创作及诗论主张，都堪称近世东亚汉诗史中的佼佼者。将其与同时代的中国清朝、朝鲜李朝以及越南阮朝的诗人进行比较，可以发现其诗学观既是中国诗歌经典的延续，更是一种日本式的变异和发展，辨析其意可从多方面充实和拓展对中国诗学以及汉诗创作的研究。这样的比较，无论对中国诗歌还是对东亚汉诗研究，都是饶有意味和富有创意的。近世东亚各国汉诗人的交流愈加频繁，汉诗创作也有从贵族官府向市井民间扩散的趋势。清末光绪年间，俞樾编撰《东瀛诗选》，几乎把日本江户时代的汉诗佳作囊括殆尽，在中、日两国出版后引起很大的反响，成为东亚汉诗交流史上的一段佳话。

第三阶段是19世纪中叶以后的东亚近代，这是东亚汉诗词的巨变及衰落期。随着清朝的衰败和西方列强势力的侵入扩张，作为亚洲汉字文化圈中文化交流主要载体的汉诗词创作整体趋向萧条。不仅日、韩、越的文学研究者低估汉诗词的价值，中国古典文学研究界对朝鲜、日本、琉球、越南的汉诗词也长期忽视。这一现象在近三十年来逐步得到了改变。随着中国和东亚的崛起，越来越多的学者认识到，东亚汉诗具有各国本民族文学的特性和价值，更有学者超越本国汉诗的视野，重视从东亚文化交流与接受的角度拓展东亚汉诗词研究。比如日本成立了"和汉比较文学会"和"中国学研究会"，韩国有"东方汉文学会"。中国对域外汉诗的研究近年来也出现了一批具有开创性意义的研究机构和丰硕成果，比如北京大学、南京大学、延边大学、天津师范大学、浙江大学、吉林大学、南开大学、上海师范大学等高校都建立了相关研究机构，编撰出版的书目资料和论文集更是体量庞大、精彩纷呈。

总之，东亚各国对汉诗词的受容认知，经历了从全盘接受到改造创新的历程。从东亚各国诗人的创作初衷来看，汉诗词确实可视为"慕华"之风习在他们文学生活中的精彩体现。但从东亚汉诗词史角度看，东亚汉诗词创作并不能简单视为对中国诗歌的移植，而是在"中国化"的外表下呈现出其本国之心（特质）。近年来，东亚各国学者开始关注中国诗歌与东亚汉诗词的细节比较，并借此阐发汉诗词作为一种文学韵语形式，在东亚各国历史背景下所呈现出的特定社会文化蕴意。譬如就意象而言，有汉诗中常见的"潇湘八景"意象、"骑驴"意象、"杨柳"意象；就题材而言，有"士妓恋情"题材、"征夫怨妇"题材、"游仙"题材等：这些都不同程度地在东亚各国汉诗词中得到受容改编。作为"技"的汉诗，被纳入到作为"道"的形态各异的各国文学创作中，经过长期交汇，熔铸成辉煌的东亚汉诗词共同体文化，足以在世界诗歌的百花园中自成格局，争奇斗艳。

斗转星移，风云变幻。进入 21 世纪，对东亚汉诗词进行整体研究及相关学科建设正逢其时。在经历了古代（恪守传统方式）、近世（汉诗词创作全面繁盛）、近代（日本主导的）三个阶段之后，当代对东亚汉诗词的研究终究回归到了中国倡导的东亚文化共同体基调，这是东亚汉诗词研究的大势所趋，中国学者主导其役责无旁贷。在此背景下本丛书的策划选编，旨在展现东亚汉诗词的多姿多彩的历史风貌，探寻东亚文心，延续文化命脉，为复兴东亚文化共同体而添砖加瓦，奉献绵薄之力。

本丛书依托国家社会科学基金重大项目"东亚汉诗史（多卷本）"，由首席专家严明倡导规划，课题组成员参与其役，各司其责，共襄盛举。从策划到选编定稿，历时近两年。我们衰集东亚各国汉诗词文献，精选佳作，探索东亚汉诗词史的发展脉络，使得"东亚汉诗丛选"丛书得以顺利完稿，期待它能弥补空白，并成为重大项目研究成果的组成部分。本丛书各分册及主持者分别为：严明《日本汉诗选》、韩东《朝鲜汉诗选》、吴留营《琉球汉诗选》、严艳《越南汉诗选》、闵定庆《东亚词选》。江西教育出版社陈骥主任及樊令、方超等编辑，在本丛书编辑出版过程中出谋划策，付出了巨大的艰辛和努力，在此致以诚挚的感谢！

晓风残月，东方既白；吾辈前行，不遗余力。是为序。

严明

2021 年 11 月 30 日 于沪上汪洋斋

前言

　　中国对日本汉诗的记载及编选有悠久的历史，明代彭孙贻编《明诗钞》、曹学佺编《石仓历代诗选》，都曾收录流放至云南大理的日本僧人天祥、机先和大用的汉诗。明代郑舜功《日本一鉴》，王士骐《皇明驭倭录》，严从简《殊域周咨录》，李言恭、郝杰《日本考》，侯继高《日本风土记》等，也收录了日本汉诗。明末清初两大诗选（钱谦益《列朝诗集》、朱彝尊《明诗综》）都选录了日本汉诗佳作。逮至清道光年间，翁广平撰写日本研究著作《吾妻镜补》，并在其《艺文志》中收录了113首日本汉诗。

　　日本在19世纪之前也有本国汉诗研究，如江户前期学者江村北海（1713—1788）于1771年完成《日本诗史》，全书以时代为序，地域为别，按诗人身份地位分类，纵横统摄，自成一体，简要叙述了日本自白凤中（673）至江户初的庆长末（1614）的汉诗创作历史。江户时代还出现了大量日本诗话与汉诗选集，这些文献资料成为日本汉诗研究的基础。

整体而言，对日本汉诗选编及研究的历程，大致可分为 19 世纪、20 世纪以及 21 世纪三个阶段。

一、19 世纪

此阶段日本汉诗研究成果多为汉诗选集，且集中于 19 世纪后期。陈鸿诰《日本同人诗选》（1883 年）和俞樾《东瀛诗选》（1883 年），究竟哪一部为中国人编日本汉诗集之滥觞，目前学术界尚有不同意见。《东瀛诗选》正编 40 卷，补编 4 卷，收录日本历代诗家 548 人，作品 5297 首，为迄今国人所编规模最大的日本汉诗集。正编始自江户时代林罗山，终于明治时期闺秀诗人大崎荣。俞樾后为其中 150 人撰简介，并将之裒为一集，名之《东瀛诗纪》，收入《春在堂全书》。补编除大友皇子外，其余皆为江户和明治时代的诗人。《日本同人诗选》共有 4 卷，该书专收日本友人诗什，间载未曾谋面者诗作，共收录 62 家日本诗人古今体诗 599 首，其中与陈氏唱酬诗达 71 首。全书以人系诗，外加眉批点评，为陈氏赴日交流的产物。陈选在卷次及编者名声上自然不能与俞选相颉颃，但也有独到之处。如俞樾选本，各家有小传而无评语，而陈选则不附小传多有评语。又如俞选虽亦参考了明治时期的汉诗集，但陈氏因客寓东瀛，与明治汉诗名家过往甚密，所选明治汉诗比俞选要多且新。

1877 年，清廷选派使节驻扎东京，自此以后，以公使馆为据点，中日间开展了频繁的文化交流活动。第二届、第四届清国公使黎庶昌更是身体力行，品评汉诗文，作序题跋，笔谈切磋，积极推行文化外交活动，使中日两国的交流达到了空前盛况。这时期中国人选编的日本汉诗集，虽然在起步伊始数量不多，但水准颇高：《日本同人诗选》材料较新，反映了日本文坛和中日学术交流的最新成果；《东瀛诗选》更是体例完整，视野开阔，气势恢宏，为日本汉诗集经典名著。可以想象假以时日，更多中国学者诗人将会编集出更多更全更好的日本汉诗集，但是甲午战火中断了开局良好的中日汉诗交流。

与之相对的日本方面，这一时期汉诗创作仍有生命力，各家汉诗别集陆续出版，如大沼枕山《枕山诗钞》（刊静嘉堂文库藏本，1859—1867 年），大洼诗佛《诗圣堂诗集》（文会堂等刊本，1809 年），等等。此外还陆续出版了汉诗选集，如稻毛屋山《采风集》（三都书林刊本，1808 年），新井白石《木门十四家诗集》（安中造士馆刊本，1856 年），水上珍亮《日本闺媛吟藻》（奎文堂刊本，1880 年）。除了诗选外，还有零星的诗学理论著作出版，如赤泽一堂《诗律》（菱屋孙兵卫刊本，1833 年），津阪东阳《杜律详解》（关西图书株式会社，1897 年），等等。

二、20 世纪

进入 20 世纪，尤其是 20 世纪 80 年代后，中日两国学者越来越意识到日本汉诗的重要性，开始超越本国汉诗的研究视野，从中日文化交流的视角拓展日本汉诗研究。相较于 19 世纪，20 世纪中日两国的日本汉诗史研究有着质的飞跃，不再局限于资料保存和版本整理，在汉诗史研究、中国文学影响研究、中日诗学比较研究等方面取得了重要成果，可以说是日本汉诗选及研究的快速发展期，具体表现为以下方面。

其一，大型总集的出版。

在日本汉诗别集与总集的保存与出版方面，日本学者有着得天独厚的优势。20 世纪 80 年代之前，主要有池田四郎次郎编《日本诗话丛书》十卷（1921 年，日本文会堂书店），汇聚了日本诗话的基本资料，计 64 种，是目前出版的唯一一部日本诗话总集。但实际上《日本诗话丛书》所收日本诗话为 59 种，包括狭义诗话 38 种，广义诗话 21 种，和文诗话 29 种，汉文诗话 30 种。此外，还有长泽规矩也编《和刻本汉诗集成》（全 30 辑，汲古书院，1974—1979 年），山岸德平校注《五山文学集·江户汉诗集》（岩波书店，1966 年），玉村竹二编《五山文学新集》（全六册，东京大学出版社，1971 年），上村观光编《五山文学全集》（思文阁，1973 年），等等。

20 世纪 80 年代后，日本汉诗文献最大规模的整理出版，莫过于富士川英郎等人编纂、汲古书院出版的日本历代汉诗影印集。富士川英郎等人经过多年的文献考证和版本收集，于 1983 年至 1990 年编成《诗集·日本汉诗》20 卷和《词华集·日本汉诗》11 卷，每卷卷首附以对所收录的诗人或诗集的解说，以及对原著版本保存情况的介绍。《词华集》收录了平安时代至明治初年的部分汉诗总集作品，其中包括一些此前未曾刊印过的诗集，如内阁文库秘藏市川宽斋手写本《日本诗纪》，友野霞舟未刊行的《熙朝诗荟》，等等。《诗集》收录从江户初期至明治大正时代 79 人的汉诗人别集。此外，富士川英郎等人还编纂了《纪行日本汉诗》（共四卷，汲古书院，1991—1993 年）。

其二，日本汉诗选集的刊行。

20世纪的日本汉诗选集刊行，中国和日本都出现很多，堪称繁荣。

中国方面，20世纪80年代以前，共出现三部诗选，分别是齐燮元编《日本汉诗选录》（1925年序刊），王长春编《和诗选》7卷（上海华中印书局，1942年刊印）以及《和诗百绝》（1942年出版）。《日本汉诗选录》分体编纂，无作者小传和注释，上起大友皇子，中经菅原道真，下迄副岛种臣、小野长愿，收录五绝9首、七绝122首、五律8首、七律20首、五古3首、七古5首，凡167首作品。《和诗选》与齐选一样，无作者小传和注释，分体编纂，7卷依次收录七律235首、七绝369首、五律76首、五绝115首、七古41首、五古18首、五言排律13首，凡867首，其中包括菅原道真、西乡隆盛、竹添进一郎、小田切万寿之助等人诗作。《和诗百绝》系仿江户时期汉文学家津阪孝绰的《唐诗百绝》而成。全书无前言后记、作者小传和注释，收录西乡隆盛、释月性等百名诗人绝句100首，入选诗作以言志者为多。

20世纪80年代以后至20世纪末，中国学者在日本汉诗选编选方面硕果累累。主要有：黄新铭选注《日本历代名家七绝百首注》（书目文献出版社，1984年），全书由作者简介、作品和赏析三部分构成，每首诗注明用韵情况，收空海、嵯峨天皇、菅原道真、吉川幸次郎、猪口笃志、石川忠久等76人的绝句124首。编者与日本当代著名中国学家小川环树、一海知义、猪口笃志、石川忠久等多有交往，该书的编撰也得到他们的热心支持，并由小川环树题字、猪口笃志作序。张步云辑注《唐代中日往来诗辑注》（陕西人民出版社，1984 年），该书以人系诗，计收作家 79 人，唐代中日往来诗 129 首。其中中国作家 56 人，诗 66 首；日本作家 23 人，诗 63 首。全书由作者简介、作品、评点和注释组成，每首诗注明出典。刘砚、马沁选编《日本汉诗新编》（安徽文艺出版社，1985 年），该书在体例上因诗系人，以人系传，皆一时之选，并施有注释。作品分王朝时代、五山时代、江户时代和明治以后，上起大友皇子的《侍宴》、文武天皇的《咏月》，下至铃木虎雄（豹轩）的《无题》、河上肇的《拟辞世》等，共收 147 名诗人的 229 首作品。程千帆、孙望选评《日本汉诗选评》（江苏古籍出版社，1988 年），全书上起刀利宣令、藤原宇合，下迄久保得二（天随）、服部辙（担风）、森茂（沧浪）等近人的作品，凡 200 人，作品 413 首，由作者简介、作品、评点（闲堂曰、蜗叟曰）和注释组成。该书最大的亮点，在于两位耆老对日本汉诗的评说上，其中对日本汉诗与中国古诗的比较富有启发性，不但有助于我国的读者了解日本汉诗，而且也大为彼邦人士所重。孙东临、李中华编著《中日交往汉诗选注》（春风文艺出版社，1988 年），收中国历代诗家 108 人，诗篇 170 首；日本历代诗家 105 人，诗篇 183 首。《日本汉诗撷英》（外语教学与研究出版社，1995 年），由王福祥、汪玉林、吴汉樱编，析为皇室诗人（29 人）、僧侣诗人（43 人）和士庶诗人（207 人），共收 279 名诗人的 1451 首汉诗，全书附有《编者的话》《日本汉诗概述》《日本汉诗的诗体》《日本汉诗的诗韵》《日本汉诗的平仄格律》，卷末列有参考书目，并附有《日本古今国县名称对照表》《历代天皇在位年表》。另外，还有王元明、增田朋洲主编《中日友好千家诗》(学林出版社，1993年)，马歌东选注《日本汉诗三百首》(世界图书出版西安公司，1994年)，黄铁城、张明诚、赵鹤龄编注《中日诗谊》(陕西人民出版社，1995年)，等等。其中名气最大的要数程千帆、孙望的《日本汉诗选评》。

日本方面，20世纪80年代以前主要有结城蓄堂编撰《和汉名诗钞》(文会堂书店，1909年)，结城蓄堂编撰《续和汉名诗钞》(文会堂书店，1909年)，雅文会编《大正诗文》(雅文会，1915—1927年)，山口准《日本名诗选精讲》(金铃社，1943年)，猪口笃志《日本汉诗》(明治书院，1972年)。猪口笃志《日本汉诗》收录作品范围涵盖到战后初期，如土屋久泰的《原爆行》和盐谷温的《埃及怀古》等作品。

20世纪80年代后到20世纪末主要有神田喜一郎选编《明治汉诗文集》(筑摩书房，1983年)，小岛宪之编《王朝汉诗选》(岩波书店，1987年)，日野龙夫、德田武、揖斐高编纂《江户诗人选集》(共10卷，岩波书店，1990—1993年)，福岛理子注《江户汉诗选3》(岩波书店，1995年)，坂田新注《江户汉诗选4》(岩波书店，1995年)，末木文美士、堀川贵司注《江户汉诗选5》(岩波书店，1996年)。其中影响比较大的有神田喜一郎选编《明治汉诗文集》，日野龙夫、德田武、揖斐高编纂《江户诗人选集》(共10卷)以及富士川英郎等编《日本汉诗人选集》(既刊13卷)。一海知义、德田武《江户汉诗选》(岩波书店，1995—1996年)，将诗人身份分类成册，选取其各自的代表作。猪口笃志在 1996 年重新编写《日本汉诗》，选取各个时代诗人的代表作，并对每首诗都加以详细的分析解说。

其三，日本汉诗史研究。

20 世纪，日本汉诗史方面的研究，中国只有一部相关专著，即肖瑞峰《日本汉诗发展史（第一卷）》（吉林大学出版社，1992 年）。这是国内第一部对日本汉诗史进行全面深入论述的学术专著，出版后受到高度评价。日本著名学者山口博教授在序言中肯定该书"体大思精"，并指出作者的"划时代的业绩，今后不仅会给中日两国的研究者以很大影响，而且也是对中日两国人民的友好与文化交流事业的杰出贡献"。日本方面也只有一部菅谷军次郎《日本汉诗史》（大东出版社，1941 年）。此书从奈良时代以前一直论到明治时期，每一时期都分章撰写，详细论述每时期汉诗的特点。

直到今天，中日两国也都各自只有一部"日本汉诗史"著作。但 20 世纪的日本学者撰写过大量"日本汉文学史"和"日本文学史"，在这些著作里都论及日本汉诗，为日本汉诗史研究提供了重要资料。在通史方面有芳贺矢一《日本汉文学史》（富山房，1928 年），这是日本第一部"日本汉文学史"，此书除总论外，分上古、中古、近古、近世四章，写到江户时期为止。写法较为粗疏，简单介绍不同时期的诗人及汉诗作品，有的例诗不标出处。

冈田正之《日本汉文学史》（东京共立社，1929 年），1954 年又由东京吉川弘文馆出版增订版。该书在"序说"以外，分

"朝绅文学时代""缁流文学时代"二编，每编又分四期，到五山时期结束。虽然论述比芳贺氏要详细，但诗史不全，漏掉了日本汉诗发展的黄金时代——江户时代。山岸德平的《日本汉文学史（一）》（载共立社《汉文学讲座》第二卷内，1931年），仅发表"序说"及启蒙时代开头一卷，和日本汉诗史关联不大。小野机太郎《日本汉文学史》（岩波书店，1932年），只写到五山时期，极为简略。户田浩晓《日本汉文学通史》（武藏野书院，1957年）是第一部由著者本人在生前出版而且又比较完整的日本汉文学史，从大和时代一直到大正时期。书中附有较多的例诗以及对例诗的解释和评赏，还附了不少书影和插图，对引导一般读者了解汉文学很有帮助。这之后还出现了神田喜一郎《日本の汉文学》（岩波书店，1959年）、市古贞次《日本文学史概说》（秀英出版社，1959年）、市川本太郎《日本汉文学史概说》（东洋学术研究会，1969年）、山岸德平《日本汉文学史论考》（岩波书店，1974年）、猪口笃志《日本汉文学史》（角川书店，1984年）等日本汉文学通史。其中猪口笃志的《日本汉文学史》是时间线最长（从古代一直到昭和年代）、涉及诗人最多、引用汉诗最多的一部，也是水平较高的一部。

除了通史以外，日本还出过几部断代汉文学史、专题著作，如北村泽吉《五山文学史稿》（富山房，1941年）、柿村重松《上代日本汉文学史》（1947年）、川口久雄《平安朝汉文学の研究》（明治书院，1959年）、玉村竹二《五山文学》（至文堂，1961年）、富士川英郎《江户后期の诗人たち》（筑摩书房，1973年）、金原理《平安朝汉诗文の研究》（九州大学出版会，1981 年）、中村幸彦编《近世の汉诗》（岩波书店，1986 年）、山德岸平《近世汉文学史》（汲古书院，1987 年）等。

其四，日本汉诗与中国文学的渊源研究。

中国学界在 20 世纪 80 年代后对日本汉诗的关注与日俱增。以严绍璗、肖瑞峰、马歌东、王晓平等为代表的学者发表了一系列探索日本汉诗的论文，加深了中国学界对日本汉诗的兴趣和了解。在日本汉诗与中国文学渊源研究方面，中国学者最感兴趣的还是中国文学对日本汉诗的影响研究。

日本学者和中国学者有所不同，他们一般不从中国文学影响角度来探讨日本汉诗，而经常采取平行讨论的方法，既论述了二者之间的关系也突出日本汉诗的独特性，这一差异是日本学者和中国学者不同的研究心态决定的。

大庭修《江户时代における中国文化受容の研究》（又名《江户时代的日中秘话》，同朋舍，1984 年）是以"受容"为题的著作，但大庭修主要围绕江户时代东传典籍和历史制度等方面，其中也涉及一些日本汉诗集，极少论述汉诗。小岛宪之《上代日本文学と中国文学——出典论を中心とする比较文学的考察》是一部研究日本文学和中国文学关系的经典之作，分为三卷，主要讨论《古事记》《日本书纪》《万叶集》《怀风藻》等日本古典作品中引用或化用中国文学的部分，包括诗句、人名、典故、书籍等。小岛还在每卷书后用索引的方式列出本卷所有引用的关键词，方便读者查阅，对研究日本汉诗的中国文学渊源有着切实的帮助。铃木修次《中国文学と日本文学》提出了日本文学的主要特点，并且深入讨论了一些诗学上的重要话题。松下忠《江户时代的诗风诗论——兼论明清三大诗论及其影响》以明清"性灵说""格调说""神韵说"三大诗学理论为纲，系统讨论江户时期汉诗人的诗学理论和汉诗创作。松下忠在将日本江户诗坛与明清诗坛比较的同时，又具体分析了江户诗坛的诗风和诗论。还有丸山清子著、申非译《〈源氏物语〉与〈白氏文集〉》（国际文化出版公司，1985年），松浦友久《"万葉集"という名の双関語（かけことば）——日中詩学ノート》（大修馆书店，1995年），等等。这些著作都显示出较高的学术水准，考证扎实，研究细致严谨，绝少臆说空谈。

三、21世纪

进入21世纪以来，中国学者的研究领域更为开阔，研究工作也更加深入细致，研究成果佳作较多。相对而言，日本方面的发展则较为缓慢，其研究主要还是在汉诗文献的考证和发掘上面。

涉及日本汉诗史的研究论著，中国有高文汉《日本近代汉文学》（宁夏人民出版社，2005年），蔡毅《日本汉诗论稿》（中华书局，2007年），张龙妹、曲莉《日本文学》（高等教育出版社，2008年），毛翰《中国周边国家汉诗概览》（线装书局，2008年），陈福康《日本汉文学史》（上海外语教育出版社，2011年），严明《近世东亚汉诗流变》（凤凰出版社，2018年），等等。

二十年来，中国的日本汉诗研究主要分为两大类：一是专注于日本汉诗本土研究，包括日本汉诗理论、诗人、诗集等；二是日本汉诗对中国文学的接受研究，包括传播、影响、比较等方面。

本时期有关日本汉诗的论文大约在 400 篇左右，和上述研究专著一起构成了国内日本汉诗研究的兴盛局面。

　　总体而言，进入 21 世纪以来，日本学界的汉诗研究成果主要还是在文献整理和资料发掘方面，如补遗、索引和诗选等。后藤昭雄编《日本诗纪拾遗》（吉川弘文馆，2000 年），利用一些新发现资料对江户时期市河宽斋《日本诗纪》进行补遗。佐藤道生利用三河凤来寺所藏藤原师英抄本，重新校注了《和汉朗咏集》，其著作《和汉朗咏集·新撰朗咏集》（明治书院，2011 年）代表了该领域研究的最新高度。日本汉诗文献刊印还有《覆刻日本古典全集》（现代思潮新社，2007 年）。关于诗人介绍方面有今关天彭著、揖斐高编《江户诗人评传集》（平凡社，2005 年）。在诗选方面有池泽一郎《江户时代田园汉诗选》（农山渔村文化协会，2002 年），菅野礼行、德田武校注《日本汉诗集》（小学馆，2002 年），石川忠久编著《大正天皇汉诗集》（大修馆书店，2014 年）。还有各种工具书及文献索引，如高岛要《东瀛诗选本文与总索引》（勉诚出版，2007 年)《日本诗纪本文与总索引》（勉诚出版，2003 年）、长泽规矩也《和刻本汉籍分类目录补正》（增补补正版，汲古书院，2006 年）。平安朝汉文学研究会所编辑《平安朝汉文学综合索引》，制作索引的同时，将诗题、人名、地名、神佛名、官职名等相关信息和文献一并整合，非常方便查询使用。中国近年来推出王强主编《日本汉诗文集》（凤凰出版社，2018 年)，王焱主编《日本汉文学百家集》（北京燕山出版社，2019 年），赵季、叶言材、刘畅辑校《日本汉诗话集成》（中华书局，2019

年），石立善、林振岳、刘斯伦主编《日本汉诗文集丛刊》（上海社会科学院出版社，2020年）等文献巨作，彰显出引领东亚汉诗文研究新发展的强劲势头。

综上所论，从事日本汉诗的选编与研究，对研究者的中日古典文学素养都有较高要求。近年来学界对日本汉诗的关注增加，在东亚汉诗范畴，日本汉诗虽非最早，却可谓后起之秀，其诗作内涵之丰富、特色之鲜明、成就之显著，皆堪称东亚翘楚。由于时代的原因，如今中日两国的年轻读者，对日本汉诗的发展历史缺乏整体了解，也很少有机会阅读内容极为丰富精彩的日本汉诗，这对于今日构建东亚命运共同体而言，是一个不小的障碍和遗憾。有鉴于此，本课题组从日本历代大量汉诗别集、总集及古今各种选本、报刊中，精心选取了2000余首汉诗，涉及历代日本汉诗人600余人，诗作内容、体裁、特征、成就诸多方面都具有代表性。选诗的时间跨度涵盖整个日本汉诗史，所选诗人从现存诗作最早的大友皇子（648—672），到第二次世界大战前出生的汉诗人石川忠久（1932—2022）。

本诗选策划及王朝时期汉诗选编由严明负责，镰仓室町时期由黄思佳负责，江户时期由马双博、刘丝云负责，近代部分由史可欣负责。曾琪、但白瑾、丁震寰、裘江、李准、沈儒康参与了江户汉诗选编的部分工作。窥一斑而知全豹，尝一脔而知一鼎之味，此为本诗选初衷。读者由此入境，必能探骊得珠，明东亚史，开东亚眼，得真愉悦，享大自在。

凡例

一、本书按时间顺序，依照日本历史王朝时期（含飞鸟、奈良、平安时期）、镰仓室町时期（附安土桃山时期）、江户时期、近代时期（至 1945 年 8 月二战结束），共分为四个部分。

二、本书的辑录文献，参考历代日本汉诗的总集与别集、各种选本、日本汉文学史著作、历代诗话及笔记以及相关丛书和资料汇编。其中日本人编的日本汉诗选本主要有：小岛宪之《王朝汉诗选》、猪口笃志《日本汉诗》、神田喜一郎《明治汉诗文集》、川口久雄《幕末·明治海外体验诗集》。中国人编的日本汉诗选本主要有：俞樾《东瀛诗选》，程千帆、孙望《日本汉诗选评》，黄新铭《日本历代名家七绝百首注》，刘砚、马沁《日本汉诗新编》，王福祥等《日本汉诗撷英》，李寅生《日本汉诗精品赏析》，等等。

三、本书以诗家为条目，条目下选录其诗作，近代报纸、杂志亦同。诗人按生年排列先后，生卒年未详者酌情插入其同时代诗人行列。在选编时兼取诗家的各种诗体佳作。

四、本书对各时期日本汉诗收录标准为：①重要诗人收录汉诗 10—20 首。②知名诗人收录汉诗 5—10 首。③普通诗人收录汉诗 1—5 首。同时兼顾名篇及有较大影响力的汉诗佳作，选诗多寡亦受文献材料留存影响而有所不同。

五、本书的诗人小传及诗选，对文字作如下处理：①辑录时繁体字转化为简体字，无简化字者仍用繁体。原则上不保留日本的避讳字、异体字。②酌情保留少量通假字、日制汉字，以保存日本汉诗及汉字表达的本土化特色。

六、本书编排格式如下：①按通行书籍格式横版编排，诗中原文注解及评点置于诗末。②底本中缺字或无法辨析文字处，用"□"标示。③本书在汉诗选录时，针对不同版本中可能出现的字句差异，酌情择录其中一种，不再另作说明。④为方便读者理解，酌情加入少量按语，置于诗作之末。

目录

003

近代时期

036

王朝时期

(593—1192)

大友皇子 (648—672)

大友皇子，天智天皇长子，母亲为伊贺采女宅子娘。自幼体貌禀异，才兼文武。《怀风藻》对此有详细记载："魁岸奇伟，风范弘深，眼中精耀，顾盼炜烨。唐使刘德高见而异曰：'此皇子风骨不似世间人，实非此国之分！'尝夜梦，天中洞启，朱衣老翁捧日而至，擎授皇子。忽有人从腋底出来，便夺将去。觉而惊异，具语藤原内大臣，叹曰：'恐圣朝万岁之后，有巨猾闲衅。'然臣平生曰：'岂有如此事乎？臣闻天道无亲，唯善是辅。愿大王勤修德，灾异不足忧也。臣有息女，愿纳后庭，以充箕帚之妾。'遂结姻戚，以亲爱之。年甫弱冠，拜太政大臣，总百揆以试之。皇子博学多通，有文武材干。始亲万机，群下畏，莫不肃然。年二十三，立为皇太子。广延学士沙宅绍明、塔本春初、吉太尚、许率母、木素贵子等，以为宾客。太子天性明悟，雅爱博古。下笔成章，出言为论。时议者叹其洪学，未几文藻日新。会壬申年之乱，天命不遂。时年二十五。"其中所言唐使刘德高睹面赞叹之事，仅为传言，然其博学多通，才兼文武，年少得意之貌却跃然纸上。惜其于壬申之乱（672）中与叔父大海人皇子（天武天皇）争皇位，战败自缢死，年仅二十五岁。明治三年（1870）追谥弘文天皇，为日本第三十九代天皇。其妃为天武天皇之女十市皇女，其子即后来的葛野王。大友皇子诗两首收于《怀风藻》，诗作气宇阔大，为现存最早的日本汉诗。

侍宴

皇明光日月，帝德载天地。
三才并泰昌，万国表臣义。

述怀

道德承天训，盐梅寄真宰。
羞无监抚术，安能临四海。

河岛皇子（657—691）

河岛皇子，又名川岛皇子，天智天皇次子，母为忍海小龙之女，妻为天武天皇之女。其人"志怀温裕，局量弘雅"。始与大津皇子为莫逆之契，朱鸟元年（686）告发大津皇子谋逆，因而历史上对其人品有不同评价。《怀风藻》编者认为："朝廷嘉其忠正，朋友薄其才情，议者未详厚薄。然余以为，忘私好而奉公者，忠臣之雅事。背君亲而厚交者，悖德之流耳。但未尽争友之益，而陷其涂炭者，余亦疑之。"持统天皇五年（691）病逝，年三十五岁。其汉诗收于《怀风藻》，其和歌收于《万叶集》卷一。

山斋

尘外年光满，林间物候明。

风月澄游席，松桂期交情。

藤原史（659—720）

藤原史，又名藤原不比等，飞鸟时代至奈良时代初期公卿。藤原氏得姓始祖中臣镰足（614—669），为天智天皇心腹重臣，诛杀权臣苏我入鹿，推动大化改新，其去世后天智天皇赐姓藤原朝臣，不比等为藤原氏得姓始祖次子，《大镜》《尊卑分脉》《公卿补任》等文献传其为天智天皇私生子。天智天皇八年（669）中臣镰足去世，少年不比等失去政治依靠，只得以中下层官员入仕。文武天皇元年（697），藤原不比等拥立草壁皇子之子轻皇子（文武天皇）即位，次年文武天皇诏令，藤原朝臣之姓由藤原镰足次子藤原不比等一家继承，其他儿子供奉神事，恢复旧姓中臣朝臣。此后，藤原不比等不断通过政治联姻加深与皇室血缘关系，先将其女藤原宫子嫁给文武天皇，后又把其与县犬养三千代（文武天皇乳母）所生之女藤原光明子嫁于圣武天皇（藤原宫子所生）。其四子皆在朝廷中担任高官要职，藤原氏自此逐渐掌握朝政大权。藤原不比等执权期间，参与撰修《大宝律令》并致力于日本律令制社会改革，同时发展对外关系，积极推动日本与唐朝、渤海国等的交流往来。元正天皇（715—724 年在位）养老四年（720）藤原不比等病笃去世，元正天皇指派大纳言长屋王、中纳言大伴旅人至藤原府宣读诏书，追赠其正一位太政大臣，谥文忠公。天平宝字四年（760）孝谦天皇下诏，追封藤原不比等为淡海公，加近江国十二郡，继室从一位县犬养三千代赐正一位太夫人，并敕令民间不得以"镰足""不比等"起名。藤原不比等系日本历史上显赫公卿家族藤原氏的实际开创者，也是日本奈良时代前期举足轻重的政治人物，其诗气度非凡，善解天意，作品收于《怀风藻》。江户前期汉学者林鹅峰（1618—1680，林罗山第三子）编撰《本朝一人一首》选其《元日应诏》一首。

元日应诏

正朝观万国，元日临兆民。

有政敷玄造，抚机御紫宸。

年华已非故，淑气亦惟新。

鲜云秀五彩，丽景耀三春。

济济周行士，穆穆我朝人。

感德游天泽，饮和惟圣尘。

游吉野 二首

飞文山水地，命爵薜萝中。

漆姬控鹤举，柘媛接鱼通。

烟光岩上翠，日影溇前红。

翻知玄圃近，对玩入松风。

夏身夏色古，秋津秋气新。

昔者同汾后，今之见吉宾。

灵仙驾鹤去，星客乘查逡。

渚性拪流水，素心开静仁。

七夕

云衣两观夕，月镜一逢秋。

机下非曾故，援息是威猷。

凤盖随风转，鹊影逐波浮。

面前开短乐，别后悲长愁。

大津皇子 (663—686)

　　大津皇子，天武天皇第三子，其母为天智天皇之女大田皇女，皇族贵胄，自幼聪慧好学。《怀风藻》小序记其"状貌魁梧，器宇峻远。幼年好学，博览而能属文。及壮爱武，多力而能击剑。性颇放荡，不拘法度。降节礼士，由是人多附托"。天武天皇十二年（683）年甫二十即参与策划国政，可见其声望之高，但对异母兄草壁皇太子的地位形成压力。天武天皇逝世，草壁皇太子即以谋反之罪名（一说新罗僧行心惑其逆反）将其拘捕，并于朱鸟元年（686）十月三日赐其自尽，时年二十四岁。林鹅峰《本朝一人一首》为大津皇子叹息："读此诗（指《游猎》）则可观大津皇子器量过人也。惜哉不能韬光待时，早图不轨，为儿女子擒矣。"《怀风藻》收汉诗四首，《万叶集》收短歌四首，其汉诗和歌皆呈现悲凄之气。其汉诗《临终》，影响可及中国五代江为、明代孙蕡、清初金圣叹、近代叶德辉乃至朝鲜诗人成三问等人的临刑绝句。《日本书纪》对大津皇子的诗歌创作有"诗赋之兴，自大津始"之誉。

临终

金乌临西舍，鼓声催短命。

泉路无宾主，此时谁家向。

述志

天纸风笔画云鹤，山机霜杼织叶锦。

赤雀含书时不至，潜龙勿用未安寝。

游猎

朝择三能士，暮开万骑筵。

吃窬俱豁矣，倾盏尽陶然。

月弓辉谷里，云旌张岭前。

曦光已隐山，壮士且留连。

释智藏 （生卒年不详）

释智藏，《怀风藻》载其五言诗两首，并记曰："智藏师者，俗姓禾田氏，淡海帝世遣学唐国。时吴越之间有高学尼，法师就尼受业。六七年中学业颖秀，同伴僧等颇有忌害之心。法师察之，计全躯之方，遂披发阳狂，奔荡道路。密写三藏要义，盛以木筒，着漆秘封，负担游行。同伴轻蔑，以为鬼狂，遂不为害。太后天皇世，师向本朝。同伴登陆，曝凉经书。法师开襟对风曰：'我亦曝凉经典之奥义。'众皆嗤笑，以为妖言。临于试业，升座敷演，辞义峻远，音词雅丽，论虽蜂起，应对如流。皆屈服，莫不惊骇。帝嘉之，拜僧正。时岁七十三。"林鹅峰《本朝一人一首》载释智藏诗，并评曰："是本朝僧诗之权舆也。此僧奉天智帝诏入唐，当高宗时，则或夫与王、杨、卢、骆辈邂逅乎？若夫与李峤、苏瑰、（宋）之问、（沈）佺期辈觌面乎？可以羡焉。"

玩花莺

桑门寡言晤，策杖事迎逢。

以此芳春节，忽值竹林风。

求友莺嫣树，含香花笑丛。

虽喜遨游志，还愧乏雕虫。

秋日言志

欲知得性所，来寻仁智情。

气爽山川丽，风高物候芳。

燕巢辞夏色，雁渚听秋声。

因兹竹林友，荣辱莫相惊。

大神安麻吕（663？—714）

　　大神安麻吕，又名安麻吕，高市麻吕之弟，庆云四年（707）为人氏长，历任摄津大夫、兵部卿，从四位上。其生逢换朝盛世，据《续日本纪》记载，文武天皇庆云四年（707）九月，授大神朝臣安麻吕正五位下，为氏长。次年即逢和铜元年（708），元明天皇诏迁平城，参与检实名籍，发展生产，编刊风土记及国史，积极与唐朝、新罗交往。和铜二年（709）春正月，安麻吕授正五位上，可见其升迁顺利，颇有干才。元明天皇和铜七年（714）春正月甲子，兵部卿大神朝臣安麻吕官升一级，由从四位下提升为从四位上，但当月丙戌，安麻吕即去世。《怀风藻》收其汉诗一首，官职标注仍为"从四位下兵部卿大神朝臣安麻吕"，并记其卒时"年五十二"。据此推算，安麻吕生于飞鸟时代（约663），卒于奈良初期元明天皇和铜七年（714）正月。《怀风藻》收其诗一首，林鹅峰《本朝一人一首》评之曰："情景兼备，想像其人。"

山斋言志

欲知闲居趣，来寻山水幽。

浮沉烟云外，攀玩野花秋。

稻叶负霜落，蝉声逐吹流。

只为仁智赏，何论朝市游。

山田三方 (生卒年不详)

山田三方，又作山田御方，奈良朝初期儒官。林鹅峰《本朝一人一首》称其为"周太子晋之后，或曰魏王昶之后"，系中国大陆或朝鲜半岛渡日移民后裔。初为僧，游历新罗，自称三方沙弥。持统天皇在位期间（687—696），还俗授广务律。文武天皇庆云四年（707）以学术褒奖，升正六位。元明天皇和铜三年（710）正月升从五位，四月任周防（今山口县）守。元正天皇养老四年（720）升从五位上，任东宫侍讲，次年任文章博士，后任大学头，身居文坛高位。山田三方学养丰厚，文采斐然，汉诗及和歌皆有佳作，《怀风藻》录其汉诗三首，其和歌收入《万叶集》。

三月三日曲水宴

锦岩飞瀑激，春岫晔桃开。

不惮流水急，唯恨盏迟来。

秋日于长王宅宴新罗客 并序

君王以敬爱之冲衿，广辟琴樽之赏；使人承敦厚之荣命，欣戴凤鸾之仪。于是琳琅满目，萝薜充筵。玉俎雕华，列星光于烟幕；珍羞错味，分绮色于霞帷。羽爵腾飞，混宾主于浮蚁；清谈振发，忘贵贱于窗鸡。歌台落尘，郢曲与巴音杂响；笑林开靥，珠辉共霞影相依。于时露凝旻序，风转商郊。寒蝉唱而柳叶飘，霜雁度而芦花落。小山丹桂，流彩分愁之篇；长坂紫兰，散馥同心之翼。日云暮矣，月将除焉。醉我以五千之文，既舞踏于饱德之地；博我以三百之什，且狂简于剑志之场。清写西园之游，兼陈南浦之送。含毫振藻，式赞高风云尔。

白露悬珠日，黄叶散风朝。

对揖三朝使，言尽九秋韶。

牙水含调激，虞葵落扇飘。

已谢灵台敏，徒欲报琼瑶。

葛野王 (669—706)

葛野王，天智天皇之孙，大友皇子长子，其母为天武天皇长女十市内亲王。葛野王少而好学，博涉经史。颇爱属文，兼能书画。器范宏邃，风鉴秀远。材称栋干，地兼帝戚。为人谦和，主事公正。持统十年（696）为皇族笔头，任太政大臣。适逢高市皇子去世，群臣各挟私好，众议纷纭。葛野王进奏曰："我国家为法也，神代以此典。仰论天心，谁能敢测？然以人事推之，从来子孙相承，以袭天位。若兄弟相及，则乱圣嗣，自然定矣。此外谁敢间然乎？"受到持统天皇的称赞，议论遂息。次年（697）文武天皇在藤原不比等的拥立下即位，监护人持统太上皇（文武天皇的祖母）因葛野王一言定国，特授其正四位，拜式部卿。林鹅峰《本朝一人一首》赞曰："葛野者，大友子也。可谓有皇考之遗风也。读此诗，则学仙之人也，未知果然乎？盖避时嫌，以托言于方外乎？"其诗载于《怀风藻》。

游龙门山

命驾游山水，长忘冠冕情。

安得王乔道，控鹤入蓬瀛。

春日玩莺梅

聊乘休假景，入苑望青阳。

素梅开素靥，娇莺弄娇声。

对此开怀抱，优足畅愁情。

不知老将至，但事酌春觞。

释道慈 (? —744)

　　释道慈，俗姓额田氏，日本三论宗名僧。《怀风藻》收其汉诗二首并详叙事迹："释道慈者，俗姓额田氏。添下人。少而出家，聪敏好学。英材明悟，为众所欢。大宝元年（701）遣学唐国，历访明哲，留连讲肆。妙通三藏之玄宗，广谈五明之微旨。时唐简于国中义学高僧一百人，请入宫中，令讲仁王般若。法师学业颖秀，预入选中。唐王怜其远学，特加优赏。游学西土，十有六岁。养老二年（718），归来本国。帝嘉之，拜僧纲律师。性甚骨鲠，为时不容，解任归游山野。时出京师，造大安寺。年七十余。"可见道慈少年出家，聪颖明悟，于文武天皇大宝年间赴唐留学，因妙通三藏，选入高僧百人入宫讲经，得到唐朝皇帝的优赏。元正天皇养老二年（718）回国，又受天皇嘉奖，授僧纲律师，参与编辑《日本书纪》。受命在京师平安城建造大安寺，为首任住持。但终因性格耿直，为时难容而归游山野。林鹅峰《本朝一人一首》评曰："道慈入唐，游西土，归朝显名。是亦僧中之巨擘也。"其诗作多表现出面对权贵的不卑不亢，坚守离俗守真的品德。

在唐奉本国皇太子

三宝持圣德，百灵扶仙寿。

寿共日月长，德与天地久。

初春在竹溪山寺于长王宅宴追致辞 并序

沙门道慈启：以今月二十四日，滥蒙抽引，追预嘉会，奉旨惊惶，不知攸措。但道慈少年落饰，常住释门。至于属词吐谈，元来未达，况乎道机俗情全有异，香盏酒杯又不同。此庸才赴彼高会，理乖于事，事迫于心。若夫鱼麻易处，方圆改质，恐失养性之宜，乖任物之用。抚躬之惊惕，不惶启处。谨裁以韵，以辞高席。谨至以左，羞秽耳目。

缁素杳然别，金漆谅难同。

纳衣蔽寒体，缀钵足饥咙。

结萝为垂幕，枕石卧岩中。

抽身离俗累，涤心守真空。

策杖登峻岭，披襟禀和风。

桃花雪冷冷，竹溪山冲冲。

惊春柳虽变，余寒在单躬。

僧既方外士，何烦入宴宫。

纪男人 (682—738)

纪男人，其祖父为大纳言纪麻吕，其父为饭麻吕。曾任平城京役民取缔将军、东宫侍讲。天平二年(730)授正四位下，任太宰大贰。赴任途中，与大伴旅人一起出席梅花宴。诗作多吟咏京城附近的佳山水，其《游吉野川》被认为是日本七绝之始，林鹅峰《本朝一人一首》评曰："七言四句，始见于此也。大津一联之后，言诗者多是五言也。七言唯纪古麻吕《望雪》长篇及此诗而已。纪氏者其本朝七言祖宗乎？"《怀风藻》收其汉诗三首，擅描山水，诗多佳句，如"峰岩夏景变，泉石秋光新"（《五言扈从吉野宫》）、"月斜孙岳岭，波激子池流"（《五言七夕》）等。

游吉野川

万丈崇岩削成秀，千寻素涛逆析流。

欲访钟池越潭迹，留连美稻逢槎洲。

文武天皇（683—707）

文武天皇，天武天皇之孙，草壁皇子之子，其母为天智天皇之女，即后来的元明天皇。十五岁时受持统天皇禅位而登基，于大宝元年（701）八月颁布"大宝律令"，内容基本仿制唐律，开创日本中央集权的封建国家体制。庆云四年（707）去世，年仅二十五岁，在位十年。擅汉诗及和歌，其诗收于《怀风藻》。林鹅峰《本朝一人一首》评曰："本朝天子之诗，以文武为始。且释奠亦权舆于此驭宇。其好学可以观焉，其风流可以知焉。惜哉，英算不富也。世人唯知龙田川枫锦歌，未知其作诗者何乎。"

咏月

月舟移雾渚，枫楫泛霞滨。

台上澄流耀，酒中沉去轮。

水下斜阴碎，树落秋光新。

独以星间镜，还浮云汉津。

述怀

年虽足戴冕，智不敢垂裳。

朕常夙夜念，何以拙心匡。

犹不师往古，何救元首望。

然毋三绝务，且欲临短章。

荆助仁（生卒年不详）

　　荆助仁，在世约三十七年，应与长屋王（684—729）同时代。其诗最早为《怀风藻》收录，并记荆助仁其职为正六位上左史。荆氏原为百济国渡日氏族，助仁曾官太宰少典、左大史。林鹅峰《本朝一人一首》卷一选录其《咏美人》诗，并评曰："叠用故事，聊似着题体。然四韵中'霏''飞'二字同意，可不免疑难乎？"

秋夜宴山池

对峰倾菊酒，临水拍桐琴。

忘归待明月，何忧夜漏深。

咏美人

巫山行雨下，洛浦回雪霏。

月泛眉间魄，云开髻上晖。

腰逐楚王细，体随汉帝飞。

谁知交甫佩，留客令忘归。

宴长王宅

新年寒气尽，上月霁光轻。

送雪梅花笑，含霞竹叶清。

歌是飞尘曲，弦即激流声。

欲知今日客，咸有不归情。

犬上王 (？—709)

犬上王，生卒不详，元明天皇和铜二年（709）卒。大宝二年（702），担任和统太上皇葬仪的殡宫司。庆云四年（707），担任文武天皇葬仪的御装司。和铜元年（708）任宫内卿。《怀风藻》及《本朝一人一首》皆收其汉诗一首，并记其官阶职务为"正四位下治部卿"。日本王朝时期宫内卿（又称中务省）职责为侍奉天皇，行使诏敕颁行等宫中一切政务，其卿由亲王担任，官阶一般为正四位上或正四位下，身为皇族贵胄的犬上王，担任宫内卿（治部卿）。

游览山水

暂以三余暇，游息瑶池滨。

吹台晴莺始，桂庭舞蝶新。

浴凫双回岸，窥鹭独衔鳞。

云罍酌烟霞，花藻诵英俊。

留连仁智间，纵赏如谈伦。

虽尽林池乐，未玩此芳春。

纪古麻吕 （生卒年不详）

纪古麻吕，纪麻吕之子（一说纪大人之子）。据《日本书纪》及《续日本纪》记载，纪古麻吕在天智天皇时（668—672 在位）担任御史大夫、骑兵大将军（迎接新罗贡调使）、式部大辅，卒年五十九岁，赠从三位。纪古麻吕富有文才，其《望雪》七言十二句，传诵宫廷，被收入《怀风藻》。林鹅峰《本朝一人一首》评曰：“（日本）七言长篇始见之。七、八句能写即景，九、十句形容得好。其不拘声律者，当时风体比比皆然。想夫《怀风藻》中才子，唯慕《文选》古诗，而未见唐诗格律之正，则为可疑难之乎。”赞其已显唐诗风范。其首二句言“无为圣德”“有道神功”，可看出中国道教随唐诗一起传入日本的痕迹。

望雪

无为圣德重寸阴，有道神功轻球琳。
垂拱端坐惜岁暮，披轩褰帘望遥岑。
浮云叆叇萦岩岫，惊飙萧瑟响庭林。
落雪霏霏一岭白，斜日黯黯半山金。
柳絮未飞蝶先舞，梅芳犹迟花早临。
梦里钧天尚易涌，松下清风信难斟。

美努净麻吕 （生卒年不详）

美努净麻吕，又名美努连净麻吕。其官职是大学博士从五位下，历任遣新罗大使、远江（今属静冈县）守、大学博士。《怀风藻》收其汉诗《春日应诏》，林鹅峰《本朝一人一首》亦收此首，题下自注“出自天川田奈命”，说明这与美努氏的祖先传承有关。此诗隔句押上平声真韵,韵字分别为"春""鳞""新""陈""尘""仁"。
从天皇御所庭院写到皇家音乐演奏,充满皇族贵胄富贵生活气息,
结句借用《毛诗·小雅·北山》之典,表达天皇仁德泽被天下的欢
欣。《续日本纪》卷三载文武天皇庆云三年(706)事:"八月壬辰,
以从五位下美努连净麻吕,为遣新罗大使。""十一月癸卯,赐新罗
国王敕书曰:天皇敬问新罗国王。朕以虚薄,谬承景运。惭无练石
之才,徒奉握镜之任。日旰忘餐,翼翼之怀愈积,宵分辍寝,业业
之想弥深。冀覃覆载之仁,遐被寰区之表。况王世居国境,抚宁人
民,深秉并舟之至诚,长修朝贡之厚礼。庶磐石开基,腾茂响于麋岫,
维城作固,振芳规于雁池。国内安乐,风俗淳和。寒气严切,比如
何也。今故遣大使从五位下美努连净麻吕,副使从六位下对马连坚
石等,指宣往意。更不多及。"可见美努连净麻吕的诗文对答俱佳,
为一时之才选,文武天皇时期为其人生仕途的辉煌时期。

春日应诏

玉烛凝紫宫,淑气润芳春。

曲浦戏娇鸳,瑶池跃潜鳞。

阶前桃花映,塘上柳条新。

轻烟松心入,啭鸟叶里陈。

丝竹遏广乐,率舞洽往尘。

此时谁不乐,普天蒙厚仁。

纪末茂 (生卒年不详)

纪末茂,《怀风藻》收其诗,标"判事纪末茂一首",并记其年
岁为三十一,可见是当时朝官中的一位年轻汉诗人。王朝时期判事
官阶,自大判事从六位下,至少判事正七位上,并非高位要职。纪

末茂的这首《临水观鱼》，明显模仿了中国陈朝诗人张正见的《钓竿篇》诗："结宇长江侧，垂钓广川浔。竹竿横翡翠，桂髓掷黄金。人来水鸟没，楫度岸花沉。莲摇见鱼近，纶尽觉潭深。渭水终须卜，沧浪徒自吟。空嗟芳饵下，独见有贪心。"林鹅峰《本朝一人一首》评曰："能写所见，末句含警戒之意。"平心而论，纪末茂此诗虽系模仿，但去掉了张诗的中间四句，更显简洁合理而精彩，此诗在日本汉诗史上受到好评，确有其缘由。

临水观鱼

结宇南林侧，垂钓北池浔。

人来戏鸟没，船渡绿萍沉。

苔摇识鱼在，缗尽觉潭深。

空嗟芳饵下，独见有贪心。

释辨正（生卒年不详）

释辨正，又名辨正法师。俗姓秦氏，多才擅辩，善围棋，性滑稽。少年出家学佛，兼通道家玄学。大宝二年（702）遣学唐国。因围棋技艺高超受到临淄王李隆基的礼待赏遇。在唐娶妻，生子朝庆、道元。后辨正法师及长子朝庆死于唐，次子道元得归日本，位至大夫。圣武天皇天平年中，道元授入唐判官，入唐拜见唐玄宗李隆基。李隆基既怀念其父辨正法师，又激赏道元文章，特优诏，厚赏赐。道元归日本后寻卒，留下日本王朝时代父子两代入唐与唐天子情谊结缘之佳话。江户林鹅峰《本朝一人一首》评曰："辨正者，秦氏之子也。出家为僧，然生二子。入唐留学，玄宗未即位时，相对围棋，可谓异人也。其诗体亦奇异也。"《怀风藻》收其汉诗两首，其中《在唐忆本乡》一首，情真意切，富于艺术感染力。

在唐忆本乡

日边瞻日本，云里望云端。
远游劳远国，长恨苦长安。

与朝主人

钟鼓沸城阛，戎蕃预国亲。
神明今汉主，柔远静胡尘。
琴歌马上怨，杨柳曲中春。
唯有关山月，偏迎北塞人。

安倍首名（生卒年不详）

安倍首名，一作阿倍首名。元正天皇在位期间（715—724）任职朝廷。《春日应诏》诗收于《怀风藻》，标为"正四位下兵部卿安倍朝臣首名"，并注明其"年六十四"。林鹅峰《本朝一人一首》卷一也选录此诗，标注诗人为"武内苗裔"。《续日本纪》卷九记载，元正天皇养老六年（722）二月甲午，诏曰："去养老五年三月二十七日，兵部卿从四位上阿倍朝臣首名等奏言：'诸府卫士，往往偶语，迎亡难禁。所以然者，壮年赴役，白首归乡。艰苦弥深，遂陷疏网。望令三周相替，以慰怀土之心。'朕君有天下，八载于今，思济黎元，无忘寝膳。向隅之怨，在余一人。自今以后，诸卫士、仕丁，便减役年之数，以慰人子之怀。其限三载，以为一番，依式与替，莫令留滞。"此诏所言若真，则说明安倍首名虽为武将，但充满仁心，体恤士兵，以朝廷老臣身份大胆谏言，并因此而感动了元正女皇。此诗含意当在此背景下解读。

春日应诏

世颂隆平德，时谣交泰春。

舞衣摇树影，歌扇动梁尘。

湛露重仁智，流霞轻松筠。

凝麾赏无倦，花将月共新。

吉智首（生卒年不详）

吉智首，一作吉知首，在世六十八年。其氏族早年从百济渡日，神龟元年（724），同族名"宜"者被赐姓吉田，氏族因而改此姓。通医术，曾任出云（今岛根县）介，官品从五位下。其诗收录于《怀风藻》。这首《七夕》押下平声十一尤韵，五联末字分别为"秋""洲""流""愁""悠"，合成一句，与五联首字"冉""菊""仙""天""河"妙可对读。林鹅峰《本朝一人一首》评此诗"聊有感慨之意，然句似未到"，其五联首尾字连缀成句，恰可概括全诗的"感慨之意"。

七夕

冉冉逝不留，时节忽惊秋。

菊风披夕雾，桂月照兰洲。

仙车渡鹊桥，神驾越清流。

天庭陈相喜，华阁释离愁。

河横天欲曙，更叹后期悠。

调古麻吕（生卒年不详）

调古麻吕，《怀风藻》选其汉诗一首。元正天皇养老五年（721）为明经第二博士，皇太子学士，获学业师范褒奖，官品正六位上。此诗作于养老三年（719）初秋，诗人参加长屋王宅举办的欢迎新罗使者的盛大宴会，主客诗酒唱酬，其乐融融。韵脚字"时""思""基""期"，押上平支韵。颈联中"含大王德"，指长屋王人品高尚；而"小山"，同样是在借汉代淮南王刘安优待门客的典故，歌颂长王深得人心的待客待士之道。长屋王主持朝政，积极推进与邻国的交流往来，尾联表达的就是这样的美好愿望。然而江户初年的林鹅峰，在《本朝一人一首》中对此有不同看法："长屋王以贵戚执朝政，开大飨，聚群僚，以夸蕃客者可以见焉。其诗优劣，问具眼者而决之。就中古麻吕所谓'人含大王德'，颇似谄媚乎？长屋亦喜之乎？其骄心既萌于此，未几谋叛自尽，可不戒之乎？"考核时事，颇有察微探赜之意。

初秋于长王宅宴新罗客

一面金兰席，三秋风月时。
琴樽叶幽赏，文华叙离思。
人含大王德，地若小山基。
江海波潮静，披雾岂难期。

下毛野虫麻吕（生卒年不详）

下毛野虫麻吕，其祖曾任丰城命。奈良朝初期太学儒官，诗作一首收于《怀风藻》，注其身份为"大学助教从五位下"。元正天皇灵龟二年（716）进士及第，授大学助教。养老年间（717—724）升任朝请大夫，授文章博士，享年三十六岁。此诗作于养老三年（719）

初秋，诗人参加长屋王宅举办的欢迎新罗使者的盛大宴会，与背奈行文、调古麻吕等儒官皆有同席之作。其基调渲染东亚诸国外交"文轨通而华夷生欣戴之心，礼乐备而朝野得欢娱之致"。

秋日长王宅宴新罗客并序赋得前字

　　夫秋风已发，张步兵所以思归；秋气可悲，宋大夫于焉伤志。然则岁光时物，好事者赏而可怜；胜地良游，相遇者怀而忘返。况乎皇明抚运，时属无为。文轨通而华夷生欣戴之心，礼乐备而朝野得欢娱之致。长王以五日休暇，披凤阁而命芳筵，使人以千里羁游，俯雁池而沐恩盼。于是雕俎焕而繁陈，罗荐纷而交映。芝兰四座，去三尺而引君子之风；祖饯百壶，敷一寸而酌贤人之酎。琴书左右，言笑纵横。物我两忘，自拔宇宙之表；枯荣双遣，何必竹林之间。此日也，溽暑方间，长皋向晚。寒云千岭，淳风四域。白露下而南亭肃，苍烟生以北林蔼。草也树也，摇落之兴绪难穷；觞兮咏兮，登临之送归易远。加以物色相召，烟霞有奔命之场；山水助仁，风月无息肩之地。请染翰操纸，即事形言。飞西伤之华篇，继北梁之芳韵。人操一字。

　　　　圣时逢七百，祚运启一千。
　　　　况乃梯山客，垂毛亦比肩。
　　　　寒蝉鸣叶后，朔雁度云前。
　　　　独有飞鸾曲，并入别离弦。

长屋王（684—729）

　　长屋王，天武天皇之孙，高市皇子长子，母为天智天皇之女御名部皇女，娶藤原不比等之女吉备内亲王为妻。和铜二年（709）任宫内卿，翌年升式部卿，灵龟二年（716）提正三位，养老二年（718）升大纳言，地位仅次于右大臣藤原不比等。长屋王性豪爽，好文艺，擅长诗歌，尊佛教，对阴阳五行等诸学也有涉猎。养老三年（719），在自家寓邸迎接新罗使者，举行盛大宴会，聚集了众多汉诗人，使长屋王寓邸成为奈良诗坛酬唱的中心之一。养老五年（721）藤原不比等死后升从二位右大臣，得到元正天皇倚重，曾被召入宫嘱托后事，成为政界主导者。养老七年（723）长屋王制定了奖励开荒的三世一身之法，规定持续开荒者第三世即孙子辈可获得荒地所有权。神龟元年（724），圣武天皇即位，升任正二位左大臣，此时可谓位极人臣。天平元年（729）被诬陷"密习左道，欲颠覆国家"而被逼偕妻自杀。一般认为此事件是藤原氏阴谋。长屋王品高位尊，富有人格魅力，是奈良诗坛领袖式人物。其《绣袈裟衣缘》诗，令身居扬州大明寺的鉴真和尚深受感动，由此决定东渡此"有缘之国"传佛法。长屋王存汉诗三首见《怀风藻》，短歌五首收于《万叶集》。真人元开（一说即淡海三船）《唐大和上东征传》收其佚诗一首。

绣袈裟衣缘

山川异域，风月同天。
寄诸佛子，共结来缘。

于宝宅宴新罗客赋得烟字

高旻开远照，遥岭霭浮烟。
有爱金兰赏，无疲风月筵。
桂山余景下，菊浦落霞鲜。
莫谓沧波隔，长为壮思延。

百济和麻吕（生卒年不详）

百济和麻吕，祖上从百济渡日，终年五十六岁。在奈良朝初期担任过左仆射官职，又出任但马（今属兵库县北部）守。《怀风藻》选其诗三首，标注"正六位上，但马守百济公和麻吕"。林鹅峰《本朝一人一首》卷一选其《秋日于长王宅宴新罗客赋得时字》诗，题注"和或作倭，出自百济国"，评曰："此诗颈联及末句稍好。"可知百济和麻吕的家族来自百济国。百济国（前18年—660年）又称南扶余，位于朝鲜半岛西南部，由来自中国的扶余人百济部所建，公元660年被唐朝与新罗联军所灭。亡国后的百济人流散四方，这位在大和国当上了但马守的百济和麻吕，看来仕途顺畅。他参与长屋王宅宴新罗客，此诗写于元正天皇养老三年（719）。从存诗看，诗人爱好山水，颇有幽情清趣。

七夕

仙期呈织室，神驾逐河边。

笑脸飞花映，愁心烛处煎。

昔惜河难越，今伤汉易旋。

谁能玉机上，留怨待明年。

秋日于长王宅宴新罗客赋得时字

胜地山园宅，秋天风月时。

置酒开桂赏，倒屣逐兰期。

人是鸡林客，曲即凤楼词。

青海千里外，白云一相思。

吉田连宜 (生卒年不详)

吉田连宜,《怀风藻》收其诗二首,标注"正五位下,图书头吉田连宜,年七十"。可知吉田连宜主管皇家图书馆,七十岁,是一位富有学识的老臣。其五言诗《秋日于长王宅宴新罗客赋得秋字》写于元正天皇养老三年(719),而《从驾吉野宫》则表现出奈良朝君臣郊游度假的乐趣,"神居深亦静,胜地寂复幽",以及"叶黄初送夏,桂白早迎秋",皆透露日本式的审美信息。

从驾吉野宫

神居深亦静,胜地寂复幽。
云卷三舟谷,霞开八石洲。
叶黄初送夏,桂白早迎秋。
今日梦渊渊,遗响千年流。

藤原宇合 (694—737)

藤原宇合,奈良时代著名政治家,为元正天皇朝正一位太政大臣藤原不比等的第三子。初名"马养",灵龟二年(716)作为遣唐副使渡唐,改名"宇合"。养老二年(718)归国后任常陆守,又被任命为安房、上总、下总三国按察使。神龟元年(724)任持节大将军出征平定虾夷叛乱。天平元年(729)藤原宇合奉皇命率军将六卫兵包围长屋王府逼问其谋反之事,致使长屋王全家自杀,史称"长屋王之变"。藤原宇合最终官至正三位勋、二等参议式部卿兼大宰帅。洞院公定《尊卑分脉》有其小传曰:"器宇弘雅,风范凝深,博览坟典,才兼文武矣。虽经营军国之务,特留心文藻。天平之际,犹为书翰墨之宗,有集二卷。"其诗文集已佚,猪口笃志《日本汉文学史》推测其为日本最早的别集。今存短歌六首收于《万叶集》,

汉诗六首见《怀风藻》。此外《经国集》收其《枣赋》一篇，陈福康《日本汉文学史》疑其为日本今存最早的赋作。

游吉野川

芝蕙兰荪泽，松柏桂椿岑。

野客初披薜，朝隐暂投簪。

忘筌陆机海，飞缴张衡林。

清风入阮啸，流水韵嵇琴。

天高槎路远，河回桃源深。

山中明月夜，自得幽居心。

在常陆赠倭判官留在京 并序

仆与明公，忘言岁久，义存伐木，道叶采葵。待君千里之驾，于今三年。悬我一榻，于是九秋。如何授官，同日乍别殊乡，以为判官。公洁等冰壶，明逾水镜，学隆万卷，智载五车。留骥足于将展，预琢玉条；回凫舄之拟飞，忝简金科。何异宣尼返鲁，删定诗书；叔孙入汉，制设礼仪。闻夫天子下诏，包列置师，咸审才周，各得其所。明公独自遗阙此举，理合先进，还是后夫。譬如吴马瘦盐，人尚无识；楚臣泣玉，世独不悟。然而岁寒后验松竹之贞，风生乃解芝兰之馥。非郑子产，几失然明；非齐桓公，何举宁戚。知人之难，匪今日耳；遇时之罕，自昔然矣。大器之晚，终作宝质。如有我一得之言，庶几慰君三思之意。今赠一篇之诗，辄示寸心之叹。其词曰：

自我弱冠从王事，风尘岁月不曾休。

褰帷独坐边亭夕，悬榻长悲摇落秋。

琴瑟之交远相阻，芝兰之契接无由。

无由何见李将郑，有别何逢遽与歆。

驰心怅望白云天，寄语徘徊明月前。

日下皇都君抱玉，云端边国我调弦。

清弦入化经三岁，美玉韬光度几年。

知己难逢匪今耳，忘言罕遇从来然。

为期不怕风霜触，犹似岩心松柏坚。

藤原万里（695—737）

藤原万里，又作藤原麻吕，奈良朝初期权臣藤原不比等第四子，官职从三位，兵部卿兼左右京大夫，曾任参议、陆奥（今青森县）持节大使。《怀风藻》收其诗五首，分别为《暮春于弟园池置酒》、《过神纳言墟》（两首）、《仲秋释奠》、《游吉野川》。松平赖宽《历朝诗纂》卷七收其诗五首，篇目同《怀风藻》。林鹅峰《本朝一人一首》收其诗一首，并附有长篇评论："淡海公四男，其长子武智麻吕最尊。然其诗不传。房前、宇合、万里，昆弟三人，并载于《怀风藻》，可谓连珠合璧也。然三人出处各异：房前，任参议，预朝政，以子孙繁荣，其赠爵与武智麻吕相同。宇合，才兼文武，历任东国西海总管，遂为遣唐使，以穷壮游。一时推为翰墨之宗。唯惜其集不传也。然见《怀风》所载数首并序，可以知其英豪也。其贻厥百川、忠文，度量过人者，可谓宇合遗烈也。万里，自称圣代之狂生也，乐琴酒，以隐沦终身。其所作并序文，皆不寻常。《过神纳言墟》则慕彼忠谏，侍《释奠》则叹仲尼不用于时，《游吉野川》则有离俗尘之意想夫？其文才与宇合可伯仲也。由是推之，则武智麻吕亦可有文才，不然则何以其子孙有南家儒者之称乎？世唯知藤氏之贵显，而不知祖先文才并照者何哉？况彼子孙多是唯引先例，知贪官爵而不事文字者，痛哉。"江村北海《日本诗史》卷一对藤原万里也有类似的评论："兵部卿万里，少长簪裾，而不忘邺墅。常曰：'当今上有圣主，下有贤臣，我曹何为？'放浪琴酒，自称圣代狂士。"

暮春于弟园池置酒 并序

仆圣代之狂生耳。直以风月为情，鱼鸟为玩。贪名徇利，未适冲襟；对酒当歌，是谐私愿。乘良节之已暮，寻昆弟之芳筵。一曲一杯，尽欢情于此地；或吟或咏，纵意气于高天。千岁之间，嵇康我友；一醉之饮，伯伦吾师。不虑轩冕之荣身，徒知泉石之乐性。于是弦歌迭奏，兰蕙同欣。宇宙荒茫，烟霞荡而满目；园池照灼，桃李笑而成蹊。既而日落庭清，樽倾人醉，陶然不知老之将至也。夫登高能赋，即是大夫之才；体物缘情，岂非今日之事？宜裁四韵，各述所怀云尔。

城市元无好，林园赏有余。

弹琴中散地，下笔伯英书。

天霁云衣落，池明桃锦舒。

寄言礼法士，知我有粗疏。

过神纳言墟 二首

一旦辞荣去，千年奉谏余。

松竹含春彩，容晖寂旧墟。

清夜琴樽罢，倾门车马疏。

普天皆帝国，吾归遂焉如。

君道谁云易，臣义本自难。

奉规终不用，归去遂辞官。

放旷游嵇竹，沉吟佩楚兰。

天阍若一启，将得水鱼欢。

麻田连阳春 (生卒年不详)

麻田连阳春，奈良朝至平安朝年间的地方官员，《本朝一人一首》

记载:"麻田阳春,出自朝鲜国。"《怀风藻》收其汉诗一首,标其官职为"外从五位下石见守",年五十六岁。此首是对下藤江守"咏禅叡山先考之旧禅处柳树"诗的唱和之作,人去寺空,杨柳孝鸟,笔触细腻感人。近江国(今滋贺县)环绕琵琶湖,是东海道和东山道的交汇点,其西部的禅叡山(又称比叡山)是京师平安城(今京都市)东郊外的名胜,日本天台宗总本山延历寺的所在地,自平安朝以后,比叡山与高野山并为日本佛教两大丛林。林鹅峰评曰:"此诗虽未详其趣,然有孝子慕亲之情,感慨殊深。况亦台徒未入山之前,此山题咏,固是一故事也。可以吟玩焉。"

和下藤江守咏禅叡山先考之旧禅处柳树之作

日月荏苒去,慈范独依依。

寂寞精禅处,俄为积草墀。

古树三秋落,寒草九月衰。

唯余两杨树,孝鸟朝夕悲。

石上乙麻吕 (?—750)

石上乙麻吕,本姓物部氏,左大臣石上麻吕第三子。神龟元年(724)官居从五位下。天平十一年(739)被流放土佐(今高知县),四年赦归。天平十八年(746)被选为遣唐使,因故未行。天平二十年(748)授中纳言兼中务卿,官至从三位。《万叶集》收其短歌两首,《怀风藻》收其汉诗四首,并有详细小传:"石上中纳言者,左大臣第三子也。地望清华,人才颖秀,雍容闲雅,甚善风仪。虽勤志典坟,亦颇爱篇翰。尝有朝谴,飘寓南荒,临渊吟泽,写心文藻。遂有《衔悲藻》两卷,今传于世。天平年中,诏简入唐使。元来此举,难得其人,时选朝堂,无出公右。遂拜大使,众金悦服。为时所推,皆此类也。然遂不往。其后授从三位中纳言,自登台位,风采日新，芳猷虽远列，荡然时年。"林鹅峰《本朝一人一首》感慨道："有故南谪，写心文藻，作《衔悲藻》两卷。此诗亦在其中者乎。乃知当时贵介公子弄翰墨，匪啻淡海公之子而已。"可知至江户初期，石上乙麻吕的两卷《衔悲藻》已经失传。李寅生《日本汉诗精品赏析》论及石上乙麻吕流放土佐，提出是与权臣藤原宇合的孀妻久米若壳的恋情所致，其汉诗衔悲写心，堪称奈良情种之诗。

飘寓南荒赠在京故友

辽夐游千里，徘徊惜寸心。

风前兰送馥，月后桂舒阴。

斜雁凌云响，轻蝉抱树吟。

相思知别恼，徒弄白云琴。

赠旧识

万里风尘别，三冬兰蕙衰。

霜花逾入鬓，寒气益颦眉。

夕鸳迷雾里，晓雁苦云垂。

开衿期不识，吞恨独伤悲。

秋夜闺情

他乡频夜梦，谈与丽人同。

寝里欢如实，惊前恨泣空。

寒思向桂影，独坐听松风。

山川险易路，展转忆闺中。

阿倍仲麻吕（701—770）

阿倍仲麻吕，大和（今奈良市）人，汉名晁衡，其父为中务大辅船守。养老元年（717）阿倍仲麻吕与吉备真备、玄昉等学子一起赴唐朝，入太学，进士及第，取汉名晁衡。唐开元十九年（731）任左辅阙、秘书监兼卫尉卿，与李白、王维等盛唐诗人交往密切，多有唱酬。孝谦女皇天平胜宝四年（752)，遣唐使藤原清河至长安，唐玄宗准许晁衡以唐使身份回日本，但这次间隔三十五年后的返日未能成功，晁衡海上遭遇暴风雨，漂流至安南（今越南）才得以折返长安。之后再无机会返日，一直在唐朝任职。唐大历五年（770）一月，晁衡在长安去世，唐代宗追赠潞州大都督。日本承和三年（836），仁明天皇追封其正二位。阿倍仲麻吕的汉诗《衔命使本国》见《全唐诗》，和歌及汉译《望月望乡》见藤原定家《小仓百人一首》。

衔命使本国

衔命将辞国，非才忝侍臣。

天中恋明主，海外忆慈亲。

伏奏违金阙，骍骖去玉津。

蓬莱乡路远，若木故园邻。

西望怀恩日，东归感义辰。

平生一宝剑，留赠结交人。

大伴家持（718—785）

大伴家持，出身于武门名族大伴氏，曾祖父大伴长德任右大臣；祖父大伴安麻吕在壬申之乱中支持天武天皇，立下功勋；父亲大伴旅人曾任大纳言，但遭权贵藤原氏排挤。天平三年（731），大伴旅人去世，少年家持就由姑母坂上郎女供书教学。坂上郎女是一位擅长吟咏爱情的女歌人，家持深受她的影响，不到二十岁就写出两百多首浪漫新颖的和歌佳作。天平十年（738），政治对手藤原不比等的四个儿子全部病逝后，大伴家持得到新掌权者橘诸兄信任，出任内舍人。天平十七年（745）升为从五位下，次年出任宫内少辅，寻被任命为越中守。驻守越中（今富山县）期间，成为大伴家持和歌创作的高峰期。天平胜宝三年（751），大伴家持被调回平城京任少纳言。他性格优柔寡断，周旋于朝廷橘诸兄与藤原仲麻吕两大权臣派别之间而甚感痛苦，历任兵部少辅、山阴道巡察使等职。天平宝字二年（758），大伴家持降职为因幡守。神护景云四年（770），称德天皇去世后，大伴家持就任左中弁兼中务大辅，同年晋升为正五位下。接着历任式部大辅、左京大夫、卫门督等京师要职和上总、伊势等大国之守。宝龟十一年（780），担任参议，位列公卿。宝龟十二年（781），官位晋升到从三位。但次年被怀疑参与冰上川继之乱，被罢官流放。延历四年（785）兼任陆奥（今青森县）按察使持节征东将军，最终在陆奥去世。大伴家持是奈良时代极为优秀的和歌大家，他的长歌、短歌共计473首被载入《万叶集》，约超《万叶集》所收和歌总数一成，因此后人多认为其为《万叶集》主要编纂者。大伴家持留存的一首汉诗见于《万叶集》，此诗又被《本朝一人一首》卷二收录。林鹅峰评曰："大伴氏出自道臣命，世执朝政，或为相，或为将。逮藤氏之盛，大伴氏稍衰，然犹在朝为月卿，出为藩镇。家持任中纳言，管领奥羽，且以倭歌著名。又偶见此诗，可谓有文武之才。"

晚春三日游览

余春媚日宜怜赏，上巳风光足览游。

柳陌临江缛袨服，桃源通海泛仙舟。

云罍酌桂三清湛，羽爵催人九曲流。

纵醉陶心忘彼我，酩酊无处不淹留。

淡海三船 (722—785)

淡海三船，大友皇子的曾孙，初称三船王，多自署淡三船，出家后改称元开，还俗赐姓真人，又称真人元开。淡海少年时入道璇（702—785）门，鉴真和尚到达奈良，淡海又拜入其门。淡海深谙佛理，兼通儒学，汉诗文功夫深厚。历任文章博士、大学头，与石上宅嗣（729—781）并称文人之首。宝龟末授从四位下，拜刑部卿兼因幡守，于任上去世，年六十四。曾为历代天皇撰选汉式谥号，著有《唐大和上东征传》（鉴真传记）。《续日本纪》卷第三十八载其《卒传》可考其仕途。随鉴真东渡的唐僧思托所撰的《延历僧录》中，有《淡海居士传》，保存了一些珍贵史料。如云："探阅三藏，披检九经。真俗兼该，名言两泯。胜宝年，有敕令还俗，赐姓真人。赴唐学生，因疾制亭。虽处居家，不着三界。示有眷属，常修梵行。"可知淡海三船曾被选入唐留学，因病作罢，对此浙大王勇教授有专文揭示。孝谦天皇天平胜宝三年（751），《怀风藻》编成，淡海三船被后人认为是最有可能的编撰者。《经国集》卷十收其诗作。

听维摩经

演化方文室，谈玄不二门。

已观心有种，旋觉理无言。

地似毗耶域，人疑妙德尊。

谁知从此会，顿入总持园。

和藤六郎出家之作

戚里辞荣亲，玄门问觉津。

法云爱叠彩，惠日更重轮。

乐道心逾逸，安空理转真。

高风如可望，从子谢嚣尘。

赠南山智上人

独居穷巷侧，知己在幽山。
得意千年桂，同香四海兰。
野人披薜衲，朝隐忘衣冠。
至思何处所，远在白云端。

初谒鉴真大和尚 二首选一

摩腾游汉阙，僧会入吴宫。
岂若真和尚，含章渡海东。
禅林戒纲密，慧苑觉花丰。
欲识玄津路，缁门得妙工。

扈从圣德宫寺

南岳留残影，东州现应身。
经生名不成，历世道弥新。
寻智开明智，求仁得至仁。
垂文传正法，照武扫凶臣。
茂实流千载，英声畅九垠。
我皇钦佛果，回驾问芳因。
宝地香花积，钧天梵乐陈。
方知圣与圣，玄德永相邻。

平城天皇（774—824）

平城天皇，名安殿，日本第51代天皇。桓武天皇长子，延历四年（785）被立为太子，大同元年（806）五月平城天皇即位，减少朝廷定例活动，改善中下级官僚待遇，设观察使监督地方官，重建律令，使民休养生息。大同四年（809）四月让位给同母弟神野亲王，即嵯峨天皇。弘仁元年（810）因藤原药子之乱而出家，居平安城。弘仁十二年（821）受空海和尚灌顶之戒。《日本后纪》评价平城天皇精神聪敏，玄鉴宏达，博览经书，工于文藻。其汉诗《凌云集》收二首，《经国集》收五首，《历朝诗纂》卷一收其五律诗三首。

赋樱花

昔在幽岩下，光华照四方。
忽逢攀折客，含笑亘三阳。
送气时多少，垂阴枝短长。
如何此一物，擅美九春场。

咏殿前梅花

仲春虽少暖，梅树向惊时。
发艳将桃乱，传芳与桂欺。
可攀犹可折，堪寄亦堪贻。
傥有盐羹遇，能无致味滋。

朝野鹿取（774—843）

朝野鹿取，大和人，其父忍海鹰取官阶正六位上，但自幼被其叔父朝野宿弥道长领养，遂改姓朝野。鹿取勤学汉籍，汉诗文能力拔群。延历二十一年（802）任遣唐史准录事入唐。嵯峨天皇弘仁二年（811）任皇子侍讲，职授太宰大贰。仁明天皇承和年间，任参议兼左大辨、民部卿兼越中守，官阶从三位。《文华秀丽集》录其诗六首。林鹅峰《本朝一人一首》选其《秋山作探得泉字应制》，并赞其"颔联、颈联共好"。

奉和河阳十咏 选一
江上船

江潮漫漫流几年，日夜迎送往还船。

已似飞龙游云里，还看翔凤入天边。

秋山作探得泉字应制

八月秋山凉吹传，千峰万岭寒叶翩。

羽客裳斑霓气度，隐人带绿女萝悬。

溪生浓雾织薄毂，水写轻雷引飞泉。

入谷犹知玄牝道，登峦何近白云天。

奉和春闺怨

妾本长安恣骄奢，衣相面色一似花。

十五能歌公主第，二十工舞季伦家。

使君南来爱风声，春日东嫁洛阳城。

洛阳城东桃与李，一红一白蹊自成。

锦褥玳筵亲惠密，南鹣东鲽还是轻。

贱妾中心欢未尽，良人上马远从征。

出门唯见扬鞭去，行路不知几日程。

尚怀报国恩义重，谁念春闺愁怨情。

纱窗闭，别鹤唳。

似登陇首肠已绝，非入楚宫腰忽细。

水上浮萍岂有根，风前飞絮本无蒂。

如萍如絮往来返，秋去春还积年岁。

守空闺，妾独啼。

虚坐尘暗，室阶草萋。

池前怅看鸳比翼，梁上惭对燕双栖。

泪如玉箸流无断，发似飞蓬乱复低。

丈夫何时凯歌归，不堪独见落花飞。

落花飞尽颜欲老，早返应看片时好。

贺阳丰年 (751—815)

  贺阳丰年，据《日本后纪》载曾任下野（今枥木县）守，平城天皇大同三年（808）官从四位下，任式部大辅，又曾任播磨（今兵库县）守。其汉诗笔法精练老到，在平安朝初期诗坛名声颇著。当时著名学者小野岑守奉敕编撰《凌云集》，曾向贺阳丰年请教，并称他为"当代大才"。《本朝一人一首》选其《别诸友入唐》诗，林鹅峰评曰："丰年声名籍甚。小野岑守奉敕撰《凌云集》时，称丰年曰当代大才，而有所就问焉。此诗想象远游之情景，首尾连续恰好。按此所谓入唐，延历遣唐使时乎？然则诸友者，藤原葛野麻吕、菅原清公之辈乎？"《凌云集》选录其汉诗佳作十三首。其序曰："臣之此撰，非臣独断。与从五位上行式部少辅菅原朝臣清公、大学助外从五位下勇山连文继等再三议，犹有不尽，必经天鉴。从四位下行播磨守臣贺阳朝臣丰年，当代大才也，追缘病不朝。臣就问简呈，更无异谕，从此定焉。臣岑守谨言。"可见贺阳丰年人品诗品俱佳，在当时诗坛有着重要的影响力。

高士吟

一室何堪扫，九州岂足步。

寄言燕雀徒，宁知鸿鹄路。

伤野将军

虾夷构乱久，择将属吾贤。

屈指驰三略，扬眉出二权。

鼷头勋未展，马革志方宣。

完士何难过，徒悲凶问传。

别诸友入唐

数君为国器，万里涉长流。

奋翼鹏天渺，轩鳍鲲海悠。

登山眉自结，临水泪何收。

但此迁天处，空见白云浮。

菅原清公（770—842）

菅原清公，远江（今静冈县）介菅原古人第四子。自幼饱读经史，喜爱诗赋。桓武天皇延历（782—806）中为东宫侍读，弱冠补文章生，任美浓（今岐阜县）守少掾，以对策登科。延历二十三年（804）七月，任遣唐判官，与空海、最澄等一同渡海赴唐并谒见唐德宗。次年回国升从五位下，任大学助。嵯峨天皇弘仁十年（819）

任文章博士，侍读《昭明文选》《后汉书》。历任左京亮、大学头、弹正大弼、左京大夫等职。奉敕参编《凌云集》《文华秀丽集》。仁明天皇承和六年（839）升从三位。其诗作收于《凌云集》四首、《文华秀丽集》七首、《经国集》五首。林鹅峰《本朝一人一首》选其《冬日汴州上源驿逢雪》诗并评曰："此清公应遣唐之选，在中华所作也。按汴州者，大梁之地也，考古则尧、舜、禹之旧都也，后于此则赵宋帝都也。在此胜地赋彼风景者，壮游之纵观，谁不羡之乎？此是小绝，可以当百千首。况其余所作诗文，犹传于世，可以玩赏焉。且以是善为子，以道真为孙，不亦美乎。"其子菅原是善（812—880）、其孙菅原道真（845—903）皆为平安时代著名学者、汉诗人，一门数代汉学薪火相传，成为日本汉学及汉诗史上佳话。

冬日汴州上源驿逢雪

云霞未辞旧，梅柳忽逢春。
不分琼瑶屑，来沾旅客巾。

奉和塞下曲

天山秋早雪花开，征客心消上苑梅。
万里他乡无与晤，遥瞻汉月自南来。

奉和清凉殿画壁山水歌

丹与青，壁上裁成山水形。
龍嵸危峰将蔽日，峥嵘险涧雁字横。
三江淼淼寻间近，五岳迢迢坐里生。
杂花东不殚，积雪夏犹残。
灵禽百貌从心曲，异木千名起笔端。

飞流落到看鹄挂，重渊回处识蛟盘。

荫松恰似八公仙，蹲石俄疑四皓贤。

觅饮连猿常接臂，加餐担客长息肩。

渔人鼓枻沧波里，田父牵犁绿岩趾。

绕栋轻云未曾出，窥窗狎鸟经年止。

游心自足幽闲趣，属目元饶智仁里。

丹青之工有妙功，能令叡兴发神衷。

释空海（774—835）

释空海，赞岐（今香川县）多度津人，日本真言宗开山祖师。俗姓佐伯，幼名真鱼。自幼学习汉籍，博览经史。桓武天皇延历十四年（795）在东大寺受戒，法名如空，后改为空海。延历二十三年（804）入唐至长安，得惠果和尚所传真言密教。与唐诗名家交往唱酬。大同元年（806）携大量汉籍返国，在高尾山寺住持开创日本真言宗，曾应嵯峨天皇之诏入宫与各宗法师辩论佛法，影响渐显。弘仁七年（816）在纪州（今和歌山县）金刚峰寺开弘法大道场。天长五年（828）建立综艺种智院，广收弟子，推行庶民教育。空海博学多才，精通文艺，其书法与嵯峨天皇、橘逸势并称"三笔"。有《性灵集》《文镜秘府论》《篆隶万象名义》《三教指归》《十住心论》等。其汉诗文见于《性灵集》《经国集》，和歌见于《新敕撰》《续千载》《风雅》等敕撰集中。承和二年（835）三月圆寂，醍醐天皇延喜二十一年（921）十月追谥弘法大师。

后夜闻佛法僧鸟

闲林独坐草堂晓，三宝之声闻一鸟。

一鸟有声人有心，声心云水俱了了。

南山中新罗道者见过

吾住此山不记春，空观云日不见人。
新罗道者幽寻意，持锡飞来恰如神。

在唐观昶和尚小山

看竹看花本国春，人声鸟弄汉家新。
见君庭际小山色，还识君情不染尘。

入山兴

问师何意入深寒，深岳崎岖太不安。
上也苦，下时难，山神木魅是为瘴。
君不见，君不见，
京城御苑桃李红，灼灼纷纷颜色同。
一开雨，一散风，飘上飘下落园中。
春女群来一手折，春莺翔集喙飞空。
君不见，君不见，
王城城里神泉水，一沸一流速相似。
前沸后流几许千，流之流之入深渊。
不入深渊转转去，何日何时更竭矣。
君不见，君不见，
九州八岛无量人，自古今来无常身。
尧舜禹汤与桀纣，八元十乱将五臣。
西嫱嫫母支离体，谁能保得万年春。
贵人贱人总死去，死去死去作灰尘。
歌堂舞阁野狐里，如梦如泡电影宾。

君知否，君知否，

人如此，汝何长，朝夕思兮堪断肠。

汝日西山半死士，汝年过半若尸起。

住也住也一无益，行矣行矣不须止。

去来去来大空师，莫住莫住乳海子。

南山松石看不厌，南岳清流怜不已。

莫慢浮华名利毒，莫烧三界火宅里，

斗薮早入法身里。

赠野陆州歌

日本丽城三百州，就中陆奥最难柔。

天皇赫怒几按剑，相将幄中争驰谋。

往帝伐，今上忧。

时时牧守不能留，自古将军悉啾啾。

毛人羽人接境界，猛虎豺狼处处鸠。

老鸦目，猪鹿裘。

髻中插着骨毒箭，手上每执刀与矛。

不田不衣逐麋鹿，靡晦靡明山谷游。

罗利流，非人俦。

时时来往人村里，杀食千万人与牛。

走马弄刀如电击，弯弓飞箭谁敢囚。

苦哉边人每被毒，岁岁年年常吃愁。

我皇为世出，能鉴亦咨焉。

刃局千人万人举不应，唯君一个帝心抽。

山河气，五百贤。

允文允武得自天，九流三略肚里吞。

鹏翼一抟睨此境，毛人面缚侧城边。

凶兵蕴库待冶铸，智剑满胸几许千。

不战不征自无敌，或男或女保天年。

昔闻妫帝干舞术，今见野公略无匹。

京邑梅花先春开，京城杨柳茂春日。

边城迟暖无春蕊，边垒早冬无茂实。

高天虽高听必卑，况乎鹤响九皋出。

莫愁久住风尘里，圣主必封万户秩。

小野岑守 (778—830)

　　小野岑守，征东副将军小野永见之子，桓武天皇延历（782—805）末，为权少外记。平城天皇大同（806—808）中，任畿内观察使判官，授从五位下，迁右少辨、式部少辅。嵯峨天皇弘仁（810—823）中，历任内藏头、陆奥守、阿波（今德岛县）守，入京为治部大辅，叙从四位下，兼皇后宫大夫。弘仁十三年（822），任参议，兼太宰府（今福冈市）大贰。淳和天皇天长初年进从四位上，为勘解由长官，兼刑部卿。天长七年（830）卒。小野岑守出生贵族世家，勤于政务，长期不怠。曾与中纳言良岑安世、中务大辅朝野鹿取等，撰《内里式》，辅助嵯峨天皇进行政务革新。岑守精通汉籍，诗作优异，得到嵯峨天皇的信任，敕命其与式部少辅菅原清公、大学助勇山文继等编撰《凌云集》，弘仁六年（815）撰成，成为日本汉文学史上的不朽之作。《凌云集》收其诗十三首，《文华秀丽集》收其诗八首，《经国集》收其诗九首。之后《历朝诗纂》选其汉诗十一首。其子小野篁，亦有汉诗传世。

奉和陇头秋月明

反复天骄性，元戎驭未安。

我行都护道，经陟陇头难。

留别文友

一朝从吏十年许，文友存亡半是新。

固为同道无新旧，但悲我作万里人。

远使边城

王事古来称靡盬，长途马上岁云阑。

黄昏极嶂哀猿叫，明发渡头孤月圆。

旅客斯时边愁断，谁能坐识行路难。

唯余敕赐裘与帽，雪犯风牵不加寒。

良岑安世 (785—830)

良岑安世，桓武天皇之子，藤原冬嗣（775—826）之同母弟，其生父为僧遍照。少好习武，读孝经，善诗文，通音律。桓武天皇延历二十一年（802）赐姓良岑。平城天皇大同四年（809）从五位下，任雅乐头。后又任左兵卫督。嵯峨天皇弘仁七年（816）从四位下兼行但马守，授参议。弘仁十年（819）奉旨同藤原冬嗣、藤原绪嗣编撰《日本后纪》，选编《内里式》。弘仁十四年（823）升正三位，任春官大夫。淳和天皇天长四年（827）奉敕与东宫学士滋野贞主编撰《经国集》。殁后追赠正二位。《凌云集》存诗二首、《文华秀丽集》四首、《经国集》七首。林鹅峰《本朝一人一首》选其《九月九日侍宴神泉苑各赋一物得秋莲》诗，并评曰："安世者，桓武之皇子，赐姓列人臣。本是嵯峨、淳和之连枝也，故其所嗜，亦同气同类也。颔联、颈联，譬喻恰好。末句戒美色之微意与彼'步步生莲花'之类，天渊悬隔。呜呼，其子宗贞，不干父之蛊，而为台徒，任僧正。以倭歌著名，虽不为不才，子非孝子之所取也。"良岑安世本为贵胄连枝，身历四朝，与皇族关系复杂，其诗纪人录事，微含讽戒，实属高格。

早秋月夜

三秋三五夜，夜久夜风凉。
虫网露悬白，树条叶末黄。

暇日闲居

暇日除烦想，春风读楚辞。
轩闲啼鸟唤，门掩世人稀。
初笋篁边出，游丝柳外飞。
寥寥高枕卧，庭树落花时。

奉和王昭君

虏地何辽远，关山不忍行。
魂情还汉阙，形影向胡场。
怨逐边风起，愁因塞路长。
愿为孤飞雁，岁岁一南翔。

九月九日侍宴神泉苑各赋一物得秋莲

神泉御苑霜氛下，灵沼秋莲过半黄。
露泛穿枅拙生玉，风吹旧眼无复香。

波收隐士三秋盖，浦落幽人九月裳。

妖艳佳人望已断，为因圣主水亭傍。

滋野贞主（785—852）

　　滋野贞主，出生书香门第，父亲为尾张（今爱知县）守伊苏志臣家译。滋野贞主身长六尺二寸，涯岸甚高；雅有度量，而天性慈仁，平城天皇大同初奉文章生试及第。大同二年（807）任少内记，叙外从五位下。之后历任图书头、内藏头、宫内大辅、兵部大辅、大藏卿兼赞岐（今香川县）守、式部大辅等官职。淳和天皇天长四年（827）五月编成《经国集》，时任东宫学士。天长八年（831）奉敕编《秘府略》一千卷完成。仁明天皇承和九年（842）任参议，迁宫内卿，其在铨官，汲引进士，随器选叙。仁明天皇嘉祥元年（848）兼尾张守，上表陈太宰府吏治之弊，言词切直。文德天皇仁寿元年（851），授正四位下兼相模（今神奈川县）守。次年卒，知与不知，多有流涕悯惜。滋野贞主尊崇佛教，在京都私邸仿唐式创建慈恩寺。其女儿滋野绳子、滋野奥子选入明仁天皇的后宫。滋野贞主与南渊弘贞、菅原清公、安野文继、安部吉人等奉敕撰《经国集》，其序曰："自庆云四年，迄于天长四载，作者百七十八人。赋十七首、诗九百十七首、序五十一首、对策三十八首，分为两帙，编成廿卷，名曰《经国集》。冀映日月而长悬，争鬼神而将奥。先入《秀丽》者，即不刊之书也。彼所漏脱，今用兼收。人以爵分，文以类聚。"可见贵族中汉诗文创作风气之盛。滋野贞主的汉诗，《凌云集》收二首，《文华秀丽集》收六首，《经国集》收二十五首。

和藤神策大将闭门好静花鸟驯人不胜感兴什

隐吏两相传，嫌喧暂断宾。

松萝宜避迹，苔苏不看尘。

叶暗寸余绿，花残数片春。

蒙牵风月好，非是遁栖人。

春日奉使入渤海客馆

苍茫渤海几千里，五两舟中送一年。

鲲壑艰辛孤帆度，鲸涛杀怕远情传。

春鸿爱暖南江水，旅客看云北海天。

晓籁莫惊单宿梦，他乡觉后不胜怜。

嵯峨天皇 (786—842)

嵯峨天皇，名神野，桓武天皇第二子，第52代天皇，在位十四年（810—823），修订律令，维持稳定，全面学唐，倡导汉学及佛教，营造出奈良朝一段繁盛的"弘仁文化"。嵯峨天皇自幼聪慧，好读经史，书画精湛，尤擅草书，与释空海、橘逸势并称为"平安三笔"。其汉诗创作水准甚高，五、七言绝句及七律之作皆能自成一格。敕撰《凌云集》《文华秀丽集》，提升朝臣士林汉诗水平，影响深远，新一代汉诗人如小野岑守、良岑安世、滋野贞主、菅原清公等，人才辈出。其诗赋之作，主要保存于"敕撰三集"（《经国集》《凌云集》《文华秀丽集》），又见金毓黻撰《渤海国志长编》。

江边草

春日江边何所好，青青唯见王孙草。

风光就暖芳气新，如此年年观者老。

山中寺

晓到江村高枕卧，梦中遥听半夜钟。

山寺不知何处在，旅馆之东第一峰。

老翁吟

世有不羁一老翁，生来无意羡王公。

人间忘却贫兼贱，醉卧芳林花柳风。

左兵卫佐藤是雄授勋之备州谒亲因以赐诗

别时节候春云暮，为谒慈亲辞帝京。

邑里儿童欢相待，村中耆耋拜邀迎。

马踏云山乡念切，猿啼海峤助羁行。

虽言客路多芳草，莫学王孙不归情。

早春观打球使渤海客奏此乐

芳春烟草早朝晴，使客乘时出前庭。

回杖飞空疑初月，奔球转地似流星。

左承右碍当门竞，群踏分行乱雷声。

大呼伐鼓催筹急，观者犹嫌都易成。

秋日入深山

历览那逢节序悲，深山忽感宋生词。

半天极嶂烟气入，暗地幽溪日影迟。

听里清猿啼古木，望前寒雁杂凉飔。

炎氛盛夏风犹冷，况是高秋落照时。

江头春晓

江头亭子人事暌，欹枕唯闻古戍鸡。
云气湿衣知近岫，泉声惊寝觉邻溪。
天边孤月乘流疾，山里饥猿到晓啼。
物候虽言阳和未，汀洲春草欲萋萋。

清凉殿画壁山水歌

良画师，能图山水之幽奇。
目前海起万里阔，笔下山生千仞危。
阴云朦朦长不雨，轻烟羃羃无散时。
蓬莱方丈望悠哉，五脚三江清沿洄。
淼漫涛如随风急，行船何事往复来。
飞壁栈巘垂萝薜，会岩盘屈衣莓苔。
岭上流泉听无响，潺湲触石落西隈。
空堂寂寞人言少，杂树朦胧暗昏晓。
松下群居都仙，与不语意犹眇。
度岁横琴谁奏曲，经年垂钓未得鱼。
驰眼看知丹青妙，对此人情兴有余。
画胜真花笑冬春，四时常悦世间人。

神泉苑九日落叶篇

寥廓秋天露为霜，山林晚叶并芸黄。
自然洒落任朔风，摇飑徘徊满云空。
朝来暮往无常时，北度南飞宁有期。
岁月差驰徒逼迫，川皋变化递盛衰。

熙熙春心未伤尽，倏忽复逢秋气悲。

商飙掩乱吹洞庭，坠叶翩翩动寒声。

寒声起，洞庭波，随波泛泛流不已。

虚条缩搣枫江上，旧盖穿适荷潭里。

塞外征夫戍辽西，闺中孤妇怨暌携。

容华销歇为秋暮，心事相违多惨凄。

观落叶，断人肠，淮南木叶杂雁翔。

对此长年悲，含情多所思。

吁嗟潘岳兴，感叹泪空垂。

秋云晚，无物不萧条，坐见寒林落叶飘。

秋千篇

幽闺人，梳妆早。

正是寒食节，共怜秋千好。

长绳高系芳枝，窈窕翩翩仙客姿。

玉手争来互相推，纤腰结束如鸟飞。

初疑巫岭行云度，渐似洛川回雪归。

春风吹休体自轻，飘飘空里无厌情。

佳丽以秋千为造作，古来唯惜春光过清明。

踏云双履透树着，曳地长裾扫花却。

数举不知香气尽，频拉宁顾金钗落。

婵娟娇态今欲休，攀绳未下好风流。

教人把着忽飞去，空使伴俦暂淹留。

西日斜，未还家。

此节犹传禁火，遂无灯，月为灯。

秋千树下心难歇，欲去踟蹰竟不能。

小野永见 (生卒年不详)

小野永见出生贵族，民部太辅上毛野颖人之子。嵯峨天皇弘仁六年（815），被任命为征东副将军加陆奥介。陆奥国位于日本列岛的东北部（今宫城县和福岛县），远离京都，荒凉偏僻。副将军是日本的大将军或将军次席的武官职务，小野永见担此重任，屡次讨伐陆奥、出羽边地虾夷的侵扰。释空海有长篇《赠野陆州歌》，就是对像小野永见那样镇守北疆的将军的歌颂。但是小野永见保留下来的汉诗，却更多表现出倾心佛教的追求，其《田家》诗（收于《历朝诗纂》卷八）则描绘了太平盛世淡适的田园农家生活画面，而这些或许正是这位鏖战边疆的武将内心所追求的目标。

田家

结庵居三径，灌园养一生。
糟糠宁满腹，泉石但欢情。
水里松低影，风前竹动声。
聊输太平税，独守小山亭。

淡海福良满 (生卒年不详)

淡海福良满，一作淡海福良，又名福良麻吕，大友皇子之后。桓武天皇延历十六年（797）正月授从五位下，同年二月任治部少辅。平城天皇大同元年（806）任山作司，官日向（今九州宫崎县）权守。《凌云集》收其诗三首，《经国集》收其诗二首。之后《历朝

诗纂》选其五言古诗一首，五言律诗二首，五言绝句一首。林鹅峰
《本朝一人一首》选其《早春田园诗》并评曰："此人聊甘原宪之贫，
而不羡子贡之富。与前件所载毛颖人所言，如隔胡越。见其诗，可
以知其人。"其诗学陶渊明，但在边地充任权守，望断归雁，其心也悲。

早春田园诗

寒庸六出花，空厨一樽酒。

已迷帝王力，安辨天地久。

四分一顷田，门外五株柳。

羞堪助贫兴，何事贪富有。

被谴别丰后藤太守

故乡何处在，天际白云浮。

归雁遥将没，漂查去不留。

边声四面起，悲泪数行流。

今日生死别，何年问白头。

夕次播州高砂浦

夕次高砂浦，暗云暴且寒。

凄凄抱霜雪，夜夜宿波澜。

钓火遥南岸，渔歌怨北湾。

悲肠寸寸断，何日下生还。

桑原宫作（生卒年不详）

桑原宫作，曾在东北偏僻的陆奥国担任少目，国司的四等官，从八位下，也就是下层的文书职。其《伏枕吟》是一首乐府杂言体诗，先被《凌云集》收录，之后《历朝诗纂》卷五、《本朝一人一首》皆选录。林鹅峰评曰："作者此时为陆奥少目，从八位下。盖有才居下位，幽郁成病。感物之情，随见随闻，无不有之。详见始末，则渐老而其父母犹存。羁微官在奥州，罹病望乡而所吟也。"该诗引用了从《诗经》到魏晋诗作的许多典故，其韵字"支""微"两韵部通押。乐府古诗能写出如此孤独深情，在平安朝诗坛实属不易。

伏枕吟

劳伏枕，伏枕不胜思。

沉疴送岁，力尽魂危。

鬓谢蝉兮垂白，衣悬鹑兮化缁。

凄然感物，物是人非。

抚孤枕以耿耿，陟屺岵而依依。

怅云花于遽落，嗟风树于俄衰。

池台渐毁，童仆先离。

客断柳门群雀噪，书晶蓬室晚萤辉。

月鉴帷兮影冷，风拂牖兮声悲。

听离鸿之晓咽，睹别鹤之孤飞。

心倒绝兮凄今日，泪潺缓兮想昔时。

荣枯但理矣，倚伏固须期。

恃皇天之佑善，祈灵药以何为。

仲雄王（生卒年不详）

仲雄王，《凌云集》收其诗二首，记其官位在嵯峨天皇弘仁五年（814）为从五位下行内膳正。《文华秀丽集》收其序文一篇，诗作十三首，此时官职为大舍人头兼信浓（今长野县）守。《经国集》收其赋二篇，诗一首。弘仁十年（819）正月从五位上，弘仁十四年（823）四月升正五位下。市河宽斋《日本诗纪》收其诗十六首。《文华秀丽集》序文曰："或气骨弥高，谐风骚于声律。或轻清渐长，映绮靡于艳流。可谓辂变椎而增华，冰生水以加励。英声因而掩后，逸价藉而冠先。至琼环与木李齐晖，肃艾将兰芬杂彩，寔由缃缇未异，筐笥仍同者矣。"可见仲雄王文采斐然，在嵯峨天皇弘仁年间可谓才华横溢，名满文坛。

早舟发

早旦扁舟发，微茫海未晴。

浦边孤树远，天际片帆征。

钓火收残焰，榜歌送回声。

悠悠云水里，乡思转伤情。

寻良将军华山庄将军失期不在

君家白云东岭下，昨对宫内暮相期。

平明骑历山中路，踏石溪行驹自迟。

一径南斜门树入，孤亭松色女萝飐。

塘头伫立不看至，落日寒虫鸣草时。

彘肩

彘肩肉赤凝脂白，登俎更待庖丁手。

銮刀磨石刃如霜，坐客看之相嚼久。

盐梅初和人争吃，口饱情闲何欲有。

君不见汉家一壮士，按剑宁辞一杯酒。

伴氏 (生卒年不详)

伴氏，事迹不详，嵯峨朝女诗人。《文华秀丽集》记其名为"姬大伴氏"，收其《晚秋述怀》七律诗一首，韵脚"寒""殚""残""看"，押上平声寒韵。林鹅峰《本朝一人一首》选此诗，并评曰："《三百篇》中，妇女所咏者多多。其后，汉有唐山夫人、班婕妤之类。历代诗选，不弃闺秀，则妇人之才，何必劣丈夫乎？我国女子有才者，小町、伊势、紫式部、清少纳言、赤染右卫门等，最其著者也。其余彤管之玩咏倭歌者，世世不乏也，举世无不知焉。然大伴姬言诗如此，其名闻于世不及彼等之万分，可以痛恨也。呜呼，以小町、伊势、清、紫等之才，使学汉家之字，则我国之闺秀，仿佛唐宋乎？风俗之使然，非无遗憾也。"推重伴氏此诗，并为平安（乃至整个日本）诗坛未能涌现更多的女性汉诗人而发一痛叹。

晚秋述怀

节候萧条岁将阑，闺门静闲秋日寒。

云天远雁声宜听，槛树晚蝉引欲殚。

菊潭带露余花冷，荷浦含霜旧盖残。

寂寞独伤四运促，纷纷落叶不胜看。

桑原腹赤 (789—825)

桑原腹赤，嵯峨朝任文章博士，诗才拔群，奉旨与仲雄王、菅原清公编撰《文华秀丽集》。其诗作见《经国集》《凌云集》《文华秀丽集》。江户时代松平赖宽《历朝诗纂》选其七古二首、五律四首、七律二首。市河宽斋《日本诗纪》收其诗十三首。林鹅峰《本朝一人一首》卷二选其《春日过友人山庄》诗，并评曰："不假丹青，能写景致。此时腹赤为文章生大初位下，则想夫少壮之作也。老成之作，考《文华秀丽》《经国集》可以见焉。"

月夜言离

地势风牛虽异域，天文月兔尚同光。

思君一似云间影，夜夜相随到远乡。

春日过友人山庄

入春今几日，闻道数鹦飞。

烟泛主人柳，花薰客子衣。

野童驱犊去，山叟负薪归。

何独汉阴老，此间可绝机。

和渤海入觐副使赐对龙颜作

渤海望无极，苍波路几千。

占云遥骤水，就日远朝天。

庆自紫霄降，恩将丹化宣。

以君吴札耳，应悦听薰弦。

林娑婆（生卒年不详）

林娑婆，一作祢娑婆，生平事迹不详。"娑婆"一词载于佛经《阿弥陀咒》（见《法苑珠林》卷六十），或为诗人后起笔名。据《历朝诗纂》前编诗人世次爵里记载，林娑婆为"武内之后，或大伴室屋之后，位正五位下"。由此可推测其为大和（今奈良）贵胄后裔。从存诗看，林娑婆生活在山崎（今奈良）、难波（今大阪）、赞岐（今香川县）一带，职业曾为学馆教授，又"久在外国"，经历人生悲欢离合，晚年回归故里，诗中感慨颇深。大阪地区作为日本最早的建都之地，公元五世纪后成为政治经济中心，并形成了日本与东亚各国交往的最大港口（难波港），佛教也由此传入。林娑婆的存诗记载了当年大阪港的盛况，如绘在目。

自山崎乘江赴赞岐，在难波江口述怀赠野二郎

泛流催梶棹，指海共朝宗。

渔火通宵烈，商帆拂曙逢。

遥山疑接漠，远树似生江。

可叹乘桴客，营营不得容。

久在外国晚年归学，知旧零落已无其人，聊以述怀

晚年归学馆，旧识几相辞。

物是人非日，悲来乐去时。

忘筌无故友，倾盖有新期。

欲说平生事，居然泪不持。

多治比清贞 （生卒年不详）

多治比清贞，嵯峨天皇弘仁年间汉诗人。其《和菅祭酒赋朱雀衰柳作》诗一首见于《凌云集》。林鹅峰《本朝一人一首》选录此诗并评曰："颔联、颈联于衰柳为切。破题、末句，以朱雀门官柳，故其言如此。但'陶潜家'下三连，未知无他敲推否。"

和菅祭酒赋朱雀衰柳作

皇城陌上杨将柳，两两三三夹道斜。

畴昔荣华都不见，今时憔悴一应嗟。

寒霜着树非真叶，霏雪封枝是伪花。

既就尧衢待恩煦，阿谁更忆陶潜家。

巨势识人 （795—827？）

巨势识人，又名巨势志贵人，嵯峨天皇时代汉诗人，继体天皇御世大臣巨势男人的后裔。弘仁十四年（823）二月，官秩从五位上，曾从嵯峨天皇游有智子内亲王山庄。《凌云集》收其诗一首，《文华秀丽集》收其诗二十首，《经国集》收其诗四首，之后事迹不详。林鹅峰《本朝一人一首》选其一首与滋野贞主唱和诗《和进士贞主初春过菅祭酒旧宅，怅然伤怀作》，并评曰："怀旧感慨深切也。是少年作也。岑守收载之，则其颖悟显于当时，为先辈被称者可知焉。况于老成乎。"此诗最早被小野岑守收于《凌云集》，保留了平安初期汉诗人之间交往唱和、情谊深厚的一段佳话。

和进士贞主初春过菅祭酒旧宅，怅然伤怀作

闲庭宿草无复扫，虚院孤松自作声。

但见平生风月处，春朝花鸟惨人情。

秋日别友人

林叶翩翩秋日曛，行人独向边山云。
唯余天际孤悬月，万里流光远送君。

春日别原掾赴任

良俦本自非易得，之子为别最情深。
水国天边千里远，暮山江上一猿吟。
白鸥狎人随去舳，青草连湖傍客心。
此日交颐无可赠，相思空有泪沾襟。

和野柱史观斗百草简明执之作

闻道春色遍园中，闺里春情不可穷。
结伴共言斗百草，竞来先就一枝丛。
寻花万贵攀桃李，摘叶千回绕蔷薇。
或取倒葩或尖萼，人人相隐不相知。
彼心猜我我猜彼，窃遣小儿行密窥。
团栾七八者，重楼粉窗下。
百香怀里熏，数样掌中把。
拥裙集绮筵，此首杂华钿。
相催犹未出，相让不肯先。
斗百草，斗千花，矜有嗤无意递奢。
初出红茎敌紫叶，后将一蕊争两葩。

证者一判筹初负，奇名未尽日又斜。

胜人不听后朝报，脱赠罗衣耻向家。

藤原常嗣（796—840）

藤原常嗣，桓武朝遣唐大使藤原葛野麻吕第七子。自幼熟读经史，尤熟《昭明文选》。淳和天皇天长八年（831）从四位下，任勘解由长官、参议。仁明天皇承和元年（834）任遣唐大使，归国后叙从三位，官左太辨，太宰权帅。《经国集》存其五言排律一首，《历朝诗纂》卷十及《本朝一人一首》卷三皆选录此诗。林鹅峰评曰："常嗣者，桓武朝遣唐大使葛野麻吕子也。涉猎经史，谙诵《文选》。仁明朝，任遣唐大使，聘礼事毕归朝。父子专对之选，可谓盛世也。想夫平生著述，在唐之作可多，然不传于世。《经国》残编仅见此一首。最澄曾从葛野入唐，则其与常嗣有方外旧交，固宜然。"揭示本诗后面的一段本事，涉及一门两代遣唐使与访唐僧最澄禅师的世交情谊，读来令人感动。最澄禅师把从唐朝带回的茶种种在近江（今滋贺县）。弘仁六年（815），嵯峨天皇到滋贺县梵释寺，品茶后觉得满口异香，遂大力推广，于是茶叶在日本得到大面积栽培。本诗描绘的最澄禅师的山林禅境，当为种茶、制茶和饮茶的人生最佳境界。

秋日登叡山谒澄上人

城东一岑耸，独负叡山名。

贝叶上方界，焚香鹫岭城。

甑餐藜藿熟，臼饭练砂成。

轻梵窗中曙，疏钟枕上清。

桐蕉秋露色，鸡犬冷云声。

高隐丹丘地，方知南岳晴。

藤原令绪 （生卒年不详）

藤原令绪，藤原房前玄孙，藤原永贞之子。文章生，初授从八位下。天长八年（831）官弹正少忠，升从五位下。《经国集》录诗二首，林鹅峰《本朝一人一首》选其《早春途中》诗，评曰："颔联、颈联，于题稍切。"

早春途中

平旦挥鞭城外出，林村雨霁早春生。

傍峰近听樵客唱，入涧深闻断猿声。

关北寒梅花未发，江南暖柳絮先惊。

愁中路远行不尽，为有羁人故乡情。

惟氏 （生卒年不详）

惟氏，平安前期女诗人。存诗见《经国集》。其中《奉和太上天皇捣衣引》是对嵯峨天皇（786—842）在弘仁十四年（823）禅位于淳和天皇之后所作《捣衣引》的唱和之作。嵯峨天皇的原作已佚，惟氏这首唱和诗当作于淳和天皇天长及仁明天皇承和年间（823—842）。林鹅峰《本朝一人一首》选录此诗，评曰："惟氏盖嵯峨帝宫女乎？见此词，则殆其上官昭容、宋尚官之徒乎？又疑是惟良春道之族类乎？此时上有有智子，下有惟氏，呜呼，嵯峨、淳和好文之化所广覃，谁不叹美之哉？纪氏所谓'写彼汉家之字，化我日域之风'者，在于此乎？"指出惟氏身份大致为嵯峨朝宫女内官，其唱和太上皇捣衣引，颇有"寥落古行宫，宫花寂寞红。白头宫女在，闲坐说玄宗"（元稹《行宫》）之深意。

奉和太上天皇捣衣引

秋欲阑，闺门寒。风瑟瑟，露团团。

遥忆仍伤边戎事，征人应苦客衣单。

匣中掩镜休容饰，机上停梭裂残织。

借问捣衣何处好，南楼窗下多月色。

芙蓉杵，锦石砧，出自华阴与凤林。

捣齐纨，捣楚练，星汉西回心气倦。

随风摇飏罗袖香，映月高低素手凉。

疏节往还绕长信，清音凄断入昭阳。

就灯影，来玉房，尺刀量短长。

穿针泣结连枝继，含怨缝为万里裳。

莫怪腰围畴昔异，昨来入梦君容悴。

和出云巨太守茶歌

山中茗，早春枝，萌芽采撷为茶时。

山傍老，爱写宝，独对金炉炙令燥。

空林下，清流水，纱中漉仍银枪子。

兽炭须臾炎气盛，盆浮沸，浪花起。

巩县坑，闽家盘，吴盐和味味更美。

物性由来是幽洁，深岩石髓不胜此。

煎罢余香处处薰，饮之无事卧白云，

应知仙气日氛氲。

小野篁（802—852）

小野篁，其父小野岑守刑部卿曾奉敕编撰《凌云集》。天长元年（824）起任巡察弹正、弹正少忠、大内记、式部少丞。承和元年（834）任遣唐副使，因与正使藤原常嗣争执而咏讽刺《西道谣》，惹怒嵯峨天皇而被流配隐岐岛（今属岛根县）。承和七年（840）归京，历任陆奥守、东宫学士、藏人头，承和十四年（847）升参议。诗学白居易，被誉为"诗家宗匠"。有《野相公集》五卷，后散佚。《古今和歌集》收其和歌六首，多沉沦悲哀风调。汉诗文十余篇见《经国集》《扶桑集》《本朝文粹》《和汉朗咏集》《新撰朗咏集》。其诗才逸事见《江谈抄》《古事谈》。林鹅峰《本朝一人一首》卷三选其《奉试赋得陇头秋月明》，评曰："博学绝伦，诗文能书，为当时无双。淳和朝撰《令义解》，夏野虽为总裁，多是成于篁手。仁明朝，任遣唐副使。篁不悦在常嗣下，且途中常嗣船损，诏使改驾篁船。篁怒而留焉。由是为流人。经年免罪，又列朝廷登庸，以其才艺拔群也。"

奉试赋得陇头秋月明

反复单于性，边城未解兵。

戍夫朝蓐食，戎马晓寒鸣。

带水城门冷，添风角韵清。

陇头一孤月，万物影云生。

色满都护道，光流伬飞营。

边机候侵寇，应惊此夜明。

近以拙诗寄王十二，适见惟十四和之之什，因以解答

胜负人间争奈何，淬将忘剑战肝魔。

虚名日脚翻阳焰，妄累风头乱雪波。

贱得交情探底尽，老看时事到头多。
见君行李平如砥，谁向羊肠取路过。

重酬

野人闲散立身何，自课功夫文字魔。
蹇步更教吹退鹢，丑颏还被敌横波。
水中投物浮沉异，手里藏钩得失多。
折轴孟门难进路，可怜骐骥坦途过。

和从弟内史见寄兼示二弟

世时应未肯寻常，昨日青林今带黄。
不得灰身随旧主，唯当剔发事空王。
承闻堂上增羸病，见说家中绝米粮。
眼血和流肠绞断，期声音尽叫苍苍。

有智子内亲王 (807—847)

有智子内亲王，嵯峨天皇第三皇女，母为交野女王。嵯峨天皇弘仁元年（810），有智子被任命为贺茂斋院初代院主，直至二十五岁。有智子博览经史，天赋聪颖，汉诗才华出众，被后人誉为平安朝第一女诗人。弘仁十四年（823）授三品。淳和天皇天长十年（833）授二品位。《经国集》及《杂言奉和》收其诗八首。林鹅峰《本朝一人一首》选其《奉和太上天皇巫山高》，并评曰："有智子者，嵯峨帝皇女也。其所作，见《经国》残编者数篇，又《杂言奉和圣制江上落花词》二十句传于世，律诗一篇见国史，非寻常墨客所及也。虽拟乌孙公主、班婕妤，恐不为过论乎。本朝女中无双之秀才也。故载国史全文，遍使人人知之。"《仁明天皇实录》曰："承和十四年十月戊午，二品有智子内亲王薨。遗言薄葬，兼不受葬使。内亲王者，先太上天皇幸姬王氏所诞育也，颇涉史汉，兼善属文，无品为贺茂斋院。弘仁十四年春二月，天皇幸斋院花宴，俾文人赋《春日山庄诗》，各探勒韵，公主探得'塘、光、行、苍'，即沥笔曰：'寂寂幽庄山树里，仙舆一降一池塘。栖林孤鸟识春泽，隐涧寒花见日光。泉声近报初雷响，山色高晴暮雨行。从此更知恩顾渥，生涯何以答穹苍。'天皇叹之，授三品，于时年十七。是日天皇书怀赐公主曰：'忝以文章着邦家，莫将荣乐负烟霞。即今永抱幽贞意，无事终须遣岁华。'寻赐召文人，料封百户。天长十年，叙二品。性贞洁，居于嵯峨西庄。"记载嵯峨皇家父女汉诗唱酬，细致生动。

奉和太上天皇巫山高

巫山高且峻，瞻望几岩岩。

积翠临苍海，飞泉落紫霄。

阴云朝晻暧，宿雨夕飘飖。

别有晓猿断，寒声古木条。

奉和除夜

幽人无事任时运，不觉蹉跎岁月除。

晓烛半残星色尽，寒花独笑雪光余。

阳林烟暖鸟声出，阴涧冰消泉响虚。

故匣春衣终夜试，朝来可见柳条初。

小野末嗣 (生卒年不详)

小野末嗣，仁明天皇承和六年(839)，任安艺(今属广岛县)权守，从五位下。《经国集》卷十四杂咏，收其五言排律一首，为其应童生试时所作，原诗题作"奉试赋得王昭君（六韵为限)"。

奉试赋得王昭君

一朝辞宠长沙陌，万里愁听行路难。

汉地悠悠随去尽，燕山迢迢犹未殚。

青虫鬓影风吹破，黄月颜妆雪点残。

出塞笛声肠暗绝，销红罗袖泪无干。

高岩猿叫重坛苦，遥岭鸿飞陇水寒。

料识腰围损昔日，何劳每向镜中看。

坂上今继 (生卒年不详)

坂上今继，生平事迹不详。林鹅峰称其家族血脉"出自后汉灵帝"，不知何据。《凌云集》记其身份为"左大史正六位上，兼行伊势（今三重县）权大掾，坂上忌寸今继"，录其诗二首。淳和天皇天长元年（824)，从五位下，任大外记兼纪传博士，参与《日本后纪》的编撰。《文华秀丽集》卷上另收其诗一首，可知其与渤海大使有交往唱酬。江户朝水户藩松平赖宽《历朝诗纂》卷十一选其《和渤海大使见寄》诗，林鹅峰《本朝一人一首》选其《涉信浓坂》诗并评曰："余京洛、东武往还数回，共是经东海道而未历东山道，则不尝信浓之险。然往往闻人所语，乃知此诗是有声之画也。"诗句刻画东山道信浓坂山路之险阻，历历在目。

涉信浓坂

积石千里峻，危途九折分。

人迷边地雪，马蹑半天云。

岩冷花难笑，溪深景易曛。

乡关何处在，客思转纷纷。

咏史

陶潜不狎世，州里倦尘埃。

始觉幽栖好，长歌归去来。

琴中唯得趣，物外已忘怀。

柳掩先生宅，花薰处士杯。

遥寻南岳径，高啸北窗限。

嗟尔千年后，遗声一美哉。

和渤海大使见寄

宾亭寂寞对青溪，处处登临旅念凄。

万里云边辞国远，三春烟里望乡迷。

长天去雁催归思，幽谷来莺助客啼。

一面相逢如旧识，交情自与古人齐。

大伴氏上（生卒年不详）

　　大伴氏上，《凌云集》存其诗一首，并记其身份为"从六位下，守大内记大伴宿弥氏上"。林鹅峰《本朝一人一首》亦选这首《渤海入朝》诗，评曰："唐李勣灭高丽，其余种流居海隅之岛者称渤海国。

其王姓大氏，屡献使来贡本朝，其始末载在国史。凡每遇其使来，我邦文人才子无不赠答，是亦其一时之作也。"有学者认为大伴氏上即大伴宿祢犬养，并据《渤海国志长编》，推测此诗写于圣武天皇天平十二年（740），诗人出使渤海国返日时作。我国学者刘国宾认为，大伴氏上应是日本嵯峨天皇至仁明天皇时的廷臣，其诗约写于嵯峨天皇弘仁五年（814）十月至十二月间，是因闻渤海国使王孝廉来日而献给天皇的颂诗。可谓呼应了林鹅峰"一时之作"的说法。无论何种推测，都能看出平安时代的日本与渤海国之间的密切交往。

渤海入朝

自从明皇御宝历，悠悠渤海再三朝。

乃知玄德已深远，归化纯情是最昭。

片席聊悬南北吹，一船长冷去来潮。

占星水上非无感，就日遥思眷我尧。

岛田忠臣（828—892）

岛田忠臣，生于儒学世家，自幼好学，饱读经史，兼通医术。师菅原是善（菅原道真之父），齐衡元年（854）为文章生。元庆三年（879）从五位上，历任兵部少辅、美浓（今岐阜县）介、典药头、伊势（今三重县）介等，颇有行政才干。曾与式部少辅菅原道真一起接待渤海使臣，多有赋诗唱酬。岛田忠臣诗学白居易，诗才敏捷，扬名诗坛。有《田氏家集》三卷，收其诗213首。

同菅侍郎醉中脱衣赠裴大使

浅深红翠自裁成，拟别交亲赠远情。

此物呈君缘底事，他时引领暗愁生。

赋雨中樱花

樱开何事道无伦，半是云肤陶染频。
低入潦中江濯锦，暖沾枝上火烧薪。
吴娃洗浴颜脂泽，姹女清谈口唾津。
东阁经年为老树，纵虽憔悴可夸春。

早秋

七月上弦旬满时，人间半热半凉飔。
光阴渐欲催年役，夜漏初应待晓迟。
百氏书中收夏部，诸家集里阅秋诗。
感伤物色还成癖，此癖无方莫肯治。

独坐怀古

交朋何必旧知音，富贵却忘契阔深。
暗记徐来长置榻，推量钟对欲鸣琴。
巷居傍若颜渊在，坐啸前应阮籍临。
日下闲游任意得，免于迎送古人心。

夏夜对渤海客同赋月华临净夜诗

半破银锅子，排空踵日车。
当天犹热苦，仲夏却霜华。
浇石多零玉，通林碎着花。

窗疑悬瀑布，庭讶蹈晴沙。

昭察分丝发，吟看置齿牙。

两乡何异照，四海是同家。

叹李孔

李老拥龙姿，聊与世尘同。

孔子怀凤德，曾言我道穷。

有道更无位，见圣不录功。

大周非无人，真人谢匪躬。

小鲁尚有君，将圣不登庸。

遂入流沙西，欲浮沧海东。

不知天与夺，若是人替隆。

此理归自然，何家决童蒙。

都良香 (834—879)

都良香，初名言道，主计头桑原贞继之子，文章博士桑原腹赤为其伯父，弘仁十三年（822），禀报准许桑原氏改姓都。清和天皇贞观二年（860）为文章生，接着成文章得业生。贞观十一年（869）以对策及第，次年成少内记。贞观十四年（872）为接待渤海国使节改名良香，次年从五位下大内记，参与编撰《日本文德实录》《文华秀丽集》。贞观十七年（875）任文章博士，次年任越前（今福井县）权介兼侍从，起草诏敕、官符。良香喜山水、好仙术，晚年接受真言密教。有"三千世界眼前尽，十二因缘心里空""气霁风梳新柳发，冰消波洗旧苔须"等名句传颂。其笔触清新，文采斐然，诗才出众，有《都氏文集》，原为六卷，现存三卷。其汉诗文及和歌之作见《本朝文粹》《扶桑集》《古今和歌集》。

代渤海客上右亲卫源中郎将

紫征亲卫宠荣身，奉诏南行对此宾。
出自华楼光照地，来从云路迹无尘。
蛇惊剑影便逃死，马恶衣香拟啮人。
渤海朝宗归圣泽，愿君先道入天津。

秋夜卧病

卧病独凄凄，寂然人事暌。
阶前无履迹，门外断宾蹊。
忽叹浮生苦，宁知与物齐。
形容信非实，魂魄恍如迷。
夜久风威冷，窗深月影低。
忧愁不能寐，长短听鸣鸡。

仓颉赞

黄神之史，仓颉摽名。千年一出，四目双明。
兽更书妙，兔毫笔精。纷纷虫鸟，惟公所生。

菅原道真（845—903）

菅原道真，出生儒学世家，其曾祖父菅原古人、祖父菅原清公、
父菅原是善，皆为文章博士、儒学大家。自幼树立传承家学之志，

博览经史,能文善诗。贞观四年(862)为文章生,贞观十二年(870)对策及第,元庆元年(877)为式部少辅、文章博士。元庆七年(883)陪同来访的渤海国大使裴颋,唱酬敏捷,被誉有白乐天之才。仁和二年(886)任赞岐(今香川县)守。归京后深得宇多天皇信任,宽平三年(891)为藏人头,宽平五年(893)任参议兼式部大辅。宽平六年(894)被任命为遣唐使,因唐末已陷于军阀混战而停止派遣。宽平七年(895)任中纳言,宽平九年(897)升为大纳言、右近卫大将。昌泰四年(901)遭左大臣藤原时平的谗言排挤,贬为九州太宰权帅,两年后郁闷去世。追赠太政大臣。民间尊为"雷神"及"文化神",有《类聚国史》《菅家文草》《菅家后草》《新选万叶集》等传世。林鹅峰《本朝一人一首》中对菅原道真的评语深中肯綮,转录如下:"道真公,行实载在口碑。其为儒家之宗,为文道之祖,人皆脍炙,然其中妄诞多多。故我先考编《神社考》时,作公本传,是其详节也。今既行于世,可谓解千岁之惑也。如其著述,则公本集十二卷幸存,且明衡所选可见而知焉。今就本集载一首,非末学所可容喙也。尝闻'都府楼瓦''观音寺钟'二句,公自谓似香山居士'遗爱寺钟''香炉峰雪'两句。然谪居之作号《菅家后集》,今不传于世,则不能考全篇。又闻公再遇渤海裴大使,为鸿胪馆伴,赠答数回。彼甚叹赏之,公颇动喜色。故今于其数篇中,载此一首,以使初学者知公之文章动外国而已。先考曾见公《文草》,深赏《春惜樱花应制迟、时、丝、遗四韵》,然先考所注心者,在彼小序'兼惜松竹'之讽谏。今不并序载之,则其旨趣不明,且既编收此序并诗于《宇多纪略》,则今不赘焉。公释奠,听讲《论语》,赋'为政以德'曰:'君政万机此一经,乘龙不忘始收萤。北辰高处无为德,疑是明珠作众星。'又《九日侍宴,赋菊散一丛金》应制曰:'不是秋江炼白沙,黄金化出菊丛花。微臣把得簏中满,岂若一经遗在家。'如此二绝句,则非尊信圣经、勤励家业,则不能言焉。呜呼,吉备公之后,儒臣登台鼎者,唯公而已。若无贬谪之变,则儒臣相继,可被登庸也。唯惜公不有亢龙有悔之戒。"

见渤海裴大使真图有感

自送裴公万里行，相思每夜梦难成。
真图对我无诗兴，恨写衣冠不写情。

闻旅雁

我为迁客汝来宾，共是萧萧旅漂身。
欹枕思量归去日，我知何岁汝明春。

梅花

宣风坊北新栽处，仁寿殿西内宴时。
人是同人梅异树，知花独笑我多悲。

谪居春梅

盈城溢郭几梅花，犹是风光早岁华。
雁足粘将疑系帛，乌头点着忆归家。

寒早 十首选二

何人寒气早，寒早夙孤人。
父母空闻耳，调庸未免身。
葛衣冬服薄，蔬食日资贫。
每被风霜苦，思亲夜梦频。

何人寒气早，寒早采樵人。
未得闲居计，常为重担身。
云岩行处险，瓮牖入时贫。
贱卖家难给，妻孥饿病频。

夏日饯渤海大使归乡各分一字探得途

初喜明王德不孤，奈何再别望前途。
送迎每度长青眼，离会中间共白须。
后纪难期同砚席，故乡无复望江湖。
去留相赠皆名货，君是词珠我泪珠。

晚春同门会饮玩庭上残花

荣枯物我自应知，春晚残花几许枝。
人有同门芳意笃，鸟无比翼暮栖移。
攀时醉里何游手，落处杯中莫滥吹。
一道馨香今日尽，明朝眉目为谁施。

秋

涯分浮沉更问谁，秋来暗倍客居悲。
老松窗下风凉处，疏竹篱头月落时。
不解弹琴兼饮酒，唯堪赞佛且吟诗。
夜深山路樵歌罢，殊恨邻鸡报晓迟。

不出门

一从谪落在柴荆，万死兢兢局蹐情。
都府楼才看瓦色，观音寺只听钟声。
中怀好逐孤云去，外物相逢满月迎。
此地虽身无检系，何为寸步出门行。

秋夜九月十五日

黄萎颜色白霜头，况复千余里外投。
昔被荣华簪组缚，今为贬谪草莱囚。
月光似镜无明罪，风气如刀不破愁。
随见随闻皆惨栗，此秋独作我身秋。

读家书

消息寂寥三月余，便风吹着一封书。
西门树被人移去，北地园教客寄居。
纸里生姜称药种，竹笼昆布记斋储。
不言妻子饥寒苦，为是还愁懊恼余。

客舍书籍

来时事事任轻疏，不妨随身十帙余。
百一方资治病术，五千文贵立言虚。
讴吟白氏新篇籍，讲授班家旧史书。
罢秩当须收得去，自惭犹过橐衣储。

梦阿满

阿满亡来夜不眠，偶眠梦遇泪涟涟。
身长去夏余三尺，齿立今春可七年。
从事请知人子道，读书谙诵帝京篇。
药治沉痛才旬日，风引游魂是九泉。
而后怨神兼怨佛，当初无地又无天。
看吾两膝多嘲弄，悼汝同胞共葬鲜。

莱诞含珠悲老蚌，庄周委蜕泣寒蝉。

那堪小妹呼名觅，难忍阿娘灭性怜。

始谓微微肠暂续，何因急急痛如煎。

桑弧户上加蓬矢，竹马篱头着葛鞭。

庭驻戏栽花旧种，壁残学字点傍边。

每思言笑虽如在，希见起居总惘然。

到处须弥迷百亿，生时世界暗三千。

南无观自在菩萨，拥护吾儿坐大莲。

赋得赤虹篇

阴阳变理自多功，气象裁成望赤虹。

举眼悠悠宜雨后，回头眇眇在天东。

炎凉有序知盈缩，表里无私辨始终。

十月收时仙雪降，三春见处夭桃红。

云衢暴锦星辰织，鸟路成桥造化工。

千丈彩幢穿水底，一条朱旆挂空中。

初疑碧落留飞电，渐谈炎洲飓暴风。

远影婵娟犹火剑，轻形曲桡便彤弓。

如今尚是枢星散，宿昔何令贯日匆。

问着先为黄玉宝，刻文当使孔丘通。

有所思

君子何恶处嫌疑，须恶嫌疑涉不欺。

世多小人少君子，宜哉天下有所思。

一人来告我不信，二人来告我犹辞。

三人已至我心动，况乎四五人告之。

虽云内顾而不病，不知我者谓我痴。

何人口上将销骨，何处路隅欲僵尸。

悠悠万事甚狂急，荡荡一生长险巇。

焦原此时谷如浅，孟门今日山更夷。

狂暴之人难指我，文章之士定为谁。

三寸舌端驷不及，不患颜疵患名疵。

功名未立年未老，每愿名高年又耆。

况名不洁徒忧死，取证天神与地祇。

明神若不愆玄鉴，无事何久被虚词。

灵只若不失阴罚，有罪自然为祸基。

赤心方寸惟牲币，固请神祇应我祈。

斯言虽细犹堪恃，更愧或人独自嗤。

内无兄弟可相语，外有故人意相知。

虽因诗与居疑罪，言者何为不用诗。

纪长谷雄（845—912）

　　纪长谷雄，字宽，名发昭，又称纪纳言、纪家。弹正大忠纪贞范之子。最初向都良香求教，贞观十八年（876）补文章生，改入菅原道真之门学习。元庆五年（881）获文章得业生，以对策及第。仁和二年（886）任少外记。宽平二年（890）为图书头，三年成为文章博士。任式部少辅、右少弁职务后，宽平七年（895）成为大学头，为宇多天皇讲授《汉书》《文选》，又成为醍醐天皇的经史顾问，深得信任，任式部大辅、侍从。昌泰二年（899）升右大弁，次年转左大弁。延喜二年（902）参议，同十年升从三位权中纳言，翌年升中纳言。纪长谷雄诗才丰赡，与三善清行并称为延喜文坛重镇。菅原道真贬谪后的作品集《菅家后集》，就托付给纪长谷雄。有《纪家集》，部分存世。诗文作品散见《本朝文粹》《和汉朗咏集》《朝野群载》。

山无隐

幽人归德遂难逋，抽却蒿簪别草庐。

虚涧有声寒溜咽，故山无主晚云孤。

青郊不顾烟花富，绛阙初生羽翼扶。

巢许若能逢此日，何因终作颍阳夫。

北堂史记竟宴各咏史得叔孙通

怀明难照世多艰，直道如谀十主间。

他日遂逃秦虎口，暮年初谒汉龙颜。

光加粉泽洪基贵，道拂风波少海闲。

一代儒宗君第一，于今吾辈仰高山。

菅原淳茂（？—926）

菅原淳茂，生年不详，菅原道真第四子。醍醐天皇延喜元年（901），因父菅原道真贬职，淳茂被流配播磨（今兵库县）。后被免罪返回京城，授正六位上。延喜八年（908）八月十四日，有应诏对文《散位正六位上菅原朝臣淳茂对》，见《本朝文粹》卷三。延喜九年（909）为文章博士，历任兵部丞、式部权大辅、大学头，官秩至正五位下。延喜年间还写有《菅原淳茂大宰答新罗返牒》，见《本朝文粹》卷十二。其汉诗文作品见于《本朝文粹》《扶桑集》

《和汉朗咏集》《江谈抄》等。林鹅峰《本朝一人一首》卷四选其《月影满秋池》诗，评曰："颔联设譬，颈联写景，破题与落句共好。菅公有此子传其家业者，宜哉。世传宇多上皇见此诗，谓'恨使先公不在焉'。"其诗为《和汉朗咏集》所载，首句"碧浪金波三五初，秋风计会似空虚"，出自唐白居易诗句。其《初逢渤海裴大使有感吟》，见于《扶桑集》，描写父辈菅原道真与渤海国访日大使裴颋因赋诗而结为至交，子辈菅原淳茂与新一代访日大使裴颋之子裴璆今又相逢唱和之佳话。江村北海《日本诗史》卷一赞其"文才秀发，无愧箕裘"。

月影满秋池

碧浪金波三五初，秋风计会似空虚。

自疑荷叶凝霜早，人道芦花过雨余。

岸白还迷松上鹤，潭融可算藻中鱼。

瑶池便是寻常号，此夜清明玉不如。

初逢渤海裴大使有感吟

思古感今友道亲，鸿胪馆里□余尘。

裴文籍后闻君久，菅礼部孤见我新。

年齿再推同甲子，风情三赏旧佳辰。

两家交态人皆贺，自愧才名甚不伦。

往年贤父裴公以文籍少监奉使入朝，余先君时为礼部侍郎，迎接殷勤。非唯先父之会友，兼有同年之好。记裴公重朝，自说："我家有千里驹。"盖谓君焉。今余与使公春秋偶合，宾馆相逢，又三般礼同在仲夏，故云。

藤木吉（生卒年不详）

藤木吉，经商，能诗。北宋真宗咸平五年（1002），福建建州（今建瓯）商贾周世昌航海遭风漂流至日本，留日七年得还，与日人唱和并编有诗集。同船返宋有日人藤木吉。藤木吉拜谒宋真宗并献上此诗，宋真宗询其风俗及州名年号，赐时服、铜钱遣还。事见《宋史·日本传》。此诗被松平赖宽《历朝诗纂》卷九选录，保留了平安时代汉诗人与宋朝皇帝交往的一段佳话。

上宋真宗皇帝

君问吾风俗，吾风俗最淳。

衣冠唐制度，礼乐汉君臣。

玉瓮筥新酒，金刀剖细鳞。

年年二三月，桃李一般春。

高阶积善（生卒年不详）

高阶积善，从二位高阶成忠第八子，平安一条朝儒官、汉诗人。青年时以对策及第，任宫内少丞、弹正少弼、左少弁。康保元年（964）推动创设劝学会。宽弘七年（1010）前后，编撰《本朝丽藻》。长和三年（1014）从四位下，任民部大辅，升正四位下。频繁参加当时皇族贵胄家庭举办的汉诗唱酬活动，论诗推崇白居易。其汉诗文作品保留在《本朝文粹》《本朝丽藻》《类聚句题抄》中，今存汉诗十数首。《本朝丽藻》二卷，收录一条天皇正历、宽弘年间天皇公卿的汉诗之作，多数为七律，计有诗人二十九人，诗作一百五十一首，诗序十六篇。学者肖瑞峰对此有详细论述，见其《论〈本朝丽藻〉的时代特征》（《文学遗产》1999 年第 2 期）。林鹅峰《本朝一人一首》选其《梦中谒白太保元相公》诗并评曰："本朝先辈，无不景慕居易，

故以野篁准彼，以菅相为胜彼，且菅相、长谷雄，有元、白复生之
话。先是朝纲既梦居易，至积善并元、白梦之。盖其景慕之深，到
如此者乎。可谓思梦也。"

林花落洒舟

花满林梢映碧空，花来片片洒舟红。

行装被染经波处，远色犹随去岸中。

渔父棹歌应白雪，商人锦缆任青风。

此时独有不花木，折理谁能问化公。

梦中谒白太保元相公

二公身化早为尘，家集相传属后人。

清句既看同是玉，高情不识又何神。

风闻在昔红颜日，鹤望如今白首辰。

容鬓宛然俱入梦，汉都月下水烟滨。

藤原敦信（生卒年不详）

藤原敦信，世代儒家，其父藤原合茂曾任大内记，其子藤原明
衡（？—1066）为《本朝文粹》的编撰者。敦信初为文章生，以歌
人闻名，活跃于一条天皇及三条天皇朝诗坛。曾任肥后（今熊本县）
守。三条天皇长和元年（1012）任山城（今京都府南部）守。晚年
出家。高阶积善《本朝丽藻》卷上存其汉诗一首。

池水绕桥流

池上雨收景气晴，溶溶流水绕桥清。

回塘烟里龙鳞暗，枯岸晴前雁齿明。

潭泛红栏南北影，浪随玉履往还声。

每看形胜消尘虑，何必远求蓬与瀛。

醍醐天皇（885—930）

醍醐天皇，日本第66位天皇。在位33年用了三个年号，分别为昌泰（898—901）、延喜（901—923）、延长（923—931）。颁布新法律"延喜格""延喜式"，史称"延喜之治"。推崇佛教，延喜二十一年（921）赐空海弘法大师谥号。喜作汉诗，曾为《菅家后集》题诗。林鹅峰《本朝一人一首》卷四选其《题菅氏三代家集》诗，并评曰："《菅氏家传》谓：'昌泰三年，右大臣菅公奏进其三代家集二十八卷。'所谓三代者，清公、是善及公也。天皇感赏之，赐御制八句，即此诗也。末句，善读三代家集，则《白氏文集》亦可抛却也。然明年，公遇贬谪之谴，则家集却可被抛掷乎。贬谪之谴者，公一代之不幸也。御制果传于世，则彼家累叶之华衮也。就其卷数而按之，则公集今存者十二卷，乃其所自编乎。二代集今不传。清公诗者，岑守、仲雄、贞主所采择者，存其十之一则犹足。唯是善所作，仅明衡《文粹》所载，及《高雄钟铭》而已。其诗未得一首，可以痛恨焉。然《文德实录》多是善手泽，不亦幸乎。"

题菅氏三代家集

门风自古是儒林，今日文华皆悉金。

唯咏一联知气味，况连三代饱清吟。

琢磨寒玉声声丽，裁制余霞句句侵。

更有菅家胜白样，从兹抛却匣尘深。

平生所爱，《白氏文集》七十卷是也，今以菅家，不复开帙。

大江朝纲 (886—957)

　　大江朝纲，其祖为左卫门督大江音人，其父为少纳言大江玉渊。延喜十一年（911）为文章生，之后赴丹波（今京都府、兵库县、大阪府部分地区）、信浓（今长野县）、三河（今爱知县）任地方官，返京任民部大丞、同少辅。承平四年（934）升文章博士。天历五年（951），任左大弁兼勘解由长官。天历七年（953）任参议，正四位下。奉敕编撰《新国史》。有自编诗文集《后江相公集》（因其祖音人被称为江相公，朝纲自称后江相公），后散佚。编撰《倭注切韵》（又名《作文大体》），收于《群书类从》卷一百三十七、《文笔部》十六。多篇题屏风对句，存于《小野道风笔屏风土代》。汉诗文存于《扶桑集》《本朝文粹》《和汉朗咏集》。和歌存于《后撰和歌集》。清代金毓黼《渤海国志长编》存其汉诗一首。大江朝纲仰慕白乐天诗，传闻一夕梦与乐天逢而对话，从此文笔进步。其《作文大体》编撰于天庆二年（939），是日本现存最早的近体格律专论。其自序曰："夫学问之道，作文为先，若只诵经书，不习诗赋，则所谓书橱子，而如无益矣。辨四声详其义，嘲风月味其理，莫不起自此焉。备绝句联平声，总廿八韵，号曰《倭注切韵》。"其书全面介绍了近体五七绝、五七律的字数、句数、对仗、押韵和平仄声病等形式法度体例，既有唐朝诗人的例诗，又有日本诗人的例诗，其实用性超过空海《文镜秘府论》。林鹅峰《本朝一人一首》选其《王昭君》诗，评曰："此诗句意共好，就中颈联最为警策。……村上帝朝，奉敕继菅丞相《类聚国史》撰《新国史》，不传于世，可以惜焉。朝纲《送渤海客》诗序曰：'前途程远，驰思于雁山之夕云。后会期遥，沾缨于鸿胪之晓泪。'客甚感赏之。经年，彼国人遇我邦人，问曰：'江相公为三公否？'答曰：'未也。'彼曰：'日本国何不重文才乎？'此等说话，以江家英杰，故欲拟菅相而言之乎。"大江朝纲是承平、天历年间代表性诗儒，当时重要的皇家愿文、摄关大臣的上表及年号勘申等，大都出自其手，确立了江家于翰林的重要地位。

渤海裴大使到越州后见寄长句欣感之至押以本韵

王道如今喜一平，教君再入凤凰城。
朝天归路秋云远，望阙高词夜月明。
江郡浪晴沉藻思，会稽山好称风情。
恩波化作沧溟水，莫怕孤帆万里程。

王昭君

翠黛红颜锦绣妆，泣寻沙塞出家乡。
边风吹断秋心绪，陇水流添夜泪行。
胡角一声霜后梦，汉宫万里月前肠。
昭君若赠黄金赂，定是终身奉帝王。

菅原文时（899—981）

菅原文时，菅原道真之孙，菅原高视次子。醍醐天皇延喜三年（903），其祖父菅原道真死于筑紫贬所。仕途历经朱雀、村上、冷泉、圆融四代天皇，历任文章博士、兼尾张权守、参议。圆融天皇天元初授从三位，世称"菅三品"。继承家学，长于汉诗文，诗学元、白，活跃文坛，与大江朝纲齐名。有家集《文苑集》二十三卷，后失传。诗文见《和汉朗咏集》《本朝文粹》《扶桑集》。林鹅峰《本朝一人一首》选其《山中有仙室》，评述道："菅公子孙，多是才子也。就中推文时而为翘楚。如此诗能协其题，颔联、颈联，最为警策。明衡《文粹》多载其文，以《纤月赋》为压卷。村上朝，文时虽少于朝纲，其才相敌。曾二人同奉敕，择白氏集中诗第一，共出《送萧处士游黔南诗》。又曾同游某皇孙宅咏花，朝纲句曰：'此花非是人间种，琼树枝头第二花。'文时句曰：'此花非是人间种，再养平台一片霞。'上句不违一字，下句共享梁园事。朝纲曰：'后人以余及文时，可称一双。'累叶菅、江相并，为大学寮东西曹主。"成为平安中后期诗坛一段佳话。

仲秋释奠听读古文孝经

一千八百有余文，名是孝经忠不分。
听尽为臣为子道，秋风吹拂意中云。

山中有仙室

丹灶道成仙室静，山中景色月花低。
石床留洞岚空拂，玉案抛林鸟独啼。
桃李不言春几暮，烟霞无迹昔谁栖。
王乔一去云长断，早晚笙声归故溪。

北堂汉书竟宴咏史得路温舒

文华政理被人闻，巨鹿雄才路长君。
露泽青蒲留鸟迹，烟村碧草从羊群。
汉朝舟泛心中水，山邑官寻眼外云。
惆怅春风棠树荫，芳声远播子孙分。

源顺 (911—983)

源顺，字阶，嵯峨源氏皇子后裔。朱雀天皇承平四年（934），皇女勤子内亲王命其撰集《倭名类聚抄》。村上天皇天历五年（951），奉命为《万叶集》训注，宫中设和歌所，参与编撰《后撰和歌集》。天历七年（953）文章生，同十年（956）勘解由判官，应和二年（962）民部少丞，接任东官藏人。康保三年（966）从五位下，任下总（今千叶县）权守，次年任和泉（今属大阪府）守。圆融天皇天延元年（973）从五位上。天元二年（979）任能登（今石川县北部能登半岛）守。汉诗文作品见《扶桑集》《和汉朗咏集》《天德三年斗诗行事略记》《本朝文粹》《朝野群载》。和歌作品见《拾遗集》以下的敕撰和歌集。参咏天禄三年（972）的"规子内亲王家歌合"、贞元二年（977）"三条左大臣家歌合"，担任评判。林鹅峰《本朝一人一首》选其《白》诗，并予高度评价："着题绝作也。夫顺者，一时英才也。其文、其诗，见《文粹》。且编《后撰集》，点《万叶集》，则长于倭歌。又撰《倭名钞》，则其才，该通倭汉。虽称本朝扬雄、许慎，不为过论。莫以寻常墨客看之。"

岁寒知松贞

难凋柏伴迎冬茂，易落枫惭送岁森。
十八公荣霜后显，一千年色雪中深。

白

银河澄朗素秋天，又见林园白露圆。
毛宝龟归寒浪底，王弘使立晚花前。
芦洲月色随潮满，葱岭云肤与雪连。
霜鹤沙鸥皆可爱，唯嫌年鬓渐皤然。

五叹吟并序 五首选二

余有五叹，欲罢不能。所谓心动于中形于言，言不足，故嗟叹之义也。延长醍醐八年之夏，失父于长安城之西。其叹一矣。承平朱雀五年之秋，别母于广隆寺之北。其叹二矣。余又有兄，或存或亡。亡者先人之长子也。少登台岭，永为比丘。慧进之名满山，白云不理其名于身后。礼诵之声留涧，青松犹传其声于耳边。众皆痛惜，况于余乎。其叹三矣。存者先人之中子也，宅江州之湖上，渔户双开，所望者烟波渺渺；雁书一赠，所陈者华洛迢迢。何以得立身扬名，显父母于后世乎。其叹四矣。余先人之少子也，恩爱过于诸兄，不教其和一曲之阳春，只戒守三余于寒夜。若学师之道遂拙，恐闻父之志空抛。其叹五矣。于时，秋风向我而悲，双坟树老；晓露伴我而泣，三径草衰。叹而喟然，吟之率尔而已。词曰：

一隔严容十有年，又无亲戚可哀怜。
单贫久被蓬门闭，示诚多教竹简编。
声是不传歌白雪，德犹难报仰青天。
立名终孝深闻得，成业争为拜墓边。

不可斯须母不存，悲哉早别老衡门。
宁寻八里江声远，只望弧坟草色繁。
年少昔思怀橘志，痛深今恋折枝恩。
堂中纵有秋风冷，更为谁人使席温。

无尾牛歌

我有一牛尾已欠，人人嘲为无尾牛。
本是野犊被狼啮，免彼狼口实有由。
英灵疑是松精化，肥大曾非果下流。
虽无一尾有五德，请我一一叩角讴。
初食弱草粪共分，时不放以尾污辐。 其德一也

086

入园纵逢园夫怒，不可结着死牛头。牛入园中，
园主以死牛头骨，结其尾令走数里。此牛无所结着，其德二也

又入旷野群牛中，牧童远知不寻求。其德三也

黑牛背上白毛点，苦贤验之遂得偷。

君若擒奸兼督盗，何必以毛告定州。

短尾犹为长久验，盗者终须为系囚。其德四也

家家儿女走车出，远向山寺近市楼。

或投暮归或隔夜，牛疲轮刉主人愁。

我牛无尾人不借，人皆虽嘲我无忧。其德五也

无尾无尾汝听取，我未以汝耕田畴。

又不东西为蹴载，一蹴载之赁无收。

我心不是偏爱汝，家贫自忘农商谋。

临老居官官俸薄，一两僮仆不肯留。

草青春不乘肥马，雪白冬难拥善裘。

才得驾汝何忘苦，无尾无尾汝知不。

明时用忠不用富，所以夙兴夜暂休。

愚忠若遇糠豆瞻，数年汝功必将酬。

大江匡衡（952—1012）

大江匡衡，生长儒官世家，其祖父大江维时，与祖伯父大江朝纲、
菅原文时并称承平、天历朝三大儒官。自幼聪颖好学，天延三年（975）
为文章生，次年成秀才。永祚元年（989）任文章博士、侍从、东
宫学士、尾张（今爱知县西部）权守。宽弘七年（1010）正四位下，
任丹波（今京都府、兵库县、大阪府部分地区）守。匡衡受到一条

天皇、三条天皇及敦康亲王重用，成为平安朝中期儒官文坛的重要人物。林鹅峰评曰:"村上朝，匡衡犹少，就维时学而被文时试而对策。壮年，出为尾张守。不几，召为侍读，奉授《尚书》《毛诗》《史记》《文选》《白氏文集》等，历仕累朝，任式部大辅，兼文章博士。以韦玄成自比。曾作《古调五言诗一百韵》，详述其履历事实。又以维时为延喜东宫学士，且为村上帝师例，而为一条帝之皇子之师。"其妻赤染卫门为当时著名的女流歌人，大江匡衡亦精于和歌，被誉为中古三十六歌仙之一。有《江吏部集》《匡衡集》传世。汉诗文及和歌选录于《本朝文粹》《本朝丽藻》《后拾遗》《新古今》及《和汉朗咏集》。

自爱

我赏我身人不识，钻坚尝险几寒温。
问头博士菅三位，提耳祖宗江纳言。
东海烹鲜遗教化，玄成侍读仰殊恩。
一言犹胜千金重，三百卷书授至尊。

落花渡水舞

喜气遇时池上晴，落花渡水舞多情。
婆娑曲岸应风送，宛转回流被月迎。
钩似抚弦霞袂举，舟疑在榭雪肤轻。
今朝初见蓬瀛事，歌德浴恩仰圣明。

暮秋同赋草木摇落应教

气序环回始亦遵，草衰木落思悠悠。
丛疏露结康成带，叶撼风回范蠡舟。
胡塞地寒烟色变，洞庭天霁雨声幽。

霜侵旷野虫弥怨，月过空枝鸟不留。

篱菊紫摧迎日冷，岸枫红洒任波流。

从兹剃氏多闲暇，料识猎徒得自由。

颜巷萧条唯晦迹，翰林寂寞久低头。

蓬心徒转恩犹晚，榆影半倾鬓已秋。

潘岳赋中应讽咏，宋生感处欲优游。

年来零落未逢遇，愿托好文赐早抽。

大江以言（955—1010）

大江以言，出生姓弓削，为大隅守弓削仲宣之子，长保五年（1003）改为大江氏。师事藤原笃茂，精于诗文，以对策及第。一条天皇在位期间，升文章博士，从四位下，任式部权大辅。其诗文收于《本朝文粹》《本朝丽藻》及《和汉朗咏集》，松平赖宽《历朝诗纂》卷十四选其七律《闲中日月长》一首。

岁暮游园城寺上方

岁暮偶寻山寺登，萧萧四望感相仍。

乡园迢递令云隔，林草凋残被雪凌。

风涧寒时斟绿桂，石桥滑处杖红藤。

松门亲友昏看鹤，花路远鸡晓听蝇。

共引霜台欢会客，初逢云洞薜萝僧。

风情忽发吟犹苦，日脚渐斜去未能。

泉户草残寒雪厌，山厨茶熟暮烟兴。

忏来累业眼前结，除却尘劳意里凝。

学路虚名惭夜月，官途寸步踏春冰。

欲归近伫及昏黑，遥指河西一点灯。

纪齐名（957—999）

纪齐名，本姓田口，后改姓纪。师事橘正通，永延时任尾张（今爱知县西部）掾，以对策及第。后任大内记、式部少辅，从五位上。诗坛名望甚高，编纂《扶桑集》。长德三年（997）参与省试判诗时，曾与大江匡衡发生争论。有《纪齐名集》，后散佚。诗文作品见《本朝文粹》《类聚句题抄》《和汉朗咏集》。松平赖宽《历朝诗纂》选其诗七首。

远草初含色

野蕙新抽谁得佩，泽蒲犹短未能编。

湖边人踏三分绿，塞外马嘶一道烟。

春心远近同

庭兰萌处皋兰紫，园杏开时野杏红。

内外皆通唯美景，华夷无隔尽春风。

具平亲王（964—1009）

具平亲王，村上天皇第七皇子，又称后中书王、六条宫、千种殿，生母为丽景殿女御庄子。两岁封亲王，自幼师事庆滋保胤。永延元年（987）任中务卿，宽弘四年（1007）授二品。具平亲王擅长汉诗文、和歌、书法，对阴阳学、汉方医药也有研究。其人博学多才，与纪齐名、大江以言、藤原为时等儒官交往密切，成为一条朝文坛的中心人物。有《后中书王集》，已散佚。汉诗文作品见《本朝丽藻》《本朝文粹》《和汉朗咏集》，和歌作品见《千载集》《新古今集》《玉叶集》。江村北海《日本诗史》卷一评价具平亲王的汉诗："《题橘郎中遗稿》七律，悲惋凄恻，一时传称。其结句曰'未会茫茫天道理，满朝朱紫彼何人'，盖亦为藤原氏发也。又《遥山暮烟》七律，精诣被赏一时。"

天元四年夏和小童殇亡诗

无花无柳又稀莺，慵睡慵兴任日倾。
池藕四回舒叶色，林鸦几许引雏声。
抚桐未慰孙枝思，养笋难堪母竹情。
怀旧心肝何复若，被催词客数篇成。

和高礼部再梦唐故白太保之作

古今词客得名多，白氏拔群足咏歌。
思任天然沉极底，心从造化动同波。
中华变雅人相惯，季叶颓风体未讹。
再入君梦应决理，当时风月必谁过。

题故工部橘郎中诗卷

君诗一帙泪盈巾，潘谢末流原宪身。
黄卷镇携疏牖月，青衫长带古丛春。
文华留作荆山玉，风骨消为蒿里尘。
未会茫茫天道理，满朝朱紫彼何人。

过秋山

清晨连辔伴樵歌，渐上青山逸兴多。

松峤烟深迷晚暮，石梁霜滑倦嵯峨。

林间寻路踏红叶，岩畔侧身攀绿萝。

三叫寒猿倾耳听，一行斜雁拂头过。

长安日近望难辨，碧落云晴何可摩。

莫道登临疲跋涉，人间险阻甚山河。

藤原道长（966—1027）

　　藤原道长，关白藤原兼家第五子，太政大臣藤原道隆之弟，其母为藤原中正之女时姬。天元二年（979），道长叙从五位下，经侍从任为右兵卫权佐。永延元年（987）叙从三位，并兼任左京大夫，次年正月，经参议擢升为权中纳言。二十岁起任少纳言、权中纳言、权大纳言。长德元年（995）任内览宣旨、右大臣，次年升任左大臣，成为朝堂第一人。一条天皇长保二年（1000），藤原道长的长女彰子成为一条天皇中宫，接着二女妍子成为三条天皇中宫、三女威子成为后一条天皇皇后。藤原道长成为三个天皇的外戚，稳居公卿之首。后一条天皇长和五年（1016），藤原道长成为摄政，次年将摄政职让于子赖通，自任太政大臣，藤原氏专权达到顶点。宽仁三年（1019）道长托病出家，法名行观，后改为行觉。治安二年（1022）建成法成寺，晚年居住于此，有"御堂关""法成寺摄政"之称。有日记《御堂关白记》、家集《御堂关白集》。松平赖宽《历朝诗纂》卷十三，选其《暮秋宇治别业即事》一首，透露出权臣枭雄之气概。

暮秋宇治别业即事

别业号传宇治名，暮云路僻隔华京。

柴门月静眠霜色，旅店风寒宿浪声。
排户遥看汉文去，卷帘斜望雁桥横。
胜游此地犹虽尽，秋兴将移潘令情。

藤原公任（966—1041）

　　藤原公任，关白太政大臣藤原赖忠长子，其母为代明亲王之女严子。天元三年（980）元服，授正五位下侍从。永祚元年（989）任藏人头。正历三年（992）升参议。宽弘六年（1009）权大纳言，同九年，升正二位。万寿元年（1024）致仕。万寿三年（1026）在京都北山长谷出家隐居。藤原公任是平安中后期代表性的歌人，素养深厚，才华横溢，是中古三十六歌仙之一。编有《金玉集》《前十五番歌合》《三十六人撰》《新撰髓脑》《和歌九品》《北山抄》。家集有《前大纳言公任卿集》。汉诗见《本朝丽藻》。林鹅峰《本朝一人一首》卷五选其《晴后山川清》七律一首，并评曰："公任者，清慎公孙，而廉义公子也。实是摄家正嫡也。然以道长强大，不能任执柄。宽弘初，以中纳言兼左卫门督。曰贵族，曰才调，不屑黄门、金吾官职，故宦仕之勤稍懈。见此诗，则游目于山水，遣不平之怀乎。二联稍好，唯觉末句未可也。"按：《本朝丽藻》收录藤原赖通（992—1074）的汉诗十首（《花鸟春资贮》《暮春侍宴东三条第赋度水落花舞》《四月八日灌佛》《夏月胜秋月》《同诸知己饯钱塘水心寺作》《白河山家眺望诗》《冬日听皇子始读御注孝经应教》《夏赋未饱风月思》《闻左亲卫员外游宇治河述怀》《冬往般若寺见故藏阇梨旧房》），又收录藤原公任的汉诗一首（《晴后山川清》），两人皆称左金吾官职。江户时期林鹅峰《本朝一人一首》选了藤原公任的《晴后山川清》诗，而松平赖宽《历朝诗纂》卷十三则将藤原赖通的两首七律《同诸知己饯钱塘水心寺作》《白河山家眺望诗》，列在藤原公任名下，不知何据。当代菅野礼行、德田武《日本汉诗集》（新编日本古典文学全集第 86 册，小学馆 2006 年第一版)，延续《历朝诗纂》之选，似可商榷。本书取《本朝丽藻》《本朝一人一首》的说法。

晴后山川清

山霁川清景趣幽，近望雨脚对东流。
岭摸毛女唯青黛，浪伴渔翁自白头。
云雾霭收松月曙，菰蒲烟巷水风秋。
云仁云智足相乐，宜矣登临促胜游。

一条天皇（980—1011）

一条天皇，日本第 66 代天皇，名怀仁，圆融天皇的第一皇子，母亲藤原诠子。花山天皇永观二年(984)立为皇太子。两年后即位，在位二十五年，用了七个年号。先是摄政藤原道隆之女入宫做皇后，藤原道长掌握实权后又将女儿彰子送入宫，成为与皇后定子位阶相等的中宫，开了一帝两后的先例，同时这也是藤原氏权势达到顶峰的时期。一条天皇为人温和而好学，钻研音乐，爱好吹笛，他礼待藤原公任、大江匡衡等儒官文人，促进了汉诗文创作的繁荣。服侍皇后定子的清少纳言与服侍中宫彰子的紫式部、和泉式部等人，创造出平安时代女流文学的艺术高峰。宽弘七年（1010）高阶积善编成《本朝丽藻》，其中收录一条天皇汉诗七首。林鹅峰《本朝一人一首》卷五选其《书中有往事》，并评曰："居九五之贵，有志于文字，不亦善乎。此时政无大小，决于道长。末句其有寓叡虑乎。曾见《古事谈》曰：'帝亲书曰："三光欲明，黑云覆光。丛兰欲茂，秋风吹破。"帝崩后，道长见之，破弃之。'可以并按。"

清夜月光多

偶迎清夜引良朋，满月光多空碧澄。

入牖家家添粉黛，照轩处处混华灯。

山川一色天涯雪，乡国几程地面冰。

席上英才宜露胆，由来讽喻附诗能。

书中有往事

闲就典坟送日程，其中往事染心情。

百王胜蹦开篇见，万代圣贤展卷明。

学得远追虞帝化，读来更耻汉文名。

多年稽古属儒墨，缘底此时不泰平。

藤原明衡 (989—1066)

藤原明衡，字者莱、安兰，文章博士侍讲藤原敦信之子，少年勤奋，传承家学。博览经史，擅长汉诗文、和歌，但仕途迟缓。后朱雀天皇长久三年（1042），授正五位下，累迁式部小辅、左卫门尉、出云（今岛根县）守。后冷泉天皇康平五年（1062）升文章博士，次年从四位下兼任东宫学士。其汉学修养与大江匡房并称当时。编有《本朝文粹》《明衡往来》《新猿乐记》《后拾遗集》传世。其汉诗文作品见于《朝野群载》《续本朝文粹》《本朝无题诗》。

雨添山气色

苔钱增绿沾岩晓，叶锦加红染岭秋。

云雾起溪斜脚遍，虹蜺亘峡暗声幽。

炉边闲谈

不期文士得相逢，共惜年光及腊冬。

万物萧条难系意，四时迁次讵寻踪。

庭前亲友唯携竹，涧底大夫独悯松。

老至未抛窗雪冷，春邻渐待苑花浓。

材名遥隔祢家鹗，渊量应惭荀氏龙。

红火炉边斟绿醑，闲谈一日感千重。

藤原宗光（生卒年不详）

藤原宗光，堀河天皇朝东宫学士藤原有信的次子，权中纳言藤原实光之弟。崇德天皇（1121—1141）年间，官大学头、式部大辅。《历朝诗纂》卷十七选其七言排律一首。

暮春即事

近日相寻求胜形，今招嘉客到书亭。

琴调一曲心先荡，酒酌十分醉未醒。

拂地晴烟沙草嫩，随风春雪苑花零。

绿枝偃蹇松当户，碧浪泓澄水在庭。

瞻望只惭溪月白，交游独谢汉云青。

短材犹类山中木，浮幸应同池上萍。

学馆送年临暮景，官途抱节戴宵星。

迹穿门柳新妆乱，衣染窗梅晚艳馨。

智耻管公知老马，学思车氏拾秋萤。

适过碧落丹鸦翼，初翥画梁玄鸟翎。

东作宜夸千户富，西收豫悟万方宁。

竹裁母子须颐性，药验君臣欲保龄。

弄翰奉君君可愍，以文会友友无停。

此时起卧何攸信，唯读崔家座右铭。

大江匡房（1041—1111）

　　大江匡房，大江匡衡的曾孙，大学头大江成衡之子。八岁读
《史记》《汉书》，继承家学，为文章得业生。后三条天皇还在东宫
时，招其入宫陪读，后来连续担任白河、堀河、鸟羽三代天皇的侍
读。宽治八年（1094），升从二位权中纳言，兼太宰权帅，世称江帅。
其诗文之作，见《续本朝文粹》《朝野群载》《本朝无题诗》。其和
歌见《千载和歌集》《新古今集》等敕撰集。其编《江次第》，朝
廷官仪记载完备。尝自叹曰："朝廷盛，则吾家亦盛；朝廷衰，则
吾家亦衰。"其自负如此。论平安时代江家秀才，诗文朝纲最优，
匡衡次之，匡房则才兼倭汉，识通古今。《本朝无题诗》收其诗作
二十五首。林鹅峰《本朝一人一首》选其《初冬书怀》，评曰："此
诗亦少壮之作也。读经史，志文章者，可见焉。马相如、杨贵妃一
联，盖其有所讽乎？末句，未被登庸，含退隐之意。不言'鞭'马，
殊用'骥'字，有俊才无后顾者之微意，著于言外。不然，则元是
庙廊之器也，岂有故山寻之虑哉。其后显达，在朝为纳言，在外为
太宰师，又兼大藏卿，故曰江大府卿，曰江都督，又曰江帅也。不
称江纳言，以嫌于惟时也。在宰府诣菅庙，作诗二百韵。虽中华作
如此长篇者希矣，况于本朝乎？"

初冬书怀

冬来秋过幽居处，终日何因感正深。

遥笛一声闻下泪，古书数帙见研心。

黄花移影琉璃水，红叶散光锦绣林。

鲁舍壁穿音似玉，台山赋掷响如金。

马相如室文君器，杨贵妃宫方士簪。

不艺于今无分职，岂妨鞭骥故山寻。

藤原周光（1079—？）

　　藤原周光，藤原敦基养子。天治元年（1124）文章生，永治二年（1142）任检非违使，之后任侍从、大监物。保元三年（1158）从五位上，参加八十岁耆老内宴，晚年隐居，受到太政大臣藤原忠通的照顾，与释莲禅交往密切。《本朝无题诗》收其诗作一百零三首。林鹅峰《本朝一人一首》选其《冬日山家即事》诗，评曰："周光者，敦基第五男也。虽有文才，不被登庸。其官仅大监物，不能任博士。盖以其为庶流故乎？抑亦不幸之甚者乎？今见《无题诗》载其诗百余首，其余作者无多于此，大抵皆山居隐沦之事也。其淡泊多可取之者。今见此一首，可数推之，可谓隐逸之徒也。世传洛东山双林寺边有周光旧迹云。此诗句意共好，若其'陶弘景'，略'景'字言之，犹元稹曰'潘安过今夕'乎？藤孝纲以'潘安'为押韵，略仁字，仿元稹也。周光又曾以'陶渊'为押韵，共可有所据。况'弘景''靖节'同氏，'孤松''五柳'为的对，于隐逸最为相应。今若唤起周光论诗，则试问彼以郑薰'七松'对靖节'五柳'，则如何，未知彼点头否？呜呼，自明衡历敦基、敦光，至茂明、周光，父子相继，兄弟齐名。宇合之孙谋，不亦美乎。"

冬日山家即事

乔林浅水一山家，造化风流绝世邪。

待客华筵铺薜荔，拂庭白帠任茅花。

陶弘隐径孤松静，靖节幽居五柳斜。

纵有浮名宁动意，不如兹地送生涯。

闲居述怀

世务尘缘绝不侵，寥寥空宇抵山林。

双行拭雨桑枢泪，方寸成灰蒋径心。

群羽迁来穷鸟老，千帆行尽破船沉。

生涯遮莫欲长去，夜梦频惊风树音。

夏日林亭作

林亭静处兴犹余，景气清和九夏初。

养性自然消俗虑，逃名何必卜山居。

醉中取次虽飞盏，老后等闲不废书。

世路险难争谢遣，生涯塞剥欲何如。

昔辞棘署思休退，今卧蓬衡忘毁誉。

兰室莫厌新结友，柳门但喜适寻予。

前途试待分符虎，穷巷独悲卧辙鱼。

旧隐云心应笑我，被牵尘妄误归欤。

大江佐国 (生卒年不详)

大江佐国，大江朝纲曾孙，白河天皇朝（1072—1086）官扫部头，从五位下，年及七旬。《本朝无题诗》收其诗二十七首，《历朝诗纂》卷十六选其诗七首，《本朝一人一首》选其《闻大宋商人献鹦鹉》

诗，评曰："佐国者，朝纲曾孙也，以诗著名。平生爱花，逐年无厌。晚年吟曰：'六十余回看不饱，他生定作爱花人。'今见《无题诗》，或有樱下作，或有梅下饮，或赋卯花，或玩鹿鸣草，或咏菊花。其诗有可取之者，然姑载此诗，以备一故事。"

闻大宋商人献鹦鹉

陇西翅入汉宫深，采采丽容驯德音。

巧语能言同辩士，绿衣红觜异众禽。

可怜舶上经辽海，谁识羁中思邓林。

商客献来鹦鹉鸟，禁闱委命勿长吟。

释莲禅（1084—1134？）

释莲禅，俗名藤原资基，藤原通辅之子，自称筑前道人。多次去筑前（今福冈县北部）旅行，喜作纪行诗。《本朝无题诗》载其诗五十余首，其中山家闲居之趣、西海纪行之作、佳境胜游之兴、花月咏赏之句，可取者多。空海之后，释氏言诗者，首推莲禅。有《三外往生记》，为往生者的传记集。林鹅峰《本朝一人一首》选《郭公》诗，评曰："本朝古来称杜鹃为郭公。中华赋杜鹃，多是属暮春。本朝专于夏言之。莲禅以郭公为日本称呼，故无一句言中华故事，可谓注心于题者也。言属夏、言兔花，皆协本朝节物。倭歌多以五月闻为郭公连语。莺巢中有郭公卵，见《万叶集》，故取之以为诗料。至今人家往往于莺巢中得郭公卵有之。子美所谓'生子百鸟巢'者，可并按焉。'汝呼同类'者，唐诗所谓'杜宇呼名语'者，相互吻合。其言云言雨者，倭汉共同趣也。然则我国所谓郭公，即是杜鹃也，宜以此诗为证。或曰山中有鸟，自呼郭公。与世俗所称鸟不同。中华以郭公不为杜鹃异名，则郭公、杜鹃各别也，古来传称之误也。未知然否。"

郭公

郭公属夏有佳名，好事家家嗟叹成。
莺子巢中春刷翅，兔花墙外晓传声。
汝呼同类孤云路，人咏和言五月程。
低檐雨滴寂寥夜，欹枕不堪相待情。

着同国江泊顿作之

江干暂任楫师居，远近风流望自如。
野县人总秋已获，波邮舟出夜犹渔。
眼花难极孤云外，行李未归二月余。
五十生涯残日少，何因强指故乡诸。

宿道中津赋所见

山重江复客游淹，景趣萧疏不耐瞻。
岫幌晴望当鸟路，沙村秋贡富鱼盐。
月随归棹千程远，烟起行厨一穗纤。
身与浮云无定处，自衰自笑泪相沾。

冬日向故右京兆东山旧宅视听所催潜然而赋

长兄一逝再难遇，泣访故居思不穷。
去忘交游前日客，留成恋慕少年童。
啼妆泪脆菊篱露，别怅声遗松径风。
书卷徒抛窗月底，形容何在镜尘中。
佛家华丽尚如昔，人事变衰都似梦。

闺妇有愁宵枕冷，寺僧无供晓炉空。

苔封石面弥添绿，叶满林头不扫红。

触物自然悲绪乱，呼群猿鸟闻溪东。

藤原茂明（1093—？）

藤原茂明，藤原明衡之孙，正三位右京大夫藤原敦基之子。初名知明。继承家学，天治元年（1124）以对策及第，之后任式部少辅、文章博士。喜爱白居易诗，曾常年抄写《白氏文集》。《本朝无题诗》收录其诗五十六首。林鹅峰《本朝一人一首》选其《贺劝学院修造新成》，评曰："劝学院者，藤氏庠序也。淳和帝天长年中，左大臣藤冬嗣建之。在大学寮南，故曰'南曹'。尔来相继藤氏长者领之。同氏志学者，皆在此院。茂明者，敦基子也。想其年少时，可为此院生徒，故特贺其修造新成如此。"

贺劝学院修造新成

初排学馆昔明时，自尔群才多在兹。

地势风流传已久，天长云构见犹遗。

今蓬左相钟余庆，更喜南曹复旧基。

来贺何唯称燕雀，庭花含笑柳开眉。

代牛女言志

遥望二星万感催，终宵言志忘眠哉。

风为行李应传信，云是去衣不待裁。

欢会契秋初七夕，离忧送岁几千回。

郝隆昔有晒书事，每忆先贤惭浅才。

藤原忠通（1097—1164）

藤原忠通，关白藤原忠实长子，鸟羽天皇永久三年（1115）十九岁任内大臣。保安二年（1121）成为关白，之后任摄政及太政大臣，地位显贵。但其父偏爱次子赖长，数次逼忠通让位其弟，终于导致保元之乱（1156），对此林鹅峰评曰："保元乱，赖长罹祸，而忠实亦将有远流之变，忠通固请而得免。于是忠实感悟，为父子如初。由是观之，则其为人存顺也，况有文才乎？忠通薨后，摄家为二流，又分为五家。朝廷陵夷，执柄势分。天下之权，入武家之手，而文字亦废矣。"二条天皇应保二年（1162），致仕剃发，隐居于法性寺。汉诗集有《法性寺关白御集》传世，《本朝无题诗》收其诗作七十九首。《本朝一人一首》选其《九月十三夜玩月》，评曰："八月十五夜者，中华所赏，一年之良夜也。九月十三夜者，本朝所玩，三秋之佳期也。既有菅丞相咏吟，则延喜以前赏之明矣。若其拟中秋，则季秋亦可取十五夜。然赏十三夜者，盖其易所谓'月几望'。又曰'天道亏盈'，是其所注心，其旨深矣。"林鹅峰还认为《本朝无题诗》是藤原忠通晚年所编的未完成稿，评曰："本朝文字风体，逐时变替。《怀风》其似古诗乎，《凌云》《经国》学唐诗而盛美也。延喜、天历之际，格调整齐而律体备矣。自《丽藻》以下，意到句不到，其既衰矣。自《无题诗》以后，官家无文字，吾不欲见之。"

花下言志

何因此处会游频，诗句客将书卷宾。

不耐陶门垂柳雨，况哉洛水落花春。

雅琴声静梨园子，泛艋影芳桃浦人。

霞散鸟归韶景尽，咏吟可惜送良辰。

九月十三夜玩月

闲窗寂寂月相临，从属穷秋望叵禁。

潘室昔踪凌雪访，蒋家旧径蹈霜寻。

十三夜影胜于古，数百年光不若今。

独凭前轩回首见，清明此夕价千金。

暮春游清水寺

缘底三春望叵抑，有花有鸟兴来间。

松门梦断远钟尽，柴户眠惊花月闲。

杨柳枝青烟里岭，云霜溪暗雨时山。

文宾诗客咏吟暮，此处宴游争得还。

镰仓室町时期

（1192—1603）

明庵荣西（1141—1215）

明庵荣西，号明庵，备中（今冈山县）人，俗姓贺阳氏，母田氏。仁平三年（1153）登比叡山，次年受具足戒，习天台宗。仁安三年（1168）四月登商船至宋明州（今宁波），同年九月携天台章疏、茶籽回国，称"日本茶道之祖"。文治三年（1187），二次入宋，居天台山万年寺习临济宗黄龙派禅法。礼佛之余，习种茶、制茶、饮茶之技。建久二年（1191）归日，道俗满堂，布临济宗。于筑前博多建圣福寺，系日本禅寺之肇始。声誉渐扬，受南都北岭天台宗迫害，故著《兴禅护国论》，为日本最早禅书著述。以"持戒""护国"为旨趣，得镰仓幕府信任，先后于镰仓建寿福寺，京都开建仁寺。融合三宗禅法（禅宗、天台宗、真言宗）创日本临济宗，故称日本临济宗开山祖师。行勇、荣朝、观海、明全等名僧均出其门下。其诗收于《兴禅护国论》之序，富有禅机禅意，颇具宋诗风调。撰《吃茶养生记》，为日本第一部茶书。有《日本佛法中兴愿文》《兴禅护国论》。

无题

海外精蓝得得来，青山迎我笑颜开。

三生未朽梅花骨，石上寻思扫绿苔。

希玄道元（1200—1253）

希玄道元，俗姓源，字希玄。平安城（京都）人。系日本村上天皇第九代后裔，内大臣久我通亲之子。四岁诵《李峤百咏》，七岁习《毛诗》《左传》，时称"文字童子"。建宝元年（1213）于比叡山落发，修天台禅。贞应二年（1223）赴宋遍访高僧，师事长翁如净习曹洞法。安贞元年（1227）回国，寓居京都建仁寺。先后为兴圣宝林寺、吉祥山永平寺开山祖师，并创永平寺，为曹洞宗大本山。后应北条时赖之邀赴镰仓说法，创默照禅。后嵯峨上皇赐紫衣，孝明天皇追谥佛性传东国师，明治天皇赐号承阳大师。道元之诗可见其不慕荣利、潜心修炼佛法之志。有《正法眼藏》《普劝坐禅仪》《学道用心集》《永平广录》。

山居

西来祖道我传东，钩月耕云慕古风。
世俗红尘飞不到，深山雪夜草庵中。

归山

山僧出去半年余，犹若孤轮处太虚。
今日归山云喜气，爱山之爱甚于初。

辨圆圆尔 (1202—1280)

辨圆圆尔，号圆尔，俗姓平氏。骏河国安倍郡（今静冈县）人。五岁习天台教，早通大义。十八岁于圆城寺落发受戒，后至上野长乐寺随明庵荣西弟子释荣朝受禅门大戒，再赴镰仓寿福寺从行勇习禅。嘉祯元年（1235）入宋，历天童寺、净慈寺、天竺寺，嗣法灵隐寺主持无准师范。无准亲书法语"圆尔上人效善财，游历百城，参寻知识，决明己躬大事"。仁治二年（1241）归国，先后住持崇福寺、万寿寺、承天寺，得藤原道家和后嵯峨天皇支持，为京都东福寺开山祖师，并播扬杨歧派，称"日本国总讲师""僧正"。正和初年敕赐"国师"称号。"德山棒，临济喝"之禅门宗风在其诗中多处可见。有《圆尔语录》《三教要略》。

祝寿

才出胞胎步十方，远来斟海献香汤。

莫嫌恶水蓦头灌，往昔毒龙最畏强。

送笋韵

竹林无数出龙孙，隐约春深独闲门。

惠意温和寄头角，可怜天性不知恩。

示藤丞相

妙在佛祖不传处，高超理智去机关。

去机关兮没窠臼，水是水兮山是山。

无学祖元（1226—1286）

　　无学祖元，字子元，别号无学。宋朝明州庆元府县（今浙江宁波）人。世姓许氏，父伯济，母陈氏，曾祖皆为高族。历仁元年（1238），赴临安府净慈寺，投北涧居简，受具足戒。十七岁时嗣法径山寺无准师范。后参拜诸刹，参访名僧。宋末遇元兵围堵时，从容不迫吟偈一首，后获赦。弘安二年（1279），应镰仓幕府执政北条时宗之邀赴日。先后主持建长、圆觉两寺，并教化僧众，行禅法教学，为佛光派始祖。弘安九年（1286）示寂，谥号佛光国师，又追谥圆满常照国师。祖元在日教化僧俗，传播禅学，并将宋代禅林文学创作带到日本。无象静照评："无学老在诸英中，称巨擘也。凡片言只字，得之者如获连城之璧也。"有《佛光国师语录》。其诗收于猪口笃志《日本汉文学史》。

示房

乾坤无地卓孤筇，喜得人空法亦空。

珍重大元三尺剑，电光影里斩春风。

按，日本著名诗僧雪村友梅（1290—1346）于元皇庆二年（1313）在元被捕时，曾将此诗拆分吟诵。

徐福祠献晋诗

先生采药未曾回，故国山河几度埃。

今日一香聊远寄，老僧亦为避秦来。

信笔为宝光画

得月楼前春未饶，青山影里雪初消。

隔地两树梅花白，仿佛孤山第四桥。

四郎金吾求偈

秋入扶桑海国寒，白苹红蓼接沙滩。

夜来添得孤鸿迹，留与人间作画看。

无象静照（1234—1307）

无象静照，世系平氏。相州（今神奈川县）人。自幼出家服侍圣一国师，涉阅内外典，道学早成。建长四年（1252）入宋，赴径山从石溪心月禅师参禅，活跃于江浙一带，后长期随侍虚堂智愚禅师。在宋期间，多次与名僧大休正念、子元聚首酬唱，参遍名衲。文永二年（1265）回镰仓，历住博多圣福寺、镰仓大庆寺、净智寺。谥法海禅师，其法脉称"佛心寺派"，又称"法海派"，为日本禅宗二十四流派之一。静照入宋求法时，邀四十一位宋僧对其诗偈论辩唱和，辑录八十四首茶诗成《无象照公梦游天台石桥颂轴》,诠释"茶禅一味"之风。有《兴禅记》《无象禅师语录》。

游洞庭

雁落洞庭芦岸秋，楚天云淡画图幽。

孤舟游泳波心月，七十二峰一目收。

一山一宁（1247—1317）

一山一宁，俗姓胡。宋台州（浙江临海，一说山西五台县）人。幼年至鸿福寺出家，师事无等慧融，又入普光寺研习，继游天童寺、阿育王寺等名刹参禅，后居普陀山。大德三年（1299）,元成宗赐号"妙慈弘济大师"，赠金襕袈裟，特授其为"江浙释教总统"出使日本，以通二国之好。正和二年（1313）,后宇多上皇召其住持京都南禅寺，并亲询法要。文宝元年（1317）,一宁示寂，上皇特赠"国师"封号，并亲著象赞，称为"宋地万人杰，本朝一国师"。一宁秉身端重，气宇神秀，博学多才，精通诸子百家之学，稗官小说、乡谈俚语，无所不通，且善书翰。一宁在日所传禅学，称"一山派"，为古代日本禅宗二十四流派之一。其会下雪村友梅、龙山得见、嵩山居中均为名衲，再传弟子虎关师炼在五山文学中享有盛誉。其中，虎关为其居圆觉寺随侍，受一宁启发，遍考史籍成《元亨释书》二十三卷。"教呈诸部，儒道百家"，一宁培养大批杰出宋学人才，大力宣扬儒学、程朱学，使室町文化异彩绚烂。其存诗见猪口笃志《日本汉文学史》。

孔子

学为万世所师，道由一贯而传。

也知三千高弟，尚泥六籍陈言。

老子

先天地而有生，极玄妙而莫传。

不遇得关尹喜，谁可授五千言。

铁庵道生（1262—1331）

铁庵道生，号铁庵。出羽（今山形县、秋田县）人。参拜大休正念禅师，受其印可。先后入住出羽资福寺、筑前圣福寺、万寿寺、圣福寺等。游历三十年，精通汉语，博涉内外典籍。敕谥本源禅师。其诗清寒孤寂，偏"冷格"，语言凝练，精妙高当。有《钝铁集》。

秋湖晚行

秋塘雨后水添尺，苇折荷倾岸涨沙。

唤得扁舟归去晚，西风卷尽白苹花。

野古归帆

晚楼极目水天宽，云影收边山影寒。

杳杳遥疑泛凫雁，梨花一曲过渔滩。

山居

空山无处着尘累，清磬声中绝是非。

水落溪痕冰骨断，月生屋角树阴移。

残香印篆一炉火，新稿删繁五字诗。

世味寒酸归淡薄，只容老鹤野猿知。

明极楚俊 （1262—1336）

　　明极楚俊，法讳楚俊，道号明极。元代庆元府昌国（今宁波市）黄氏。十二岁投于灵岩寺竹窗喜门下，后参于虎岩净伏和尚。出世后住金陵奉圣寺、瑞岩寺、普慈寺。历参于灵隐、天童、径山、净慈、诸山，皆请为第一座。元天历二年（1329）应大友贞宗之邀东渡赴日。元弘元年（1331）住镰仓建长寺，同年迁京都南禅寺，创立大阪广严寺。后醍醐天皇特封佛日焰辉禅师，请住建长寺，后住南禅寺、建仁寺。与梦窗疏石围绕宗派、教义、主张等内容互相唱和，辑成《梦窗明极唱和篇》。其诗对仗工整，多传播颂扬禅宗义理。有《梦窗明极唱和篇》。

博多士都小学士求语

志学理应髫龄时，汝今聪敏不为迟。

诗书可向清晨通，笔砚还须白日提。

行已莫离忠与信，立身宜谨礼和规。

从儒入释毋忘此，管取功名会有期。

送竺禅入游方

道本无方所，行行只任缘。

千般闲度外，一著占机先。

岳色空情性，沤花发妙玄。

归来双眼碧，不是旧山州。

祖道正荒凉，逢场且激扬。

话头休打失，语下便承当。

棒喝浑闲事，钩锥著甚忙。

箭峰相拄处，孰敢谩论量。

天岸慧广（1273—1335）

天岸慧广，号天岸，俗姓伴氏。武州比企郡（今埼玉县）人。弘安八年（1285）参于无学祖元门下，同年祖元迁化，转投大弟子高峰显日的那须云岩寺修行，转投佛国国师门下，遍参国内诸刹。因仰慕元中峰明本和尚高风，元应年间遂入元，游遍吴楚名山，参拜古林清茂、清拙正澄，拜谒翰林学士揭傒斯。元德元年（1329）慧广带领元僧明极楚俊、竺仙梵仙回日本，居物外庵，后移居镰仓净妙寺。颇受幕府器重，请住香山寺，为报国寺开山。敕赐佛乘禅师，寿塔名为"退耕庵"。慧广天赋伶俐，禅学之外，精通文翰；出入诸刹，造诣益深，平生严于持律，过午浆水不食。其诗受江西诗派"夺胎换骨""点铁成金"之法影响，善于化用前人诗句，尤以陶渊明诗为主。梵仙评其诗"富于制作，琢成言句，清新可爱，出人意表"。有《东归集》。

游天童

苍云深拥石松竹，一径斜投古佛场。
宿鹭亭前人不见，潸然斫额望扶桑。

喜见山

放洋十日竟无山，惭说平生眼界宽。
弱水谁言三万里，扶桑仙岛照眸寒。

越王墓

千古英雄尘窖暗，越王台趾长蓬蒿。
伍员御识今朝事，救得钱塘拍岸涛。

过严陵台

汉室兴亡甚，英雄陷毁誉。
器才同芥蒂，天地属蘧庐。
逃世难逃迹，钓名非钓鱼。
一钩台上月，独照子陵居。

洋中漫成

近虚东渡扶桑壁，万里无山天水横。
识浪多于沧海涧，人情轮兴道途平。
不知帆腹孕风饱，只见船头向日行。
争得任公重下钓，六鳌一掣到蓬瀛。

试笔

我爱管城子，不嫌寒恶穷。

物归必有主，持赠高城翁。

古杭匠者巧，无似范君工。

栋拔饱霜兔，圆健真有功。

一毫不妄著，尖齐合其中。

应手得心妙，当宜论俭丰。

蒙恬去已远，解续千载风。

碧纱南日永，玉鸿香煤浓。

素旭肉犹暖，谁堪对二公。

草圣作飞帛，无人与君同。

祥鸾趁偏凤，惊蛇斗活龙。

一挥轻放手，霹雳轰晴空。

清拙正澄（1274—1339）

清拙正澄，俗姓刘氏。元代福州连江人。四岁于村塾学习，敏慧过人；十五岁赴报恩寺出家，十六岁于福州开元寺受戒。曾向福州鼓山寺平楚耸禅师、杭州净慈寺愚极慧禅师参学佛法。而后游方各地，历参虎岩寺、东岩寺、月庭寺。嘉历元年（1326），受请东渡至博多，自京都至镰仓。镰仓执权北条高时迎其居建长寺，迁净智寺、圆觉寺。元弘三年（1333）应后醍醐天皇之邀居建仁寺，退休后至福山禅居庵。正澄为临济宗大鉴派开山祖，开善寺第一世，多教化武士，并作《大鉴清规》，整顿日本禅林规矩。后醍醐天皇追谥大鉴禅师。其诗记载游历之艰辛与禅法之融铸，常用禅宗典故与夸张意象增加禅机禅趣。有《禅居集》《大鉴清规》。

悼日本贤禅人

巨舶东途一万程，为求心法到忘形。

团蒲岁晚风霜恶，坏衲山寒雾雨腥。

生入祖闱身已贵，死埋唐土骨弥馨。

阖庐城外阇维日，闻说千僧出念经。

达宗

达佛心宗好正宗，滔滔江汉尽朝东。

千门有路千门透，万法无心万法空。

岳到顶头群岫拱，海归源处百川同。

四方上下何拘碍，一点灵犀遍界通。

梦窗疏石 (1275—1351)

梦窗疏石，号梦窗，别号木讷叟，取自《论语·子路》"刚毅木讷近仁"。伊势国（今三重县）人，宇多天皇九世孙。初师甲斐国（今山梨县）平盐山空阿法师，习天台宗、真言宗。后入佛光派高风显日门下，嘉元三年（1305）嗣其法。历游诸国，深得后醍醐天皇厚爱，居南禅寺。后下镰仓，居永福寺，傍建南芳庵，又建瑞泉寺。生前曾受三位天皇、上皇敕赐"梦窗""正觉""心宗"之国师号，圆寂后四位天皇加谥"普济""玄猷""佛统""大圆"国师之号，故称"七朝国师"。梦窗宗程朱学，尊崇孔孟，善诗歌，尤长和歌。造亭成就尤为突出，基于重视境致的禅宗思想主张，以其对自然的深爱和审美观利用远眺和景观，将禅宗思想融入建筑风格，开拓"枯山水"禅式庭院。其诗幽玄深邃，常有怡然自得之趣。有《梦窗明极唱和篇》《梦中问答》《西山夜话》《和歌集》。

暮春游横洲旧隐

日映苍波轻雾收，四洲叠嶂斗奇尤。

满船载得暮春兴，与点争如此胜游。

万松洞

万株松下一乾坤，翠霭氛氲锁洞门。

仙境由来属仙客，莫言此地匪桃源。

嵩山居中（1277—1348）

嵩山居中，号嵩山，俗姓源氏。远州（今静冈县）人。十九岁辞亲受戒。延庆二年（1309）泛海入元，赴天童寺谒东岩法师，后上龟龙山依一山一宁，旋即回日。文保二年（1318）再游入元，历谒名僧。元亨三年（1323）东还，后受足利尊氏之邀住建仁寺。赐号大本禅师。该诗为在元所作，感慨世事无常，怀念故国。有《少林一曲》《嵩山集》。

鄞江船中

客计蹉跎已隔年，篷窗阅尽几风烟。

寸眸遥接波千顷，只影孤怜月一圆。

挥泪州城杨柳畔，驰怀乡国海山边。

平生心折魂飞动，空叩船舷叹向天。

龙泉令淬 (?—1365)

龙泉令淬，号龙泉，后醍醐天皇庶子。尾张（今爱知县）人。幼时师承虎关师炼，侍其左右，后历住海藏院、圆通院、承天寺、万寿寺等。通晓内外典籍，擅七绝。程千帆评其诗"气势宏阔，禅林所罕见也"。有《松山集》《海藏纪年录》。其选诗收于《五山文学全集》。

谢泄上人自洛阳来海东

乌藤横占百城烟，破笠斜遮四海天。
抖擞全身无所有，一包风月短长篇。

寒雨

簸寒雪意未成英，散洒霏微惬客情。
等是檐头雨滴处，愁人认作断肠声。

木屐

踏翻旧日草鞋跟，一著孤高到岭巅。
缺却当门板齿看，祖师在我脚头边。

洗衣

濯缨未必发穷愁，只觉尘埃到外头。
提起瓦瓶倾毳衲，寒云影落半溪秋。

铁舟德济 (？—1366)

铁舟德济，号铁舟，自号百拙。下野（今枥木县）人。于天龙寺归依无极志玄，为梦窗疏石法嗣，系龙光院开山第一世。特赐圆通大师。擅书法、绘画，尤推"草书"和"兰花"，世称"铁舟兰"，义堂周信称其"书画双奇称绝伦"。其诗宣扬佛理，暗藏机锋，意境高洁。有《阎浮集》。

自叹

野僧白发不知年，哪识区区日月迁。

名利是非忘却了，荷衣松食只随缘。

山居

抖擞人间名利埃，禅袍静衲座青苔。

西窗落日秋将晚，坠叶纷纷下石台。

悼雪村和尚

昆风吹倒法幢摧，万象森罗尽举哀。

遍界不藏身后相，前村梅自雪中开。

兰室

一丛不作百花邻，满屋光风雪后春。

偏爱国香来不绝，灵均已往有谁纫。

虎关师炼（1278—1346）

虎关师炼，字虎关，姓藤原氏。京都人。因幼时颖悟好学，时人称"文殊童子"。幼时托于三圣寺宝觉和尚，后受戒于比叡山。德治二年（1307）入一山一宁门下研习内外典籍，博览三藏圣教、诸家语录、百家典籍。正和元年（1312）寓居嵯峨，后于河东欢喜光寺屡受天皇召见。文保元年（1317）移居本觉寺，后住西明寺，又应光明天皇之诏居南禅寺，晚年居于南禅寺海藏院。虎关以诗文闻名于世，通汉诗音韵，对周公与孔子推崇备至，称二人为"圣人而多才能者也"。诗推盛唐，尤推李白、杜甫，文重韩愈，将文之散俪与国之治乱结合。其《济北诗话》是日本第一部以"诗话"命名的诗论著作，系五山时期唯一诗话，强调"适理"，喜雄健奇豪之风。其诗清新洗练，无雕琢之意，浑然一体。有《济北集》《元亨释书》《聚分韵略》《佛语心论》。

地震

静者动兮坚者柔，地如波浪屋如舟。
此时应畏又应爱，风铎不风鸣不休。

秋日野游

浅水柔沙一径斜，机鸣林响有人家。
黄云堆里白波起，香稻熟边荞麦花。

罂粟花

春归将谓觅无痕，白羽赤旗锁一园。
妖色烈香人尽醉，他时不待倒罂樽。

游山

今日最和晴，游筇唤我行。

上山心自广，渡水足先清。

坞媚群花发，溪幽一鸟鸣。

归途随牧竖，牛背夕阳明。

江村

江村漠漠水溶溶，沙篆纵横鸟印踪。

独钓皤翁竿在手，双游绿鸭浪冲胸。

断头小艇任风漾，曲角瘦牛有犊从。

苇渚芦湾茅屋上，团团初日爨烟浓。

春望

暖风迟日百昌苏，独对韵光耻故吾。

水不界天俱碧绿，花难辨木只红朱。

游车征马争驰逐，舞燕迁莺恣戏娱。

堪爱远村遥霭里，锁烟行柳几千株。

补袜

无为无事金锁断，只余三只课朝朝。

东西南北线来往，出没纵横针动摇。

剑阁山崩修栈道，岷江岸缺度绳桥。

使吾湖海倦游脚，斗室犹应行一跳。

鸡

利距高冠彩羽翎，阴晴不废五更鸣。
韶箫久断无仪凤，强学楚人眼暂明。

淮南丹鼎策遗勋，自是佳声鸣碧云。
雄武不多韩白辈，胄冠镦距好张军。

木樨花

去秋移植好昌昌，待得金风金粟芳。
嵩少二株虚语耳，庭前一树宝馨香。
春温已谢到秋凉，花事年年自有常。
月窟灵苗羞紫白，婆娑一树碎金香。

晓

村鸡才唱两三声，残月衔峰太白倾。
天地杳冥时节子，撞开昼夜粥鲸鸣。
霜钟飧五更，曙色未全明。
屋后桑榆上，起鸟三两声。

龙山德见（1284—1358）

龙山德见，号龙山，因《易经·乾卦》爻辞"见龙在田"得名。
下总国香取郡（今千叶县）平氏子，桓武天皇之裔。师从镰仓寿福
寺寂庵上昭禅师，后赴鹿山参谒一山一宁。嘉元三年（1305）入元，
适逢两国交恶，龙山被捕。后获赦，历参诸老，入住隆兴兜率寺。
正平四年（1349）回国，历任南禅寺、天龙寺住持。足利尊氏归其

门下，求佛问法。赐"真源大照禅师"。程千帆评："数诗挥洒自如，亦有理致，想见此老胸次湛然。"有《龙山得见集》《黄龙十世录》。

婆子卖油糍

从来画饼不充饥，况复三际际断时。

惯祝德山三寸舌，和盘托出欲瞒谁。

明极老人山中杂言 十首选三

我昔过东海，清游到江西。

爱此江山好，驻锡已忘归。

自觉尘缘断，由来物理齐。

薰风忽然起，吹绽紫蔷薇。

溪山几重叠，寂寞道人家。

路僻客来少，春深兴有加。

难医泉石癖，易匿瑾瑜瑕。

有时锄隙地，和露艺兰花。

悠哉徐孺子，三征终不起。

高矣庞德公，一生不入市。

此时是何时，多见嚣浮士。

循利复贪名，营营不肯已。

游庐山

一雨消残暑，秋色满天地。

拄杖化苍蚪，草鞋追赤骥。

踢翻五老峰，吸尽虎溪水。

远公连着忙，失却铁如意。

雪村友梅（1290—1346）

雪村友梅，号雪村，别号幻空，俗姓源氏。越后白鸟乡（今新潟县长冈市白鸟町）人。父源氏，母姓藤原氏。至建长寺入一山一宁门下，后入京都建仁寺习庄子。德治二年（1307）入元，后与朝野交往，疑为日谍，于湖州入狱三年，后放逐西蜀近十年，获赦后归长安，元文宗特赐真空禅师称号。在元期间与赵孟頫交游。元德元年（1329）乘商舶回国，先居建长寺玉云庵，后迁京都西禅寺，历任万寿寺、法云寺、建仁寺住持。与别源圆旨、歌人良宽并称为"北越三诗僧"。谥号宝觉真空禅师。雪村汉学基础深厚，《雪村大和尚行道记》称"舌本澜翻，换骨夺胎，人不知外国来客"，能手批"经史诸子，一目悉记"。诗风尚老庄，崇隐逸闲适，诗歌押韵多变，典为境生，体现"诗禅一味"的诗学观念。有《岷峨集》《宝觉真空禅师语录》《雪村和尚语录》《雪村大和尚行道记》。其选诗见《日本文学史》《五山文学新集》《日本汉诗集》。

萱

泽国春风入草根，谁家庭院不生萱。

远怀未有忘忧日，白发垂垂独倚门。

九日游翠微

一径盘回上翠微，千林红叶正纷飞。

废宫秋草庭前菊，犹看寒花媚晚晖。

试茶

手煎蟹眼瀹花瓷，春色霏霏落皑时。
一啜芳甘回齿颊，睡魔百万竖降旗。

云泉

触石生来闲澹澹，盈科流出细涓涓。
成霖终有翻澜日，莫恋孤风绝涧边。

梅溪

月落参横雪水涯，一枝春外破香微。
酸黄待结和羹宝，始荐中流劈箭机。

和杜御史甘肃守省途中十八绝 选其一

才名盖世鲍参军，行业绝伦庞德公。
白发苍颜冠獬豸，伫看台阁凛生风。

步韵偶作

百城烟水一枝笻，触目无非是幻空。
童子曾参无厌足，镬汤炉炭起清风。

寄王州判 二首选一

耿世文章自有宗，鹈膏百炼淬词锋。
佐州先试判花手，莅事全无芥蒂胸。
江带青衣秋涨渌，城连白帝晚烟浓。
知公政简多吟兴，还许诗僧一笑逢。

四句拆分成诗

乾坤无地卓孤筇，可是藏身处没踪。

半夜木人骑石马，铁围撞倒百千重。

且喜人空法亦空，大千任是一樊笼。

罪忘心灭三禅乐，谁道提婆在狱中。

珍重大元三尺剑，寒霜万里光焰焰。

髑髅干尽眼重开，白璧连城本无玷。

电光影里斩春风，舜若多神血溅红。

惊得须弥卢倒草，潜身跳入藕丝中。

　　按，元皇庆二年（1313），雪村友梅于湖州道场侍奉叔平和尚时，疑为日谍，被捕入狱。狱中拆分无学祖元逃亡途中遇元兵所作佛偈"乾坤无地卓孤筇，且喜人空法亦空。珍重大元三尺剑，电光影里斩春风"，步韵增作新诗。

宿鹿苑寺王维旧宅

索莫唐朝寺，昔人今已非。

短绡千叠嶂，浮世几残晖。

塔影摇岚际，钟声吹翠微。

客窗休自恨，华表会仙归。

杂语　其一

君不欢人誉，亦不畏人毁。

只缘与世疏，方寸淡如水。

一身缧绁余，三载长安市。

吟哦聊世情，直语何容绮。

十九至重庆舟中

嘉州七月愁伏雨，渝州八月困残暑。
山川何处异乾坤，造物戏人遽如许。
炎凉态度何足云，江上风波常险阻。
长啸推篷玉宇浮，眼明白鸟横烟浦。

七月朔立歌

细细乾坤同是客，匆匆岁月尽堪惊。
梧边叶为秋传语，蘋末风摧暑饯行。
岷岭但看寒雪色，汶江犹未静波声。
维舟何处鸣蝉急，山阁苍茫依晚晴。

大智祖继（1290—1366）

大智祖继，字祖继。肥后州（今熊本县）人。七岁于大慈寺为童役，后至相州建长寺谒南浦和尚。正和三年（1314）随船入元，历参古林清茂、云外云岫、中峰明本等名衲，常与元僧唱和。正中元年（1324）回日，途中遭遇风浪，漂至高丽，奏请高丽王得助后回日，居加州吉野乡。其诗静谧淡泊，意境深邃悠远。有偈颂一卷。

无题

洞家春色兴将阑，一径苔风到者难。
只有杜鹃枝上语，夜深独自哭空山。

无题

旷劫飘流生死海，今朝更被业风吹。

无端失却归家路，空望扶桑日出时。

回日途中遭遇狂风巨浪，船漂至高丽所作。

凤山山居 选三

草屋单丁二十年，未持一钵望人烟。

千林果熟携篮拾，食罢溪边枕石眠。

幸作福田衣一身，乾坤赢得一闲人。

有缘即住无缘去，一任清风送白云。

一钵随缘度岁华，御寒亦有一袈裟。

无心常伴白云坐，到处青山便是家。

寂室元光 (1290—1367)

　　寂室元光，名元光，俗姓藤原氏。美作（今冈山县）人。幼时
从无为昭元禅师，十五削染受戒。元应二年（1320）渡元，谒天目
山中峰明本和尚，寻访古林清茂、清拙正澄等尊宿，悉承赏识。嘉
历元年（1326）挂帆回日，长期隐居，光明天皇召其住建长寺，春
屋妙葩、中岩圆月等名山相邀，俱辞不赴。为临济宗永源寺派开山
祖师，所度弟子千余人，授衣号者不可计数。谥赐圆应禅师。一生
酷爱烟霞，不慕京华。因远避世俗，其长篇短篇均婉丽典雅、清幽
质朴。有《寂室录》。

山居

不求名利不忧贫，隐处山深远俗尘。

岁晚天寒谁是友，梅花带月一枝新。

题壁

借此闲房恰一年，岭云溪月伴枯禅。

明朝欲下岩前路，又向何山石上眠。

梦岩祖应（? —1373）

梦岩祖应，字祖应。出云（岛根县）人。幼时皈依于东福寺，后任第四十世住持。祖应博览雄辩，善属文，其文曾与中岩圆月齐名。惟肖得岩、岐阳方秀等名僧均出其门下。谥号大智圆应禅师。擅七绝，崇尚性灵，有文曰："禅颂余暇，触景感发，则蚓鸣蛩发，宣写性灵。"其诗随境而发，不拘格套。有《旱霖集》。

山行

脚底虽劳眼底佳，一笻历适几烟霞。

分明看似真耶画，淡墨寒林浓墨鸦。

题扇

去年凉风起，舍在箧笥里，

今年暑风至，再任柄用矣。

行藏一听天，颜色无愠喜。

宽厚长者意，迹混轻薄子。

读《西域求法传》

细思浪死与虚生，心勇无前十万程。

失路朝随牛矢进，寻村夕逐鬼磷征。

险崖攀树身毛竦，危彴乘绳命叶轻。

吾辈何人温且饱，开经半面玉山倾。

天境灵致（1291—1381）

天境灵致，甲斐国（今山梨县）人。师事入日元僧清拙正澄，博览华典，以文雅知名，善以文笔交友。遍游诸山，均任清要之职。先后住持净土寺、万寿寺、建仁寺、南禅寺、天龙寺、东山寺等，禅徒云聚四方。敕赐宝鉴圆明禅师。其诗化用中国诗句，颇有闲情逸趣，构思巧妙。有《无规矩集》。

枇杷

金丸坠树似磨成，重压枝头带叶倾。

一种甘酸风露饱，馨香自透齿牙清。

江村片雨外 二首

十里平沙浅水湄，霏霏细雨湿人衣。

阴云密影埋残处，一簇渔家对落晖。

十里渔村一水浔，晚来天气半晴阴。

东家有雨人归尽，西舍无云日未沉。

鸡冠花

冠冕秋英占小庭，迎风翠叶振疏翎。

篱边带露天将晓，误尽旁人侧耳听。

晚泊

扁舟抹过万波堆，晚泊孤湾小屿隈。

日挂高峰金毂转，潮围断岸雪山摧。

长空雁影流云去，远寺钟声渡水来。

独坐棚窗谁是友，初生片月上危桅。

竺仙梵仙（1292—1348）

竺仙梵仙，字竺仙，俗姓徐氏。元明州象山（今宁波象山）人。自号来来禅子，因思念家乡明州，又号思归叟。十岁投资福寺为鸥鸟沙弥，十八岁入灵隐寺具受足戒，后出外游方，参拜诸刹。元德二年（1330）随明极楚俊赴镰仓，为建长寺首座；后受足利氏之邀，入住净妙寺，先后历任净智、无寿、南禅、真如、建长寺住持。在日传禅期间，受北条高时、足利氏崇信，培养众多弟子，其法系"竺仙派"，为日本禅宗二十四派之一。竺仙引元禅林偈颂之风入日，提倡"以道为大事，以文助之"，擅书法、绘画。其诗以偈颂为主，可见禅宗宗义。有《天柱集》《竺仙和尚语录》《来来禅子东渡集》。其诗选于《五山文学全集》。

悼明极和尚

少林叶落夜飞霜，达磨孙枝扫地亡。

不识归根何似样，海云千里暗扶桑。

示禅人 二首选一

佛法两字道甚易，只恐无人着意听。
留取耳根闻夜雨，莫教和我不惺惺。

次韵怀净土诗 选二

落日明边幕彩霞，妙莲香吐碧池花。
无端别作风尘客，日日思归兴可涯。

人间有客类仙陀，岂在空亡忆念多。
唯佛是人称佛佛，借婆衫子拜婆婆。

次韵怀西湖

清波门外锦香连，玉管朱丝咽洒船。
万里苍茫归未得，夜深无语立花前。

别源圆旨 （1294—1364）

别源圆旨，字别源，自称纵性，俗姓平氏。越前（今福井县）人。延庆二年（1309）受戒入竹庵和尚之门，元应二年（1320）渡元，历参诸寺，曾拜高僧中峰明本为师，与赵孟𫖯有同门之谊。元德二年（1330）回日，恭请为弘祥寺第一世，创善应、吉祥二寺，应足利义诠之邀住持建仁寺。与雪村友梅、释良宽并称为"北越三诗僧"。多唱和之作，竺仙评曰："当今大法东渐日大于东，而又岂止是作而已也。却当见翔。"其七绝习李白之风，不拘一格，洒脱自如。有《南游集》《东归集》。

和江上晚望

孤舟短棹去飘然，人语萧萧落日边。

江北江南杨柳岸，风翻酒旆影连天。

和古心圣侍者

已无闲事到心头，今日逢君话旧游。

吴越江山忘未得，孤舟短棹过长洲。

和天岸首座采石渡

万里江天接海天，清波浴出月娟娟。

醉魂千载若招返，我亦何妨去学仙。

可休亭远眺

孤松三尺竹三竿，招我时时来凭栏。

细雨随风斜入座，轻烟笼日薄遮山。

沙田千亩牛马瘦，野水一溪鸥鹭闲。

自笑可休休未得，浮云出岫几时还。

此山妙在 (1296—1377)

此山妙在，号此山。信浓（今长野县）人。出家拜佛国国师。
元应年间入元，游于诸师之间，研习藏经论典。康永四年（1345）
回国，居万寿寺，后又住天龙寺、建仁、南禅圆觉三道场。此山善
诗文，其诗闲逸，情调甚浓。有《若木集》。

友人归乡

合涧桥边送别时，秋风分袂各东西。

明朝归到家山日，记取寒猿月下啼。

偶作

余生踪迹漫蹉跎，不觉光阴梦里过。

痴拙竟无如我者，思量犹恨一身多。

摘茶

等闲撼动逗英雄，枝叶头边枉费功。

未展枪旗全体用，春风不在箧篮中。

中岩圆月（1300—1375）

中岩圆月，号中岩，又号中正子。相模（今神奈川县）人。俗姓平氏，土屋氏一族，桓武天皇远孙。八岁投镰仓寿福寺为僧童，后依道慧大德和尚习儒典，入圆觉寺拜东明慧日为师，习曹洞宗。正中二年（1325）渡元，遍访江南诸刹，拜谒名衲，参拜临济宗东阳德辉禅师。适逢大智寿圣寺修建"天下师表阁"，受东阳禅师之邀，撰《上梁文》。元弘二年（1332）回日，寓博多显孝寺，后迁镰仓圆觉寺，扬临济宗。系吉祥寺开山祖师，历住下总龙泽寺、镰仓建长寺、近江龙兴寺，敕赐佛种慧济禅师。圆月因公然改换门庭深受禅林内部迫害，却仍有济世救国之志，撰《中正子》，弘儒家治世理念，均未受采纳。喜参李杜，其诗因坎坷经历而哀婉厚重、沉郁顿挫。北村择吉《五山文学史稿》称其"全以盛唐为准，用力于长篇。其五古效法于太白，能得其轮廓。其七古学少陵，得其气息。七律亦近于少陵"。猪口笃志称其"诗、文、哲学，都可成为五山第一学僧"。有《东海一沤集》《一沤余滴》《日本纪》《文明轩杂谈》。

思乡

东望故乡青海远，十春闲却旧园花。

可怜蝶梦无凭仗，飞遍江山不到家。

藤谷书怀

一颗分明照夜珠，久蒙尘土见涂糊。

海神困重不能识，可与蜣螂粪弹俱。

和别源韵 选一

穷途不见怜盐马，俗眼只应爱画龙。

拊石今南臻百兽，且随儿辈赋雕虫。

金陵怀古

人物频迁地未磨，六朝咸破有山河。

金华旧址商渔宅，玉树残声樵牧歌。

列壑云连常带雨，大江风定尚生波。

当年佳丽今何在，远客苍茫感慨多。

谢竺仙和尚访

穷巷昼长春睡惊，伊伊轧轧送嘉声。

停车麦浪陇头立，倒屣菜花篱外迎。

光寒里闾人改观，泽流岩谷草生荣。

瓣香欲走谢临屈，争奈已成莲社盟。

和答别源 二首

心以形劳何太迷，锦毛照水眩山鸡。

新题诗见篇篇妙，久废棋应着着低。

天也丘柯无遇鲁，时哉管晏有功齐。

想君寒榻永宵座，忆我同舟过浙西。

窗间吐月夜沉沉，壁角光生藤一寻。

穷达与时俱有命，行藏于世总无心。

梦中谁谓彼非此，觉后方知古不今。

自笑未能除僻病，逸然乘兴发高吟。

偶兴

蜘蛛巧罗网，日打群飞虫。

虫杀几千亿，独尔口腹充。

腹充身随大，凡类理皆通。

始汝看菽许，今体与钱同。

体大网张广，杀虫倍蓰众。

尔后不可测，势欲罗虚空。

利根山行

阴涯或有残雪，春溪半带流澌。

风日乍寒乍暖，杖屦且留且之。

白云溶溶泄泄，流水潺潺湲湲。

乘兴行春未尽，胡为倦鸟先远。

枯藤屈曲虫盘，怪石斓斑兽蹲。

拒阳雪积岩罅，摇绿春回烧痕。

山深风俗淳朴，民乐无怀之时。

溪梅别有风韵，野质村姿更奇。

友山士偲（1301—1370）

友山士偲，号友山，俗姓藤原氏。山城州山崎（今京都府南部）人。幼时投东福寺荽发受具，后父母皆出家。嘉历三年(1328)入元，周历两浙，参拜诸名衲，尤以与月江正印、南楚师说二人最密。康永四年（1345）回国，寓京都临川寺，后历住净居寺、安国寺、正续寺、东福寺等。因其在华长达十八年的独特经历，故其诗大量化用中国地名，呈工整自然、豪健奔放之风。有《友山录》。

题万年院

前是米山后宝山，长江万里座中看。

千株金橘屋檐下，一朵黄花篱落间。

竹觅远分三峡水，茶挡常激五湖澜。

举头咫尺长安近，大道无拘任往还。

含晖亭晚望

含晖亭上立，矫首望扶桑。

谁言沧海阔，一苇则可航。

白云生足下，空翠滴衣裳。

沉吟不忍去，倚栏静思量。

古人曾有语，行脚莫归乡。

苟得莫归旨，虽皈也不妨。
吾生困异域，踪迹徒漫浪。
短景难拘束，头颅已欲霜。
再作径山客，愈觉增痴狂。
归欤且少待，八月秋风凉。

龙湫周泽（1308—1388）

龙湫周泽，号龙湫。自号咄哉，俗姓武田氏。甲斐（今山梨县）
人。生时已具齿发，双亲以为不祥，遂弃于诸野。六岁师从梦窗疏
石，稍长受具足戒。初住慧林、临川二寺，于浓州开大兴寺，后历
住建仁、南禅、天龙等寺。擅绘像，笔妙入神。其诗常见孤高寂寥
之情，遣词造句和格律运用均流畅自然。有《随得集》。

夜泛湖见月

夜泛兰舟弄碧波，水天空豁见嫦娥。
扣舷一曲无人会，唯有秋风入棹歌。

客夜

钟声夜夜落谁边，客梦黄粱四十年。
起座松根我忘我，云生岭上月行天。

人间万事不如休

人间万事不如休，驰逐东西到白头。
息影山窗闲坐睡，自然无喜亦无忧。

新年作

佛法新年有与无，古人异辙却同途。

今朝一笔俱勾下，春入松楬梅入癯。

性海灵见 (1314—1396)

性海灵见，字性海，号不还子，俗姓橘氏。信浓（今长野县）人。十一岁于建长寺得度，十九岁于建仁寺参拜清拙正澄。后依南都北岭、虎关师炼。北朝康永二年（1343）入元，历遍大江南北，参拜名宿。北朝观应二年（1351）附舶而归，历住三圣寺、东福寺、天龙是寺、南禅寺等。其咏莲诗触景回忆西湖风光。有《石屏集》。

莲

亭亭抽水清于碧，片片泛波轻似舟。

十里西湖风景好，六桥烟雨忆曾游。

古剑妙快 (生卒年不详)

古剑妙快，号妙快。师从梦窗疏石，壮游江海。北朝正平三年（1348）入元，拜谒恕中、楚石、穆庵诸禅匠，悉蒙教诲。继而东归，奉旨历住东光、建仁、建长诸刹。光明上皇于伏见大光明寺召其询法。义堂周信《次韵寄古剑妙快禅师》称"秀气冲天古剑翁"。其诗时有诙谐之趣。有《了幻集》，又有《扶桑一叶》，今不传。

怀江南 三首

径山

江左故人无尺书，钦师一点拟何如。

因思夜静更深后，五髻峰头跃鲤鱼。

天童

云间犬吠月明时，六户玲珑眼似眉。

二十年来江海梦，几随宿鹭下霜池。

净慈

十里湖山锦作堆，花红柳绿步瑶台。

六桥春水天开镜，不着人间半点埃。

病中书怀 其四

煨芋无香火一炉，家风愧与懒残殊。

有些相似底模样，寒涕垂垂霜苴须。

中秋值雨

雨外清光何处圆，令人翻忆老南泉。

玉阶夜色秋如水，白雁新声渡海天。

看戏剧

秋风鼓笛发清狂，哭一场兮笑一场。

识得从来无实法，玄沙只是谢三郎。

光明天皇 (1322—1380)

光明天皇，系日本第99位天皇，讳丰仁，其父后伏见天皇，其母广义门院西园寺宁子，兄光严上皇。建武二年（1335），足利尊氏据光严上皇院宣，宣布废黜后醍醐天皇并遥尊其为上皇，拥立丰仁为北朝第一任天皇。

山家春兴

桃花流水洞中天，不记烟霞多少年。
满目风光尘世外，等闲封著是神仙。

无文元选 (1323—1390)

无文元选，后醍醐天皇之子，母某氏。八岁出家，十八岁至建仁寺礼窗鉴和尚。康永二年（1343）南行至圣福寺，询无隐海公，得其教诲，后入元，历游诸方，参拜笑隐大沂、古梅正友等大师，观应元年（1350）东归，迎请为了义寺开山。入元及返日三十年间，以论道为务，名播远扬。因崇"宗旨不传"，唯遗禅诗数首。性情清高，对禅林腐败多有批判之意。选诗可见其避世退隐之意。

无题 二首

邪师说法数如麻，般若灵根正败芽。
祖道安危非我事，柴门深掩送生涯。

杖锡飘飘归旧山，松林寂寂避尘寰。
满庭黄叶无人拂，唯有闲云自往返。

愚中周及 (1323—1409)

愚中周及，号愚中。美浓（今岐阜县）人。十三岁于临川寺受教于梦窗疏石，博识儒典。十七岁登比叡山受戒，后依春屋妙葩禅师修行。历应四年（1341）乘商船入元，赴金山寺依佛通禅师修行。观应二年（1351）随龙山得见回日，直抵天龙寺，拜梦窗国师。后受小早川春平将军之请，任天宁寺第一世住持，创愚中派，敕赐佛德大通禅师。其诗构篇短小，构思精巧，语言明丽清新。有《草余集》《禀明集》。

三月二日夜听雨

佩玉珊珊鸣竹外，谁家公子入山来。
今宵赚我一双耳，明日桃花千树开。

谢客

披缁却怕近缁伦，恰似秦人不爱秦。
未审净邦心自许，世间真乐在孤贫。

次韵哭小童溺水

小儿吃踯委身流，莫道爷娘鬼也愁。
五岁玉魂招不返，九原露影草根收。

义堂周信 (1325—1388)

义堂周信，号周信，别号空华道人，俗姓平氏。土佐（今高知县）长冈郡人。十四岁削发，次年于比叡山受戒，入京都拜梦窗疏石为师。北朝康历元年（1379）应足利义满之请住建仁寺，至德三年（1386）任南禅寺住持，系善福寺、镰仓报恩寺开山第一世。"诗文异彩灿然"，与绝海中津并称"五山文学双璧"。义堂虽未曾赴中国习禅，却与入元僧侣交往甚密。以学问见长，广涉内外典，专作偈颂，其诗素以巧致著称，超俗入禅，善用典。主张以文辅政。自题"空华室名"曰："空兮无相，华兮无实。作此观者，乃入吾室。"义堂尊杜甫为唐最杰出诗人，其五律受杜诗影响最为显著；就其诗风而言，也与杜甫之沉郁顿挫有异曲同工之妙。有《空华集》《空华日工集》《义堂和尚语录》《三体诗抄》《贞和类聚》。

竹雀

不啄太仓粟，不穿主人屋。

山林有生涯，暮宿一枝竹。

山茶花

老屋凄凉苔半遮，门前谁肯暂留车。

童儿解我招佳客，不扫山茶满地花。

小景

酒旆翩翩弄晚风，招人避暑绿荫中。

谁将钓艇来投宿，典却蓑衣醉一篷。

芦

碧玉丛丛出水长，折来尚带月华凉。

翻思西祖曾乘去，万里秋江一叶航。

梦梅

梦入罗浮小洞天，幽人引步月婵娟。
晓来一觉知何处，雪后梅花浅水边。

题扇面诗 十二首选一

江上春山映夕霏，岸根素浪欲吹衣。
何当借得扁舟手，一片秋帆万里归。

对话怀旧

纷纷世事乱如麻，旧恨新愁只自嗟。
春梦醒来人不见，暮檐雨洒紫荆花。

子陵钓台

汉家诸将各论功，谁访羊裘独钓翁。
刚被刘郎寻旧约，一丝吹断暮江风。

无题

萧统编成七代文，六臣竞注漫纷纭。
老僧不敢闲囊秘，驻献明公助策勋。

春日漫兴

老去才仍拙，春来睡更痴。
每惊风动竹，无奈雨催诗。
褪蕊轻轻急，幽花稍稍迟。

开襟成独笑，此意竟谁知。

题隐岐山陵

历数于天道不穷，万年枝上万年红。
干戈起自开边后，社稷终归战国中。
宴罢瑶池秋月落，春阑辇路晚花空。
游人不管兴亡事，闲读碑文认篆虫。

和韵寄观中书记

笔端文字烂文章，千里飞来字字香。
壮志知君身未老，衰容愧我鬓先苍。
莺花世界春三月，蚁垤人间梦几场。
记得同舟江上渡，篷窗雨湿暮钟长。

释天祥 (生卒年不详)

　　释天祥，号清远居士。明朝建国之初，日僧入贡多居滇南。明
沐昂编云南最早诗歌总集《沧海遗珠》收录天祥、机先、大用、逯
光古四位日本诗僧的诗作，均简单注释为日本人，其生平事迹多不
可考。从其诗作可推天祥曾至长安、杭州，后由四川经贵州达云南。
上村观光以为天祥即天祥一麟。选诗收于《本朝诗英》。

长安春日作

何事长安客，春来思易迷。
乐游原上草，无日不萋萋。

榆城听角

十年游子在天涯，一夜秋风又忆家。
恨杀叶榆城上角，晓来吹入小梅花。

哭宋士熙

众山摇落日，那忍哭先生。
老眼终无泪，深交最有情。
人犹惜才调，天可厌聪明。
书法并诗律，空留后世名。

赠李生

异域无亲友，孤怀苦别离。
雨中春尽日，湖外客归时。
花落青山路，莺啼绿树枝。
从今分手后，两地可相思。

送僧归重庆

东西千万里，来去一身轻。
碧凤山前别，黄梅雨里行。
江长巴子国，地入夜郎城。
昔我经过处，因君动远情。

梦里湖山为孙怀玉作

杭城一别已多年，梦里湖山尚宛然。
三竺楼台晴似画，六桥杨柳晚如烟。

青云鹤下梅边墓，白发僧谈石上缘。

残睡惊来倍惆怅，可堪身世老南滇。

呈同社诸友

君住峰头我水濆，相思只隔一重云。

夜灯影向空中见，晨磬声从树杪闻。

咫尺谁知多役梦，寻常心似远离群。

今朝偶过高栖处，坐接微言到夕曛。

释机先（生卒年不详）

释机先，明朝洪武年间来华，在华三十年，后客死云南。明人胡粹中有《挽鉴机先和尚》："曾将一苇渡瀛洲，信脚中原万里游。日出扶桑极东处，云归滇海最西头。经留髹几香犹焙，棋敛纹楸子未收。老我飘蓬江汉上，几回中夜惜汤休。"嘉靖年间编修《大理府志》记载："日本四僧塔，在龙泉峰北涧之上，逯光古、斗南，其二人失其名，皆日本国人，元末迁谪大理。能诗善书，卒，学佛化去，郡人怜而葬之。"后诸葛元声《滇史》称："四僧：逯光古、斗南，其一机先也。"选诗收于《本朝诗英》。

雪夜偶成 二首选一

定起闲吟独倚阑，朔风吹面雪漫漫。

修心不到梅花地，耐得山中一夜寒。

寄仲翔外史

天涯又索居，岁晏近何如。

远水苍茫外，空山寂寞余。

老逢诸事懒，病觉故交疏。

想见多闲暇，应修辅教书。

梁王阁

碧鸡飞去已千秋，闻说梁王曾此游。

洞口仙桃迎凤辇，岩前官柳系龙舟。

青山有恨人何在，白日无情水自流。

岂识当年歌舞地，寒烟漠漠锁荒丘。

长相思

长相思，相思长，有美人兮在扶桑。

手攀珊瑚酌霞气，口诵太乙朝东皇。

鲸波摩天不可航，矫首欲渡川无梁。

去时遗我琼瑶章，蛮笺半幅双鸳鸯。

鸳鸯不飞墨色改，揽涕一读三断肠。

前年寄书吴王台，西湖杨柳青如苔。

今年东风杨柳动，鸿雁一去何当回。

欲弹朱弦弦断绝，欲放悲歌声哽咽。

孤鸾夜舞南山云，花渍帘前杜鹃血。

思君不如天上月，夜夜飞从海东出。

月明长傍美人身，美人亦近明月轮。

襄衣把酒问明月，中宵见月如见君。

长相思，长如许。

千种消愁愁不舞，乱丝零落多头绪。

但将泪寄东流波，为我流入扶桑去。

释全俊 (生卒年不详)

释全俊，字秀崖，姓神氏，北陆道信浓州（今长野县）高井县人。依善应寺快钝夫出家，其师为印月江之嗣子。其生平介绍见钱谦益《列朝诗集小传》。

和宋学士赠诗

一回错买离乡舶，抹过鲸波万里间。

震旦扶桑无异土，参方饱看浙西山。

左省

二月天和乍雪晴，见君似见祝先生。

醉中不觉虚檐滴，吟作灯前细雨声。

细川赖之 (1329—1392)

细川赖之，法名常久，幼名弥九郎，细川赖春之子。历任左马头、武藏守、相模守等职。幼年时即与父亲赖春并肩转战各地，显示出非凡军事与政治才能。延文元年（1356），受将军足利尊氏之命，出任中国管领，讨伐直冬党。贞治元年（1362），于四国地区白峰城消灭投靠南朝的细川清氏。贞治六年（1367）为管领，辅佐室町幕府第三代将军足利义满。康历元年（1379），因"康历政变"失事，被迫远离京都，返回领地赞岐。元中七年（1390），因"明德之乱"爆发受足利义满之邀，返还京都，参加平定战乱。好参禅，喜汉诗文、和歌，崇杜甫，与五山僧人广泛交游，具有较高的汉学修养。

偶成

人生五十愧无功，花木春过夏已空。

满室苍蝇扫难去，起寻禅榻卧清风。

绝海中津 (1336—1405)

绝海中津，字中津，号蕉坚道人。土佐国（今高知县）津野人，父藤原氏，母惟宗氏。正平五年（1350）于洛西天龙寺落发，入梦窗疏石门下，翌年受戒为僧。后入建仁寺，依龙山德见禅师。正平二十三年（1368）渡海入明，寓居杭州中竺寺，拜全室和尚为师，与文人宋景濂交游，参拜诸名衲。天授二年（1376）赴英武楼，与明太祖论禅，作《应制赋三山》，太祖赐衣钵、拄杖、宝钞。归国居洛西云居庵，后历任慧林天龙寺、宝冠寺主持。元中元年（1384），得罪足利义满将军，隐居于摄津钱原（今茨木市），后出山任相国寺住持。谥赐"佛智广照国师""净印翊圣国师"。江村北海《日本诗史》云"有工绝者，有秀朗者。优柔静远，瑰奇赡丽，靡所不有"，与义堂周信并称"五山文学双璧"，诗风承自中国晚唐，以律诗见长，七律尤声调雄健，韵致隽丽。有《蕉坚稿》《绝海和尚语录》。

云间口号

华亭无鹤唳，怀古意空存。

一犬隔江吠，却疑黄耳孙。

铁舟兰 二首

吾爱铁舟老，能诗能说禅。

世人都不识，空把墨兰传。

雪楮写幽芳，缁云染素霜。

知君嫌媚色，故作道衣装。

应制赋三山

熊野峰前徐福祠，满山药草雨余肥。

只今海上波涛稳，万里好风须早归。

按,明太祖当场和诗一首:"熊野峰高血食祠,松根琥珀也应肥。当年徐福求仙药,直到如今更不归。"

雨后登楼

一天过雨洗新秋，携友同登江上楼。

欲写仲宣千古恨，断烟疏树不堪愁。

读杜牧集

赤壁英雄遗折戟，阿房宫殿后人悲。

风流独爱樊川子，禅榻茶烟吹鬓丝。

山家

年来缚屋住山中，路自白云深处通。

不用世人传世事，闲怀只惯听松风。

题温泉

山下溪流搅不浑，也应活水出曹源。
残波胜沫知多少，半作云汤涤病根。

赵文敏画

苕上秋风一棹归，青山绿水绕林扉。
挥毫兴与沧洲远，落日明边白鸟飞。

文房四友

端溪石氏剡溪臼，毛子同盟即墨侯。
便作誓画俱歃盟，永无沦变伴风流。

古寺

古寺门何向，藤萝四面深。
檐花经雨落，野鸟向人吟。
草没世尊座，基消长者金。
断碑无岁月，唐宋竟难寻。

出塞图

驰马腰弓箭，军行无少留。
只须身许国，不敢计封侯。
寒雨黄沙暮，西风白草秋。
何人画图里，一一写边愁。

钱塘怀古次韵

天目山崩炎运徂，东南王气委平芜。

鼓鼙声震三州地，歌舞香消十里湖。

古殿重寻芳草合，诸陵何在断云孤。

百年江左风流尽，小海空环旧版图。

多景楼

北固高楼拥梵宫，楼前风物古今同。

千年城堑孙刘后，万里盐麻吴蜀通。

京口云开春树绿，海门潮落夕阳红。

英雄一去江山在，白发残僧立晚风。

姑苏台上作

姑苏台上北风吹，过客登临日暮时。

麋鹿群游华丽尽，江山千里版图移。

忠臣甘受属镂剑，诸将愁看姑蔑旗。

回首长洲古苑外，断烟疏树共凄其。

中恕如心（生卒年不详）

中恕如心，自号碧云。山城（今京都）人。为古剑妙快法嗣，与绝海中津同时入明，游览灵隐寺，受明太祖接见。绝海回国后，他因病仍留明修禅。有《碧云稿》。

153

思河

何人思杀九回肠，流出长河脉脉长。

两岸好移连理树，堪栖比翼紫鸳鸯。

送绝海津藏主归日本

送君归故国，卧病楚山幽。

只可相随去，如何独自留。

天遥孤雁远，海阔百川收。

离思与春恨，人生欲白头。

太白真玄 (? —1415)

太白真玄，字真玄，又号暮山老人。曾师事义堂周信、绝海中津，博览广闻，屡迁名刹。真玄喜韩柳文，有《柳文抄》。以四六文著称，善用点铁成金之法，化用典故。世称太白真玄四六文、心田清播诗、惟肖得岩文为三杰。其诗哲思含蓄，发人深省。有《雅臭集》《太白和尚语录》。

雨中惜花

恼乱风光奈老何，强将白发惜春过。

寻常只道芭蕉雨，哪识花时一滴多。

随月读书

雪寒萤淡不多光，随月读书情最长。

想合豪家无此兴，金莲官烛照花堂。

惟忠通恕 (1349—1429)

惟忠通恕，字惟忠，自号云壑道人。为无涯仁浩禅师法嗣，遍访禅刹教场，探问佛理。初居建仁寺，学通内外。后历任金刚寺、安国寺、建仁寺、天龙寺、南禅寺住持。其诗野趣横生，以动物自比，常有苍凉之意。有《云壑猿吟》。选诗收于《五山文学全集》。

秋声

风林一月夜苍苍，忽自西南送嫩凉。
听者古来多感慨，赋文谁赋拟欧阳。

夏禹治水图

九年功在一秋毫，却觉金王不自劳。
天下争知神禹力，也无洪水去滔滔。

天地一沙鸥

天地一沙鸥，机心万事休。
冷看劳踽踽，甘自任沉浮。
甚爱五湖景，不承千户侯。
阳颓青崦上，先落白蘋洲。

招高林侍者

想见佳人拔俗标，幽居日日别魂销。
可堪江左风流远，须拟淮南大小招。
岩畔桂花秋未老，阶前兰叶露先凋。
何时细听同窗雨，软语挑灯度一宵。

愕隐惠蒉 (1358—1422)

愕隐惠蒉,筑后(今福冈县)人。师从绝海中津。至德三年(1386)入明,参拜诸山名师,旅居十年后回日。后受细川赖邀请,住宝冠寺,后迁相国天龙寺,晚年归万年寺长德院。其擅楷书,富辞藻,故世称"愕隐体"。后花园天皇追其德崇,敕赐佛慧正续国师。其诗新奇自然,充满山野之趣。有《南游稿》。存诗收于上村观光《五山文学全集》。

寒夜留客

一粲灯花照雪浓,相邀喜色动帘栊。

别来肝肺冷于铁,听尽长安半夜钟。

春雨

新愁对雨坐城楼,烟树冥蒙郭外浮。

睡起不知是春昼,一帘暮色故山秋。

牧笛

悠扬无律吕,牛背等闲吹。

数曲草多处,一声风度时。

江村梅落雪,野驿柳收丝。

弄得升平乐,牧童知不知。

读《出师表》

出师辞后主,本意复中原。

先帝有遗诏,老臣知君恩。

到君双发短,许国寸心存。

惆怅英雄业，徒令仲达奔。

西胤俊承 （1358—1422）

西胤俊承，筑后（今福冈县）人，为绝海中津法嗣。天资聪颖，辞藻富丽，尤以诗偈闻名。住持相国寺，晚年退隐于相国寺云松轩。其诗多描写自然景物，观察细微。有《真愚稿》。

秋扇

巧制双纨宫样新，高堂六月主恩频。
一朝秋制宠还断，恨在西风不在人。

书巢 二首

不似众禽手拮据，乱书堆里学巢居。
若教德业光千载，动苦岂忘涵育初。

绕书枯竹与香芸，学得鸟巢居不群。
等是生灭养雏意，雀争枳棘凤冲云。

听夜泉

独坐听泉久，寒泉也入深。
初如漱哀玉，忽似罢明琴。
动静能随境，抑扬非有心。
安倾天下耳，一一洗尘襟。

惟肖得岩（1360—1437）

惟肖得岩，号惟肖，别号蕉雪，自称山阳庸人，梦窗疏石三世法孙。十六岁时从草堂得芳禅师，习经史子集。足利义持将军召得岩住相国寺，并两度命其撰写致明朝公书。历住建长寺、建仁寺、天龙寺等名刹，被封"紫衣大和尚"。晚年后于南禅寺双桂院，多用禅语讲授《庄子》与苏轼。得岩以文著称，与苏轼文风颇为相似，时人称其"东坡再诞"。其文与江西龙派的诗、太白真玄的四六骈文、心田清播的说经并称"禅林四绝"。其诗用语平易自然，气势豪迈雄放。其文准确理解中国古典并合理运用至创作中，自觉咀嚼吸收明朝文化。有《东海琼华集》。

书灯

人生识字百忧初，却恨长檠照见书。
剔起残心深夜坐，年前短发影萧疏。

江山小隐

老树谁家孤屿间，青围碧拥画屏山。
出无骑从行何待，门欠童应设不关。
冷暖人情苍狗变，江湖雅意白鸥闲。
香尘如海众如水，一榻展图惭暮颜。

苏武瓶雪

请缨北去是丁年，冻窖无由望汉天。
城气昏昏连雪合，风棱凛凛积冰坚。
身虽百粉敢忘节，死重泰山聊啮毡。
雁足书成羊亦乳，茂陵松柏冷萧然。

程门立雪

棱棱寒气动书帷，一趾玄霜早解尸。

积雪平阶离立久，光风一脉两心知。

齐门拥帚嗟何代，少室提刀似此时。

后世坐图温饱者，管窥四海道无师。

岐阳方秀（1362—1424）

岐阳方秀，字岐阳、岐山，号不二道人。赞岐（今香川县）人，佐伯氏，母源氏。少时入东福寺，从石窗和尚。十二岁迁安国寺，依灵源性浚习佛法。康应元年（1389）回京都，住东福寺、南禅寺。颇受足利义持将军敬重，将军闲暇之时，常向岐阳请教问法。岐阳精通朱子学，坚持在"儒释不二"基础上解读朱子学，首次对《四书》"和训"。其诗作颇有雅趣，观察甚微。有《不二遗稿》。所谓"不二"，即儒佛相通，并非二道。

兰图

兰有何德，圣人歌之。

深林幽谷，绿叶猗猗。

蕙图

蕙有何好，君子佩之。

维香与色，百亩露滋。

听童子读书声

童儿执策惜居诸，千里行从一步初。

虽道离言言亦道，休言契稷读何书。

腊月二十冒雨到蟠根寺

山路穿云日已斜，长松深处梵王家。

主人略叙寒温了，雪水先煎砂缶茶。

立春探梅

乍闻春色到山家，起看梅梢悉着花。

只怪无风送香去，不知残雪压枝斜。

邵庵全雍（生卒年不详）

邵庵全雍，法讳全雍，道号邵雍，名源于北宋儒者邵雍。应永二十三年（1416）因避战乱前往京都，师从南禅寺惟肖得岩。关东管领上杉宪实称其文笔精工，文采斐然。其诗收录于《建长寺龙源庵所藏诗集》，著《邵庵老人诗》《十菊十梅》。

金井梧桐

一树梧桐金井栏，清阴月转辘轳寒。

宫娥缓引青丝索，上有孤莺栖未安。

贺神前种梅人

菅庙依山山日辉，栽梅人欲咏梅归。

如传神语丁宁谢，黄鸟穿花自在飞。

屈餐

昨日三闾充夕餐，骚坛品藻见弹冠。

大夫俸禄两千石，不及秋香露一团。

水梅

谁入华清唤太真，凌波罗袜动香尘。

晓来乍觉前池上，月转花阴水浸春。

一昙圣瑞（生卒年不详）

一昙圣瑞，法名圣瑞，道号一昙，别号九华山人。嗣法大光禅师。入元后，参拜杭州天目山幻住庵中峰明本，归朝后康历二年（1380）请为法云寺开山。应永十五年（1408）至应永二十五年（1418）间，历住伊豆国清寺，镰仓净妙、圆觉二寺，南禅寺等名刹。有《幽贞集》《瑞泉寺书》。

寄人

鸳鸯无独宿，蛱蝶亦双飞。

窬寐怀君子，何时说所归。

终朝何戚戚，永夜又纷纷。

愿寄相思梦，挂君画阁云。

和友人韵

自携诗卷扣禅关，竹树森沉白日闲。

汲黯固宜居禁闼，仲宣何意客荆蛮。

华筵清肃同听讲，宝地从游且解颜。

我亦拂衣尘土外，十年驴背饱看山。

香海灌藏主相别三岁矣，庚子之春邂逅钜山，因出所作一篇，韵格清高有古作者之风，遂次其押以答之

三年不遣寄音频，泛迹西东几阅旬。

梦伴孤云飞似鹤，望生新月巧随人。

支郎老矣山仍旧，禹锡归来桃复春。

更喜龙华陪胜会，芙蓉捧足大如轮。

江西龙派 (1375—1466)

江西龙派，号江西、豩庵、续翠，别号木蛇，又称灵泉和尚、一华和尚。下总（今千叶县）人，总州太守千叶师氏之子。初居建仁寺，师从天祥一麟，后升任南禅寺主持，晚年于东山续翠轩静修。与细川家族交游广泛，尤与细川持之、细川满元交好。龙派天性俊逸，博识梵文汉学，以汉诗闻名。曾抄录苏东坡诗，成《天马玉津沫》；又选唐宋金元绝句，称《新选分类集诸家诗卷》。其诗作与惟肖得岩文、太白真玄骈文、心田清播说经，并称"禅林四绝"。其诗野趣横生，观察细致入微，尤擅七绝。有《续翠诗集》《豩庵集》《杜诗续翠抄》。

秉烛夜游

七十古稀休问天，只须秉烛夜留连。

岂将白发三千丈，坐待黄河五百年。

寒塘小景

淡淡荒坡日欲西，鹭鸶相唤下寒堤。

蒲葭半倒涨痕没，紫蟹黄鱼满晚泥。

野桥残雨

树影溟蒙水一方，遥看片雨度斜阳。

风来卷取桥南去，打湿萧萧马上郎。

晓井辘轳

梧桐井上辘轳头，谁引蒲绳百尺修。

轰破道人残夜梦，铜瓶倾处月西流。

心田清播 (1375—1477)

心田清播，字心田，别号春耕、谦斋、听雨叟。淡路（今兵库县）人。九岁侍柏庭清祖习禅，往来建仁、南禅二寺间，参习十余年，后依惟肖得岩。清播颇受幕府重视，足利义持请其住持势州正兴寺，后又受命移宝幢寺。有文集《春耕集》，诗集《听雨集》《续群书类从》，存《心田诗稿》。

赋秋浦明月寄伊阳故人

浦口秋晴佳月新，水天一色白于银。

终宵不寝待潮信，坐对清光忆故人。

多景楼图

水怪山奇诗境开，眼前多景几楼台。

老来知己半天下，独爱岁寒松竹梅。

春江夜泛

京国风尘情不堪，一竿春涨绿于蓝。

推篷喜见梅花面，月淡烟深野水南。

细川满元（1378—1426）

细川满元，幼名聪明丸，通称五郎，细川赖之之子。因家宅遍植松木，故称听松轩，自号听松居士。在其父熏陶下，爱好学问，师从惟肖得岩、岐阳方秀诸诗僧。应永六年（1399），大内义弘发动应永之乱，满元任先锋，英勇善战，立下汗马功劳。四代将军足利义持掌管幕府时，出任管领，参与幕政。与诗僧江西龙派交好，常与其唱和。

自像赞诗

捧雨喝雪或弓马，真非真是不须分。

朝临厅事听邦政，夕倚栏杆瞻片云。

瑞溪周凤（1391—1473）

瑞溪周凤，字瑞溪，号卧云山人。泉州界人。十四岁入相国寺，拜梦窗疏石门生无求周伸禅僧为师，又师事严中周噩、惟肖得岩、瑞岩龙惺等，受瑞岩教诲最深，故自称瑞溪。颇受幕府重视，应永七年（1400）夏，源公修八坂塔，举荐十位高僧行法事，周凤亦在其列。晚年周凤掌管诸山公文及僧中庶务。其博识多闻，善属词章，精于苏诗，作《坡诗脞说》，称"坡翁五祖再生"。文明二年（1470）编纂《善邻国宝记》，载中国、日本与朝鲜三国自垂仁天皇至后小松天皇明德三年间的外交往来事情，为日本第一部中日关系史。有《卧云稿》《瑞溪疏》《温泉行记》。

读范致能《梅谱》

揽辔功名鬓已丝，花村春静与梅期。
渡江诸将中兴日，花亦南枝胜北枝。

墨菊

花有隐君兼俗违，秋深蝶亦往来稀。
寒香无恙东篱雨，似待渊明解印归。

朝鲜贡珍禽

箕子提封风化衰，异禽易觉乐邦移。
鸡林多岁占全树，不似扶桑借一枝。

东沼周曍（1392—1462）

东沼周曍，号称留月道人、祥光老子。系惟肖得岩门生，与心田清播、江西龙派、瑞溪周凤等名僧交游。历任建仁寺、相国寺住持。周曍精通儒典，善旁征博引，其诗新奇流丽。有《东沼和尚录》，文集《花上集》，诗集《流水集》。

赋雪山招山阴季正侍者

天际芙蓉想玉颜，年年雪解涨溪湾。
请君来看愁城外，春不能青镜里山。

徽宗木犀

艮岳春深百卉红，君王何事扫秋丛。
天香阵阵黄葩瑞，中有金兵踏北风。

和子明高书记之韵

达人如有约，归思浩无边。
一出湘中寺，三年渭上船。
花阑胡蝶绕，竹暗鹧鸪烟。
此日温存问，亲于共被眠。

一休宗纯（1394—1481）

一休宗纯，字一休，乳名千菊丸，俗名周建，别号狂云子，戒名宗纯、宗顺。传为后小松天皇私生子，母藤氏，南朝宗士之女。生于明德五年（1394）正月初一，六岁投京都安国寺，入象外鉴禅师门受戒为童侍。十三岁于建仁寺随慕哲龙攀（绝海中津弟子）学汉诗，所作《长门春草》为其现存最早诗作。十五岁以《春日宿花》诗闻名。十七岁受教西山西金寺禅师谦翁宗为，谦翁殁后，依指京都大德寺禅师华叟宗昙。三十四岁后云游各国，晚年居酬恩寺，得盲女森随侍，其间所作哀婉靡绝，率口而出，然旁引妙譬，句句真挚。文明六年（1474）后土御门天皇敕命为大德寺住持，后建真珠庵，赐紫衣。文明十三年（1481）逝世，年八十八，塔名慈杨。一休创寺授徒，世代沿传。法语直截警拔，不稍假借，讽刺教内威权，倡导宗门改革。一生或居于小庵，或借寓民宅，漫游日本各地，多奇行逸事，行事狂荡，纵情诗酒，流连妓馆。好书法绘画，酷爱汉诗，其诗风怪诞神奇，自由奔放，意在讽喻世氛，警醒俗人，不可轻解为脂粉之诗。有《狂云集》《自戒集》。

偶作

昨日俗人今日僧，生涯胡乱是吾能。
黄衣之下多名利，我要儿孙灭大灯。

渔父

学道参禅失本心，渔歌一曲价千金。
湘江暮雨楚云月，无限风流夜夜吟。

看杜诗

古今诗格旧精魂，江海飘零亦主恩。
仰叫禹舜一生泪，泪痕溅洒浥乾坤。

偶作

临济门派谁正传，风流可爱少年前。
浊醪一盏诗千首，自笑禅僧不识禅。

破戒　选一

飘零狂客也何之，十字街头笛一枚。
多病残生无气力，新吟惭愧老来诗。

罗汉菊

茶褐黄花秋色深，东篱风露出尘心。
天台五百神通力，未入渊明一片吟。

蛙

惯钓鲸鲵笑一场，泥沙碾步太忙忙。
可怜井底称尊大，天下衲僧皆子阳。

风铃　选一

静时无响动时鸣，铃有声耶风有声。
惊起老僧白昼睡，何须日午打三更。

端午

千古屈平情岂休，众人此日醉悠悠。
忠言逆耳谁能会，只有湘江解顺流。

题淫坊

美人云雨爱何深，楼子老禅楼上吟。

我有抱持唼吻兴，意无火聚舍身心。

利欲忘名

利欲农夫商女情，绝交美誉与芳声。

梅花雪月昔年事，贪着米钱忘却名。

卖弄深藏贪欲心，心中密密要黄金。

诗情禅味风流誉，秋思春愁云雨吟。

盲女佛偈

盲女森侍者，情爱甚笃，将绝食殒命，愁苦之余，作偈言之。

百丈锄头信施消，饭钱阎老不曾饶。

盲女艳歌笑楼子，黄泉泪雨滴萧萧。

看看涅槃堂里禅，昔年百丈镢头边。

夜游烂醉画屏底，阎老面前奈饭钱。

一条兼良（1402—1481）

一条兼良，关白一条经嗣次子，自称三华老人、桃华老人、三关老人。应永二十三年（1416），代其兄一条经辅承袭家业，后升任太政大臣、关白。应仁之乱中，其邸宅和书库烧毁，寄居于奈良兴福寺禅定院。文明五年（1473）出家，后还俗，致力于讲学，讲授内容广泛深刻，涉内外典；亦擅长著述，研究日本古代典籍和"宋学"文献之联系。深入研究神道教，擅长和歌，为"综合性人文学"

学者。有《四书童子训》《日本书纪纂疏》。

避乱出京江州水口遇雨

忆得三生石上缘，一庵风雨夜无眠。

今朝更下山前路，老树云深哭杜鹃。

无题

南行数里下阳坡，西望平湖远不波。

孤岛屹然何所似，琉璃万顷一青螺。

希世灵彦 (1403—1488)

希世灵彦，道号希世，又别号村庵。京都人。其名号取自苏轼《自净土寺步至功臣寺》"谁谓山石顽，识此希世彦"。幼入南禅寺善住庵入斯文正宣门下。七岁时，细川满元收其为养子。翌年，义持将军携其见后小松上皇，席间试其才，执笔写下"不意青云上，挥毫赋野诗"句，上皇大为叹赏。后拜诗僧江西龙派、惟肖得岩为师。嘉吉元年（1441），住南禅寺；文明十五年（1483），移住听检院。一生富贵，其诗骨法用笔欠缺，纤弱无力。有《雪巢集》《村庵集》《村庵散文》《村庵稿》。

天桥立

碧海中央六里松，天桥胜境是仙踪。

夜深人待龙灯出，月落文珠堂里钟。

题富士山

富士峰高宇宙间，崔嵬岂独冠东关。
唯应白日青天好，雪里看山不识山。

赋得桃花送某人行色

离亭春晚酒杯空，路畔桃花驻小红。
故插一枝纱帽上，思君心在不言中。

扇面麻雀

竹从墙外出横枝，风里低昂不自持。
暮雀欲栖心未稳，飞来飞去已多时。

满城风雨近重阳

人期佳节数重阳，风雨满城秋夜长。
篱菊未开樽酒尽，明朝败意似潘郎。

岛夷献鹦鹉

雕龙虽密羽毛鲜，海外遥随入贡船。
劝尔能言传故国，汉家天子只求贤。

翱之慧凤 (1414—1465)

翱之慧凤，又名敖之慧凤。美浓（今岐阜县）人。曾师事岐阳
方秀，正长二年（1429）入明，归国后住东福寺岩栖院。与瑞溪周

凤合称为"大小凤",世人称其为继仲芳圆伊、太白真玄后又一文宗。其《德政论》一文载足利义政救济贫民一事,广为传颂。明朝前监察御史张楷深受启发,认为其文"立论弘博,文采则丽,读之不能释手"。又曰:"观师之文,盖僧而达治者也。使其从吾道,得入官使之列,其弘词奥论,岂不有裨于化理哉。"有《竹居清事》。

题江山小景

孤舟千万里,草屋两三楹。

何处好山水,寄踪终此生。

扇面画竹

栽之不易养之难,谁识王君堪岁寒。

典午山河懒开眼,青青只爱两三竿。

寄钱塘徐处士

地北天南十六年,一书凭燕又相传。

寄言海外徐方士,记取僧中李谪仙。

兰坡景茝 (1417—1501)

兰坡景茝,号兰坡,梦窗疏石四世孙。历迁诸刹,后住南禅。后土御门天皇尊其知行,屡次询法。后柏原天皇追褒,赐佛慧圆应禅师。其诗风近孟郊,曾引"一日看尽长安花"自嘲。有《雪樵独唱集》《雪馆集》,见《五山文学新集》。

花下思洛

独乘款段涉江干，桃花开遍雪尚残。

寄语溧阳寒处士，有花即是小长安。

人日立春

白发年年几岁茎，春兼人日又相并。

团蒲睡美鸟吟晓，懒听街头卖困声。

后花园天皇 （1419—1470）

后花园天皇，讳彦仁，伏见宫贞成亲王之子，母为庭田经有之女庭田幸子（敷政门院）。正长元年（1428）即位，宽政五年（1464）让位。正值室町幕府与后南朝势力动荡，足利义持去世后，为保证公务支配体系正常运行，拥护彦仁为小松天皇犹子（契约关系的父子），后仓促即位，无庆典仪式，称后花园天皇。在位期间，土一揆（农民起义）与嘉吉之乱爆发，南朝政局仍持续动乱。其诗作有刺世及自嘲之意。

无题

残民争采首阳薇，处处闭芦锁竹扉。

诗兴吟酸春二月，满城红绿为谁肥。

巧夕得仙游 二首选一

人间争倚采楼边，无事逍遥在洞仙。

凤管一声尘外曲，夜深吹向二星躔。

普福 (生卒年不详)

普福，清朱彝尊编《明诗综》注云："宣德七年，倭船入贡，凡九艘，其使普福迷失于乐县沙蒿藤岭，获解。"有诗纪事如下：

被获叹怀

来游上国看中原，细嚼青松咽冷泉。

慈母在堂年八十，孤儿为客路三千。

心依北阙浮云外，身在西山返照边。

处处朱门花柳巷，不知归日是何年。

东洋允彭 (生卒年不详)

东洋允彭，宝德三年（1451）受幕府之令任遣明正使，渡海入明。享德二年（1453）受明代宗召见，后返日途中殁于杭州。其诗记载身为异域行脚僧于中国游历的萍踪浪迹。

宿彭城驿

扁舟停棹宿彭城，篷底水寒眠不成。

因忆苏仙对床地，中宵风雨弟兄情。

九渊龙琛 (? —1474)

九渊龙琛，法号龙琛，道号九渊，室号葵斋，俗姓不详。系天祥一麟法嗣，为东洋允彭为首的遣明团成员，享德三年（1454）归朝。康正元年（1455）任建仁寺住持，为建仁寺灵泉院塔主，后住南禅寺。与翱之慧凤、东沼周曬等人交游甚密，其诗作受诗僧江西龙派的影响较大。后回顾入明行程云："入大明国，逾百越、历三吴，大江之南北、长淮之东西，行不辍足者，殆六七千里，遂达燕之北京。而遭时盛明，礼乐繁兴，人物秀整，实莫愧汉唐文化。"有《葵斋集》《九渊遗稿》。存诗收于《五山文学新集》。

题苏州枫桥寒山寺

闻昔江枫荫绿波，桥边秋色入诗多。

愁眠无客似张继，半夜钟声近奈何。

题垂虹桥

垂虹桥下即吴洲，忆昔坡仙此泊舟。

瑞世文章无复见，苔花流水为谁秋。

天隐龙泽（1422—1500）

天隐龙泽，号默云，法号龙泽，道号天岩。播磨揖西郡(今龙野市)人，出生后被弃路边，被慈恩寺僧人收养。十岁时在京都东山寺落发，成为天柱和尚法嗣。后从清原业忠学儒书，资性聪敏，博览群书，通内外之学。住京都真如寺，管理建仁、南禅二寺，晚年退居大昌院。其诗针砭时弊，警语发人深省，意境阔达高远。有《默云稿》《翠竹真如集》《天隐和尚语录》，曾编选唐、宋、元三代之诗三百余篇为《锦绣段》。

公子游春图

领取名园处处春，华筵一醉动弥旬。

金鞍玉勒桃花马，啜尽民膏是此人。

江天暮雪

江天欲暮雪霏霏，罢钓谁舟傍钓矶。

沙鸟不飞人不见，远村只有一蓑归。

桂庵玄树（1427—1508）

桂庵玄树，周防（今山口县）人。师从惟肖得岩，精研内外经典。应仁元年（1467）入明，谒明宪宗，游吴越间历访诸儒，请教程朱之学。文明五年（1473）返日，后应岛津忠吕之邀赴萨摩讲学。翌年建成桂树院，于此刊行朱熹《大学章句》，为该书的最早和刻本。桂庵善诗，有《岛隐渔唱集》。

诗一首

途中适遇四明人，一笑如同骨肉亲。

可有扶桑新到容，报与东鲁送残春。

扇面

归牛村远夕阳中，郊外谁家小牧童。

寸寸休牵鼻绳索，双趺背上一鞭风。

晚江归钓图

潮绕苔矶水一痕，归渔罢钓近黄昏。

半蓑裹得远江雨，步入残阳浦口村。

横川景三 (1429—1493)

横川景三，号横川，别称万年村僧。播磨（今兵库县）人。十三岁受戒，依相国寺龙渊本珠禅师。受瑞溪周凤禅师指点，一生所著文集多请其作序，故自称瑞溪门生。历任等持寺、相国寺、南禅寺等住持，明应元年（1492）掌管鹿苑僧录。足利义政请其代写致明朝及朝鲜国书。住持相国寺，晚年定居京都，频开诗会。其诗文多纪实内容，风格颇似唐人。其《古印字说》云："抑有一说，文以经之，武以纬之，二者兼备，而后全才也。"表其真与俗不二、儒与释一致的诗禅文皆工理想。有《小补集》《补庵集》《东游集》《京华集》，编日本僧侣诗选《百人一首》。

扇面

此画江南物，梅花一朵新。

莫言生绢薄，中有大唐春。

暮秋话旧

秋云暮矣夜萧萧，乱后烦君又过桥。

白发僧兼黄叶寺，旧游总似话前朝。

送遣唐使

皇明持节海程遥，一别春风绾柳条。

若写离愁上船去，和烟和雨入中朝。

秋胡戏妻图

邂逅非恩求一欢，别郎五载泪痕残。

黄金如瓦红颜玉，桑下手筐风露寒。

浴梅 选一

岁云暮矣雪生涯，手浴寒梅强着花。

灯下朦胧汤似水，西湖月淡蘸横斜。

四季屏风

春

人生最乐是春游，山则扶藜水则舟。

隔岸楼台往应好，钟敲花落日西流。

夏

高柳阴中小草堂，风帆沙鸟水云乡。

红尘挥汗人皆热，秋在藕花深处凉。

秋

秋水连天一色齐，青山影落半高低。

渔翁钓月未归去，家在谢村红树西。

冬

风搅江云暮雪飞，难分水绕与山围。

桥声人散卖鱼市，何处一蓑堪尽归。

正宗龙统（1429—1498）

正宗龙统，法号龙统，别号萧庵。建仁寺瑞岩龙惺大弟子，明庵荣西法嗣，属黄龙派。才识较高，受到江西龙派赏识。住建仁寺，为本庵灵泉院塔主。有《秃尾长柄帚》《秃尾铁柄帚》《袖中秘密藏》。

《五山文学新集》选其诗。

中秋

佛国三千世界天，中秋月初暮云前。

祝君寿似长生兔，愿毂都兼桂毂圆。

云山行

云行夫如何，每恐不令山具美。

谁云无心物巧，欲应和变表里。

不令高者高，不令迤者迤。

高却如遐然，低亦如高尔。

半藏绀滑中，蓬莱失左髀。

或出轮囷上，昆仑插尖嘴。

东岱破瓦色，齐鲁尚仰止。

西华死灰寒，愧似雾成市。

紫盖覆丹丘，白衣被玉垒。

几时上自绝颠，廓尔下至俊趾。

惜哉昼此扇，不待清飙至。

飒飒摘浑酣，一目千万里。

鹫头为鹫头，熊耳为熊耳。

枝峰与蔓岭，草木可屈指。

自是光饰地文章，碧天高揭扶桑晷。

景徐周麟（1440—1518）

景徐周麟，字景徐，号宜竹、半隐，俗姓佐木。近江（今滋贺县）人。五岁入相国寺，依用堂中材禅师。后又转师瑞溪周凤，历任等持寺、相国寺住持。上村观光评其《翰林葫芦集》是五山文学卷帙中保存较为完备的诗文集之一，可与义堂周信《空华集》媲美。周麟是学者型的诗人，诗作多引典故，然总体还是倡导顺畅诗风和清新诗韵。有《翰林葫芦集》《日涉记》。

山寺看花

路入青山欲暮鸦，白樱树下梵王家。
居僧不识惜春意，数杵钟声惊落花。

破窗无纸

欲补囊无纸半枚，我窗皆破不劳推。
风从床角吹灯灭，雨自檐前湿砚来。

玉树后庭花

昔年玉树和皆难，建邺城边蔓草寒。
犹似隋兵门外斗，花残庭下矮鸡冠。

玉树一声人倚楼，张妃酒醒髻鬟愁。
后庭花落风吹断，建邺城边蔓草秋。

治乱兴亡春梦中，后庭花底宴深宫。
一朝地下逢炀帝，日落隋堤杨柳风。

宋宫殿钱塘观潮图

势似银山忽欲颓，海涛卷起宋楼台。

观潮亭上七行酒，北使年年带雪来。

梅野隐步

北野春闲丞相祠，红梅开处步迟迟。

莺边不觉夕阳落，花过眼时心有诗。

琵琶

在昔本朝，从中华进献琵琶三面。其一则沉于海，至此者二面，其所传如此矣。后小松院御宇，有良工曰某，而帝善于音律。命工令造琵琶两面，名之曰大唐木、小唐木。

此物先皇秘境中，传闻大小费神工。

不劳弦上人推手，古曲寥寥松下风。

后土御门天皇（1442—1500）

后土御门天皇，名成仁，父后花园天皇，母从四位下右马助藤原孝长之女大炊御门信子。宽政五年（1464）即位，在幕府继嗣纷争，诸大名军队云集京畿时，仍举办了日本中世纪的最后一次大尝会。应仁元年（1467）爆发"应仁之乱"。后土御门天皇在将军府避乱长达十年之久，在位三十五年。明应九年（1500）驾崩，因朝廷财政亏空，幕府不肯支付丧葬费用，其遗体在宫中放置四十三天。一生经历曲折坎坷，故其汉诗多细腻悲凉之作。

星河秋兴

此夜新凉何不游，星河月落在南楼。

长生私语今犹古，吟里谁言一梦秋。

彦龙周兴（1458—1491）

彦龙周兴，字周兴，号半陶子。入相国寺投默堂久禅师，住持法住院。资性英达，善诗文，尤其擅长联句，人称"章句彦龙"，为《花上集》作序。其诗因物寓情，曲致委婉，擅写意境。有《半陶文集》。《五山文学新集》选录其诗。

上元前买芙蓉灯

富家一碗费千金，独买芙蓉照苦吟。

屈指灯前数佳节，江湖夜雨十年心。

游嵯峨

洪井岚山一棹秋，寺从溪足入溪头。

钟声夜半月西落，又约枫时来泊舟。

画扇

画扇曾闻出日东，夏摸冬景暑尘空。

轻罗一握拜君赐，相国寺中无价风。

按，"摸"通"模"，模仿。

游高雄诗

绕寺皆枫梅尾路，瘦藤破笠逐残阳。
社非慧远笑斟酒，身作宰予来借房。
鸟未报春来户雨，鸡先催晓板桥霜。
相逢休说人间事，有竹有松皆铁肠。

月舟寿桂（1470—1533）

月舟寿桂，号月舟，别号幻云、中孚道人。初投矶野楞严寺，随天隐龙泽习禅文。业成历任越前弘祥、善应二寺住持。永正年间，主建仁、南禅等寺。继天隐龙泽《锦绣段》后编《续锦绣段》。有《幻云诗稿》《幻云文集》。

赋菊花寄人

黄菊虽佳白发新，折来何耐插乌巾。
士林凋落风霜后，晚节除花无一人。

次雪岭老友见寄芳韵

双鬓萧萧万事休，旅愁何敢梦刀州。
只今不入战图里，独有山间明月秋。

履声隔花

一树闲花空谷中，何人曳履立春风。
跫音堪喜却堪恨，蹈破阶前几片红。

春雪

昨夜东风唤北风，酿成春雪满长空。

梨花树上白加白，桃杏枝头红不红。

莺问几时能出谷，燕愁何日得泥融。

寒冰锁却秋千架，路阻行人去不通。

策彦周良 (1501—1579)

策彦周良，字策彦，号怡斋，后改为谦斋。京都人，管领细川氏家老井上宗信之子。永正六年（1509）入京都鹿苑院侍从心翁等安，广泛涉猎儒典。天文八年（1539），依足利义晴之命，以副使身份入明，翌年归国，作日记《初渡集》。天文十六年（1547），作为遣明正使二次入明，受明世宗嘉靖皇帝宴请，归国后居天龙寺妙智院，作日记《再渡集》。一生亲附权势，参与政事。策彦博学多识，善诗文，笔华流丽，有七绝千余首。明人丰存叔称："吾今观公之诗，言近而指远，词约而思深，写难状之景如在目前。"有《谦斋诗集》《南游集》《谦斋杂稿》。

西湖

余杭门外日将晡，多景朦胧一景无。

参得雨奇晴好句，暗中摸索识西湖。

赠翰林金仲山

莫道江南隔海东，相亲千里亦同风。

从今若许忘形友，语纵不通心可通。

江楼留别

青嶂俯楼楼俯渡，远人送客此经过。

西风扬子江边柳，落叶不如离思多。

游育王寺

偶来览胜鄮峰境，山路行行雪作堆。

风搅空林饥虎啸，云埋老树断猿哀。

抬头东塔又西塔，移步前台更后台。

正是如来真境界，腊天香散一枝梅。

春泽永恩 (1511—1574)

春泽永恩，若狭（今福井县）人，别号泰安、枯木。师事建仁寺九峰以成门下。其诗多引用典故，生发无限联想，韵味悠长。有《枯木稿》。

游鱼动荷

水底游鱼影有无，动荷圉圉共相娱。

锦鳞疑是化龙去，香露跳盘颔下珠。

雨后杜鹃花

春风吹霁鸟声闲，踯躅露滋红映山。

应是千年啼血泪，杜鹃枝上雨斑斑。

柳阴新蝉

阴阴翠桥乱纵横，斜日鸣蝉作颂声。

一曲无弦五株下，羽虫部里老渊明。

武田信玄（1521—1573）

武田信玄，原名武田晴信，幼名胜千代，通称太郎，出家后法号德荣轩信玄。清和源氏源义光之后，甲斐国（山梨县）守护武田信虎嫡子。任从四位下大膳大夫、信浓守、甲斐守，为甲斐武田氏第十七代家督。因任甲斐守，军事才能卓越，时称"甲斐之虎""战国第一名将"，也被誉为"战国第一兵法家"。以其父暴政为由，于天文十年（1541）流放其父而自立，弘治元年（1555）平定信浓国。永禄四年（1561）与上杉谦信战于川中岛，此即著名的"川中岛之战"。天正元年（1573），举兵进京，三方原合战中大败德川家康、织田信长联军，翌年卒于军中。擅长培养人才，"武田四名臣"为战国时代著名家臣集团。因其武将身份与人生经历，其诗有杀伐果断、当世英杰之风。日本现代女作家茂吕美耶在其博客中称"真正的信玄是个白皙温文的诗人武将"，有细腻温雅之态。现存七绝十七首。

新正口号

淑气未融春尚迟，霜辛雪苦岂言诗。
此情愧被东风笑，吟断江南梅一枝。

寄浓州僧

气似岐阳九月寒，三冬六出洒朱栏。
多情尚遇风流客，共对士峰吟雪看。

春山如笑

檐外风光分外新，卷帘山色恼吟身。
孱颜亦有蛾眉趣，一笑蔼然如美人。

惜落花

檐外红残三四峰，蜂狂蝶醉景犹浓。

游人亦借渔翁手，网住飞花至晚钟。

蔷薇

满院蔷薇香露新，雨余红色别留春。

风流谢傅今犹在，花似东山缥缈人。

旅余听鹃

空山绿树雨晴辰，残月杜鹃呼梦频。

旅馆一声归思切，天涯瞻恋蜀城春。

新纳忠元 （1526—1610）

新纳忠元，名安万丸，号拙斋，又号为舟，通称次郎四郎，加贺守新元佑久之子。为最早侍奉岛津忠良四将之一，历忠良、贵久、义久、义弘、忠恒五代，任大口城主、武藏守，以骁勇善战闻名，人称"鬼武藏"。除武勇外，和歌方面造诣颇深，曾与敌将犬童赖安对和歌。制定的岛津家臣教育模式基础"二才咄格式定目"，为日本教育法的原型。尤爱诗歌，此诗借诸葛亮二十七岁出山自比，抒发豪情壮志。

偶成

今朝二十七春风，吹入旧丛花复红。

岂莫三分割据略，英雄不顾草庐中。

上杉谦信 (1530—1578)

上杉谦信，幼名虎千代，成年后称长尾景虎。越后国守护代长尾为景幼子，后过继给关东管领上杉宪政为嗣。剃发皈依佛教，改名谦信。自幼助兄参战，屡建战功，与北条氏康、武田信玄对抗争霸，为越后、关东北部地区的统治者。天文十七年（1548），以长尾晴景养子身份继承家督、守护代职，继承户主。又统一越后，居春日山城。天文二十一年（1552）进军关东，翌年爆发对阵武田信玄的川中岛合战。天正元年（1573）平定越中，继而进入能登、加贺，与织田信长对抗。天正六年（1578）正月，下达关东征讨总动员令，出征前因饮酒过量过世。因其军事建树，后世称"军神""越后之龙"。其诗气势奔放，语言豪迈。

九月十三夜阵中作

霜满军营秋气清，数行过雁月三更。
越山并得能州景，遮莫家乡忆远征。

足利义昭 (1537—1597)

足利义昭，日本室町幕府第十五代征夷大将军，系末代将军。足利义晴次子，兄前任将军足利义辉，母前关白近卫尚通之女。曾为奈良兴福寺一乘院门迹，法号觉庆。永禄八年（1565），因其兄足利义辉被叛臣弑死，被细川藤孝等拥立为将军而还俗，改名义秋，后改名义昭。永禄十一年（1568）投靠织田信长，入京都为室町幕府第十五代征夷大将军。后因织田扩大权力并限制义昭，天正元年（1573）义昭呼应各地大名联合反制，未果。后被逐出京都，至此室町幕府灭亡。后义昭再次皈依佛门，法号昌山。庆长二年（1597）病死于大阪，葬于足利家菩提寺等持院。其《避乱泛舟江洲湖上》

为颠沛流离时所作，用词凄婉，全诗苍凉低迷，自表壮志难酬的愤懑心情。

避乱泛舟江洲湖上

落魄江湖暗结愁，孤舟一夜思悠悠。

天公亦怜吾生否，月白芦花浅水秋。

袋中（1552—1639）

袋中，磐城国（今福岛县）人，为净土宗学僧。庆长八年（1603）至庆长十一年（1606）滞留于琉球国，系最早于琉球国传播净土宗教义之僧人。后于萨摩藩侵略琉球前，经萨摩回日。后著《琉球神道记》，为载"古琉球"文化重要书目。其诗手法夸张，形象生动，记述在琉球的丰富经历。有《琉球神道记》《琉球往来》。

景满秋月

浮云收尽九天昂，今夜桂花浴水凉。

冰里夹银山互耀，中山游子断哦肠。

按，景满为琉球群岛中庆良间诸岛。

直江兼续（1560—1619）

直江兼续，越后国（今新潟县）鱼沼郡人。父越后舆板城主、长尾政景家老、上田执事樋口兼丰，母上杉家重臣直江景纲之妹。初仕上杉谦信，谦信殁后又仕其子景胜。天正十年（1582）事败后，周旋于家康老臣本多正信、秀忠老臣土井利胜之间。兼续爱读书，其藏书为米泽文库。庆长十二年（1607）印行《六臣注文选》，即要法寺版《文选》。

织女惜别

二星何恨隔年逢，今夜连床散郁胸。

情话未终先洒泪，合欢枕下五更钟。

伊达政宗（1567—1636）

伊达政宗，幼名梵天丸，元服后字藤次郎。伊达辉宗长子。伊达氏第十七代家督，安土桃山时代奥羽地方大名。天正十七年（1589）打败宿敌芦名氏，移至会津城。翌年投降丰臣秀吉，会津没收后，返回米泽。后因战功，又转封岩出山城。庆长八年（1603）移居仙台，为仙台藩第一代藩主。宽永五年（1628）开始隐居。因罹患疱疮（天花），而右眼失明，人称"独眼龙政宗"。曾派支仓常长出使欧洲，拜见罗马教皇。

春夜作

余寒未去发花迟，春雪夜夜重积时。

信手聊斟三盏酒，醉中独乐有谁知。

偶成

邪法迷国唱不终，欲征蛮国未成功。

图南鹏翼何时奋，久待扶摇万里风。

江 户 时 期

（1603—1867）

藤原惺窝 (1561—1619)

　　藤原惺窝，名肃，字敛夫，号惺窝。播磨国（今兵库县）人。冷泉为纯之三子，藤原定家十二世孙。天正七年（1579）削发为僧，钻研禅学，为相国寺首座，有"五山第一学才"之名。其后思想转变，改宗朱子学，成为日本朱子学京师学派（京学）肇基人，也是日本近世儒学的开创者。曾与朝鲜儒者姜沆（1567—1618）交流，为丰臣秀吉和德川家康讲授儒学，后不应家康仕官邀请，推荐弟子林罗山出仕，林家自此掌幕府官学十二世。门下硕学辈出，有松永尺五、那波活所、石川丈山、菅得庵等著名诗人。惺窝文论观带有浓厚的理学色彩，大体以"文以载道"的道统思想为基础，主张"道外无文，文外无道"（《惺窝先生文集》），辑成《文章达德录》以垂范后世。江村北海《日本诗史》评惺窝："以斯文自任，人惮其端严，而亦能风雅，不废文字之业。"亦通晓和歌，与歌人木下长啸子为友。有《惺窝先生文集》《文章达德录》《文章达德纲领》。

和风堂

和风吹万物，物自不曾知。
是故有生意，三春贯四时。

长啸子灵山亭看花戏赋

君是护花花护君，有花此地久留君。
入门先问花无恙，莫道先花更后君。

病余立秋

聚散无恒世态恒，病来辜负旧交朋。
新秋凉意起予者，万卷陈编一盏灯。

诣天满之菅庙，迅笔书小诗聊充贽礼，
盖有思梦之旧咏，因及兹

偶谪尘中亚圣才，元知天上一灵梅。

花其文思实芳德，六百年来又几回。

游和歌浦

遨游诸客海城傍，潋滟清波连彼苍。

出网跳鱼新泼剌，一声欸乃逐斜阳。

逢关西故人

杏坛春暮事吟游，今日关西有孔丘。

倾盖论交非邂逅，三生石上旧风流。

未开桃花

久待芳园细雨来，欣逢淑气艳阳催。

红颜崔护去年约，白发刘郎前度栽。

洞口难通去处路，浪头不泛落时埃。

桃花似与芙蓉异，只向东风恨未开。

林罗山 （1583—1657）

林罗山，名忠，又名信胜，通称又三郎，别号罗山。本姓藤原
氏，京都四条新町人，后为其伯父吉胜养子。《先哲丛谈》记载其
幼时便记忆超群，有神童之称，且好独学。庆长元年（1596）入京

都建仁寺修学，研读朱子集注；六年（1601）始讲解《论语朱注》，得家康赞赏，被誉为"可造之材"；九年（1604）正式入惺窝门下，成为其弟子中首座，成就不亚其师。江村北海《日本诗史》称："先生际会风云，首唱斯文于东土。芝兰奕叶，长为海内儒宗。"一生历四代将军，成为幕府官学的实际创立者。文论观受朱子学影响，主张"道本文末"。诗学宗杜（《罗山林先生文集》云其"诗者以少陵为宗"），受明代诗学风气的影响，取法门径广阔，能承宋调而兼容唐音，一定程度上扭转了日本诗坛自五山以来一味尊崇宋诗的习气。其三子林鹅峰《西风泪露》中亦说："我家诗法，先考别立一家之法，本于唐诗，参于宋，而元明及丛林之体亦不必舍焉。"明历三年（1657）江户大火，其藏书焚毁殆尽，同年病逝，谥号文敏。有《罗山诗文集》《罗山林先生文集》《本朝神社考》。

溪边红叶

晴岚妆染晚秋山，锦树殷红映碧湾。

莲社板桥霜后叶，色如彭泽有酡颜。

敬悼北肉藤先生

只恐天将丧此文，自今謦欬不能闻。

光风一夜秋风梦，月隐中庭草树云。

十六日登日光山

老晚强扶为此游，仰瞻木末峙宫楼。

云间黑发笑何事，山不白头人白头。

蚁通明神

自泉界至信达，其道中有蚁通神庙焉。昔孔子以丝系蚁，贯九孔螺，事在祖庭《事苑》。岂圣人拘拘而为之哉？盖好事者以小知托之圣贤，以夸于俗而已。然智计之关于世，亦必不为不然矣，此神之著名也。亦以此，尔来灵名益着云。

一螺九穴蚁穿丝，外国弥知我计奇。

知亦多端何足怪，却思齐后破环时。

夜渡乘名

扁舟乘霁即收篷，一夜乘名七里风。

天色相连波色上，人声犹唱橹声中。

众星闪闪如吹烛，孤月微微似挽弓。

渐到尾阳眠忽觉，卧看朝日早生东。

骏府

游事骏州曾十年，柳营幕下白云边。

数重叠堑比牢铁，千仞雪风吹御筵。

侍食传尝君子赐，读书常说古人贤。

花时供奉浅间社，月夜逍遥阿倍川。

梦过庆长宽永际，心存新主旧君前。

不知鸽矢燥生火，可惜蜃楼烧化烟。

只有雾中秋景在，满襟老泪出如泉。

先年风闻鸠鸽粪多年积堆，殆数百斛，干燥火发，城中逢池鱼殃，或云天火。

195

奉同三品羽林君追和昌黎春雪诗

庆安四年辛卯仲春十一日,天雪。唐元和年中,韩退之、白乐天有《春雪》诗,偶与今兹之岁月相当,固是奇事也。三品羽林源君追和韩公诗韵枉赐。余亦同其韵,缀一篇以献。

二月岁辛卯,冻翎雁未归。

冀开十一叶,雪花白绕围。

始使越犬吠,渐似辽鹤飞。

东皇行在所,皑皑拂青旗。

岂唯履无声,屋后埋垣衣。

玉兔滴阴气,金母生水妃。

丝丝乱碧空,堕自织女机。

春风吹华颠,悔不觉昨非。

纷霏疑晚梅,岂意若是几。

高歌雷可发,布鼓我吟微。

次函三仲冬初三夜诗韵

己丑十一月,戊午朏之夜。

即是哉生明,星被缃影射。

起向小窗看,檐牙照间架。

万水元不升,一朓亦不下。

破扇有谁扬,寸弯使我怕。

少焉慕余光,未得继晷暇。

入冥难默止,灯火赞造化。

麟经既开翻,侍坐见游夏。

三传岂束阁,笔端辩真假。

196

怀宝无迷邦，毕竟欲待价。

太山哀崩颓，时有颜孟亚。

缓步携老安，稳坐脱不借。

因忆负笈来，教决是非讶。

纵使风景䂓，何用怨祸嫁。

五更无残梦，奇句笑王驾。

酷怜网黎民，无辜不原赦。

贞观泰平年，纵囚洗槛舍。

风俗姜荼时，家家妻孥骂。

忽为广武叹，无闻春陵啮。

竖子妆剑佩，童儿飞石瓦。

庭际费楼台，食前列脍炙。

仚日忠勇多，早晚纪信诈。

雪城疑李愬，溏沱怪王霸。

甜处知有苦，口皮吐蜜蔗。

回首逐今夕，背烛再登榭。

窂窂黑漫漫，疑冰在木稼。

暗模黄昏梅，人不闻兰麝。

将记江南事，九原起陆贾。

敝帚享千金，犹要书肆赁。

库内四部书，手中三尺欐。

读诰尝思召，续赋欲追谢。

黠鼠突出囊，奴睡惊龁嗄。

石川丈山（1583—1672）

石川丈山，名凹，初名重之，字丈山，通称嘉右卫门。别号六六山人、四明山人、凹凸窠、大拙等。三河国碧海郡（今爱知县）人。世仕德川家族。丈山骁勇善战，元和元年（1615）大阪夏之阵立功，但因触犯军令被黜。次年于京都学禅，三年（1617）经林罗山引荐入学惺窝门下，自此弃前学而从理学。丈山一生耽于吟咏，事母至孝，终生不置妻妾，无子嗣。宽永十二年（1635）母逝辞官，十八年（1641）筑屋隐居京都比叡山麓之一乘寺，选取自魏晋至宋的三十六位诗人，效法日本三十六歌仙，着德川幕府御用画家狩野探幽绘成图画悬于壁上，名曰"诗仙堂"。藤原惺窝赞其"诗家之正宗"，松永尺五称其"性嗜圣学，潜心于诗律"，荻生徂徕誉其"吾东方之诗杰"，朝鲜使臣甚至将其称为"日东之李杜"。江村北海《日本诗史》评："丈山独寐于山林，襟怀潇洒。"俞樾《东瀛诗选》谓丈山"诗多朴茂之气"，"晚年诗尤多，然多警句，而少佳章。殆由老笔颓唐，不事推敲也。"其思想受惺窝门下学风的影响，重视理学思想的继承与发展。诗学观念沿袭了五山以来的宗杜倾向，然主张取法杜诗以复兴唐音，反对江户前期诗坛不知唐而学唐之弊。有《覆酱集》《新编覆酱集》《新编覆酱续集》。

富士山

仙客来游云外巅，神龙栖老洞中渊。
雪如纨素烟如柄，白扇倒悬东海天。

庭前线樱

一树千丝二丈长，繁英向下发幽香。
此花若在唐园里，不使杨妃比海棠。

隐处

松萝烟霭旧茅庐，自纵天慵与世疏。
水出遥溪云出岫，须臾未肯伴闲居。

题樱叶再为花

寒林秀色夺红霞，片片随风飘水涯。
春缀素纨秋锦绣，一株枝叶两回花。

重阳雨

篱边湿帽山间雨，秋色使人思孟嘉。
贫似渊明诗未似，羞将白发对黄花。

白牡丹

不是姚家不魏家，玉杯承露发光华。
谁将天上十分月，化作人间第一花。

壬寅夏五咏地震

闻说京城大震时，市朝惊怖急奔驰。
山崩地裂水皆立，惟有翔禽不得知。

溪行

高岩浅水边，回眺弄吟鞭。
野径管茅露，田村篁竹烟。
溪空莺韵缓，山尽马蹄前。
懒性与云出，又应先雨还。

秋晓

多病倦长更，无端灭短檠。

窗间残月影，风际远钟声。

江鸟欶群噪，邻鸡频乱鸣。

耿然不肯睡，支枕候天明。

地狱谷

村外无人境，皆云阿鼻城。

日昏樵子惧，云起怒雷鸣。

山鬼泣阴雨，夜猿叫月明。

寥寥空谷里，魂断杜鹃声。

山中早行

深晓溪边路，崎岖历水涯。

远山如有雨，高树似无枝。

气爽鲸音发，梦惊马背危。

窗间樵屋火，可是促晨炊。

九月七日同杏庵过讲习堂

樽酒相逢讲艺场，伏鸾绣虎吐芬芳。

谢家子弟双兰砌，杜叟乾坤一草堂。

绿竹密团宜小隐，黄花才发近重阳。

春陵风月传真趣，此道应齐天地长。

记老怀

铁石心肝虽未变，莫邪锈涩等铅刀。

子瞻写字鸡毛笔，维翰安贫凤尾袍。

鬓叶凋零还造化，枯藜缓步啸林皋。

盘餐何敢思滋味，蔬食菜羹颐老饕。

自况

八十顽翁为底事，昼凭乌几夜青灯。

轸才抱拙终孤陋，诗律参禅落小乘。

杨秉流传三不惑，香山乞与百无能。

弊炉煎药又煨芋，仿佛江湖一病僧。

野望

野水郊原望欲迷，丘山罗列绕前溪。

招提绀树一村耸，罢亚黄云千顷齐。

瘦花早发肥花晚，归雁高飞来雁低。

太极在躬无碍滞，痒疴病痛任天倪。

堀杏庵 (1585—1642)

堀杏庵，名正意，字敬夫，号杏庵，又号杏隐。近江（今滋贺县）人。庆长十年（1605）师事藤原惺窝，与林罗山、那波活所、松永尺五并称"惺门四天王"。初习医，随侍纪州藩藩主浅野幸长（1576—1613）。元和八年（1622）尾张藩主德川义直（1601—1650）辟为藩儒。宽永年间（1624—1643）赴江户拜谒台德大君，受衣服酒食之赐并奉命入弘文院，自撰武家家系图若干卷，万治二年（1659）刊行之《朝鲜征伐记》一称亦其所著。杏庵为人谦和温厚，尤尊陶渊明为人，时常观其像曰"对此则使人顿消尘虑"。其文辞藻可观，朝鲜通信使权伏与石川丈山汉文笔谈时，赞杏庵为"文苑老将"。室鸠巢有文记载："先生少游于惺窝之门，学博而闻多，凡礼乐刑政、典章文物，无不讲究而明其道。"有《杏隐集》。

三岛宿

露宿风餐百里程，士峰三月送吾行。
明朝欲上笪根路，叠险层峦心不平。

对山待月

危坐楼台待月光，远山已黑近山黄。
秋风亦似解人意，断送浮云挂半璜。

近江舟中

吹送西风超叶舟，忘机江鸟戏苹洲。
饱看四面平湖景，水色山光一色秋。

松永尺五 （1592—1657）

松永尺五，名遐年，字昌三，幼字昌三郎，别号尺五，私谥恭俭。著名歌人松永贞德（1571—1653）之子，祖母为惺窝家姐。自小受业于惺窝，儒学造诣甚高，亦承父命研习佛典。庆长十五年（1610），受丰臣秀赖（1593—1615）礼聘，待之以上宾之位，并为秀赖讲演《尚书》。庆安元年（1648），后光明天皇特诏将禁阙之南赐予尺五，构筑讲堂以供皇子就学，后名之"尺五堂"。尺五与林罗山同为惺窝衣钵的继承者，门下英杰辈出，木下顺庵、贝原益轩、安东省庵等皆出其门。诗宗杜甫，其号尺五即取自"去天只尺五"。诗论观具有浓厚的儒家诗学色彩，多沿袭明代诗风之论，推崇初、盛唐诗。但其诗史观较为开阔通达，兼宗唐宋，能"友汉魏唐宋元明之杰"（《尺五先生全集》序）。有《尺五先生全集》（弟子泷川昌乐整理）、《首书三体诗》等。

春月

共爱朦胧夜，吟风凭小栏。

梨花瑶弄影，柳絮雪何寒。

十四日游木下顺庵亭赏月

风晴秋日落，岭上绝微云。

排闼霰莹玉，临池水晒纹。

途中

稻畦千顷若铺毡，白鹭双飞斜日边。

远村幽树晚烟里，豆人寸马画屏前。

新村

山眉画黛万红零，恰若朝来宿酒醒。

蜀魄声中春已去，林容依旧眼终青。

十八夜咏月

中秋三夜后，轮减戚吟身。

爱影寻骚客，仰光怀故人。

天高凉气重，更深赏心频。

忽诵少陵句，古今与月新。

那波活所（1595—1648）

那波活所，名觚，初名方，字道圆，号活所，后改姓祐。播磨姬路（今兵库县）人。出身于商贾家庭，然自幼好读古书，无意事利。父使其习儒、医两道，后弃医学儒。庆长十七年（1612），入藤原惺窝门下，修程朱理学，兼通子史，旁及小说、隐牒等。为人刚直，孤介不群，与林罗山、堀杏庵、松永尺五并称"惺门四天王"。元和九年（1623）出仕肥后（今熊本县）加藤忠广（1601—1653）名下，宽永七年（1630）致仕。宽永十二年（1635）仕纪伊藩（今和歌山县），任藩儒。平生多次往返两藩，常游历京都、江户等地。那波论诗，主张"存心养性"，涵养与天地同乐的诗兴与诗情，培植天机与天趣，尚"气骨雄深"之作，推崇杜诗韩文，亦喜白居易、欧阳修。有《活所备明录》《活所备忘录》《活所遗稿》。

读本朝文有感

文粹复抽文粹中，十余卷子是雕虫。

一篇封事少人识，日月争光善相公。

对书

西边千里走东边，尺寸无功始惘然。

万卷藏书应笑我，生涯余得几多年。

辛巳元日

南州本自好山川，风暖梅开百可怜。

复是诗材满天地，羞无杰作答新年。

秋怀

宋玉悲歌杜甫愁，楚风唐律信风流。

乌残红柿雨余薴，笑胜锦枫霜后秋。

岩城结松

别离虽惜事皆空，绾柳结松情自同。

马上哦诗犹吊古，寥寥一树立秋风。

杜鹃

杜鹃春破后，相唤不成群。

子美诗中泪，尧夫桥上闻。

一声真识气，再拜亦忧君。

空骇晓窗梦，月昏数片云。

游东求堂

寂寞将军庙，无边草木肥。

苔深过客少，松卧古人非。

流水几时尽，行云何处归。

长嗟山路暮，幽鸟傍吾飞。

中江藤树（1608—1648）

中江藤树，名原，字惟命，号藤树，通称与右卫门。出生于近江国高岛郡小川村（今滋贺县）。祖父系伯耆国米子藩主加藤贞泰（1580—1623）家臣，元和三年（1617）贞泰（因参加大阪之战立功）移封伊予国大洲藩（今爱媛县），亦举家随迁。其祖、父去世后，继承家督之位，又袭郡奉行职。因思念母亲，致仕归乡，开家塾以授徒为业。早年熟读四书，研习朱子学，后不满于朱子学的形式主义倾向，转为重视身体力行的道德实践。三十三岁得《王龙溪语录》，始知"姚江之学"（指王阳明之学）。后购得《阳明全书》，惊为"一生之大幸"，后开创"藤树学"，成为日本阳明学开山，有"近江圣人"之称。门人有熊泽蕃山、渊冈山等。诗文皆入格调，体现出高超的人格思想。有《翁问答》《为人钞》《藤树文录》《藤树先生家集》《藤树遗稿》。

戊子夏与诸生见月偶成

清风满座忘炎暑，明月当天绝世尘。
同志偶然乘兴处，不知不识唐虞民。

送加世伊右卫门尉归乡

万苦百殃克己蠲，五常十义致知全。
请君归去事斯语，安乐世间莫大焉。

送熊泽子还备前

旧年无几日，何意上旗亭。
送汝云霄器，嗟吾犬马龄。
梅花鬓边白，杨柳眼中青。
惆怅沧江上，西风教客醒。

元旦试翰聊论学之体要

大学规模宇宙宽，说而不愠深林兰。

灵台春到能弘道，智水冰开或起澜。

梅梢拥雪励三省，杨柳和风悟一贯。

自此云霞千变里，鉴衡虑得泰山安。

那波木庵（1614—1683）

那波木庵，名守之，字元成，号木庵，那波活所长子。宽永八年（1631）赴江户拜林罗山为师，被聘为纪州藩二代藩主德川光贞（1627—1705）侍讲，后以年老致仕，退至京都建堂授徒。虽受业于惺窝、罗山一脉，但对宋儒之学有异同之论，其观点对后世"仁斋学"亦有启发。江村北海《日本诗史》评其"自惺窝至木庵，文学相承"，又"克绍其（活所）业，为一时儒宗"，可谓"木庵笃学不陨家声"。木庵诗圆融流畅，意境悠远，多借古今时间错综与多重空间的组合生发无限感慨。有《老圃堂集》《中庸异见》。

禅林寺看花

过眼山花片片飞，如云如雪映斜晖。

共凭百尺楼台上，自使游人忘暮归。

游金阁寺

相国遗踪在，荒蹊松竹幽。

青山千古色，金阁几人游。

山影浮寒水，林声报素秋。

遥怜应永日，临眺令吾愁。

林鹅峰 (1618—1680)

林鹅峰，名恕，一名春胜，字子和，后字之道，通称春斋，号鹅峰、向阳子、葵轩。以林罗山第三子身份，承袭林家官职。师那波活所，又从松永贞德（松永尺五之父）学。曾为江户幕府第三代将军德川家光（1604—1651）讲授"五经"，参与制订幕府礼制，并担任幕府诉讼和外交顾问。协助其父林罗山创设"忍冈家塾"，讲授经、史、文、诗、倭五科，采用儒学讲习、科考形式，为后来江户幕府最高官学昌平黉打下了基础。在其父林罗山起草《本朝编年录》的基础上，参与执笔幕府官方编年体通史《本朝通鉴》。谨承林氏家学，在林家"经主诗从"观念之下，亦主"经诗兼修"，喜唐诗，推重杜诗韩文。有《唐百人一诗》《本朝一人一首》。

春水砚铭

泓面凸而平，左右上下凹。
四泽水不干，碧琉蟠黑蛟。

九月十三日夜坐六义堂玩月

诗癖病余犹未休，秋晴六义小堂游。
眼前有月句难就，唐宋群贤在上头。

仲春中丁释菜同赋杏坛弦歌

坛前春景可人心，元气周流到墨林。
一色杏花风百世，雅音知远仲尼琴。

樱花

抱石映松花不群，温风吹尽雪纷纷。

纵然王女裁春服，莫剪白樱枝上云。

读李白《惜余春赋》

垂尽余春惜岁华，谪仙作赋屡咨嗟。
诗坛留得东君否，语有烟霞笔有花。

退之关雪

远别秦城千里行，不嫌关雪见公程。
忠肝凛凛潮州路，佛骨既枯诗骨清。

五月凉雨

昊天雨暗叶龙涎，雨似急弦帘半悬。
一曲迎凉四檐滴，南薰解愠坐安眠。

泉声带琴

清泉度曲绕园池，砌下涓涓声自奇。
无轸无丝流水操，同工真假问钟期。

松尾霜叶

霜叶染成秋色宜，缬林露出旧业词。
枫人似劝木公醉，一入红妆百尺姿。

颍川

好是荀陈为主客，八龙二难共宁馨。

汉家日月末光薄，却指颍川观德星。

城南新凉

一阵秋风到处新，城南尘暑慰吟身。
郊墟先觉纳凉好，斯地斯时联句人。

三教图

千载儒风德广覃，任他寂灭与玄谈。
分明纸上心如面，面既为三心亦三。

书《心史》卷尾

赵氏山河无寸土，一编心史阿谁知。
胡元称帝鲁连耻，德祐纪年彭泽诗。
东汉中兴虽有待，南风不竞巨堪悲。
铁函若换铁锥去，可见沙头狙击时。

山崎暗斋（1618—1682）

山崎暗斋，名嘉，字敬义，号暗斋，别号垂加、梅庵，通称嘉右卫门。出生于近江国伊香立（今滋贺县大津市），其父业医，后举家移居京都。暗斋幼年颖敏，始居妙心寺为僧，众僧嫌其刚愎。后得山内侯公子欣赏，宽永十三年（1636）徙土佐（今高知县）吸江寺，与野中兼山（1605—1663）、小仓三省（1604—1654）、谷时中（1598—1649）等一道研习朱子学，渐为朱子学所倡"伦理纲常"与用世观念影响，遂有弃佛从儒之志。二十五岁左右蓄发还俗，归京都，设帐授徒。暗斋学宗朱子，主张"大义名分论"。晚年崇信神道，系京畿"崎门学"鼻祖，垂加神道创始人，号称弟子六千，诸侯见之亦执师礼。弟子浅见䌹斋、佐藤直方、三宅尚斋世称"崎门三杰"。其诗轻快明丽，得宋诗风意。有《山崎暗斋全集》。

秋莺

居诸代谢四时中，花散叶浓复见红。

忽有金衣公子啭，秋风影里听春风。

有感

坐忆天公洗世尘，雨过四望更清新。

光风霁月今犹古，唯缺胸中洒落人。

读《论语》

读尽鲁论二十篇，德音如玉自温然。

箪瓢未味巷颜乐，掩卷吟叹灯火前。

安东守经 (生卒年不详)

安东守经，筑后（今福冈县）人。有《仕学斋先生文集》。

促织

声声如恨又如哀，夜夜逼床惊梦回。

念尔何缘名促织，织丝不得织愁来。

木下顺庵 (1621—1698)

木下顺庵，名贞干，字直夫，别号锦里、顺庵、敏慎斋、蔷薇洞，私谥恭靖。京都人。自幼聪颖，宽永十一年（1634）作《太平赋》，以词旨淳正得后光明天皇（1633—1654）赞赏。后受业于松永尺五，勤学力行，尺五期以大器。曾隐踪二十年，专心读书，天和二年（1682）受聘为幕府儒官，每有馔举，必以顺庵为首。与同门贝原益轩、安东省庵交善，门下新井白石、室鸠巢、雨森芳洲、南部南山等皆为一代之俊杰，世称"木门派"。诗宗唐调，其在《三体诗绝句跋》中称："唐人绝句，以青莲（李白）、龙标（王昌龄）为正宗，虽以少陵圣于诗者，有不逮焉。"其诗论受明代宗唐风气影响，也体现出贯彻明人辩体意识的痕迹，启日本诗坛唐诗风之先声，荻生徂徕谓之"锦里先生者出，而扶桑之诗皆唐矣"。服部南郭云："锦里先生实为文运之嚆矢，其诗不甚工，首唱唐。"顺庵诗意蕴丰富、生动流畅，被称为"江户三百年诗文之开拓者"。有《锦里文集》《班荆集》《恭靖先生遗稿》。

归雁

雪融春水涨江湾，归路高翻万叠山。
秋日向南应若此，不知何处是乡关。

咏燕

乌衣路远几艰关，入幕如曾识我颜。
莫厌茅堂旧巢陋，雕梁画栋是冰山。

菊

今日即重阳，东篱一夜霜。
叶犹存故绿，花始发新黄。

岂与众芳伍，独于晚节香。
徙移三径里，白露滴幽光。

草津朝烟

江村晨气起，片片若云扬。
笼日碧纱薄，牵风素练长。
渔舟时隐现，民舍半遮藏。
可识邦长富，人烟满水乡。

稚松

稚松三四尺，直立影森森。
昂鳌虽无势，凌云自有心。
相期霜干老，不受岁寒侵。
嘉树勤封植，会成君子林。

春雨

细细连朝雨，欲晴不肯晴。
柳边看有色，花上听无声。
湿翼归鸿重，衔泥乳燕轻。
薰炉春昼静，相对畅幽情。

对雪有感

凛冽连朝雪，凭轩独自吟。
有山留夜月，无树不春林。

城市朱门会，郊村白屋心。
居温念寒苦，复可作宦箴。

送备州刺史小笠原公还企救

忠勤传望族，礼典号名流。
报主常倾日，思亲数上楼。
舟行明浦晓，马度赤关秋。
归献菊花寿，可忘萱草忧。

爱莲池

芙蓉池上小桥东，日日来临思未穷。
花映晨曦红烂灿，叶擎凉露碧玲珑。
三秋影落濂溪月，十里香浮曲院风。
居不求安君子志，莫嫌永在此泥中。

秋日瞻拜丁祭

礼生叙立俨威仪，笙鼓堂中奠献时。
簠簋豆笾三代典，温良恭俭百王师。
泗源德泽恩无极，阙里流风文在兹。
皜皜秋阳何可尚，扶桑永照万年枝。

刷云江公赐和元日鄙作再依前韵奉谢

空中百尺揭虹竿，更见高人地步宽。
北海鹏程抟万里，丹山凤采照长安。

峥嵘意气剑冲斗，宛转文词珠走盘。
未偿平生望霓愿，先将诗雨洗酸寒。

丰臣庙感怀奉和尺五先生韵

松下行厨丰庙边，登临转感艳阳天。
邺台人去荆榛合，骊岫云还陵谷迁。
残树空荣荒径里，余香暗度晚风前。
年年惟有花时节，醉舞狂歌翠幕连。

述怀

滔滔儒流天地始，发源太极少人窥。
羲皇尧舜百王祖，孔孟程朱万世师。
敬直义方宜守静，博文约礼岂求奇。
东夷小子空勤苦，佛法千年涵四维。

大井雪轩 (生卒年不详)

大井雪轩，名守静，字笃甫，号雪轩、蚁亭，通称汶山。摄津人（今大阪府）。宽文（1661—1673）、延宝（1673—1681）间人，其事载关仪一郎《续日本儒林丛书》。有《蚁亭闲言》。

送春

烟林布绿葛原东，迟日芳菲不负公。
春去春神呼不返，乌纱巾上落花风。

郊行有感

春径风香里社边，池塘留梦草如毡。

水涯僧院梨花雪，竹里人家柴火烟。

伏枥谁求千里马，齐眉徒忆五噫贤。

行行有感示归去，华顶峰头暮月悬。

贝原存斋（1622—1695）

贝原存斋，初名回道，后改名元端，字子善，号存斋。福冈人。贝原益轩之兄，据传益轩九岁时由存斋口授《三体诗绝句》。少时从父学医（父宽斋为黑田藩医官）。十八岁时游学于京都，学成归藩后任藩世子侍医，后辞职回乡，教授子弟以终生涯。存斋为人方正廉直，富有学识，精通医术，又好文学，修习经史百家之学，故四方来学者众多。著《孝经纂注》《存斋遗集》。

三月尽作

今年花事今宵尽，衰老难期来岁春。

风光别我我何恨，留与后人千万春。

安东省庵（1622—1701）

安东省庵，名亲善、守正，后改名守约，字鲁默、子牧，号省庵、耻斋。其父安东亲清为筑后（今福冈县）柳川藩士，后被二代藩主立花忠茂（1612—1675）征召至江户柳川藩邸，为藩主近侍，宽永十四年（1637）带病参加镇压岛原天草一揆的战斗（九州地区农民与天主教徒起义)。省庵自幼勤奋好学，曾于京都拜入松永尺五门下。为人谦逊温和、品性高雅，被伊藤东涯誉为"西海之巨儒"，并有赞曰:"曾递声名到若耶，是海外亦有闻也。"万治二年（1659）明朝遗臣朱舜水流落长崎，独省庵前去求教，时舜水穷困，省庵慷慨解囊，赠以一半俸禄，此后又拜舜水为师，一时之间被传为美谈。省庵属朱子学派，但认为朱熹和陆九渊系同源而流异，正如"天下之水一，其支分派不同者，流之然也，其源未尝不一也"。其思想也受到明末清初实学思想影响，主理气一元论。有《省庵文集》《耻斋漫录》。

悼释潜君

方外缔交数十年，仙游可惜赴穷泉。

真性由来脱生死，五门精炼有衣传。

梦朱先生

自舜水先生没，五年于今，时时梦见之。每睡觉，未尝泪不溢枕也。谨想先生之灵充天地间，有感使然乎？抑吾不忘之所致乎？昔赐书云:"万里音容，通于梦寐。"不胜追慕，聊赋小诗。

泉下思吾否，灵魂入梦频。

坚持鲁连操，实得伯夷仁。

没受庙堂祭，生为席上珍。

精诚充宇宙，道德合天人。

咏怀

黄鸟知所止，戴胜知播谷。

水母最无知，犹知虾为目。

云何骏愚侜，只知计口腹。

祸成终不知，遗臭秽简牍。

悲秋

昔日咏悲秋，不知今秋悲。

蓐收来杀风，何夺宁馨儿。

一心迷难返，四壁徒凄其，

处世何所营，自决林下期。

惜花

韶景匆匆去叵延，落红片片总堪怜。

空寻绿树迷蝴蝶，一任青山泣杜鹃。

飞影仍沿流水远，余芳犹带夕阳鲜。

为言痛饮须穷日，转盼春过又隔年。

探花

唤奴典酒拉文友，缓步寻芳曛暖霞。

学语莺儿犹涩舌，勒寒草色未抽芽。

行吟几认潘安县，望眼频劳邵雍车。

蓓蕾虽迟不须恨，醉颜闲对夕阳斜。

蚊

暗里伤人专口腹，利嘴如针又似戈。

烟薰扰扰窗前散，雷轰殷殷帐下过。

蛴蝂虽贪不为苦，蝮蛇有毒每无多。

从来此物天生恶，饱血毙身如尔何。

次韵了益

羁栖感旧怀良友，记得三霜游洛京。

穷达读书乐真隐，圣贤对酒遣幽情。

避人不厌蓬蒿没，抱独长甘藜藿烹。

喜见风骚进前日，佳章沉瀄觉新清。

病起

年光枉过倏乖老，况是晚春风疾侵。

学进寸分还退尺，齿于半百还加三。

案头书乱赖谁帙，砌下花飞供我吟。

性癖未抛勋业志，起来理义秉灯寻。

释元政（1623—1668）

　　释元政，俗姓菅原，石井氏，名日政，号日峰、妙子，又号空子、幻子，通称吉兵卫。宽永七年（1630）赴近江（今滋贺县）受教，后随仕彦根城主井伊直孝。二十六岁时入京都妙显寺得度，居于京南深草瑞光寺，建养寿庵侍奉双亲，故称"深草元政"。一生恪守清规戒律，诲人不倦，尤受尊崇，遂称"元政上人"。元政博通汉诗文，雅好吟咏，江村北海《日本诗史》云："宽文中称诗豪者，无过于石川丈山、僧元政。"元政与旅居日本的中国学者陈元赟交厚，唱酬不断，辑成《元元唱和集》。木宫泰彦《中日交通史》载："与朱舜水同时来日而仕与尾张德川侯者有陈元赟。其来日时，携来明袁宏道之《袁中郎集》传于僧元政。"因元赟崇公安派推袁宏道，在其影响下元政极力倡导公安文学，同时将"性灵精神"融入诗论中。大力主张抒写性灵，莫拘一格，为日本首举公安文学之牛耳。其诗空灵风趣，多直抒胸臆，用典虽少而精，不缚于常律，意境情逸超然，笔调清新脱俗，陈元赟《草山集叙》称："其致幽发清逸，爽朗透脱，入方之内，游方之外。"有《草山集》《元元唱和集》《圣凡唱和》《草山和歌集》《扶桑隐逸传》。

省亲

一钵随缘却有方，双亲在处是家乡。

归来自作婴儿态，喜色温如笑满堂。

栗

叶间累累猬毛青，陵轹西风未肯零。

霜后嫣然开口笑，便看猿子满山庭。

饥年有感

八月雨犹少，引流理水车。

途穷人弃子，林瘦竹生花。

荒草穿龟背，乱虫入犬牙。

自惊清福足，香饭及芳茶。

游伊势寺

适来伊势寺，佳境绝凡尘。

梅影知何水，樱花未改春。

塔留奇石旧，碑刻好文新。

一镜清如月，至今照古人。

草山晚眺

爱山频出门，投杖坐松根。
秋水界平野，暮烟分远村。
露升林表白，星见树梢昏。
自觉坐来久，苍苔已有痕。

地震

震眩欲拔磬，大地似奔湍。
屋簸楼船动，墙扇帷幕寒。
经函飞霹雳，砚水起波澜。
西没与东涌，少人知所安。

草山偶兴

晦迹烟霞避世尘，云松为屋竹为邻。
闲中日月不知岁，定里乾坤别有春。
会面何嫌青眼友，慈颜每爱白头亲。
门前流水净如练，好是无人来问津。

春夜不寝戏和袁中郎渐渐诗

春水渐渐深，高岩渐渐卑。
百花渐渐满，圆月渐渐亏。
学者渐渐繁，道人渐渐稀。
文章渐渐盛，真气渐渐衰。
佛儒博稽古，禅诵亟失时。
舍己欲随物，相反与己离。

太末不泊焰，雅俗自参差。

请息诸缘务，长随天人师。

村上冬岭（1624—1705）

村上冬岭，名友筌，字漫甫，号冬岭。宽永元年（1624）生于京都，以儒医为业。师从那波活所，宗程朱之学，为江户前期著名汉学家。冬岭与伊藤仁斋、伊藤坦庵、江村毅庵等交游，结社会诗，据江村北海《日本诗史》记载，"临期会主或有他故，冬岭必代为主"。冬岭好放翁（陆游）诗，于七十五岁时抄录成《剑南诗抄》，今藏于日本国立公文书馆。市河三亥手识文曰："此为前哲村上漫甫手写本，先考平日最所钟爱者。有诗云：'放翁八十尚能诗，漫甫七旬书亦奇。二老风流今在眼，免教少年自矜持。'"善诗文，江村北海称其诗："精深工整，超出前辈。元和以后七言律，到此始得其体。"有《冬岭诗文集》。

田家

羁思官情两不知，春耕夏耨鬓成丝。

门前垂柳长拂地，不为别离折一枝。

梅花

名园桃李竞婵娟，独自清寒倚竹边。

东阁题诗人动兴，西湖载酒鹤迎船。

点苔欲效霏霏雪，傍柳偏含淡淡烟。

何处金筃明月下，晓风咽断更凄然。

秋夜宴伏见某楼

秋入水乡鸣荻苇，壮游不用赋悲哉。

丰城剑气冲星起，北海樽酒乘月开。

万顷鸥沙吞梦泽，千帆贾舶溯蓬莱。

此翁矍铄人争说，物色行看到钓台。

小集席上作

青樽岁晚思难禁，共见头颅霜色深。

慷慨堪收灯下泪，低垂姑任世间心。

愁边一笑比双璧，老后分阴重寸金。

薄宦身闲亦天幸，清时莫作独醒吟。

伊藤仁斋 (1627—1705)

伊藤仁斋，名维桢，字源吉，号仁斋。因庭前有海棠、樱树，别号棠隐、樱隐，堂号曰古义堂。京都堀河人。父亲长胜为木材商人，仁斋系家中三男之长子。幼时深沉不喜儿戏，少年时读《大学》至"治国平天下"章"今世亦不知此也"而叹息，遂立以儒学名世之志。前期热衷朱子学，后疑宋儒之学与孔孟之意乖，认为"《大学》非孔氏遗书"，"明镜止水，冲漠无朕，体用理气等说法，皆佛老之淫辞，非圣人之意"。自此另开门户授徒，是为古义学。三十六岁时草成《论孟古意》《中庸发挥》，奠定了古义学的基础。延宝中肥后细川侯许以俸禄千石招之，以侍养父母为由不至。自此声名愈隆，飞骋、佐渡、壹岐等地学子纷纷前来，号称弟子三千。门下名儒辈出，世称"堀川派"，有名者如中江岷山、北村笃所、荒川天散等，膝下五子皆有才名，东涯、兰嵎号称"首尾藏"。仁斋诗文用语精练，着眼非凡，文崇唐宋八大家，诗宗杜甫，忌浮言勾陈。《湖水》一诗作于十九岁时随父游琵琶湖，登园城寺绝顶，见志明心。有《童子问》《古学先生文集》《古学先生诗集》《古学先生和歌集》。

偶怀

十年无实学，到此觅真源。

静夜长安坐，清晨自扫轩。

斯文未委地，何日正逢原。

闽洛有君子，空元不足论。

即兴

疏松翠竹冷秋堂，汤沸火炉茶气香。

门径萧条少人到，时看大学两三章。

北野即事

北野祠前梅似雪，东光寺外柳如金。

东风自是无多日，才到春深成绿阴。

渔父图

两鬓皤皤霜雪垂，芦州水浅吐花时。

好将整顿乾坤手，独向江湖理钓丝。

湖水

古来云此水，一夜作平湖。

俗说尤难信，世传讵亦迂。

百川流不已，万谷满相扶。
天下滔滔者，应怜异教趋。

端午

应怜荆楚俗，千载尚相传。
角黍蒸香稻，兰汤煎玉泉。
溜花将结子，荷叶已浮钱。
莫肯违佳节，游期又一年。

学问须从今日始

学问须从今日始，算前顾后莫悠悠。
寸苗遂作苍苍树，原水还为瀄瀄流。
知识开时八荒阔，工夫熟处一毛辀。
六经元自侬家物，何必区区向外求。

夜怀

南舍北邻人寂寂，布衣自乐一书生。
床头唯有童眠去，门外时闻犬吠声。
茶灶汤残灰已白，灯杯油尽火犹明。
英风妙誉欧苏在，懒费精神遗姓名。

庭前梅花盛开因携妻孥同饮

南人远寄白醪酒，却值庭前梅绽时。
旧伴新朋同谢遣，大儿小女总相随。

幽香似待孤莺宿，仙萼无缘俗客知。

野蕨山肴从所有，风流自觉更清奇。

愁

人间何处不相至，日暮灯前最易催。

深似南溟渺无底，坚如泰岳撼难催。

虽从潘岳鬓边见，不向渊明眉上来。

近觉麹生功力浅，暂时消却暂时回。

德川光圀（1628—1700）

德川光圀，名光圀，字子龙，幼名千代松，号常山人、梅里等。水户（今茨城县）人。德川家康之孙，水户藩初代藩主赖房（家康幼子，水户德川家系德川御三家之一，准许使用德川姓氏及三叶葵纹家徽）第三子，继其兄赖重任家督之位，后成为水户藩二代藩主。因不满幕府任命以林家为中心编写的《本朝通鉴》称神武天皇（日本初代天皇）为吴太伯之后，明历三年（1657）决意着手编纂《大日本史》，该书以朱子学思想为指导，模仿中国史书体例，主张"正闰皇统，是非人臣"的自国中心主义立场，至今仍是研究日本历史的重要文献资料。明末遗民朱舜水（1600—1682）渡日，光圀礼聘舜水为宾师，亲执弟子礼。宽文十二年（1672），光圀移史局至砺川邸，命名曰"彰考馆"（取杜预《左传注》序，意在彰往考来、究明胜败得失），亲题匾额，并作"史馆警"以为规章。《大日本史》的编撰，聘请了佐佐十竹、安积澹泊、栗山潜锋、三宅观澜等一批知名学者，为"水户学派"的形成奠定了基础，因光圀曾担任黄门官，故世称"水户黄门"。元禄三年（1690）隐居太田乡西山（今属群马县），十三年（1700）病逝于西山庄园内，谥义公。天保三年（1832）

追赠从二位权大纳言，明治二年（1869）追赠从一位，明治三十三年（1900）追赠正一位。有《常山文集》《常山咏草》《常山随笔》。

立秋雨

大火已西流，郊墟凉气浮。

暑残梧叶雨，洗出一天秋。

初冬听夜雨述怀

傍径细流寒水清，东篱秋暮布金英。

四山叶落风萧索，雨滴灯前无限情。

旅馆闻雁得洲字

云飞水宿友相求，尔亦来宾添我悠。

塞外影横千里月，他乡肠断一天秋。

悲风传恨子卿信，暇日销忧王粲楼。

声荡旅情闻不耐，哀鸣啄下稻粱洲。

贝原益轩 （1630—1714）

贝原益轩，名笃信，字子诚，初号损轩，后改号益轩，世称久兵卫。其家世代为筑前福冈藩家臣，自幼随父学医，后转习儒学。宽文七年（1667）赴京都，遍师木下顺庵、山崎暗斋、松永尺五、伊藤仁斋等硕儒，一时学问大进，名扬京都。三年后业成归藩，得藩主优待，在福冈无人不识益轩先生之名。延宝七年（1679）著《初学诗法》，主张理学道统的诗文观，认为"文章一小技，于道未为尊"。

崇尚陶渊明自然成诗之法，反对用力强行为诗，提出"陶渊明所不可及者，冲淡深粹出于自然。若曾用力学诗，然后知渊明非着力之所能成"。提倡作诗当学"古诗风雅之正"，"后世律诗拘泥对偶声律，皆是安排强作……唯古诗不拘对偶声律，多言其情实"。诗文深受程朱理学影响，语言平易通俗，蒙童妇女皆可懂。有《慎思录》《初学诗法》《益轩十训》。

辞世诗 二首

平生心曲有谁知，常畏天威欲勿欺。
存顺没宁虽不克，朝闻夕死岂不悲。

幼求斯道在孤怀，德业无成凤志乖。
八十五年为曷事，读书独乐是生涯。

菅丞相赞

衣冠剑佩，俨然有临。
命世儒宗，忠诚贯金。
松梅节操，风月胸襟。
不怨不尤，谁识厥心。

朱文公像赞

学开后人，道继往圣。
羽翼六经，发挥语孟。
大哉功乎，终古谁竞。
山斗之望，万世所敬。

诸葛武侯像赞

王佐之才，志在勤王。

忠诚之节，千岁有光。

辅汉讨贼，信义惟彰。

出师以律，厥猷允藏。

虽比管乐，伊吕同行。

遗像俨然，万世所望。

楠公子图赞

勤王之志，千岁有光。

还子遗训，百世流芳。

四灵赞

麟

毛虫之长，怀仁含义。

礼修有臻，王者祥瑞。

凤

声音合律，行步中规。

生草不履，圣代来仪。

龟

法天则地，上圆下方。

神灵之精，能知存亡。

龙

六六之长，九九之鳞。

登天入地，飞潜孔神。

宇都宫遁庵（1633—1709）

宇都宫遁庵，字由的，号顽拙，又号遁庵，通称三近。周防（今山口县）人。幼时赴京都游学，师事松永尺五。延保三年（1675）因著《日本古今人物志》中川清秀传记触犯幕府忌讳，获罪入狱。数年后获赦，以教授身份再赴京都讲经授徒。与木下顺庵、安东省庵并称尺五学派"三庵"。遁庵博学广识，读"四书"善注蝇头细字，时称"标注由的"。徂徕少时游于上总（约为今千叶县中南部），得遁庵标注之书读之，大获裨益，以为惠及海内（指日本）。善作七绝，以"杜诗癖"闻名，其书《杜律集解详说》称："余久有杜诗癖，做详说于杜律集解。岂非诗学之便道？"有《遁庵诗集》《杜律集解详说》《文选音注》《千家诗首书》《三体诗详解》《遁庵诗集》《日本古今人物志》。

无题

海色茫茫山色长，孤舟风雨转凄凉。

天涯一夜愁人梦，半在京城半故乡。

寒雁

水冷芦枯居不安，可怜疏影下江干。

天涯积雪声饥处，相似穷民孤子寒。

灯前话旧

少年交友久离忧，相遇灯前各白头。

并坐夜深谈未了，几回蜡泪与人流。

十一月十四过祇园执行宝寿院亭赋东山雪　二首其一

山似岱宗神秀钟，千秋白雪认三冬。

朝暾生处皆花色，不辨树头柏与松。

惜秋

难奈风光易作空，杪秋欲尽我吟穷。

东篱衰谢经霜菊，西岭凋伤带露枫。

台上镜收无皓月，枕边弦涩少阴虫。

三冬景物虽应好，寒暑于时不得中。

佐佐十竹 (1634—1698)

佐佐十竹，名宗淳，字子朴，号十竹斋，通称介三郎。赞岐（今香川县）人。庆安二年（1649）于京都妙心寺皈依黄檗隐元禅师，遍访名衲，苦修清律，法号祖淳。后还俗，改习儒学，至江户师从朱舜水。水户藩主德川光圀为修《大日本史》，召集硕儒学者编纂，佐佐十竹亦在其列。多次受命赴京都、奈良搜集古书。元禄元年（1688）任彰考馆编修史总裁。有《十竹斋文集》《十竹斋诗稿》《南行杂录》《西行杂录》。

出京诗

误入空门二十秋，改衣此日赴东州。

功名富贵非吾愿，学业不成死不休。

松遏年友

一与青松结作邻，种亦久要老龙鳞。

为怜凛凛岁寒操，羞见世间轻薄人。

人见懋斋 (1638—1696)

　　人见懋斋，本姓藤田，名传、野传，字士传，号懋斋、竹墩、井井堂，通称又左卫门、道设。丹波（主体位于今京都府、兵库县）人。水户藩儒。幼课学，即以勤苦自立。弱冠从学于林鹅峰，益精进。时水户藩主德川光圀组织编修《大日本史》，懋斋与其父相继参与编修，后任彰考馆总裁。史载："初，义公（德川光圀）之置史局，招致四方英才之士，欲置长官以总史事。恐其不压众望，乃使馆中诸子，各选胜其任者，密封以上之，公亦自选一人，密封识之。及披封，诸人皆举传（懋斋名'传'），而公（光圀）之所选亦然，遂以传为总裁。"懋斋善治经，喜读易，虽身处要职，然抄纂寻绎，每日好学不倦。多次求教于朱舜水，质经义，考制度，商榷文字，不得其要不辍，其所闻载于《朱氏谈绮》。舜水称其纯笃，期以老成。有《井井堂稿》。

中秋　二首选一

秋半乘凉水上亭，天河露滴桂花馨。

清光不隔今宵月，四海一家眼更青。

春日书事

帘外花开红白黄，春风吹动百合香。

雨晴天朗小堂静，一啭流莺送夕阳。

水边萤

菰叶凉摇夜气清，群萤渡水得风轻。

暗飞点点影相落，潭底星流灭又明。

人见竹洞（1638—1696）

人见竹洞，名节，字宜卿，号竹洞、鹤山，通称又七郎、友元。见卜幽轩之侄。平安（今京都）人。幼时赴江户游学，师从林罗山，后以幕府儒官身份随仕世子德川家纲，参与编纂幕府官修史书《续本朝通鉴》，又与木下顺庵等合编《武德大成记》，屡次受命接待朝鲜来使。时以书记身份游历于诸大名、旗本之间，尤与以林家为中心的学者交往甚密，诗多赠答宴游。竹洞与自称"关羽亲族"的旅日琴僧东皋心越多有交往，诗作中可见借关羽神格化，赞扬武将忠诚。有《人见竹洞诗文集》《续本朝通鉴》《日光参诣记》。

孟夏初八日闻心越禅师弹琴，谢以鄙诗，师赐和且别示古风一首。偶有官事扰之，阻月顷，日欲往访其草而未果矣。

故和前韵二章以呈之

东方君子国，上世曾有琴。

之绝中华信，无嗣大雅音。

越师来万里，更传山水心。

初疑鸣凤下，后思潜龙吟。

洋洋熙春曲，雨洒松竹阴。

盈耳自忘形，不觉清夜深。

释尧恕 (1640—1695)

释尧恕，字体素，号逸堂，幼名照宫，世称尧恕法亲王。父后水尾天皇，母园基音女新广义门院国子。庆安三年（1650）入天台宗延历寺妙法院落发受戒，法讳完敏，后迁为护持僧，任天台座主。元禄四年（1691）退居铁龙庵。专心研究天台宗教义，精通诗文、书法、绘画、连歌。因贵族身份，以武士抹茶道为耻，择煎茶道习之。不慕荣利，自诩"诗人富贵"。有《逸堂集》。

绝句

十月北风吹古木，破蒲团上足容身。

窗间山水皆诗料，我是人间富贵人。

林梅洞 (1643—1666)

林梅洞，名恕，一名春信，幼名又三郎，字孟著，号勉亭，又号梅花洞主。为林鹅峰之长子，自幼天赋异禀，深受祖父林罗山喜爱。明历元年（1655）随林罗山会见访日朝鲜信使，即席赋绝，令罗山大为赞叹。罗山云："嫡孙年仅十三，其所读书比我幼时，则殆十倍焉，可谓我家主器也。"明历三年（1657）拜谒德川家纲，与其父林鹅峰共修《本朝通鉴》。梅洞十分重视经史研习，得其家传，颇为尊奉程朱理学。宽文二年（1662）梅洞作《书房赋》以明读书之志，不仅儒学修养深厚，诗才更是胜于其父、其祖，可谓青出于蓝。友野霞舟在《锦天山房诗话》中称："梅洞少服家庭之训，耳濡目染，自能斐然成章。况隽逸之才，辞旨清丽，直欲超父祖而上焉，惜恨于年耳。"人见竹洞在《梅洞林先生全集序》中称其"温如春风，杲如冬日，清如冰壶，肃如玉山"。林凤冈在评其诗学思想时称："性嗜著述，往往吟风弄月，遣兴抒情。其长其短，开口成章。汉魏质直，六朝华美，唐宋大家，无不窥测焉。"可见梅洞对汉魏六朝唐宋之诗博学广参、转益多师。此外，梅洞自小就承袭了"本与唐宋，参以宋"的诗学风尚，然略有不同。如林罗山、林鹅峰、藤原惺窝皆崇尚杜诗，梅洞则更偏向于赞赏杜诗在诗学史上的地位，而不是侧重诗歌的风格。可惜天妒英才，世人皆叹天才之早逝，病卒时年仅二十四岁，私谥颖定。有《梅洞林先生集》《史馆茗话》《六义堂杂记》。

落叶

朔风吹万木，落叶满墙阴。

犹有恋枝意，飘飘绕故林。

百二十咏并引 选一

《百二十咏》，唐李巨山所吟也。传播于本朝者，有年于兹。余顷患眼，默坐终日，偶乘吟兴，就巨山之本题，逐一赋焉。存十二。

楼

登览四望开，高楼信美哉。

天低星可摘，水近日先来。

闲居花

地僻日长花正开，韶光称意独徘徊。

莫教香气出墙外，怕有世人相逐来。

青菊

惊看佳菊不寻常，满目青青风亦香。

应为春时植灵种，东篱秋色属东方。

金节有月赠梅柳诗乃代梅柳赋 二首选一
柳答月

顾我垂阴枝叶长，将招明月赏清光。

轻盈袅娜烟如黛，付与嫦娥饰淡妆。

梅花落

五月江城记谪仙，落梅雅曲古来传。

一声高响一枝蕊，半落篱边半耳边。

红菊

枝上怪看秋菊红，西风吹送一庭中。

篱边想被肃霜染，色与满林枫叶同。

黄

雾为五侯塞，风教少女收。

蝶随隋帝辇，龙负禹王舟。

酿酒酾桑落，飘金哢栗留。

千林浑阒籁，独见菊花秋。

仲春二十四日赴勿斋君亭见白樱花

桃艳始华何足道，晚梅既尽不堪论。
东风二月白樱树，占得扶桑国里春。

烂漫樱开朵朵斜，本邦第一自豪奢。
香云若到云台上，须把斯花拟仲华。

咏猩猩菊

猩猩本不离禽兽，岩谷之际寄此生。
生来惟爱一壶酒，求酒不得出山行。
偶到东篱菊花边，金盏银台几度倾。
篱边日暮西风冷，酩酊昏昏迷归程。
始知能言竟无益，犹入菊花托余情。
乍来呼作猩猩菊，年年九月独自荣。
刘范谱中共忘却，唯是日东知其名。
怪杀动植合为一，此理此时谁共评。
笑而问菊菊无语，香风一阵露华清。
却似昔时醉颜色，枝头点点垂红英。

奉贺家君五经竟宴

五经占毕几年也，二十三回换冬夏。
囊帙成堆满案撑，琅璨盈耳数行下。
六十四卦分象占，三百余篇认风雅。
节文宜为人事仪，笔诛最使贼子怕。

虞夏商周世虽遥，典谟训诰说非驾。

鲁史修了狩获麟，羲图画成河出马。

戴氏所记传不谬，伏生虽老声未嗄。

须闻圣训过鲤庭，谁问逸书入熊野。

家业无怠惜徂晖，道腴有味胜甘蔗。

先人遗命太丁宁，诸生来学且亲炙。

绝胜纷纶井大春，堪笑徂诈稽叔夜。

应喜大器能晚成，仰思四海方闲暇。

从此儒林弥繁荣，寒梅一枝映精舍。

林凤冈 （1644—1732）

林凤冈，名戆，一名信笃，字直民，号凤冈、整宇，又称又四郎、春常、信笃，私谥正献。林鹅峰次子，因其兄林梅洞早逝，其任大学头之职，为林家继承人。并任大藏卿法印，得弘文院学士之号。元禄、享保年间，倍受幕府重用。深受第五代将军德川纲吉赏识，为殿中诸士讲解儒学并形成传学制度。又于第八代将军吉宗继位后，参与幕府文书行政并负责接待朝鲜通信使，极力提升江户幕府文武官员的儒学修养，稳固理学思想之地位。讲学十七年后隐退，由其子信宗、信充继续代为授业。凤冈修正五山时期以来的旧俗，将儒道与人道相统一。其门人井上兰台、秋山玉山、黑泽雉冈，皆出仕幕府或诸藩，门庭若市、德高望尊。凤冈的诗学思想保留了林家所惯有的诗学特征，即以宋明理学为本，倡导唐、明诗的诗学法度中兼顾宋调学习，融合了多家诗学观念，自成林家一脉，谓"唐宋诸贤各家体，我家诗式我家诗"，此亦为林鹅峰、林罗山一以贯之的诗学创作理念。有《凤冈林先生全集》。

士峰秋雪

富士峨峨拂淡妆，千秋宿雪晒秋阳。

山含卓女眉端黛，雪似潘郎鬓上霜。

富士山图

回视他山若有无，崚嶒竦立接天衢。

风飘白羽雪非雪，扇影移云八阵图。

暑窗梦雪

雪拥华胥落便干，午衾不掀暑尘千。

清风似结陶公梦，蒲耳希声觉后寒。

冬日可爱

屋上慈鸟爱示深，彼哉友哺入寒林。

幽居日静阳春小，和气团团孝子心。

商山四皓

白头四老翁，晦迹志相同。

心静紫芝咏，乐长黄橘中。

为嫌龙虎战，直与鹄鸿冲。

遂炽汉家火，烟寒商岭风。

秋日梅花

南枝疏影横，西灏素秋晴。

同气无矾弟，竞芳有菊英。

玉肌孤月爽，缟袂肃霜轻。

何夜对滞雪，前村较至清。

雪车

一夜窗前高响处，雪中辘辘又粼粼。

忽横紫陌转红陌，不起缁尘飞玉尘。

碾地雷光何准比，轰空月色欲同论。

寻常轮辙空工巧，此物天然呈似人。

雨中对花

檐雨沛然如散系，得时欣见众花披。

香风直拂露华洁，月彩浑于毕宿离。

云黑九天兼六合，霞蒸万朵又千枝。

眼前红湿晓来景，复忆锦城杜拾遗。

菅神肖像

夙出西曹侍太皇，恩荣擢选万夫望。

上天桂送一枝影，北野梅飞千里香。

乾象亏盈遇亢悔，神威示德现云光。

凛然生气本朝镇，岂脱衣冠入大唐。

庄周梦蝶图

庄周为蝶，胡蝶为庄。

漆园风静，物化共忘。

百年梦过，身世不长。

神游何处，无何之乡。

辛夷花

昔我先人，傍花筑堂。

人化异物，花着旧妆。

眼望春色，远指云乡。

聊题木笔，以问遗芳。

诸葛之柏，召伯之棠。

因人思树，永久不忘。

北村笃所（1647—1718）

北村笃所，名可昌，字伊平，号笃所，通称伊兵卫。生于近江国野洲郡（今滋贺县）北村。早年入学伊藤仁斋门下，后在京师教授生徒，负笈者四方云集，朝绅为之子弟者亦众。元禄年间（1688—1703），灵元上皇闻其笃学老而不倦，特宣赐古砚。《名贤诗集》载其诗四十首。

和州道中作

飞雪寒风天漠漠，长途短暑意匆匆。

闲云本是无情物，底事营营西复东。

笠原云溪 （生卒年不详）

笠原云溪，约于享保中（1716—1736）去世。本姓小笠原，名龙麟，字子鲁，通称玄蕃，号云溪。山城（今京都府）西冈人。师从伊藤仁斋。江村北海《日本诗史》称云溪"诗名显著一时，到今遐陬僻境之士，尚啧啧称焉。盖自惺窝先生讲学于京师，百有余年于兹，其间虽有以诗赋文章称者，风俗未漓，学必本经史，以翰墨为绪余，而云溪独以诗行"，"云溪殁，门人竹溪者钞其遗稿，梓而行之，名《桐叶编》。其诗妩媚足自喜，而气骨纤弱。如律诗全篇佳者几无，绝句则间有堪录者"。有《诗法入门》《桐叶编》《桐叶编附录》《唐诗法律》。

春望

花柳重重轻霭浮，东风春满帝王州。
朱帘翠幕笙歌起，人在夕阳树外楼。

青木东庵 （1650—1700）

青木东庵，名澄，字元澄，号东庵、松岳、竹雨斋。京都人。丰后杵筑藩（今大分县）儒官。有《竹雨斋诗集》。

枫桥

有客来追张继踪，江枫渔火照峰松。
孤蓬待旦愁眠里，喜听寒山半夜钟。

荒川天散（1654—1735）

荒川天散，名秀，字敬元、景元，号天散，通称善吾。京师人，系伊藤仁斋门人。其诗富禅机禅意，可感孤独寂寥之态。选诗见《东瀛诗选》。

寂寂

寂寂幽人宅，寥寥秋暮天。

风檐翻树叶，雨径湿茶烟。

慵卧元非病，独居却似禅。

睡余无一事，目送雁行连。

贞享二年在东都，仲春偶翻诸友旧诗草，看半溪子鸭溪忆旧友吟有感。因次其韵以寄，兼呈杉堂主人

南国故人鸾鹤群，参商不得共论文。

心情寂寂满庭草，踪迹悠悠一岭云。

千里德音叹契阔，九旬芳景惜平分。

春风吹到江城晚，独影飘萧游子裙。

鸟山芝轩（1655—1715）

鸟山芝轩，名辅宽，字硕夫，号芝轩，又号鸣春，通称五郎太夫。京都人。自幼好诗歌，专唐人之诗，以教书授徒为生。常以《三体唐诗》《杜律集解》《唐诗训解》为教材，自立门户。爱慕释元政，常诵《草山集》，称"元公无复异华人声调矣"。其诗多五七言近体，

题材源于晚唐和宋元之诗，时有新意。江村北海《日本诗史》将硕夫与入江若水相较，称"步骤不及若水，而韵度胜之，咀嚼觉有余味"。有《芝轩略稿》《芝轩吟稿》。

秦始皇

弃掷皇坟与圣经，漫求仙药究蓬溟。

盛称水德真堪笑，不救咸阳火一星。

木笔花

制作全缘造花工，未曾出处说秦蒙。

欲挥影落芭蕉上，疑学当年醉素风。

楼上远眺

百尺楼台坐夕晖，故山烟树远依依。

白云不为红尘役，直向天涯自在飞。

江村即事

四面云山千里沙，中间随处著渔家。

清愁满目斜阳外，妆点芦花入蓼花。

春阴

空碧相和黯淡烟，梨花无影独娟娟。

等闲锁却归鸿路，又向歌楼涩管弦。

山行

竹树阴森栈道斜，杖藜数里入烟霞。

溪桥苔滑无人渡，隔岸碧桃浮落花。

题某禅师庵壁

林树梅过半，庵居窄近江。

人敲花里户，僧坐雨中窗。

口自忘言默，身惟与影双。

参禅如可得，我效鹿门庞。

黑发晴雪

满目何重叠，冲岚混太清。

鸦鬟都漫灭，鹤发独分明。

长可三千丈，多过百万茎。

春风解围日，依旧玉梳成。

黑发，山名，在下野国（今栃木县），或呼日光。

重过诗僧政上人墓

政公坟墓在，传是此栖迟。

除有三竿竹，终无只字碑。

人高霞谷隐，我爱草山诗。

重过留题去，只应地下知。

上人，浮屠氏之工诗者也。尝隐于深草山之霞谷。今有坟墓在其旧
庵侧，只种竹三竿，不别存碑碣。有《草山集》行于世。

题为圃亭赠主人神田氏

村烟一抹隔城闉，羡尔新庄经过频。

两扇柴门无客到，数声金磬有僧邻。

庭栽疏竹看常足，篱护春蔬摘更新。

书剑飘零吾失计，愿为抱瓮灌园人。

人影次明贤夏原吉韵

幻中幻出是何生，多态浑疑或有情。

隐几逢君从后坐，杖藜见尔在前行。

对时如语消春昼，过处无踪趁午晴。

绝胜图真虎头手，施朱傅白太分明。

岁朝口占

胆气壮时堪自夸，今朝忆旧谩咨嗟。

老怀于世浑无味，衰眼逢春别有花。

渔艇钓蓑从鄙事，方书药物作生涯。

寄言吾党诸英俊，莫乐荒游掷岁华。

榊原篁洲（1656—1706）

　　榊原篁洲，名玄辅，字希翊，号篁洲，通称小太郎，后称元辅。和泉（大阪府）人。篁洲先祖为伊贺人，俗姓下山氏，幼孤，为外祖父所养，遂改姓。幼时师事木下顺庵，于其宅寓居三年，后归乡闭门读书。又随外祖父赴江户以讲书为业，贞享四年（1687）经木下顺庵推荐，任纪州藩儒官。篁洲与同门之士交情笃厚，顺庵晚年戏曰："伯阳之华音、君美之典诰、师礼之经义、希翊之技艺，我门之手足矣。"与新井白石、室鸠巢、雨森芳洲、祇园南海并称"木门五先生"。时人所称折衷学者（考证学派），博通书典之余，旁通星历、五行、风水、医卜、射御、茶香之说。善书画，通考六典，专研讨历朝之沿革制度，尤以明律为著。有《山谷诗集注抄》《老子谚解大成》《大明律例译释》《唐律和字解》《诗法授幼抄》《增补仄韵础》《文法授幼抄》《篁洲诗集》《篁洲文集》。

春光催柳

江城丽日渐迟迟，弱柳含黄欲作丝。

弄影东风如有意，殷勤摇曳不停吹。

月下落叶

朔吹鸣枯木，寒蟾照屋东。

声干驰石径，影淡下霜空。

已透林间白，偏添砌际红。

明朝莫扫叶，唯惜岁华穷。

安积澹泊（1656—1737）

安积澹泊，名觉，字子先，号澹泊，又号老圃，晚年称老牛居士，本姓藤原，通称觉兵卫。常陆国（今茨城县）水户人。十岁赴江户师从朱舜水，"受孝经小学论语句读"，擅通华音，博学能文，最长于史。朱舜水称"吾东渡受句读者不多，皆不可，独彦六（安积澹泊乳名）佳耳"。天和三年（1683）入水户彰考馆，任《大日本史》编修、彰考馆总裁。享保八年（1723），奉命编《常山文集》。名震四方，请其修书者不胜枚举，与室鸠巢、新井白石、平野金华等硕儒交游，其中与荻生徂徕有频繁书信往来。与安积澹泊交往中，徂徕间接获知朱舜水政治态度和学术倾向。澹泊为人谦虚，奖掖后进。尤喜菊，园中多栽之。其诗擅写景，明丽清新。有《澹泊史论》《朱子谈绮》《西山遗事》《澹泊斋文集》《湖亭涉笔》《澹泊斋笔记》。

仙波舟中即景

近时钟鸣报夕阳，柳边停棹惜春光。

白樱点破松林碧，晴雪飘香落野航。

渡久慈川

鹭拳矶石上，枯柳傍崖欹。

二水分流处，千峰欲暮时。

平原樵唱远，积雪马蹄迟。

渡口行舟急，偏惊岁月驰。

初冬偶兴

萧然茅屋晚，岁月促穷阴。

种种风吹鬓，凄凄日照襟。

霜花颓古径，冻叶下寒林。

素食谁无耻，空怀报国心。

冬夜雨

阴云蔽日暮天催，渐听风声送雨来。

一室题诗分烛影，千年论事画炉灰。

萧疏犹入后凋树，淅沥潜沾将发梅。
至后初知生意动，明朝欲问井泉回。

释万庵（1656—1739）

释万庵，名原资，道号万庵，别号芙蓉轩。江户（今东京）人。于南英祖梅门下落发受戒，后任江户东禅寺住持，晚年退居芙蓉轩。自幼擅长文学，喜作诗，博通内外典籍，时称"小文殊"。与释大潮、服部南郭、荻生徂徕及其门人多有诗文交往，极得徂徕推重，谓"不特东方，亦中华缁流所无"。晚年颂诗自娱，《东瀛诗选》言其"生平为诗众多，得百十首辄录成一集，始甚爱惜，未久即焚之"。诗宗盛唐，亦有日本古事之怀古之作。有《万庵集》《江陵集》。

大堰暮春瞑兴

茅垣寂寞对青峦，野寺钟声云外残。
一径春深人不到，瓦松花老暮风寒。

夜坐闻蛩有感

落月疏钟清夜流，灯前独坐不胜愁。
如何一种寒蛩泣，今岁偏悲于去秋。

赋沙际路

绿渚春归草色齐，江头一路绕沙堤。
行人独去斜阳里，树影潮声送马蹄。

深夜写诗

梦断神清寂寞时，飕飕凉雨洒松枝。

明朝也恐还多事，深夜挑灯写小诗。

拟三峡流泉歌

我行昔不到巴东，三峡流泉在梦中。

携琴何客过三峡，写取流泉归瑶匣。

银屏珠箔清风起，宴处闻君弹绿绮。

倏忽舟行两岸间，何知坐倚层轩里。

初听春水百滩回，忽怪秋声万壑哀。

月明夜静幽湍语，电起云蒸巨石摧。

踌躇敛容还舒抚，玄响流离绕栋宇。

风和落木度流商，雨杂啼猿飘刻羽。

闻说阮家制曲新，险危寥廓妙通神。

新井白石（1657—1725）

新井白石，名君美，字在中，别号白石，又号勿斋、紫阳、天爵堂、锦屏山人，出生于没落的武士家庭。天和二年（1682）仕于下总古河初代藩主堀田正俊（1634—1684）。贞享四年（1687）入木下顺庵门下。元禄六年（1693）以顺庵之荐仕于甲府公松平纲丰，后纲丰出任德川幕府第六代将军，改名德川家宣（1662—1712），白石随之深受重用。宝永六年（1709）出任幕府文学侍臣。家宣公殁后，又辅佐其幼子家继任第七代将军。白石辅政期间，在儒学思想的指导下力主政治革新，开创了"正德之治"。享保元年（1716），第八代将军德川吉宗（1684—1751）即位后隐退辞官。江村北海《日本诗史》论其诗才"锦心绣肠，咳唾成珠"。中井竹山《诗律兆》曰："我邦先辈作诗，留心宫商者，唯新井白石、僧万庵。"据《白石诗草跋》载，正德元年(1711)朝鲜使者李邦彦到访，称赞白石之诗："格力清健，词彩华绚，不只音律之谐叶，声调之雅丽而已。"白石诗主唐、明，注重词藻、声律，其《室新诗评》中云："唐诗尤有吟味，而多与律相叶。及至宋人，其律乱矣。而明人特善吟味。夫阅古人之诗，唐初卷中，此格不多，自中晚时时可见。入宋虽亦多见，而自明七子以来，尤用心于声律。"有《白石诗草》《白石先生余稿》《木门十四家诗集》。

无题

红亭绿酒画桥西，柳色青青送马蹄。

君到长安花自老，春山一路杜鹃啼。

读秦纪

霜刃一销皆入秦，咸阳铜狄为传神。

莫言天下浑无事，犹有江东学剑人。

寄丰州许秀才

莫道人生离别难，相思夜夜望中看。

丰城自有龙光在，高挂青天紫气寒。

自题肖像

苍颜如铁鬓如银，紫石棱棱电射人。

五尺小身浑是胆，明时何用画麒麟。

九日示故人

黄金不结少年场，独对寒花晚节香。

十载故人零落尽，故园秋色是他乡。

偶作

绿绮之琴绿水歌，能听此曲几人多。

天风吹发如飞雪，白日西流奈老何。

九月四日答北藩室直清和中秋韵 二首

玉露凋梧叶，秋风坠井栏。

剑鸣龙气冷，书断雁声寒。

北塞浮云隔，西窗落月残。

黄花催节序，争耐异乡看。

登楼王粲赋，久客独凭栏。

夙志青云隔，高歌白石寒。

薜衣禁夜冷，兰佩惜秋残。

相忆人如玉，长留月色看。

九月十三日重答以寄别室直清归北藩 二首

摇落官桥柳，西风拂赤栏。

朱轓迎日动，画戟挟霜寒。

红树归装映，黄花客舍残。

幸将江上月，遥照玉人看。

红楼离酒罢，不忍共凭栏。

已感虞卿赐，应怜范叔寒。

断蓬千里远，折柳九秋残。

不恨关山隔，相思梦里看。

己巳秋到信夫郡奉家兄，兄在马邑，去郡止八十里

远送朱轮出武城，清秋孤剑赋东征。

故园丘墓松楸冷，长路关山鸿雁惊。

芳草池塘他日梦，夜床风雨此时情。

登楼相望浮云隔，空寄愁心对月明。

卜居作

满城花柳半凋残，叹息人间行路难。

乌鹊月中三匝急，鹡鸰林下一巢寒。

还问东海乘槎去，且对西山拄笏看。

楚客十居堪可赋，耻将愁思托幽兰。

千里飞梅

洛阳一别指天涯，东望浮云不见家。

合浦飞来千里叶，阆风归去五更花。

关山月满途难越，驿使春来信尚赊。

应恨和羹调鼎手，空捋标实惜年华。

大坂

虹桥如织大坂埌，富庶百年归四民。
丹屋连云珍努海，金城涌日苇原津。
舟帆万国难波浦，灯火一天新地春。
乍报荒陵伶舞散，巷街艰避折花人。

春日追悼恭靖先生 四首

五云缥缈望蓬莱，仙鹤孤飞天上回。
白足神僧知异相，乌台御史惜奇才。
衡门久向东山卧，樽酒还从北海开。
珍重安车驰鲁邸，春秋直笔待君裁。

文采风流自一家，才名自小动京华。
朱门客对金罍酒，白社僧烹石鼎茶。
鹫岭月明寻桂子，龙门浪暖问桃花。
旧游题处皆陈迹，谁拂红尘护碧纱。

江城忽见柳条新，追忆当时一惨神。
季札未归先葬子，曾参不娶复终身。
落花还似门中雪，芳草犹余坐里春。
可恨孤坟荒野外，杜鹃声哭异乡人。

游学多年得及门，每随师友问渊源。
孤坟空洒侯生泪，明月难招屈子魂。
遗爱从来见舆诵，旧闻应复撰微言。
歌风犹有鸣琴曲，弹向丘中欲报恩。

西山西山 (1658—1688)

西山西山，名顺恭，字健甫，号西山，通称健助。对马（今长崎县）人。初于本藩任书记一职，后赴江户拜木下顺庵为师，与新井白石、室鸠巢多有诗歌往来。因其名与南部南山名号相对，妙趣横生，时称"木门二妙"。江村北海《日本诗史》载西山"勤苦读书，才思敏赡"。有《健甫诗集》。

五绝二首次白石韵 其一

系马门前柳，惊飞枝上莺。
莫论盘味乏，茗碗话平生。

竹间纳凉

不堪三伏暑，相避绿筠丛。
密叶能遮日，繁枝自动风。
脱衣悬石上，散发卧林中。
闲入华胥国，觉来月在空。

郊行

春日迟迟鞋底闲，郊村佳趣隔人寰。
遥峰半出青云际，小溇斜分垅亩间。
竹外无家群鸟下，松阴有寺一僧还。
行吟忽觉渡头暮，短艇撑来傍柳湾。

南部南山 (1658—1712)

南部南山，本姓小野，字思聪，名景衡，号南山，又号环翠园。长崎人。为京都儒者南部草寿弟子，出为其嗣，后拜安东省庵为师。新井白石《停云集》载其"为人温恭笃谨，精通经史，文采富赡"。因新井白石之荐，仕与富士藩。江村北海《日本诗史》称："（南山）初在长崎，学诗于闽人黄公溥、杭人谢叔且。后从义父在越中，遂游学于东都，受业木门。"其诗风平淡自然，有"豪华落尽见真淳"之意。有《环翠园史论》《唤起漫草》。

闲居口号

烟霞堪寄迹，麋鹿又随人。

富贵非吾愿，陶潜即是伦。

怀环翠园诗 选一

江上春来雁几群，归飞遥度万山云。

谁怜叔夜不堪俗，自羡仲连能解纷。

徒有寸心怀暗恨，却无尺璧献明君。

多情试倚楼头望，花事阑珊落日曛。

室鸠巢 (1658—1734)

室鸠巢，名直清，字师礼，一字玉汝，号鸠巢、沧浪，通称顺祥，居所以"静俭"名。先人居备中英贺郡（今冈山县），系熊谷直实（平安末期至镰仓初期武将，以作战勇猛闻名，助源赖朝讨灭平氏，有"关东第一武者"之称）后裔，父玄朴以医为业，初居大阪，后迁居江户而生鸠巢。鸠巢十三岁赴上野（原为德川幕府家庙与诸侯私邸所在，今上野公园系东京著名赏樱胜地）赏花，即有诗作。宽文十二年（1672）金泽藩主前田纲纪（1643—1724）召其侍讲《大学》，深为叹赏，赞其："真英雄人物，宜以天下之器养成此材。"赏与其禄，准赴京都入木下顺庵门下学习朱子学。顺庵称其"执师礼忠信笃敬，志于圣学，吾之益友也"。又从"崎门"羽黑养潜门下游，亦得其激赏。江村北海《日本诗史》评曰："经儒不习文艺，文士或遗经业，能兼二者，唯东涯、沧浪二儒而已。"鸠巢思想上遵奉正统朱子学，诣菅公庙时曾作《自誓文》勉学自勤，"欲立义行道，不负所学"。正德元年（1711）经新井白石推荐任幕府儒官，为将军吉宗侍讲，兼政务顾问，又奉将军之命与荻生徂徕共同撰写《〈六谕衍义〉大意》。晚年任教骏河高仓馆，世称"骏台先生"，门下青地齐贤、青地礼干、奥村忠顺、奥村修运、小寺遵路、小谷继成、山根敬心并称"室门七才子"。有《骏台杂话》《鸠巢百韵诗》《鸠巢文集》。

富士山

上帝高居白云台，千秋积雪拥蓬莱。

金鸡咿喔人寰夜，海底红轮飞影来。

木曽山中 二首

山路长幽绝，逶迤积翠中。

深林能碍日，空谷自通风。

远近峰峦绿，高低木叶红。

美材今古出，斩伐更无穷。

崎岖行且息，百丈断崖寒。

栈道临遥谷，石流激急湍。

更将信州险，还作蜀中看。

随处山川好，无忧行路难。

对月 二首

今夜长安月，清光几处同。

金精流大地，镜色静遥空。

积梦思归客，寒砧落叶风。

行装在秋尽，驱马向关东。

衡门常阒寂，月色转深沉。

坐与鸿同起，愁将虫共吟。

风霜酬国志，日夜恋亲心。

寄语故乡友，知吾客虑侵。

早发鱼津

朝发鱼津傍晚来，平原旷野望悠哉。

清川水落石争出，叠嶂雨收云未开。

处处人烟分邑里，时时蜃气结楼台。

越中百里山河壮，明主须求抚御才。

新年见新井贤兄诗遂和其韵以寄 二首选一

故人官达在东州，文学高科言子游。

白石歌残传节奏，青云会罢想风流。

星辰气壮剑横斗，棣萼春辉花绕楼。

日暮梁园将授简，上才自古重诸侯。

新年早监城门

画戟森森华烛收，东来佳气入楼浮。

春归沧海三千里，日出扶桑六十州。

花外钟鸣起鹓鹭，柳边雪尽散骅骝。

太平时节古难遇，只恐冯唐易白头。

中秋

碧空如水月华流，万里无云独倚楼。

乡路关山横笛里，归心日夜大刀头。

谁知天上一轮影，分照人间两地愁。

一自离家事行役，年年辜负故园秋。

秋日过甥昌言家

昨夜雨声绝，仰看烂明星。

晓露出草白，长林卷雾青。

一声鸿雁过，秋气满遥冥。

老夫常早起，杖藜问幽扃。

比屋城肆中，各自开门庭。

日出群动作，万籁静中听。

行人络绎至，有如水上萍。

贵贱皆有营，来往穷百龄。

达观无物我，悠然独忘形。

稍过桥外路，始至水边亭。

清流摇户扉，青山入窗棂。

风光浮草树，野色通郊坰。

数椽开静室，六曲置素屏。

古画挂垂壁，寒花插在瓶。

欢笑犹未央，诗成响珑玲。

忘归兴何尽，当醉心先醒。

嗟吾空衰白，壮志半飘零。

日暮取远道，驽骀行未停。

匡衡早抗疏，杨震晚授经。

不用解客嘲，所赖惟天灵。

之子时往还，相扶助考订。

兰丛初抽颖，剑铓新发硎。

家乏满籯金，窗聚一囊萤。

隐雾豹泽毛，在阴鹤长翎。

不论振南风，直欲搏北溟。

为人莫似舅，肖贤欲如蛉。

少壮不努力，老大徒吟呻。

青年难再遇，夙夜勉德馨。

安贫慕颜乐，慎言诵鲁骃。

丹书有至戒，汝绅宜见铭。

犀之水 二首

犀之水兮悠悠，我不及水兮长流。

击苍冥兮上浮，如天驹兮翔游。

容与兮兰桂之幽，轩昂兮凫鹥之州。

递郡国兮置邮，穷万里兮一周。

呜呼，生不遇兮羁縻如囚，欲渡无梁兮欲涉无舟。

我不及水兮，无时无日而不自由。

犀之水兮弥弥，我不及水兮有施。
瀚云兴兮汩电驰，万夫之田兮千亩之葘。
以溉以浸兮，乃膏乃脂。
交灌互澍兮，沟塍成岐。
禾不槁兮桑不橘，民无患兮寒与饥。
呜呼，身徒老兮志衰，顾古人兮忸怩。
我不及水兮，能使黍稷之繁滋。

荻生徂徕（1666—1728）

荻生徂徕，名双松，字茂卿，本姓物部，荻生氏，号徂徕，幼名传次郎，通称总右卫门、宗右卫门。元禄九年（1696），柳泽吉保招为儒学顾问，于藩邸得幕府将军德川纲吉（1646—1709）赏识而出仕，后出任儒学侍讲。宝永六年（1709）纲吉殁，吉保随之隐退，徂徕不忘其知遇之恩，虽搬离柳泽藩邸，仍定居江户城中，以教学为生，开萱园私塾。徂徕自幼熟谙汉文，初时信奉朱子学，后转而批判宋学，文学上接受明代李攀龙、王世贞等七子的复古主张，又与崇尚古义学的伊藤仁斋颉颃，《萱园随笔》中批驳仁斋以心性为本，"非宋儒而己自为宋儒"。主张辨道应知言，谓"今之学者，当以识古言为要，欲识古言，非学古文辞不能也"。开创日本古文辞派，亦称萱园学派，其学于江户中期风靡一时，门下有安藤东野、服部南郭、太宰春台、三浦竹溪等，名家辈出。汤浅常山论学"至徂徕学世间一变"，"今学者皆由徕翁开眼"。有《徂徕集》《萱园随笔》《南留别志》。

甲阳客中

甲阳美酒绿葡萄，霜露三更湿客袍。

须识良宵天下少，芙蓉峰上一轮高。

寄题丰公旧宅

绝海楼船震大明，宁知此地长柴荆。

千山风雨时时恶，犹作当年叱咤声。

春日上楼

落日高楼俯碧霄，关中春霁望逾遥。

把杯意气千秋色，独看芙蓉白雪骄。

东都四时乐 四首

东叡山头花似氛，东叡山下雪纷纷。

笙歌千队齐声唱，那得暂时停白云。

两国桥边动棹歌，江风凉月水微波。

怪来岸上人声寂，恰是扁舟仙女过。

秋满品川十二栏，东方千骑簇银鞍。

清歌一阕人如月，笑指沧波洗玉盘。

澄江风雪夜霏霏，一叶双桡舟似飞。

自是仙家酒偏醉，无人能道剡溪归。

岁初和江若水中秋寄诗

我忆疏狂客，家邻浪泊台。

彩毫临月写，锦札及春来。

腊酒今应熟，寒梅早或开。

但无同调者，白眼许谁陪。

经故道士观

相传尸解去，知是玉皇臣。

昔驾缑山鹤，今游阆苑春。

榻留伏火鼎，壁挂礼星巾。

旧观皆零落，寥寥学道人。

秋雁

联翩鸿雁影，日暮过江干。

正植楚枫落，遥知燕雪寒。

乍听挥泪易，欲问系书难。

湖月送何限，洞庭早已澜。

春日怀次公

暗淡中原一病夫，登楼落日满平芜。

沧溟春涌涛声大，菡萏晴摇雪色孤。

五斗时能愈我渴，千秋未必须人扶。

只缘寂寞悲同调，苦忆周南县孝儒。

夜泊

解缆大江千里秋，渐看樯上夕阳收。
青山向暝留渔火，白浪漫天渺客舟。
拟受长风望北斗，俯怜明月在中流。
不知今夜宿何地，且傍清光多处浮。

岁初修宪庙遗事有感

茫茫世事泣新正，忆昔金门奏赋名。
一自苍梧云不返，三看茂苑草还生。
后王礼乐多因革，前代公卿尚纵横。
谁似素臣无爵禄，犹堪修史拟丘明。

谢雨芳洲见访

客有乘槎北海来，壮游曾使三韩回。
携将紫气行相映，弹罢朱弦歌自哀。
千里山川谁并驾，百年天地此衔杯。
看君匣里芙蓉色，不但翩翩书记才。

送海上人还崎阳歌

雨雨风风三春暮，黄鹂百啭花辞树。
梦寐神飞不可住，焚香坐诵远游赋。
忽想缘山海阇黎，袈裟飘飘去何之。
白足由来泥不染，掷杯可以度渺弥。
下界众生仰头看，金策泠泠响云端。

名山大川顷刻过，三千里程总无难。
自道崎阳是我宫，孤岛斗悬大海中。
涛静遥见飞鸟影，天外千帆问日东。
日东佛法今衰恶，大道七裂如瓜削。
昔在阿难传侏离，什奘粗鲁不知学。
海师淹冠仲尼籍，旁通九丘与八索。
愿以左氏司马文，新译梵夹媲述作。
物子闻之笑相戏，是君家事非吾事。
君去大修人天供，天竺高僧倘相逢。
为问须弥优昙钵，其如日东芙蓉峰。

有所思

冉冉白日徂，坐看庭草滋。
朔风吹我裳，叹息岁暮时。
人生自有老，老至亦何悲。
富贵倪尔来，荣名非可持。
置酒高堂上，聊以娱佳期。
秦筝间胡笛，嘈杂侑我卮。
酒酣泪如霰，君子有所思。
良朋满四坐，此悲少人知。

柳川沧洲（1666—1731）

柳川沧洲，名三省，字鲁甫，号沧洲，通称小三次。摄津（今大阪市）人。本姓向井，后为柳川震泽养子遂改姓。入木下顺庵门下，学成后授徒讲学，门徒众多，才气以石山伯卿、上柳公通等人为显。其诗学唐，"沧州出，而后诗以盛唐为正鹄"。江村北海《日本诗选》言"沧州七律，一时之选"。选诗见《日本诗史》《日本诗选》。

咏晓莺

香雾冥冥夜色深，黄莺啼处月初沉。

无端唤起梅花梦，能使春心满上林。

送人之美浓

西风万里动关河，摇落何堪送玉珂。

迟暮谁怜平子赋，清时犹唱伯鸾歌。

路连山岳愁云合，天入江湖旅雁多。

闻道浓阳秋水阔，莫将蓑笠老烟波。

松下真山（1667—1746）

松下真山，本姓坂上，名庆绩，字子节，通称见栋，号真山。越前福井（今福井县）人。二十一岁游学京都，遍结名士，师事史学家、儒医松下见林（1637—1703），后出赘于其家，故改姓。在京都以儒医行，缙绅贵族从学者众。质性淳笃，好学不倦，尤长于诗，江村北海《日本诗史》称其诗"气骨沉雄，翘翘一时"。但真山平生不好以诗名称于世，除却故旧之外，其诗不轻示于人。有《真山文集》《真山诗集》。

秀野亭作

亭中无俗物，幽趣一何长。

屏护风前卷，鼎添雨里香。

傍篱戏鸡犬，谙径下牛羊。

殿阁无须羡，胡床适意凉。

咏鹰

齐野玄霜楚泽冰，十分猛气正腾腾。

目中今已无凡鸟，天外常思制大鹏。

利爪几经红血战，奇毛深入白云层。

谁言一饱即飏去，左指右呼怜尔能。

百拙元养（1668—1749）

百拙元养，俗姓原田，道号百拙，法讳初为元椿，又号钓雪。黄檗宗僧。早年入临济禅，师事大随玄机，其后与大随共事黄檗宗佛国寺高泉性潡。善书画，亦通茶道，绘有《城崎真景图卷》，似为日本最早的真景图。常与堀南湖往来唱和，江村北海称其诗"深艰枯劲"。有《破草鞋》（并自叙），自题"宝谷沙门元养"。诸事迹见《日本诗史》《茶道与佛教：由僧侣的事迹追溯》。有《破草鞋》《百拙先生文集》。

春雨书怀

梅花落尽李花开，禊事将来细雨来。

半幅疏帘人寂寞，前村野水洗苍苔。

淀川舟中行

寒林鸦背夕阳红，疏柳桥边买短篷。

唯觉身升天碧上，不知坐在月明中。

隔洲犬吠孤村火，罢钓人归一橹风。

思算往年过几度，满头惭愧雪蓬松。

雨森芳洲（1668—1755）

雨森芳洲，名东，又名诚清，字伯阳，号芳洲，通称东五郎。京都人。初学医，后赴江户入木下顺庵门，顺庵称其"后进领袖"。元禄二年（1689）经顺庵举荐，任对马侯儒官。因精通朝鲜语、汉语，着分管文教与对外翻译工作。所著朝鲜语教科书《交邻须知》经多次修订后，作为教材一直沿用至明治初年。朝鲜来使戏称"君善操诸邦音而殊熟日本"。与新井白石、室鸠巢、榊原篁洲、祇园南海并称"木门五先生"，尤与新井白石交厚甚笃。虽与荻生徂徕治学主张殊异，却对其尤为敬重。木门才俊者不乏其人，南海《钟秀集》载"予于睹友，其所敬畏莫如伯阳氏"。芳洲八十一岁习和歌，立志读《古今集》一千遍，自歌一万首。其学问"以孔孟为标，程朱为准"。作诗首推陶渊明。有《多波礼草》《鸡林聘事录》《芳洲咏草》《芳洲诗集》《橘窗文集》《橘窗茶话》。

梦梅

春风识面野村梅，苦竹丛前雪作堆。

冷雨荒江身万里，梦魂犹觉暗香来。

中秋无月

灏气苍茫暮色浮，谁教明月暗中流。

透帘烛影千家静，泣露虫声四壁愁。

望断天峰难命酒，兴阑武镇怕登楼。

半铛茶冷坐长夜，应惜狂轻一度秋。

三轮执斋（1669—1744）

　　三轮执斋，名希贤，字善藏，号执斋，又号躬耕庐。其先祖为大和三轮神社司祝，父泽村自三为医师。六岁时不幸父丧，为商人大村某收养。稍长受业于佐藤直方（1650—1719），经直方推荐，仕于厩桥侯府。后出京都至江户，创立学舍明伦堂，门下从学者众多。初学朱子，后有悟于致良知之说，转崇阳明心学。平生以学问为重，诗文固非其所长，然其文达意，不事雕绘。执斋讲学，世称"其言优游有余味，使听者心醉"，曾抵近江某小山村，集士民讲学，四座皆感泣之，翕然相谓为藤树先生再生。有《执斋杂著》《执斋遗稿》《执斋全书》。

题水仙

夜寂蕊珠宫殿内，黄冠绿袖独萧然。

金盘高捧承朝露，自是地行花里仙。

怀乡

故国万里东，茫茫望无穷。

红添梅花雨，白知柳絮风。

阳炎盈草野，落日入山中。

瘦马追春色，黄昏归路空。

三畴吟

辞禄偶成诗一章，偷闲取适阅风光。

渊明径里孤松老，茂叔窗前万草长。

非市非山人寂寞，欲晴欲雨客彷徨。

移家自爱三畴内，踯躅含红向夕阳。

伊藤东涯 (1670—1736)

　　伊藤东涯，名长胤，字原藏，号东涯，别号慥慥斋，谥绍述先生。生于京都堀河，系伊藤仁斋长子。幼承家学，博览多识，晚年纪州侯许以五百石招聘而不至，以处士终老。东涯为人性温厚，绍述其父之学，虽乏独创特见，学力乃胜其父（猪口笃志《日本汉文学史》），在与荻生徂徕的对立中，将其父所创古义学派（堀川派）发扬光大。傲岸如徂徕者，亦承认"能脱侏儒鸩舌之习，与华人相仿佛者，海内（指日本）仅伊藤原藏二三辈而已"。东涯所著多为学者之文，而诗之面目都改，时有观点讥评东涯之诗"冗却无法，率却无格"。但江村北海认为其诗篇章富饶，不乏文笔润丽、精严工致、体段整齐的佳作，亦一时巨匠（江村北海《日本诗史》）。有《东涯漫笔》《绍述杂抄》《绍述先生文集》。

早春漫书

岁晚吾非奔走人，春回不是拜趋身。

图书三百六十日，唤作清时一逸民。

夜怀

卷帘人不寐，斜月射墙东。

叶重方知露，柯鸣始觉风。

愁因诗暂遣，忧为酒初融。

灯下拥衾坐，忽闻报曙钟。

读杜工部诗

一篇诗史笔，今古浣花翁。

剩馥沾来者，妙词夺化工。

慷慨忧国泪，烂醉古狂风。

千古草堂在，蜀山万点中。

题白云寺

白云深处白云寺，磴道盘纡入碧空。

仰见楼台超象外，遥闻鸡犬在云中。

前溪水涨知经雨，老树阴凉不待风。

一十六州归眼界，却疑身坐上清宫。

影

宛转长桥卧彩虹，清波不动见遥空。

独居常与形相吊，万态皆因物不同。

妄想杯中蛇作祟，瞥看鞭下马追风。

老来对镜吾丧我，壁上乌纱灯火红。

游黑谷西禅院

白樱朵朵柳丝丝，共浴鸭河把酒卮。

彩笔纵横山有助，黑云断续雨催诗。

童行冠者舞雩友，修竹茂林曲水辞。

素向佚门踪迹少，任他鲸吼鸟还时。

题古义堂前白樱

上国名花樱绝代，小园移植入诗篇。

宜晴宜雨兼宜月，若雪若云又若绵。

坠蕊舞风黄陌晓，艳葩逐浪洛川边。

周莲陶菊千年爱，比并此花孰是妍。

夏夜绪方老人宅小集次韵

尝把诗书代钓耕，岂将奔走买名声。

飞轩风入自三面，高树月升初二更。

在翰墨中长是乐，栽花木外百无营。

相逢之处非生客，一夜灯前俱眼明。

观里村昌亿法眼所藏东坡先生真笔

苏长公《题陈迁叟园竹》五言十韵，并豫章黄太史跋语四十字，皆手笔也。癸未之夏，予得观之于里村丈之室，盖大阁丰臣所赐其先世者。联璧双凤，相映一纸，可谓希世之珍也。

坡老胸中墨，吐出满园竹。

淋漓数行字，逸响润枵腹。

果然饫真味，不须顾粱肉。

压倒无前人，元轻白又俗。

当时奸谀辈，贬斥尽耆宿。

流祸及遗文，污蔑不一足。

毁折与焚燎，徒掩天下目。

风涛万里外，阳侯相约束。

词翰千岁新，岂唯万镒玉。

高堂张素壁，纵观徒踯躅。

感述

天道惟阴阳，地道乃柔刚。

人道何乎在，仁义提厥纲。

配之以礼智，民纪赖以张。

遵行无贤愚，四达乃康庄。

所以名曰道，终古孰得亡。

惟昔三代隆，政教日月明。

上行下斯效，时雍四国匡。

周道已陵迟，功利说猖狂。

吁嗟彼暴弃，怠放罔自强。

亚圣悯斯切，指示此心良。

恻隐及羞恶，辞让是非彰。

凡民莫不有，贤者能勿丧。

此乃道之端，何曾待商量。

充之道斯有，蔼然覃八荒。

譬如寸苗稚，参天竟苍苍。

圣祖宗盟涣，斯文属亡羊。

遗经虽徒存，坠绪转茫茫。

秦火汉黄老，金狄随跳梁。

虚谈习自晋，词赋盛于唐。

天启兹宋室，五纬聚煌煌。

硕儒时勃兴，六籍爰表章。

奈何矫过直，主静其说长。

乃曰性即理，方寸万象藏。

其初真而静，灵明具五常。

利欲汩厥天，明镜翳之光。

用工自是异，唯要祛其障。

先子凤耽学，抱椠教家乡。

壮岁穷理奥，精微析毫芒。

恍然疑其非，将升邹鲁堂。

幸赖天之灵，发挥说亦详。

嗟予尝趋庭，肤学愧面墙。

徒尔述遗训，庶几传书香。

入江若水（1671—1729）

　　入江若水，名兼通，字子彻，号若水、栎谷山人。摄津富田（今大阪府）人。曾经商，中年后乃致力于诗。江村北海《日本诗史》称其："少时好游狭邪，资产荡尽。于是愤激读书学诗。后着山人服，携诗囊，游放诸州……是以'江山人'诗名显著四方。最后结庐京师西山，称'栎谷山人'，日与天龙寺僧徒往来唱和。"若水曾学诗于鸟山芝轩，其与僧人唱和之作辑为《西山樵唱》，并请荻生徂徕、服部南郭及朝鲜申维翰作序。诗好唐诗格调，然江村北海评："其诗颇肖宋陆放翁。"有《西山樵唱》。

七夕

银河耿耿月华低，天上佳期望欲迷。
鸟雀成桥何处是，二星隔在水东西。

月下闻笛

吹在高楼明月中，声声裂石逐清风。
夜深曲罢人安去，万里关山冲塞鸿。

梅雨访僧人

五月前村梅熟时，阴云垂野雨丝丝。
偶过竹苑消清画，禅悦犹参王版师。

白槿花

篱落争开白玉英，污污晓露有鱼清。
纵然占断三秋绝，其奈金风一日荣。

春日访诗仙堂

草堂依岳麓，花竹足风烟。
梁引双双燕，壁描六六仙。
书残多蚀字，琴古自无弦。
欲吊征君墓，扪萝陟翠巅。

上巳泛舟望岚山花

溪上寻春日，山阴修禊天。
枝低临绝壁，花寮荫飞泉。
泛水触鱼网，飘空落酒船。
何须问源去，觞咏乐如仙。

夏日社集

六月山中社，乘凉客何簪。
沉瓜嫌水浅，置酒爱林深。
新竹千竿绿，高槐百亩阴。
何输河朔兴，斟酒共披襟。

罗汉树

灵根何太奇，变化应真姿。
春云秋来处，花飞果结时。
三衣藏细叶，独脚立高枝。
曾受鹫峰莂，累累不爽期。

雪后迎客

晓起推窗霁雪堆，寒光随处灭浮埃。
隔林声响恐应竹，渡水香来知是梅。
玉宇璇阶人伫立，琼沙瑶草鹤飞回。
轻舟咿轧门前港，宁使王郎归兴催。

千里镜

双眼临时镜样光，谁家余巧接筒长。

长房缩地何为异，曼倩窥天也不妨。

千里遥岑来咫尺，五胡远水现寻常。

晚晴擎出登楼客，渺渺云烟是故乡。

送惺惺大师之东武

大道圆融无所妨，袈裟应召见贤王。

风霜客路总辛苦，山水官亭问短长。

碧眼胡僧分骨髓，黑衣宰相让文章。

此行前路缘何事，黼黻微猷般若光。

西山卜居

城西十里避尘缘，卜筑溪边第数椽。

门外谁曾栽翠柳，竹间本自引清泉。

群峰竞秀连崖寺，一水中分入野田。

日日行吟诗是业，烟霞痼疾未全痊。

梁田蜕岩（1672—1757）

梁田蜕岩，名邦美，初名邦彦，字景鸾，小字才右卫门，号蜕岩。出生于江户（今东京都）神田。初从林门人见竹洞学，十八岁时随山崎暗斋著书，旁学韩柳诸家之文。元禄中仕加纳侯（今岐阜县），为藩主世子讲授四书、通鉴等，后因病致仕，侨居江户清贫度日。此前竹洞曾将其引荐于新井白石，白石一见而深奇其才，所写诗文必亲视之，赞为可见心底之作。又与室鸠巢、三宅观澜、安积澹泊等交，才识渐长。时人多尊仰其气魄，谈兵说武则议论慷慨，扼腕按剑，世称"霸儒"。四十八岁后仕播磨（今兵库县）赤石侯松平家，得厚遇，诗名卓著。江村北海弱龄时曾与之有忘年交，评其诗曰："天才巧妙，前无古人，后无继者。"蜕岩诗风刚健，言词隽永，和新井白石、祇园南海、秋山玉山并称"正德四家"。有《答问书》《蜕岩集》。

题庄子像

为蝶无庄周，为周无蝴蝶。
画中两俱存，是非终喋喋。

九日

琪树连云秋色飞，独怜细菊近荆扉。
登高能赋今谁是，海内文章落布衣。

秋夕泛琵琶湖 其一

湖北湖南暮色浓，停篙回首问孤松。
沧波两岸秋风起，吹送叡山云里钟。

杂咏 选二

道学先生迷道学，风流才子醉风流。
山钟惊破二家梦，万壑云收月满楼。

痴猿烦臂水中月，瞎马信蹄岸畔花。
寄语空门诸慧衲，莫将猿马误生涯。

和山萝城见寄

浪华佳丽地，市隐此栖迟。

芦荻洲前月，梅花曲里词。

腐儒徒叹老，薄技敢争奇。

何日逢山简，倾囊当酒资。

暮春竹馆小集

筼筜之谷有楼台，极目南天海岛开。

日暮青牛关外去，潮平彩鹢雾中来。

却怜芳草留车辙，坐觉残花劝酒杯。

春色年年看不厌，莫教意气作寒灰。

读无染尊者画鸡行有感赋赠

扶桑之山有三鸡，金承玉声石继之。

石喙一号天下应，日轮展海烟雾披。

嗟乎神物不可得而见，蜀高荆矮各有宜。

仙窟桃花流水岸，驿路茅店残月埘。

朱冠露湿倚修竹，锦翼沙暖拂游丝。

叔世无复纪渻子，呆呆漫付五百儿。

恨使髦士草斗檄，骄而恃力羊沟危。

尚德怜才今谁是，俨然无染大禅师。

一观画鸡深感叹，走笔金屏题新诗。

诗成扬翘喷生气，墨华添彩益淋漓。

法中严距坚于铁，能知其雄守其雌。

阳春白雪天籁发，鹤猜犀伏不敢窥。

吾栖儒林七十载，了了劣于钨健时。

饮啄因人素餐久，每误报更屡忸怩。

不羡陈宝二童瑞，不羡骏骹五色奇。

安得精心妙觉一如宋家鸟，细谭元理相逐随。

三宅观澜（1674—1718）

三宅观澜，名缉明，字用晦，号观澜、端山，通称九十郎。京都人。大阪怀德堂创始人三宅石庵（1665—1730）之弟。天资聪敏，初从浅见䌹斋学，后入木下顺庵门下，尤以善写文章著称。仕水户藩时参与《大日本史》编纂，自编修累进修史馆总裁，执笔楠木正成、新田义贞等人的重要传记。正德年间（1711—1716）得新井白石推荐，获幕府重用。观澜文笔流丽，史眼与文才兼备，诗多入格。有《中兴鉴言》《观澜集》《观澜余谈》《萍水集》。

松宇小集

桃花无语倚篱笆，烟坞西头数暮鸦。

银烛不摇深院雨，胡琴一曲说平家。

和碧于亭春兴

炉底余香扑鼻微，远林花落雨将飞。

筑峰罩在烟波上，一点春愁雁北归。

冬闺

乌鹊南来啼数回，隔纱枯树月徘徊。

高风一阵征人远，挑尽寒灯拔尽灰。

祇园南海（1677—1751）

祇园南海，名正卿，后改名瑜，一名贡，字伯玉，又字履、昌斌、汝珉，号南海，别号蓬莱、铁冠道人、箕踞人、观雷亭，俗称与一。纪州（今和歌山县）人。其家业医，年十六入木下顺庵门下，以诗才敏妙见称。十七岁时即可一夜作诗百首，有客不信，命其席上亲题，自中午至夜半，饮酒谈笑间已写百首，且并无一首蹈袭前意，自此远近闻名。其师木下顺庵有诗赞其"百篇终不日，行看任斯文"。南海于雨森芳洲寓所，即席赋七律《边马有归心》，新井白石赞其"雄浑悲壮，可任后来之诗文也"。后出仕本藩儒官，坐事遭贬，未久召还，时常参与接待朝鲜通信使臣。南海诗重格律，好仿明代台阁体，然用语趋于雅范，流畅清丽，气势恢宏，从格调与古文辞中蜕化提出"影写说"，是为个人在诗学上的创见。江村北海《日本诗史》说："余按我邦诗，元和以前，唯有僧绝海；元和以后，渐有其人，而白石、蜕岩、南海其选也。"可见其与新井白石、梁田蜕岩在当时并为诗坛大家。朝鲜国制述官李重叔有评："观其（南海）学成后所作，皆清婉浏亮，大得诗家格律。"南海亦工于书画，享保二年（1717）在《题白石源公垂裕堂诗后》中云："予些读唐诗，于贞观以来应制台阁之诸作，喜之尤深。"有《南海诗集》《南海文集》《江南竹枝》。

赋得南浦送佳人

何人无离思，何处无离亭。

最怜南浦暮，春草更青青。

琵琶湖

琵琶湖上琵琶客，千岁知音不可逢。

烟渚无人明月落，夜风吹入一株松。

捣衣诗

谁家少妇惊秋梦，玉杵夜寒捣练用。
夜夜凤城月色高，朝朝燕山雪花重。

中秋游明光浦

明光浦上月明光，露湿桂花细雾香。
城里管弦十万户，不知渔唱在沧浪。

萤火虫

孤飞长信殿，万斛景华宫。
夕饮芙蓉露，晓流杨柳风。
只应伴岑寂，何必上青空。
随意清池上，高低西又东。

博多归帆

霸台高舶凑，中屿福山邻。
歌馆偏宜月，酒楼别有春。
归帆悬落日，远棹指云津。
为问扁舟子，陶朱今几人。

枫叶带霜

铅光催玉女，丹树促青枫。
银渚露初结，锦川霞欲浓。
半林知背日，一叶惜因风。
怅惘吴江上，波头昨夜红。

田子信寄书问生计答以诗

望拜坛边贵水渍，孤松为友鹿为群。
地连熊野远临海，窗对龙门常锁云。
樵路围棋逢橘叟，石田种药学桐君。
生涯应付一杯酒，依旧犹成无用文。

咏怀

少小远游才气雄，青袍白马醉关中。
美人舞罢邯郸月，壮士歌寒易水风。
一掷千金惟有胆，百年五尺敢言躬。
书生未必老糟粕，请看剑华冲白虹。

春日客怀

昨夜东风入玉关，天涯离恨日不闲。
鸟声春昼愁中雨，客思家迷梦里山。
一路桃花闻不语，孤城鸿雁看将还。
凭栏谁识吟哦苦，十里池头芳草间。

边马有归心

远逐将军度雪山，九秋大漠剑华间。
胡尘四起风悲塞，羌笛一声月照关。
却恨曾逢伯乐顾，长伤未得秣头闲。
沙场几岁催毛骨，何日华山休战还。

金龙台

忽倾三百杯，直上金龙台。

不穷千里目，何消万古哀。

下视天下士，贤愚混尘埃。

名利良微物，钟鼎非我才。

匹夫抱璧良其罪，祸福徇人因自媒。

朝取封侯夕菹醢，蹑珠之客为谁来。

牢耶石邪何累累，土山渐台作死灰。

况复我生非松乔，白日西飞难再回。

百年开口一大笑，身后鸿名何在哉。

当歌意气乍奔逸，傍人莫怪玉山颓。

唯愿手弄云间月，万古千秋照金罍。

释大潮（1678—1770）

释大潮，俗姓浦乡，名元皓，字月枝，法号大潮，又号松浦、鲁寮。肥前国松浦郡（今佐贺县）人。元禄二年（1689），赴长崎游学，师从杭州儒者国煕（思靖先生）习儒学、汉诗文。元禄五年（1692）至宝寿山龙津寺拜化霖道龙禅师，后依黄檗四世独湛性莹（1628—1706），往来于京畿之地。正德元年（1711）赴江户，于此地滞留约八年。大潮钻研禅道，兼习佛法，引萱园学风，反对朱子学陈腐之气，时以诗文与服部南郭、太宰春台、山县周南等交游唱和。宝历五年（1755）开甘露山长渊寺，宇野明霞、龟井南冥、释大典等硕儒名衲均出其门下，后受佐贺藩之聘。大潮擅七律、七绝，其诗结构精练，抒情细腻，用典准确得当。江村北海《日本诗史》载其"博览宏识，禅余之暇，好词章。诗名与释万庵相齐"。有《鲁寮诗偈》《鲁寮文集》《松浦诗集》《西溟余稿》。

秋望寄海南玄长老

中庭散步影氄氄，桂子缤纷落古龛。

龙津寺里看明月，一夜秋心到海南。

卖茶翁

河上湘帘摇午风，卖茶却胜住山翁。

生涯但有长流水，逝者如斯趣不穷。

七夕值雨爽然成章

一雨林亭树色生，香炉枕席并余清。

炎云敛伞梧桐落，爽气穿帘熠耀行。

天上双星今夜合，人间孤客几秋情。

南方未做登楼赋，长笛谁吹折柳声。

桂山义树（1679—1749）

桂山义树，名义树，字君华，号彩岩，又号霍汀、天水渔者。东都（今东京都）人。"甲斐之虎"武田信玄（1521—1573）第三子（名葛山信贞，其子义定改姓"桂山"氏，日语中"桂"音近"葛"）之后。幼年聪慧，及长学于林凤冈（1644—1732）门下，精究理学，尤长于辞章。室鸠巢称"其行敦笃而其材宏大"。平生不苟交，唯与梁田蜕岩、高濑学山、中村兰林友善。荻生徂徕曾作书就程朱之学疑义与之辩难，不意答复。元禄九年（1696）得林凤冈推荐，任幕府讲官。宽保三年（1743）参与重订《武德大成记》，官至书物奉行，得幕府特许览秘府书。善草隶、精乐律，临终遗言曰："我无德学，又无官绩，勿建碑。"有《彩岩集》《东韩事略》《琉球事略》。

八岛怀古 其一

海门风浪怒难平，此地曾屯十万兵。

金镝频飞鱼鳖窟，楼船空保凤凰城。

宋帝遗臣迷北极，周王君子尽南征。

不识英魂何处所，月明波上夜吹笙。

太宰春台（1680—1747）

太宰春台，名纯，字德夫，号春台，又号紫芝园，通称弥左卫门。系战国著名谋臣、织田信长之师平手政秀（1492—1553）后裔。信浓饭田（今长野县）人。父名信辰，仕饭田侯，食禄三百石，致仕后移居江户。春台为人严毅，进退必守礼，早年仕但马出石侯松平忠德，后赴京都游学数年。时徂徕倡古学，经安藤东野介绍入萱园门下。春台得徂徕古文辞之学，文章、经术之名卓甚。坚辞诸侯礼聘，甘于清贫度日，晚年于东京砾川筑紫芝园，因以为号。诗文论主张与徂徕多有抵牾，对"李王"（李攀龙、王世贞）为代表的明七子古文辞有所批驳，不认同萱园派对明诗的一味鼓吹，反对徂徕"辞法兼备论"，主张"重法胜于辞"。诗论推重严羽《沧浪诗话》，主"境界说"和"兴趣论"。徂徕去世后，春台成为萱园学派在经世学方面的代表人物。有《论语古训》《春台弁道书》《圣学问答》《六经略说》《紫芝园漫笔》《春台文集》。

早起

高树犹残月，无风露满天。

晨钟听不尽，叩齿漱寒泉。

梅童子墓

阿梅遗恨满江滨，四尺孤坟杨柳春。
春色不随时事改，至今犹似少年人。

观傀儡

东舞南歌巧阅奇，机关不肯使人知。
看来世事浑如此，莫笑周王怒偃师。

悼忍海上人

流转无常梦幻身，百年可惜落花春。
别来一月闻消息，昨日同游今故人。

示折花人

园里春残恨有余，新枝着尽旧枝疏。
莫言草木无情物，老父无情却过渠。

登白云山

白云山上白云飞，几户人家倚翠微。
行尽白云云里路，满身还带白云归。

稻丛怀古

沙汀南望浩烟波，闻说三军从此过。
潮水归来人事改，空山迢递夕阳多。

浪华

淀水汤汤拂曙流，海门巷口敞清秋。
四衢大道嚣尘起，万雉高城旭日浮。
鼎食千家藏白璧，弦歌几处发青楼。
朝来西北堞回望，武库山遥爽气稠。

冰上留别野添方叔

田麦青青悬路斜，思君重入旧烟霞。
兴来频著登山屐，独往时乘下泽车。
桃李园中怜夜色，简编堆里惜年华。
今朝又是樽前别，肠断春风吹柳花。

自嘲

杰然清世一遗民，浪迹江湖似隐沦。
冉冉颓龄同犬马，翩翩才调逐风尘。
居恒简傲思狂者，迟暮寒微背故人。
扣角康衢夜歌罢，可怜英气郁经纶。

镰仓怀古

穿山涉水苦相寻，今日扶筇行且吟。
露下鹤冈华表旧，云归龟谷树阴深。
地形磊落英雄略，兵气摧残亿万心。
父老幸能谈故事，几人回首又披襟。

代人赠韩客

大邦使节气凌霄，昨日城门四牡骄。

汉代贤良元磊落，梁园宾客岂萧条。

千秋近对芙蓉雪，万里遥通渤海潮。

倾盖羞无束帛赠，木瓜尚尔觅琼瑶。

神巫行

宕邱之山郁崔嵬，朝云暮雨去复来。

宕邱巫女何姣丽，弱质婀娜倚高台。

长者二十少二八，恰似芙蓉并蒂开。

金钗玉簪罗衣裳，瑰姿玮态极容光。

耀若白日照屋宇，皎若明月临池塘。

联娟双眉不待画，花颜岂假红粉妆。

眄睐已含无限意，一顾断尽万人肠。

倘遇吴王便倾国，即入汉宫定专房。

清歌妙舞真绝伦，起云行雨信有神。

城中纷纷祷祠者，投与金币如埃尘。

那知蛾眉能伐性，况复尤物尤伤人。

须臾神升歌舞休，美人归去不回头。

阳台梦觉无消息，依旧云雨绕宕邱。

富逸 （生卒年不详）

富逸，字日休，号春叟。有《樵渔余适》。

喜醉竹老师见访

索莫秋深夜，喜君访草堂。

孤灯人影淡，丛竹雨声长。

衣冷耻无酒，心清适有香。

闲谈不知晓，啼鸟在林庄。

安藤东野（1683—1719）

　　安藤东野，先祖姓泷原氏，本姓藤，名焕图，字东璧，号东野，后为江户安藤氏之养子，遂改其姓。先师从中野为谦，不久后又入徂徕门下，自此发愤图强，正德二年（1712）仕于柳泽侯并受其优待。据《东野遗稿》中所载，东野提出过"诗以修辞，书以达意"的主张，与徂徕的观点一脉相承。又云："与县孝孺诸子，筑坛除毕，授牛耳茂卿。孝薯载书，不俊捧盘，歃血而盟之，孜技今业。"服部南郭在《徂徕集》中亦有言："吾家之学日兴，从者益盛，遂至海内靡然乡风。吾党至今以二子羽翼，传为称主。"后东野因病辞官归家，英年早逝。徂徕为之悲痛不已，曾感叹之"假之以年，岂不佞之所能及哉"，"其人慧以敏，古文辞过我"，足见对东野之爱重。徂徕尚特意嘱咐其弟子收集其遗留诗文，终成《东野遗稿》存世，于元文三年（1738）刊行，距东野去世已近二十年。其墓志铭由服部南郭亲撰，师门共十七人一起为其立墓刻碑。有《东野遗稿》。

子夜吴歌

唯悔别郎日，与郎指逝川。

妾心长若此，妾貌不能然。

止酒因简诸子

百啭黄莺欲笑人，东风休送一杯春。
谁知昨夜城门火，烧却先生漉酒巾。

寄人

去年雪里含愁别，独坐今朝梅送香。
只有音书慰遥念，每闻鸿雁立斜阳。

白山杂咏

不知玄渚钓，结宇白山阴。
三径酒家熟，四邻花木深。
农桑从客告，诗句答虫吟。
世路悠何限，生涯绿水琴。

呈朝鲜李东郭学士

闻说天官奏客星，果然旌节绝重溟。
定应三老占箕轸，欲问十洲泛荇萍。
侧弁悬藜光彩鉴，掇翰丛桂馥骚经。
纷纷却受长平谒，东郭先生绶早青。

题金华幽居

长歌自比楚人狂，渔户街中此葆光。
扑几风尘知紫陌，倚窗书剑见青囊。
匏尊机息人争席，彩笔援来客满堂。

和璧只今宁自献，却羞贝锦早成章。

牛门同观万庵禅师与人诗次韵却寄

高枕何人得似君，岧峣鹫岭此离群。
危楼秋俯千帆雨，大海朝分四壁云。
路阻双林殊未入，诗成十喻但空闻。
遥怜红树吴江色，岸帻谁看白日曛。

化城高据海天开，无那风尘不一陪。
冯阁贾帆过磴去，卷帘惊浪吐山来。
潮音近绕安禅室，花雨争零说法台。
秋色偏知薜衣好，看吾雁塔署名回。

梦满匡庐百尺楼，侧身西望白云愁。
衣珠晓挂林间月，海雾朝迷天际舟。
人道虎溪辞酒客，谁知彭泽爱缁流。
秋声猎猎菰蒲动，或恐山阴有子猷。

孤儿行

孤儿生，孤儿夭，天命何迍邅。
父母存日，啖旨甘，着纯绵。
父母已去，兄嫂令我于田。
日中负粪，溉灌陌与阡。
薄暮归来，不敢早就眠。
餐饭不精，麦芒刺咽。
大兄言绚索，大嫂言汲泉。

上高望默诉，父母下望孤儿，泪流如川。

使我夜行分隧，晓不得来归。

阪坻凹凸，霜霰被堤。

手不得申屈，足下为胝。

蒲伏寻水，水作凌澌。

澌滑履穿，颠倒水涯。

为生如此，愿从父与母地下游嬉。

北风劲，山木响。拔我屋墙，庭除荡荡。

使我乘屋，屋峻益强。飘我束茅，不知所往。

防之不得，修葺西隅，东隅益广。

不问所亡，愿莫更攘，兄与嫂仰骂我以杖：

"拮据一日，不修又敝，是何校计。"

乱日风吹一何蓬蓬，地下父母作书寄与风伯：

"亲兄既为狼，尔何为之傅翮。"

服部南郭 (1683—1759)

　　服部南郭，名元乔，字子迁，号南郭、芙蕖馆，通称小右卫门。京都人。年十六仕于柳泽吉保侯，学于徂徕门下，卓有诗才。南郭平素温雅，喜愠不形于色，门人弟子众多。徂徕殁后，成为萱园派名高一时的大家，俞樾《东瀛诗选》称其以七律见长，其诗气韵高古、辞藻丰赡，风格沉雄博厚，俨然少陵遗韵，为东国诗人中自成一家者。同门中太宰春台、安藤东野、山县周南、平野金华的墓志铭皆出其手。南郭为萱园派大家，尤主盛唐，排抑晚唐及宋元之诗。《南郭文集三编》言："汉魏六朝及唐风之盛，下至其季之萎，宋元之益枯，与明人旋复振起，商榷千古，纷乎不易论哉。"又推崇明代李、王七子等复古派，主张由明诗追盛唐，直溯汉魏六朝。《灯下书》云："晚唐成小刀细工，宋朝理胜而诗道坏，专述奇趣怪事，愈有趣愈贱恶。""明朝之诗，亦非一样。善学得唐诗之诗，宜朝夕讽诵。"推崇汉魏六朝，诗学唐明，《南郭文集二编》言："宋人之诗取诸古唐，古唐而非也矣。明人之诗取诸古唐，古唐而是也。"有《南郭文集》《绝句诗集》《唐诗选国字解》。

夜下墨水

金龙山畔江月浮，江摇月涌金龙流。

扁舟不住天如水，两岸秋风下二州。

暮春登山

桃李纷纷流水来，空山行尽傍溪回。

不知春色人间去，多少残花犹自开。

野望

独往离城市，郊回忽复幽。

天开山走塞，河尽泽吞流。

场稼豳风日，村歌尧野秋。

只今云梦猎，不事大王游。

九日赠徂徕先生

高卧谁惊佳节过，龙山风树晚嵯峨。

浊醪宁为萧条废，漫兴应缘感慨多。

僻地尺书疑万里，索居一水忆长河。

登临此日秋堪惨，彭泽黄花近若何。

送友人游宦长崎

万里楼船迥不迷，到时波稳夕阳低。
九州节制新开府，千古司存旧镇西。
自有越裳来翡翠，何劳辽海走鲸鲵。
幕中参佐推王掾，书檄须君手笔题。

经关原 选一

忆昔关山入战图，风云各逐指麾殊。
中原一虏窥神器，大国三军藉寇弧。
已见龙飞新宇宙，始知乌合散江湖。
即今四海归天授，不隔东西万里途。

寄周南县次公 二首其二

大国风流兴不孤，楼台何处海西隅。
凤箫月冷秋浏亮，龙剑星摇夜有无。
旧史倚相传五典，能文左氏动三都。
遥知更纵登高色，久识周南贤大夫。

偶成 五首其二

昌平桥北对城门，大路红尘浥雨痕。
朝野弦歌通日夜，王侯第宅满乾坤。
病来苦思休耽句，老去归心在灌园。
时结鼓刀屠市客，未须轻拟信陵恩。

镰仓怀古

相中吊古此盘旋，霸主楼台建久年。
雄略不终三世幕，远图唯有八州船。
马空窟里留寒影，鹤去冈头入晚烟。
行到琵琶桥上望，依然海岳媚春天。

旅怀

桥边赤水海潮通，垂钓萧条白发翁。
鸥鸟亦应驯岁月，鲈鱼原自足秋风。
一杯酒态浮云外，万里乡心落日中。
莫问步兵身后计，回头久已客江东。

难波客舍歌

八间楼上南去客，八间楼下北来舟。
问君驻舟自何处，东极江都西帝州。
问君此去向何处，难波风俗堪壮游。
城阙邑屋海云边，五方杂错万国船。
江南江北青楼女，到处随意拥花眠。
劝君鹦鹉杯中物，一杯一斗斗十千。
劝君行乐好自爱，明朝回首各风烟。

步出夏门行

步出夏门道，道傍逢神仙。
揖我欲俱与，扶我上游天。

恍惚从所之，乃在瑶池边。

王母戴胜冠，一笑何嫣然。

双成为我歌，飞琼舞跰跰。

傍有列玉树，光彩使人眩。

殷勤折一枝，手授长相怜。

小督词

汉宫明月为谁悲，中夜君王有所思。

帐外无人帘未下，金殿沉沉玉漏迟。

忽向阶前召当直，御史中丞臣仲国。

宠姬小督逃宫中，死生朝野无消息。

如闻潜匿在西郊，密诏今宵行物色。

垂泪殷勤授赐书，厩龙且给黄金勒。

御前直赴长安西，深夜行行骢马蹄。

野草茫茫人寂寂，月下扬鞭路不迷。

筚门圭窦多相似，何由妄意识幽栖。

忆昔合欢宫里宴，叨将吹笛充时选。

一时合奏宠姬琴，名媛妙声谁不辨。

今夕姬人对月明，定将玉轸寄遥情。

西落东村秋一色，唯闻唧唧草虫鸣。

最后仿佛龟山下，初疑风韵入松声。

徘徊稍觉变商调，送得长风怨且清。

按征复扬还幼妙，贯历中操次第生。

已辨当年纤手弦，分明一曲想夫怜。

昭君远嫁楚妃叹，孤鹤漫漫翼隔天。

认得柴门叩户扃，户扃不启琴声停。

良久侍儿开半面，推前排户立闲庭。

传诏天书骢马使，且报宫中今夕事。

自君不见九重愁，宸襟忧郁寝宫里。

愿得亲自承君言，归朝取信奏天子。

主人奉此心窃泣，谢使先赠锦袴褶。

疏帘风浅深闭难，月露荧荧近欲湿。

素书细写久迟疑，徐起隔帘前致词。

妾身谬受君恩重，欲陈嘘欷双泪垂。

葛藟从来依庇荫，私侍深宫人不知。

姬姜满殿怜憔悴，菅蒯盈筐耻麻丝。

太液泛舟观月夜，上林陪辇赏花时。

谁料疾风吹且暴，草微力弱畏先扫。

浮云郁郁雷殷殷，白日天恩终不报。

蝼蚁那惜此身亡，恐将妾故累君王。

自弃唯甘妾薄命，零落草茅长潜藏。

为我还闻圣天子，千秋万岁爱朝阳。

车马迎来勿复问，明朝且作北山霜。

堀南湖（1684—1753）

　　堀南湖，名正修，字身之，号南湖、习斋。近江（今滋贺县）人。堀杏庵曾孙，堀蒙窝之子，堀景山从兄，母为木下顺庵之女。从小继家学，师从木下顺庵。精《易》理，常演苏氏《易》说，善诗文，为木门诗派代表人物。元禄八年（1695）仕安艺（今属广岛县）藩主浅野纲长，曾奉命著《缩景园记》。江村北海《日本诗选》评其诗"清新奇发，警妙不少；但主意独造，规律多乖"。有《三云集》《周易小疏》《寓茗簧诗文钞》《皇朝百家论文钞》《习斋文稿》《安艺名胜志》等。

海云席上次某叟韵

石径寒潭畔，翩然下翠微。

野梅过雪吐，山鸟畏人飞。

闲计孤藤杖，老身一纸衣。

偶逢林客话，潇洒竹间扉。

泽村琴所（1686—1739）

泽村琴所，名维显，字伯阳，号琴所，世称九宫内。十四岁袭禄近江彦根（今滋贺县）藩士，在江户三年，后因心疾隐退回乡。藩制有心疾者削籍不得再仕，于是绝思官途，游学平安（京都），研究理学。在藩中时退朝则勤奋读书，朋类来劝以游戏，辞而不往。入伊藤东涯之门，居其学塾一年而归，后又改学徂徕学。于彦根城南松雨亭教授弟子。藩中士子多推尊宋学，琴所于此多讲授汉魏传注，史称"江东之学为之一变"，乃至农夫、奴婢无不知琴所。江村北海《日本诗史》评其诗清澹雅整，五言律最当行。有《琴所遗稿》《琴所山人稿删》《闲窗集》《军士要览》《彦阳和歌集》。

冬夜感怀

梦断山房夜更长，曾游回首感沧桑。

连床相对人何在，月照鹡鸰原上霜。

鸟山香轩 （1687—1729）

鸟山香轩，名辅门，字通德，号香轩、细香轩，通称孙平次、冈之助。京都人。鸟山芝轩之子，自幼继承家学，以诗闻名，诗风似其父。《浪华人物志》载其墓与其父之墓同所。有《香轩略稿》《香轩遗稿》《香轩吟稿》《和韩唱和集》。

淀河舟中

舟行三五里，帆影受风斜。

绿涨鸭头浪，白分燕尾沙。

山光笼野色，蓼叶杂芦花。

落日孤城外，炊烟和暮霞。

山县周南 （1687—1752）

山县周南，名孝孺，字次公，一字少助，号周南。生于长门国周南海北邑（今山口县），故号。父良斋仕长门侯，以硕儒身份得随左右。周南早年承家学，熟读四书五经，博览四部群籍百家杂说。十九岁时赴江户，师事荻生徂徕。其时徂徕倡修古之学，追随者盖寡。周南与安藤东野成为最早追随徂徕的弟子，堪当羽翼，后徂徕古文辞之学大兴，二子亦被公认为"称主"（即称首）。正德三年（1713）朝鲜使臣赴聘，至长门赤马关馆时，奉藩侯之命以文学之士身份参与接待，席间应酬敏捷、文采斐然，一举闻名。元文二年（1737）任藩校明伦馆祭酒，代督馆事。为学笃信徂徕古文辞，诗论从萱园门风，主唐明诗，推崇明后七子。有《为学初问》《侍讲注记》《周南先生文集》《周南续稿》。

题钓叟图

未遇周王出，还辞汉王归。

终年钓不得，生计初来非。

访涪溪隐者

青山余一路，茅屋傍溪云。

忽悟隐遁意，欲同麋鹿群。

东都喜北海君至

关门紫气自东开，大野风云荣戟来。

列国何人尤得士，三千珠履下高台。

碛中作

万里风霜夕转寒，沙中立马望长安。

长安宫阙高如日，水远山遥不可看。

徂徕先生与诸才子见过

城头春色花如雨，落日逢迎车骑停。

却恐汉宫惊大史，明朝百里奏文星。

玉江秋月

一碧琉璃凝不流，波光始白月盈楼。

笙歌忽入西风起，人住广寒宫里秋。

逾碻日岭

西登碻日岭，友顾吾嬬乡。

吾嬬渺无极，烟树带朝阳。

征马惨不进，行人忧且伤。

踌躇吊古昔，吾嬬不可望。

醉吟

英明空海内，骨朽竟何归。

大醉须如死，放歌莫自违。

灞陵将军马，秦邸故人衣。

应被塞翁笑，弃捐从是非。

月下怀友

山月有何意，当楼照寂寥。

惊人玉树响，送雁银河遥。

应作剡溪雪，宁无浙浦潮。

相思不想见，欢乐奈良宵。

哭滕东壁

中野哭君流涕沱，谁知身世共蹉跎。

斗边光尽双龙气，陇上悲余五噫歌。

商皋晚阴云暗淡，吴门夜色月婆娑。

可怜明日茂陵道，空问遗书使者过。

镰仓览古

湘水烟横返照明，关河空领霸王城。

海边驱石人先老，山上填溟鸟自鸣。

百里停云总杀气，一林高树皆秋声。

可怜孤鹤归华表，犹停此冈飞晚晴。

鸿鹄歌赠熊王

谁知鸿鹄志，且为燕雀行。

一朝青云上，搏击万里长。

一击北溟骇，再击南溟翔。

谁知鸿鹄志，且为燕雀行。

突起桑榆下，斥鷃与相将。

聊以保躯命，胡为自飞扬。

平野金华（1688—1732）

平野金华，名玄中，又名玄冲，字子和，号金华，谥文庄。陆奥（今青森县）人。幼年失怙，由舅父养育成人。初学医，后习儒，入荻生徂徕门下，长于古文辞之学，曾于常陆（今茨城县）任儒官，为"萱园七子"之一。金华性狂放，有侠义之气，被徂徕称为"千里驹"（如管教太严，恐将逸去）。其《早发深川》与服部南郭《夜下墨水》、高野兰亭《月夜三江泛舟》得徂徕激赏，并称"墨水三绝"。有《金华稿删》《古学范》《文庄先生遗集》。

别僧之常阳

今朝江北水，明日筑波云。

宁莫南来雁，相思各处闻。

江上歌

江上天如水，水清江月新。

渔翁鼓枻过，应访独醒人。

春日古河道中

关东千里大川通，驿树阴阴驰道东。

微雨花飞寒食近，人烟还在水烟中。

赠山僧

道断青峦人不登，草庵高倚白云层。

长藤古木春天暗，中有飘然爱马僧。

早发深川

月落人烟曙色分，长桥一半限星文。

连天忽下深川水，直向总州为白云。

蒲坂行

已深江南春，已来湘州雁。

雁莱无南书，阔马何其慢。

长是燕代客，淹滞复奚惯。

怀子迁

蹉跎自可怜，怜尔复亲年。

菽水聊封已，风尘独草玄。

诗君千古外，酒我一樽前。

义气偏相许，青天日月悬。

早行

驿树天将晓，长途匹马劳。

猿啼山月落，霜满戍烟高。

名俱从多病，愁非与二毛。

始知萧瑟气，秋色在吾曹。

秋日有怀江山人

零落交游白发年，人间浪迹各范然。

都门风雨百钱卜，城外云霞二顷田。

伏枕清秋丛桂下，思君明月海鸥前。

吾家长物当吾世，寂寞胡为在守玄。

哭徂徕先生

牛门春色自悲伤，海上风烟竟夕阳。

一代文宗溟渤外，千秋事业白云长。

尘寰新失凤鸾翼，天上何归奎壁光。

涕泪长含长别恨，招魂几断楚人肠。

古意

杜韦行乐转茫茫，珠履金鞭散咸阳。

王旅何人浮瀚海，戎衣几日限河梁。

边云红帐梦中暗，朔雪妆台掌上长。

横笛飘摇杨柳怨，随风吹尽绮罗香。

咏史

俯仰唯往昔，何物古之遗。

牛刀无所施，哲人多骈踬。

下僚岂其所，荣达非是避。

贾生绛灌愠，董生平津忌。

吾悲飞将军，数奇员其志。

吾慕刘更生，儒雅时如弃。

谁无万户封，或有属镂赐。

达哉吴门卒，百年其所肆。

濑尾用拙斋 (1691—1728)

濑尾用拙斋，名维贤，字俊夫，号用拙斋、拙斋，通称源兵卫。京都人。其家代代以书肆为业，曾刊行《桑韩埙篪集》。用拙斋继承家业，在京都开书铺奎文馆。又爱好诗文，师从伊藤仁斋，后转学徂徕学，时与入江若水交游。其诗直率自然，追步若水，颇有意趣。江村北海在《日本诗史》评其不足之处乃过于浅率。其人活跃于正德、享保诗坛，提倡唐明而排斥宋诗。诗论受《沧浪诗话》影响，主张禅道相同，崇尚诗歌的自然美，反对人工雕琢。有《熙朝文苑》《八居题咏》《用拙斋文集》。

访江山人

一路断桥外，孤村杏霭中。

柳垂前夜雨，花落暮春风。

白屋经年漏，青山与昔同。

浮生须痛饮，浅水月朦胧。

本多猗兰（1691—1757）

　　本多猗兰，名忠统，幼名驹之助，字大乾，号猗兰、南山、拙翁，谥长德公。猗兰之号，出自孔子于幽谷见兰而弹《猗兰操》之事。生于近江（今滋贺县）。战国时代，本多氏追随松平家（德川家康原姓）屡建战功，庆长五年（1600）关原合战后移居三河（今爱知县）西尾。元和三年（1617）大阪之役后，又举家移居近江的膳所。猗兰十四岁时其父本多忠恒（1656—1704，河内国西代藩初代藩主）去世，以次子身份袭位。享保四年（1719）任幕府大藩头。享保十七年（1732）转封伊势（三重县）神户藩主，从五位下伊豫守。延享三年（1746）退隐，闭门谢客，自号拙斋。曾师荻生徂徕习儒学，主唐、明诗，善诗文，长书画，为萱园派的代表诗人。有《猗兰子》《猗兰台集》《猗兰文集》《同二集》《同三集》《古言录》《西台会集诗稿》《兰台燕稿》。今人大沼宜规编著《日本汉诗翻译索引》载其《癸卯八月望对月予亡妾》《雨中偶成》《秋日忆故人》《题画》等诗。

题诚心院梅花

黄鸟相思游子情，诚心院里送春晴。

京东五百八十寺，正是梅花第一名。

秋夜

花前把酒恨春风，花尽风寒秋叶红。

一代宠荣兴废有，流年诗赋姓名空。

病来枕席伤霜露，梦断乡关叹燕鸿。

时听钟声传半夜，月轮停午片云中。

山根华阳 (1694—1771)

山根华阳，名之清，幼名久三郎，字子濯，号华阳。元禄七年
（1694）生于周防（今山口县）华浦村。初从伊藤东涯学古义学，
后拜山县周南为师，学习古文辞，曾向服部南郭请教。后任萩藩儒
官，并任藩校明伦馆馆长。其诗构思巧妙、超脱出尘。有《华阳文
集》《华阳文集附录》。

午睡

净簟明窗暑色空，偃然高卧领凉风。

功名那向人间觅，百载荣枯一梦中。

伊藤兰嵎 (1694—1778)

伊藤兰嵎，名长坚，字才藏，别号启斋、六有轩、柏亭、抱膝斋，
私谥绍明先生。京都堀河人。伊藤仁斋第五子，为"伊藤五藏"之
一。与其兄原藏最为人著称，人称"伊藤首尾藏"。兰嵎自幼继承
家学，博学多识，善文章，仕于纪州藩。为人举止端重，讲说音吐
朗畅，辩论明备，有真儒风范，其诗博大虽不及东涯，但气魄却在

东涯之上。享保中（1716—1736）曾任纪州德川家儒官。栗原信充《肖像集》有伊藤才藏肖像。才藏善书法，其手书可见于《含翠堂考》《名家手简》。有《绍衣稿》《绍衣稿拾遗》《左传独断》《书反正》《绍明先生全集》《明诗大观》《兰峓杂记》《兰臭编》。

偶作

天南天北相思情，岁岁年年违玉京。

海内文章今堕地，有谁更作凤凰鸣。

田中峭嵝（1695—1770）

田中峭嵝，名由恭，字履道，号峭嵝、凤泉，通称勘八。纪伊（今和歌山县）人，为和歌山藩儒臣。师事祇园南海，其诗精切混成，造诣颇高。曾与葛城蠢庵辑录、校阅其师学说，共同编成《南海先生文集》五卷。

秋居漫咏

秋色阑珊露变霜，龙钟仍试旧丹床。

朝修禽戏敲残齿，夕检龙方洗病肠。

楫水屐山行或止，哦花醉月闲犹忙。

百年能事一无有，自笑散人远帝乡。

大内熊耳（1697—1776）

大内熊耳，名承裕，字子绰，号熊耳，通称忠太夫。岩代（今福冈县）人。生于陆奥（今青森县）三春熊耳村，因以为号。熊耳远祖系百济明帝太子余琳，其后人得赐姓多多良，号大内，子孙遂以大内为氏。故熊耳于俗事一律称姓大内，临文时则称余姓。自幼嗜学，十岁丧父。十七岁负笈江户，初师秋元沧园，再师荻生徂徕，并至京都拜见伊藤东涯。赴长崎讲学十年，得李攀龙《沧溟先生集》，大喜而全部誊写，日日诵读。返回江户，于浅草讲学，市河宽斋曾从其学，名声渐高，得沧园推荐为肥前唐津藩儒。熊耳以古文辞学名世，为萱园派代表诗人。诗文受教于服部南郭，南郭评："熊耳文章刻意学沧溟，故肖之。方今秉笔拟李者众，而皆不能及。"熊耳亦十分推尊南郭，临文每以先生称之。善书道，内山香雪《名家书简》收录熊耳书简，可观其书法风貌。有《熊耳先生集》《熊耳文集》《熊耳文集后篇》《熊耳遗稿》《作文一班》《明四先生文范》《家世遗闻》。

当垆曲

垆头袅袅绿杨低，日日笙歌驻马蹄。
一曲不知为谁艳，春风唱起白铜鞮。

萱洲晴望

迟日雨余景，江城望不穷。
青山收宿雾，白水接晴空。
洲渚鸥群外，楼台蜃气中。
方知津市近，酒旆挂春风。

暮春墨水泛舟

迟日城东水，浮舟雾始消。
春流涵两岸，天影抱双桥。

晴鸟依沙戏，飞花随浪飘。

兴阑未回棹，醉逐晚来潮。

九日游德田氏赋时余寓平野大源精舍

河中秋色正悲哉，极目萧条平野开。

北郭树悬流水绕，南山雨歇片云来。

谁知落魄依莲社，独见殷勤泛菊杯。

今日因君为一醉，不须更上望乡台。

临海楼值雷雨

海上高楼百尺强，登临积水忽苍苍。

雷声击岸波涛激，雨脚渡江天地凉。

长啸倚栏乘逸兴，半酣飞爵发清狂。

不愁昏黑迷归路，行咏南山借电光。

松平君山（1697—1783）

松平君山，名秀云，字士龙，号君山、龙吟子、富春山人，通称太郎左卫门。本姓千村，其父为尾张藩士，后为松平家婿养子，故改其姓。然其本职为本草学家，所著《本草正讹》奠定了尾张本草学的基础。宽永十三年（1636），朝鲜使臣居住在性高院，松平君山于此接待朝鲜使臣，并与之互赠诗文。君山受德川幕府之命，分类收集从西洋舶来的草药，并在国内种植，一时间被誉为美谈。其弟子礒谷正卿在《本草正讹》序中还提及君山喜读《诗经》，八岁能诗，好盛唐之音，欲以盛唐追风雅之源，故其诗风类唐。当时，尾张藩古学分两派，一派以君山为主，主张博览群书；另一派则以细井平洲为主，主张务实。而君山却推崇平洲，并有诗赠之，可见君山胸襟之宽广。君山学识渊博且善于诗，又转益多师，综研诸子百家，成一家之体。君山仕尾张藩时致力文化事业，搜求图书，兴建学堂，推广德化，其门人堀田恒山、冈田新川、千村鹅湖皆有才名。有《乐府寻源》《弊帚集》《孝经直解》。

首夏郊行

随意进轻策，偏探野趣长。

望中皆绿树，何处觅红芳。

麦秀云连陇，蒲肥水满塘。

桐花村落外，聊复见春光。

烟雨村

烟雨前村暗，登楼望欲迷。

烟光连雨远，雨脚带烟低。

花似水中影，鸟如笼里啼。

空蒙难辨处，淡墨画成齐。

夏日游山寺

红尘不到梵王家，山屐乘凉藓径斜。

竹里悬泉溅石发，松间落照映葵花。

瑶琴弹罢云窥户，玉麈谈余僧献花。

悔向世途冲炎热，十年踪迹负烟霞。

流萤篇

清夜追凉上水楼，楼前忽见萤火流。

谁道眇身生腐草，熠熠含辉著帘钩。

薰风飒飒吹不已，冷焰高低更相倚。

妆点菱花明似镜，穿过杨叶疾如矢。

杨叶菱花太液边，飞来飞去照绮筵。

越女争扑轻罗扇，银烛明珠空妒妍。

独有幽人守陋巷，十年伴汝照诗书。

诗书读罢人不识，更怜萤火来起予。

雀罗篇

叹雀罗门外，无人感慨多。

百年荣耀一场梦，其奈今朝寂寞何。

纡青拖紫何处客，乘势起家两千石。

平明飞鞚入彤闱，几人望尘追马迹。

一朝失势坠青云，飞鸟铩翼鱼脱鳞。

长衢日暮独归处，故旧相看如路人。

炎炎威去谁炙手，游子行歌不回首。

君不见翟公题门绝送迎，一贵一贱见交情。

宇野明霞（1698—1745）

　　宇野明霞，名鼎，又名士新，小字三平，号明霞轩。京师人。出身商家，家境优渥，然明霞不好商贾，与其弟士朗另居别处，闭户刻苦勤学。平生不畜妻妾，因体病常感不适，故杜门谢绝世事。

曾师向井沧洲习章句，又从释大潮学。明霞初崇徂徕经学文章，好李、王古文辞，令其弟士朗从徂徕学，江村北海《日本诗史》认为京都徂徕之学始自明霞。后逐步与徂徕意见相左，乃至事事反对徂徕。《先哲丛谈》载："士新于徂徕，著论语考，痛纠其谬误。或至谓如是果孔子之罪人也，先王之罪人也，天下之罪人也。"可见明霞虽为徂徕古文辞学后进，然亦批其谬误。徂徕去世后，明霞撰祭文哭诗褒扬之，可见实则心醉于徂徕之学，故卑下之以刻意争胜。明霞诗风格老成，格律精细，然微病神韵游离、变化不足。友野霞舟在《锦天山房诗话》评明霞诗"虽乏华彩，句格老成，绝无铅粉之伟，亦自一时之杰"。江村北海《日本诗史》亦评："其诗纪律精详，一字不苟下。遂能以此建旗鼓于一方。盖亦词坛雄。""其诗亦得之苦思力索，是以规度合而变化不足，声调匀而神气离。"有《明霞遗稿》《左传考》《论语考》。

送人游大和

五几名胜古皇州，词客千年载笔游。
芳野山深长谷静，知君到处兴逾幽。

奉和大潮禅师见寄

一曲悲歌泪数行，谁怜逸气为谁扬。
未将秋壑供游迹，欲避风尘入醉乡。
明月梦悬沧海远，白云心住洛阳长。
因君忽解人间道，不谓波澜似吕梁。

奉寄物先生

才华新照日东东，经学兼传见国工。
治世音从门下盛，大王风借笔端雄。

时名难著潜夫论，朝议堪裁白虎通。

海内少年多俊杰，不言西蜀有文翁。

煮茗歌

衡门客去秋夜长，红炉煮茗爱清香。

阴蛩吟绝秋将尽，高树风空夜未央。

窗前明月影渐没，转闻炉上松风狂。

松风袅袅狂且细，也堪相和弄笙簧。

清高便拟山中相，时见浮浮白云扬。

此物有权兼有力，未问神仙金玉浆。

却笑当时陆鸿渐，著经著论事何忙。

独坐自斟还自饮，饮罢犹自玩遗芳。

忘却心中不平事，五更灯火对空堂。

杉信生（1699—1768）

杉信生，字子适。但马（今兵库县）出石人。平生以行医为业，曾师伊藤东涯，其诗用典对仗颇见功力。

九日

书剑飘零叹远游，登高此日倍离忧。

几家绿酒龙山饮，何处黄花栗里秋。

江上形容空老病，城中风雨自乡愁。

谁知异客思亲切，起向天涯回白头。

宇野士朗 (1701—1731)

宇野士朗，名鉴，字士朗、士茹，通称兵介、龟千代。京都人。与其兄宇野明霞友爱，皆不喜商贾业，辟族别处，不畜妻妾，日夜闭户勤学，二人学识不相上下，并称"平安二宇先生"。其兄明霞因病不能远游访学，乃遣士郎问学江户，师事荻生徂徕，与山县周南、服部南郭、平野金华辈相交，为人和厚。士朗擅绝句，七绝极佳，《丹丘诗话》载："吾（芥川丹丘）友宇士朗谓绝句者，谓一句一绝，律诗句句联排，绝句不然。故绝句对律诗称耳。"江村北海在《日本诗选》中赞其"殊有妙境"。有与兄明霞合著之《春秋左氏传考》。

访隐者不遇

独立柴门久，前峰挂斜照。

松风岭上来，疑是先生啸。

睡起

北窗高卧至南柯，窗下清风梦后多。

半醒未觉身非蝶，更欲乘风花上过。

送人还山

旧业空山里，掉头出帝城。

千峰黄叶积，一路白云迎。

诗卷时名过，泉声昼卧清。

谁知临别语，不复世中情。

小栗鹤皋 (1701—1766)

小栗鹤皋，名元恺，字子佐，号鹤皋。若狭（今福井县）人。师从柳川沧洲，系木门诗派代表人物。诗学"明七子"而又自有所得，以景物描写出众。江村北海《日本诗史》云："鹤皋少时有故，客寓于张，尔时变姓名，称佐佐木才八云。"今人大沼宜规编著《日本汉诗翻译索引》载其《雁》《秋夕》《同诸子登后濑山》三首。

雁

蒹葭萧瑟楚江渍，一夜西风送雁群。
皎月如霜天似水，分明写出数行文。

秋夕

一叶西风万里秋，疏帘夕卷倚江楼。
天销薄雾清如水，月上高林曲似钩。
桑柘村昏人迹绝，莱葭渚迥雁声流。
平居不是思莼客，满目萧条暗起愁。

谷麋山 (1701—1773)

谷麋山，名鸾，字子祥，号麋山，通称左仲。阿波（今德岛县）人。以儒医为业，曾师伊藤东涯，系阿波儒学名家，松浦德次郎编《阿波名家墓所记》载其墓址于今京都龙安寺灵光院内。大沼宜规《日本汉诗翻译索引》录其有《谷氏助字解》《芙蓉诗集》《乐府日新》《皇明世说》《皇明续七子诗选》《太白诗选》《论语玉振录》。

僧院

一径遥通山水涯，藤萝绵绵挂松枝。

老僧礼佛烧香处，岭上白云无尽时。

山窗夜雨

松风吹雨入孤亭，灯火灭明夜色青。

旅思天涯深若海，萤照寂寥度疏棂。

秋山玉山（1702—1763）

秋山玉山，名仪，一名定政，字子羽，号玉山、青柯，通称仪右卫门。丰后鹤崎（今大分县）人。本姓村上，后称中山氏，过继为叔父肥后（今熊本县）藩医秋山需庵养子，稍长后随舅水足屏山（养母之兄）学习儒学。十九岁时，由藩主灵云公擢拔为儒员，入昌平黉林凤冈门下受学十年，得凤冈信赖，常代为讲学。归藩后任藩主侍读，得数代藩主宠遇，藩校时习馆创立时以为督学，秩禄二百石。宝历十三年（1763）年冬，卧病旬日，临终前手书大字"清镜无底，冰月似我"。玉山学问该博，诗名尤彰，认为诗乃"六经之和"，主张经学与诗文的调和，诸体中特擅五七言古诗、绝句。与服部南郭、高野兰亭、泷鹤台等名士交结，所作乐府诗名篇《鸿门高》、《骷髅杯行》（该篇与高野兰亭相关，后世被久保天随评为"第一等杰作"）一时脍炙人口。有《玉山诗集》《玉山遗稿》。

望芙蓉峰

帝掬昆仑雪，置之扶桑东。

突兀五千仞，芙蓉插碧空。

夜闻落叶

千林霜叶夜飘零，萧瑟秋声不可听。
梦里忽疑风雨至，开窗残月满中庭。

咏砑碟镜

砑碟银云镜里清，三余事业待君成。
夺将虾目五行下，读破蝇头万卷轻。
映雪孙窗同的烁，看花韩苑已分明。
还疑太乙青藜照，天禄当年刘更生。

横井也有（1702—1783）

横井也有，名时般、孙右卫门，别号素分、野又、知雨亭、暮水、并明。尾张名古屋藩士。享保十二年（1727）其父横井时衡去世，继承家督，历任大藩头、寺社奉行等藩内要职。宽延三年（1750）因病辞职。宝历四年(1754)依愿致仕。后卒于草庵。也有精通武艺、儒学、俳文、汉诗、和歌、狂歌、茶道，有俳文集《鹑衣》，又有《笋隐编》《也有翁戏作》。诸事迹见于《横井也有年谱》《俳坛伟人横井也有》《日语新辞林》。

新年戏作

高卧迎年一老夫，春风几见入庭芜。
书窗古砚摩娑戏，钝物能全汝与吾。

春日偶成

树竹逢春旧隐栖，清贫聊慕浣花溪。

画牛优劣谁能辨，失马悲欢人更迷。

药坞携锄风始暖，梅窗掩卷日将西。

自怜酒量随年减，才到三杯醉若泥。

奥田士亨（1703—1783）

奥田士亨，名士亨，字嘉甫，小字总四郎，后改清十郎，号三
角亭，又号兰汀、南山。其祖先原为丰原豪族，后迁至伊势栟田川畔。
享保十四年（1729），于京都与宰相五条为范，大儒伊藤东涯、伊
藤宜斋等咏象，并编有《咏象诗》。诸事迹见大正四年（1915）三
重县编《先贤遗芳》。有《三角亭集》，校《新刊用字格》。

九月望

摇落西风木叶鸣，萧条四壁老虫声。

天街扫却纤云影，秋月独余千里明。

褐短常忧霜露冷，官闲幸守箪瓢清。

方闻砧杵夜深捣，双泪谁堪桑梓情。

田革（生卒年不详）

田革，字半臧。有《临川集》。

题安国寺壁

寂寞老禅境，林峦欲暮秋。

疏岚侵佛阁，坠叶响钟楼。

壁古字犹在，溪回水自流。

徘徊人不见，更觉此生浮。

乙巳元日示诸僚

金城彩仗拥东曹，暖霭苍苍映曙袍。

淑气潜追花气动，春声更入雨声高。

正知节物称人意，却觉年华上鬓毛。

借问诸僚新杰作，朝来压倒几诗豪。

高野兰亭（1704—1757）

高野兰亭，名惟馨，字子式，号兰亭、东里。江户（今东京）人。先祖本姓高石，足利幕府时期获封下毛喜连川（今栃木县），世为贵族。祖父胜昌改姓高野，为江户富贾。父胜春，号百里居士，善连歌、俳谐，为人豪迈，然不善经营而家道渐衰。兰亭四岁学书，少年即入荻生徂徕门下，徂徕奇其才，称可抵"赵璧连城"。不幸年仅十七岁即双目失明，在徂徕的鼓励和教导下专攻诗学，《诗经》以下至唐、宋、元、明诸家名篇，皆能谙诵。受师承影响，崇尚李攀龙与"明七子"为代表的复古派。徂徕逝世后，服部南郭成为萱园门下诗坛主盟，兰亭与之盛名相应。兰亭终生寓志于汉诗，诗作凡两万余首。性狂放，好酒，常用一骷髅杯畅饮。晚年喜镰仓（今属神奈川县）奇胜，在元觉寺旁筑草堂，名松涛馆，有门人松崎观海撰寿碑。有《兰亭遗稿》存世。

折杨柳

垂杨复垂柳，参差青江口。
攀折送君行，春风吹满手。

月夜三叉口泛舟

三叉中断大江秋，明月新悬万里流。
欲向碧天吹玉笛，浮云一片落扁舟。

答徂徕先生赠梅花

君家春色早，忽有一枝传。
疏影侵晴雪，清香入旧年。
美人寻不见，明月独相怜。
还忆江南路，长歌望暮天。

墨水览古

空林精舍墨河头，梅子祠前吊远游。
华表莓苔封旧色，佳城杨柳乱春愁。
孤村云拥长堤树，二国潮通古渡舟。
此地犹余怀土泪，大江千里向西流。

杨花篇

二月三月艳阳天，杨花散乱入晴烟。
为絮为雪东西去，绿杨金丝在谁边。
无赖春风吹不返，美人褰帘伤春晚。

春晚依依无嫩色，攀折重忆春时别。
阿郎白马挂青丝，出游寻春何处之。
大堤杨花如云多，千条衔翠影婆娑。
上有十二之青楼，中有三五之翠蛾。
下楼笑指锦障泥，风起白花散马蹄。
寄言侬家轻薄儿，可知贱妾长相思。
两株绿杨为欢栽，春去花飞欢未回。
别来衔恨窗前色，翩翩飞上明镜台。

杂诗 三首选一

驾言出东城，逶迤道路长。
策马陟高冈，四野何茫茫。
凉飙激林木，华叶皆焜黄。
阴阳一何速，白露结为霜。
人生宇宙间，忽如浮云翔。
感物多所怀，踯躅以彷徨。
富贵安得久，荣枯使人伤。
愿言斟斗酒，欢乐以为常。

秋夜长

星斗阑干小红楼，河汉如练月如钩。
此时此夜空踯躅，弹筝自唱将归曲。
可怜明月长相思，可怜秋夜长相悲。
相思相悲不相见，红锦纷絮泪如霰。
秋夜一何长，郎情不可忘。

自起拭清砧，操杵捣衣裳。

合欢床下莎鸡鸣，窗前梧桐夜有霜。

绮窗将晓正惆怅，秋风吹拂芙蓉帐。

鸟山崧岳（1707—1776）

鸟山崧岳，名宗成，字世章，号崧岳。越前府（今福井县）人。早年随香川太冲学医，后师伊藤东涯学文。性好酒，善诗，曾入混沌社。死前有遗命：立碑碣，夫妻合葬，以梅花二株为标。点有《韩诗外传》，另有《名流春东游》《批评唐绝句选》《诗式》《垂葭馆诗稿》《崧岳文集》。诸事迹见《浪华人物志》《混沌社的长老鸟山崧岳的小传》。

谢和州南溪师来访见惠团扇

投我南都扇，宛似三笠月。

一挥清风生，飘摇夺炎热。

别后忆君时，怀袖频出没。

出没君不见，遥望白云窟。

冬夜得家书

老去欢娱少，病来记忆疏。

钟声棋散后，雪片酒醒初。

孤影灯前泪，一封筒里书。

平安题两字，忽使客愁除。

琵琶湖泛月

湖光如练夜奇哉，鲛室龙宫仿佛开。

远浪无涯千里目，长流不尽万年哀。

金风声断穿云笛，银桂香飘邀月杯。

却讶追随仙侣去，广寒高处更徘徊。

石岛正猗 (1708—1758)

石岛正猗，字仲绿，号筑波山人，又字子游，号颍川。本姓尾见，通称与右卫门。父正数，母横山氏。世仕滨松本庄侯。享保十五年 (1730)，因议论当路人事不为所容，遂致仕，浪游京（都）、摄（津）间。后于江户驹込荽荷园以《唐诗选》《沧溟尺牍》为教材授课，卒后葬江户驹込养昌寺。曾师服部南郭，南郭赞其"才学兼备"。东条琴台称其"狂诞放恣，嗜酒好客。快意剧谈，发狂吐气，旁若无人"。曾校《世说新语补》，有《荽荷园集》。

思归

绢水深千尺，筑波天一涯。

愁中频甲子，客里复莺花。

鸿雁迷云影，关河余雪华。

如何乡思切，只是为烟霞。

筑波闲居奉寄怀云梦越公，公好琵琶

大江西望晚来波，摇落催寒入楚歌。

风起白蘋时雨度，霜深红树夕阳多。

三秋浊酒愁中尽，十载浮云客里过。
遥忆真人天际趣，琵琶曲罢月婆娑。

泉南客舍晴望

翼轸南低万里天，海山晴动夕阳前。
潮光掩映沧洲树，帆影参差赤石船。
波际起楼分蜃气，岛中开市簇人烟。
旧闻邑屋饶居货，镶实应从泉室传。

汤浅元祯（1708—1781）

汤浅元祯，名俊真，字之祥，号常山，初名初本三郎，通称新兵卫。其父汤浅英，于《近世丛语》有记。母泷氏，名琉璃子，于《妇女鉴学草》有传。二十四岁因家职，入大组，食禄四百石。精通剑、枪，曾任职铁炮营，晚年因批评藩政受到打压，后蛰居闭门著书。爱好古学，与藩校中主张程朱之学者不合。曾师服部南郭，与居丹波（今京都）龟山的松崎观海亲近。诸事迹见《南天庄杂笔》《锦天山房诗话》。有《常山文集》《常山纪谈》《文会杂记》。

赞海归舟遭风恶浪猛慨然赋之

南溟奉命使臣槎，直破长风万里波。
忽值怒涛似奔马，起提雄剑叱鼋鼍。

赠鹿肉子发兄弟有感走笔赋一绝

白雪编中击鹿行，诵来慷慨泣吞声。

今日铜盘赠君歂，文章共拟于鳞盟。

铜雀伎

一片西陵月，高台鉴绮罗。

金波流魏阙，王坐冷漳河。

肠为分香断，泪缘歌吹多。

依稀疑侍宴，凭槛抱云和。

题落木亭

卜筑西河曲，孤亭落木深。

抚弦迎月夜，画壁敞秋阴。

忽忆苏门啸，兼知南郭心。

嗒焉听万籁，堪作据梧吟。

秋日得子哲书却寄

霜坠河干木叶丹，征鸿万里自漫漫。

仙槎忽傍海潮至，飞帛遥含夜月寒。

琴里青山高我辈，筐中白璧借君看。

故人不是怜同病，千载萧朱结绶难。

罢官作

上国归来罢曳裾，闲居养拙意何如。

斗墟天暗双龙剑，日色风寒广柳车。

白石高歌供短发，浮云变态识前鱼。

人间自悟盈虚理，门外任它宾客疏。

胡笳曲

朔风飞送青海雪，将军角弓胶欲折。

试上烽楼望阴山，黄须胡儿牧马还。

君不闻，胡笳如啼咽复鸣，忽摇落月入汉营。

骄虏似解征戍怨，乘晓频吹出塞声。

泷鹤台 (1709—1773)

泷鹤台，名长恺，字弥八，通称龟松。萩（今山口县）人。本姓引头氏，藩医泷养生喜其聪敏强记，收为养子，故改姓。自幼英迈好学，十四岁时拜萩藩毛利家医官程朱学者小仓尚斋（1677—1737）为师，后改从山县周南习徂徕学。享保十五年（1730）赴江户，时徂徕已殁，故拜入服部南郭门下。南郭尊其学问，不以弟子视之。才学被太宰春台称为"海内无双"。宝历十三年（1763）朝鲜使节到访，奉命于赤间关驿所参与接待，朝鲜使赞叹其学问赅博厚实。晚年归乡，任藩校明伦馆馆长，并担任毛利家侍读，努力改变周南逝世后藩学衰退的现状。鹤台性格豪快，恃才傲物，敢于讽刺权贵。作诗不尚苦吟，喜咏江户名胜，多酬赠之作。又擅轩岐术，喜古医，不屑宋明后之说。其妻竹女（1721—1797），以贤见称。有《三之径》《鹤台先生遗稿》。

得平金次书却寄

谁道长安近，千山万水深。

唯应一片月，堪见故人心。

送人之崎阳 二首

一路三千里，为君赋远游。
潮高赤马海，日落蜻蜓洲。
春色关河满，都门风雨愁。
男儿重意气，何更问刀头。

春江漫不尽，杨柳自萧萧。
落日悲歌起，雄风征马骄。
云含越山雨，海控浙江潮。
明日人千里，相思一水遥。

赠南郭先生 二首其一

客自远方来，丽服被绮纨。
明月照怀中，朱华媚其颜。
朝凌赤城霞，暮搴汉江兰。
秋兰以为佩，春霞以为餐。
行行逝安适，海上有神山。
高高神山巅，下视一世间。
神仙非吾类，徒叹遭遇难。
思为云中鸟，奋翼相追攀。

南郭先生墓下作

东海有仙人，羽衣被霓裳。
瑶质洁冰雪，绮锦缛心肠。
文彩已璨烂，佩服何芬芳。

嗟予西鄙子，闻风想容光。

千里远相寻，从游赤水傍。

元珠虽难索，紫芝秀可尝。

饮予以灵液，玉蕊和琼浆。

凡骨苦难化，拜辞归山阳。

山川何悠悠，年岁阻且长。

愿言复追随，梦寐不能忘。

忽闻厌尘寰，驾云游帝乡。

重来东海上，中情切感伤。

仙踪杳难觅，音容共渺茫。

长淮终绝涸，湘水匿琳琅。

芙蕖无由搴，桂芳悲销亡。

孤坟少林阿，宿草荫白杨。

永怀向谁诉，挥泪徒彷徨。

伊藤锦里（1710—1772）

　　伊藤锦里，名缙，字君夏，号锦里、凤阳，通称壮治。京都人。父伊藤龙洲（1683—1755）本姓清田氏，为伊藤坦庵嗣子。龙洲生有三子，俱有才名。长子锦里擅长经艺，次子北海（过继给江村氏）擅长诗歌，幼子儋叟（改回本姓清田氏）擅长文章，被称为"伊藤三珠树"。锦里资性慎重，不好近名，有请求谒见而非诚挚者，一概谢绝。曾为座右铭"志士不忘在沟壑"以自勉，并以之训诫子弟。有《邀翠馆集》《寻海草》《寻山草》。

浓州道中

一痕野水接芹陂，榆荚罩烟漏日迟。

麦浪风微牛稳卧，牧童相聚逐鱼儿。

晚秋答弟君锦

露满梧桐月满城，官情矧复故园情。

菊花仍负陶元亮，枫咏谁传崔信明。

客散残灯沈夜色，梦回孤枕送秋声。

篮舆到处逢迎在，莫道青袍误此生。

古意

贫贱寡知遇，终年独闭门。

区区自束缚，郁郁与谁言。

丈夫心一冷，百计不能温。

所以穷途士，慷慨有悲叹。

所悲同众人，白首老丘园。

鹈殿士宁 (1710—1774)

鹈殿士宁,名孟一,字士宁,号桃花园、本庄,通称左膳。江户(今东京)人。原姓村尾,其父村尾诚正仕德川宗尹,后为鹈殿给信十郎收为养子,遂改姓。早年读书好性理之学,后因仰慕徂徕,拜在服部南郭门下学习古文辞。士宁才思敏捷,文不加点,曾以幕府扈从身份随同参拜红叶山寝庙,俄顷即作十四韵五言排律一首。诗风华美轻快,主张复古,重视摹拟,曾语人曰:"人之作诗,好捷好多,盖多则庞杂，捷则鲁莽，凡此二者，大害诗道，吾子其慎旃。"友人下毛安修《桃花园稿》跋中称："鹅本庄立志高远，流俗所好辄不忍为之。盖文则西汉以上，诗则盛唐以上，于明唯取李济南（李攀龙）耳。"有《桃花园稿》《桃花园遗稿》《鸡肋集》《楼居放言》。

雪中寄忆阿与乃

白雪纷纷玉树寒，谢家依旧拥杯盘。

知裁诗句相思切，独作春风柳絮看。

九日登高送人

把酒空林对夕阳，丹枫黄菊映离觞。

明年如遇登高日，何处青山望故乡。

上柳四明（1711—1790）

上柳四明，名美启、启，字公通、公美，号四明、士明，通称治兵卫。汉名柳士明、柳美启。京都人。师从柳川沧洲，作诗各体兼擅。江村北海《日本诗选》选其诗十三首，盛赞其七古《题桃源图》："一番古今套用故事，景境自新，而不见痕迹。妙妙！"宽延二年（1749）曾翻刻《楚辞》汲古阁刻本。有《蕴古堂诗稿》《蕴古堂续文稿》。

晚下菀江

扁舟摇裔下长流，两畔烟波落日愁。

孤鹜片云钟外去，危樯柔橹镜中浮。

挥毫知有江山助，辍棹欲同鱼鸟游。
无奈楫师贪利涉，不乘风月暂时留。

雨中过木津堤

浅草平沙十里程，长堤三月雨中行。
两边苍鬃烟霞老，一片青蓑身世轻。
山罩层云黛色断，川浮细浪罗纹清。
冥蒙眼底饶幽趣，不必芳园步快晴。

日下生驹 (1712—1752)

日下生驹，本姓孔，名文雄，字世杰，号生驹山人、鸣鹤陈人、愚拙农夫，通称真藏。河内（今大阪府）人，因居近生驹山，故号生驹。生驹为人性傲傥，有胆略，喜任侠，尚气节，慕豪放，早年便有四方之志。又轻视财利，不好货殖。自幼涉略群书，强记过人，初学性理之学，后向获生徂徕学古文辞。与龙草庐为管鲍之交，合著有《孔龙诗钞》一书，并在临终时以诗文相托。又与山胁东洋、清田儋叟等人交游。有《生驹山人诗集》《鸣鹤随笔》。

还自浪华

浪华城下水，归客此扬舲。
日落棉花白，江澄芦荻青。
垂纶应我友，傍竹问谁亭。
知是家人辈，携来炬一星。

寄龙伏水先生 其一

闻达辞来名却高，草庐长醉一壶醪。

新诗且骇江淹笔，久要犹怜范叔袍。

十里河阳花满县，千秋日下鹤鸣皋。

君家陇亩今应就，吟向山中莫厌劳。

闻管希文还乡遥有此寄

大海烟波雨后平，浮舟之子独西征。

锦衣去映三千里，美玉归连十五城。

杯酒燕关辞侠客，弦歌鲁国混儒生。

有人如问东游状，日下今犹闻鹤鸣。

服部元雄（1713—1767）

　　服部元雄，名元雄，字仲英，小字多门，号白贲、蹈海。摄津人。本姓中西，后被服部南郭收留，得其亲自教导而成为儒士，遂成其义子并改其姓，冒服氏子孙，一直居于南郭老宅。平素善诗，然其风格独树一帜，与南郭相异，常言"苟有得于我，虽家风所不必守也"。大内熊耳跋其诗称"往往独出机轴，自为一家"。元雄虽承萱园一派，诗以唐风为主，但认为诗不必盛唐，文不必秦汉，应集众美以求大成，亦含宋美。提倡兼容唐宋诗风，而并非一味蹈袭李王复古。故虽承南郭家学，而能持己见，独出机杼。有《蹈海集》。

春夜江上送客

千里有流水，扁舟远送君。

晓来花月色，散作五湖云。

海门送别

朝看仙客向瀛洲，万里沧波不可留。

东望布帆天际去，海门秋色使人愁。

春日江楼宴别

别酒歌钟促，登楼望欲迷。

归鸿斜日外，送汝大江西。

古驿连渔浦，春流逐马蹄。

宴阑从此去，前路草萋萋。

蒲都华词

妾有所思，远在洛阳城西桂水湄。

相公日夜耽宴乐，鸾歌凤吹无息时。

黄金屋里留妾住，心绪千端人不知。

昨日高门舍笑入，岂知今日使君悲。

一彼一此爱憎变，哀来乐往谁复持。

新人欢笑旧人泣，对酒将歌泪先垂。

哀音入风散，秋风夜正半。

宴罢相公眠，下堂独长叹。

感君秋草辞，肝肠几回断。

桂水之湄何处寻，欲往从君语妾心。

承恩失宠俱薄命，西山落月晓沉沉。

江村北海 (1713—1788)

　　江村北海，名绶，字君锡，号北海，通称传右卫门。京都人。系福井藩儒伊藤龙洲次子。年少时曾拜入梁田蜕岩门下修习三年，原本好俳谐而不喜经学，受蜕岩激励而发奋勤学。享保十九年（1734），代其父龙洲为弟子讲解经史。因丹后宫津藩儒官江村毅庵生前向其父托付后世，故送北海为毅庵养子，遂改姓江村，并继任其位，仕于宫津藩青山侯。后仕于京都，宝历十三年（1763）卸任致仕，于室町建对梢馆，专心授徒教学。其时"大阪片山北海""江户入江北海""京都江村北海"称"三都三北海"，且北海与其兄伊藤锦里、其弟清田儋叟并称为"伊藤三珠树"。创赐杖堂诗社，每月十三日召集名士一同赋诗吟咏。所著《日本诗史》以记录详实完备闻名，是了解和研究日本汉诗史的重要资料。北海诗作诸体兼擅，平生坚守萱园门风，治学尤戒轻薄。作诗平易似稍欠力，友野霞舟《锦天山房诗话》评之"有才无学，有句无篇"。有《北海先生诗钞》《日本诗史》《日本诗选》。

望富岳

万里秋风扶玉鞍，芙蓉直仰碧天看。
日华浮动千年雪，散作扶桑九月寒。

自小仓堤至玉水驿途中偶作

湖堤分划水西东，堤上白沙湖上风。
凫雁惊飞缘底事，渔舟荡出绿蒲中。

富家雪

风雪纷纷扑玉栏，熏笼宿火卷帘看。
销金帐里羔羊酒，不信人间说苦寒。

妙法兰若即事

山色空蒙海色昏，春阴酿雨厌渔村。
倚栏欲写登临意，满地落花拥寺门。

有感

小蟹生江浦，营穴芦岸下。
火中不盈寸，自以为大厦。
朝虑沙岸崩，夕怕江潮泻。
物小识亦微，营营何为者。

送大潮上人赴中山道

九月寒砧急，临岐转惨然。
乱山黄叶外，危栈白云边。
杖锡侵秋露，袈裟拂晓烟。
远游君莫厌，一钵本随缘。

寄赤石梁景鸾

赤石滨南海，城楼积气间。
沧波连四国，铁岭对三山。
把钓乾坤大，含杯日月闲。
昔游余逸兴，夜梦几回还。

和即传师空山望海作

空山还有寺，绝顶海天开。
白认潮头动，青知岛树摧。

鸿边渔笛落，鸥外贾帆来。

极目飞扬甚，何人此渡杯。

空山，山名，在撮州。

糍花诗

平安之俗，腊末户制糍粑以备新岁之用。或粘小糍于柳枝，插瓶以祀灶，望之宛转如花，名曰糍花。

迎新厨下事纷纷，为政由来属细君。

仙室晨蒸千石玉，月宫宵捣一团云。

花随纤指参差发，条拂香鬟婀娜分。

卫国大夫原媚灶，胆瓶插得混烟熏。

客中闻雁

客舍萧条早掩扉，寥天更听雁南归。

月明遥共砧声落，风起偏兼木叶飞。

紫塞十年谁寄信，金闺独夜泪沾衣。

总缘乡国烟波阔，为汝回头旧钓矶。

秋后游高台寺

丰王遗迹洛城东，曾拟长杨五柞宫。

环佩凄凉亡国后，楼台无恙净园中。

秋香满径篱花紫，霜色入林庙树红。

落日松声禅寂地，使人犹自想雄风。

田家杂兴

拆薪南山中，爇禾南山下。

僮仆代吾劳，馌饷日在野。

屋里长闲寂，庭际亦萧洒。

偶有林叟来，遗吾花盈杷。

相邀无所供，返景入梧槚。

岳融 （生卒年不详）

岳融，字子阳。三河（今爱知县）人。善诗文，喜为艰深之词。有《岳东海先生诗文稿》。

雨关逢人归乡

函岭岩峣驿路开，跻攀驻马此徘徊。

已辞乡国青山远，只出关门紫气来。

惭我薄游为客去，看君幽意罢官回。

家人问讯能传语，莫道弃繻心未灰。

青山滕君隐居歌

滕君少小青云志，三十忽言甘适意。

方朔金马彼一时，邴生神武焉求似。

伏枕赤县青山庐，青山去天尺五地。

东家走马西家狗，独闭元关知奇字。

南邻弹弦北邻歌，独听蛙鸣当鼓吹。

悠悠如斯已十春，犹愁未免人间事。

从此准拟黄泉人，地上纷纷尽捐弃。

客来谈元去读骚，无钱长醒有沉醉。

不知置身朱门中，真思避地白云里。

轩车高盖无数过，轰轰不惊华胥睡。

繁华入眼不入心，美好何物能为累。

笑杀当年李谪仙，不免矜夸锦袍赐。

新井沧洲（1714—1792）

新井沧洲，名义质，字子敬，号沧洲，通称市郎、彦四郎。仙台（今宫城县）人。其父为仙台藩儒佐久间洞岩，洞岩本姓新田氏，为左中将源义贞后裔。源义贞又名新田义贞，为镰仓幕府末期到南北朝时期名将，曾经辅佐后醍醐天皇灭镰仓幕府。沧洲继承本姓，但恐辱先祖，易"田"作"井"，因名新井义质，一作源义质。幼年即表现出过人天赋，得新井白石赠书。初从乡儒游佐木斋（1658—1734）学，后入服部南郭门下，任仙台藩儒四十年。俞樾《东瀛诗选》赞"其诗浑厚典雅，虽无老成，尚有典刑，望而知为物氏（荻生徂徕）门径中人"。有《沧洲先生诗集》。

出塞曲

金鞭铁马白云端，直指燕然杀气寒。
横笛一声明月色，征人齐起倚鞍看。

早春感怀

客舍逢新岁，萧条病且贫。

飞腾终白发，俯仰愧青春。

冠盖非知己，莺花在比邻。

近求幽谷友，随意弄芳辰。

龙草庐（1714—1792）

龙草庐，本姓武田，名公美，字君玉（曾名元亮，一字子明），号草庐，又号竹隐、松菊、吴竹翁、绿萝洞、凤鸣。山城伏见（今属京都府）人。幼年丧父，与母亲相依为命。少年时立志读书，喜徂徕、春台之学。曾从宇野明霞门下，因未得重视愤而离去，后于京都设帷幕教书。平生自诩安贫守道，以诸葛亮、陶渊明自勉，谓"穷达由命，无愧于心"。后创幽兰社，门下香川篷窗、大江玄圃、冈崎庐门等并称"幽兰社十才子"。为人题字作书多收谢礼，体现出江户中后期商品经济发展的时代风气。曾为嵯峨某酒店作对联"酿成春夏秋冬酒，醉倒东西南北人"，传扬一时。诗论主唐、明，初属古文辞派，"李杜二王（指李白、杜甫，王维、王昌龄）之外，独好岑嘉州（岑参）"，再及"明初青田（刘基）"，后至嘉靖七子（指以李攀龙、王世贞为代表的复古派"明后七子"），但不认同萱园派由明诗入唐的主张，认为"七子中以谢茂秦（谢榛）为魁"。有《草庐文集》《草庐诗集》。

幽居集句

烟霞多放旷（孟　贯），烂醉是生涯（杜　甫）。

树静禽眠草（景　池），园春蝶护花（许　浑）。

浣衣逢野水（皇甫冉），看竹到贫家（王　维）。

门径稀人迹（岑　参），穿林自种茶（张　籍）。

琵琶湖春望

春染琵琶湖上山，山青湖白曙云间。

花边晴动金龟垒，雨后虹悬竹马湾。

千里风烟时极目，百年天地此怡颜。

却惭孤客飘蓬态，不似清江鸥梦闲。

按，金龟垒指彦根城，竹马湾为筑摩江。

竹枝词

雪尽春江水欲平，数声杜宇别愁生。

无为滟滪滩头柳，唯系来船不系情。

自笑

自笑平生意气豪，十年蹭蹬在蓬蒿。

虚名独愧陶元亮，同姓谁呼龙伯高。

多病乾坤怜伏枕，孤吟岁月事挥毫。

衡门日永无人到，唯有杨花照二毛。

凤凰篇赠朝鲜国信使洪纯甫

有鸟有鸟名凤凰，四灵之一众禽王。

朱冠金毛五彩翼，九苞七德灿文章。

斯物由来产何处，云是海外天一方。

鸡林国里丹穴山，山中往往神仙乡。

不啻瑶草琼树茂，或出珠玑或琳琅。

卿云暧逮气氤氲，春风梧桐华正香。

上有雌雄神鸟巢，巢底大雏异凡常。

朝餐竹实夕醴泉，不用啄彼稻与粱。

冲霄之气一何壮，翼如垂天声如簧。

此声皆谐轩辕律，日夜飞鸣千仞冈。

有人传是阳精物，又说太平王者祥。

衔图授玺圣代事，凤兮凤兮何德昌。

一朝乍有图南意，翩翩高击此飞扬。

其他鸳鸯又鸾鹤，相追相随并翱翔。

万里倏忽凌紫虚，沧溟春暖水渺茫。

风翩无恙行不息，遥览德辉下扶桑。

扶桑元称君子国，东海先被日月光。

阖国今逢文明运，箫韶九成咏时康。

来仪何人不可喜，况复相集鸣朝阳。

斥鷃之笑鸱鸢吓，一时眩视皆伏藏。

别有小雀在蓬蒿，口吻乳臭色尚黄。

微躯短才不自揣，飞来欲学舞低昂。

愿君容此区区志，嗟乎宠荣长不忘。

从军行

黄云漠漠暗阴山，北地干戈犹未还。

十万征人肠欲断，朔风吹满玉门关。

武田梅龙（1716—1766）

武田梅龙，初名维岳，字峻卿，又名亮，字士明，后名钦繇，字圣谟，号梅龙、南阳、兰篱，通称三弥，私谥文靖先生。美浓（今岐阜县）人。本姓武田，其先祖居三河筱田村，故世代以筱田为氏，梅龙袭之，后改回武田，亦省"田"为单姓。初师事伊藤东涯，东涯离世后，又师从宇野明霞。学成，任妙法院亲王侍读。梅龙少时习武及孙吴兵法，曾说："绛、灌无文，随、陆无武，不可谓全士也。"其诗俊爽有气节。有《梅龙遗稿》《芳翠窝诗稿》。

夏日即事

雨晴薰吹落松筠，翠露斜斜滴葛巾。

尽日无言好相对，青山不厌读书人。

卜居

茅茨小筑羽溪边，绿树重阴绕槛连。

不独幽栖通市井，由来静者便松泉。

新题常使青山答，闲适何妨白日眠。

更喜双亲无恙在，栽花煮茗乐余年。

野村东皋（1717—1784）

野村东皋，名公台，字子贱，号东皋、蘘园，通称新左卫门。近江（今滋贺县）人。师从泽村琴所、服部南郭。仕彦根藩，为儒官。曾托友人致文太宰春台，得到春台赞赏。为学潜心六经，达观古今。其为文，效法韩柳，异乎时流。松崎惟时称赞其文"庀材于秦汉，得则于韩柳，未始袭王李一语"。又善诗，法盛唐诸家。有《蘘园集》《世说笔解》《复仇论》。

智乘院集赋呈诸君

相邀杯酒此开筵，满座嘉宾一代贤。

望去芙蓉悬白雪，听来山水入朱弦。

千秋事业推君辈，百岁风尘老自怜。

书剑重逢从役日，中原彦会得周旋。

访箕山人

白云缥缈锁岩峣，望去天涯梦里遥。

路向岩阿看鹿豕，林连谷口问渔樵。

久知原宪贫非病，也说田生贱更骄。

今日美人殊不远，往来携手报琼瑶。

原双桂（1718—1767）

原双桂，名瑜，字公瑶，号双桂、尚庵，通称三右卫门。京都人。十岁受章句于伊藤东涯。嗜学如饥渴，日诵手录，昼夜不废，父母担心他因此生病，他回答道："早起寻思文字，觉心下松爽；稍晏，则头岑岑，心不甚安。"十四岁丧父，后往江户依舅氏。擅长医术，远近来请求治病的人总是站满户外。以医术应召，仕于唐津，山胁东洋曾劝他："请勿就辟。君学富量深，它日必当遇三顾之人，以竟其用矣。如医术，于他人可称，于君乃末技耳。以末技屈仕僻远之藩，甚惜之。"双桂以究道治经为志，对汉以来诸家学说无所不窥，但认为前人的学说都不得圣人本义，于是自成一说，对朱子学派、徂徕学派、仁斋学派均有所批评。其诗有晚唐风韵，写景颇佳。有《洙泗微响》《双桂集》。

寒夜听霜钟

残灯影暗草堂幽，梦觉西窗寒月流。

天外霜钟何处落，风吹半夜入乡愁。

江边春望

落日西江上，春光雨后天。

行帆孤岛外，归雁一峰前。

风处浮云断，涛间初月悬。

渺茫千里色，客思转悠然。

宫濑龙门（1719—1771）

宫濑龙门，名维翰，字文翼，号龙门山人，通称三右卫门。纪
伊（今和歌山县）人。据称其先祖为后汉献帝之孙，因而又姓刘，
汉名刘龙门。其家世世为医，侍纪州侯，至龙门而被削籍，遂隐居
龙门山，读书勤学。宽保元年（1741），因仰慕荻生徂徕而独自赴
江户，途中资银被盗，靠乞食而至。师事服部南郭，南郭爱其才华，
却遭同门妒忌而离去。龙门为人澹泊，精研六经，推辞诸侯来聘。
其修古文辞与当时诸家异趣，为诗随题命意，遇境遣词，意在笔先，
自谓："诸子皆矻矻，我独由由焉。"又善音乐，好吹笙，当时东叡
法亲王亦好音乐，常邀龙门至王府。太宰春台批评其耽于声乐，龙
门反驳称："吾素不以好乐音而妨于道义。"晚年喜交游，知交遍及
海内，松崎观海称其"才学无双"。有《古文孝经国字解》《东槎余谈》
《鸿胪倾盖集》《金兰集》《熏篪集》《李王七律诗解》《刘氏无尽藏》
《龙门山人文集》。

暮春郊行

杨柳如烟草色迷，大堤春雨绿萋萋。

郊村处处寻花至，唯有黄鹂各自啼。

清田儋叟 (1719—1785)

清田儋叟，名绚，字君锦、元琰，号儋叟，又号孔雀楼主人，通称文平。祖籍播磨（今兵库县）。其父伊藤龙洲本姓清田，后因成为伊藤坦庵养嗣子，改姓伊藤氏，儋叟则继清田本姓。龙洲三子中，长子伊藤锦里以经学著称，次子江村北海、幼子清田儋叟以文得名，时称"伊藤三珠树"。据其门人称，"儋叟"之号与东坡在儋州事迹有关。少年时曾访梁田蜕岩，得其赠序。初承家学，与服部南郭门下斋宫静斋同修荻生徂徕古文辞学，后转学程朱。曾同友人皆川淇园共同校订《欧阳文忠公文集》。在诗歌创作方面，厌薄当时所流行的明后七子诗风，认为"才生于学"，推崇宋诗。与皆川淇园、富士谷北边相唱和。有《三先生一夜百咏》《孔雀楼笔记》《孔雀楼文集》《艺苑谈》《艺苑谱》《史记律》《资治通鉴批评》《唐诗府》《唐土行程记》。

萤

暮霭才收片月残，芦蒲萤照水漫漫。

夜凉时被风吹坠，点点随波下浅滩。

昆仑奴

画图省识本闻名，蛮舶携来孰不惊。

百尺竿头占雨立，千寻海底探珠行。

乌衣此日迎新婿，子墨当年作客卿。

安若许公称夙惠，空传彩笔独纵横。

释大典（1719—1801）

释大典，俗姓今堀，俗名大次郎，名显常，字梅庄，号大典，别号淡海、蕉中、东湖、不生主人。近江国（今滋贺县）神崎郡坚田伊庭乡人。《东瀛诗选》称其："始隶籍官刹，其后幡然引退，云游东西。"父为儒医，八岁时移家京都。享保十四年（1729）剃发为僧，师从大潮元皓、宇野明霞学习诗文。宽保二年（1742）撰《唐诗撷英补》。宝历九年（1759）在京北华顶山下归隐闲居。明和四年（1767）任相国寺第一百一十四代住持。天明四年（1784）为南禅寺住持，被赐紫衣。其诗深受大潮元皓影响，崇尚古文辞派（萱园）诗风，"玄澹清婉""优入唐域"。有《小云栖稿》《唐诗撷英补》《萍遇录》《诗语解》《文语解》《唐诗集注》《唐诗解颐》《峨眉山月诗图说》《北禅文草》《北禅诗草》《北禅遗草》《茶经评说》《平安郁攸记》。

赋得独钓寒江雪

积素汀洲暮，孤舟拥短蓑。

一丝垂不动，片月忽生波。

平安火后自江户归

洛桥一望尽灰尘，叵耐人间转变频。

塞上纵还它日马，城中非复旧时民。

蓬莱空认衣冠路，兰若谁闻钟磬晨。

别有归来千里客，衰残何处寄孤身。

千日行

浪华城南千日路，千日千丧车不住。

灵旐阴灯相逐来，城中何日无啼诉。

都来风俗学荼毗，膏火臭烟从风吹。

烟飞火尽神魂散，白骨如灰积如陂。

君不见浪花繁华岁转周，便邻千日起朱楼。

朱楼日日歌管起，岂知倏忽归茔丘。

乐莫乐兮乐歌管，哀莫哀兮哀茔丘。

哀乐纠绳有相待，可怜世俗迷无悔。

窦田富贵竞销亡，卫霍功名今何在。

别有邪侈不顾人，唯言何以利吾身。

共待百年长羽翼，俄闻一旦委灰尘。

笑言朝哑哑，颜貌暮泯泯。

不以无涯知，能留有限身。

身有限兮谁不识，情去情来自罔极。

贪夫殉财烈士名，浮世栖栖徒促逼。

呜呼，我有不生不死之至灵，胡不疏濯至宁馨。

千日路，千日路，春风依旧草青青。

田阪瀼山（1720—1758）

田阪瀼山，名长温，字子恭，号满山，别号绿漪亭。长门（今山口县）人。据泷鹤台所撰墓志铭载，瀼山本姓竹中，后为田阪半右卫门养子，故改姓。自幼好学，先从津阪东阳，后师东阳之师山县周南，攻古文辞学。善作诗，今存多为七绝。有《瀼山诗集》，泷鹤台作序，服部南郭、山根华阳作跋。

竹枝词

春风解缆客心长，日暮烟波更渺茫。
欲伫空零滩上泊，子规啼起断人肠。

胡笳曲

朔风吹雁度云端，雪霁关山夜月寒。
烽火城楼高百尺，听笳万里望长安。

横谷蓝水（1720—1778）

横谷蓝水，名友信，字文卿，号蓝水，通称玄甫。江户（今东京）人。本姓横谷氏，后自改为谷。六岁时因患痘症失明，以指画掌识字。天资聪颖，听书学习，一遍能记。少从多纪玉池学医，小有所成。后师事高野兰亭，专注于歌诗，声名大噪，为"兰亭五子"之一。《锦天山房诗话》称其："初刻意李沧溟，晚与松延年、释六如交，风调少变。"《东瀛诗选》则谓："为诗初学李沧溟，后悔之。乃遍览唐宋诸大家集，以变其格律。又以当代诗人所为五言古诗，皆近体之结构稍异者，未足言古，而自问亦未能过之，故辍不作，集中竟阙此体焉。"其七律和五言排律创作水平较高。有《蓝水诗草》，多为晚年诗作。

怀大子雄

白云无尽白河城，垂白登临赋月明。
况对古关霜树色，秋风何处不胜情。

350

感秋

行乐烟花春酒楼，老来天地入穷愁。

高城晓色芙蓉雪，远渚寒声芦荻秋。

才望青云先失路，欲浮沧海即虚舟。

自嘲多病初衣客，奔走风尘空白头。

赤松沧洲（1721—1801）

赤松沧洲，名鸿，字国鸾，号沧洲、静思翁，通称大川良平。播磨（今兵库县）人。本姓舟曳，十七岁过继为赤穗藩医大川耕斋养子，故改姓大川，其在著述中则以先祖"赤松"为姓。赴京都时，曾向香川修庵学医、宇野明霞学经义。延享四年（1747）任赤穗藩儒员，后升任家老。宽政"异学之禁"时，曾上书柴野栗山提出反对意见。四十岁后致仕，在京都讲授儒学，名重一时。其子赤松兰室亦为知名汉诗人。有《四十六士论评》《静思亭文集》《琉客谈记》《送别吟稿》。

坂越寓居岁晚作

一去江海上，遂与世人违。

诗书从我好，富贵非所希。

曳藜出村巷，倚树独依依。

朝看白云起，暮见倦鸟归。

钓叟相迎语，投竿坐石矶。

不说人间事，但说溪鱼肥。

匆匆岁云暮，雨雪故霏霏。

缊袍适身在，不复畏寒威。

宇野醴泉（1722—1779）

宇野醴泉，名元章，字成宪，号醴泉，通称长佐卫门。近江（今滋贺县）人。曾求学于江村青甸及僧大潮。少好学，能书善诗。性旷达不拘，率意径行，好酒豪饮。有《宇野醴泉先生诗文钞》。

红山家村

景色何唯二月花，山村卖酒路傍家。

潺湲涧水声鸣玉，旭日林峦映彩霞。

冬郊

冬郊物色试徘徊，落木风寒四望开。

隔水千峰封雪出，横天群雁拂去来。

三浦梅园（1723—1789）

三浦梅园，名晋，字安贞、安鼎，号梅园、李山、洞仙、东川、季山、二子山人、无事斋主人。丰后国（今大分县）杵筑藩富永村（今西武藏村）人。出生于医生家庭，是江户中期重要哲学家、自然科学家。自幼勤学善思，初从杵筑藩儒绫部绚斋、藤原贞一学，后入中津藩藤田敬所门，多年游学于长崎。梅园学问该博，善诗书，后开私塾，以教为乐，通晓天文、物理、哲学、伦理、政治、经济、文学、医学等多门。门下治学严谨，其学术著作多带批判与独创精神。大正元年（1912）追授从四位。有《五月雨抄》《东游草》《梅园丛书》《梅园拾叶》《诗辙》《梅园诗集》《梅园诗稿》。

述志

樵溪不与世间通，高卧东山异谢公。

占得烟霞吾已老，清风鹤唳白云中。

片山北海 （1723—1790）

片山北海，名猷，字孝秩，号北海、孤云馆，通称忠藏。越后（今新潟县）人。因家居近北海，故以北海为号。其家世代务农，而自幼聪慧，族人以之才华出众，劝其读书。曾游学江户，求学于宇野明霞。明霞殁后，受同门资助，居浪华（今大阪）。闲静寡欲，交友广阔，一生不仕，从教三十年有余，号称门人三千。北海明和初年（1764）所结"混沌社"，被认为是日本江户时代宋诗风的先驱，后之"宽政三博士"及赖春水、平泽旭山等，均出入其中。经学偏向折衷主义，擅作长篇诗文。有《混沌社诗会》《孤云馆杂记》《孤云馆遗稿》《北海尺牍》《北海游草》《北海诗集》《北海文集》。

同赋早春登江楼

孤客年年不得归，渡江梅柳又春辉。

美人南国愁中草，高士西山贫后薇。

书剑天涯惟涕泪，莺花城外自芳菲。

暮鸦送尽烟波远，独倚楼头歌式微。

服部苏门 （1724—1769）

服部苏门，名天游，字伯和，通称六藏，号苏门道人、啸翁、三教主人。其号出于《晋书·阮籍传》中阮籍于苏门山访孙登典故。祖籍伊贺，生于京都。父以织造为业，苏门因自身多病，受同族资助而读书。其学以汉魏传注为主，兼涉佛经。壮岁慕荻生徂徕古文辞学，后质疑而非之。入伊藤仁斋三子伊藤介亭（1685—1772）之门，批评徂徕之学，论辩明晰且不遗余力，当时反对以徂徕之学为尊的学子多听从之。好读苏轼文章，常引为论据。诸事见《先哲丛谈续编》。有《啸台遗响》《燃犀录》《碧岩录方语解》《落草谈》《落草放言》《苏门文抄》。

游和歌浦

壮游南海上，秋色满蒹葭。

风卷松根露，潮来鹤影斜。

渔村舟作市，神岛玉为沙。

更见宗藩地，烟霞几万家。

宿山寺

微吟曳杖此相寻，才到上方落照深。

倚槛寒云归洞口，绕阶暗水咽苔阴。

山房宁有人间梦，溪月偏闲物外心。

只为社中容酒客，渊明一夜在东林。

松崎观海（1725—1775）

松崎观海，名惟时，字君修、子默，号观海，通称才藏。江户人。其父松崎白圭为丹波国（京都）龟山藩执政，是知名汉学家。观海自幼好读经史，擅咏和歌，常为父抄写文书。元文二年（1737）随父赴江户，拜入太宰春台门下。宽保三年（1743）著《六术》。后随高野兰亭学诗，号称"兰亭社五子之魁"。延享三年（1746）袭父职为筱山藩大夫，宝历九年（1759）擢为世子侍读，后升藩老执政。门人有菊池衡岳、金谷玉山、安达清河、熊坂台州、大田南亩、内田南山、蒲坂修文等。事迹见《先哲丛谈续编》。有《观海集》《来庭集》。

春夜

一夜东风吹，但觉雨声好。
明朝欲寻花，不知向何道。

题琵琶湖图

湖上名山落卷中，彩云微渺妙音宫。
荒都花景余春在，古寺钟声向晚空。
削壁半天虚得月，孤松隔水似衔风。
十年梦寐曾游地，此日开图感慨同。

千叶芸阁（1727—1792）

千叶芸阁，名玄之，字子玄，号芸阁，通称茂右卫门。江户（今东京）人。幼失父母，为舅父收养。少好学，缩衣节食以买书，朝夕讽诵，愈困愈砺。师从熊本藩儒秋山玉山，寓其塾五年。玉山任期满西归后，又独自读书五年，终以诗文称于当时。宝历年间（1751—1763），受聘于下总（今千叶县）古河藩主土井利里，为世子侍读。芸阁因才识超群，常遭谗言，遂辞官归江户，后于驹込寓所设塾，授业二十余年。安永年间（1772—1780），萱园遗老凋丧殆尽，徂徕之学已呈衰微之势，故芸阁诗文在承续徂徕遗风之外，也带有时代新风尚。诸事见《先哲丛谈续编》。有《唐诗选掌故》《唐诗选讲释》《诗学小成》《四声韵选》《文章小成》《芸阁文集》。

春雨莺鸣于庭际海棠

春昼烟浓雨色微，海棠花发倚窗扉。
黄莺为饮胭脂露，声滑枝头不敢飞。

游江岛

金龟孤岛镇关东，琪树玲珑此地雄。
青壁高悬天女洞，白波直撼妙音宫。
鳌身堪曝扶桑日，鹏翼将抟溟渤风。
知是三山应不远，楼台总在彩云中。

伊藤兰斋 (1728—?)

伊藤兰斋，名仲道，字环夫，号兰斋。约逝于明和中（1764—1771）。姬路（今兵库县）藩儒，又称藤兰斋。俞樾《东瀛诗选》称："兰斋诗才甚敏，少时曾一日作诗百首，刻以行世。"有《兰斋先生一日百首诗稿》《兰斋先生遗稿》，鹤见东马（快哉醉士）编《古今春风诗钞》亦选其诗（以藤环夫名）。

岁晚

愁病岁将暮，无衣竟奈何。

诗名徒检束，世事却蹉跎。

别恨关河远，贫居雨雪多。

献春看已近，慷慨独长歌。

细井平洲（1728—1801）

细井平洲，字世馨，名德民，号平洲，别号如来山人，通称甚三郎，为纪长谷雄之后。生于尾张国知多郡平岛村（今上野村）。江户后期儒者、教育家、雄辩家、实业家。少年时游学京都、长崎，与小河仲栗共师中西淡渊。宝历二年（1752），淡渊殁，门人多入其门下。安永九年（1780），仕尾张藩主德川宗睦，任儒官。天明三年（1783），名古屋明伦堂建成，任总裁，受邀赴爱知、知多郡巡讲。宽政四年（1792），辞明伦堂督学之职。卒后葬于浅草天岳院。平洲为米泽藩第九代藩主上杉鹰山（1751—1822）主导改革获得成功，被美国前总统约翰·肯尼迪誉为"最值得尊敬的日本人"，松下幸之助尊之为"水坝式经营哲学"的奠基者，近代吉田松阴、西乡隆盛等人皆受其影响。明治四十二年（1909）爱知县建立平洲会以示纪念；大正二年（1913）特旨追赠为从四位；大正八年（1919）落成平洲文库。平洲精通汉语、汉诗、和歌、书画，终生"学而不厌，诲人不倦"，曾主持校勘并刊行唐初魏徵等辑录的《群书治要》。诗爱李白，曾作《题李青莲观瀑图》《题李白图》，另有《诗经古传》《平洲小语》《嘤鸣馆遗草》等。诸事迹见于东海市立平洲纪念馆书目、爱知县乡土资料刊行会及《细井平洲的生涯》。

东都十五胜赏月

日本桥

日暮黄埃日本桥，桥头车马涌如潮。
别悬一片冰轮色，不见纤尘点九霄。

少年行

美酒樽前结客场，刀头殊见白银装。
劝杯借问平生事，昨夜酬仇出大梁。

饮望岳楼

中天积翠映高楼，一片闲云接槛流。
此夜清樽为君醉，醉歌山月半轮秋。

仲秋筑波老人见过欲留不得赋赠

客自风流白接䍦，清樽明月兴可知。
欲因邂逅投车辖，不奈高阳已有期。

哭仲栗

诺重贫交二十春，世情谁似臭兰亲。
同袍教子无常父，异代论心少比伦。
千里骏鸣违卧病，一丘幽志附沉沦。
遗琴空照床头月，已矣乾坤尔汝人。

感怀 八首其四

馆就嘤鸣求友年，缔交都是四方贤。

期春翠柳新花下，卜夜清风朗月前。

欢饮或夸秦晋匹，唱酬争拟汉唐篇。

孤琴欲理今谁在，无奈峨洋独自怜。

和答松平君山先生押韵

由来耆德贵家邦，更检图书映绮窗。

谁比仙禽翔彩雾，更怜跛鳖达春江。

明经伏胜终无匹，博物张华岂有双。

鸿鱼欲报情空急，何日随君醉玉缸。

松平君山诗:闻说鸿名动上邦，春来尺素落东窗。黄莺出谷迁乔木，
赪鲤上冰溯大江。惭我凡才违有道，喜君国士称无双。近时扈从归桑梓，
抵掌笑谈倾酒缸。

书怀

茫茫天地间，斯道何时辟。

昭昭历圣文，布之在方策。

君子行其义，众庶被其泽。

天运时隆衰，人俗随变革。

一治又一乱，醇醨异今昔。

唯是五品伦，千古犹旦夕。

虽或生惛暗，靡世无明辟。

善哉达观士，处世如宾客。

毁方泛容众，比义无适莫。

恭俭远尤怨，寡欲潜形迹。

遭遇升廊庙，功名垂竹帛。

否滞遁无闷，澹乎居安宅。

富贵肤寸云，心肠万斤石。

行藏有我时，穷通不可易。

悲夫迷路子，伥伥何所适。

不履正路坦，狂走由险阨。

天地常高厚，俯仰长局蹐。

遑遑靡止戾，逐鼠徒相吓。

诌谀谓好述，忠争为毒螫。

春暄使心寒，夏畦日瘦瘠。

百年终不醒，醉眼就窀穸。

嗟彼懵无知，将安问菽麦。

少小诵诗书，老愚如有获。

理义饱刍豢，宪言怀圭璧。

唯喜素而绚，自忘玄之白。

达者岂敢期，取舍聊可择。

抚琴扬雅咏，中心怡且怿。

悠然酌壶觞，春风吹吾帻。

大江资衡 (1729—1794)

大江资衡，字称圭，号玄圃。俞樾《东瀛诗选》称其号"元圃"，
称其诗有根柢。据《咏物捷径》扉页："玄圃先生阅，咏物三种……"
知其字玄圃无疑。俞樾改"玄"为"元"应是避康熙讳。玄圃博涉
群艺，兼通经学，师从冈白驹，亦奉徂徕学说，对《尚书》《论语》

《毛诗》皆有注释，著有《学翼》《间合早学问》。其时士子、僧人、道士等人都向其求学，天下人称其塾为"时习堂"。其弟子藤正瑶、古元瑱编《咏物捷径》，该书以指导咏物题材的汉诗写作为旨，选录七十二首唐代至清代诗人创作的七言或五言绝句咏物诗。大江亦编有《唐诗冕》，并校有《咏物诗选》。有《玄圃集》。

长等山樱

山下云如花，山头花似云。

花云吹不尽，长等春风分。

同源子正、赤准夫、濑明卿泛琵琶湖　二首

琵琶之水水云隈，洲渚漫漫烟雾开。

几处兰桡随浪泛，谁家玉笛入风来。

青天削出三山雪，白雁翱翔千佛台。

春色似催吾辈兴，桥头斜日照衔杯。

江湖千里接芦汀，远树沧茫入望青。

舟楫溯流烟漠漠，鱼龙吹浪气冥冥。

晴光胜景吞云梦，明月清风满洞庭。

锦缆欲维孤岛外，妙音宫里吊湘灵。

中秋芙蓉楼送龙草庐先生归彦根

云尽苍天银汉流，携樽离席转堪愁。

人归湖北金龟垒，客醉河东碧玉楼。

良夜挥毫希逸赋，清风解缆季鹰舟。

江中纵使莼鲈好，孰与皇城明月秋。

袈裟词

春色懊恼恋田水，春风吹怨鸟羽里。
里中倾国有阿妻，当时只呼袈裟氏。
闺房深锁人未知，婀娜红妆似桃李。
翠翘宝钗照轻云，玉肌琼质透罗绮。
妖娇一笑百媚生，金莲缓步艳且美。
越姬楚女无颜色，西施毛嫱不可比。
已嫁金吾校尉家，校尉元是良家子。
邻里相谓称望族，岂料族人有狂士。
狂士远藤名盛远，千场纵博且角抵。
生来奸猾多杀人，丑态万状不胜纪。
渡边长桥新落成，庸作祇役部伍里。
都下士女杂沓观，锦绣绫罗竞靡靡。
金鞍玉勒七香车，各凭高楼斗骄侈。
楼上别有佳丽之婉娈，楼下盛远侧目视。
视久目炫精魂摇，如醉如迷空徙倚。
窃疑仙女游尘寰，不觉尾之行数里。
始识渠侬校尉妻，傍若无人雀跃喜。
奋衣直向衣川宅，排户拔剑劫母氏。
母氏愕然奄失色，对此不知何所以。
战战栗栗俯不言，哀鸣数行涕潺湲。
垂老微躯何足惜，身后惟愿阿儿存。
急使侍儿召袈裟，欲陈其状气已昏。
抚膺收涕渐说得，薄命唯甘宿世冤。
歔欷吞声相对泣，血泪未干客立门。

即是前日无赖贼，瞋目扬声频促逼。

袈裟之计一何奇，阳为娇态媚颜色。

妾自髻龀心醉君，每一相思忘寝食。

窃愿池头学鸳鸯，窃愿天上学比翼。

岂谓今日期桑中，微意为君可戮力。

妾诱校尉卧高阁，君提三尺谋昏黑。

盛远含笑俟暮天，夜色朦胧月似弦。

既窥阁上孤灯白，只看丈夫高枕眠。

谁知丈夫是佳人，可怜桃李花婵娟。

须臾暴风所吹落，何人相见不相怜。

古来节操多易折，况复冤恨误青年。

野树带雨草含露，阴风啾啾秋山边。

中井竹山 (1730—1804)

中井竹山，名积善，字子庆，号竹山，又号渫翁，因其身体肥胖，爱寒怕暑，故又号雪翁，通称善太。系大阪怀德堂创始人中井甃庵（1693—1758）长子，中井履轩之兄。兄弟二人同随五井兰洲（1697—1762，曾于怀德堂任助教）习宋学。竹山在其父甃庵殁后继承怀德堂，后堂不幸毁于大阪大火，竹山迁至江户，上书请求重建，获赐三百金。尝撰《东征稿》，得天皇赐诏御览，为一时荣耀。竹山为人慷慨，胸有大志，赖春水称其有"胆张气傲之态"。学问博洽，承家学而尊程朱，平生志业以王鲁斋（王柏，1197—1274，南宋理学家，朱子学代表人物，与何基、金履祥、许谦并称"金华四先生"）自比。但对当时朱子学偏陋固滞之风颇有不满，时言"吾学非林（指林家为主导的幕府官学），非山崎（指山崎暗斋开创的崎门学），一家宋学"。遇事有干才，洞察世态，白河侯乐翁以时事询之，上《草茅危言》以答。竹山不喜为官，以授徒为乐，门下有大儒佐藤一斋等。好饮酒交游，与涩井太室、细井平洲、井上大湫、井上四明缔交，时人号"五井"。雅好述作，援引恢博，诸事见《先哲像传》《近世先哲丛谈》。有《逸史》《竹山文钞》。

平安早春

东山云日敛寒威，鸭水春声入禁闱。

应有风流贵公子，睛郊残雪摘蔬归。

今川义元墓

骏侯桶峡拥元戎，一败丧元霸略空。

荒坟四月来停马，残血犹看踯躅红。

北圃仲温买船，涩井子章、纪世馨、南宫乔卿、井上仲龙揖予泛墨水上，木母寺闻仲龙吹笛因赠

系缆低回墨水湄，梅儿冢畔夕阳时。

琼葩落尽无消息，底事殷勤笛里吹。

纪世馨闻愚奉官命再造怀德书院，诗以志喜，远见寄贺。乃次韵答谢

灾余关内献书还，身上三年毁誉间。

土木拜恩金钗赐，诵弦复旧淀江湾。

故人柏悦劳高手，新筑蜗休启笑颜。

诗柬殷勤如一晤，真情不隔万重山。

戊戌岁尽

寄踪鹓阁古皇畿，除夕萧条掩竹扉。

王业两千余岁泽，生涯四十九年非。

冬暄庭际梅皆放，节早江南雁欲飞。

莫怪寒儒独迟暮，屠龙技就寸心违。

雨中发芳原

芳原驿路雨纷纷，菡萏峰前望不分。

厌我吟评连日聒，山灵锁断万重云。

边词

虏骑奔逃烽火闲，秋风吹老玉门关。

沙场日暮黄尘起，知是将军射虎还。

守屋元泰（1732—1782）

守屋元泰，字伯亨，号东阳。江户（今东京）人。俞樾以其与服部南郭、高野兰亭为同时人，皆离物氏法度未远。然查三人生年，南郭早于元泰近五十年，当为前辈。有《东阳集》。

春晓

山房梦断月光沉，旋听黄鹂弄好音。

余雪晓来何处在，一宵春雨作花深。

早发浪华至大物浦

晓风乘去摄江潮，一片孤帆影动摇。
前浦乌啼梦将断，回头早已浪华遥。

春夜

十里青郊外，偏怜蹊路长。
春阑圆月淡，露浥落花香。
顾步今宵兴，风流何日忘。
行行从所欲，欲去也彷徉。

黄鹂

一辞幽谷去，未向世人驯。
欲问双柑客，先迁乔木春。
唤呼惊梦切，鼓吹入诗新。
怜尔阳和节，相求远陌尘。

妙音洲眺望

神女祠前江海滨，微波鼓荡妙音频。
潮收夜色乾坤晃，洲向朝阳梅柳新。
宿雾才晴旸谷日，彩云高拥凤城春。
从来此地人相乐，知是蓬瀛在比邻。

和友人马上咏雪之作

岁杪凝花花未香，水村山郭一微茫。

漫游岂是蓝关客，乘兴行歌黄竹章。
匹练相争迷素影，双瞳所逮总寒光。
若从骥尾凭陵去，雪里何愁道路长。

咏怀诗安永庚子作

秋风吹不已，萧萧坠叶黄。
林疏明月出，寒窗深引光。
床前阴虫切，天末新雁翔。
不寐徒抚枕，转觉兹夜长。
人生自有感，遇物更断肠。
且恐中庭露，复为双鬓霜。

秋宫怨

秋风欲暮透轻帏，长信宫中桐叶披。
初月不知甘自弃，纤纤犹似旧时眉。

励志诗安永丙申作

尚矣吾古，混混茫茫。
乾坤定为，宜分阴阳。
神之始出，物皆仰光。
草木以殖，民因之康。
惟精惟一，万世无疆。
史载其事，蔚矣成章。
我日钦若，远及殊方。

同文裨我，彼虞与唐。

三代郁郁，两汉亦昌。

用稽吾古，古史益彰。

确守斯志，永矢弗荒。

井上金峨 (1732—1784)

井上金峨，名立元，字纯卿，号金峨、考槃翁、柳塘闲人，通称文平。其家世世业医，至其改习儒学。初从川口熊峰学仁斋学，继从井上兰台学朱子学，又从荻生徂徕学古文辞学。为学提倡折衷，兼采汉唐宋明，不主一家。推崇韩柳欧苏古文，喜中晚唐诗，对李、王古文辞多有排击，门下有山本北山、龟田鹏斋、尾崎称斋、吉田篁墩等。安永（1772—1780）中，为中村藩宾师，晚年居江户驹込教诸生，后仕上野轮王寺宫家，为记室。有《辨征录》《读学则》。

绝句

东邻屠狗宅，西邻卖酒垆。

中有腐儒在，终日读唐虞。

平景瑞仲秋金泽赏月赋赠

古堂秋夜梵轮高，缥渺金皋八月涛。

谁道丹青成不得，迎君风色入挥毫。

皆川淇园 (1734—1807)

皆川淇园，名愿，字伯恭，号淇园、筇斋。京都人。四五岁即能识字，其父以杜甫《秋兴八首》教之，当日辄能谐诵。年十五，与弟成章在接待朝鲜来使席上应对如流，举座皆惊。文化二年(1805)于京都开设弘道馆，弟子云集。晚年好声妓，人以财货求其诗文书画，多应之，与龙草庐、江村北海交谊。淇园文辞修养深厚，长于训诂、文法、音律，专攻辞书，编写解经、文法诸多著作。学问上属主经派，研究"四书""五经"，钻研《周易》四十余年，旁及老庄。诗崇盛唐，反对模拟，批评李攀龙为代表的明代复古派诗人"志气轻佻"，亦反对竟陵派"击节于奇诵，而不比于正雅"，认为诗须具备体裁、格调、精神三要素，尤以精神最为重要。(《淇园诗话》)其诗长于炼字，往往有佳篇妙句。有《淇园文集》《淇园诗话》《有斐斋文集》。

上坪

一径青苔厚，行行空翠清。
更至上坪处，白云衣上生。

淀河舟中晚景

云涵一川影，山界半边霞。
远树衔沉日，照看两三家。

留别

两歇武陵南渡头，与君系马上江楼。
醉来忘却摄州道，笑指长江天际流。

鸭河西岸客楼望雨

高楼把酒望苍茫，清簟疏帘片雨凉。
川上晚来云断处，长堤十里入斜阳。

采莲曲

别渚少风花乱开，移船摇桨独徘徊。

偶因叶底轻波动，知是有人相逐来。

秋山羁思

峰外又穿树，深秋栈道寒。

瘴氛埋谷白，病叶拥山丹。

嘶马愁回首，行人时下鞍。

家乡残月梦，应在晓云端。

新柳

数株依依碧水津，嫩枝才见媚初春。

风前叶色难衔影，雨外烟光未作尘。

上苑千声环啭鸟，灞桥万里别离人。

可怜胜事来相映，莫使飞花点白蘋。

伊东蓝田 (1734—1809)

伊东蓝田，名龟年，一作东龟年，号蓝田、天游馆。通称金藏、善右卫门。江户（今东京）人。初师从徂徕养子荻生金谷，后向大内熊耳、中根君美学习。安永九年（1780），清朝商船元顺号遭海难，漂流至房总半岛南端的千仓海岸。蓝田与友人前往与船主沈敬瞻（后称天协）、郑岱（字茂盛，号天臻）等人笔谈调查，写有《游房笔语》一书。蓝田喜作汉诗，古近体皆长。有《蓝田先生文集》《心赋考》《韩文公论语笔解考》《论语征文》《正文章轨范评林注释》。

苍颜

苍颜秋与老，浊酒兴还清。

心向青云薄，身因白发轻。

论才羞我辈，谈命感人生。

世路关心处，书成多古情。

何物

何物生来意，寄游天地间。

烟霞过白日，歌哭老红颜。

儒服聊容傲，贫居好爱闲。

只应安所遇，不必买青山。

峡中览古

维昔英雄割据秋，霸图劈峡跨三州。

一从后主无长策，遂使提封成古丘。

天目阵云余杀气，狷桥险栈急飞流。

村翁犹说山河固，残垒萧条动客愁。

送医生游骏州

秦皇求药地，汉武望仙乡。

兰苔翻沧海，峰峦压大荒。

松苓从客劚，藤杖任龙翔。

日月还丹术，烟霞积雪光。

山中晴把卷，洞里夜焚香。

会有神人在，青囊问秘方。

君子有所思寄西京中岛泰志

登高望西方，延伫迷咫尺。

飞甍结彩霞，层阁临紫陌。

制锦饰交窗，镂玉起广宅。

势途一何盛，舆马纷络绎。

越艳列椒房，郑声陪绮席。

佞媚惬意志，云霄生羽翮。

侏儒厌粱肉，俳优入庭掖。

伤哉贫窭士，怀器隐草泽。

智愚质非殊，穷通命巨革。

富贵不可求，枉道将安适。

长歌行

人生一何哀，期迫无夭寿。

日月逝不留，富贵忽难有。

慷慨向天叹，资性各异受。

鸿鹄翔杳冥，狐兔跳培塿。

众庶愿生前，志士期身后。

徒死吾所愧，矢不与骨朽。

橘妃引

和武王凯旋之日，陟碓冰岭望海，伤其妃，祷而投水作。

岭嶂崒兮，其隆且崇。

海茫洋兮，望莫所穷。

我师既剿兮，自西徂东。

哀我所爱兮，投畀蛟龙以厥躬。

于嗟吾妃不见兮，东海沖瀜。

西山拙斋（1735—1798）

西山拙斋，名正，字士雅、子雅，号拙斋、拙翁、雪堂、至乐居、山阳逸民。本姓坂本氏。备中（今冈山县）人。拙斋幼颖迈，学诗书，数过成诵。十六岁负笈大阪，从古林氏学医，受儒业于冈白驹。白驹年迈，便让外孙那波鲁堂（1727—1789）代为授业，后跟随鲁堂至京都。拙斋与僧六如等结盟成立诗穷社，又向纪美领、僧澄月学习和歌，名噪洛、阪间（京都、大阪关西地区）。拙斋文取达意，诗学香山，而不专用力。曾改名为"正"，遵奉朱子，曾建言"宽政异学之禁"，以道学立场批评徂徕学。有《拙斋诗文集》《松山游记》《闲窗琐言》《拙斋遗文钞》。

腊月九日福森、小野两生携诗来访 二首

冲寒三十里，跋涉访茅茨。

野径雪埋日，荒厨茶熟时。

淡交存古道，稳字入新诗。

他日阳春唱，还将若辈期。

方欢二仲过，岂厌送迎频。

寒草荒三径，嚣尘满四邻。

只吾山野趣，与尔琴书亲。

白首不相负，永为青眼人。

题无人岛诗并引

世传无人岛在本邦东南极界，八丈岛外数百里。顷阅一册子，记其地幅员物产颇详，是延宝年间小笠原某者所著云。但其言夸毗张大，恐不可悉信。东涯先生《盍簪录》中亦载此事，似得其实者。余适有感焉，乃赋一诗，疑以传疑，聊托微意，读者其不以辞害志可也。

东南海隅一绝岛，三千里外谁幽讨。

此中振古称无人，满山往往产货宝。

珍禽奇贝跃嘉鱼，异果文木芬药草。

沙金可淘珠可探，开国垦田好创造。

海内剿说何来传，朝野闻者皆垂涎。

其奈风涛险无路，朵颐扼腕徒历年。

吾有一举两得谋，当路君子闻之不。

方今朝野多贪猾，大为国蠹小窃偷。

中饱蚕馅乱纪纲，斯民切齿等仇雠。

孰捕群奸责其偿，载以船只赍以粮。

驱之海隅放彼岛，宝货有无试擅场。

傥幸达彼能开垦，或修职贡比要荒。

假令覆舟葬鱼腹，便是天讨庸何伤。

于嗟无人之境宜放尔，如彼有民复虐彼。

所以圣王待四凶，唯投远裔御螭魅。

薮孤山 （1735—1802）

薮孤山，名愨，字士厚，号孤山、朝阳山人，通称茂二郎。熊本藩人。其父薮慎庵（1689—1744）曾赴江户，从荻生徂徕学习古文辞。孤山早年丧父，由兄愧堂抚养长大。少力学，博涉经史，能属诗文。宝历七年（1757）奉藩命赴江户游学，翌年转赴京都，与当时名流中井竹山、中井履轩、赖春水、尾藤二洲等人缔交。三年后还乡，任时习馆训导，又转助教，不久升教授。一生致力推广宋学，弟子众多，赤崎海门、古贺精里等均向其执弟子礼。孤山嗜诗，务论声律。有《孤山遗稿》《崇孟》《祠堂礼大意》《山水清音》《凡鸟馆诗文集》。

舟泊赤石浦

海上微风歇，孤帆入浦深。

谁知明月色，曾照古人心。

夕阳楼送萱郎归浪华

夕阳楼上夕阳悬，惜别停杯望海天。

恨杀孤飞天际雁，归时却在落花前。

山居秋晚

谷口秋阴暗，村西夕阳斜。

宿鸦争树杪，归犊认人家。

山色看无倦，樵歌听不哗。

一樽留野客，款曲话桑麻。

红白二菊

菊花开处媚清晨，朵朵丛丛相映新。

素艳全欺姑射雪，红光不减武陵春。

尊前潦倒夕霞侣，篱畔徘徊蹈月人。

底事折腰求五斗，陶家秋色未全贫。

仙游悲

浦郎游仙山，瞬息之间，既历数百年。一旦还乡，闾里故旧，一无存者。因悲而作歌也。

勿愿长生仙，长生千载如一日。

忽愿飞行仙，飞行万里如一室。

我自仙山返故乡，故乡何茫茫。

昔我垂纶处，今种麻与桑。

昔我寝兴处，今牧牛与羊。

垒垒原上坟，皆是子与孙。

纷纷邑中人，皆非戚与亲。

故乡如此，我欲弃之，再游仙之都。

仙都虽乐兮非吾居，仙女虽美兮非吾姝。

仙肴错陈兮吾不以为腴，仙乐迭奏兮吾不以为娱。

吁嗟乎，我何处何之，去不可乐兮处可悲。

我愿与万物同生，与万物同死。

拟晁卿赠李白日本袭歌

天蚕降扶桑，结茧何煌煌。

玉女三盆手，丝丝吐宝光。

机声札札银河傍，织由云锦五色章。

裁作仙人裘，云气纷未收。

轻如三花飘阆苑，烂似九霞映丹丘。

世人懵懵若尘网，安得被服游天壤。

六铢仙衣或不如，何况狐白与鹤氅。

我求神仙无所见，远至中州之赤县。

东京西京屹相望，五岳如指河如线。

君不见，岁星失躔落上清，化为汉代东方生。

又不见，酒星思酒逃帝席，谪为本朝李太白。

太白何住太白峰，手提玉杖扣九重。

九重天子开笑容，满廷谁不仰清丰。

片言不肯容易吐，才逢酒杯口蓬蓬。

百篇千篇飞咳唾，大珠小珠走盘中。

长安城中酒肆春，胡姬垆上醉眠新。

长揖笑谢天子使，口称酒仙不称臣。

忽思天姥驾天风，梦魂飞渡镜湖东。

百僚留君君不驻，纷纷饯祖倾城中。

我今送别无尺璧，唯以仙裘赠仙客。

仙裘仙客一何宜，醉舞跰跰拂绮席。

昂藏七尺出风尘，已如脱笼之野鹤。

从是云车任所至，弱水蓬莱同尺地。

尚过瑶池逢王母，云是日本晁卿之所寄。

柴野栗山（1736—1807）

柴野栗山，本姓平，名邦彦，字彦辅，号栗山、古愚轩。赞岐（今香川县）高松人，因故乡有八栗山，故以栗山为号。柴野栗山十三岁师从藩儒后藤芝山，宝历三年（1753）赴江户求学，入藩校昌平簧，师从中村兰林、林榴冈。三十岁赴京都入高桥宗直之门。明和四年（1767）三十二岁任德岛藩阿波蜂须贺家儒臣，并在京都与皆川淇园、西依成斋、赤松沧洲交厚，组成"三白诗社"。天明八年（1788）正月，受幕府之邀再次前往江户，任昌平簧儒职，与冈田寒泉一起帮助大学头林信敬改革学制。宽政二年（1790）五月，向幕府建议"异学之禁"，以恢复朱子学为己任，与尾藤二洲、古贺精里并称"宽政三博士"。宽正九年（1797）十月十二日，任江户西丸大奥将军世子侍读。他博读经书，善诗文，钦慕苏东坡。菊池五山评栗山诗曰："先生虽不专诗，音节天然，自不可掩，长篇大作，多在初年……迨幕府登庸之后，诗风亦变，多庄重雄大之作。……其中年诗……清丽却可喜。晚年不为此种诗，亦不屑为也。"友野霞舟认为其诗"沉雄瑰丽"。有《东奥纪行》《栗山文集》《栗山堂诗集》《栗山堂文集》《国鉴》《杂字类编》《资治概言》。

月夜步禁苑外闻笛

上苑西风散桂香，昌明门外月如霜。

何人今夜清凉殿，一曲霓裳奉御觞。

富士山

谁将东海水，濯出玉芙蓉。

蟠地三州尽，插天八叶重。

云霞蒸大麓，日月避中峰。

独立原无竞，自为众岳宗。

发京留别诸友

知足圣所与，大易戒负乘。

维我山泽癯，孤贫久零丁。

贤侯容愚拙，禄养代躬耕。

名虽在仕籍，迹仍鸿冥冥。

八月西江月，二月东山樱。

所悔弄柔翰，传播成虚名。

忽被鹤书辞，失措惧且惊。

诗书虽宿好，大义非所明。

岂有经济略，可以福苍生。

矧乃衰病余，何以胜簪缨。

严冬十二月，烈烈北风鸣。

官吏相督促，扶病上长城。

飞雪湖上来，林壑冰峥嵘。

税驾复何处，挥泪别亲朋。

冈鲁庵（1737—1786）

　　冈鲁庵，名元凤，字公翼，号白洲，又号澹斋、鲁庵，通称慈庵、尚达。河内（今大阪）人。幼读《唐本草》，人称神童。及长以医术为业，善诗文，每一新篇出，辄为人传诵。鲁庵为人温谨，性嗜书，于家中造书库，左右凿牖，置案几于中央，有暇就抽书阅读。喜研究物产学，庭置小圃，杂植药品，著《毛诗名物图考》。入片山北海混沌社，与葛城蠹庵同以诗词警拔闻名，时议曰"蠹庵伤之纤巧，鲁庵则能占地步云"。江村北海见其集，以为得古人句法格调，非今世所易得焉。诸事见《续近世丛语》。有《香橙窝集》《刀圭余录》《鞭草笔记》。

抵松尾村宿夕霁庵 二首

松尾村何处，寒山十数家。

寻篱秋果熟，叩户暮烟遮。

樽乏茅柴酒，瓶凋野菊花。

所期霜树赏，夕霁一峰霞。

绳床衣且薄，夜冷草庵眠。

身在白云上，梦回青嶂边。

山村无鼓报，溪寺有钟传。

晓起开窗坐，负锄人向田。

平安寓舍答葛子琴见寄

一樽行乐与疴违，伏枕由居徒掩扉。

暮雨城边花寂寂，春烟巷口柳依依。

绨袍曾记同游是，书剑何堪独往非。

几度相思传尺素，遥怜芳草上渔矶。

冈田新川 (1737—1799)

冈田新川，名宜生，字挺之，号新川，又号畅园、杉斋、朝阳、甘谷等，通称仙太郎、彦左卫门。尾张（今爱知县）人。其父为尾张藩世臣。天明三年（1783）为藩校明伦馆教授。宽正四年（1792）升任督学，总理学政，后又任继述馆总督。新川曾从流传到日本的唐代魏徵《群书治要》中抄录刊行了《今文孝经郑氏注》，其后被清代鲍廷博采入《知不足斋丛书》，由此在中国学界也颇闻名。

和泉式部墓

宫中女史擅婵媛，一片残碑傍小村。

尚有蔷薇花自媚，行人驻马吊香魂。

武藏野

草色平空路几条，娟娟冷露万珠跳。

秋高爽气横苍野，月满寒光拂绛霄。

隔水才闻人语响，望乡偏觉客心遥。

行吟夜久衣帽湿，旅鬓如霜皎不消。

释六如（1737—1801）

释六如，俗姓苗村，名慈周，幼名虎吉，号白楼、葛原、无着庵。近江（今滋贺县）八幡人。其父苗村介同为藩医，曾师从伊藤东涯。六如幼年聪敏，七八岁即能诗，十一岁于比叡山祝发出家，十四岁时跟随大僧正慈门，三十岁时因东叡革律之事，被削僧籍。三十六岁时被召还，入正觉院，后赴江户，先后入明净院、浅草寺。四十六岁时复移居京都真葛原。六如广通儒释典籍，以博识洽闻著称，其诗博采众家后自成浓郁清韵，俞樾称其"诗则古艳，无蔬笋气""颇工七言律"。他"初从刘文翼（宫濑龙门）游，且读南郭、万庵等诗，颇为世俗所为。数年之后始省悟，乃更体格也"。（《六如庵诗钞·序》）推重清新性灵，倡导学习宋诗，成为革新诗风的先驱。有《葛原诗话》《六如庵诗钞》。

伏水舟中

津口风帆疾，回头烟水间。

遥望半点雪，犹是故乡山。

大堰川上即事

清流奇石绿萦湾，队队香鱼往复还。

忽有樵舟穿峡下，轻篙蘸破水中山。

墨水晚归

垂杨渡口晚呼船，野雉声残绿岸烟。

留客旗亭上灯早，纸鸢犹自坐遥天。

鸢筝

花信犹寒涂涂风，老年情味火笼中。

槽颐乍忆童时乐，何处鸢筝鸣远空。

江村闲步即瞩

十月水乡晴且暄，一林黄叶数家村。

渡头烟隔呕哑响，洲觜沙留郭索痕。

禾敛闲牛篱巷卧，年丰醉客市楼喧。

此中卜隐多佳处，花竹他时将买园。

夏日寓舍作

数亩园池水渍苔，幽斋枕簟避炎埃。

竹深何碍斜风入，荷密先闻疏雨来。

睡次得诗醒乍失，愁边摊帙倦还开。

墙东久负江湖约，未及秋莼首重回。

病中值立秋

谢病凄凉人事空，寒窗抚枕一灯红。

芭蕉叶战潇潇雨，茉莉花香细细风。

家隔三更残梦外，秋生万里旅情中。

丈夫垂老成何业，属耳纱幮听候虫。

题李长吉像

上帝巨橐吹洪炉，金铸贤智土团愚。

中有一金妄踊跃，帝恶不祥弃泥涂。

化为李家好儿郎，七岁文名动帝乡。

骑马从奴朝朝出，呕出心肝满锦囊。

上叩天阍下地户，思入笔端造化忙。

控掣六鳌神山徙，凿开七窍浑沌死。

帝不能堪其狡狯，忍夺寿筹削膴仕。

侮弄化枢虽难原，毋乃昊天太少恩。

茫茫九州九复九，宜矣万古多土偶。

葛城蠹庵（1738—1784）

　　葛城蠹庵，名张，字子琴，号蠹庵。大阪人。家世业医。夙孤，由其父弟子碓冰逸翁抚养。幼年颖悟，好赋诗。弱冠游京都，时人以为奇才。数年后归大阪，以医业谋生，奉养逸翁备至。入片山北海混沌社，与诸名士交，空暇则出游寻访佳山水，到处吟哦。资性萧散，韵雅怀旷。其诗清新婉约，才不掩巧，趣入于真，卓然一家。又擅长篆刻，师从"印圣"高芙蓉。

章鱼

龙宫曾赐紫袈裟，手挂念珠珠有瑕。

波底对明双眼目，藻边举结八趺跏。

春风波暖贝为艇，秋雨夜寒壶作家。

身在俎头何罪业，钵中犹捧玉莲花。

三日游青松院

红尘蚕市远，碧雾鹊林连。

莲社讨盟日，兰亭修禊年。

堂张唐雅乐，坐满晋名贤。

也是禁杯酒，不尝妨管弦。

清音通八水，逸响彻诸天。

庭际花成雨，池头草作烟。

踏青亲石友，拾翠报金仙。

饭饱众香积，茶参一味禅。

暮鸦随觉路，春浪渺迷川。

辞出灯龛下，余光照大千。

三月八日游墨江

卧游还有倦，行乐兴无穷。

青甸花蹊达，墨江水道通。

楼船多载妓，杖屦或携童。

草嫩服添绿，桃残颜夺红。

农家含艳景，渔网晒晴风。

沙嘴露文蛤，海心吞彩虹。

歌筵林表里，酒店路西东。

松暗危桥外，灯明邃宇中。

大都交佛典，只是赞神功。

一切经为会，十天乐未终。

凤帷人杂沓，鼟鼓雨空蒙。

方沼舞雩晚，咏归伴断鸿。

海云（1739—？）

海云，字号不详，十三岁于北陆道能登（今石川县）剃发出家，十九岁赴江户入总持寺修业，后云游各地，晚年隐栖故乡。善诗，属萱园派，与六如齐名。有《金城余稿》。

幽寺晚钟

织锦霜林隔岸开，斜阳映出梵王台。

上方云涌须臾隐，唯有昏钟度水来。

无题

多病增慵疏世间，偶牵清兴出松关。

秋荒三径黄花老，霜陨千林枫叶殷。

去住无心云自起，虚空有路鸟飞还。

樵童不识忘言趣，怪见山翁独解颜。

岩垣龙溪 (1741—1808)

岩垣龙溪，名彦明，字亮卿、孟厚，号栗翁、龙溪，本姓三善氏，通称长门介。京都人。初向宫崎筠圃（1717—1774）学，后入皆川淇园门下，治经史。开塾授徒，名曰"尊古堂"。受志村弘强之兄志村东屿所托，为《陈林诗集》（志村弘强为中国漂流民陈世德、林光裕所编的诗集）作序。江村北海称他"资性好学，奉职之外日夜从事笔砚"。有《论语集解标记》《标记十八史略读本》《孟子笔记》《松罗馆诗文稿》。

斗龙滩

麂水之阳何奇绝，磊落巨石数里列。

忆昔女娲补天时，谩向下土抛余屑。

陨星纷纷化相聚，滩中纵横如棋布。

水际屹立束洪流，怪形奇状令人怖。

神禹命斧凿难平，仙人挥鞭驱奚行。

惊波激扬飞霹雳，玉龙奔腾势狰狞。

喷雪撒霰白日寒，展涡渐转生回澜。

金鳞鳃裂欲掠摅，紫萍绿藻相旋盘。

游人临此久彷徨，水光射胸洗心肠。

张子泛宅度无术，米家丈人拜不遑。

千赏万叹一望中，当令浯预在下风。

濯足振衣断岸上，长啸自觉气魄雄。

山村苏门（1742—1823）

山村苏门，名良田，字君裕，号苏门，通称甚兵卫。信浓（今长野县）木曾人。其家世代为木曾福岛邑主。二十岁时赴江户，师事大内熊耳。后仕尾张藩（今名古屋市），为家老十余年，声望颇著。宽政十年（1798）致仕后，筑清音楼、仙鹤亭，讲述授业。俞樾《东瀛诗选》称其"晚年自定其诗文为《清音楼集》，亦清雅可诵。有句云'造次于花颠沛花'，化陈为新，余甚喜诵之"。有《三十韵唱和集》《清音楼诗文集》《望月诗卷》《苏门文集》。

观肥后瀑布图

胜概久闻熊城东，　山水之奇不可穷。

肥后太守好事癖，　毫端缩得厨画中。

一朝开厨向我示，　座上惊见大江通。

直濑触石疑闻响，　偃树临岸怪生风。

瀑水迸跃知几处，　怪岩一一状不同。

丹洞散处挂玉箔，　青天涨时落白虹。

二匹素练合左右，　两口霜剑分雌雄。

霜剑素练总奇状，　缀珠乱丝竞神工。

卷尾别有称大瀑，　势如白龙下苍穹。

悬崖壁立几千丈，　碧桎青桧锁龙嵷。

岩下深穴焉知底，　山鬼昼哭雾蒙蒙。

此地深溪绝人迹，　水栖魍魉山罴熊。

今日却似具六翮，　翩随长风伴仙翁。

观罢恍然如梦觉，　惭我未能脱樊笼。

嗟乎仙游难可得，　聊写奇绝托雕虫。

己卯仲夏病起作

暂时我与疫鬼居，大鬼跳梁小鬼嘘。

二鬼炎炎身如火，扶我直欲上太虚。

我乃从容揖鬼曰："我龄八十不足惜。

人之在世如电光，一朝消灭无踪迹。

死亦可矣生亦可，比犹风柳日袅娜。

峡中风光水与山，风流词客谁同我。"

疫鬼闻之如有思，忽尔放我任所之。

别有神光照暗窟，群鬼散走毒雾披。

振衣复上清音楼，楼上挥尘对清流。

仰看驹岳峰头月，清光依旧照清秋。

片冈竹亭（1742—1789）

片冈竹亭，字承行，又字子训，号竹亭，通称顺伯。伊势（今三重县）洞津人。喜游历，师从奥田士亨，又曾赴京都学于江村北海。

送人游须磨

送君遥想摄阳天，到处风光媚客船。

山接赤城欹峭壁，海连淡岛渺云烟。

寻花萧寺移迟日，读碣莎堤感往年。

为是江南多胜事，奚囊自满远游篇。

山根南溟（1742—1793）

山根南溟，名泰德，字有邻，号南溟，通称六郎。周防（今山口县）人。山根华阳之子，自幼受家学，后仕萩藩为侍讲，信奉荻生徂徕古文辞学。善诗文，又嗜酒，自称酒禅。擅写七绝，诗作风格清新，堪与其父媲美。又熟读唐诗，诗作善于化用唐人名句。有《南溟先生诗集》。

旅泊闻猿

落月长江千里秋，风吹木叶下寒流。
晓来未结还家梦，两岸猿声到客舟。

赤松鸿（1743—1797）

赤松鸿，字大业，号兰室，通称太郎兵卫。播磨（今兵库县）人。为赤穗藩儒。幼慧，善诗文，十六岁即闻名全国。与薮孤山、河野恕斋并称三才子。有《赤城风雅集》《弊帚集》《兰室先生诗文集》。

宝刀歌与刀工冈本安倩

赤城东畔滨海里，有一奇伟之男子。
少小潜心欧冶术，拟将神物擅其美。
灵风鼓橐星斗奔，宝气盘缠蛟龙起。
阴阳翕聚鬼神护，紫雾红烟腾炉底。
铸出双刀分雌雄，紫电白虹奚足齿。
清水淬锋砥敛锷，光芒射人不可迩。
持来一献君王阙，琉璃光中凛冰雪。

赏赐金谷拜舞归，堪笑荆璧取二刖。
名价隆然震四方，坐使妖魅丧精魄。
即今四海不扬波，何须更刺鲸鲵血。
或值朱云请上方，要为佞头试一拔。

国家社科基金重大项目（19ZDA295）阶段性成果

Anthology of East Asian Sinitic Poetry

东亚汉诗丛选｜严明　主编

日本
汉诗选 全二册（下）

Anthology of Japanese
Sinitic Poetry

严明　史可欣　编选

江西教育出版社
JIANGXI EDUCATION PUBLISHING HOUSE

·南昌·

龟井南冥（1743—1814）

龟井南冥，名鲁，字道载，号南冥，别号信天翁、狂念居士、苞楼，通称主水。筑前（今福冈县）人。少年时学于释大潮、三浦瓶山，后出大阪从永富独啸庵（1732—1766）学医。更赴长州，师事山县周南请益徂徕学。业成后以儒医显，得藩主擢拔为儒员，任藩校蜚英馆教授。天明三年（1783），八代藩主黑田齐隆令南冥与竹田良定（贝原益轩门下）共同改组藩校。翌年，南冥建甘棠馆（西校），讲授徂徕学，良定建修猷馆（东校），讲授朱子学，两校学派相违，但西校气势一度盖过东校。宽政二年（1790）异学之禁后，徂徕派遭到官方打压。宽政四年（1792）作都府楼碑文与白岛碑文，遭加藤虞山构陷而免职。屏居后不堪流言谗语之扰，终因悲愤而自杀身亡。南冥是徂徕派的殿军人物，继承徂徕之学，能自出新意，被称为"镇西大文豪"。有《肥后物语》《论语语由》《南冥先生文集》。

麑岛城下作

谁家丝竹散空明，孤客倚楼梦后情。

皓月南溟波不骇，秋高一百二都城。

江村愚亭（1744—1770）

江村愚亭，名秉，字孔均，号愚亭。江村北海次子。《日本诗选》称"夙慧异常，九岁能诗，十二能文，兼巧书画，其为人耿介不群"。江村北海《日本诗选》选其诗。

题画虎

深山枯草动寒风，猛虎蹲身乱石中。

洗尽吻边獐兔血，一溪春水落花红。

若狭客中作

重山峻岭限西东，城市相连海雾中。

湿气晨寒多是雨，潮声夜吼乍生风。

只怜春蟹双螯紫，未见桃花一朵红。

客舍萧条何所听，浦云深处有归鸿。

三绳桂林（1744—1808）

三绳桂林，名维直（一说惟直），字温卿，又字绳卿，号桂林、蒲山，世称准藏，又称准可、顺藏。江户（今东京）人。少师安达清河，清河以为千里驹。曾为江都尹属吏，后以疾辞。善诗，俞樾称其诗"虽无新警之句，而皆粹然完美，知其洗伐之功深矣"。亦善论诗，著有《诗学解蔽》。论诗以唐诗为正体，赞赏唐诗有言尽而韵余之含蓄，不满宋诗意巧刻薄，无响无味。主张经由学唐探求《诗经》之旨，进而求达温柔敦厚之正道，对当时诗坛好学宋诗、好作新奇语的现象多有批判。有《桂林诗集》《桂林遗稿》。

题李白观瀑布图

天倾银汉水，倒泻匡庐颠。

题诗斗奇绝，万古一青莲。

离亭值雪

日落寒潮千里流，离亭风色黯生愁。

江云不为遮前路，作雪纷纷送客舟。

春江送客

桥边攀柳罢，渡口送扁舟。

分袂风花散，移桡月夜浮。

三春人远别，千里水长流。

明发江南路，烟波惹客愁。

哭津叔谨 二首其二

之子仙才是，飘忽脱世情。

不须丹鼎熟，忽值玉楼成。

天上堪新咏，人间奈旧盟。

空留筐里草，掩泪忆平生。

春晓发海驿

星言辞逆旅，前路曙钟闻。

海已收春雨，山犹拥宿云。

花香风里暗，帆影月边分。

忽复东方白，遥天见雁群。

游江岛

孤岛秋高积水隈，壮观且倚玉楼台。

芙蓉晴雪擎天起，瀛海风涛撼地来。

奔马冲岩千鬣乱，惊龙走壑万鳞摧。

吾曹未拾遗珠得，豪兴犹探岩穴回。

咏怀 十首其七

江城二三月，和气方艳阳。

灼灼桃与李，菲菲舒芬芳。

朝野共熙乐，品物有辉光。

良时诚可惜，四序何渠央。

蓐收一布令，奄尔温为凉。

金风自西至，木叶槭已黄。

罗纨忽已匮，葛屦行履霜。

蟋蟀一何切，唧唧鸣东厢。

为我谓蟋蟀，哀音且莫长。

人世贵适意，节物何足伤。

戏作西瓜歌

盈尺之玉西域来，殊胜木难与玫瑰。

定是昆仑山上种，玉井何人洗得回。

轻凉不问燕珠美，清润堪副避暑杯。

畏日煌煌三伏节，城市何处涤炎热。

锦棚冰槛徒豪举，斯物唯当愈烦渴。

霜刃一割红淋漓，且疑月支骷髅血。

坐客扼腕意忽骄，嚼来满堂气凛冽。

不羡沧海餐丹霞，敢求嵩少啮白雪。

雪飞霞落银盘虚，齿寒安知唇未竭。

须臾两腋生清风，吹我白日欲升空。

脱巾散带块然卧，梦入华胥乐国中。

东海有大鱼

不见吞舟鱼，乃在大海中。

朝发昆仑西，夕宿碣石东。

修鬐长鬣摩太清，宛似三军旌旗行。

万里鼓浪蛟龙走，开口一吸百川倾。

须臾喷沫拂云飞，雾雨漫天洒菲菲。

徒恃纵横冠水族，孤游突兀无所依。

一朝忽失横海势，蹉跎泥土欲安逝。

我无俦匹为相嚅，力屈唯被蝼蚁制。

曾谓六合堪泳涵，笑他鲲化徒图南。

欲向青天吞日月，任公饵香何足贪。

千载无复谪仙驾，今日空入齐客谈。

何得还为斥泽鲤，唼喋菱芡游清潭。

伊形灵雨 (1745—1787)

　　伊形灵雨，名质，字大素，通称庄助。因生于灵雨山下，故号灵雨。肥后（今熊本县）玉名郡人。出身农家，明和二年（1765）入熊本藩校时习馆，师从秋山玉山。后受藩命游学京都，以善诗在京都小有名声。安永四年（1775）归熊本藩校任时习馆助教。灵雨通国史，善和歌，性情放达，因不愿受束缚而辞官归乡，因居于猿挂村，被乡人称为"猿崖居士"。灵雨以李白自比，崇尚李白诗风，薮孤山称他为"李白再生"。其诗《过赤马关》作于安永五年（1776）从京都返肥经过下关海峡时，被誉为"九州三绝"之一。有《灵雨诗集》。

过赤马关

长风破浪一帆还，碧海遥环赤马关。

三十六滩行欲尽，天边始见镇西山。

普明（? —1805）

普明，字宝月，号香光室。生于丰前（今福冈县）府中永福寺，之后被长福寺通元和尚收养，学习佛典。后在京都东本愿寺的高仓学寮讲学。其诗《姬岛》与龟井南冥的《麂岛城下作》、伊形灵雨的《过赤马关》一起，被称为"九州三绝"。有《香光室文集》。

姬岛

大海中分玉女峰，蛾眉翠黛为谁容。

我将明月遥相赠，影涌瑶台十二重。

尾藤二洲（1745—1813）

尾藤二洲，名孝肇，字志尹，号二洲（二洲号，取自四国古名伊予的二名岛），又号约山、静寄轩、流水斋，通称良佐。伊予（今爱媛县）川江人。二洲少有足疾，宝历十年（1760）十四岁入乡塾。明和七年（1770）到大阪师从片山北海。安永元年（1772）在伊予屋良佐私塾任教。宽政三年（1791）同柴野栗山、古贺精里一起任幕府昌平黉教官，三人被称为"宽政三博士"。二洲为混沌社社友，与赖春水、古贺精里、中井竹山、菅茶山、西山拙斋等人交厚，笃信程朱之学。文化八年（1811）因病退隐，仰慕北宋诗人林和靖种梅养鹤的淡泊生活，自称"高卧子"。二洲年轻时喜陶渊明、李白，至晚年喜白居易。其诗平明简远，雅淡隽永。有《易系辞广义》《国学指要》《论孟衍旨》《中庸首章发蒙图解》《正学指掌》《静寄轩余笔》《静寄轩集》《约山诗集》《文章一隅》《素餐录》。

听虫

庭草秋深接薜萝，阴虫鸣尽月婆娑。

游人独解声声恨，寒入客衣今夜多。

春帆细雨来

十里春塘暗柳条，片帆欲下影犹遥。

雨微丝弱不堪系，轻掠青萍逐暮潮。

浦上玉堂 (1745—1820)

浦上玉堂，姓纪，名弼，字君辅，号玉堂，通称兵右卫门。备前（现为冈山县东南部及兵库县赤穗市的一部分）人。曾仕于冈山藩。宽政五年（1793），玉堂四十九岁时辞官居于京都，沉溺于弹琴和书画。其诗不拘规格，以风韵取胜。有《玉堂琴士集》。

杂咏

俸余蓄得许多金，不买青山却买琴。

朝坐花前宵月下，嗒然弹散是非心。

结庐幽谷密林间，竹月松风相对闲。

却笑隐沦忙底事，朝朝洗砚写青山。

清田勋 （1746—1808）

清田勋，名勋，字公绩，号龙川，京都人。江村北海之子，因出嗣叔父清田君锦，故姓清田。其家学以儒学为主，龙川承其家学，但著作多毁于火灾，传世有《龙川诗钞》。

池馆晚景

庭池雨过水玲珑，枕簟香生菡萏风。

怪得流萤忽无影，月来杨柳画桥东。

赖春水 （1746—1816）

赖春水，名惟完、惟宽，字千秋、伯栗，号春水，又号霞崖、抽巢、和亭、青山庄，通称弥太郎。安艺（今广岛县）竹原人。赖山阳之父，赖春风、赖杏坪之兄。春水幼好学，资性颖敏，从邻村平贺中南（释大潮门人，《唐诗选夷考》作者）学习。明和三年（1766）赴大阪游学，师从片山北海，加入混沌诗社，与尾藤二洲、古贺精里，中井竹山、西山拙斋、菅茶山等名士结交，并在大阪设塾教学。天明元年（1781）出任广岛藩儒，后至江户为世子伴读，又经尾藤二洲、古贺精里推荐在昌平黉任教，讲授朱子学。春水尤善五言律诗，其诗不求工巧，不屑雕琢，俞樾评其"为诗文喜为腹稿，不加点窜，菅礼卿言'千秋之诗不思而得者也'，然间亦流于率易，宜节取之"。有《春水遗稿》《东游负剑录》《霞关掌录》《师友志》《春水日记》《艺备孝义传》《春水诗草》《春水轩杂纂诗草》《春水轩杂纂文钞》《竹原文集》《佩文斋书画谱略》。

春日江行

春水平如砥，一篙过几村。

停船鸥亦至，似欲与人言。

早发古河

舆马朝来发古河，行听里妇采桑歌。

平田极月茫无际，天末青螺得筑波。

松岛

一碧琉璃澹不波，平湾无数点青螺。

月明宛似龙灯出，分付光辉夜色多。

记渔翁言

谁识渔翁寿且福，一橹片篷是吾屋。

少小嗜酒不曾醒，请君看取我头秃。

头秃齿豁何足病，形体极丑我心净。

虽有鱼税薄于纸，不知田野有苛政。

谁识渔翁寿且康，风餐露宿八十霜。

棘鬣千头何所利，都酿一铛米一囊。

君买我鱼价不论，我饮君酒是何恩。

纵无德色岂无报，尺余河豚聊充餐。

好去潮候入前湾，吾亦鸥鹭待吾还。

扣舷而去呼不答，柔橹声远夕阳山。

村濑栲亭 (1746—1818)

村濑栲亭,又姓源,名之熙,字君绩,号栲亭,别号神洲,通称嘉右卫门。平安(今京都)人。初从田田梅龙修古注学(习《管子》),后入清原氏门下。后应秋田侯征召,赴其治所,待以宾师之礼,并咨询国政。栲亭博学洽闻,兼善书画,中年以后始专力于诗文。喜临古帖,尤好苏东坡,其《垂丝海棠诗纂》自序曰:"我国之有樱也,犹之蜀之有海棠乎。"特为咏樱花者示例。诗论主折衷,摄取袁宏道"新奇而不尚险怪"的性灵说,主张"诗无常调",与释六如等同倡宋诗。西岛兰溪《敝帚诗话》称:"源栲亭学识优博,其唱宋诗于京师,盖为嚆矢。"有《艺苑日涉》《栲亭全稿》《栲亭村濑氏经说》《垂丝海棠诗纂》《枫树诗纂》。

秋田滨海之地有赤神山,山上有汉武庙及苏武宅,传为武奉使所至。侧近有孤屿曰"御币",其滨生藻,名曰"御币菜",其初生再生者,味极佳。丁未之春,匹柳塘君辱赐此菜,因赋律诗一章以奉谢

赤神山上汉时祠,属国遗踪存口碑。
节旄化作波间草,千载犹新雨雪时。

闻杜鹃三首 并序

汉人咏杜鹃在暮春,如闻之不胜悲者。在此方,其鸣在五月,人争赏之,或宿山林幽僻之地,不寐以待其鸣。故作诗者,多在春悲之;咏和歌者,多在夏赏之。然韦应物有"高林滴露夏夜清,南山子规啼一声"之句,吴融有《秋闻子规》之诗,则其鸣不必春时而已。唯悲之与赏之彼此不同,何也?唐太宗尝语乐曰:"声之所惑,各因人之哀乐。岂唯乐云乎哉。"余不敢效汉人之颦,赋三绝。

寂寂灯前雨未晴,杜鹃破梦一声鸣。
朦胧认得非耶是,欹枕更期第二声。

400

闲吟残夜坐幽房，乍听啼鹃近过墙。
急唤家僮开牖户，一痕斜月半床霜。

杜宇一声渡晓云，起看新树月纷纷。
黄鹂娇侣鸿过客，闲景闲情独属君。

雨后晚景

野塘含润柳槐青，浴后脱巾吟蓼汀。
风惹蝉声凉意动，山收云气夕岚冥。
驱蚊蓬户烟如带，邀月芋田露似星。
偶有村童来相护，强求团扇逐流萤。

苔

雨蒸风剪几痕烟，天借幽人便作荐。
一发敢侵争利地，寸心却托不耕田。
花纹妆点空庭锦，藤蔓抛残败壁钱。
只怕邻庄数枝竹，墙阴每使子孙穿。

记梦

春昼睡方熟，杖履云相逐。
泠然放所之，倏到澄江曲。
清风舒我襟，明月爽我瞩。
高山引我趣，流水濯我足。
只知天地宽，不知冠带束。
只知日月悠，不知萤雪促。

仍欲究仙源，徘徊迷花竹。

寤来犹在眼，残梦了难续。

放言 十首选一

往者为故来者新，昼夜古今互为宾。

昨日骤富今日贫，桃李何曾见常春。

荣枯人间如递驿，司徒何苦钻李核。

圣智不免陈蔡厄，东西一生无暖席。

倘使浮云迹，有意循绳尺。

玉帝发仓赈馑子，织女断机衣寒士。

请君泊然且葆真，未知天将饱杀何等人。

松霭 （生卒年不详）

松霭，名德舍，字圆禅，号松霭，江户后期诗僧。俞樾称其"诗
笔秀逸，无尘羹士饭气，亦无蔬笋气"。有《松霭遗稿》。

常光精舍四时杂吟 四首选一

折取桃花一两枝，读书床畔插军持。

吟酬春色宜秾丽，便阅南朝宫体诗。

山亭雪日

雪花吹洒小茅橼，一鸟无声山皎然。

惟有寒流埋不得，穿松绕竹到庭前。

日谦 (1746—1829)

日谦，俗姓日野，名日谦，字道光。生于大阪，在京都本国寺从日领上人修业，后为出云国（今岛根县）平田报恩寺住持，居于寺旁听松庵。其诗学大阪的细合斗南。日谦与六如、村濑栲亭、西山拙斋、菅茶山交好，菅茶山有评曰："上人津梁之余，出则寻山弄水，入则涉园接客。其胸中清致，随意发露。口之则成佳话，笔之则成好句。冲澹修远，自有独造处。不堕粗豪，不流纤媚，所谓调与时人背者。盖无意于不朽，而自可以不朽矣。"有《听松庵诗钞》。

樱花

自是三春第一芳，杏桃粗俗岂争光。

若使唐山生此树，牡丹不敢僭花王。

早春仿杼山上人体

春信自萧寺，春情溢竹筒。

春山莺一啭，春涧雪初融。

春屋梅花月，春桥杨柳风。

春游心似荡，春梦逐樵童。

菅茶山 (1748—1827)

菅茶山，名晋帅，字礼卿，号茶山，通称太中。备后（今广岛县）神边人。其父菅波久助经营酒业并务农，喜作俳句。明和三年（1766），茶山赴京都求学，师从和田东郭学医术，并另学古文辞学。明和八年（1771）入那波鲁堂门下，转学朱子学。安永五年（1776）归乡办家塾，因家塾面黄叶山，称"黄叶夕阳村舍"，后称"廉塾"，门下弟子众多，有名者如赖山阳。茶山于享和元年（1801）被福山藩聘为儒官，文化元年（1804）随藩主阿部正精赴江户，在江户期间受命编纂《福山志料》，同年回到故乡，在江户往返途中写了大量"东游诗"。茶山是江户后期大诗人、关西诗坛重镇，有"东宽斋（市河宽斋），西茶山"之名。龟田鹏斋道"茶山以诗鸣世"，林述斋称"诗数茶山"。其诗以宋诗为范，风逸高雅，俞樾称"礼卿诗各体皆工，而忧时感事之忱往往流露行间，亦彼中有心人也"。有《黄叶夕阳村舍诗集》《重修福山志》《福山志料》《茶山文集》《游艺日记》《诗律法问》《花月吟》。

赴鸭方途中 二首

鸣榔声断水烟虚，葭露苹风绕故墟。
潮退晚汀沙碛阔，女儿相唤捕章鱼。

女儿倾筐采新橦，雨后寒生回野风。
知是授衣期已近，村家竹里响棉弓。

冬日杂诗

寒鸟相追入乱松，隔溪孤寺静鸣钟。
山风俄约晚云去，雪在西南三四峰。

芦川即事

月色朦胧波影明，渡船野约客分行。
沙禽未稳芦中宿，惊起长篙刺水声。

玉水路上

南都山翠北都连，淀水斜通笠置川。
坏道久无銮辂过，当归芍药满春田。

兵库道中

晓雾帆樯露，残星岛树垂。
潮声含雨意，人语带春熙。
疏磬松王寺，荒田楠子碑。
旧都多逸事，或有老渔知。

龙盘

龙盘虎踞帝王都，谁见当时职贡图。
祭祀千年周雅乐，朝廷一半汉名儒。
世情频逐浮云变，吾道长悬片月孤。
怀古终宵愁不寐，城钟数杵起栖乌。

浦岛子归家图

蚌珠为阁鲛绡帷，仙姝环侍艳冰肌。
鼍鼓蟹弦侑醽酥，鳖炮鲂鱲红螺杯。
昼夜欢乐何时极，罪根未灭思乡国。
归来门巷非旧时，皱皮满面无人识。
君不见少年游兴梦一场，昨日鬒发今日霜。
回头修短均转瞬，感怆何独浦岛郎。

影戏行

纸障笼烛光辉邃，有物森立含百媚。

鬼邪人邪人莫识，疑看艳妆凝珠翠。

谁家妖童美风姿，定从乌衣巷边至。

双去双来皆应节，舞袖翩跹轻蝶翅。

汉帝招魂恨无言，任郎顾影如有意。

妙技暗写世上情，造物不知指端秘。

须臾弄罢寂四筵，乾闼婆城更何地。

观者怅然惜更阑，一笑制诗传相示。

君不见汉事唐业无踪迹，人间今古几影戏。

赤田卧牛 (1749—1822)

赤田卧牛，名元义，字伯宜，号卧牛，通称新助。飞骓（今岐阜县）人。其家从事造酒业，而自学经史诸子。曾向津野沧州学诗，追慕徂徕学风，心折萱园一派，也曾学诗于江村北海。俞樾《东瀛诗选》指出："飞骓之为地，在彼国为最僻，至比之蚕丛、鱼凫，声教隔绝，文学之士盖罕有焉。伯宜生其地，独能以文名一时，亦可谓豪杰之士矣。"有《卧牛山人集》。

暮春过田家 五首其一

晴川十里水烟迷，两岸微风杨柳齐。

借问村家何处住，看花直到野桥西。

江上晚归

罢钓秋风暮，江村路自斜。

寒波涵夕景，残柳宿归鸦。

十里芦花岸，孤村渔父家。

渐知初月出，人影落晴沙。

市河宽斋（1749—1820）

市河宽斋，名世宁，字子静，一字嘉祥，号宽斋，又号半江渔夫、江湖诗老、西野、西鄙人、玄味居等，通称小左卫门。上野（今群马县）人。其祖父为沼田藩真田氏家臣，其父曾入江户时期著名书法家细井广泽之门。宽斋幼受家教，后游学江户，入祭酒林正良门下学朱子。安永五年（1776）二十八岁学成后，经林正良推荐任昌平黉学长，后因病辞职。宽政三年（1791），富山藩主前田利谦聘其为藩校广德馆祭酒，后升为教授。在江户创立江湖诗社，提倡学宋诗。文化四年（1807）出版《三家妙绝》（"三家"，指范成大、杨万里、陆游），江户诗坛潮流为之一变，由崇古文辞格调派转向清新性灵派。宽斋学识渊博，为人温厚和易，性爱山水，善指画。其诗平淡幽然，转益百家，林衡曰："子静于学精敏，最长乎诗，篇什颇富，清丽奇峭，无所不有，其初为樊川，一变而香山，再变而剑南，终又镕陶诸家，别出杼轴，亦非一体。后进推以为领袖，承其指画，粗能成家者不少"。俞樾《东瀛诗选》称其"年逾古稀优游林下，其为诗颇有自得之趣。当时比之香山、剑南，虽似稍过，亦略近之矣"。宽斋与其门人柏木如亭、大洼诗佛、菊池五山称为"江户四家"。有《日本诗纪》《宽斋摘草》《全唐诗逸》《三家妙绝》《陆诗考实》《宋百花诗》《半江暇笔》《琼浦梦遗录》《宽斋诗文集》。

题白居易

七帙诗编自写真，谁知好事更传神。

鸡肤鹤发老居士，非是凌烟阁上人。

怀克从

瘦梅面貌雪精神，自是吟诗三昧人。

每到怀君时展取，壁间一幅乐天真。

待渡

沧波一带抹红霞，争渡归人立浅沙。

岸阔篙师呼不应，晚炊烟罩柳边家。

夜看樱花

不须当昼弄芳姿，一种风情入夜奇。

蜂蝶不来人去尽，浓妆独与月明宜。

雪中杂诗

破窗寒彻五更风，八尺身材曲似弓。

冰柱几条垂到地，水晶帘外月玲珑。

东坡法墨

苏子瞻云："金华潘衡初来儋耳，起灶作墨，得烟丰而墨不甚精。因教其远突宽笼，得烟减半，而墨乃弥黑。其文曰：'海南松煤，东坡法墨。'"见《墨史》。此墨面画狻猊滚球之状，幕有"子瞻"二字，下一印不可辨，缘边小字曰"海南松煤，东坡法墨"，盖潘所制也。乃亥儿宝墨筐中物。

海南古墨坡翁法，最见潘衡制手高。

试写山高月小句，笔尖犹觉带风涛。

矢仓新居作

抛掷昌平启事名，烟波近处占幽情。

江湖结社诗偏逸，木石成居趣亦清。

白首人间争席罢，青云世外振衣行。

扁舟乘月谁相访，门静寒潮夜夜声。

大田南亩（1749—1823）

大田南亩，名覃，字子耜，后改称七左卫门，号南亩、寝惚先生，初号四方赤良、四方山人，后改号蜀山人，别号杏花园、晚樱山人、石楠斋等，通称直次郎。江户（今东京）人。南亩自幼好学，师内山贺邸、松崎观海，习荻生徂徕。其父在幕府为臣，南亩十七岁承袭父职。明和四年（1767）十九岁，出版了狂诗狂文集《寝惚先生文集》，在江户文坛名噪一时。宽政十一年（1799）在大阪任职。文化元年（1804）在江户与冈田寒泉、尾藤二洲一同参加诗社。此外，南亩亦与大洼诗佛、柏木如亭、龟田鹏斋相交。南亩性格潇洒飘逸、放浪诙谐，才气俊逸，其诗清远绮丽，富于技巧，易于口诵。有《杏园诗集》《寝惚先生文集》《明诗擢材》《观光集》《杏园闲笔》《南亩莠言》《石楠随笔》。

上日光山

斜月隐山中，松杉风色冷。

忽闻传曙钟，谁不发深省。

颜见世

积物积如山，挑灯挑至晓。
矢仓太鼓声，金落知多少。

江户四季游 四首

上野兼飞鸟，花开日暮里。
三弦茶弁当，多有幕之里。

川长两国桥，花火燃前后。
歌响屋形舟，皆翻妓子袖。

七月乍凉出，扬舟土手通。
灯笼多见物，尽入大门中。

忽闻颜见世，番付卖人声。
正是芝居好，应侵夜雾行。

送栗士弘之骏阳

莫道前期更易逢，愿乘飞梦一相从。
应知我寄愁心处，皎皎天边吐月峰。

望岳

日出扶桑海气重，青天白雪秀芙蓉。
谁知五岳三山外，别有东方不二峰。

和答铜脉先生见寄

狂诗无和者，年来且相求。

门番留老子，垃坊叱孔丘。

从知四角字，贫乏转相催。

文盲多大才，腹筋日九回。

偶读太平乐，御作又有之。

始识我姓名，君能御存知。

古贺精里（1750—1817）

古贺精里，名朴，字淳风，通称弥助，号精里，别号复原、黄畔野叟、归卧亭主人、舣舟斋主人等。肥前国（今佐贺县）佐贺郡人。其父古贺忠能为佐贺藩武士。精里于安永三年（1774）25岁时奉藩主之命赴京都游学，初学王阳明，后与尾藤二洲、赖春水等人交好，受他们的观点影响转学朱子学。安永八年（1779）学成归故里，任佐贺藩参政。天明元年（1781）任佐贺藩校弘道馆教授。宽政三年（1791）随藩侯赴江户，在幕府昌平黉任教，后擢为儒官，主持学政。文化七年（1810）往对马，接待朝鲜使节。精里学问广博，善诗、文、书，崇经术，鼓吹朱子学，反对徂徕学，与柴野栗山、尾藤二洲并称"宽政三博士"。其诗雄健富赡，有汉风唐韵。友野霞舟评其诗"雄健道爽，无一毫妖媚之态，殆如其为人"。有《精里集钞》《归卧诗钞》《潇碧轩诗文稿》《近思录集说》《论语纂释诸说辨误》《大学章句纂释》《四书集释》《精里全书》《归卧亭杂钞》。

画猴

踞石看云天趣长，山中芧栗足粿粮。

游嬉莫近人间世，恐被加冠弄一场。

远村分韵

霭霭荒村负碧山，参差桑柘水湾环。

夕阳江上云生处，半隐斜风细雨间。

龙玉渊 (1751—1821)

龙玉渊，名世华，字子春，号玉渊，通称一郎、卫门。近江（今
滋贺县）人。彦根藩儒龙草庐之子，自小从父受家学，修徂徕学。
后亦仕彦根藩，为其儒臣达四十八年。有《玉渊诗稿》。

月下吟

寂，悠。

良夜，清秋。

乘明月，登高楼。

水极地脉，天涵江头。

歌遣思抑郁，酒洗意绸缪。

金波三千世界，玉镜六十余州。

昆山尺璧一痕出，合浦寸珠万颗浮。

霜未落袁郎牛渚树，人应逐苏子赤壁舟。

星斗阑干银河转如带，杯盘狼藉冷露零湿裘。

醉来而不知东方之既白，归去也又期明年之重游。

冻滴（生卒年不详）

冻滴，字豹隐，号笙洲。住彦根（今滋贺县）江国寺。诗学龙草庐。

江村即事

夜阑江上月将斜，明灭残灯三两家。

野渡苍茫人不见，一声鸣雁落芦花。

逢侠者

慷慨悲歌音若钟，自夸长剑是芙蓉。

频年报冤知多少，臂上刀瘢十字重。

萩原大麓（1752—1811）

萩原大麓，名万世，字休卿，号大麓，通称英助。上野（今群马县）人。师从片山兼山，其学以古学、考证为主，曾讲学于江户，并创办鹿鸣吟社。作诗讲究用字用词的推敲，不欲以诗名家，其门下士江尻兴采录其父子兄弟及诸弟子诗为《鹿鸣吟社集》。有《五经解闭》《孟子考》。

海驿晚景

为客来千里，凭轩古驿楼。

天低容远峤，岸裂控长流。

风歇波犹涌，日沉霞欲收。

独将迟暮泪，空洒大荒秋。

山本北山 (1752—1812)

山本北山，名信有，字天僖，号北山，别号孝经楼主人、奚疑翁、学半堂逸士、竹堤隐逸等，通称喜六。江户（今东京）人。初从山崎桃溪学古文句读，后从井上金峨学经学。北山以《孝经》为治学重点，文章效法韩柳，主张诗不该以格律神韵为主，而应该以清新性灵为主，并著《作文志彀》《作诗志彀》二书抨击萱园派余势。北山二十八岁时即收徒教学，当时汉文坛正期待改革，北山理念与时代之风不谋而合，从者众多。据说北山讲学讲到激动时，必扬眉拍案。宽政"异学之禁"时，北山与丰岛丰洲、冢田大峰、市川鹤鸣、龟田鹏斋等人又强烈反对，被人合称为"江户五鬼"。其门下著名诗人有大洼诗佛、柏木如亭、梁川星岩等（诗佛、如亭亦师从市河宽斋）。有《作文志彀》《作诗志彀》《孝经楼诗话》《文藻行潦》《诗藻行潦》《作文率》《文用例证》。

宝刀

盖世豪气老未消，宝刀霜冷尚在腰。

磨砺金龙山下石，提来欲斩水中妖。

闲居

负郭多年避世华，双鞋未散踏官衙。

人生堪送琴诗酒，天道何悭雪月花。

药草坞边栏屡结，薜萝门外蔓从遮。

家无长物身无累，亭午起来闲吃茶。

偶成

吟花啸月一闲身，病懒交加甘隐沦。

礼法无关吾辈事，诗章岂拾古人陈。
披图按画游全足，煨栗烹芋食不贫。
底物世间如个乐，是非都任俗流唇。

龟田鹏斋（1752—1826）

龟田鹏斋，名长兴，幼名弥吉，字稚龙、图南、公龙，号鹏斋、善身堂，通称文左卫门。又戏号疯颠生、金杉学士、襄阳逸民、墨江老渔、太平醉民、斗酒学士、朽木居士等。嗜酒喜游览，"江户五鬼"之一，有《鹏斋诗钞》。

偶作

君是都下人，能辨山中意。
却愧山中翁，不解都下事。

望富岳

富峰千丈雪，寒光落杯中。
倒饮杯中影，胸中生雄风。

两国桥晓晴

水蘸彩霞晓色清，楼台一一挹新晴。
桥南桥北烟齐豁，菜市声中花市声。

江月

满天明月满天秋，一色江天万里流。
半夜酒醒人不见，霜风萧瑟荻芦洲。

临江台

长江天际尽，千里使风还。

今夜安樯浦，西东何处湾。

明朝摇棹处，左右几重山。

相送高台下，空临波浪间。

江楼

江楼风雨意何长，真个青袍事渺茫。

古道崎岖非一世，新愁涕泪作千行。

壮心几为穷途折，傲骨还于文运妨。

湖海乾坤人不见，唾壶缺尽重悲伤。

爱酒歌

一杯已遣忧，二杯已怡神。

三杯绝思虑，四杯发天真。

五杯复六杯，似非尘寰民。

七杯趣殊妙，觉身非吾身。

六体轻且柔，神仙奚足伦。

已入无事国，无君又无臣。

浑然太古风，四时无尽春。

兹地宜寄生，此外何之询。

是故吾夫子，谋酒不忧贫。

赖春风 (1753—1825)

赖春风，名惟疆，幼名松三郎，字叔义、千龄，号春风。赖春水之弟。十四岁赴大阪拜古林见宜为师，学习医术。二十岁回乡行医。晚年任安艺国藩医。与尾藤二洲相交甚好。其诗温雅自然，多写闲适生活。有《春风馆诗钞》。

枫亭送人

丹霞一簇夕晖残，开遍轩窗仔细看。

明日叶飞人去后，满林风雨不堪寒。

新庄村访嘉园路上作

紫豆花残看菊花，沿流村巷一蹊斜。

山家风味殊淳朴，晒柿窗前卖碗茶。

江源琴峰 (生卒年不详)

江源琴峰，约卒于文化至文政中(1804—1829)，名高朗，字季融，号琴峰，为丸龟藩（今香川县）藩主。俞樾《东瀛诗选》选其诗颇多，评曰："琴峰诗集甚富，虽止八卷，而诗至万余首。其诗皆近体。然以藩服之君崇尚风雅，且其所作皆登临山水、流连光景之词，而犬马声色之好一无有焉，可不谓贤乎？"有《琴峰集》。

守山途中

远山之麓淡烟苍，路入松间一线长。

野寺疏钟敲不尽，归鸦背上已斜阳。

盐屋村路上

棉圃禾田一径通，踏车声响渡头风。
农家乐事君知否，只在轻徭薄赋中。

箱根山中 六首选三

蒙蒙漠漠又纷纷，万壑千峰看不分。
蓦地山风吹送雨，始知身入几重云。

溪风吹雨雨霏霏，漠漠湿云笼翠微。
听得路傍驿丁语，夜来猎户获狼归。

雾生蓦地埋幽谷，云起无端失远峦。
佛髻帝青谁辨得，众山恰似隔纱看。

墨股川

驿亭鳞次水之隈，风度津头雾半开。
行人隔岸大如豆，寸马鞍头戴笠来。

舟中 五首选二

柁楼四面月明开，港口风生潮信回。
柔橹声传芦苇外，有人荡艇卖鱼来。

岭日将沉云敛余，海风乍动汐生初。
沙头童集捕红蟹，芦外翁来叉绿鱼。

四月七日野外得五绝句 选二

天女祠前望壑开，接空潮水响如雷。
夕阳红满青波面，多少征帆倒影来。

晚汐退回斜日天，涨痕干处淡生烟。
女儿捞蚬沙汀外，稚子叉鱼荻渚边。

梅雨新晴

梅雨新晴水涨塘，低田高下插青秧。
蜗牛似客题名姓，写出墙间字一行。

南山古梁（1753—1839）

南山古梁，名昭岷，又作昭眠，字古梁，号南山，又号山庵、
南屏山人。相模（今神奈川县）人。

摹象行

金河沉彩华林迟，道裂真丧各乖驰。
玉石兰艾不可辨，异同坚白转支离。
君不见众猴曾探波际月，浮影摇荡谩相疑。
万古依然天上色，云行风飘终不亏。
又不见众瞽曾摹上林象，箕杵瓮绳徒妄想。
眼前魁质大如山，可怜亲近还怅惘。
瑶光之精毛群雄，双眼一开不可罔。
睡相似寂愈散涣，昭昭灵灵更易乱。

穷理尽性果何为，至人未免金锁难。

披云观月月初明，得意忘象象可看。

香象到处竟无前，普贤界中万象灿。

松本愚山（1755—1834）

松本愚山，名慎，字幼宪，号愚山，通称才次郎。京都人。师从皆川淇园，曾讲学于大阪。俞樾称其诗"清雅可诵"。有《愚山诗稿》《论语笺注》《老子评注》《周易笺注》。

江亭

江亭新夏好，一望杳晴澜。

宿鹭平沙际，归帆落日端。

凉风生几席，暮色满林峦。

真景终难写，谁言画里看。

初夏幽居

架上红薇破绽花，昼长无客到贫家。

醒余起劚猫头笋，睡起亲湘雀舌茶。

新浴拂衣神较王，旧联改句兴弥加。

闲中多事还忙了，独按棋经手屡叉。

枯柳

隋堤谢去赴陶家，遂尔巑岏阅岁华。

古渡穷冬无过客，空营薄暮有寒鸦。

似吾短发多添雪，奈汝衰躬难伴花。

请看弱枝存故态，春心仍学入风斜。

赖杏坪 (1756—1834)

赖杏坪，名惟柔，字千祺、季立，号春草，后改号杏坪，通称万四郎。安艺（今广岛县）人，赖春水、赖春风之弟。二十五岁时游学大阪，入混沌社。二十九岁时被聘为安艺藩儒者，教授朱子学。四十二岁时代替兄长春水任江户藩侯世子讲读。五十五岁时任御纳所奉行上席郡御役所。赖氏三兄弟中，杏坪汉诗水平最高，其诗才颇受诗坛赞誉，菅茶山赞曰："千祺诗既非前辈大声壮语，又异今时骫骳轻俶。特述其所遭，而意至笔随，民艰吏情，曲丁肯綮，虽传奇小说所不易言。然入诸诗律而优游余绰，语近而不俚，意深而不凿，洵称前无古人，呜呼！亦奇矣。……诚斋、秋崖，善言琐事，而意在搜阴险，千祺则平平出之，而奇在其中"。有《春草堂诗钞》《原古编》《杏坪文集》《杏坪诗集》。

神边驿访菅茶山

驿门下马已斜晖，认得垂杨树里扉。

一见先欣叟无恙，朱颜鹤发白蕉衣。

游芳野

万人买醉搅芳丛，感慨谁能与我同。

恨杀残红飞向北，延元陵上落花风。

运甓居杂咏 选一

僻乡谁是弄书琴，多暇唯吾赏古音。

国雅或时模万叶，医方亦试读千金。

余龄有几谋前路，归计无期违素心。

独喜庭林来野鸟，晨昏好语和闲吟。

夜坐郡厅书怀

且舍书生铅椠劳，下车邑里拉权豪。

诞妄未能排异教，颠连先欲惠同胞。

新穿村闸池心阔，旧检田租岁额高。

半夜忍眠翻菜牍，不知蜡泪贯蒲萄。

唐商刘学本等送致我藩漂民数人，喜赋为谢

万里归来漂泊民，端知四海一家仁。

稳篷况复优衣食，狂浪何唯免介鳞。

兄弟已悲新死鬼，乡间忽喜再生人。

恨他眼里无丁字，吴越徒过胜地春。

戏次韵熊介丝瓜

百瓜园里独何为，敦敦曾无收用时。

生前只贮三升水，身后徒怀万缕丝。

浮石磨鞁令汝代，青豚献味少人知。

可怜满腹经纶物，空系秋风旧破篱。

观曾根松有感

闻昔菅公西流配，手种一松在伊界。

竭来星霜一千载，成龙成蛇极奇态。

几人环观称雄快，气数无奈渐摧败。

琼枝玉干逐年碎，枯骨峻嶒余肩背，

风怒雷击鸣铁喙。

人道公抱无穷慨，激为神厉致暴悖。

不知公心自咎戒，沉思朝恩日瞻拜。

我惜延喜风云会，兹时可复古圣代。

大权一移椒房外，再转遂落莲幕内。

一株遗爱谁不爱，来抚日东独孤桧。

唐孤独宪公，初为左相，后迁常州，手植桧。元末树毁于兵，人咸惜之。

神吉东郭（1756—1841）

神吉东郭，名主膳，号东郭。播磨（今兵库县）人。宽政末年曾任校博文馆督学。天保中（1830—1843）致仕。俞樾《东瀛诗选》有评："东郭以医仕而颇为其主所信任。虽年老致仕而有大事必预谋焉。生平手不释卷，享大年至八十六岁，惟以讽咏自遣，非寻常方伎之人矣。"有《东郭先生遗稿》。

山寺

入山不见山，面面唯松树。

暗闻钟磬声，知是僧庵路。

尚齿会

　　天保戊戌，暮春八日，邀诸老宴，盖效白氏尚齿会也。此日会者：平田（年八十九）、村上（年八十二）、神田（年八十一）、尾崎（年八十）、江见（年七十九）、稻家（年七十八）、大莲（年七十七）、藤田（年七十六）、松叶（年七十六）、木村（年七十四）、予（年八十三）。以上十一人合八百七十五岁。

诸贤皆是谪天仙，吾亦追陪玉树前。
雪鬓霜髯俱矍铄，鸾骖鹤驾并联翩。
长生问术将何答，却老有方几处传。
大史明朝应奏上，贯珠累累寿星悬。

谁知十老与天游，笑傲安闲百不忧。
数卷图书轻石室，一肱醉梦即沧洲。
紫霞红霭皆常足，白璧黄金何必求。
汉帝秦皇空羡慕，漫然驱召又浮舟。

良宽 (1757—1831)

　　良宽，俗名山本，字曲，号大愚。越后（今新潟县）人。日本曹洞宗僧人。安永三年（1774）入光照寺，随玄乘破了法师剃发受戒。安永七年（1778）从备中（冈山县）玉岛圆通寺国仙和尚钻研曹洞宗旨，并嗣其法。其后游历诸国。宽政九年（1797）于长冈国上山结五合庵，后于山下乙子祠畔庵居。晚年移居岛崎村。生平寡欲恬淡，超然于毁誉褒贬，常以翰墨作佛事。与别源圆旨、雪村友梅并称为"北越三诗僧"。有《良宽和尚诗歌集》。

下翠岑

担薪下翠岑，翠岑道不平。

时息长松下，静闻春禽声。

偶作

国上山下是僧宅，粗茶淡饭供此身。

终年不遇穿耳客，只见空林拾叶人。

斗草

也与儿童斗百草，斗去斗来转风流。

日暮寥寥人归后，一轮明月凌素秋。

看花到田面庵

桃花如霞夹岸发，春江若蓝绕村流。

行看桃花随流去，故人家在水东头。

金谷玉川 (1759—1799)

金谷玉川，名英，字世雄，号玉川，通称英藏。纪州（今和歌山县）人。曾任纪州藩藩校讲官。玉川对古文辞创作抱有极大的信念和热情，于萱园学派衰颓之时仍拜松崎观海（太宰春台弟子）为师，意欲继承发扬古文辞学。有《玉川小稿》。

夏日山行

一策蹇驴随采樵，松风桧雨昼萧萧。
溪声不带人间热，送客遥过独木桥。

中秋赏月到安养寺

贪看明月到禅家，白石青苔步屦斜。
一阵清香扑衣带，逆风逢着木犀花。

漫题

松阴深处占茅庵，诗酒亲交但两三。
花草唯缘游赏谱，药名却为病多谙。
除书卷外百皆厌，任笔研余一不堪。
若问人间名利事，先生默默总如喑。

滕轨 (生卒年不详)

滕轨，字世式。美浓（今歧阜县）关邑人。江村北海《日本诗选》仅选其一首诗，并曰："世式作此诗，年甫十二。余选此集，不录童子之诗，以后来造诣、地位不可预卜也。但若此篇，颇能成章，自当与选，因不拘例云。"

秋日同诸若登白华大悲阁

随缘探胜此登临，缥缈晴岚映夕阴。
涧静飞泉悬素练，秋深落叶布黄金。
慈云长拥诸天座，觉路相通七宝林。

426

却笑城中弦管盛，不如山水有清音。

富田大凤 (1762—1803)

富田大凤，名大凤，字伯图，号日岳，通称大渊。肥后（今熊本县）人。其祖先出自隈部氏（隈部氏为菊池氏大夫，菊池家衰而自拥数郡，其一庶支后改称富田氏）。其祖父以医为业，举家徙熊本。父习儒，好徂徕古文辞之学，为泮官（藩学）授读，未久退职隐居。大凤幼承家学，好徂徕王霸之学及忠义之说，曾任藩医学校再春馆句读师。喜纵酒高谈，文辞雄俊恢廓，率意洒挥，其《生唉引》为一时口耳相传之名篇。有《大东敌忾忠义编》《王道兴衰策》。

生唉引

火州西南有宇土牧，于今产马。往昔镰仓氏时，献骏马，名生唉。事详野史。余窃有慨焉，因作歌咏之。

君不见火州西南紫海曲，万马群产宇土牧。

山坼海阔原野沃，何让燕代与冀北。

君不闻，镰台将军招骏时，火州生唉天下知。

霜蹄棱棱如踏铁，朱鬣鬖鬖似挂丝。

龙跃虎啸长风起，电击雷轰骤雨垂。

由来汗血谁能骑，枥下低耳空雄姿。

将军此日事西征，分符尽募天下兵。

山东桀骜称无敌，高纲景季最俊英。

俱赐骏马拜舞出，相争生唉磨墨名。

高纲谨奉先登约，若食此言不复生。

直鞭生唛长驱去，勇士骏马功相成。

菟道巨川波浪涨，绝津敌军戈矛横。

飞箭如雨集介胄，二士视死鸿毛轻。

并辔联鬣乱逆浪，追景历块何平平。

高纲奇谲亦习战，倏忽奔腾最先鸣。

始知生唛是绝纶，高纲山东第一人。

尔来悠悠六百岁，将军台榭委埃尘。

今日升平称无事，马服盐车士为民。

源氏之士生唛骏，谁能皮相辨其真。

君不见宇土浦上牧野秋，神龙含烛火海流。

此地自古生尤物，为道伯乐来相求。

知影（1762—1825）

知影，号独庵。为本愿寺派的京都光隆寺僧。善诗文。有《独鹤诗集》。

广泽观月

暮山清迥月轮孤，一碧秋天纤翳无。

水中二影何奇异，浮者金龙沉者珠。

馆柳湾（1762—1844）

馆柳湾，名机，字枢卿，号柳湾，又号古锥子、赏雨老人、石香斋等，通称雄次郎。新潟人。安永三年（1774）赴江户成为龟田鹏斋的学生，后入林述斋之门。宽政十二年（1800）在飞骅任职期间与松崎慊堂、赤田卧牛交好。有诗名，世称"东柳湾，西（田能村）竹田"。其诗风学中晚唐，富有婉丽浪漫情趣，晚年趋于枯淡闲适，高古苍雅。有《中唐二十家绝句》《晚唐百家绝句》《樊川诗集》《金诗选》《清四大家诗抄》《柳湾诗抄》《柳湾渔唱》。

雨中杂吟

人言柳正眠，我言柳已醒。

看取朝来雨，枝枝放眼青。

江村

飘风笛曲啰啰哩，摇月橹声轧轧鸦。

江上卖鱼沽酒罢，渔舟灯火隔芦花。

初夏杂句

四月春梅如弹丸，试尝圆脆齿先寒。

笑汝于吾有相似，生来未免苦兼酸。

西郊晚步

熟路两三里，逶迤拖杖过。

追凉傍长浍，待月立层坡。

野晚笛声远，村秋灯火多。

年丰足佳景，取次入新哦。

戏咏豆腐

炼潋功成甘淡冷，寒厨时复伴簟瓢。

玲珑方玉切来饮，玓瓅凝冰烹不消。

巨小常从痴仆宰，盐梅自任细君调。

笑汝如同贫贱吏，欲将清白向人骄。

小栗光胤 (1763—1784)

小栗光胤，字万年，号十洲。若狭(今福井县)人。能书画，善诗，少时游京师，与大洼诗佛等人有交往。十洲苦吟终身，有《观海楼小稿》。

赠卖梅花人

飘然庾岭谪仙人，一担梅花卖却春。

劝尔纵教多酒价，莫将冰骨染红尘。

鸭林秋夕

沙岸秋凉夕，林泉水墨图。

松风疑急雨，草露碎明珠。

浅濑萤开阖，残云月有无。

游人得鱼否，柳外远相呼。

柏木如亭 (1763—1819)

柏木如亭，名昶，字永日，号如亭，又号柏山人、瘦竹等，通称门弥。师从市河宽斋，入江湖诗社，后又与大洼诗佛在江户创办二瘦诗社，三十四岁时至信浓开班晚晴吟社。如亭为人放荡不羁，喜游历，作诗初期醉心于南宋三大家（陆游、范成大、杨万里），晚年信从葛西因之说，以唐诗为宗。与江湖诗社中大洼诗佛、菊池五山、小岛梅外齐名，人称"江湖四天王"。有《如亭山人遗稿》《诗本草》。

买纸帐

三间老屋欲残年，雪后奇寒欠稳眠。
今夜山家新富贵，梅花帐里小春天。

和友人韵

客居谁共话平生，延月空床坐四更。
秋思满胸难告诉，寒蛩替说到天明。

吉备杂题

芳草萋萋年又加，游踪更远在天涯。
逢人只说无归意，一梦仍能暂到家。

木母寺

隔柳香罗杂沓过，醒人来哭醉人歌。
黄昏一片蘼芜雨，偏傍王孙墓上多。

吉原词 选一

十载烟花误了侬，镜中渐减旧姿容。
晓窗酒醒欢情少，自启雕笼放小鸳。

秋立

晚晴堂上坐凉风，初听篱根语早蛩。
云意不知秋已立，尚凭残照弄奇峰。

新潟

八千八水归新潟，七十二桥成六街。
海口波平容凑舶，路头沙软受游鞋。
花颜柳态令人艳，火脍霜螯着酒怀。
莫道三年留一笑，此间何恨骨长埋。

大田锦城 (1765—1825)

大田锦城，名元贞，字公干，号锦城，通称才佐。加贺（今石川县加贺市）人。先后入皆川淇园、山本北山之门，以经术文章闻名。死后，水户汉文学家藤田幽谷在墓表中称他为"大才奇材，一代名儒"，"雄辩悬河，飞谈卷雾"。锦城作诗，初喜铺排雕琢，晚年平易简淡。有《春草堂诗文集》《锦城百律》《锦城诗稿》《锦城文录》。

秋江

蓼花半老野塘秋，水落空江澹不流。
渡口渔家将夕照，一双白鹭护虚舟。

山居

山郭日长昼若年，静中近响灌花泉。

空庭果熟猿来觇，深洞松昏鹤返眠。

吟帽暮欹林径月，渔蓑夜钓柳湾烟。

明朝邀请邻家叟，石鼎和芹烹小鲜。

行脚僧

十年踪迹等浮萍，北去南来影与形。

戴雪寒江莎笠重，踏花春驿草鞋馨。

夜眠岩洞云生枕，晓滤山泉月在瓶。

始悟此身行脚久，孤筇既减旧时青。

尾池桐阳（1765—1834）

尾池桐阳，名槃，字宽翁、宽斋，号桐阳，通称左膳。赞岐（今香川县）儒医，曾师从中井竹山。有《毂似集》《桐阳诗钞》。

梅

冻云惨淡地裂肤，何论世间花有无。

楚畹萧条兰已败，陶园寂寞菊全枯。

罗浮仙裔白玉面，水边林下突相见。

凌厉冰霜立岁寒，凛然独为众芳殿。

物无孤美必有邻，问从何处求朋亲。

大儿泰山苍髯叟，小儿渭川绿玉君。

孤介自是湘潭魄，清瘦堪比杜陵客。

妖桃娇李皆舆台，回避俟春遥敛迹。

君不见三点两点雪后时，古香动月铁干欹。

谁能同汝岩壑气，题诗与汝汝得知。

南溟三鱼行

丙午之春，与松冈季孝、野间公宽游于京师。一日，谈及关东之胜，二子怂恿余游不已。盖公宽年力方锐，最有骐骥千里之思，季孝长于公宽五岁，余介其间，既重季孝建议，又不欲使公宽专夸谈，乃赋《南溟三鱼行》，决策而行。

南溟有三鱼，出游洛水涯。

大鱼携小鱼，将问东海奇。

余波及中鱼，中鱼无由辞。

上重大鱼言，下愧小鱼嗤。

潮程几千里，游泳不觉疲。

伟战东海水，况遇安流时。

蜃楼空中耸，贝阙月底披。

或跳赪其尾，或怒鼓其鳍。

于物一何盛，经营各有期。

龙门非吾愿，香饵非吾资。

从容且相忘，风水听所之。

寄语故渊侣，莫讶归来迟。

武元登登庵（1767—1818）

武元登登庵，名正质，字景文，号登登庵、行庵、泛庵，通称孙兵卫。备前（今冈山县）人。师从柴野栗山。登登庵性好游，常携笔一枝，"随处驱使，烟云收之行笈中，及其坐卧，一室自咏自乐"。自称其诗"只记实，不要虚饰"，不趋新奇。有《紫溟吊古集》《泛庵余兴集》《微山吟月集》《行庵诗草》《古诗韵范》。

虹滨

虹滨十里白沙汀，松韵涛声好共听。
渡口待舟舟未到，唐津城外雨冥冥。

三门茶店别诸子

翰筵两日为君留，此去此情何处休。
记取三门村畔柳，苍烟一抹系离愁。

岁寒堂半夜偶兴

闲眠忽醒未天明，雨尽云收露气清。
山色全晴都月色，人声已绝只泉声。
破家今我无归梦，到处为乡忘旅情。
半夜幽怀向谁说，诗篇独任偶然成。

原古处 (1767—1827)

原古处，名震平，字士萌，号古处。筑前（今福冈县）人。其先人代为秋月藩（福冈藩支封）藩士，学于龟井南冥门下。后任藩校稽古馆教授，讲授徂徕古文辞学，后开私塾"古处山堂"教育子弟。其长女原采苹为著名女诗人。去世后赖山阳亲为其题写碑文。有《古处山堂诗稿》《卧雪余稿》。

舟中望

轻舟解缆白鸥汀，遥挂片帆入窈冥。

风落鸿蒙一气白，潮来鳌背孤峰青。

春雨

袅袅行云起，霏霏微雨斜。

暖烟迷柳浦，春树锁人家。

溪涧泉声响，池塘草色加。

不知新霁月，酿得几枝花。

大洼诗佛（1767—1837）

大洼诗佛，名行，字天民，初号柳坨，后号诗佛、诗圣堂、江山翁、瘦梅等，通称柳太郎。常陆（今茨城县）人。诗佛少年学医，后弃医从儒，立志成为一名诗人。师从山本北山。二十四岁入江湖诗社，二十六岁与柏木如亭创办"二瘦诗社"，五十九岁被聘为秋田藩儒员。他长期在外游历，嗜酒，不厌贫苦，不计名利，耽于作诗，甚至自称"吟狂"。诗佛反对李攀龙、王世贞的古文辞学，主张性灵说。诗佛的诗，尤其是晚年之作，颇有个性，清新平淡，风格颇似他和江湖诗社同人最崇敬的南宋三大家（范成大、杨万里、陆游）。俞樾《东瀛诗选》评曰："天民以诗佛自号而以诗圣名堂，盖欲以一瓣香奉少陵也。然其诗初不甚学杜，诗境颇超逸，有行云流水之致。东国自享保以后，作诗者多承明七子之余习，以模拟剽窃为工。天民起而扫之，风会为之一变，宜其在当时之奉为'诗佛'矣！"诗佛与柏木如亭、小岛梅外、菊池五山一起被称为"江湖四天王"，又与宽斋、如亭、五山被称为"江户四诗人"。有《卜居集》《诗圣堂初编》《诗圣堂百绝》《诗圣堂诗话》《北游诗草》《再北游诗草》《西游诗草》。

白小鱼

三寸银丝好脍材，举罾泼剌雪花摧。
小鱼亦爱春光好，直溯落花流水来。

早樱

腰肢纤细带微香，一种风流淡薄妆。
好个报来春信早，西厢记里小红娘。

哭内 四首

一为我妇十三春，艰苦同当能耐贫，
两女髫年大姑老，自今家政属谁人。

老大夫妻益有情，况逢灾后岁峥嵘。
朦胧两眼枯无泪，忍听女儿相哭声。

儿女提携泣别离，恰如老我远游时。
远游自有归来日，永诀终无相见期。

我理诗囊君绣床，一炉添火夜将央。
空斋今夜萧萧雨，无复人分灯火光。

春晚回文

轻风晚处飞花落，细草芳时舞蝶狂。
晴霭山光春苒苒，鸣禽野色水茫茫。

江边

欲极秋江好，遥遥任仗行。

低桥经雨断，小径过沙生。

水自鸥边晚，天从雁外晴。

凝眸暂伫立，诗到此间成。

渔家

江畔渔家五六椽，疏篱短短枕洲编。

四边芦荻无余地，万顷波澜是好田。

晓雨初晴齐晒网，晚潮将到急移船。

生平不会人间事，只得鱼钱充酒钱。

川中岛

元是英雄酣战地，稻花看作阵云连。

两山竞峙六十里，二水争流三百年。

晓雾到今迷野岛，秋风如此咽寒蝉。

犹怜父老存遗迹，一座丛祠傍碧田。

盆山水

君不见天台四万八千丈，上有石桥通来往。

桥畔古松知几株，风来时作波涛响。

又不见大湖三万六千顷，双峰相并倒浸影。

中有神龙护素书，洞门月照秋潭静。

我无两腋生羽翰，缘底身得游其间。

盆池才贮数勺水，更置一片碧孱颜。

互渚断沙相映带，攒峰叠嶂选掩蔼。

崖树含风生嫩凉，岸花映月冒轻霭。

我住城市厌喧嚣，满面尘埃何以浇。

长夏三伏炎蒸日，相对便觉磊块消。

谁知几案咫尺里，收拾湖山千万里。

芥中须弥何足称，诗佛神通已如此。

菅耻庵 (1768—1800)

菅耻庵，字信卿，名晋宝。备后（今冈山县）人。俞樾称"其诗不多"，"亦多可诵者"。有《耻庵诗草》，附刻于其兄菅晋帅《黄叶夕阳村舍诗》之后。

戊午岁暮，在京师侨居，伏枕累日，有怀四方故人
作十律 选一

小阁临江夜听潮，怜君遁迹绝尘嚣。

沧波月涌鱼龙伏，芦荻霜干雁鹜骄。

酒坐笑谈能几度，天涯岁月又今宵。

西山爽气徒劳梦，缩地无由致洛桥。

按，此首怀赖千龄春风。

蒲生君平 (1768—1813)

蒲生君平，名秀实，又名夷吾，字君平、君藏，号修静庵、静

修斋,通称伊三郎。下野国（今群马县）宇都宫人。初从铃木石桥、山本北山学习，后历游天下。与高山彦九郎、林子平并称"宽政三奇人"。有《修静庵遗稿》。

述怀

丈夫生有四方志，千里剑书何处寻。

身任转蓬无远近，思随流水几浮沉。

笑看樽酒狂先发，泣读离骚醉后吟。

唯赖太平恩泽渥，自将章句托青衿。

牧野钜野 (1768—1827)

牧野钜野，名履，字履卿。丰前（今大分县）人。俞樾称其诗"富于词藻"。有《钜野诗集》。

海边眺望 二首

乘晴薄出游，极目海门秋。

水尽疑无地，潮平忽有洲。

依稀鳌背树，杳渺蜃边楼。

莫是忘机客，渔矶对白鸥。

青松沙上路，翠竹浦头家。

拍岸涛声壮，横天雁影斜。

贾帆悬落日，渔笛散晴霞。

已识蓬瀛近，飘然欲泛槎。

冈本花亭 (1768—1850)

冈本花亭，名成，字子省，通称忠次郎，号花亭，别号丰州、醒翁、诗痴、括囊道人等。据说他为官清廉，与林鹤梁、羽仓简堂一起被称为"幕末三名代官"。其诗见猪口笃志《日本汉文学史》。

黄叶夕阳村舍图

白头感忆旧交欢，泪眼何胜展画看。

人去乡庠弦诵绝，一村黄叶夕阳寒。

谕狼

毛属藩生国士恩，住山何得害山民。

析看狼字是良犬，谕汝自今知爱人。

菊池五山 (1769—1849)

菊池五山，名桐孙，字无弦，通称左大夫。因藏有中国诗人白香山、李义山、王半山、曾茶山、元遗山五家诗集，故号五山，又号娱庵等。其父是高松藩儒者。先后师从后藤芝山、柴野栗山，天明八年（1788）在江户加入江湖诗社。宽政末年（1800），五山因罪流落伊势，文化初年（1804）返回江户。初奉明李、王，继而喜尊谢茂秦，后又学晚唐温、李，年过三十推崇韩、苏之才，最后深喜杨诚斋。五山嗜酒，爱美服，生活放浪，自称"扬州小杜牧"，亦是"江湖四天王"之一。时人称龟田鹏斋的书法、五山的诗、谷文晁的画为"艺坛三绝"。有《今四家绝句》《五山堂诗稿》《五山堂诗话》。

薄暮骤雨

薄暮狂风挟雨过，残声犹自在汀荷。
红灯无数凉如滴，近水楼台气色多。

春晓

黄绸眠足暖如煨，先觉满腔和气回。
枕上钟传宽永寺，此声一一度花来。

告天子 选一

野烟初暖散朝阴，茶褐衣轻春已深。
决起才扬三四尺，带声径上几千寻。

冬日田园杂兴

嫁女城中已抱孩，终年相面两三回。
水仙芦菔俱装担，冲雪今朝入郭来。

嫁猫

女奴稍长太娇柔，早被东家恳聘求。
红索当缡亲自结，金铃为佩任他搂。
入厨莫慕鱼腥美，守室须防鼠窃忧。
想料明年将子日，薄荷香酽绿阴稠。

题林良画鲤图应教

朱明画史林以善，夙官锦衣忝首选。
腕手所到妙入神，遗迹至今比纪甗。

巨幅曾写跃鲤图，忽惊活泼起坐隅。

波涛卷处山岳立，腾凌成势走天吴。

一鱼已具龙骨格，头角崭然露形迹。

鲸奔鲲化何足言，仰见禹门若咫尺。

二鱼继迹似相随，卓荦亦是非凡姿。

六六金鳞真珠眼，黑云齐扶出砚池。

神异之鱼神异笔，瀚渤元气合为一。

华堂置此守须严，只恐风雨乘夜逸。

山梨稻川 (1771—1826)

山梨稻川，名治宪，字玄度，一字叔平，号稻川，又号昆阳山人、于陵子等，通称东平。骏河庵原（今静冈县）人。曾从藩儒阴山丰洲学习，精通音韵，善诗文。其诗以五言古诗见长。有《稻川诗草》《东寓日历》《晦休录》《古声谱》《考声微》。

风灾诗

文化丙子秋，闰八月四日。

皇天斯熛怒，天色俄如漆。

苦雨凄淋淋，愁云惨稠密。

未料阴阳变，如闻鬼神叱。

翛翛长林骇，漠漠连山失。

大块动噫气，箕伯恣横逸。

初若洪涛翻，訇礚崩崔崒。

乍若逸雷奔，百里激霆疾。

443

直疑地轴摧，无乃天柱折。

拉攞夏屋倾，摧残梗林拔。

或似千军驰，呐喊互奔轶。

或似万马骤，超骧乱踶蹶。

或龙矫鳌抃，或电击神抶。

或拉而齑粉，或捏而灭裂。

不见九首夫，拔木若苗揠。

当有陵鱼见，飞廉尔为孽。

积威撼山岳，余怒翻溟渤。

势欲劈鹏翅，力当破鲛窟。

陂泽尽簸荡，石砾争唐突。

何况负郭居，惴惴恐颠越。

匹如驾飞涝，轻舟频荡抓。

病妻不能起，痴女泣且趺。

墙藩无遗堵，何处有完室。

顾念东邻老，穷鳏无所昵。

身已困坎壈，口不饱糠籺。

矮屋两重茅，一彗无遗子。

怪雨如绠縻，沾湿垫短褐。

中夜寝无处，叹息徒抱膝。

又闻菖蒲谷，安水暴溢溢。

民屋皆沉沦，田畴尽淹没。

冲湍啮山根，余波襄陵埕。

七村几为鱼，百室皆悼栗。

哀哀羸弱者，骑极避巉脆。

444

上为冲飙振，下为激浪啮。

号哭吁皇天，酸楚岂可说。

滔滔势未已，堤防行将决。

府尹亲董役，楗石为防遏。

丁壮百千人，奔走声嘈喧。

城邑在下流，泛滥忧所切。

切忧千金堤，溃漏由蚁穴。

尝闻敬天怒，暇豫不自佚。

病来神气倦，黾勉策疲苶。

拔茅补罅漏，手足据且拮。

拮据亦何伤，生民恐夭伐。

二仪有荧惑，燮理或悖戾。

窃意南亩收，余殃及稻秫。

圣宰代天工，仁泽覃穷发。

焉得发大仓，瘵民被振恤。

日夕天更黄，怒号夜未毕。

徒抱杞人忧，殷痛寄词笔。

松崎慊堂（1771—1844）

松崎慊堂，名复，字明复，一字希孙，号慊堂，通称退藏。肥后（今熊本县）益城郡人。幼时敏慧，喜读书，十岁时奉父命出家为僧，十五岁时赴江户，遇盗贼后投奔浅草寺，享和二年（1802）任挂川藩儒。慊堂博闻强记，尤善经纶之学。有《慊堂全集》《慊堂日历》《慊堂遗文》。

春日同游菩提树庵

一宇茅庵山一隅，荜门圭窦锁绳枢。

林悬树树玲珑色，雨霁村村水墨图。

霞外弄声莺数啭，池头任醉酒盈盂。

闲心都被闲绿系，日暮幽然步绿芜。

小岛梅外 (1772—1841)

小岛梅外，名筠，字克从、稚节，号梅外，又号孤山堂、瓢斋、大梅等，通称酉之助。梅外出身富商之家，一面经商，一面向市河宽斋学习诗文，与大洼诗佛、柏木如亭及菊池五山等被并称为"江湖四天王"，但其汉诗成就远不及其他三人。有《梅外诗集》《大梅句集》。

夜景 选一

星照中流灿有光，暗潮未退蘸前塘。

渔舟去远橹痕定，又现垂杨影一行。

移居

辞去世尘初卸肩，贫居无树碍窗前。

砚池印得月能小，书架润来雨又颠。

麦竹空思李涉宅，种瓜自灌邵平田。

只应消受闲中好，不管人间造业钱。

佐藤一斋（1772—1859）

佐藤一斋，名坦，字大道，号一斋，别号爱日楼、老吾轩，通称几久藏，后改称舍藏。江户人。十九岁成为岩村侯近侍，宽政三年（1791）辞职后赴大阪，后师从皆川淇园、林述斋。宽政十二年（1800）受平户侯之聘在江户维新馆任教。天保十二年（1841）擢升为幕府儒官，在昌平黌任教，并参与幕政。一斋崇朱子学，调和南宋儒学家朱熹和陆九渊，为幕末儒林泰斗，门人众多，如佐久间象山、安积艮斋。有《爱日楼文诗》《爱日楼全集》《一斋诗钞》《诗经栏外书》《周易栏外书》《近思录栏外书》。

谩言

落落乾坤人亦无，谁欤自古是真儒。

唯名与利多为累，一过此关才丈夫。

过湖西小川村诣藤树书院

硕人已矣几星霜，景慕今颜德本堂。

遗爱藤棚荒盆古，孤标松干老逾苍。

气常和处春长燠，月正霁时风亦光。

尚见士民敦礼让，入疆不问识君乡。

题善知鸟图诗并引

津轻外滨，古有善知鸟，栖宿海岸岩洞，其入于国歌、演于谣曲久矣。其后杂剧、传奇妄添蛇足，粉饰诞谩，益以脍炙人口，而今则无此鸟矣！但有祠祀之，不知为何神也。侯命索此鸟于虾夷（北海道），地方获三只。笼致，会皆死。森冈生嘱画工写生，需余诗，因赋古风一首。

北溟有异鸟，其名曰善知。

447

颈长而胫促，黄觜而白髭。

尾如鹜之短，背似鸦之缁。

岩洞寄栖止，匹处雄逐雌。

情意挚且恋，飞鸣不相离。

所以才调子，采入国风词。

一变为院本，再变为传奇。

妄诞虽叵信，足想不凡姿。

遗种今安在，物色及岛夷。

水滨空陈迹，欲问更凭谁。

莫是爱居类，千载存古祀。

龟井昭阳（1773—1836）

　　龟井昭阳，名昱，字元凤，号昭阳，别号空石、月窟、天山遁者，通称昱太郎。自小从父学，少年时即以文名。宽政三年（1791）游山阳道（日本古代五畿七道之一，位于本州岛濑户内海沿岸以西，属连接畿内与北九州地区重要交通路线），问学于德山藩校（今山口县）鸣风馆学头役蓝泉，归来后编《成国治要》，立志以振兴儒学为己任。后其父南冥因"异学之禁"遭罢黜，又继其父业教导生徒。龟井昭阳（昱太郎）与古贺侗庵（小太郎）、赖山阳（久太郎）有"三太郎"之誉。有《龟井南冥·昭阳全集》。

吊菊池寂阿

城南一片石，五百年前人。

白日照忠义，春风苔尚新。

藤田幽谷（1774—1826）

藤田幽谷，名一正，字子定，幼名午之助，后改名为熊之助，号幽谷。其父从商，家庭富裕。幽谷幼即颖异，初师从青木侃斋，后入立原翠轩门下。与柴野栗山、吉田篁墩、大田锦城相交。二十九岁建青蓝舍，教授子弟，后奉藩命与高桥广备一起监督修史，被任命为彰考馆总裁。接着兼任浜田郡奉行，政绩卓著，自觉忽视了修史，便辞去了奉行之职。幽谷为人刚正，家法严谨，有《幽谷先生遗稿》《诗纂》。

偶题

春秋频代序，世事为谁忙。

少小耽技典，乾乾从自强。

焚膏继日晷，夜冷读书床。

北风吹破屋，寒月隐幽篁。

畹晦蕙兰萎，门庭松菊荒。

感来屡掩卷，壮士独悲伤。

大道多岐路，臧获两亡羊。

欲窥圣人室，未入夫子堂。

休论经国业，不朽岂文章。

斐然何所作，嘤嘤慕古狂。

功名非我好，无意问行藏。

樱田虎门（1774—1839）

樱田虎门，名质，字仲文，号虎门，又号钦斋、鼓缶子，通称周辅。仙台人。曾受业于服部栗斋，专研程朱之学，性情率真，其诗自成一家。有《四书摘疏》《鼓缶子文集》。

登芙蓉峰

天工削出玉莲崇，八朵齐开各竞雄。

大麓风雷迷白日，中峰雨雪散晴空。

咨嗟方骇星躔近，呼吸还疑帝座通。

寰宇低头何所见，苍洋碧落接鸿蒙。

野村篁园（1775—1843）

野村篁园，名直温，字君玉，号篁园，又号西庄、霁庄、玉松山叟、紫芝山樵、静宜轩等，通称兵藏。浪华（今大阪）人。曾师从古贺精里，后入昌平黉为儒员。为人温厚平和，善诗，其墓碑上刻有"诗人篁园之墓"。古贺侗庵评其诗"志比君子，森严整密，取法于李唐，鸿博富丽，聚材四库，辞意兼美，华实相称"。有《篁村诗文稿》《静宜残稿》。

渔村夕照

雨过江郭似潇湘，蓼岸花深漵夕阳。

半掩短篷图画里，笠檐红滴觉新凉。

浦池镇俊（生卒年不详）

浦池镇俊，字君逸。丰后（今大分县）人。其近体诗颇佳。有《才田诗钞》。

笛吹岭

怪得飞流头上翻，渐攀险路到泉源。

踏来旋觉青鞋冷，忽有白云生脚根。

冬杪作

石砚敲冰手自磨，中怀所写竟如何。

每逢岁杪诗情减，为是人间俗累多。

倒影在波孤鹭立，冻声迷雪数鸿过。

生涯未得居无事，空羡渔翁一钓蓑。

假山

一篑功成新景开，峰峦叠得小崔嵬。

笋从邻地逾篱出，云自他山慕石来。

已见幽禽巢绿树，岂容俗客踏青苔。

百金不用买花卉，秋菊春兰随意栽。

梅辻春樵（1776—1857）

梅辻春樵，本姓祝部，名希声，字廷调、无弦、勘解田，号春樵、恺轩，又称琴希声。近江（今滋贺县）人（《东瀛诗选》作湖西人），家族世代任日枝神社神官。春樵师从皆川淇园、村濑栲亭，于文化四年（1807）将神官之职让与其弟，赴京都开塾教书。俞樾《东瀛诗选》载："廷调之始祖善鼓琴，有灵琴一张，人称之曰琴御馆，至今琴御馆祠犹在比叡岳庙之侧，尊之为山末明神。其得姓亦以此也。廷调以世职奉祠于叡岳之庙，岳僧悍戾，为东国最，而廷调不为之屈，能举其职。年甫三十，挂冠而归，自后遂以隐士称，登上寿。一时名士皆从之游，朝之贵人亦多折节下交者。所作诗文，分为十集，次第刊行。第九集成，至尘乙夜之览，亦文士之极荣矣。"春樵为人狷介，有骨气，善作古风长篇。有《与人论声律书》。

岚峡观红叶歌

忆昔少年从栲翁，寻秋数里入峡中。

相伴石斋间上人，裹饭并付小茶笼。

栲翁恶酒严禁饮，肠中织成几多锦。

石间与我皆渴胸，勉吐诗句忍寒凛。

此事已隔二十年，依约泉岩在目前。

可补一则嵯峨志，又恨不为画图传。

回顾当年指几屈，栲石仙蜕间成佛。

遗韵即今谁继成，仅余天下一废物。

秋艳新霜全染山，日辉寒玉未冰湾。

流览秋光无可语，爱闲却是不堪闲。

须臾法轮寺钟起，碎锦风吹纷点水。

虽曰红于二月花，花谢似归叶谢死。

我惜逝者转惜秋，落叶寒山水急流。

萧然向晚仰抿笛，鹿鸣遥答龟山头。

米贵行

东方奥羽间，凶荒年不熟。

土民多死凶，荡析穷无告。

纷纷饥且疲，相率溺江渎。

此事日传闻，惊动京摄俗。
京摄多奸商，衆彚谋利欲。
偷买深盖藏，待价散余畜。
严酷官责之，往往至下狱。
播磨民蜂起，能登海翻覆。
群国略不宁，藩牧亦秘谷。
各尔闭封疆，一粒不他鬻。
所以价沸腾，贵于炊珠玉。
风尘日萧森，山野人号哭。
贫者卖妻儿，富者减婢仆。
布施不及僧，医家诉穷蹙。
我幸惯数奇，节俭久慎独。
案头笔一枝，灶下薪半束。
文字才堪煮，菜羹可充肉。
啜粥养肠胃，杂饭抹萝卜。
年来如斯过，已迫五十六。
守不拘凶丰，妙在忘荣辱。
怜杀饱暖场，暴殄日损福。
我赋米贵行，警彼铜臭族。
祸福本无门，倚伏真难卜。
人生身分定，奚可不知足。
居易以俟命，天运往又复。
王都山岳固，畿内地肥沃。
苟能忍饥寒，庶几复雨粟。

蔚陵岛

一名弓嵩，属朝鲜，在石见海西，邦人谓之竹岛。岛无居民，有猫大如犬羊者，见于《象胥纪闻》。天保中闻有妖人在石见海滨，事多怪异。盖猫之化身来者，亦未可知也。

此岛不是日本石见州之余域，此岛乃是朝鲜江原道之属纮。

周匝一百四五十里许，巉岏硗确不有田可耕。

西与水营对，东与滨田配。

岛无居民无吏守，有猫蕃息经年代。

大猫小猫尔元妖物之巨魁，宁不知尔化身来世住海隈。

窃施妖法官不禁，恣侵国禁耗国财。

传檄诸州募米谷，新潟兵库或浪速。

商舶稇载竞运输，几千几万几亿斛。

谁图海云岛雾渺茫中，交易潜与海外通。

海外缘尔粮定足，国内为尔腹殆空。

米价谷直追日贵，谁诛蠹米蚀谷虫。

愉快近来事发觉，缚捕群类谴元凶。

盍速遣吏收余畜，悉皆自西载还东。

莫饵蛮貊无数口，愿救国家万民穷。

归帆陆续何时到，渴望徒自待天风。

人人指言西海上，谷尚积满一弓嵩。

田能村竹田（1777—1835）

田能村竹田，名孝宪，字君彝，号竹田，别号雪月书堂、随缘居士、九重仙史、花竹幽窗主人、补拙庐等，通称行藏。丰后国（今大分县)竹田村人。田能村家世代为冈藩侍医。竹田自幼不喜学医，有经术文章之志。享和元年（1801），竹田二十五岁，赴江户游学，师古屋昔阳、大竹东海，学徂徕学派的古文辞学，同时学谷文晁的画法。一年后归丰后撰《丰后地理志》。文化二年（1805）赴京都，师村濑栲亭，与上田秋成、中岛棕隐相交。文化四年（1807）赴大阪，与浦上玉堂、赖山阳等人相交。竹田风流多才，好文雅，诗画茶香皆通晓，尤以山水画见长。其诗多为题画诗，以白居易为宗却又不拘一格。有《竹田庄诗话》《山中人饶舌》《填词图谱》《竹田文集》《竹田诗集》。

题画山水

终日无人相往还，乱烟满地掩柴关。

谁知世上难行处，不在山村风雨间。

野马图

大泽蘙且荟，一旦产龙驹。

龙驹才生齿，志在吞羯胡。

四蹄镌冷铁，双眼嵌明珠。

试步电迅发，向前滴欲无。

泽畔有母瘏且黄，俯语龙驹汝勿忘。

阴山瀚海长城外，不愿远践决战场。

况汝功成青丝高络首，孰与安逸卧华山阳。

华山之阳春日长，云软烟湿水泉香。

丰草绿肥三尺强。

卖瓮妇

卖瓮妇，犹有母。夫早死，终无子。

鬻水养母饥且冻，今朝计尽将卖瓮。

母哭仰天气息孤，妇泪溅喉湿始苏。

莫道地中遍有水，一卖瓮后却如无。

君不见，都门豪客拥锦褥，一声呼水肌生粟。

古贺谷堂（1778—1836）

古贺谷堂，名煑，幼名文太郎，字溥卿，号谷堂，又号清风堂、琴鹤堂、潜窝等，通称太郎左卫门、修理、藤马。为"宽政三博士"之一古贺精里的长子。俞樾称其诗"多雍容大篇"，"《秋怀八首》寄托遥深"。有《琴鹤堂诗钞》。

秋怀 八首其四

丰王一剑定中州，大阪名城控上游。

久使益扬称沃土，频闻河渭转漕舟。

歌声春合烟花市，客梦风寒芦荻洲。

自是千年藏霸气，龙盘虎踞亦金瓯。

拟寄留学生晁卿

长风破浪一书生，秘阁当年骋大名。

异域君臣新结义，故乡桑梓岂忘情。

梦回三笠秋宵月，赏隔九重春日樱。

侧席方思怀璧士，归来早照旧神京。

贯名海屋（1778—1863）

贯名海屋，名苞，字子善、君茂，号海屋，别号海仙、海客、林屋、秘翁、菘叟、摘菘翁、苞竹山人、须静主人、三缄主人，通称省吾、泰次郎。阿波（今德岛县）德岛人。初师中井竹山，后入矢上快雨之门学诗。曾在大阪怀德堂书院任职，后在京都开设须静塾教育弟子。晚年住冈崎，后移居下鸭。善诗画，尤喜画山水。有《须静诗集》《唐诗帖》《菘翁印谱》。

飞骅高山游中

水田渺渺稻花香，匝匼浓岚接莽苍。
蓑袂笠檐时出没，一栏烟雨似潇湘。

宿宇治万碧楼

昨日石山鸥鹭盟，今宵菟道水云乡。
枕头不断琤潺响，知是琵琶余韵长。

中岛棕隐（1779—1855）

中岛棕隐，名规，后改名德规，字景宽，号棕隐、棕轩、道华庵、画饼居士、因果道士、安穴道人，通称文吉。京都人。曾师从村濑栲亭。文化三年（1806）赴江户，文化十一年（1814）去京都游学。文政时期（1818—1829），以安穴道人号闻名诗坛，自称唐六如（明代唐寅，号六如，江南第一风流才子）。棕隐少有才学，善诗文。有《棕隐轩诗集》《太平新曲》《太平二曲》《太平三曲》《河东词》《鸭川朗咏集》《鸭东四时杂词》《棕隐轩文集》。

溪间看红叶

霜已染峰树，崖阴觉较迟。

高低深浅色，分锦照秋漪。

咏棕榈 四首

尝爱棕榈种几株，自珍斯癖古今无。

请看健绿亭亭色，长免他人问菀枯。

吐花非有茝兰臭，结子亦无桃杏仁。

洒雨挥风总间气，谁知烂漫信天真。

休将品格伍芭蕉，劲直高疏有所超。

却笑辋川奇雪下，畏斯傲骨不胜描。

老后贪痴纵有箴，何于野卉不从心。

移栽屡累诗僧手，窗下添成半亩阴。

醉归

酕醄扶杖步黄昏，不觉过溪及我村。

最是多情松月影，依依相送到柴门。

田园杂兴

湖田乘雨插秧时，没脚三尺泥若饴。

上畔行塍半流血，纷纷水蛭啮红肌。

长尾秋水（1779—1863）

长尾秋水，名景翰，字文卿，号秋水，别号卧牛山樵、玉立山樵、青樵老人，通称真次郎，后改称藤十郎。越后村上（今新潟县村上市）人。少有豪气，后游学水户藩，钻研学术十余年，学问精进。在游学各地过程中，与尊王攘夷志士往来密切，发表了许多关于时政的言论。其《松前城下作》被猪口笃志评为"古今绝唱"。有《山樵遗草》《秋水遗稿》。

松前城下作

海城寒柝月生潮，波际连樯影动摇。

从此五千三百里，北辰直下建铜标。

戊午仲春日麂川驿留别铁兜儒宗

历历山川近帝畿，远游回首思依依。

春衫草暖人东去，驿树花开雁北归。

何限别觞情漫切，无为老袂泪先挥。

关心只有邮筒在，欲向秋风问夕晖。

北条霞亭（1780—1823）

北条霞亭，名让，字子让、景阳，号霞亭、天放生，通称让四郎。志摩（今三重县）人。其父为儒医。霞亭于宽政九年（1797）赴京都，向皆川淇园学诗，并随广冈文台学医。享和二年（1802）赴江户，寄寓在龟田鹏斋的私塾，常出入于汤岛的昌平黉。文化五年（1808）回归故里。文化八年（1811）赴京都，住嵯峨三秀院任有亭，与该寺住持释承宣（号月江）过往甚密。文化十年（1813）霞亭应菅茶山之邀，在廉塾执教。菅茶山极为称赞霞亭的诗风，认为"其诗力写实境，而不逐时尚"。有《霞亭涉笔》《薇山三观》《杜诗插注》《助词辨》《小学纂注》《霞亭小集》《嵯峨樵歌》《霞亭摘稿》。

尼崎途上

白雨初晴露满丛，稻花香散四郊风。
回看武库川东路，六甲峰头百丈虹。

自三原到山口途中

朝来冒雨指城东，石路崎岖行不穷。
数户寒烟横竹上，半溪流水出梅中。
杖穿萝薜重重影，袖卷松杉落落风。
回指昨游香雪海，乱云翻墨接遥空。

赖山阳 （1780—1832）

赖山阳，名襄，字子成，号山阳，又号三十六峰外史，通称久太郎。安艺（今广岛县）人，赖春水长子，自幼聪颖。宽政十二年（1800）因脱藩去京都获罪，以后九年被监禁家中，大量阅读经史。文化六年（1809）被菅茶山接到备后（广岛），在廉塾教书。文化八年（1811）赴大阪投奔筱崎三岛、筱崎小竹父子，后迁往京都开塾授徒。先后师从其叔父赖杏坪、尾藤二洲、服部栗斋。山阳性豪放，为人恃才桀骜，狂放不羁，精史学，通音律，其诗博采众家，雄浑雅健。筱崎小竹为《山阳诗钞》作序称其"以旷世之才，逞雄伟之词，体兼古今，调无唐宋应酬之常套，而发咏怀之蓄念，合典故于和汉，寓议论于风雅"。有《山阳诗钞》《山阳遗稿》《宋诗钞》《彭泽诗钞》《东坡诗钞》《韩昌黎诗钞》《日本乐府》《杜诗评钞》《日本外史》。

修史偶题 十一首选二

蠹册纷披烟海深，援毫欲下复沉吟。
爱憎恐枉英雄迹，独有寒灯知此心。

磨墨清冰在砚池，坐知雪意压灯垂。
寒窗坐削丰家传，恰到韩城堕指时。

阿睸岭

危礁乱立大涛间，决眦西南不见山。
鹘影低迷帆影没，天连水处是台湾。

舟发大垣赴桑名

苏水遥遥入海流，橹声雁语带乡愁。
独在天涯年欲暮，一蓬风雪下浓州。

播州即目

乱松相映白沙明，隔水青山对晚晴。
鸥背无风细波静，远帆如坐近帆行。

杏坪叔自东还口占

海内文章失古风，满胸感慨与谁同。
语君莫胈东归橐，荏土今无柴栗翁。

备播之际有作

家乡行已远，背指只云山。

忆昨母偕往，如今吾独还。

酒家高树侧，驿店乱峰间。

每历停舆处，依稀见笑颜。

长崎杂诗 选一

薰街浮水碧，莎馆靠峰青。

山约人烟密，市笼潮气腥。

儿童谙汉语，舟楫杂吴舲。

谁信嚣尘境，孤吟倒酒瓶。

游山鼻

隔水霜林密又疏，理筇恰及小春初。

野桥分路行穿竹，村店临流唤买鱼。

醉后索茶何待熟，谈余得句不须书。

联吟忘却归途远，点点红灯已市闾。

读郑延平传

九土茫茫谁丈夫，何图万火出东隅。

公卿争下穹庐拜，节义翻归鳞介徒。

孤岛鱼盐新版籍，一家冠带旧唐虞。

英魂千载游桑梓，可问楠公父子无。

泊天草洋

云耶山耶吴耶越，水天仿佛青一发。

万里泊舟天草洋，烟横篷窗日渐没。

瞥见大鱼波间跳，太白当船明似月。

咏史 八首选二

肇爵匆匆酬武功，战尘数到紫宸宫。

一从棣萼衰周德，终使黍离入国风。

江左衣冠谁仲父，河阳弓矢几文公。

姬姜叠起还陈迹，到底河梁交竞雄。

复仇九世亦徒为，业就磨崖未勒碑。

衮职岂无周仲甫，簧言独患晋骊姬。

蚕丛半壁开天日，剑玺三朝离国时。

不撼陈生谬顺逆，紫蝇数有彦威知。

荷兰船行

埼港西南天水交，忽见空际点秋毫。

望楼号炮一怒嗥，二十五堡弓脱弢。

街声如沸四喧嘈，说是西洋来红毛。

飞舸往迓闻鼓鼙，两扬信旗防滥叨。

船入港来如巨鳌，水浅船大动欲胶。

官舟连珠累几艘，牵之而进声警警。

蛮船出水百尺高，海风浙浙飐闟旄。

三帆树桅施万绦，设机伸缩如桔槔。

漆黑蛮奴捷于猱，升桅理绦手爬搔。
下碇满船齐嗷咷，叠发巨炮声势豪。
蛮情难测庙谋劳，兵营犹不彻豹韬。
呜呼，小丑何烦忧目蒿，万里逐利在贪饕。
可怜一叶凌鲸涛，譬如浮蚁慕膻臊。
毋乃割鸡废牛刀，毋乃琼瑶换木桃。

夜读清诗人诗戏赋

钟谭駏蛩真衰声，卧子拔戟领殿兵。
牧斋卖降气本馁，敢挟韩苏姑盗名。
不如梅村学白傅，芊绵犹有故君情。
康熙以还风气辟，北宋粗豪南施精。
排纂群推朱竹垞，雅丽独属王新城。
祭鱼虽招谈龙嗤，钝吟初白岂抗衡。
健笔谁摩藏园垒，硬语难压瓯北营。
仓山浮嚣笔输舌，心怕二子才纵横。
如何此间管窥豹，唯把一袁概全清。
渥温觉罗风气同，此辈能与元虞争。
风沙换得金粉气，骨力或时压前明。
吹灯覆峡为大笑，谁隔溟渤听我评。
安得对面细论质，东风吹发骑海鲸。

谒楠河州坟有作

东海大鱼奋鬣尾，蹴起黑波污黼宸。
隐岛风云重惨毒，六十余州总鬼魃。

谁将双手排妖氛，身当百万哮阚群。

挥戈拟回虞渊日，执盂同剧即墨云。

关西自有男儿在，东向宁为降将军。

旋乾转坤答值遇，洒扫辇道迎銮辂。

论功睢阳最有力，谩称李郭安天步。

出将入相位未班，前狼后虎事复艰。

献策帝阍不得达，决志军务岂生还。

且余儿辈继微志，全家骨肉歼王事。

非有南柯存旧根，偏安北阙向何地。

摄山逶迤海水碧，吾来下马兵车驿。

相见诀儿呼弟来战此，刀折矢尽臣事毕。

北向再拜天日阴，七生人间灭国贼。

碧血痕化五百岁，茫茫春芜长大麦。

君不见君臣相图骨肉相吞，九叶十三世何所存。

何如忠臣孝子萃一门。

万世之下一片石，留无数英雄之泪痕。

西岛兰溪（1780—1852）

西岛兰溪，名长孙，字元龄，号兰溪，别号坤斋、孜孜斋，通
称良佐。江户（今东京）人。终生不仕，曾入林述斋门下，与安积
艮斋、松崎慊堂交厚。兰溪博览强记，长于考证，精通汉唐至明清
古籍，在朱子学方面颇有成就。俞樾在《东瀛诗选》中提到，长户
让跋中称其"经传史乘，昕夕让论，稗官小说，莫不该串"，读其
诗信然。有《坤斋诗存》《孜孜斋诗钞》《弊扫诗话》《历代题画诗
类钞》《孔子家语考》《读孟丛钞》《读书杂钞》。

野塘月夜

残笛声声鸣又停，清晖如昼失流萤。

知他渔客烹茶处，留得芦根火一星。

家塾漫吟

麻嗦困眼借茶杈，正是懒晴乍暑天。

半板儿书犹未熟，冬青花落舞风前。

龙

泥蟠千岁即云飞，飞腾一旦得及时。

海立山舞势何猛，盲风挟雨失赫曦。

知尔居高瞰逾小，九重天门容易推。

嬴政长城如曳带，汉武金茎似立锥。

昔日等辈蠢蠢者，仰首空叹不得随。

君不见人间豢扰自有术，龙乎龙乎戒所嗜。

夭矫长在云霄上，不愁孔甲醢一匙。

朝川善庵 (1781—1849)

朝川善庵，名鼎，字五鼎，号善庵、学古塾。上州（今群马县）绿野郡人。片山兼山之子，片山兼山去世后，其母原氏改嫁医生朝川默翁，遂改姓朝川。曾师从山本北山，后随继父赴京阪，与诸名家交往。宽政十年（1798）游学长崎、鹿儿岛。后在江户小泉町开塾教书。文化十二年（1815）清国海船到下田，善庵应召任翻译。弘化三年（1846）仕松浦侯。善庵精通经史，有志于学术，本无意

466

于仕途，但因受知于幕府将军，而出任幕府的儒官。去世后谥古学先生。有《善庵诗钞》《善庵文钞》《善庵随笔》《论语集说》《论语汉语发挥》《孝经定本》《孝经证注》《周易愚说》。

归家

百苦千辛行路难，敝庐归去始开颜。

一宵稳卧床头梦，又在水村山驿间。

范蠡载西施图

安国忠臣倾国色，片帆俱趁五湖风。

人间倚伏君知否，吴越存亡一舸中。

咏石

昔者女娲氏，五色以补天。

其余顽且丑，百中无一全。

天上非所用，一一皆弃捐。

弃捐在何处，山上又溪边。

唯其顽且丑，是以节尤坚。

呜呼米颠子，爱此岂徒然。

我亦石成癖，同病自相怜。

筱崎小竹 （1781—1851）

筱崎小竹，名弼，字承弼，号小竹，又号畏堂，通称长左卫门。浪华（大阪）人。其父加藤吉翁，在大阪行医。小竹幼时颖异，笃志好学，从筱崎三岛读书，被三岛收为养子，改姓筱崎。小竹十九岁开始游学江户，其间师从尾藤二洲、古贺精里。养父三岛死后，归家。他先学荻生徂徕，后专心于朱子学。结交广泛，与赖春水、菅茶山、赖山阳、田能村竹田相熟。善诗文，认为诗文要重言志达意，不须弄巧，尤喜东坡诗的汪洋放肆。赖山阳、田能村竹田去世后，小竹成为关西诗坛的主要诗人。有《小竹斋诗钞》《小竹诗集》《唐诗遗》《四书松阳讲义》《名教馆记》《酒人十咏帖》《小竹文集》《小竹斋文稿》。

义贞投剑图

宝剑一投潮水干，鲸鲵就戮中兴年。

龙神他日犹堪恨，不覆狝猴西上船。

浪华城春望

突兀城楼俯海湾，春空纵目一登攀。

千帆白映洋中岛，万树青围畿内山。

卖酒店连平野尽，看花船自上流还。

老晴天气难多得，凝望斜阳未没间。

次韵赠草场棣芳 三首选一

天使男儿志不孤，单身离国向江湖。

舟船看过紫溟火，衣袖携来琼浦珠。

画学宋明高气韵，赋吞云梦假虚无。

比闻西海仙槎至，羡尔追游试壮图。

沼岛

沼岛千家皆渔家，以钓以网儿与爷，惟妻在家司饭茶。

获鱼归来每日斜，满浦腥风鳞映霞，小鱼泼泼大鱼呀。

比邻提篮拾鲼鲨，聚人为市仰吹螺，得钱买酒笑言哗。

吾始寓目悯且嗟，掌大孤岛其生涯。

男儿所资唯笠蓑，妇女何曾著绮罗。

非由涉海入淡阿，不知有马有驴骡。

闻见如此真井蛙，生死如此真鱼虾。

又闻危险侵风波，近日洋中覆溺多，使人哀矜涕泗沱。

忽有一叟我前过，问官此来欲如何。

官自都人好纷华，目眩文绣耳弦歌。

岂悟年月急于梭，竞才战智谩相夸。

一生所营总浮夸，名利之囮易札瘥。

比之风波危险加，无乃官欲资骄奢。

鲸鱼虽大或委沙，凤鸟虽灵时在笯。

何如安分无复他，逍遥宛若在壳蜗。

世间滔滔蚿怜蛇，知官不与我同科。

闻之眼瞠口亦哑，深羞平日心术差。

事事实如叟所诃，多谢驽马被鞭挝。

道失求夷岂虚耶，所以宣尼欲乘槎。

宫泽云山（1781—1852）

宫泽云山，名雉、达，字神游、上侯，号云山、细庵，通称新吾。武藏（今埼玉县）秩父人。曾师从市河宽斋，入江湖诗社。有

《唐诗佳绝》《宋诗佳绝》《金诗佳绝》《清诗佳绝》《云山堂百绝》《破砚随笔》《破砚诗话》。

秋声

金铁铮铮喧耳边，通宵搅睡百忧牵。

忽忘皎月明河夜，呼作惊风骚雨天。

潘岳闻来鬓应雪，欧公赋去笔如椽。

知他淅沥浑无赖，不到朱门歌舞筵。

广濑淡窗（1782—1856）

广濑淡窗，初名简，字廉卿，一字玄简，后改名建，字子基、求马，号淡窗，又号苓阳、青溪、远思楼主人等，通称寅之助。丰后（今大分县）人，其祖父久兵卫、伯父平八、父三郎右卫门（名贞恒，字君亭）均为当时的风雅之士，善俳句。淡窗六岁读《孝经》及《四书》，十岁从松下竹荫学诗，好唐诗宋词。宽政九年（1797）十六岁受教于龟井南溟、龟井昭阳父子。文化四年（1807）二十六岁在其故乡日田开家塾，初名成峰舍，后改称桂林庄，又称咸宜园，从学者先后逾四千。人才辈出，名满全国，门人有高野长英、大村益次郎、长三洲等。天保十三年（1842）获幕府"育英功"奖赏。筱崎小竹有序云："近世善教育后进者，于山阳则称茶山菅翁，于九州则称淡窗广濑君。四方之士争就其塾，皆有所成就而后归叩其所业。由诗入者居多，可以知其为人与其所以为诗矣。"淡窗诗主张以情为主，其诗多表现恬淡的隐居生活，诗风清淡而悠远。他继承龟井的徂徕学，又吸收了老庄和佛教思想，主张诗作既要有性情，又要有格调。俞樾称其诗"平淡之中，自有精彩"，山岸德平《近世汉文学史》称他为"海西诗圣"，猪口笃志《日本汉文学史》称他为"镇西第一诗人"。有《约言》《读论语》《读孟子、老子摘解》《析玄》《读左传》《儒林评》《论语注解》《万善薄》《淡窗诗话》《夜雨寮记》《淡窗日记》《淡窗小品》《怀旧楼笔记》《六桥纪闻》《远思楼诗钞》。

淡窗

明窗兼净几，抱膝思悠哉。

莫话人间事，青山入座来。

桂林庄杂咏示诸生

休道他乡多苦辛，同胞有友自相亲。

柴扉晓出霜如雪，君汲川流我拾薪。

咏史

礼乐传来启我民，当年最重入唐人。

西风不与归帆便，莫说晁卿是叛臣。

赤马关朝望

远近洲汀迤逦重，布帆相逐晓天钟。

浪华西去推都会，玄海东来扼要冲。

一岸市声烟映水，半江山影日衔松。

欲寻寿永年间事，儿女皆能说战踪。

隈川杂咏 五首选二

十里清江蓝不如，人家往往架流居。

儿童未解操舟样，也侍栏干学钓鱼。

观音阁上晚云归，忽有钟声出翠微。
沙际争舟人未渡，双双白鹭映江飞。

送人游宦长崎
琼浦诸蕃会，繁华二百年。
关门临海岸，闾井接山巅。
夜烛珠环市，春帆书画船。
俗豪人竞侈，境僻吏多权。
赤狄情难测，红夷信未传。
凭君属官长，慎勿废防边。

山崎桃溪（生卒年不详）

山崎桃溪，名知风，字子温，号桃溪。江户人。十七岁卒，其
诗见竹内子编《嘤鸣集》。

春昼
小亭闲坐意无聊，试傍门扉插柳条。
翠影当帘天日午，街头吹过卖饧箫。

暮江所见
暝色苍茫薄暮天，芦花深处刺鱼船。
无端惊起汀边鹭，点破秋江一幅烟。

春夜

东风剪剪起轻寒，水漏声中灯欲残。

淡月当阶人未寐，梨花如雪扑栏干。

堤它山 (1783—1849)

堤它山，名公恺，字公甫，号它山、稚松亭，通称鸿之佐。越前（今福井县）人。有《它山存稿》。

竹醉日

此日此君游醉乡，婆娑姿态倚池塘。

定知高节不濡首，却怪虚心有别肠。

金爵挥时惊月碎，绿篘浇处觉风香。

因嫌七友过沉湎，才是春秋酣一场。

高野真斋 (1787—1859)

高野真斋，名进，字德卿，号真斋，通称半右卫门。越前（今福井县）人。原姓广部，其父为福井藩（今福井县）藩士。有《真斋遗草》。

咏贫女

举案齐眉也略能，几人争及浣春冰。

过时未免逢人怪，薄命子今转自憎。

俗眼定嫌脂粉淡，妍姿难着绮罗增。

东风寂寞黄昏后，自掩荆扉点纺灯。

江马细香（1787—1861）

江马细香，名裘，字细香、绿玉，号湘梦。美浓（今岐阜县）人。父江马兰斋为藩医。细香五岁读书习画，十三岁从玉滩和尚学画墨竹。文化十年（1813）诗人赖山阳来美浓，造访江马兰斋，细香遂拜赖山阳为师学诗，同时向浦上春琴、中林竹洞、山本梅逸等人学画。天保三年（1832）赖山阳去世后，细香受教于后藤松阴。她在京都曾入梁川星岩的白鸥诗社，弘化三年（1846）与小原铁心结成黎祁诗社，嘉永元年（1848）又与诗友结成咬菜社。细香为人笃实，性温雅，有卓识，一生未嫁。赖山阳曾于文化十四年（1817）题诗《咏拒霜座有女弟子细香》（拒霜为木芙蓉的异名）："亭亭独立拒霜威，不怨东风误嫁期。自有芳姿抛不得，聊和朝露染胭脂。"赖杏坪、赖山阳、斋藤拙堂誉其为女丈夫，俞樾称其为"奇女子"。有《湘梦遗稿》。

三月廿三游岚山有忆山阳先生依山阳先生韵

樱花万树白分明，忆趁东风曾出城。

十五年前陪醉地，一溪犹作旧时声。

杂题

半楞寒日雨新晴，火烬薰笼烟缕轻。

闲坐绣床无意绪，时闻风叶触窗声。

雨后慰池上芙蓉

闲红寂寞照秋池，岂竞春风桃李时。
昨夜纵然狼藉尽，不将轻薄品寒姿。

燕闲四适诗

琴

巫山夜雨急，湘水波澜深。
古来一子期，谁能听至今。
好人纵难得，洁静心所钦。
但与琴趣适，不必觅知音。

棋

平衍十九路，安危几迁变。
履机劫须抛，着着在占先。
夜雨蕉边窗，午风竹里院。
原供静中娱，如何事争战。

书

燕闲何所适，窗底扫砚尘。
胸臆须贮古，落笔但要新。
由来心之画，千载存天真。
难学晋唐帖，唯喜对古人。

画

为画论形似，其见邻童子。
此语谁能吐，东坡老居士。

余取以为法，墨君或落纸。
尺幅即潇湘，百态毫端起。

自桑名舟行抵森津

轻棹清江晓，蓬窗望已秋。
浓山连地脉，信水合波流。
柳叶霜飞岸，芦花雪满舟。
怪闻语音变，船入尾张州。

闲居初冬

僻村常甘市尘疏，小小闺房乐有余。
细笕分泉堪洗砚，深窗换纸好看书。
枫园坠叶呼婢扫，药圃寒苗倩叟锄。
急景身闲犹觉永，吟诗学画代妆梳。

读紫史

谁执彤管写情事，千载读者心如醉。
分析妙处果女儿，自与丈夫风怀异。
春雨剪灯品百花，惜花怜玉自此始。
银汉暮渡乌鹊桥，仙信晓递青鸟使。
瓠花门巷月一痕，蝉蜕衣裳灯半穗。
夏虫自焚投焰身，春蝶狂舞恋花翅。
狸奴无赖缃帘扬，嫦娥依稀月殿邃。
尤云殢雨寸断肠，冷灰残烛偷垂泪。

五十四篇千万言，毕竟不出情一字。

情有欢乐有悲伤，就中钟情是相思。

勿罪通篇事涉淫，极欲说出尽情地。

小窗挑灯夜寂寞，吾侬亦拟解深意。

草场佩川 (1787—1867)

草场佩川，名韡，字棣芳，别称佩川、宜斋、玉女山樵、濯缨堂主人。肥前（今佐贺县）人。佩川家世代以行医为业，两岁丧父，三岁时其母教其诵和歌，八岁入村塾。文化三年（1806）入佐贺藩校弘道馆，后赴长崎学汉语。二十三岁随藩主赴江户，拜古贺精里为师，修程朱学。二十五岁随精里于对马岛会见韩使，笔谈唱和，得奇才之名。文政年间，赴大阪，与赖山阳、筱崎小竹进行诗文酬唱。安政二年（1855）被招入幕府，以病辞。佩川外柔内刚，博学多才，善画山水，尤擅画墨竹，好篆刻，喜和歌。六十岁前作诗一万五千余首，一生作诗二万余首。广濑淡窗称："草君以诗为日历者也。事之所在、感之所触，诗必从之。一披诗卷，则出处之迹、悲欢之象宛然在目。顾篇什极富，而人不觉其多，以事实列于前也；刻划太至，而人不厌其巧，以性情主于内也。"有《佩川诗钞》《佩川文钞》《佩川咏草》《对礼余藻》《片烟遗灰》《烟茶独语》《附骥日录》。

适得儿女辈诗牍依韵回示 三首选一

去岁阿良正旦书，不胜笔处手纤余。

今春遥寄蝇头字，细巧翻输疏拙初。

山行示同志

路入羊肠滑石苔，风从鞋底扫云回。
登山恰似书生业，一步步高光景开。

怀家乡

囊里储书不蓄粮，腰间横剑漫凌霜。
长滩六六经风浪，故国三三空夕阳。
夜暗鱼龙惊鼓柂，天寒鹳鹤和鸣榔。
旅愁耿耿难成梦，蓬际偏望水一方。

彼杵驿留赠杏坪赖君

风流使者向西陲，千里春光入句奇。
剩水残山期邂逅，去帆回马奈参差。
天衢望尽鸿无影，驿路折残梅几枝。
欲识孤吟相忆处，海楼落月梦醒时。

福田思恭 (生卒年不详)

福田思恭,字俭夫,号渭水。肥前(今长崎县)人。有《渭水诗钞》。

寒夜山村

缺月低犹在，残灯冻将灭。
陇狐时一鸣，老屋霜如雪。

次诸熊少叔冬杪见寄诗韵却寄

衡门之下好栖迟，一谪悠悠与世违。
得意花于闲处看，无心云只自然飞。
晓檠披卷雪声静，夜榻煮茶梅气微。
酒熟时呼邻叟酌，醉中共笑昨来非。

横山致堂（1788—1836）

横山致堂，名政孝，字谊夫、多门、图书，号致堂，通称藏人。加贺（今石川县加贺市）人。师从古侗庵，俞樾《东瀛诗选》对他评价颇高："致堂为加之世臣，封邑万石，世参国政，而性嗜学，尤好为诗。其诗近体多而古体少，且其题亦多述怀、书事、偶成、偶作之类，然味其词意，有美秀而文之致，殆所谓身处朱门、情游江海者乎？亦可云不有献子之家者矣。"有《致堂诗稿》。

次韵答内

家书忽到客愁边，见说清和日似年。
忆得春葱废银甲，燕泥应有涴冰弦。

寄女琼翘

怜尔今年年已十，学书学画解家风。
深窗如许有清趣，莫羡他家罗绮红。

枕上作

隔幮灯火小于萤，幽情初回近五更。

虫语满庭元自乐，被人枉作恨秋声。

自咏

曾自胸中藏古今，何愁举世少同襟。

年光又过一弹指，老味初成百炼金。

但使诗书长在眼，可教声利不关心。

人间幸有斯文好，岂必蓬壶涉海寻。

水声

穿崖注石入清池，倾耳听来与夏宜。

一段心期晚凉后，十分幽事月明时。

自然琴韵本无怨，别样佩声长更奇。

休挽天河洗胸次，好将数滴沁诗脾。

梁川星岩 (1789—1858)

梁川星岩，名孟纬，初名卯，字公图、无象、伯兔，号星岩，又号诗禅、三野逸民、天谷道人、夏轩老人、百峰、老龙庵等，通称新十郎。美浓（今岐阜县）人。星岩幼聪敏好学，七岁在本乡华溪寺同大随和尚学习章句修辞等，十二岁时父母双亡。文化四年（1807）赴江户，师从古贺精里，入昌平黉。文化七年（1810）入山本北山的奚疑塾，成为北山门下十哲之一，与柏木如亭、大洼诗佛、菊池五山、葛西因是等江湖诗社的诗人结交。文化十四年（1817）归乡在梨花村草舍闲居，同村濑藤城、江马细香等组织白鸥诗社。文政三年（1820）同十七岁的红兰结婚。文政五年（1822）九月携妻西游，写有《西征集》，与菅茶山、赖杏坪、龟井昭阳结识。天保三年（1832）移居江户，经常同贯名海屋、仁科白谷、浦上春琴、藤井竹外等诗人唱和。天保五年（1834）创办玉池吟社，门人有冈本黄石、远山云如、小野湖山、大沼枕山、森春涛等。弘化二年（1845）关闭诗社归乡，翌年十二月重返京都。嘉永二年（1849）在鸭川的川端丸太町闲居。星岩是江户幕末著名的倒幕志士，他诗作丰富，朝川善庵称星岩"诗学极博，用思最精，温润清雅"。猪口笃志认为其诗有杜甫之风，温柔敦厚，于国事寄托遥深。有《星岩集》《春雷余响》《星岩绝句删》《莲塘集》《星岩遗稿》。

读魏默深《海国图志》

百事抛来只懒眠，衰躬迫及馎饦年。
忽然摩眼起快读，落手邵阳筹海篇。

芳野怀古

今来古往迹茫茫，石马无声抔土荒。
春入樱花满山白，南朝天子御魂香。

郑所南墨兰

鞠山儿子有宁馨，双鬓飘萧雪涕零。
留取丹心归楮墨，余香吹入十空经。

耶马溪

日车红闪晓风回，树树晴烟次第开。
青压马头惊欲倒，万峰飞舞自天来。

御塔门

连山中断一江通，禹凿隋开岂让功。
薄夜潮声驱万马，平公塔畔月如弓。

三笠山下有怀安倍仲麻吕

风华想见晁常侍，皇国使臣唐客卿。
山色依然三笠在，一轮明月古今情。

田氏女玉葆画常盘抱孤图

雪洒笠檐风卷袂，呱呱索乳若为情。
他年铁拐峰头险，叱咤三军是此声。

太宰府谒菅公祠庙

伟然庙貌倚崔嵬，忆起当时怅且哀。
从昔天池产蛙黾，于今街巷说风雷。
观音寺古钟偏涩，都府楼空瓦亦灰。
惟有余馨消不尽，年年春信到宫梅。

三月廿八日病愈赴子成招饮

子规声里雨如丝，客舍京城病起时。
流水漾愁终到海，风花为雪不还枝。
百年肝胆无人见，近日头颅有镜知。
唯此平生茅季伟，招吾灯下倒清卮。

吴小仙捕鱼图为泽左仲题

半江夕阳半江雨，雨外咿哑急鸣橹。

笠檐蓑袂滴未干，江上数峰青欲吐。

谁其画之吴小仙，墨光黯澹生纸古。

耳边如闻袯襫声，使人恍然坐湘江曲、雪水浦。

一翁长臂挺叉入，乃知寒湍鱼方聚。

一翁赤脚踏舷立，意象似欲下网罟。

柳下一翁坐垂纶，澄波相映澹眉宇。

甫里子欤漫郎欤，江上丈人之俦欤。

小童挈壶去何之，毋乃为翁赍村酤。

家人望翁获鱼归，晚炊欲熟烟缕缕。

渔兮渔兮一生安且乐，不比城中人士心长苦。

朝闻趣趣声，席帽障日黄尘土。

夕闻哑哑声，胁肩侍宴金谷墅。

日日挥汗成雨点，残杯冷炙见轻侮。

不知小仙此图果何心，决眦分毫细貌取。

得非欲因之醒彼辈曹腾醉，不尔画妙入神亦何补。

呜呼，画妙入神亦何补。

荻原嵩岳（1790—1829）

荻原嵩岳，名善韶，字文华，号嵩岳、乐亭，通称驹太郎、英助。荻原大麓之子。嵩岳精于经学，俞樾仅于《鹿鸣吟社集》中见嵩岳之诗，即称赏为"饶有神韵"。有《论语私说》《孟子私说》《大学私说》《左氏解闭补》。

花朝日与田善之弟公宠步江东

雨罢朝来烟景融，吟筇路熟大江东。

寻诗人向堤边去，买酒家从杏外通。

野庙松林春社后，茅檐莱圃午鸡中。

韶光九十今方半，吹遍郊外花信风。

摩岛松南（1791—1839）

摩岛松南，名长弘，字子毅，号松南，通称助太郎。京都人。幼而好学，师从中野龙田，潜心研究文辞。松南博览群书，文辞富丽。又刚直好义，与仁科白谷交情甚好。有《娱语》《晚翠堂集》。

咏蠹虫

图书堆里托微躬，长与幽人臭味同。

消受风霜文字气，一生不学叩头虫。

荒岁咏贫人弃儿

弃身去乎弃儿乎，一口减来一累除。

夜深街上暗移步，后有人语又趑趄。

户下驯庞睡应熟，檐隙灯光影有无。

悄悄安置几回顾，一痕缺月雪模糊。

仁科白谷 (1791—1845)

仁科白谷，名干，字礼宗，号白谷，通称源藏。备前国（今冈山县）人。其父仁科贞为伊木氏的家臣，精通诗文及老庄之学。白谷早年入龟田鹏斋门受学，后在江户讲学，晚年居京都。性豪放磊落，刚直好义，崇老庄，宗宋诗，善书法，尤喜草书。其文章不拘于固定的章法，尤长于诗歌，多游览之作。有《老子解》《庄子解》《岚山风雅集》《明浦吟稿》《凌云集》。

云州杂诗

大岳削成三万丈，绝巅缥缈有无中。
吹散雪冰来作雹，涛声动地北溟风。

琵琶湖

湖南湖北翠重重，岛上新篁浦上松。
莫道化工图不巧，远山青淡近山浓。

鸣门

帝使龙人穿混沌，鸣门气势亦雄哉。
海唇欲吸乾坤去，鲸目时双日月来。
不尽盘涡浑是谷，无边激浪岂唯雷。
眼中自有生寒处，狂雪倒骄万丈隈。

友野霞舟 (1791—1849)

友野霞舟，名焕，字子玉，号霞舟，别号昆冈、锦天山房，通称雄助。初随儒官野村篁园学习。天保十三年（1842）为昌平黌儒员，天保十四年（1843）任甲府徽典馆学头，后任昌平黌教授。霞舟善诗文，有《锦天山房诗话》《霞舟吟卷》。

题赵松雪画马

落笔纵横夺化工，精神骨相与真同。

龙姿元是江南种，底事长嘶恋北风。

寒夜即事

更深烛影暗窗纱，犹自推敲立月斜。

肯道寒威透诗骨，拟将清瘦敌梅花。

将死致学生浅野梅堂

性命托天身托医，体虽羸疾意安怡。

耻无勋业半张纸，徒有闲吟万首诗。

祷福神祇果何益，乞灵草木未全痴。

可怜簸弄英雄杀，造化真成是小儿。

安积艮斋（1791—1860）

安积艮斋，名信，又名重信，字思顺，号艮斋，通称裕助。陆奥国人。十七岁只身赴江户，入佐藤一斋、林述斋之门。文化十一年（1814），在神田骏河台开塾授徒。三十四岁加入海鸥社。四十一岁《艮斋文略》刊行，文名大振。天保七年（1836）四十六岁回乡，任二本松藩儒。天保十四年（1843）任藩校敬学馆教授。嘉永四年（1851）为幕府儒官，任昌平黌教授。艮斋为人谦恭、待人虚心，善诗，去世时仍手握《陶渊明集》。有《见山楼诗集》《艮斋诗稿》《朱子学管窥》《荀子略说》《论孟衍旨》《大学略说》《中庸略说》《史论》《艮斋文略》《艮斋诗略》《艮斋文集》。

偶兴

自甘无用卧柴关，花落鸟啼春昼闲。

有客来谈人世事，笑而不答起看山。

登筑波山绝顶

突兀奇峰云外浮，天风吹上绝巅秋。

山河历历双鞋下，但恐一呼惊八州。

富士山

秦皇采药竟难逢，东海仙山是此峰。

万古天风吹不折，青空一朵玉芙蓉。

秋晚

满庭黄叶拥柴关，墙上新添一桁山。

病骨还如秋色瘦，吟心未似岭云闲。

鸟归斜日残霞外，人过疏林曲栈间。

野性自无圭组恋，但逢清景即开颜。

蓝泽南城 (1792—1860)

蓝泽南城，名祗，字子敬，号南城。越后（今新潟县）人。其父为汉学家蓝泽北溪（1756—1797），幼承家学，师从片山兼山，以讲学为业。著述甚富，为古注学者。有《南城三余集》。

荞麦面

山夫打荞手，妙胜面铺翁。

紫箸垂三尺，尾犹蟠碗中。

秋燕

啁嚼梁下暂低翔，旧馆恩深不可忘。

去住两情难自决，雄雌对语似相商。

柳絮飞时参社会，菊花开处背秋光。

一年风物皆谙熟，回首他乡是故乡。

释圆超 （生卒年不详）

释圆超，宽政四年（1792）前后行于世，名志岸，号圆超。与僧六如是近江（今滋贺县）同乡，且同为天台宗高僧。有《漫兴集》。

幽居偶咏

境静身闲事事幽，都无外物到心头。

吟外共和林间鸟，机息相亲池上鸥。

桂树风飘香入座，藤萝月上影盈楼。

平生所好唯茶味，此外衰翁何更求。

释泰冏 (1793—?)

释泰冏,字白纯,号梅痴、小莲主人。阿波(今德岛县)人。净土宗僧,曾住持下总弘经寺。俞樾评曰:"梅痴虽隐于方外,而急人之急,有侠士风。其诗清新丽缛,诸体皆妙,而七律尤工。"有《咏物诗选》《拈华山房集》。

偶题

鸟飞竹粉飘窗,雨过松花落地。

文诗一种丰福,蔬笋浑身意气。

再寄枕山

客去闲云护洞门,堪看石上旧题痕。

奇书压案家如富,大树围堂寺自尊。

我辈升沉皆适意,世人毁誉半讹言。

林间暖酒他时约,好把新诗费细论。

幽居适 四首选一

一把团茅小似蜗,山林经济了生涯。

园收锦里先生果,庐接东陵处士瓜。

村客叩门称问字,邻僧分水供煎茶。

世间岂少黄倪手,写我幽居上画叉。

萩原绿野（1796—1854）

萩原绿野，名承，字公宠，号绿野、敬斋、静轩、石桂堂、一枝庵，通称凤二郎。上野（今群马县）人。萩原大麓之子、萩原嵩岳之弟，与广濑淡窗有汉诗交往。有《石桂堂集》。

秋日陪淡窗先生郊行

过市人心静，向山诗思生。

吟边啼鸟至，望里断云行。

菊栅龟阴里，枫崖毛利城。

顾吾何莞尔，妙句一联成。

秋夜读书

河影西倾残暑空，闲移乌几对帘栊。

秋深庭砌虫声近，夜静邻篱棋响通。

千古文章孤灯下，百年风月一窗中。

独于先哲求此意，四海悠悠与孰同。

观海歌送滕士遄赴松前

北海之观天下雄，地接靺鞨眼界空。

蓬浡远自万里外，震动坤轴起飑风。

怒涛拔地立千丈，恰似雪山摩苍穹。

乍崩乍腾万雷响，余波打岸烟雾蒙。

俄顷风止天色变，时见金乌浴海中。

鲸鱼吹浤云边黑，珊瑚射浪水底红。

北海元是多珍宝，沙岸无处不玛瑙。

渔人往往拾鲛绡，锦文腻光胜鲁缟。

地寒万里青草无，海中货贝饶于稻。

利之所在害亦随，侧闻黠夷窥边陲。

请看危礁尖似剑，何效吴江设铁锥。

况乎波涛险如此，洋舶触之桅樯摧。

呜呼地形不可恃，唯在德以维持之。

今日送君唱此歌，愿使肉食之人知。

后藤松阴（1797—1864）

　　后藤松阴，名机，字世张，号松阴、春草、兼山，通称俊藏。
美浓（今岐阜县）人。俞樾《东瀛诗选》称其名在"摄西六家"中。"摄
西六家"指筱崎小竹、广濑淡窗、草场佩川、广濑旭庄、坂井虎山
和后藤松阴，嘉永二年（1849）北尾器香编刊六人诗作合集《摄西
六家诗钞》，遂有此称。有《松阴诗稿》《松阴文稿》《松阴余事》。

乌鬼诗

　　一日倚阑酌酒，时有鸬鹚一群，出没前江，捕鱼食之。忽忆家江乌鬼之盛，
追录往事，作乌鬼诗。

岐阜山东长良峡，山水屈曲如屏叠。

中有居人数十家，驱使乌鬼作生业。

乌鬼何所捕，峡中多香鱼。

三月三至九月九，趁暗燃火照喰唧。

己卯六月得好侣，下流泛舟载绿醅。

遥见山上红霞举，忽来围我十艘炬。

每艘一人使十鸬，十条柏绳执如组。

松明彻水胜然犀，逐惊追逃俯可睹。

鸬将之手何疾捷，吐者投之衔者吐。

左顾右盼应接忙，夔州黄鱼何足数。

须臾月出观亦止，船底堆雪万鳞响。

大献公所充税租，小卖酒客与鱼户。

脆美入口便欲消，酱羹盐炙唯所取。

君不见永禄元龟间，织田右府据此山。

南战北伐无宁岁，当时岂无纳凉船，当时恐未有此观。

幸哉，吾曹耳不闻鼓角，唯答承平以歌号。

夜深醉酣寻回桡，两岸蛙声正阁阁。

峡中多蛙，其声清亮异常。相传昔右府取井堤玉川种放之，是其遗。

斋藤拙堂（1797—1865）

斋藤拙堂，名正谦，字有终，号拙堂、抽翁、铁砚等，通称德藏。伊势（今三重县）人。曾入昌平黉，师从古贺精里。伊势津藩主创立有造馆时，任儒官。天保十二年（1841）任郡宰，弘化元年（1844）任督学。安政二年（1855）以年老多病为由，回绝将军德川家定之聘，隐居茶磨山庄。赖山阳初识青年拙堂，以书生视之，及见其文，大为赞赏，遂以友人待之。拙堂初奉朱子学，后博采诸家，精通史传，诗宗盛唐。俞樾称"拙堂诗才横逸，咏古之作，颇权奇自喜"。有《拙堂文话》《拙堂纪行文诗》《拙堂诗话》《海外异传》。

续琵琶行赠山阳外史

君不见相国势焰天亦热，甲第连云逼禁阙。

女登坤位孙至尊，一家尽入鹓鹭列。

伯埙仲篪才艺优，佳辰令月簇贵游。

夺将诸藤金紫色，百花铧铧耀皇州。

谁其花颜献媚者，桃僵李代斗娇冶。

敢言原草有荣枯，颂鹤颂龟侑琼斝。

监僮三百防人口，我能止谤常自负。

岂知鬼神瞰高明，夸者毕竟不能久。

岳南一夜水禽惊，十万军溃河上营。

一撮二赞终不保，西海鱼腹葬簪缨。

二十余年荣华梦，一编平语人悲痛。

长门何异厓门惨，翻入琵琶供娱弄。

赖子雄才修外史，巨笔断自源平起。

史眼如炬烛千古，却从蒙师受细技。

朅来访君鸭水湾，樽前论文两心欢。

叡岳影落寒流上，并取峨洋入栏干。

更撚龙头劝大白，转关濩索玉轸促。

谁知陶真裂帛声，听作伯牙山水曲。

山田梅东 (1797—1876)

山田梅东，名敬直，字其正，号梅东。京都人。余不详。

嗟我 选二

文拙难传后世，性迂无补当时。

嗟我今何所惧，醉生梦死不知。

雪月风花佳景，诗天茶候良辰。

嗟我今何所乐，一壶酒聚四邻。

读书有感

愚公欲移山，精卫欲填海。

举世笑其愚，谓必半途悔。

我独怜其志，成务在无怠。

人一己百之，其进必兼倍。

譬之天不息，积日乃成载。

海填与山移，亦可翘足待。

坂井虎山（1798—1850）

坂井虎山，名华，字公实，通称百太郎。因从其家可望见比治山形同卧虎，故号虎山。安艺（今广岛）人。初受教于赖春水，文政八年（1825）二十八岁时成为藩校教授。天保八年（1837）赴江户，与野田笛浦、斋藤拙堂成为至交。俞樾称"其诗皆有性灵，有议论，非徒以优孟衣冠求似也"。有《论语讲义》《虎山诗稿》。

泉岳寺

山岳可崩海可翻，不消四十七臣魂。

坟前满地草苔湿，尽是行人流涕痕。

次韵诗僧东林作 其二

学诗莫如唐，有华且有实。

譬如最上乘，不偏禅与律。

明诗失浮夸，虎皮而羊质。

宋诗病琐屑，寒虫号霜夕。

近来尚论士，爱憎相排斥。

索厴遂披毛，见瑕并弃璧。

大抵论议工，适见性情拙。

所以至人心，万同无所择。

只当各息争，得失两抛却。

我亦不敢言，君亦不敢说。

门前桃与李，成蹊纷香雪。

原采苹 (1798—1859)

原采苹，名猷，号采苹。筑前（今福冈）人。其父为原古处，曾拜龟井南冥为师。与龟井小琴（龟井昭阳女儿）、江马细香（赖山阳的学生）等著名闺秀诗人并称。有《采苹诗集》。

秋思

坠叶纷纷林月鸣，幽庭夜色有余清。

欲题一句写秋思，先我虫声诉不平。

舟入隅州

萨城东去放孤舟，无限云山翠色浮。

满海春风吹不断，烟波深处入隅州。

野田笛浦（1799—1859）

野田笛浦，名逸，字子明，号笛浦，通称希一。丹后（今属京都）田边人。十三岁赴江户入古贺精里之门，文政九年（1826）被古贺侗庵推荐护送漂流到清水港的中国商船到长崎，笛浦与船上江艺阁、朱柳桥等清人笔谈，汉诗唱和，存《得泰船笔语》。有《海红园诗稿》《北越游草》《笛浦诗文集》。

花下扶醉

除醉春游可奈何，休嗤勃窣帽檐斜。

平生事业名逃酒，无限风流醉在花。

抽脚踏翻千点雪，凭肩拂落几重霞。

林梢别有朦胧月，相送黄昏照到家。

藤森天山（1799—1862）

藤森天山，名大雅，字淳风，号弘庵，晚号天山，通称恭助。播州（今兵库县）人。天山初学于柴野碧海、长野丰山、古贺毅堂、古贺侗庵。天保五年（1834）应召成为土浦藩主的宾师兼藩校郁文馆教授。弘化年间（1844—1847）返回江户任教。嘉永六年（1853）美国战舰挑衅压逼浦贺港后，著《海防论》呈水户齐昭，遭到幕府大老井伊直弼的愤恨，被逐出江户而隐居。安政六年（1859）"安政大狱"（幕府为镇压反对派而发动的大规模迫害事件，起因是《日美修好通商条约》的签订以及将军继承人问题）时被捕。天山善诗文，学识渊博，在土浦藩为官时，水户藩曾获唐本《破邪集》一书，无人能读，天山执朱笔一气呵成，句读立成。天山诗多有深切的忧国之思，猪口笃志认为其"参酌历代，寄托深远，有逸气，五言古风得其妙"。有《春雨楼诗钞》《刍言》《牧民事宜》《劝农事宜》《海防备论》《菜根百事谭》《如不及斋文钞》。

书闷

高楼把酒倚长风，百感中来不可穷。

奸吏常言通互市，迂儒动欲议和戎。

名场老矣头将鹤，故国归欤意似鸿。

一片葵心犹未已，唾壶击碎气徒雄。

癸丑除夕

世事多艰两鬓丝，衡门谁说可栖迟。

明廷方讲怀柔策，狂虏犹持桀黠辞。

诸葛千年空有表，杜陵当日岂无诗。

剪灯半夜吟摇膝，儿女错为添岁悲。

官仓鼠

太仓何穹窿，陈陈溢红粟。

群鼠家其中，繁衍各率族。

终变潜伏性，白昼相追逐。

蠢腹张膨脝，戏游恣腾踔。

徒取秦相怜，难慰子卿哭。

吾乃不堪愤，撼壁呼嗝礜。

先生设困窞，欲济民不足。

焉得如坻间，容此鼠窃伏。

仓前有簭笓，仓后有筳竹。

何不学竹鼬，琅玕充储蓄。

狼藉人所憎，恭敬天所福。

何不学礼鼠，拱立事端肃。

唐鼠吐肠胃，仲能知吉卜。

是皆可仪刑，尔何不屑学。

责尔尔不闻，尔反饱碌碌。

菜色盈穷巷，岂忍纵尔欲。

獠奴咀密唧，蛮人嗜家鹿。

取尔投蛮獠，以使快吞剥。

不然具爰书，而效张汤戮。

不然覆尔巢，使尔无遗育。

语罢反自咎，责彼一何酷。

世间斗筲者，孰非仓鼠属。

仓鼠虽素餐，所食仅满腹。

有莩不知发，狗彘餍粱肉。

菊池溪琴（1799—1881）

菊池溪琴，名保定，字士固，号溪琴，晚改号海庄，别号海叟、生石、琴渚、慈庵、七十二连峰、连峰等，通称孙左卫门。纪伊（今和歌山县）人。十三岁赴江户师从大洼诗佛，与佐藤一斋、赖山阳、广濑旭庄、梁川星岩、藤田东湖、佐久间象山、大槻磐溪等名士交流。曾组织古碧吟社。天保七年（1836）遇荒灾，曾与大盐平八郎一起向当局上救济策，并回乡散私财救济贫民数百人。他关心海防，美舰来后曾组织农兵队修筑堡垒、配置大炮。明治维新后曾短期在民政局和教部省任职。其诗"初学南宋，深信杨范"，以《溪琴山房诗》

为界，"变宋为三唐，为汉魏六朝，古奥深远，高华犹逸"。中年时，"乃究三唐，窥六代，心醉陶韦，目击王孟，以高淡为要"。猪口笃志认为他是"纪州所生祇园南海以后第一诗人"。俞樾称"其五古颇得冲澹之致，七古则雄奇飘逸，有谪仙余韵，近体诗亦多可诵者"。有《溪琴山房诗》《秀餐楼诗集》《海庄集》《诗语烂锦》《国政论》。

河内途上

南朝古木锁寒霏，六百春秋一梦非。
几度问天天不答，金刚山下暮云归。

江村

青山漠漠锁烟霏，缺月无光海气微。
一点松灯人语远，满蓑轻雨夜渔归。

读王孟韦柳

手把辋川集，顿忘风尘情。
此时夕雨歇，一树山花鸣。
幽事无人知，坐见溪月生。
造诣无痕迹，虚妙发天真。
洋洋三千顷，江清月见人。
潇洒孟夫子，如见洛水神。
偶吟苏州句，窗空灯火闲。
诗思如云影，摇曳肺腑间。
夜深声尘绝，竹雨响山寒。
柳州如名剑，字字发光芒。

把之吟深夜，逸响何琅琅。

灵气不在多，莫邪一尺霜。

鲸鱼来

乙未（1835），鲸鱼数十，来集栖原之海。余作《鲸鱼来》，伤其非可来处而来也。

鲸鱼来栖原之海，鲸大海浅鲸常馁。

蹄涔辙鲋汝当悔，横海之志何所施。

撼山长鬣徒磊块，山人伤之为裁诗。

鲸兮鲸兮，慎勿陷祸机。

世路崎岖不可近，淳朴古风今皆违。

吁嗟，鳞介之族何荼毒，短铤长镐相追随。

独有南溟堪窟宅，一带豫山翠如围。

好潜此间莫轻出，待我骑汝朝紫微。

奥野小山（1800—1858）

奥野小山，名纯，字温夫，号小山、寸碧楼，通称弥太郎。浪华（今大阪府）人。曾师从筱崎小竹，天保中（1830—1843）应泉州（今属大阪府）召，教授藩士子弟。后仕近江（今滋贺县）甲贺藩。有《小山堂诗钞》《寸碧楼诗稿》。

牵牛花

昨暮含胎如笔尖，碧杯劝饮露珠沾。

骄阳升处花皆谢，爱看渠侬不附炎。

初冬杂诗 三首选二

满瓦微霜卜好晴，门前木落小窗明。

日暄檐角鸟圆睡，海近庭间郭索行。

老菊残枫驻秋景，郊寒岛瘦动诗情。

晚餐更有欣然处，王寺芜菁和饭烹。

早禾获尽晚禾登，水涸渠流石露棱。

追逐神疲霜圃蝶，挼娑脚弱午窗蝇。

三冬耽学狂方朔，一饭思君老少陵。

门巷叶埋无客访，茶梅索笑是良朋。

鹤堂薮翁见赠垣内士固所纂《元遗山诗钞》，士固生长富家勤奋著此书，其志可嘉也。因赋此呈翁并示士固。士固名保定，号溪琴，南纪人

完颜劲兵侵汴京，吞食中土势纵横。

金气熔出几诗客，其诗劲拔如渠兵。

中州河汾诸集出，最推李汾与刘迎。

遗山晚出称后劲，咳唾成珠众目惊。

老手终获艺苑鹿，健力能掔文海鲸。

比之南宋小家数，有若虫音与雷声。

我本爱读金人作，句法雄健皆可学。

挽近诗风务姿媚，此诗真是对症药。

南纪溪琴喜金诗，欣慕遗山读且乐。

就掇其英上梨枣，欲救时调流靡弱。

余闻溪琴年富家亦富，何求不遂欲不就。

满世芬华如嚼蜡，独耽书诗益研究。

鹤翁赠我新刊书，首首排列皆奇构。

世上富儿饱芳腴，冶游买醉花柳区。

痴呆不知一丁字，骄奢费尽万斛珠。

若闻此风应悔悟，安知奋发不读书。

此集不独矫诗弊，并砭纨袴轻薄徒。

德川齐昭 (1800—1860)

德川齐昭，名齐昭，字子信，号景山、潜龙阁。江户（今东京）人。为幕府末期水户第九代藩主，官至权中纳言。他尊奉神道，笃志尊王，为尊攘派核心人物。天保十二年（1841）创建藩校弘道馆以尊皇思想教育藩士，改革兵制，其激进的行为招致保守派不满，于弘化元年（1844）引退。嘉永六年（1853）被免罪。安政五年（1858）因幕府将军继嗣之事，齐昭与大老井伊直弼对立，被软禁藩邸。有《弘道馆集》《景山文集》《景山诗集》。

弘道馆赏梅花

弘道馆中一树梅，清香馥郁十分开。

好文岂是无威武，雪里占春天下魁。

大槻磐溪 (1801—1878)

大槻磐溪，名清崇，幼名六次郎，字士广，号宁静子，通称平次。陆前（今官城县）人。幼时聪颖，于家中受学，及长入昌平黉，师从林述斋。后游历于东海、畿内等地,遍访名士。天保三年（1832），任仙台藩主侍讲。明治元年（1868）任仙台藩军事秘书，因参与叛乱而被捕，四年后获释。俞樾《东瀛诗选》认为其"诗清丽可诵，且能为五七言古诗，乃东国所难也"。有《磐溪诗钞》《三体诗绝句解》《国史百咏》《孟子约解》《宁静阁集》《磐溪随笔》《磐溪文钞》。

重阳宿大泷城

九世恩威遍总房，故墟空见菊花香。

抱着秋风亡国恨，遗民不复作重阳。

送馆秋沙归磐手山　三首选一

一别家山二十年，昔时交友半黄泉。

唯有春风不相负，美花幽竹绕茅橼。

春枫

扶桑异种是灵枫，平压群芳锦一丛。

青帝夺来青女巧，晚春织出晚秋红。

嫩芽濯濯微含露，冶叶轻轻不耐风。

最爱娇酣胜花处，夕阳移影上帘栊。

读书

三百六十日，无日不读书。

钩玄又提要，所得尽有余。

语孟多新解，颇足补程朱。

小史叙近古，志在起懦夫。

文章不量力，所愿学韩苏。
诗多自放语，聊亦供游娱。
持此区区业，免为游惰徒。
俯仰老文字，天地一蠹鱼。

除日别岁宴赋示在塾诸子

朝生甘清苦，勉学不知疲。
藤子持温厚，为善日孳孳。
加藤非将种，拟夺李杜奇。
山生耽绘事，直追虎头痴。
独有粟野子，文武兼学之。
五人三处产，所志各有期。
远来投我塾，笔砚互追随。
以吾一日长，抗颜敢称师。
终年无所益，惭此鬓边丝。
荏苒岁云暮，人事相驱驰。
朝来蓬户外，双双插松枝。
柏梜兼大橘，当头挂檐楣。
壁揭晦翁象，团圆供饼糍。
庭内洒扫了，邀春计无遗。
举酒酬诸子，醉唱别岁辞。
嗟乎吾老矣，桑榆已悔迟。
君辈春秋富，百事皆可为。
且戒三不惑，莫误青年时。
志业能有就，令闻一身施。

后生洵可畏，宣尼岂我欺。

金源古钟歌为饫肥侯赋

款曰："承安六年辛酉二月造，天井寺金堂悬排入，重四十斤半。"（按，承安，金章宗年号，而天井寺系朝鲜寺名。）盖侯祖公征韩之役取此钟以为军号云。

古钟一口金国器，承安辛酉有款识。

算来六百五十年，古色蔼然滴翡翠。

高尺四寸围倍之，铸造古雅精而致。

纤月破云弓样张，天女御风舞态媚。

上带下带篆草花，龙首蜿蜒绕钮鼻。

维昔韩国全盛时，金堂悬排天井寺。

连鼓一百八回声，惊醒三十六房睡。

一旦国破归祖公，铿以立号供武事。

三军士卒应声兴，八道夷民争先避。

呜呼同一古钟耳，运用在人功则异。

一自虎皮包干戈，钟悬城楼久捐弃。

今公一瞥惊神奇，便命儒臣作之记。

记成好古情愈深，微词艺林远寄示。

外臣崇敢与知防，仰唱长歌寓讽意。

爱护苟念祖宗勋，岂云玩物丧其志。

君不见简公好乐任子产，抱钟而朝郑国治。

稻垣寒翠（1802—1842）

稻垣寒翠，名茂松，字木公，号寒翠，又号雪青洞、研岳，通称武十郎。美作（今冈山县）津山人。师从古贺侗庵，后任津山藩儒。

山中重九

雄剑十年游四方，一朝抱病卧山房。

可怜今日黄花酒，翻自故乡忆异乡。

山田蠖堂 (1803—1861)

山田蠖堂，名政苗，字实成，号蠖堂。羽前（今山形县）米泽人。天保四年（1833）赴江户，师从古贺侗庵，入昌平黉学习。安政七年（1860）应招在上山藩主持文教工作，后任练兵总督，与上山藩儒臣金子得所（1823—1867）将该藩治理成有名的"善国"，后被本国以攻击当局的罪名召回囚禁，不久自杀。金子得所把他与安井息轩、盐谷宕阴并称为"天下三杰"。

书感

唯有终古未落天，至今未闻不死人。

何况札瘥无虐日，倏忽谁保泡沫身。

饶能活得一百岁，过眼浮荣许多春。

世人何事暗名利，蝇营一生老红尘。

究竟所得知多少，鬟端上霜有薄官。

君不见公庭昨日拜白麻，北邙今日烧纸钱。

三叉江

赎佳人，佳人孱，太守瞋。

妾身任君杀，妾身任君活。

妾身已有五郎在，妾身不可夺。

鬘发在手乱如丝，木兰舟中斩蛾眉。

遗恨不知深几尺，三叉之水终古碧。

久松爽肃 （1804—1835）

久松爽肃，字元志，号龟阳、祝山。文化六年（1809）袭封侯。父定国悠然公，兄藩主。师从古贺精里。有中兴名主之称。善诗，有《聿修馆遗稿》。

箱根山

石路崎岖几辛苦，登攀顿觉近天府。

乍见山巅一片云，须臾散作千村雨。

按，二十三岁时作。

望宽永寺花

千树樱花一望开，东台山畔簇红埃。

更疑春雪残犹在，或道宿云屯未回。

按，二十六岁时作。

梁川红兰 （1804—1879）

梁川红兰，原姓稻津，名景，幼名景婉，字道华，号红兰。有中国式笔名为张景婉。美浓（今岐阜县）人。八岁从华溪寺大随和尚读书、习字、学画、练琴。文化十四年（1817）梁川星岩回乡，在梨花村草舍教授诗文,红兰常去听讲。文政三年(1820)十七岁嫁给梁川星岩,文政五年(1822)随星岩赴近畿、中国等二十余州游历,前后历二十余年。弘化三年(1846)赴京都,后与尊王攘夷人士交好。万延元年(1860)在京都设塾教授子弟。红兰与龟井小琴(龟井昭阳女儿)、江马细香(赖山阳的学生)、原采苹(原古处女儿、龟井南冥的学生)等著名闺秀诗人并称。小野湖山为《红兰小集》题诗:"优柔清婉人相似,卓越高情世莫如。"有《红兰小集》《红兰遗稿》。

《红兰小集》卷头

阶前栽芍药,堂后莳当归。
一花还一草,情绪两依依。

秋近

茉莉花开满院香,灯痕梦影夜初凉。
空阶一霎吟蛩雨,已送秋声到客床。

霜晓

云弄日华深浅色,波余风影去来痕。
清霜昨夜传消息,梦到江南橘柚村。

闻长州战争

闻说西海扬战尘,皇朝谁是爪牙臣。
慨然有泪君休笑,英吉夷酋亦妇人。

寒夜待外君

四邻人已定，灯火夜阑残。

雪逆月光白，云随风势团。

家贫为客久，岁晏怯衣单。

鼓半起烹粥，思君吟坐寒。

木下业广（1805—1867）

木下业广，字子勤，号犀潭、澹翁，晚号辞村，通称宇太郎。肥后（今熊本县）人。幼时博闻强记。后师从大城壶梁，二十三岁被举为实习馆居寮生，后任藩主世子侍讲，晚年任实习馆训异。有《辞村遗稿》。

山房夜雨

林叶飘风瑟瑟鸣，虚窗唯见一灯明。

人间多少功名梦，化作山房夜雨声。

藤田东湖（1806—1855）

藤田东湖，名彪，字斌卿，号东湖，通称虎之介，后改为诚之进。常陆水户（今茨城县）人。为彰考馆总裁藤田幽谷次子，年少时好武。曾师从龟田鹏斋、大田锦城。其父亡后，东湖承其禄，任彰考馆编修并兼摄总裁。天保三年（1832），拥立德川齐昭为水户藩主，协助藩政改革，后受谗被囚，嘉永六年（1853）官复原职，安政二年（1855）死于江户大地震。东湖与佐久间象山等人结交，主张尊王攘夷,其思想对桥本左内、西乡隆盛等维新人士影响很大。有《弘道馆记述义》《东湖诗钞》《东湖遗文》。

将徙小梅过吾妻桥畔有感

青年此地尝遨游,花下银鞍月下舟。
白首孤囚何所见,满川风雨伴羁愁。

和文天祥《正气歌》

天地正大气,粹然钟神州。
秀为不二岳,巍巍耸千秋。
注为大瀛水,洋洋环八洲。
发为万朵樱,众芳难与俦。
凝为百炼钢,锐利可断鍪。
荩臣皆熊罴,武夫尽好仇。
神州孰君临,万古仰天皇。
皇风洽六合,明德侔太阳。
不世无污隆,正气时放光。
乃参大连议,侃侃排瞿昙。
乃助明主断,焰焰焚伽蓝。
中郎尝用之,宗社磐石安。
清丸尝用之,妖僧肝胆寒。
忽挥龙口剑,虏使头足分。
忽起西海飓,怒涛歼胡氛。
志贺月明夜,阳为凤辇巡。
芳野战酣日,又代帝子屯。

或投镰仓窟，忧愤正惧惧。

或伴樱井驿，遗训何殷勤。

或殉天目山，幽囚不忘君。

或守伏见城，一身当万军。

承平二百岁，斯气常获伸。

然当其郁屈，生四十七人。

乃知人虽亡，英灵未尝泯。

长在天地间，隐然叙彝伦。

孰能扶持之，卓立东海滨。

忠诚尊皇室，孝敬事天神。

修文与奋武，誓欲清胡尘。

一朝天步艰，邦君身先沦。

顽钝不知机，罪戾及孤臣。

孤臣困葛蠹，君冤向谁陈。

孤子远坟墓，何以谢先亲。

荏苒二周星，独有斯气随。

嗟予虽万死，岂忍与汝离。

屈伸付天地，生死复何疑。

生当雪君冤，复见张纲维。

死为忠义鬼，极天护皇基。

高井鸿山（1806—1883）

高井鸿山，名健，字子顺，号鸿山，通称三九郎。信浓国（今长野县）上高井郡小布施村人。本姓市村，家为当地豪农。少年时，父以非凡之器视之，命游学京都，入摩岛松南（1791—1839）门下，另从名家学习书画，钻研阳明学。后赴江户师从梁川星岩，星岩以国士期之，劝其就学佐藤一斋，主攻经纶之学，旁及典章、俳句、荷兰书。关注时务，于大事屡向幕府建言，主张积极发展现代军事，巩固海防建设。与佐久间象山亲善，捐家资以助危局，后知幕府不可挽救，转向主张尊王攘夷。其家族在当地颇得民心，乱世中乡民啸聚，四处放火，家人惊恐欲锁金库、藏财宝，鸿山笑曰："吾家未尝买民怨，决无侵掠之患。"乱民果然过家门而去。曾于江户开塾授徒，西南战争时移住长野，不久患中风病逝。其《伏水城古瓦歌》借丰臣家霸业兴衰，咏历史兴亡之叹。有《高井鸿山汉诗选集》。

伏水城古瓦歌

有客示吾半缺瓦，云是获之伏水之故墟。

城废隍填二百岁，败瓦依稀金色余。

忆昔丰公雄飞日，威服诸侯意气溢。

竭工尽力役民庶，结构雄丽无俦匹。

长沟远引菟道流，叠石筑成大城楼。

自谓基业盘石固，一朝零落成荒丘。

由来天道有泰否，人事一张复一弛。

吾观此瓦见公心，骄慢奢侈绝古今。

吁嗟乎，朱楼碧殿世岂少，何至瓦饰用黄金。

广濑旭庄（1807—1863）

广濑旭庄，名谦，幼名谦吉，字吉甫，号旭庄，晚年号梅墩、秋村。丰后（今大分县）日田人。广濑淡窗之弟，比淡窗小二十五岁。

文政六年（1823）于筑前（福冈）师从龟井昭阳。文政十年（1827）拜访备后国（今广岛县）菅茶山。文政十一年（1828）任肥前国（佐贺县）田代郡东明馆教授。天保元年（1830）返回日田,居淡窗处,为咸宜园私塾监督。天保七年（1836）游学大阪,结交篠崎小竹、仁科白谷等名士。天保十五年（1844）旭庄赴江户开私塾,结识安积艮斋、冈本花亭、梁川星岩、大槻磐溪等诗人。文久元年（1861）归日田开雪来馆授徒,结交佐久间象山、吉田松阴等。旭庄一生体弱多病,常患目疾,但蜚声海内外,菅茶山称少时的旭庄"健笔快辩,海内无双,可谓后进领袖矣"。他"诗境极广,长于古律"（猪口笃志）,俞樾编选的《东瀛诗选》中一人占一卷的只有四人（服部南郭、菅茶山、梁川星岩、僧六如）,而一人占二卷者独旭庄一人。俞樾认为旭庄"才气横溢,变幻百出,长篇大作极五花八阵之奇,而片语单词,又隽永可味",评其为"东国诗人之冠"。有《克己编》《追思录》《涂说》《日间琐事备忘录》《九桂草堂随笔》《梅墩漫笔》《梅墩诗钞》《宜园百家诗编》《梅墩遗稿》。

访橙圆不值

我为看花来，君为看花去。

相访不相逢，怅望花深处。

冬初宇治川晚眺

风吹枯苇不成声，舟过时闻沙鹬鸣。

枫顶犹留残照在，一枝红影水中明。

马图

无由绝漠立奇功，徒系寻常群马中。

老去犹怀千里志，长鸣振鬣柳荫中。

春寒

梅枝几处出篱斜，临水掩扉三四家。

昨日寒风今日雨，已开花羡未开花。

春雨到笔庵

菘圃葱畦取路斜，桃花多处是君家。

晚来何者敲门至，雨与诗人与落花。

樱花

嫣然一顾乃倾城，薄晕摩空冉冉轻。

李杜韩苏谁识面，梨桃梅杏总虚名。

此花飞后春无色，何处吹来风有情。

寄语啼莺须自惜，垂杨树杪莫劳声。

读《盛明百家诗》

我读有明诗，十篇九拟古。

汗流追曹刘，目迎送李杜。

譬如黄馘妪，而扮霓裳舞。

死气蔽纸腾，掩卷几欲吐。

燕国慕唐虞，君臣遭杀虏。

女娲能补天，学之为吕武。

车战唐时崩，周官新室腐。

刍狗一乃抛，火牛再见侮。

古代之所行，时移难尽取。

舜禹承其君，夏后传自父。

拒女鲁男子，增灶汉虞诩。

只则圣之时，不用胶于柱。

诗者人精神，何必立父祖。

舍耘他家田，吾诗我为主。

莫倩古人来，逆旅于我肚。

宁创新翻词，休拟古乐府。

藤井竹外（1807—1866）

藤井竹外，名启，字士开，号竹外，又号小广寒宫主人、雨香仙史。摄津（今大阪府）高槻人。为高槻藩士，学于赖山阳，鼓吹尊皇思想。与森田节斋、山田方谷并称为"关西三儒"。其诗专攻七绝，有"绝句竹外"之称，梁川星岩赞竹外曰："以横溢之才，专攻七绝一体，一字或至有推敲经数年者，是其所以二十八字横绝于一世也。"俞樾称："竹外嗜酒、工诗，而为诗专攻七绝一体……是亦于诗家中独树一帜矣。"有《竹外二十八字诗》《竹外亭百绝》《竹外诗文稿》。

蟹

天然具八足，戈甲宛军装。

本是无肠子，横行也不妨。

花朝下淀江

桃花水暖送轻舟，背指孤鸿欲没头。

雪白比良山一角，春风犹未到江州。

芳野

古陵松柏吼天飙，山寺寻春春寂寥。

眉雪老僧时辍帚，落花深处说南朝。

诀子松短歌

樱井驿，摄州路，当路千年古松树。

枝干似指东与西，传是楠公诀子处。

如龙如虬郁阴森，勿剪勿伐直至今。

问汝老腹藏何物，依然犹有捧日之赤心。

吁嗟乎，君不见南风不起北风起，此松怒号何时止。

佐藤信古 (1807—1879)

佐藤信古，名信古，字子老，号蕉庐、残翁，通称彦古、次左卫门。山形县东田川郡荣村人，其家累世为当地富豪。信古重视实业，行事公平，以首富身份积极参与地方事务的规划与管理。曾被委托在当地主导秋田改良与马耕推广，卓有成效。经营三等邮便局，促进地方通信事业的完备发展。明治维新后任职新政府。俞樾《东瀛诗选》评："子老为铸金局长吏，以言局事，与当局者忤，遂辞职而去。此集中皆隐居之所作，淡而能腴，颇耐寻味。"有《蕉庐诗钞》。

初夏晚景

新绿过微雨，晚未清气浮。

卖鱼人走巷，衔土燕归楼。

柳外月初淡，竹西虹未收。

前林风静处，残白照苔幽。

始闻秋风

独卧西斋夕，凉飔始报秋。

入帘心自爽，响枕梦还幽。

潘岳惊开镜，张翰始棹舟。

明珠荷上碎，青瑟竹间愁。

掠水鱼行乱，拂丛虫韵稠。

满堂歌舞者，亦解此声不。

青山佩弦斋 (1808—1871)

青山佩弦斋，名延光，字伯卿，号佩弦斋、晚翠、春梦居士等，通称量太郎、春梦。水户（今茨城县）人。为拙斋长子，十一岁即能写汉诗。文政七年（1824）入彰考馆参与修史，天保元年（1830）升为总裁代役，十一年（1840）又任弘道馆头取，主持全藩的教育，同时又参与修《大日本史》。明治维新后出仕新政府，任大学中博士。其诗气势颇足。其家兄弟四人，诗作合编为《埙篪小集》。有《佩弦斋杂著》《国史纪事本末》《野史纂略》。

李太白观庐山瀑布图

笔下有神驱迅雷，香炉峰畔紫烟开。

天公不惜银河水，直为谪仙倾泻来。

中秋游那珂川

渡口烟初暗，移舟出柳阴。

暮云才漏月，秋水已摇金。

灯影村家远，虫声岸树深。

游鱼定惊避，横笛作龙吟。

新春 十首选一

休道世途多险艰，冷官何减野人闲。

犹愁残腊难开口，拟待新年一破颜。

海上云霞才欲动，园中梅柳转堪攀。

只疑春到诗家早，已在雪篱风榭间。

宇津木静区 (1809—1837)

宇津木静区，名竣，初名靖，字东昱、共甫，号静区，通称矩之丞。近江（今滋贺县）彦根人。十七岁赴京都慕名求学于赖山阳、中岛棕隐，因贫困而以抄书为业。后闻大盐中斋于大阪讲授阳明学，即赴大阪学习。数月后外出游历各地，曾在长崎设塾教学。后归乡省亲，经过大阪，寓中斋家。时值荒年，饿殍横野，大盐中斋发动贫民起义，事败自杀，静区亦被杀，年仅二十九岁。其诗雄拔豪迈，气象开阔，多抒壮志难酬、游子思家之情。有《浪迹小稿》。

浪华送人之越前集句

风物凄凄宿雨收 (韩 翃)，朔云寒菊倍离忧 (杜 甫)。

贫交此别无他赠 (郎士元)，溪水随君向北流 (王昌龄)。

登楼口号

西风无处不生愁，且取微醺倚海楼。

却想全家俱对月，应怜久客独逢秋。

淀口

秋风淀水阔，落日摄山连。

乡友难为会，家书久不传。

浪惊寒嚼岸，沙迥暮生烟。

老木昏鸦集，向津呼夜船。

海楼

茫茫千万里，豪气个中横。

山向中原断，潮通异域平。

生涯惟一剑，海内任孤征。

天地容微物，临风耻圣明。

安倍仲麿

十年留学费精神，不独才调称绝伦。

万里远随天子使，一身甘作外藩臣。

可怜回首望明月，只识驰心忆老亲。

闻否圣朝仁莫大，优恩长恤旧家人。

平野五岳（1809—1893）

平野五岳，俗姓平野，名闻慧，字五岳，号竹村。丰后（今大分县）人，昌愿寺住持。师从广濑淡窗。工诗书画，以诗闻于世，时有"东六如，西五岳"之誉。有《平野五岳诗选译注》《五岳上人遗墨撰集》。

普门寺

塔倾堂破佛威消，犹有残僧守寂寥。

欲问征西皇子迹，茫茫秋草没南朝。

叶

寒炉好拾坠红烧，不用采薪追老樵。

古井已埋微有口，低墙稍没欲无腰。

秋皆在地空狼藉，月独守枝何寂寥。

倦枕醒来清晓梦，时听邻帚扫萧萧。

熊本城

四面皆贼簇似云，城在云中级级分。

满目今日真火国，市廛村落一时焚。

城兵如鱼在釜中，城将心居泰山安。

城裂丸飞烈焰进，云梯笑渠学鲁般。

忽使万雷发自地，火牛何必效田丹。

六十日间无虚日，攻守一日几艰难。

军粮如山山亦尽，赖有我兵力能殚。

虽能殚力色欲菜，千灶烟绝兵气寒。

知是都督援军到，大喊声隔一山闻。

城兵蓦地出击贼，贼军崩去似倒澜。

呜呼日本国中已无城，唯有此城遮贼氛。

守城者谁谷少将，筑城者是当年鬼将军。

按，谷少将指谷干城（1837—1911），幕末陆军将领、政治家，明治初年（1868）任熊本镇台司令长官（少将），后升中将。西南战争期间率军死守熊本城，挫败了西乡隆盛军的猛烈攻势，此战为政府军最终获胜起到了关键作用。

鬼将军指加藤清正（1562—1611），外号虎加藤，熊本藩初代藩主，曾主持或参与筑造熊本城、江户城、名护屋城等。

远山云如（1810—1863）

远山云如，本姓小仓，名濬，字子发，号裕斋、云如山人。江户（今东京）人，长住京都。十六岁即奇咏有诗名，师从梁川星岩、长野丰山，后为幕府仓吏，不久辞职跟从梁川星岩。云如性豪宕，不守绳墨，一生身份多变，行踪不定，其论诗崇尚清新性灵。有《云如山人集》。

秋日田家记所见 选一

蓬头稚子不须梳，扑枣归来又漉鱼。

乍被村翁催唤去，半檐西日诵农书。

金阁寺

杰阁三层凌彼苍，豪奢今已付空王。

群黎未免刀兵劫，列国争输花石纲。

金碧何知是膏血，山河徒闻几沧桑。

未由酾酒吊陈迹，落日阑干心暗伤。

不忍池上

转眼风光付黯然，堤头垂柳已残蝉。

青山绕水无三里，红藕收花又一年。

醉客不来秋色里，湘帘空卷夕阳边。

人间唤作伤心地，称意闲鸥自在眠。

近代时期

（1868—1945）

村上佛山 (1810—1879)

村上佛山，名刚，初名健平，字大有，号佛山。丰前（今福冈县）人。少年时先后师从原古处、龟井昭阳，后游学海内，遍访名家硕儒。尝游京都，寓贯名海屋（1778—1863）私塾，与梅辻春樵、梁川星岩等交，时有诗文唱和。后归乡，开馆授徒为业，从学者云集，其所在地有"诗人村"之称。藩主小笠原氏知其贤名，欲礼聘之，托病不至。平生嗜诗成癖，一稿成辄置诸香案，朝暮拜之。佛山喜读白居易、苏东坡，其诗"气韵沉厚，语句疏爽"（《东瀛诗选》），构思精妙巧致，奇姿纵横。有《佛山堂诗钞》《佛山堂遗稿》。

晚望

晚云湿不飞，村火远依微。
多少插秧女，青蓑带雨归。

夜逾七曲岭

水激石如言，云忙月似奔。
夜叉来攫我，熟视是松根。

即事

刈麦昨朝晴十分，插秧今日雨纷纷。
灵奇谁及农人手，卷尽黄云展绿云。

频年诸名士就囚慨然私赋 二首其一

频闻逮捕及诸州，学士纷纷就系囚。
大法施来应有故，一身抛去岂无由。

齐名李杜何辞死，屈膝犬羊真所羞。
我欲有言还掩口，苍茫大地夕阳愁。

奉母

奉母访花去，春山恰新晴。
母持杖三尺，儿携酒一瓶。
母步儿亦步，母停儿亦停。
母曰彼有云，儿曰是花英。
遥遥到花下，红白色争呈。
和风时一扇，艳雪进衣棱。
小酌借艳雪，殷勤侑酒觥。
苟得其欢心，何必君之羹。
勿忆父在日，胜游并轿行。
儿也陪其尾，看花忘日倾。
具庆难长保，北邙愁云凝。
谁知看花眼，暗然涕泪生。
却怕被母认，强作醉吟声。

牧马图

穷北之国据嶙峋，严霜扑地不知春。
草木短缩岩石瘦，水味清洌土脉坚。
能生骏马高八尺，蹄踠铸铁骨刺天。
牧来百匹二百匹，骊黄赭白杂如云。
有喜相狎戏，有怒相啮噬。
有振鬣而起，有屈膝而睡。

有嘘露其龈，有嗅缩其鼻。

有临水伸头，有傍树摩背。

左者已奔驰，右者尚狐疑。

前者频踶蹴，后者人立啼。

仰者又俯者，长尾乱参差。

向者又背者，临风互娇嘶。

君不见乱世所用马为主，不惜千金争买取。

与人一心成大功，宠遇渥于金屋女。

海内偃武二百年，俊物往往老农户。

千里掣电人不知，一生竟与凡骨伍。

竹鞭隆隆鸣不休，垂头空耕南亩雨。

鹣岛孀妇行

戊子八月大风，鹣岛渔夫多溺死，其孀妇往往卖鱼百里外，以养姑育孤，赋此悯之。

比目鱼，比目鱼，

前声后声相应和，众妇卖鱼入村闾。

妇人行商真可讶，试问其故未问价。

中有一妇年最长，向余欲语泪先下。

"今兹八月天气和，海面澄清镜新磨。

渔人放舟争下网，翠鬣红鳞不堪多。

忽见怪云生遥空，其大仅与笠子同。

一瞬弥漫数千里，变作海天飓母风。

飓风怒号万雷响，簸起恶浪高几丈。

渔舟掀舞如叶轻，须臾折橹又摧桨。

斯时更无免死术，只将游泳希万一。

脱衣直冲恶浪来，身如凫鹥没又出。

其奈恶浪崩银峰，千峰逾尽万峰重。

二百余人不遗一，幽魂漠漠锁龙宫。

海气三日黄且紫，知是海神怒未止。

海神果不受秽污，荡出尸尸泊渚沚。

母求其子妻求夫，腐败难认旧形躯。

呼天号地竟何益，收尸合葬沙岸隅。

彼妇昨日新合婚，此妇结缡已多年。

为妇谁不期偕老，岂图一时失所天。

生卖比目非所欲，死为比目吾愿足。

嗟乎嗟乎勿复问，请为孀妇买比目。"

长谷梅外（1810—1885）

长谷梅外，名允文，字世文，号梅外、南梁。丰后（今大分县）人。曾为儒医，长门侯宾师，后住东京，以诗书闻。师从广濑淡窗，诗近晚唐，俞樾《东瀛诗选》称其："诗抒写性情，不事摹拟，而字句锻炼，又不流于率易。"有《梅外诗钞》《诗书评释》《在迩录》。

长崎杂咏

几只唐船帆影开，雾罗云锦烂成堆。

不知谁著新诗卷，却载吴山楚水来。

秋尽

断续沟流听欲无，转知寒意晚来殊。

秋兼木叶同时尽，山与诗人一样癯。

风极飞云挟归鸟，霜清荒草带鸣狐。

西邻已寐东邻未，机杼声中灯影孤。

答人问梅外书堂

君不见梅外隐士家，梅花之外更无他。

流水诘曲绕篱落，略彴斜通清浅沙。

隐士逍遥梅花外，梅花相映清气多。

欲知隐士清绝处，请君问之于梅花。

春雨独坐 二首

檐溜潇潇绕茅庵，池塘春色雨如涵。

迁莺出谷亦慵啭，梅花流香湿意酣。

处处新水来无数，蛇走龙跃落春潭。

海门喧静风呼吸，山洞晦明云吐含。

雨声才歇又萧瑟，今夜心事与谁谈。

数椽侨寓寄关北，次儿消息忆淮南。

东坡应悲子由别，李白焉得对影三。

世情堇茶虽厌苦，书味橄榄有余甘。

明日东君若放霁，快闻风筝叫烟岚。

客中论诗，偶有怀故人。寄示儿芡，在天草

作文忌虚构，虽美等玩具。

赋诗主形似，剪彩而泥塑。

不用下流沿，直须本源溯。

郁郁三百篇，振古难再遇。

悠然陶彭泽，绝景而独步。

国风以后人，汉魏殆不如。

李杜万丈光，韩公相驰骛。

东坡百世师，山谷相倾慕。

右丞与苏州，霭霭如春煦。

柳州殊凛然，亦得陶妙悟。

香山及放翁，平稳寄奇趣。

青邱及渔洋，后世之翘楚。

举头望诸公，茫如隔云雾。

咳唾成珠玉，缤纷自天雨。

唐诗温而腴，余响言外露。

宋诗冷而瘦，隽味语中寓。

风会有升降，性情无抵牾。

譬如春与秋，止竟天有数。

昔我菅公时，翕然推白傅。

有时伤浅俗，取断于邻妪。

至其天然妙，在世亦无斁。

物子一唱明，尔来生好恶。

好者如婵娟，恶者如泥淤。

唯是七子诗，汲汲摹拟务。

毋乃优孟冠，欲使看者误。

今时盛推宋，范杨人争附。

琐琐事咏物，无以存讽谕。

每惜三者失，诗终分歧路。

要之天下公，无遗一偏赴。

登高放远目，万象共森布。

着眼古之人，免被流俗污。

裁句贵俊峭，押韵要牢固。

恍如游仙境，森知入武库。

如剑斩长蛇，如犬逐毚兔。

不为蚓声咽，休作蛙鼓怒。

雕巧存斧凿，浑成在镕铸。

文章欠自然，性命戕天付。

浩浩多寿人，与物不相忤。

我久倦栖栖，北行更南渡。

片梦失邯郸，万危经滟滪。

肌冷月穿衣，足寒霜入屦。

子夏空索居，渊明未归去。

吟声似饥鸢，佳句无神助。

异乡谁论心，空想平生故。

村树一片青，中城在何处。

书楼来远帆，村庄隐绿芊。

缥缈知雨园，阴沉月限树。

佛山诗中佛，妙不在字句。

梅西舍淡淡，不是美人赋。

真率村生风，清远岛郎度。

伯起翮翮才，伯扬欲相妒。

余外几故人，落花复飞絮。

拭泪倒吾指，历历三尺墓。

谁为后进者，应使天葩吐。

为官戒贪婪，味道宜餍饫。

人固有知言，我岂无愚虑。

一箴告阿儿，聊以当面晤。

怅然倚小轩，鹭鸣斜阳暮。

题冰画石

石也我所爱，石不得苔无姿态。

苔亦我所爱，苔不得石无依赖。

苔石相得妙无尽，可使米颠为一拜。

竹或依其根，兰或生其背。

枯木交其间，清泉绕其外，有时白云来映带。

石丈默不言，可以怡我辈。

佐久间象山（1811—1864）

佐久间象山，名启，字子明，又称修理，号象山，通称启之助。信浓（今长野县）人。天保三年（1832）师从佐藤一斋，后与梁川星岩等人结交。天保七年（1836）归藩，时值全国大饥荒，象山提出赈救之策，并参与救灾。天保十二年（1841）随藩主驻守海防，任顾问，后又向江川坦庵学炮术。弘化三年（1846），藩主辞官，象山随之还乡，开塾教学。嘉永四年（1851）重返江户，设塾开讲兵学炮术等。美舰来后任军议役。安政元年（1854）美舰再次来航，其学生吉田松阴私投美舰，未遂被捕，象山亦被抓，监禁九年。被赦后，于京都参与幕政。象山为理学家和政治家，精于泰西之学，是"开国论"主要代表者，主张"和魂洋才"，其诗以说理为主，颇有激情。有《象山先生诗钞》。

狱中写怀

久忧边事叹天远，忽坠此中悲海深。

欲为皇朝存至计，敢因吾利劳知音。

鸡鸣不已晦冥夜，鹤韵应通蓊郁深。

寄语吾门同志士，莫将荣辱负初心。

送吉田义卿

之子有灵骨，久厌蝥蟊群。

振衣万里道，心事未语人。

虽则未语人，付度或有因。

送行出郭门，孤鹤横秋旻。

环海何茫茫，五洲自成邻。

周流究形势，一见超百闻。

智者贵投机，归来须及辰。

不立非常功，身后谁能宾。

望远镜中望月歌和阮云台

天体翕力自成圆，神气驱之相转旋。

轻者拱重本常理，何疑地月绕日天。

汉人古来不识月，只道月中有仙阁。

释氏漫说阎浮树，月中何得写外物。

阮子所论亦妄耳，暗者非山明非水。

伏毁为虚金石烂，但有灰烬表达里。

河涸海竭知几日，纵有生物安得食。

月在造物已无用，惟须为吾添秋色。

海客谭天非凿空，推算兼资窥远筒。

环山高低可指数，山间时见火光红。

月轮悬天虽似小，应陨沧海或巨岛。

劫数未尽三万年，后死犹看夜月皎。

地月维星隶曜灵，我是主星彼附星。

有人在彼望我地，不怪也成巨月形。

但讶素影一处见，终古不动钉玉片。

中央望之我在顶，如其四边则对面。

婆娑旋转五大洲，惟恨洋中难认舟。

疾风虽快不可御，宵颢无力驾气球。

何人得飞入月中，夜夜饱看十倍秋。

森田节斋 (1811—1868)

森田节斋，名益，字谦藏，号节斋。大和（今奈良）五条人。
曾师从赖山阳，后入昌平黉学习，与野田笛浦等人相交。二十岁左
右回乡，随后在备中（今冈山县）和京都等地执教。节斋教学鼓励
弟子养气忧国救世，故门下气节之士颇多，如吉田松阴、久坂玄瑞、
梅田云滨等。平生好酒，谈至时事则慷慨激昂，多警世经国诗文之作，

并参与尊王活动。后因受幕府监视，只得剃发佯狂。明治元年（1868）七月，客死他乡。有《节斋遗稿》《森田节斋文抄》《森田先生文集》。

无题

闻说洋夷开衅端，书生何用弄文翰。

中秋深夜云晴后，三尺剑光照月看。

示内

斗室会无僧石储，梁家夫妇自容与。

半窗风雪岁除夕，分一青灯共读书。

冈本黄石（1811—1898）

冈本黄石，名宣迪，字吉甫，号黄石，通称留弥。近江（今滋贺县）彦根人。本是宇津木昆岳之子，后过继给藩老冈本业常为嗣，故改姓。初从梁川星岩学诗，广求教于菊池五山、大洼诗佛、赖山阳等诗坛名家，经学受益于安积艮斋门下。黄石早年依藩入仕，官至彦根藩家老，明治维新后隐退。明治十五年（1882）于东京创立麹坊吟社，社员有杉听雨、田中青山、岩谷古梅、日下部鸣鹤、矢土锦山、田边松、福井学圃、安田老山、金井金洞等。黄石为人忠厚恻怛，以爱君忧国为己任，得三百篇之遗意。诗宗杜甫，又喜白居易，胜海舟赞其为幕末诸藩家老中的两位"人物"之一。有《黄石斋诗集》，川田瓮江作序。

夏日田园杂兴

秧针寸寸露如珠，节过麦秋看忽殊。

十里平畴三日际，黄云收尽绿云铺。

鸣门

诗笔几人千古高，诗神难得老逾豪。
争能以我衰残力，翻倒鸣门百尺高。

八十自寿

世事由来等幻尘，优游静养苦吟身。
半生未获三千首，百岁犹余二十春。
野鹤风前清骨相，红梅雪里古精神。
原知天地无声色，删尽浮华只贵真。

贺俞樾七十寿诗

曾读先生自述篇，文章经术见双全。
论才我固避三舍，序齿君犹小十年。
偃盖乔松蟠大壑，将雏老鹤舞春天。
称觞遥祝古稀寿，养誉芳声中外传。

按，俞樾七十大寿时，黄石年八十一，自号"九九老人"。该篇系
俞樾《东海投桃集》贺诗之首。

秋夜读九歌

奈此秋风萧索何，空江木落月明多。
时清那用怀孤愤，宵永唯宜诵九歌。
枫树夜猿悲欲断，女萝山鬼语相和。
五更掩卷忧无寐，心远天南湘水波。

放歌

男儿学而至三十，桑弧蓬矢须独立。

四十名初闻四方，区区讵被升斗縻。

坐庙堂上旋洪钧，令君尧舜风俗淳。

入相出将世瞻仰，金紫灿烂如眩人。

乾坤一变明治岁，五洲今为六国势。

强吞弱吐如何乎，日本魂宜养其锐。

嗟余报国无寸功，半生徒尔事雕虫。

不成神仙不成佛，尚是人间一畸翁。

道雅（1812—1865）

道雅，名宪意，字道雅，号笑溪。有《道雅上人诗文集》。

春夜

花拥回廊月午天，恼人春色夜如年。

手翻一帙西厢记，步出东轩塔影圆。

松桥江城（1813—1856）

松桥江城，名纯真，字野逸，号江城。近江（今滋贺县）人。其诗见俞樾《东瀛诗选》、关重弘《近世名家诗钞》（1861年刊）。

客感

五湖归计负渔篷，岁月空消旅食中。

风里羁禽求静树，天涯倦客厌飘蓬。

烟笼夜水微茫白，雨洒秋灯黯澹红。

剩有江山非土叹，一尊牢落与谁同。

伴林光平 (1813—1864)

伴林光平，名光衡，法名周永，号蒿斋，别号园陵、斑鸠居士等，通称六郎。河内（今大阪府）人。出生于尊光寺，父亲贤静为该寺住持。幼时聪慧，卓尔不群，为僧后不禁欲。主张尊王攘夷，参加讨幕运动被捕入狱，后被处死。有《南山蹈云录》。

辛酉二月出寺蓄发时作

本是神州清洁民，谬为佛奴说同尘。

如今弃佛佛休恨，本是神州清洁民。

宇野南村 (1813—1866)

宇野南村，名义以，字士方，号南村，通称忠三郎。美浓（今岐阜县）人。曾参加梁川星岩的玉池吟社，有《南村遗稿》。

葵花

潇洒精神冷淡姿，黄冠欹侧翠衣垂。

可怜向日心长在，不到夕阳人不知。

月

中天悬玉镜，百里见毫芒。

万水各分影，众星皆灭光。

江山无变革，人世有兴亡。

对月思千古，愈添感慨长。

森蔚（1814—1864）

森蔚，初名尚猷，后改尚济、尚蔚，初字豹卿，后改明天，号庸轩，通称太郎右卫门。水户（今茨城县）人。弘化二年（1845）补弘道馆训导。嘉永元年（1848）任助教，并兼彰考馆职，参与《大日本史》的编纂工作。森蔚朱子学造诣极深，有醇儒之风。有《静观庐集》《涵养亭集》《乐群堂集》《聊娱集》。

述怀

官途蹉跌此藏身，与世相忘想避秦。

青草绕池蛙唤雨，黄粱压圃雀亲人。

懒如中散长甘懒，贫似黔娄不厌贫。

祸福应知塞翁马，从来何笑亦何颦。

锅岛闲叟（1814—1871）

锅岛闲叟，初名齐正，后改直正，幼字贞丸，号闲叟。出生于江户樱田邸。天保元年（1830）继封为佐贺藩主，进左近卫中将。闲叟天性聪明，文武兼备，任藩主时积极学习西方文明，推动产业振兴，充实军备，重视教育，造就了维新前后佐贺人才辈出的盛况，被称为"名君"。维新时以藩主身份与萨摩、长州、土佐藩首倡藩籍奉还。明治二年(1869)任上议院议长，累迁开拓使长官大纳言，负责北海道开发。明治四年（1871），因过度劳累咯血而死。为政之暇喜风雅，多以议论、随感入诗。

听雨

汤沸竹炉铛自鸣，清风一碗足消醒。

病来久闭看花眼，夜卧小楼听雨声。

偶述

堂堂大路久荆榛，天以苍生付此身。

腰下常横三尺剑，胸中别贮一团春。

千年学术推元晦，万世英雄见守仁。

寒月寥寥小窗底，焚香默坐养精神。

呈水户黄门

回头世上谩纷纷，敢以毁誉付白云。

天下英雄才屈指，平生知己独逢君。

林梢风敛鸟声滑，栏角日暄梅气薰。

自戒宴安如鸩毒，从来治国要劳勤。

小野湖山 (1814—1910)

小野湖山，原姓横山，初名卷，后改名长愿，字舒公、侗翁，号湖山，别号玉池仙史、狂狂生、晏斋，通称侗之助。近江（今滋贺县）人。早年入玉池吟社从梁川星岩学诗，又师尾藤水竹、藤森天山。曾任吉田藩儒员，因从事倒幕活动被囚八年，出狱后改姓小野。明治维新后出任总裁局权办事，又任丰桥藩权少参事兼时学馆督学，特旨授从五位。在京都与冈本黄石、江马天江、赖支峰等结交，后赴大阪创办优游吟社。与大沼枕山、鲈松塘被共称为"明治三诗宗"。俞樾《东瀛诗选》评其"人品高迈"，"生平有经世之志，不欲以诗人名，而诗甚工"。黄遵宪评《湖山楼诗钞》："诗于古人无所不学，亦无所不似。其中年七律，沉着雄健，剧似老杜，尤为高调。每读至佳处，或歌或舞，或喜或涕，或沉吟竟日不能已已。"有《湖山楼诗钞》。

读清人斌椿《乘槎笔记》十首选五

九万鹏程未足夸，水蒸船又火轮车。
天涯真个比邻似，笑杀当年汉使槎。

珍奇眩目水晶宫，身落神机鬼巧中。
观国之光真快事，佛俄英米一帆风。

奇热蒸蒸汗湿衣，沍寒凛凛粟生肌。
休惊气候朝昏变，忽自南荒到北陲。

千古文人所未云，笔端写出海天云。
炎风朔雪磨臣节，又是当途第一勋。

俯仰乾坤感有余，呼夷称夏果何如。
却思在昔吾夫子，浮海乘桴发叹初。

无题

虽云殊域岂其然，文字相通兴欲仙。
蓬岛风光尚如旧，迟来徐福二千年。

论诗

诗人本意在箴规，语要平常不要奇。
若就先贤论风格，香山乐府是吾师。

同山东参事观英国人跑马

竹栏围绕路为环，跑马场开客满山。
谁道西洋规利密，千金一掷四蹄间。

天王寺所见

北邙山上暮鸦啼，早晚谁能免寄栖。
一笑名心终未止，墓碑犹竞石高低。

读宋史

晚节黄花句亦工，朝廷朋党未成风。
宋家第一好人物，莫是能诗韩魏公。

题森春涛莲塘诗后

千古香奁韩偓集，继之次也竹枝词。
两家以外推妍妙，一种森髯艳体词。

朱舜水先生墓

安危成败亦唯天，绝海求援岂偶然。

一片丹心空白骨，雨行哀泪洒黄泉。

丰碑尚记明征士，优待曾逢国大贤。

莫恨孤棺葬殊域，九州疆土尽腥膻。

登岳 二首选一

癸卯七月六日，夜宿岳顶石室中，早起观日浴东海，犹五更天也。天明，云海布地，与日光相映，实天下奇观，非凡笔所能记焉。

鹤驾鸾骖何所羡，短筇支到白云边。

豪怀不觉地球大，放眼真知天体圆。

绝顶寒风无六月，阴厓积雪自千年。

腰间我有一瓢酒，欲醉玉皇香案前。

郑绘余意 第三图，苦旱祷雨

高田已焦土，低田龟兆坼。

数旬天不雨，井涸川亦竭。

粳稻尽枯萎，人民亦槁瘠。

所恃唯有神，祷祀朝复夕。

徒见炎毒炽，未蒙一滴泽。

我意咎祝融，何尔肆其虐。

人言衽席上，更有老旱魃。

岸田吟香将赴清国诸友共开别筵酒间赋赠

名是卖药韩伯休，其实多智老范蠡。

范蠡船小泛五湖，君船巨大渡瀛海。

伯休避名名益高，君名早传英与米。

清于我邦若比邻，暮去朝来真自在。

君不见秦皇汉武皆人豪，采药之船来几艘。

神山在眼隔烟雾，求而不得心空劳。

君赍灵药向彼地，绝奇事又绝快事。

吁嗟！入山之韩何足称，航海已胜泛湖智。

斋藤竹堂（1815—1852）

斋藤竹堂，名馨，字子德，号竹堂，通称顺治。陆奥（今宫城县）仙台远田郡人。天保六年（1835）赴江户，入增岛兰园（1769—1839）门受学，后又入昌平黉，师从古贺侗庵。弘化元年（1844）为昌平黉舍长。弘化二年（1845）回乡，翌年春携母及妻重返江户，于谷相生町设馆授徒。竹堂诗多有清丽自然之作，亦多有关注民生时弊之作。有《竹堂诗钞》《仙台藩祖实录》《奥羽纪事》《尽忠录》《竹堂文钞》《外国咏史》《报桑录》《竹堂游记》《竹堂赘园》《村居三十律》。

蹉跎

蹉跎客志感居诸，云路求知计自疏。

满匣清风秋试剑，一窗寒雨夜抄书。

虎随狐去时焉耳，蝇惑鸡来命也欤。

杜子飘零犹许国，此心未敢负当初。

小儿迷藏图

暗中摸索东西走，白日不分左与右。

朦胧有影捉无由，嫣然一笑齐拍手。

中有丫鬟小女郎，前头欲走步郎当。

休怪渠侬频见捉，罗带三尺拖地长。

百鬼夜行图

阴磷照地翳复明，丑夜草木眠无声。

腥气迸来风一道，鬼官肃肃作队行。

伞盖当中僧相国，三目注人烂生色。

红衫小鬼小如儿，执杖持烛从其侧。

是谁氏女白衣裳，皓齿粲然喷血香。

辘轳作首伸复缩，一伸忽为十丈长。

鬼兮鬼兮何多趣，形影迷离半云雾。

嗟哉，鬼外有鬼人不知，白日横行纷无数。

梅田云滨（1815—1859）

梅田云滨，初名义质，后改定明，号云滨，又号湖南、东坞，通称源次郎。若狭（今福井县）小浜藩人。文政十二年（1829）在京都望楠轩学习。翌年赴江户，师从藩儒山口管山（1772—1854），与佐久间象山、藤田东湖等结交。天保十二年(1841)，从父游历关西、九州，归京后开办湖南塾。十四年（1843）应邀任望楠轩讲主。云滨积极参与尊王攘夷活动。安政元年（1854）九月，俄国军舰开入大阪湾，云滨与一些志士欲发动武装袭击，因俄舰已开走未果。后在"安政大镇压"时被捕，病死于狱中。有《云滨遗稿》。

诀别

妻卧病床儿叫饥，挺身直欲拂戎夷。

今朝死别与生别，唯有皇天后土知。

山田翠雨 (1815—1875)

山田翠雨，名信义，字义卿，号翠雨、鹎巢。摄津（今大阪府）八部郡人。天保四年（1833）在大阪师从后藤松阴，后赴京都师从摩岛松南，又向梁川星岩学诗，与江马天江、藤井竹外等人交游。曾在京都开塾授徒。俞樾在《东瀛诗选》中有评："义卿世居丹生山田，故即以山田为氏。丹生之山有三胜境，曰饿鬼隘，曰蝙蝠溪，曰吞吐涧。义卿生长于斯，胸中具有丘壑，而性又好游，东国凡六十六州，足迹所未至者，五六州而已。其发之于诗，多模山范水之作，因以'樵歌'名集。虽篇幅稍隘，然句煅字炼，颇足与山水争奇。时人以陆放翁诗比之。陆之博大，非义卿所及，然佳章隽句，络绎而来，亦略近之矣。"有《丹生樵歌》《翠雨轩诗话》。

十一月望

山斋严夜冷，枯坐对幽缸。

圆月嵌荒壁，尖风钻破窗。

空林啼宿鸟，深巷吠惊尨。

此际皆诗料，寒哦暖酒缸。

赴明石途中

俯瞰榛洋树杪船，地高眼界自悠然。

村家半麦半蔬圃，客路轻寒轻暖天。

一桁淡山横鹤背，两竿残日及牛肩。
晚来已识明城近，商担声声呼卖鲜。

冬夜偶咏

读书挑尽短灯檠，四壁萧然孤影横。
水涸瓶花犹有力，火衰炉鼎自无声。
只求实践生前学，岂望虚传身后名。
历历古人忠孝迹，感来不觉到天明。

幽居

僻境无人问敝庐，萋萋幽草没阶除。
开仓往往驱苍鼠，翻峡时时扫白鱼。
妻解夫心忙酿酒，母谙儿嗜又腌蔬。
清狂能自忘尘事，世上从他毁与誉。

九月二日夜耿然不寐枕上口占

百计求眠眠得迟，荒园秋老草虫哀。
檐铃无响知风死，窗树有声闻雨来。
一穗灯花生复坠，万端愁绪结还开。
四邻人定更筹静，起展韩文诵几回。

吉川天浦 (1816—1858)

吉川天浦，名坚，字多节，号天浦，通称仲之助。常陆（今茨城县）人。曾入昌平黉学习。有《无所苟斋诗钞》。

自题芦中归钓图

扁舟短棹唱沧浪，好与闲鸥寻旧盟。

诗句松陵渔具咏，烟波苔雪钓徒名。

风中疏笛芦花月，雁外孤村枫树晴。

笑忆谈经重席坐，鸿都门下一书生。

大桥讷庵 (1816—1862)

大桥讷庵，名正顺，字周道，一字承天，号讷庵，通称顺藏。上毛（今群马县）人。曾师从宇都宫藩儒佐藤一斋。佩里率美舰逼幕府开国，讷庵上书反对，并与水户藩士一起密谋暗杀幕府阁老，因事泄被捕,死于狱中。其诗充满骨气,是典型的"志士诗"。有《讷庵诗文钞》《元寇纪略》《辟邪小言》。

狱中作

刑死累累鬼火青，枕头时觉北风腥。

婆心忧世夜难眠，起向窗端看大星。

山田梅村 (1816—1881)

山田梅村，名亥吉，字乙生，号梅村，又号小田园主人、三圣庵主人，通称胜治。高松(今香川县)藩儒。曾师从近藤笃山(1766—1846)、广濑淡窗等,其诗格调娴熟,清新而有意味。有《吾爱吾庐诗》。

晚眺

晚霁开佳眺，寒烟渺欲迷。

斜阳枫寺外，流水竹庄西。

归客与风急，远山兼雁低。

闲行皆熟路，即目亦新题。

盐江山中杂诗

独摩倦眼望农郊，残日轻阴淡欲交。

樵父柴担藤蔓束，村童田饁竹皮包。

好诗只是偶然得，尘念已从闲处抛。

多谢邻翁何厚意，剧来晚笋助山庖。

释月性（1817—1858）

释月性，字知圆，号清狂。周防（今山口县）人。文政十二年（1829）在真宗本愿寺派的妙圆寺出家。天保二年（1831）入肥前（今佐贺县）善定寺，拜不及和尚为师，向广濑淡窗的学生恒藤醒窗学诗。天保七年（1836）赴广岛，入坂井虎山所开私塾学习，并向草场佩川学习。天保十四年（1843）赴大阪，入筱崎小竹门。与斋藤拙堂、野田笛浦、森春涛等人交流，也与梁川星岩、梅田云滨、赖鸭厓等尊攘志士来往。嘉永元年（1848）归乡开私塾。安政三年（1856），应本愿寺邀请赴京都，居东山别院，并继续为尊攘事业奔走。因一再强调加强海防，被人称为"海防僧"。有《清狂吟稿》。

癸卯秋将东游赋此书壁

男儿立志出乡关，学若无成死不还。
埋骨岂唯坟墓地，人间到处有青山。

闻下田开港

七里江山付犬羊，震余春色定荒凉。
樱花不带腥膻气，独映朝阳薰国香。

日柳燕石（1817—1868）

日柳燕石，名政章，字士焕，号燕石，又号柳东、吞象楼、双龙阁，通称长次郎，后改耕吉。赞岐（今香川县）人。十四岁开始学医，又擅长诗文、书画。嘉永元年（1848）游京阪，结交勤王志士，回乡后积极支持维新志士。因曾隐藏高杉晋作，于庆应元年（1865）被高松藩逮捕，明治元年（1868）被释放。后参加北伐，不久病故。

问盗

问盗何必漫害民，盗言我罪是纤尘。
锦衣绣袴堂堂士，白日公然剥取人。

送人使米国

神州仁泽及东偏，使节新通米利坚。
铁路穿云平似砥，火船截浪急于弦。
壮游直继张骞志，久滞休经苏武年。
纵令蛮奴谙汉字，笔锋应避汝雄篇。

金刚山怀古

蚁集关东八州兵，唾手直欲提孤城。

英雄斗智不斗力，机变百出鬼神惊。

藁人能战睢阳策，云梯徒劳墨子壁。

八十万众何所为，三日死伤笔不阁。

却想贼军西来年，使公谋之亦犹然。

惜哉长城空坏破，守御无人叡山巅。

洼田梨溪（1817？—1872？）

　　洼田梨溪，本姓平氏，名茂遂，字逢辰，号梨溪。米泽（今山形县）人。曾向山田蠛堂学诗，文政、天保年间任藩学兴让馆提学，幕末之际，为藩命奔走。庆应元年（1865）正月五日，与奉行兼学校教员竹股久冈、总监浅间彰联合署名上书振兴藩学，事迹见《米泽市史》《兴让馆史话》。天保十一年（1840）编纂的蠛堂门下诗人总集《娄埧集》中，收录洼田梨溪、中川雪堂、木滑痴翁、笹生忠八、小幡忠敏等人的七言古诗一百二十首。梨溪约有遗诗三百余首，宫岛栗香从中择取一百八十九首，后由其弟小森泽长政刊行。

偶兴

犬马虽为贱，服从不爱身。

其忠如汝足，孰若横议人。

冬至对酒

四十九年无所为，髻髻赢得鬓边丝。

一丝不系天下士，白首抱经将教谁。

夜泊

茫茫客恨满江天，眠觉楚乡飘泊船。

霜雁闻悲残夜月，苇蓬火白晓渔烟。

浮沉自古叹荣辱，忧乐如今有后先。

千里水程任所往，不知解缆向何边。

贫交行

一坛酒，可结欢。一穗火，心可论。

浓者先败淡者成，卮言不要比金兰。

君不见朝羁龙兮夕屠虎，俄然失势弃如土。

不若呼杯剪园韭，连床聚首话夜雨。

小原铁心 (1817—1872)

小原铁心，名忠宽，字栗卿，号铁心、是水、醉逸，通称仁兵卫。美浓（今岐阜县）人。为美浓国大垣藩世臣。俞樾《东瀛诗选》称"其诗虽流连风景，往往微寓时事，有少陵每饭不忘之意，盖亦不止以诗传者也"。有《铁心遗稿》。

戊午八月暴疫炽行，都下死者殆过十万，慨然作二绝句 选一

夷入都门彗星见，死亡十万是何灾。

当年鏖房神风力，不扫斯民流毒来。

横滨杂诗 选二

大舶如鳌锭近湾，动山炮响胆先寒。
夕阳风急飐章旆，红是英夷青佛兰。

圭屋扇檐棍子丹，竿头飐旆画青鸾。
水晶帘下红灯点，此是洋僧奉教坛。

与舁夫

风雪涨，断猿哀，百折坂路掠面来。
舁吾舆者将何物，一步一喘殆欲绝。
我夫人也何无情，安坐舆中鼾睡行。
有若郡吏习为弊，坐视穷民毙逋税。
悚然下舆谢且言，舁夫舁夫汝亦人。

正墙适处 (1818—1876)

正墙适处，名薰，字朝华，号适处、研志堂。有《研志堂诗钞》。

寄家书

十年客路尚迟留，蓬鬓霜寒易感秋。
自恐老亲劳磢磜，乡书不敢写蝇头。

大沼枕山（1818—1891）

大沼枕山，名厚，幼名舍吉，字子寿，号枕山、台岭。江户（今东京）人。其父系尾张藩儒官，亦是汉诗人。枕山十岁丧父，寄居叔父鹫津松隐家读书。初从菊池五山学诗，十八岁回江户入梁川星岩玉吟诗社，始有诗名。后于东京下谷仲御徒町开设下谷吟社，在明治七年（1874）森春涛入京开茉莉吟社前，枕山俨然以江户诗坛领袖身份开创了下谷吟社的全盛时代。枕山、春涛、松塘、湖山为明治诗坛星岩门下诗风的流行起到了巨大作用。枕山诗擅咏物，主张以陆游为中心，出入苏轼、黄庭坚、范成大、杨万里等宋诗大家，俞樾《东瀛诗选》则认为："枕山于诗学颇近香山一派。其论诗有云：'诗无定法意所属，不要疏宕要精熟。不古不今成一家，枯淡为骨菁华肉。'可得其大概矣。"有《枕山诗钞》《枕山遗稿》《下谷吟社诗稿》。

二色梅

双清尘外色，足以比前贤。

典丽朱元晦，风流白乐天。

忽忽

忽忽醉醒间，青春变朱夏。

昨为狂牧之，今乃穷东野。

雨中东台书感

三百鸿基殆铄磨，满山金碧亦如何。

疏疏空际洒花雨，不似感时愁泪多。

西洋纪行题词 其一

武尊以后有丰公，虾岛鸡林路略通。
今日天涯比邻耳，勾吴于越一帆风。

读放翁诗

宋余才俊各骎骎，窥见陆家诗境深。
别有天成难学得，青莲风格少陵心。

东台看花杂咏 四首选一

半天乔木已空枝，矮树仍能弄艳姿。
气魄旋消华彩在，晚开花似晚唐诗。

嘲士为商者

昨来才失禄，卖物欲居贫。
大小全家具，高低满席陈。
轻袍忘武士，墨斗喜商人。
重利轻恩者，休称旧世臣。

岁晚书怀

门冷如冰岁暮天，衡茅林麓锁寒烟。
床头日历无多日，镜里春风又一年。
技拙未成求舍计，家贫只用卖文钱。
闲来拣取新诗句，市酒犹能祭阆仙。

野岛

目断南天欲尽头，烟波浩渺晚涵秋。
日沉极浦惊征雁，潮卷寒沙起睡鸥。
松树有情皆护石，芦花无处不藏丹。
舵师指点迎人说，一发青山八丈洲。

送梁星岩翁西归

鱼知潜伏鸟知还，莫怪高人恋故关。
巢父佯狂将入海，浩然本意在归山。
音容一别暮云外，唱和十年春梦间。
明日桥头分手处，雨痕泪点满襟斑。

小湖看荷花有感寄怀彦之

都门正月送君归，北风其喈雨雪霏。
杨柳弄色不相见，忽到莲子开花时。
今晨载酒何不乐，故人又负观莲约。
风物虽好空断肠，何况繁华今异昨。
忆昨相唤饮莲塘，手截碧筒不须觞。
满座啁啾丝管沸，倚歌促酒几红妆。
醉游尽日不知饱，长鲸一吸百川小。
颇类分司御史狂，狂言往往惊娥媌。
此时水心花的的，花色水光香雾白。
夜深月上同忘归，结邻欲卜烟波宅。
一朝云雨散同游，旧盟只剩水中鸥。
湖莲憔悴少颜色，湖上名园半掩楼。

近来愈觉世议隘，豪举无由取一快。

舞衫歌扇抛何边，酒场花所多荒废。

胜地无人有鸣蛙，岂啻西湖事可嗟。

缄辞千里寄相忆，暮云黯澹天一涯。

梅田梅涧 (1819—1865)

梅田梅涧，名居敬，字简夫，号梅涧、紫山樵史，通称良太郎。土佐（今高知县）人。曾师从佐久间象山，参加梁川星岩的玉池吟社。梁川星岩题其诗集有云："冰瓯雪碗诗千首，月地花天酒一瓢。"有《梅涧初集》。

新凿小池

小小池成镜样圆，正缘素性爱山川。

密篁云合下通径，细笕玉鸣遥引泉。

虫隐者游青藻雨，花君子立碧汀烟。

太湖三万六千顷，缩在吾家亭槛前。

书怀寄乡友广井子洌

西风坠叶送残蝉，抚旧感时心黯然。

买醉杏花春店雨，载诗明月暮江船。

同游迹与雪鸿似，一纸书凭云雁传。

远客不唯羁绪苦，梦魂落尔病床边。

广濑青村 (1819—1884)

广濑青村，名范，字世叔，号青村。丰后（今大分县）日田人。十六岁师事广濑淡窗，数年后成为都讲。淡窗收其为养子，继其家业。安政二年（1855）成为家塾咸宜园的第二代塾主。文久二年（1862）将塾政让给林外，应府内藩主之聘任宾师，并督理藩校游焉馆。明治维新后赴东京任修史局修撰。后又在神乐坂创办私塾东宜园，还在华族学校等处任教。青村宗程朱，晚好老庄。其诗见《近世名家诗钞》。

罗汉山

西罗汉，东罗汉，两山相揖耸天半。

一夜石佛皆东迁，西龛鸟呼香火断。

悬崖成檐石成门，老木槎枒成其藩。

翠苔红茑三千岁，不着人间斧凿痕。

东山近开点鬼簿，石琰罗前说罪苦。

儿女啼哭翁媪悲，氍毹席上钱如雨。

观渔梁

藤蔓绸缪万竿竹，横划江心鱼路蹩。

奔流如箭射梁身，竿缝遍悬几条瀑。

淫霖始歇旭光开，腥风一霎波千堆。

跃鱼倒飞半空里，须臾刺泼上梁来。

溪多鳞族孰是最，香鱼宜炙又宜脍。

石髓半凝红炭边，银丝齐解霜刀外。

忆昨南泛火海涛，苓洲南畔驻征蒿。

渔家八九农一二，鱼价太贱蔬价高。

约鬐缚尾或贯柳，晨庖夕俎鳞如阜。

海月瑶柱石决明，棘鬣戟须靡不有。

北归重上旧讲堂，手诛蠹鱼拂缥缃。

残月在窗晨读早，寒灯照座夜吟长。

一脔论价比尺璧，贫厨何曾奏骍犈。

露叶摘来芜菁青，霜根洗去芦菔白。

日舐兔毫耸吟肩，形容枯槁似癯禅。

诗带秋蔬春笋气，梦悬蜃雨蛮烟天。

偶将溪鳞供酣醉，醉中并写南游事。

安得数尾寄北堂，目断云山万重翠。

草场船山 （1819—1887）

草场船山，名廉，字立大，号船山，通称立太郎。肥前（今佐贺县）小城郡多久人。船山是江户时期著名汉诗人草场佩川之子，从小继承家学随父读书，后入昌平黉师从古贺侗庵，后又随梁川星岩、筱崎小竹学诗。十九岁归乡校教书，后应对马严原藩聘请任学政。维新后往东京任教，对明治时期文教事业颇有建树。有《船山遗稿》《船山诗集》。

樱花

西土牡丹徒自夸，不知东海有名葩。

徐生当日求仙处，看做祥云是此花。

巴女

拔松力尽卧茅庵，万事人间梦已酣。

独有贞魂消不得，时追秋月落湖南。

那护屋怀古

兴亡今古不可期，取快一时是男儿。

结发起身奴隶伍，双手折尽扶桑枝。

余波直及鸭绿水，决溃八道东海归。

飞花扑杯芳山宴，想见战血红陆离。

岂图一旦将星落，北风吹送班军旗。

群喙啧啧放讥议，或曰黩武或儿嬉。

或曰漫被黠儿赚，末势不振国本痿。

呜呼燕雀何知鸿鹄志，有似蠡壳测天池。

英雄襟怀元落落，不因得丧为喜悲。

偶历旧墟吊鬼雄，宁将涕泪沾残碑。

哑然大笑临渤海，水天一碧鹏云飞。

森春涛 (1819—1889)

森春涛，名鲁直，字方大，后改字希黄，号春涛，又号九十九峰轩、三十六湾书楼、香鱼水裔庐等，通称浩甫。尾张（今爱知县）人。其家世代为医，早年学过眼科。喜吟汉诗，十五岁时从尾张名儒鹫津松阴（毅堂之父）修汉学，与同塾大沼枕山唱和、交往甚密，并称诗才敏捷。安政三年（1856）赴京都入梁川星岩之门，交游之人有斋藤拙堂、广濑旭庄、池内陶所等。文久三年（1863）移居名古屋桑名町三丁目，开设桑三轩吟社，求学者甚多，有丹羽花南、奥田香雨、永坂石埭、神波即山，合称"森门四天王"，还有永井荷风的父亲禾原等。明治七年（1874）在东京下谷又创茉莉吟社，社员有鹫津毅堂、丹羽花南、长三洲、永坂石埭、桥本蓉塘、岩溪裳川、永井禾原等一大批诗界名流。明治八年（1875）创办《新文诗》杂志，风靡一时，被尊为诗坛泰斗。春涛名（鲁直）、字（希黄）皆取自黄庭坚，常被视为宋诗派。然春涛亦倡清诗，融"神韵说"入香奁体，形成清新流丽的独特诗风，迎合了明治初年日本诗坛爱好新奇的风潮，却也因趋于媚俗，被小野湖山批评为"诗魔歌"。有《春涛诗钞》。

岐阜竹枝 二首选一

环郭皆山紫翠堆，夕阳人倚好楼台。
香鱼欲上桃花落，三十六湾春水来。

舟下高梁川

初翳后晴如预期，芦花秋水展清漪。
老牛犹在雾中卧，客上归舟山不知。

春寒

六扇红窗掩不开，半庭丝雨湿残梅。
春寒冻了吹笙手，妙妓怀中取暖来。

逾函关

长枪大马乱云间，知是何侯述职还。
沦落书生无气焰，雨衫风笠度函关。

文字

文字获钱能几多，笑颜呈媚奈君何。

可惜措大终年业，不抵珠娘半夕歌。

绝笔

七十一年一梦非，茶烟禅榻倚斜晖。

儿曹若问三生事，蝴蝶花前蝴蝶飞。

二乔读兵书图

书香微度琐窗风，孙十三篇雠对中。

绝代艳妻双姐妹，两家佳婿大英雄。

上游原是依天险，下策何妨用火攻。

谁借胭脂妆点妙，春帘乱扑落花红。

蟹江城址

儿女踏青裙屐香，不知今昔有兴亡。

夜来微雨生春水，木末轻帆送夕阳。

耕耨地开残镞出，英雄事去古城荒。

落花风里催罗绮，又上当年旧战场。

秋晚出游

三四五里路，六七八家村。

西有秋水涧，东有夕阳山。

来自黄叶里，身立白云间。

去自白云里，路出黄叶前。

捕鱼谁家子，黄叶纷满船。

负薪何处叟，白云随在肩。

相视忽相失，古林生夕烟。

桃太郎讨鬼岛图

桃太郎，桃太郎，功不让镇西八郎。

腰间横系三尺霜，七星罗列森有铓。

有贼有贼在鬼方，欲往诛之夕裹粮。

其粮维何黍团香，称日本一观国光。

海风闪动大旗飑，分赐团子排戎行。

猿犬怒臂弓势张，雉兔亦拥丈八枪。

鬼岛虽远海可航，横绝鬼门搤其吭。

鬼国之鬼物在囊，小则乞降大则亡。

凯歌一哄还帝乡，桃太本意在弓藏。

何物陪臣坐镰仓，诛戮蒙贼欠商量。

鼠辈膻血污封疆，寸功尺罪不相偿。

身后豚犬亦虎狼，暴手持权坏天纲。

天蹙虚位天日黄，天狗昼出舞郎当。

大声绝叫桃太郎，汝如可作应激昂。

嗟汝封侯有骨须激昂，赠汝黄金斗大章。

菊池三溪 (1819—1891)

菊池三溪，名纯，字子显、士显，号三溪、晴雪楼主人，通称纯太郎。纪州（今和歌山县）人。初学于仁井田南阳（1770—1848）门下，后赴江户跟从林梫宇（1793—1846）和安积艮斋学习。后任和歌山藩儒（赤坂藩邸内明教馆教授）。安政五年（1858）任幕府儒官，为将军德川家茂侍讲。有《近世纪略》《续近事纪略》《国史略》《晴雪楼诗钞》。

残月杜鹃

人言音在月，吾疑月有声。
月落声还断，一川卯花明。

盆栽小樱

日透纱窗花气薰，一盆红雪淡于云。
金莲不许出闺阃，个是东皇寡小君。

题儿岛高德书樱树图

警柝无声燎影残，樱花树底夜初阑。
虎狼不解何词意，独有君王带笑看。

初夏园中即事

梅时喜雨只蜗牛，欲上芭蕉不自由。
高处元非置身地，移家徐下竹篱头。

新凉读书

秋动梧桐叶落初，新凉早已到郊墟。

半帘斜月清于水，络纬声中夜读书。

花后出城所见

逝水年华转眼新，满城芳事半成尘。

风中花似飘零客，雨后山如出浴人。

残梦醒来醒亦梦，三春老矣老犹春。

也无士女赠红药，溱洧江头吹绿蘋。

春晚访广泽文城青山寓居

才大薄官懒屈身，衡门逃迹养清真。

鸟如落第归乡客，花似深闺卧病人。

诗境多从穷后进，家山自入梦中新。

廿年交友半亡在，唯有青樱长管春。

青山松溪 (生卒年不详)

青山松溪，名延昌，字仲卿，号松溪。其诗富有生活气息。

春日村行

远山云雾雨初收，竹外人家绕曲沟。

何事村童相唤急，风筝倒挂桔槔头。

送鸟羽兄归江户

故人千里归武州，送别其登百尺楼。

樽前不辞今夕醉，为君一说昔年游。

东山春探万花窟，墨水夏销三伏热。

秋风巢鸭看黄花，冬日王子赏晴雪。

此地乐异江南娱，春草满庭手自锄。

昼长茅堂无一事，惟阅颜柳欧虞书。

知君江南别家日，墨川樱花正奇绝。

花底佳人莺弄喉，堤上游客蚁缘垤。

今君归家负春光，万树绿阴栖残芳。

莫恨江南花飞尽，城西别有牡丹庄。

按，"巢鸭""王子"皆地名。

伊势小淞（1820—1886）

伊势小淞，名华，字士鞸、君华，号小湫、小淞。长门（今山口县）藩士。小淞与江马天江是诗友，其诗"酝酿功深，诗中有画"，名篇《月濑图》诗"以少许胜人多许"，可与斋藤正谦著名的《梅溪游记》对读。有《我亦爱吾池诗草》。

二十八日天江诗成邮送见示，赋此却寄

云笺一片付书邮，细读几回揩老眸。

欲续瑶篇惭狗尾，看来铁画似蝇头。

风飘梧叶蝉同堕，露泫葵花蝶也愁。

小婢应嗤吟坐久，报言日脚下帘钩。

月濑图

五里十里山皆梅，绕谷拥涧烂漫开。

溪流一道青如染，远自玲珑玉雪之中来。

神仙境界谁能说，十记曾嘲拙堂拙。

惨淡何人造此图，疏疏笔墨得神诀。

数株老干压仙舟，恰同月濑古湾头。

譬之龙颔珠已获，鳞爪纷纷不用搜。

游踪触目十年昨，留题却愧吾诗恶。

不如且饮三百杯，醉梦飘然驾仙鹤。

伊藤听秋 (1820—1895)

伊藤听秋，名起云，字士龙，号听秋，别号默成子、瓢庵，通称介一、祐之。淡路（今兵库县）人。祖辈为蜂须贺藩家臣。嘉永三年（1850）游京都，师事梁川星岩，被称为门下三秀之一，与赖鸭厓、松本奎堂、藤本铁石、藤井竹外等交游。政治上主张"尊王攘夷"。安政三年（1856）建议藩侯组建兵队，并亲率农兵。文久三年（1863）因起事被捕，明治初赦免，在德岛县担任官吏。明治八年（1875）被召回东京，在新政府中担任太政官等重要职位，直至明治二十一年（1888）退休。诗多写卜居漫游，颇具豪爽洒脱之气。有《听秋书阁集》。

湖海

湖海余豪迹未闲，又将书剑出乡关。

马头数朵青如染，浑是平生梦里山。

墨上漫吟

不将往事问沙鸥，明月芦花无限秋。

隔水楼台新结构，吹笙人是故诸侯。

过星岩先生旧寓有感

翰墨场中老伏波，菩提坊里病维摩。

平生爱诵涪翁句，移赠无人奈我何。

青山铁枪斋（1820—1906）

青山铁枪斋，名延寿，字季卿，通称量四郎。水户（今茨城县）人。喜枪支，藩侯赏赐铁枪，因号铁枪斋。青山拙斋第四子，承家学，曾师从藤田东湖。铁枪斋仕于水户藩，为弘道馆训导，又入彰考馆。明治后入修史局，后因不得志离去，漫游国内。有《铁枪斋诗钞》《大八洲游记》《铁枪斋文钞》。

笋

龙孙吾所爱，当夏忽成列。

看守如养儿，缮篱御草窃。

谁知一寸萌，已有干霄质。

不忍为烹煮，日日相摧折。

难奈卓荦性，不肯拘小节。

纵横四走鞭，破土日坟裂。

小径与菜圃，为汝所凌蔑。

径以适我游，菜以侑我歠。

若无径与菜，何以养吾拙。

为是持横锹，对彼亦中辍。

殷勤思生路，中心为郁结。

二物不并立，穿劂岂所悦。

汝固无活理，休罪吾饕餮。

自今安汝分，慎勿事侵轶。

阪谷朗庐 (1822—1881)

阪谷朗庐，名素，字子绚，号朗庐，通称素三郎。备中（今冈山县）人。西山拙斋晚年隐居备中，朗庐与关藤藤阴、山田方谷、川田瓮江、三岛中洲，被认为是拙斋门下学问人品最为杰出之五人。同门学成后皆仕于诸藩，朗庐独慕其师遗风，开家塾兴让馆授徒为业，导人以躬行实践，四方来问道者甚众。庆应二年（1866），在京都得到末代将军德川庆喜召见，咨以时事，朗庐以济世急务切论，庆喜许以官禄，固辞不受。后应广岛侯礼聘，出为宾师。废藩置县后移居东京，历仕陆军警视诸厅，曾供职明治政府文部、司法各省。有《左说私钞》《日本地理书》《朗庐全集》。

白峰谒崇德帝陵

穿云老树斗蛟虬，山色依稀七百秋。

欲扫莓苔寻旧迹，怪禽叫过古陵头。

赠村上佛山叠韵

求游天涯一片游，稗田村里话诗留。

篇章出世唯三册，名姓惊人已几州。

迹慕陶潜信爱酒，辞如宋玉不悲秋。

钦翁世上风波夕，玩弄烟霞卧故邱。

本能寺怀古

唯问沟深浅，不问江海恩。

凶竖狂态常事耳，绝世英雄眼何昏。

呜呼哉，鼠穴不塞大厦败，奇祸卒发萧墙际。

男儿可慎终成业，粗才从来误大计。

君不见，炯戒千古留其踪，本能寺里阑夜钟。

中内朴堂（1822—1882）

中内朴堂，名惇，字五惇，号朴堂、柳山。伊势（今三重县）人。父为津藩士。十二岁至斋藤正谦门下学习，弘化元年（1844）为有造馆教师。嘉永元年（1848）为伊贺上野崇广堂讲官。明治三年（1870）归津藩任有造馆督学参谋。明治以后废藩，历任丰受大神官主典、津中学教员等。明治十四年（1881）刊行其师斋藤正谦的文集。朴堂志于朴学，反对宋儒性理之学，俞樾赞其学问"淹贯经史"。有《朴堂诗钞》。

题杂画 选一

行闻草虫鸣，不觉衣裳湿。

到家才推门，山月先人入。

纪新事

书生衮衮上朝班，不见当时憔悴颜。
谁道仕途无捷径，西洋毕竟是南山。

溪山春晓

晨光自东至，次第及西峰。
晓树犹栖月，春云不隔钟。
鸟啼山寂寂，花落水淙淙。
孤杖出门早，樵渔犹未逢。

桶峡

桶狭一夜风雨急，铁骑忽然斫营入。
短兵相接馘大将，风腥雨赤草木泣。
骄兵取败果如此，连胜由来不足恃。
项梁一败死定陶，千载无人怜其死。
吾来下马鸣海驿，向人惆怅访遗迹。
衰草寒烟秋茫茫，残垒断沟何处觅。
但见市店连林樾，家家染布作绞缬。
红紫斑烂光射人，疑是当年旧战血。

风雪蓝关图

蓝田山下逢风雪，雪虐风饕马骨折。
此时恋关又忆家，愁心贮火肺肝热。
潮州南去八千里，飓风鳄浪冒万死。
举世无人怜忠臣，惟有侄孙送叔子。

岭云关雪本妙联，湘乎安能出此言。

吁嗟乎，青琐高议妄诞耳，岂有朝论佛骨夕信仙。

山崎鲵山（1822—1896）

山崎鲵山，名吉谦，字士谦，号鲵山，通称谦藏。陆中（今岩手县）人。十七岁时受学于安积艮斋、佐藤一斋等人。后游学京都从梁川星岩学诗，与小野湖山、大沼枕山并称"三山"。安政年间因被南部侯聘为侍讲而名声大起。明治后以开私塾授徒为业。有《鲵山诗稿》《南部丛书》《英吉利新志》《鲁西亚史略》。

无题

少达多穷文士常，室如悬磬亦何伤。

老妻苦诉米盐尽，搅人吟思絮絮长。

过不孝岭

身落丹波丹后间，飘零何日慰慈颜。

二千里外漫天雪，蓑笠啼过不孝山。

山本木斋（1822—1896）

山本木斋，名居敬，字公简，号木斋，又号翠雨亭、松菊犹存处、吹竽陈人、菊如淡人等，通称平太郎。越前（今福井县）人。其家世代为福井藩士。十四岁时入福井藩儒高野春华之门学诗文。嘉永三年（1850）承家职，文久三年（1863）任职于藩校明道馆外塾，翌年兼任明道馆学谕，又为训导。明治二年（1869）明道馆改名明新馆，又任佐教。废藩后任福井师范学校教谕。有《木斋遗稿》。

余少时所作《落花》诗一首，载在俞曲园樾学士所选《东瀛诗选》中，亦可谓海外知音矣，偶有所感，赋一律

无复飞红到枕边，闲怀往事独萧然。

谁图少日宴间作，忽值知音海外传。

鞭影晓坊湿花露，鬓丝禅榻起茶烟。

前时诗客衰残甚，绿树窗中听雨眠。

方继儒见过赋赠兼送别

万里乘槎游日本，嗟君胆气故豪雄。

诗成异境获神助，身历诸州谙土风。

言语略通文字外，性情方识顾瞻中。

今宵奇遇虽堪喜，还恐明朝怨别鸿。

沟口桂岩（1822—1897）

沟口桂岩，名恒，字景弦，号桂岩，通称清兵卫。相模（今神奈川县）人。桂岩是大沼枕山的学生，其诗作选入《下谷吟社集》（1875年刊），其中两首长篇古体又为俞樾《东瀛诗选》所选。

枸杞

城西目白山，我来结茅屋。

地灵树亦灵，佳杞满山腹。

薏苡非其比，罗生异凡木。

左取又右抽，朝昏翠盈匊。

和饭作盦羹，扑鼻香芬馥。

甘州与韦山，让美彼应恧。

千里虽去家，一日岂不服。

轻身坚筋骨，其健如黄犊。

乃知兼熊鱼，除病占馋福。

丹实即秘丸，粲粲期秋熟。

绿芽供茗茗，九夏可以蓄。

大欲延吾龄，小欲明我目。

延龄仙可修，明目书堪读。

瑞犬有时吠，无复劂根逐。

是所以为灵，可听不可畜。

时今有边警，谁问食无肉。

吾厨任屡空，吾居得吉卜。

愿言作地仙，却老且避谷。

栗本匏庵 (1822—1897)

栗本匏庵，名锟，字化鹏，号匏庵、锄云，通称瑞见、濑兵卫。本是幕府医官喜多村槐园之子，后被同是医官的栗本氏收为养子而改姓。初从安积艮斋学，后入昌平黉师事佐藤一斋，又从曲直濑养安院学医。嘉永三年（1850）位列内班侍医。安政二年（1855）因登荷兰船观览犯洋医之禁而被除名，被贬虾夷（今北海道），在函馆从事卫生文教工作达十年。返回江户后名列士籍，历任奉行组头、昌平黉头，参与幕府对外开港谈判等重要事务，并奉命赴法国访问。

访法期间日本明治维新，归国后隐退。明治五年（1872）入《横滨每日新闻》，六年（1873）入《邮便报知新闻》为记者，与同为幕府旧臣而为记者的成岛柳北、福地樱痴齐名。十一年（1878）被推为东京学士会员。曾与佐田白茅、龟谷省轩等共邀清末文人王韬访日。其诗多抒遗臣旧恨，多悲凉之气。有《匏庵遗稿》《唐太小诗》。

题渊明先生灯下读书图

门巷萧条夜色悲，鹈鹕声在月前枝。

谁怜孤帐寒檠下，白发遗臣读楚辞。

咏阁龙

漂叶流尸验有年，磁针不误达遥天。

蓬莱咫尺犹迷雾，愧杀秦皇采药船。

谷口蓝田（1822—1902）

谷口蓝田，名中秋，字大明，别号介石。肥前（今佐贺县）有田人，佐贺藩世臣。祖先系韩国归化人，常自报姓"韩"。早年求学于广濑淡窗，成年后赴江户从羽仓简堂学习数年，与门下斋藤竹堂、赖三树三郎为比肩之秀，以"韩介石"之名享誉江户。蓝田洞悉海外时事，心系兰学，为国事奔走，庆应元年（1865）前往长崎独立开发高岛炭矿。废藩后以授徒为业，日本占领琉球后任冲绳师范学校教师。明治二十六年（1893），受时任第六师团长的北白川宫能久亲王之召赴熊本，得亲王宠遇移住大阪、东京。亲王薨逝后，以道德之学游说各地。晚年开办蓝田书院，设立行道会，致力于儒学振兴。有《蓝田遗稿》《蓝田谷口先生全集》。

送外孙谦也从井户川大尉之西蜀

斯文曾授汝，大孝在扬名。

陪坐六年外，远游万里程。

峨眉新月影，巫峡晓猿声。

幸得从良士，须推报国诚。

谷铁臣（1822—1905）

谷铁臣，名铁臣，字百炼，号太湖、醒庵，又号如意山人。彦根（今滋贺县）人。初受业于森复斋（1800—1859），在藩时属老臣冈本黄石。庆应三年（1867）任侍读，又进参政，参与藩政改革。维新后历任彦根藩少参事、大藏大丞、左院少议官等职，达正五位。明治十九年（1886）隐退，出任弘道会京都支会长。俞樾七十寿辰之际曾寄诗九首，收于俞樾《东海投桃集》。有《如意遗稿》。

致曲园先生 二首

卅卷东瀛诗手编，遥遥载送采风船。

先生一夜吟窗梦，或到扶桑红日边。

沧浪万里思悠哉，夜夜丰容入梦来。

安得我身代樱树，春风吹到小蓬莱。

无题 选四

三复曲园自述诗，记真录实胜铭碑。

知君德量过人处，句里从无满假词。

高年仍守积书城，诸子群经两议平。
天遣斯人开绝学，千秋许郑是前生。

老来戒饮十三年，爱惜分阴等古贤。
坚守君家新律令，津门不赴相公筵。

诗家自谓谙民事，赋出蚕村桑舍风。
混用黄丝与绵茧，山阳应愧石湖翁。

养蚕词

夙夜何愁露湿衣，偷闲小婢弄花枝。
蚕家主妇无猜忌，任唱桑中要送诗。

奠星岩翁墓

当年优诏表孤忠，夙有名声达九重。
龙岳风云留浩气，鸭沂水月宛清容。
丹心忧国杨庭秀，白首穷经董复宗。
惆怅斯人今不作，残碑唯见碧苔封。

按，龙岳指南禅寺山，鸭沂指鸭川，皆在京都。

胜海舟（1823—1899）

胜海舟,名义邦,后改安芳（曾任安房守）,号海舟,通称麟太郎。江户（今东京）人。年少习剑,热衷兰学,跟从高岛秋帆（西洋炮术专家）,组织过西洋火炮枪阵军事演习。早年开办专门教授兰学、兵学的私塾,从事过外国文书的翻译工作,曾任长崎海军传习生头役,归江户后担任军舰操练教师,为江户幕府海军负责人。万延元年（1860）以遣美使节身份担任咸临丸指挥,驱舰横渡太平洋。明治维新后,担任新政府海军大辅,授伯爵,历任枢密院顾问等要职,晚年退居东京,专心著述,闲时吟诗作画。海舟是日本近代海军专家,兼具政治家、军事家、外交官等多重身份,活跃于幕末维新大变革时代的舞台,其务实精神以及对时局的深刻洞察,经常表现在其诗作中,为日本汉诗注入了近代气息。有《海舟座谈》《冰川清话》等。

韩国大院君自画悬崖兰见惠乃赋小诗以谢

世事半儿戏，岂堪作盲评。

长白山头月，独照绿江清。

过远州滩

丹心忧国几艰难，西走东奔未处安。

大海风波何足恐，一年三过远州滩。

露国东渐

北溟垂天翼，高翔大东洋。

一啄鸡林肉，再啄群岛粱。

强食弱者肉，虎吼恐狐狼。

何人令鹭鹬，高翔水云乡。

按，露国指俄国。

二十八年二月十七日，闻旧知清国水师都督丁汝昌
自杀之报，我深感君之心中果决无私，亦嘉从容不误
其死期，嗟叹数时，作芜诗慰其幽魂

忆昨访吾庐，一剑表心里。

委命甚诚忠，儒者闻之起。

君固识量洪，万卒皆遁死。

心血溅渤海，美名照青史。

吊南洲

亡友南洲氏，风云定大是。

拂衣故山去，胸襟淡如水。

悠然事躬耕，呜呼一高士。

只道自居正，岂意紊国纪。

不图遭世变，甘受贼名訾。

笑掷此残骸，以附教弟子。

毁誉皆皮相，谁能察微旨。

唯有精灵在，千载存知己。

按，南洲指西乡隆盛。

安政六年航于米国舰中赋古诗一篇以遣闷

君不闻火船雄飞数万里，宇宙虽广咫尺里。

飙举长驱入苍茫，恍然恰如游海市。

车轮辗涛鲲尾动，高帆飏风鹏翼起。

南极沉沉初月辉，冰山垒垒连天峙。

俯按海图仰窥天，形象历历掌上视。

无数岛屿翠一痕，翠里包含几洲里。

一自宇内归指呼，咨睢吞噬碧眼士。

呜呼人世局促何足恃，小信大疑错非是。

既将功名附云波，向谁更说海军技。

安得远识如伯氏，大令天下定基趾。

神山述（1824—1890）

神山述，字古翁，号凤阳。美浓（今岐阜县）人。生平事迹不详。

读胡澹庵封事

讲和国贼罪难逃，议论风生卷怒涛。

秦桧王伦真可斩，惜君挥笔不挥刀。

鲈松塘（1824—1898）

鲈松塘，本姓铃木，名元邦，字彦之，号松塘，又号十髯叟堂、东洋钓史、晴耕雨读斋、怀人诗屋等。安房国（今千叶县）谷向村人。因日语中"鲈"发音和"铃木"相同，故改姓以为诗人名，世称"鲈松塘"。松塘少有诗才，其家世代为医，十七岁赴江户从梁川星岩学汉学汉诗，与小野湖山、大沼枕山并称"三高足"。明治元年（1868）定居东京浅草柳原，创办七曲吟社，七曲吟社与大沼枕山的下谷吟社齐名，门人达数百。松塘志操高洁，不求仕进，终身以教授学生为业，喜好旅行。诗以七律见长，亦作绝句、古体，人称"得高青邱（高启）之神髓，咏物逼肖袁随园（袁枚）"。鹫津毅堂评其"句炼字锻，沉郁深稳，兼之闲雅澹远"。有《松堂诗钞》《房山楼集》。

函港杂咏 四首

绕港群山列画屏，明波一片镜光青。
谁知浩荡北溟水，汇作弯环巴字形。

一望川原不见家，疏林落日带啼鸦。
几群野马无人牧，恣嚼秋芜满地花。

奇闻忽递坐生风，昨夜山氓擒老熊。
果见今朝市担上，斓斑血肉压肩红。

港头月落水烟凝，夜色苍茫海气蒸。
散布波心红百点，星星都是客船灯。

伏木港十胜诗 选二
河桥夕照

长桥横绝岸东西，残照敛光云影低。
疑是行人天上去，翩然脚底蹑虹霓。

那吴暮雨

苍烟横岸夕阳颓，远近渔舟争浦回。
日暮乱帆收未尽，海风已卷雨丝来。

自直江津赴东岩濑舟中作

截浪双轮潮路通，不须帆力假东风。
玻璃面面船窗敞，卧见青山入越中。

津城访拙堂斋藤翁

令肃街衢夜不喧，高城百雉压津门。

怪看星斗多辉彩，下有灵光鲁殿尊。

送鹫津文郁游野岛崎玩月

瀛海环孤岛，蓬莱一气通。

三更天半月，万里大洋风。

才逸诗无敌，秋高兴自雄。

赋成休朗咏，脚底即龙宫。

落花

莫将开落问东皇，有限繁华易夕阳。

临水难寻当日影，倚栏犹唱满庭芳。

三春倚梦风前远，十里珠帘雨里凉。

纵使红颜空谷弃，宁追柳絮学癫狂。

同星岩先生、红兰夫人、横山怀之游墨水

静岸深坊次第通，潮平十里不生风。

远山波黛新经雨，漫水拖蓝似坐空。

官渡莺啼疏柳外，夕阳船转落花中。

隔桥遥望长堤树，一片娇云映浪红。

秋怀诗示怀之

山川如画入秋新，对酒当歌莫说贫。
千古英雄皆白骨，百年风月独精神。
中心何有不平事，大块能容无用人。
勿动扁舟五湖兴，明朝去作水云身。

三铜器歌

岣嵝之碑迹茫然，岐阳石鼓歌空传。
韩公当日恨生晚，髯苏又洒涕泗涟。
何况今日距千载，周制型模接目前。
三器骈列森古气，石绿黛青光照毡。

品川港上舟作

北道有主人，招我嚼冰雪。
身无扶摇翰，舰有车轮铁。
千里瞬息争，一气蓬莱接。
长风卷紫溟，涛澜十丈立。
天地忽黯惨，鱼龙争出没。
壮哉今日游，心肠散郁结。
去矣勿回头，穷海可横绝。
雪山行在眼，安知人间热。

南摩羽峰（1824—1909）

南摩羽峰，名纲纪，字士张，通称三郎、八之丞。会津若松（今福岛县）人。早年就学于藩校日新馆，后被选拔赴江户昌平黉，在古贺谨堂（古贺精里之孙）门下修习经史百家之学长达八年有余。又从杉田成卿、石井密太郎修洋学，后赴大阪绪方研堂学习兰学。安政二年（1855）奉藩命游历关西，建议在会津创设西洋学馆。文久二年（1862）奉命戍卫桦太（今库页岛南部），驻屯北方地区。庆应三年（1867）归藩，于京都藩邸任学职，戊辰战争期间（1868年，即倒幕之战）曾因参与举事被囚禁。废藩后出仕新政府，历任文部省编纂、东京大学汉文学教授、高等师范学校教授、女子高等师范学校教授等。期间两度以经书入宫为天皇御讲。晚年任斯文会讲师，被推为帝国教育会名誉会长、日本弘道会副会长。羽峰学宗朱子，诗宗杜甫，遍采诸家以期折中。有《环碧楼遗稿》《内国史略》《追远日录》。

彰义队

报主寸心知者谁，任他桀狗吠尧嚣。

恩仇一梦醒无迹，只有樱花护断碑。

赖鸭厓（1825—1859）

赖鸭厓，名醇，字子春、士春，号鸭厓，又号古狂生、百城生，通称三树三郎。京都人。赖山阳第三子。八岁时父死，从其父门人儿玉旗山（1801—1835）念书。天保十一年（1840）入大阪后藤松阴（1797—1864）塾，同时师从筱崎小竹。十四年（1843）入昌平黉学习，与佐藤一斋、菊池五山、梁川星岩等结交。因不满幕府奢侈之风以及昌平黉学风，愤而推倒上野宽永寺石灯，被勒令退学。

弘化三年（1846）游虾夷、奥羽、北陆等地，嘉永二年（1849）回京都，结交四方反幕志士，从事攘夷活动。安政五年（1858）在"安政大镇压"中被捕，押解江户，次年被斩首。鸭厓于狱中时与高桥民部、伊丹藏人等酬唱赠答，诗被收录于《骨董集》。

春帘雨窗

春自往来人送迎，爱憎何事别阴晴。
落花雨是催花雨，一样檐声前后情。

登安土城墟

安土墟高云里攀，霸踪化作老禅关。
晚霞如火人回首，一点青螺是叡山。

过函岭

当年意气欲凌云，快马东驰不见山。
今日危途春雨冷，槛车摇梦过幽关。

辞世

排云手欲扫妖荧，失脚堕来江户城。
井底痴蛙过忧虑，天边大月欠光明。
身卧鼎镬家无信，梦斩鲸鲵剑有声。
风雨他年苔石面，谁题日本古狂生。

起坐

锵然古剑匣中鸣，破壁寒星透影明。

风惨老天干不雨，霜深衰叶坠无声。

蠹编治乱闲愁集，鲸海艨艟奇梦生。

起坐题诗笔锋折，层冰戛戛在陶泓。

龙风行

祝融握柄炎威烈，铄石镕金地欲裂。

荒沙万里如焚灰，海水沸腾波浪热。

一团黑气现洋天，白日雨点大如拳。

撼地回飙走沙砾，屋瓦争翻门柱颠。

妖云乍把天地裹，阴阴之中闪赤火。

海水狂奔立半空，龙骧万斛纷掀簸。

恍惚如有恍惚无，蜿蜿蛇蛇冲空虚。

左挟河伯右海若，灵怪神奸皆纷挐。

户户仓卒儿女泣，祝神捧符争惊慑。

吾独对此发狂怀，绝叫登楼坐且立。

近闻鲸鳄太冥顽，睅然横海腾波澜。

汝宜及时逞爪擘，不然汝神不足神。

我且御汝凌太荒，手斩妖鱼膏剑铓。

呜乎，汝已收云入混茫，明月出海天苍凉。

河野铁兜 (1825—1867)

　　河野铁兜，名维黑，字梦吉，号铁兜，别号秀野，通称绚夫、俊藏。播磨（今兵库县）人。初从赞岐（今香川县）吉田鹤仙学习，后师从梁川星岩。十四岁时曾一夜赋诗百首，有神童美誉。弘化二年（1845）在摄东郡伊津村开业行医。三年后游学江户,遍访名儒。嘉永四年（1851），任林田藩致道馆教授。嘉永六年（1853），游学九州。安政元年（1854）游赞岐、大阪，访草场佩川、广濑淡窗等汉诗人。安政二年（1855）回播磨开私塾。铁兜诗才卓荦，有《铁兜遗稿》《覆酱诗谈》《云鹤日程》《近文奇赏》《诗辙》《文崇》。

芳野

山禽叫断夜寥寥，无限春风恨未消。
露卧延元陵下月，满身花影梦南朝。

白石道中

打头风急渡江船，柔橹摇摇破水烟。
篷雨收声潮势转，青山流过夕阳前。

菅丞相

西都风月付长嗟，回首浮云是帝家。
一去骑龙仙迹杳，空留正气在梅花。

拟古

生子当如玉，娶妻当如花。
丈夫天下志，四十未成家。

鹫津毅堂 (1825—1882)

鹫津毅堂，名宣光，字重光，号毅堂、苏洲，通称九藏。尾张（今爱知县）丹波郡人。早年受家学熏陶，博通经史，弱冠之年师从津藩有造馆猪饲敬所（1761—1845），后赴江户入昌平黉学习。学成后历任上总（今千叶县）久留里藩儒臣、尾张藩主侍读（后任该藩校明伦馆教授、督学），提倡古义学，有勤王之志。明治维新后任大学少丞、司法少书记官、大审院判事等职。俞樾《东瀛诗选》评："毅堂诗乃从《六家诗钞》中录出，未见全集。其诗才力沉雄，长于古体，即近体亦无柔曼之音，非苟作者。观其论诗绝句，以一洗李王为功，而又以绮章绘句为枉寻直尺，可以知其诗品矣。"其事迹永井荷风《下谷丛话》有详细记载。有《亲灯余影》《毅堂集》。

咏史

楠公进死藤公隐，易地皆然奈二忠。
其咎归谁悔何及，行宫春老落花风。

论诗绝句 十二首选二

刻意推敲浑沌穿，官阶诗品两难全。
诗名传播鸡林远，唯愧其人非乐天。

前有如亭后细庵，每思赋命泪先含。
何人倩得巫阳手，收拾诗魂俱一龛。

入京

中书传诏驻京华，散地精神老逾加。
出岫残云未归得，随风摇曳山林花。

卜居

黄鸟迎人着意啼,新春恰好寄新栖。

片茅盖顶无多地,断木撑门有小蹊。

咸籍流风联叔侄,机云廨舍占东西。

芦帘揭在梅花外,只欠齐眉举案妻。

八木银次郎将从犬山侯赴大阪来告别

醉后高歌击唾壶,夜深窗底一灯孤。

方隅既据唐三镇,种落将繁晋五胡。

因世隆污计宜定,觇人颦笑志何愚。

子徂物色长安市,往往英雄隐狗屠。

观涛歌

吾曹平生难为水,大观只要极奇傀。

东洋八月风涛狂,相携来游海之涘。

水力之到是其初,俄顷波涌而涛起。

一山未倒一山来,硡硡雷鼓欲聋耳。

忽颠忽倒忽起伏,变幻殆不可逼视。

真是造化大文章,回看韩苏小品尔。

江马天江 (1825—1901)

江马天江,名圣钦,字永弼,号天江,又名正人,通称俊吉。近江(今滋贺县)坂田郡下坂中村人。本姓下阪,后为京都仁和宫侍医江马榴园养子,遂改姓。早年学医,后赴大阪从绪方洪庵学习洋学，因笃好诗文成为梁川星岩门生。江户时期任太政官史官，明治初年辞官退居京都，开塾专讲儒学。诗歌意境雅深，多抒发惆怅之情。有《退享园诗钞》。

晓发

群鸦乱噪树冥冥，残睡据鞍过短亭。
一道朝晖破寒雾，马头突兀数峰青。

日坂瞩目

跨水长桥似卧龙，豁然眼界荡吾胸。
众山下拜如相让，天遣芙蓉放一峰。

镰仓怀古

霸府才开锄懿亲，不知功业属家臣。
巧言参策司晨妇，坐视全荣入幕宾。
松老鹤冈余破庙，日斜鳌谷绝行人。
源平吞噬互兴废，报应无私似转轮。

生男悲

女生父母喜，男生父母悲。
抚育仅离手，征为兵卒儿。
一朝若有事，挺身从六师。
巨炮响霹雳，山岳亦裂飞。
传闻某地役，连战身披疲。
又闻某日战，沙场已横尸。

鱼雁滞音信，瞻望空涕欷。

安知撰募日，乃是死别离。

父母泣且语，从此依阿谁。

恨曾欲偿身，家无千金赀。

有金免锋镝，微金罹阽危。

同生天壤间，祸福何偏私。

堪羡东邻女，新嫁邻林扉。

朝暮来相见，情话颜色怡。

提壶供父饮，理丝裁母衣。

自题竹与书屋

莫使尊有酒，莫使厨有肉。

莫使床无书，莫使居无竹。

买竹两竿又三竿，栽向窗前碧檀栾。

手把奇书读其下，清影映人须眉寒。

若能十年不饮酒，一生买书钱常有。

若能十年不食肉，一生与竹同其瘦。

自从鸭厓来卜居，稍觉尘事比旧疏。

不须结屋东溪上，此处生涯竹与书。

佐原盛纯（1825—1908）

佐原盛纯，字业夫，号丰山，别号苏梅。会津（今福岛县）人。十八岁游学江户，从仙台藩儒樱田虎门学，研究天文、兵法，提倡开港说。后执教会津中学、私黉日新馆的汉文科。

白虎队

少年团结白虎队，国步艰难戍堡塞。

大军突如风雨来，杀气惨淡白日晦。

鼙鼓喧阗百雷震，巨炮连发僵死堆。

殊死突阵怒发立，纵横奋击一面开。

时不利兮战且退，身里疮痍口含药。

腹背皆敌将何行，杖剑间行攀丘岳。

南城鹤城炮烟飔，痛哭饮泪且彷徨。

宗社亡兮我事毕，十有九人屠腹僵。

俯仰此事十七年，画之文之世间传。

忠烈赫赫如前日，压倒田横麾下贤。

向山黄村（1826—1897）

向山黄村，名荣，字钦夫，本姓一色，字欣夫，号黄村，通称
荣五郎。江户（今东京）人。因仰慕苏轼，将书斋命名为"景苏轩"。
初从古贺精里门人千坂廉斋学，后入昌平黉，学成后在幕府任职，
官至目付。攘夷论盛行时主张开港论，因未能说服锁国主义的公卿
而遭谴黜。庆应二年（1866）任幕府驻法国公使，曾谒见拿破仑三世，
三年（1867）与栗本匏庵交替，得以归国。幕府倒台后以"先朝遗
臣"自居，明治十年（1877）在东京与大沼枕山、小野湖山、鲈松
塘、田边莲舟等江户遗老结成晚翠吟社，和森春涛创立的茉莉吟社
对垒。诗风清冷孤峭，多遗臣之叹。有《景苏轩诗钞》《游晃小草》等。

591

枕上

不眠愁夜永，无梦觉魂清。

松籁归茶鼎，灯花坠铁檠。

海外墨缘 二首

芸窗辑志侍萱堂，万卷书堆七尺床。

比却儿时授经夕，青灯白发味殊长。

百壶酒借百城书，书味清醇酒味如。

童子亦知崇俭素，抱来提去不佣车。

喜儿慎吉自战中来

誓将一死酬明主，谁复倚门谁陟岵。

不意生还仍再逢，喜心翻倒泪如雨。

登久能山

维岳降神圣，救斯涂炭民。

群雄随后役，大度本宽仁。

悬壁一千仞，壮图三百春。

只今桑海后，白发泣遗臣。

失题

南北东西任所之，丈夫踪迹等儿嬉。

生来不是庙廊质，晚节犹持丘壑姿。

著述千秋功未了，豪华一世梦回时。

囊中剩有未焚稿，几首流传身后诗。

栗本匏庵挽词 二首其一

髯兄与弟义相亲，出处升沉五十春。

曾愧为医长卖药，遂能报国不谋身。

晚年有子尚总角，旧雨于今存几人。

碑石凭谁题七字，江都幕府一遗臣。

山内容堂（1827—1872）

　　山内容堂，名丰信，幼名辉卫，通称兵库助。嘉永元年（1848）袭封为土佐藩藩主，因锐意提拔人才，改革政事，被称为贤侯。在井伊直弼专擅权势时，他因忤其意而被迫闲居。文久二年（1862）参与幕政，并主张"大政奉还"。明治维新后任内国事务总裁等职，未久因病辞，后专事诗文。容堂资性豪迈，襟度阔达，通晓诗书文武。其诗见猪口笃志《日本汉文学史》。

逸题

风卷妖云日欲斜，多难关意不思家。

谁知此里有余裕，立马郊外看菜花。

偶成

水楼歌罢烛光微，一队红妆带醉归。

纤手烦张蛇目伞，二州桥畔雨霏霏。

西乡隆盛（1827—1877）

西乡隆盛，初名隆永，明治维新后改隆盛、南洲，通称吉之助。萨摩（今鹿儿岛县）人。与木户孝允、大久保利通并称"明治维新三杰"，为日本近代著名的悲剧英雄。安政元年（1854）成为藩主岛津齐彬扈从（南洲洞察机敏，气宇不凡，被齐彬称为"伟器"），随住江户参理藩政，积极参与尊王攘夷活动。安政大狱遭两度流放，逃命途中与志士月照和尚相抱投海，幸获救未死，其诗《月照和尚忌赋》即悼念此事。元治元年（1864）被召回藩，居京都掌陆海军实权，在坂本龙马的斡旋下积极促成萨长同盟，主张公武合体，推动王政复古和大政奉还。在戊辰战争中任大总督参谋，指挥讨幕联军赢得了关键性的胜利。明治政府建立后，以其功勋卓著，成为诸藩受封家臣中官位最高者。曾就任明治政府参议、陆军元帅兼近卫军都督等，因政见不同数次辞官归鹿儿岛，兴办"私学校"培养近代政治、军事人才，为政期间先后参与废藩置县、地税改革等重要新政。明治十年（1877）被萨摩藩旧士族推为首领，发动反对新政府的武装政变（史称"西南战争"），同年九月兵败，死于鹿儿岛城山岩崎谷。西乡隆盛被誉为日本最后的武士，诗多慷慨之气，往往直抒平生志向。有《大西乡全集》《南洲翁逸话》等。

偶成

几历辛酸志始坚，丈夫玉碎愧砖全。

一家遗事人知否，不为儿孙买美田。

月照和尚忌赋

相约投渊无后先，岂图波上再生缘。

回头十有余年梦，空隔幽明哭墓前。

失题

世上毁誉轻似尘，人生百事伪乎真。
追思孤岛幽囚乐，不在今人在古人。

樱井驿

殷勤遗训泪盈颜，千载芳名在此间。
花谢花开樱井驿，幽香独逗旧南山。

示子弟

我有千丝发，氄氄黑于漆。
我有一寸心，皓皓白于雪。
我发犹可断，我心不可截。

冲永良都岛谪居作

朝蒙恩愚夕焚坑，人间浮沉似晦明。
纵不回光葵向日，若无开运意推诚。
洛阳已知皆为鬼，南屿浮囚独窃生。
生死何疑天附与，愿留魂魄护皇城。

小山春山 (1827—1891)

小山春山，名朝弘，字毅卿、远士，号春山、杨园。下野（今栃木县）人。出身商贾世家，就学于会泽正志斋，得到过藤田东湖、丰田天功等名家提点，后赴江户师从藤森天山。因参与倒幕活动被捕，明治维新后任史官试补、大宫县权大参事，又历任大藏省、司

595

法省等。与中国驻日公使黎庶昌有诗唱和，曾向俞樾七十寿辰赠诗寄贺。有《官暇剩游小稿》。

无题 选二

学派流传渐欲微，忽看继起有光辉。

韶龄背讽一过目，白首手编三绝韦。

载道文章仍富丽，传经门户自崔巍。

汗牛著述传千载，岂止区区颂古稀。

永和帖在海东天，真赏千年非偶然。

不效苦辛须赚策，孰如容易掷闲钱。

元知尤物有神助，何况完笺无蠹穿。

松雪精工伯机笔，并将双美入新镌。

堤静斋 (1827—1892)

堤静斋，名正胜，字威卿，号静斋，通称十郎、省三。伊予（今爱媛县）人。曾师从广濑淡窗、安积艮斋，后入昌平黉。初为幕臣，明治维新后在东京知新学舍工作。其《题画》诗被程千帆先生赞曰"真如画"，其中"疏"字、"柔"字、"懒"字用得传神，"却画不出"。有《静斋文集》《日本蒙求》《日本蒙求续编》。

题画

残日在寒山，疏钟送柔橹。

溪云懒不飞，晚作半村雨。

雪后问梅

远峦雪尽露青鬟，便为梅花出竹关。

无路不缘溪势转，有香浑在水声间。

郊寒岛瘦清如鹤，闲酌孤吟静似山。

醉上小航天已晚，一汀幽梦月潺潺。

国姓爷

抵死回天志岂空，移军孤岛气愈雄。

中原芳草饱胡马，南渡衣冠仍故宫。

乞援包胥徒洒泪，渡江祖逖竟无功。

偏安八十年神鼎，系在一家兴废中。

按，国姓爷指明末清初的郑成功。

野村藤阴 (1827—1899)

野村藤阴，名焕，字士章，号藤阴、毂堂，通称喜郎新之助。美浓（今岐阜县）人。曾学于大垣藩校致道馆，嘉永三年（1850）拜大阪后藤松阴为师，翌年师斋藤正谦。安政元年（1854）归藩，受藩老小原铁心赏识，主持大垣藩学政。明治元年（1868）任督学，继为大垣藩权少参事。后辞官，开鸡鸣塾授徒。其诗善写奇险之景，咏史隐带讽讥。有《藤阴诗文稿》。

韩信出胯图

出胯心同进履情，也知忍辱事终成。

惜君手定乾坤后，不似留侯早遁名。

无题

细径如蛇随涧转，奔泉似马啮崖鸣。

危桥过去又崩栈，各附藤萝鱼贯行。

重野成斋 (1827—1910)

重野成斋，名安绎，字士德，号成斋，通称厚之丞。萨摩（今鹿儿岛县）人。原为萨摩藩士，就学于藩校造士馆。后入昌平黉，精于史学，善诗文，深得羽仓简堂（1790—1862）、佐藤一斋（1772—1859）等名家赏识。以才秀任书生寮舍长，寮生中有南摩羽峰、久米易堂、冈鹿门、松本奎堂、原伍轩等。元治元年（1864）归藩任造士馆助教，兼掌修史。明治四年（1871）出仕文部省，累进一等编修官，身兼东京帝国大学教授（获文学博士）、贵族院议员、东京学士会会员、史学会会长等多重身份，曾为天皇御前讲学。明治十二年（1879）发起丽泽社，被推为盟主。清朝王韬访日时，酬唱颇多，并为王韬所著《扶柔游记》作序。王韬赞其"学问渊邃，文章浩博"。有《成斋文集》。

西伯利车中作

无边风草饱牛羊，日没平原余影修。

说是苏卿牧羝处，雁声独带汉时秋。

清国公使参赞官陈哲甫明远任满将归，俾小苹女史制红叶馆话别图索题咏，为赋一律

万里秋风慰倚闾，云帆夕日渺蓬壶。

锦衣香国荣归客，红叶楼台话别图。

沾醉华筵忘宾主，喧传盛事满江湖。

丹青为倩名姝笔，脉脉离情画得无。

薄井小莲（1827—1916）

薄井小莲，名龙之，字飞虹，信州（今长野县）饭田人。年轻时曾师赖鸭厓、佐久间象山，参加倒幕战争前后十七次负伤。明治维新后历任山形县参事、名古屋裁判所长等职。明治二十五年（1892）致仕后以读书赏画自娱，填词亦成一家。有《历劫诗存》《论画绝句》等。

题小苹女史山水画册 选二

六法如诗写性灵，谁知健笔出娉婷。

细香已去红兰没，绣阁烟峦一点青。

不买胭脂画牡丹，淋漓水墨意萧闲。

临摹何用倪黄本，写出平生跋涉山。

按，野口小苹（1847—1917），本名亲子，字清婉，号玉山。大阪人。日本明治、大正期间有名的宫廷女画家，工花鸟、山水，与奥原晴湖一同被称为明治女性南画双璧。

星冈燕集诗

林峦雨敛尚霏微，高阁呼杯到夕晖。

小坐阑干闲索句，绿阴如水一鹃飞。

松平春岳 （1828—1890）

松平春岳，名庆永，幼名锦之丞，字公宁，号春岳、栎川等。江户后期福井藩主，出身德川御三卿之一的田安家（始祖为八代将军德川吉宗的次子田安宗武）。为政锐意勤俭，匡正风俗。嘉永六年（1853）黑船事件（指美国海军准将佩里率舰队驶入江户湾，双方于次年签订《日美亲善条约》，是为日本近代史上重要转折点）后，主张加强武备，反对无节制讲和。春岳以旧时代藩主的身份，为幕府末年推动大政奉还和王政复古做出了重要贡献。晚年以闲职隐居，好风雅之道，以诗文自娱。其诗随感中寓政治寄托，内容含蓄有意味。

寄小原铁心

一阵熏风宿雾披，浓山新绿入看宜。

不妨平昔腾腾醉，只手回天正此时。

偶成

眼见年年开花新，研才磨智竞谋生。

翻愁习俗流浮薄，能守忠诚有几人。

机外 （1829—1857）

机外，姓串渊，名坦道，字机外，号雪庵。上野（今群马县）人。十四岁剃发，游历四方，参拜诸老。后受姬路侯尊崇，住持隆兴寺。据传机外体态较胖，又喜笑，就像画上的布袋和尚。善书，好诗，喜交文墨之客。有《闲云遗稿》。

卖饧翁

一担寄生涯，更无他物加。
箫传花外巷，童聚柳边家。
风暖春山丽，村遥西日斜。
卖饧翻买酒，归路入烟霞。

野望

东村又西郭，到处赏秋光。
禾穗黄云美，荞花白雪香。
双双鹭眠水，两两犊过塘。
寄语都城客，试看野趣长。

牧畏牺 （生卒年不详）

牧畏牺，字景周，号栖碧山人。赞岐（今香川县）人。俞樾《东瀛诗选》云："栖碧诗多自写其闲适之况，读其自序，谓'余蠢蠢焉如牛，时牟牟然鸣于碧草之间，其声即诗也。世有介葛庐，必莞然一笑矣'，其言颇诙谐有致。"有《诗牛鸣草》。

胡麻溪居杂述 其三

避世方知幽味长，任他人笑我疏狂。
沙鸥林鹿相温暖，萝月松风自主张。
醉墨消闲杂行草，蠹书触兴补偏旁。
问余何意名栖碧，欲辩嗒然言已忘。

闲意

蔬羹麦饭澹生涯，个际幽情独自知。

密柳桥边烟暗处，瘦梅篱畔月明时。

闲留山衲谈诗法，静伴溪渔理钓丝。

犹想当年在京洛，几听夜雨梦茅茨。

广濑满忠（生卒年不详）

广濑满忠，字远图，号保水，通称宰平。伊予（今爱媛县）人。终生从事开矿事业，是一位成功经营铜矿的总裁。业余喜写汉诗，有《炼石余响》。

淀水舟中

春水百余里，舟船一路通。

枕横蘋叶上，帆走菜花中。

杨柳莺衣雨，蒹葭鹭羽风。

饱看新活画，真个卧游同。

有感书所见

慷慨平生志未灰，蓬窗决眦眼双开。

岛肩叠石疑军垒，洲嘴堆沙认炮台。

沿海频年尽人力，列藩何日养民财。

徒教我辈怀幽愤，汽船腾腾往又来。

绿阴

拥村新树失人家，唯见炊烟缕缕斜。

鹃语穿云留落月，蝶魂迷雨傍余花。

系船溪叟闲垂钓，设榻村婆静卖茶。

却笑三生狂杜牧，迟来枉自负繁华。

金本摩斋（1829—1871）

金本摩斋，名相观，字善卿，号摩斋、椒园，通称显造、善卿。出云（今岛根县）人。曾师从筱崎小竹，后在大阪开塾，与广濑旭庄为忘年交。其诗风轻快流利，多涉民俗谐趣。有《乐山堂诗钞》。

丁巳元旦

厨灯渐灺焰将无，百八钟声彻九衢。

一夕寒威避傩母，万家春味入屠苏。

书童窗下笔新试，贺客门前名自呼。

迂性应遭穷鬼笑，朝来未换旧桃符。

秋日有感和广濑旭庄

西风吹送鄂罗船，涌出城楼在目前。

赞许须同羊叔子，论兵谁继马文渊。

金瓯不缺今犹古，玉帐无眠夜度年。

君亦慨然投笔否，男儿只合画凌烟。

感时

庙堂深意定何如，独夜萧然感有余。

半壁秋灯人定后，一汀寒雨雁来初。

兵家废讲鱼鳞阵，学者争珍駃舌书。

怜煞贾生劳上策，终身只合侣樵渔。

芳野复堂 (1830—1845)

芳野复堂，名长毅，字伯任，号复堂，通称纯藏。下总（今千叶县）人。复堂幼慧，十六而卒。有《复堂遗稿》。

晓色

风送朝光拂宿烟，青山无数岸头连。

依稀难辨春帆色，乍入树腰又树巅。

原伍轩 (1830—1867)

原伍轩，名忠成，字仲宁，号伍轩、尚不愧斋，通称任藏、市之进。曾入弘道馆，受业于会泽正志斋、藤田东湖。后赴江户入昌平黉，师从古贺谨，又从羽仓简堂、盐谷宕阴、藤森天山学。学成后归水户，任弘道馆训导，后开家塾教授子弟。文久二年（1862），因德川庆喜之招，参与国政改革。后因幕臣妒忌，遭刺杀。有《尚不愧斋存稿》。

送仙台冈鹿门

西风拂袂马蹄寒，临别今朝泪未干。

大喜交情坚似漆，长嗟世态倒如澜。

防夷谁划千年计，当路人偷一日安。

君去休言知己少，平生惟有寸心丹。

静坐

静坐观物理，天地皆是文。

窗引前山色，紫翠半带云。

轩临清江水，东风织成纹。

暖入春园里，点缀各相分。

彩艳如有意，红罗缠翠裙。

中有琼瑶树，粲然送奇芬。

鸣禽如得意，飞蝶乱缤纷。

浩荡造化巧，对之情欲醺。

因知文章法，岂在空云云。

会得自然意，风姿便不群。

清新庾开府，俊逸鲍参军。

古人高雅风，千岁所曾闻。

顾视柴门外，世事何纷纭。

柴秋村（1830—1871）

柴秋村，名莘，字绿野，号秋村、佩杏草堂，通称六郎。曾师
从广濑旭庄、大沼枕山。

咏史

看到功名殊可哀，自家骨肉愿分杯。

韩彭何怪皆葅醢，太上皇曾俎上来。

所见和藤田小虎韵

夜水生寒酒力微，小禽嘎嘎掠舟飞。

一星灯火枯蒲里，知有渔家未掩扉。

蓝田松琴楼小集

空庭微雨歇，残滴在长松。

薄夜灯光淡，新凉酒味浓。

悠悠哀世事，落落话心胸。

百尺高楼上，莫为憔悴容。

寄杏雨

醉后呼儿整葛巾，舐毫临纸兴偏新。

胸中粉本皆诗料，天下名山是故人。

灌木千重能隔俗，良苗四面不知贫。

怜君日饮匏樽酒，裹足衡门养性真。

川田瓮江 (1830—1896)

川田瓮江，名刚，幼名竹次郎，后改城三郎，字毅卿，号瓮江，通称城之助。备中（今冈山县）人。曾在江户昌平黉向古贺茶溪、大桥讷庵学经史，又向藤森天山学诗，与诸老如安井息轩、盐谷宕阴交游。安政初年（1854）任近江大沟藩宾师，参与藩政，幕末时曾为幕藩体制奔走。明治维新后出任文部省、宫内省，历仕图书寮博物馆、华族女学校，任东宫侍讲、宫中顾问官、东京帝国大学教授等。明治七年（1874）创立回澜社，社员有鹫津毅堂、依田学海等。瓮江与重野成斋并称明治文坛二大宗，所学以朱子为宗，旁及日本国学。有《讲史余谈》《近世名家文评》《随銮纪程》。

偶作

性癖恶矫柔，同心谁好友。

窗前地数弓，栽竹不栽柳。

送松石叶君西还支那得绝句 五首选二

君乡秀水我曾闻，购去奇书谁与看。

一部吾妻镜犹在，九原呼起竹垞难。

洋商趋利较刀锥，未必人人稛载归。

争及风流松石子，一诗囊蓄万珠玑。

三岛中洲（1830—1919）

三岛中洲，名毅，字远叔，号中洲，别号桐南、绘庄，通称贞一郎。备中（今冈山县）人，其家世代为里正。十四岁受教于松山藩儒山田方谷（1805—1877）。二十三岁游伊势，从斋藤拙堂学文、石川竹厓习经学。二十八岁赴江户入昌平黉，师事佐藤一斋、安积艮斋，期间学业大进，同学中有藤野海南、冈鹿门、股野蓝田、松林饭山、高杉东行等。学成后，应邀任松山藩校有终馆学头。维新之际辅助老臣完成藩封，后历任司法官、新治裁判长、大审院中判事等职。

明治十年（1877）退官，于东京创办私塾二松学舍（今二松学舍大学前身）传授汉学，与庆应义塾、同人社被誉为日本近代三大私塾。后任高等师范学校教授、东京帝国大学教授。明治二十九年（1896）任东宫御用系、东宫侍讲，大正二年（1913）任宫中顾问官。中洲初奉程朱之学，后喜清儒考据，晚年宗阳明学，亦有说法将其与重野成斋、川田瓮江并列为明治三大家。有《论语讲义》《中洲诗稿》《中洲文稿》。

矶滨登望洋楼

夜登百尺海湾楼，极目何边是美洲。

慨然忽发远征志，月白东洋万里秋。

哭中村敬宇

苍天何事夺名流，昂首空望白玉楼。

卅岁久交归昨梦，一朝永别奈今愁。

人间教育称湖学，海内文章推柳州。

君去儒林俄萧寂，斠经酌史与谁游。

二松学舍

托迹城中下绛帷，隐居何必向山移。

十年刀笔添蛇足，一卷诗书坐虎皮。

明几净窗连塾舍，古松顽石筑园池。

不知咫尺市声聒，风送咿唔断续吹。

黄叶夕阳村社

高士登仙去不还，儿孙能守旧柴关。

当轩幽竹到帷幕，绕砌清泉鸣珮环。

三备文章开草昧，一家著述遍人间。

百年遗爱依然在，满眼夕阳黄叶山。

铃木蓼处 (1831—1878)

铃木蓼处，名鲁，字敬玉，号蓼处。越前（今福井县）人。初为福井藩校明道馆句读师，明治七年(1874)赴东京任教部省权大丞。蓼处曾入森春涛的茉莉吟社学诗，时与川田瓮江、小野湖山、三岛中洲、野口松阳等昌平黉出身的学者研讨汉诗文。有《蓼处诗文稿》。

题风船图

西人技术亦奇哉，舟在青空尽溯洄。

见得谪仙诗句是，孤帆真个日边来。

北条竹潭 (1831—1883)

北条竹潭，后改姓伊势，名焕，号竹潭，通称源藏。山口县人。近代兰学学者，造船家。安政七年（1860）任外国奉行组头，随从成濑善四郎正典参加万延元年（1860）遣美国使节团，派出的"咸临丸"战舰由胜海舟任船长，完成了日本历史上第一次横渡太平洋的壮举，同年十一月归国，以造船家身份，供职于陆军省、京都府等处。有《米行诗记》。

五月仲二上暗轮火船解缆，南东向亚多腊海开驶

异乡何必愿淹留，只恨天涯难再游。

回顾都门情未尽，数声号炮破离愁。

田边莲舟 (1831—1915)

田边莲舟，名泰一、太一，号莲舟、菁槎。甲府徽典馆学头田边石庵次子，早年入学昌平黉，任徽典馆教授，后参与幕府外交事务。文久三年（1863）随幕府使团赴法国为横滨锁港一事谈判，因交涉失败遭免职。庆应三年（1867）随幕府使节团参加法国巴黎万国博览会。维新后参与明治政府外交事务，历任外务省大书记官、元老院议官等，亦任维新史料编纂委员。有《幕末外交谈》《莲舟遗稿》。

上野旧交会席上

今是昨非将问谁，人生有泪感当时。

可怜东照祠前路，仍旧山樱红几枝。

吴江舟中

雨蒙蒙里一刀轻，截水橹柔微有声。

两岸桑田青不了，塔尖遥认嘉兴城。

松本奎堂 (1832—1863)

松本奎堂，名衡，字士权，号奎堂，通称谦三郎。三河（今爱知县）刈谷藩士。嘉永五年（1852）赴江户入昌平黉学习。学成归藩，为儒员，教授藩士子弟。后因得罪老臣而服刑三年。安政六年（1859）在名古屋开私塾，文久元年（1861）闭塾，与松林饭山、冈鹿门等在大阪开双松冈学舍，并开展攘夷讨幕运动。参与谋划"大和义举""天诛组"。文久三年（1863）因被追讨军的枪弹打中而死。俞樾《东瀛诗选》评："小诗多流丽之作，而古诗颇有奇气，薄井飞虹称其慷慨大节，震耀海内。诗固如其人乎！"有《奎堂遗稿》。

芦岸秋晴

鲈鱼风外夕阳斜，十里秋光雪压沙。
预卜孤蓬今夜月，出芦花去入芦花。

湖东杂诗

四围山色翠高低，春入湖村雨一犁。
缕缕茶烟家五六，菜花篱落午鸡啼。

老将

面生冻黎头生雪，十围腰已欲磬折。
冲虚豪气未全消，身材犹夸百炼铁。
一饭斗米肉十斤，上马下马如电瞥。
自说少年战斗事，口角飞沫眦欲裂。
大寒沙漠风如刀，蹴雪踏冰马蹄热。
一击授首左贤王，笑提长剑拭其血。
攻城野战数奏功，幕下人称一时杰。
人间万事塞翁马，天上月亦有圆缺。
功名之下难久居，末路终自成蹉跌。

如今落魄在江湖，酣歌颠倒眼生缬。

莫言老去骨稍软，口中犹存三寸舌。

神波即山（1832—1891）

神波即山，法名圆桓。原是尾张（今爱知县）甚目寺僧人，维新后还俗，名桓，字猛卿，号即山。曾向森春涛学诗，出任过太政官。胡怀琛《海天诗话》称其"诗画皆工"，其诗儒雅近禅，风韵甚佳。

题画 二首

山色挟虚岚，天光落秋水。

归舟穿峡来，残日半帆紫。

日落远山平，天长归鸟疾。

人家深树中，一缕孤烟出。

贺春翁新居

新买闲园十余亩，此间堪引故人车。

山光波翠开帘处，泉味流甘啜茗初。

种竹诀如删冗句，爱花心似购奇书。

小楼近与丛林并，时有咿唔和粥鱼。

陆放翁心太平庵砚歌为日下部内史东作赋

内史示我一片石，滑于珪璧莹于铜。

八棱端正无缺陷，著指痕湿云梦梦。

背镌心太平庵字，笔画瘦硬工藏锋。

抹眵明窗细谛视，乃知此砚出放翁。

翁也南宋老学士，冰河铁马从远戎。

醉墨倒泻三峡水，淋漓欲洗胡尘空。

骑鲸一去尘劫换，砚亦韬晦冯夷宫。

灵物一朝托渔网，免与鳞介长没踪。

项毕相传比赵璧，王陈题咏垂无穷。

老山画师曾航海，赍归万里扶桑东。

内史获之踊三百，锦袱珠匣加尊崇。

观德宜与君子伍，玉清仙境相追从。

况复内史颜柳亚，诏黄字大蟠蛟龙。

覆毡草檄浑无用，日磨御墨声隆隆。

嗟我笔观欲焚久，作诗聊与常人同。

安得奇才副此砚，光焰万丈如长虹。

按，"项毕"指项锡胤、毕际有，"王陈"指王贻上、陈维崧。

中村敬宇 (1832—1891)

中村敬宇，名正直，幼名钏太郎，号敬宇，又号鹤鸣、梧山，通称敬辅、敬太郎。江户（今东京）麻布人。少年时入昌平黉师从佐藤一斋，又从桂川甫周学习兰学。因成绩优异，年仅二十四岁即被提拔为昌平黉教授，后任甲府典徽馆教授。庆应二年（1866）留学英国，明治元年（1868）归国，历任静冈学问所一等教授、大藏省翻译、东京女子师范学校校长摄理、东京帝国大学文学科教授，还曾任学士会院会员、女子高等师范学校校长、贵族院议员等，被授正四位勋三行。明治六年（1873），敬宇在江户川开办同人社推

动西学普及，被人称为"江户川圣人"。其《敬宇文集》由黎庶昌
作序。

春日杂赋

香篆斜飘帘幕风，无端闲思寄焦桐。
庭前蛱蝶作团戏，似欲入侬诗句中。

送田岛霞山之伊太利

言语通时情意通，交欢正可合西东。
良谋不在公平外，商利自存忠信中。

鸥波君见惠幼稚园六绝句，感吟之余呈瞩并教

半日儿童戏此园，散归应喜入家门。
要须雍穆示仪范，切勿叱呵如狗豚。

奉赠黄公度先生

公度先生轩霞表，使我对之俗念了。
一夕知胜十年读，如泛大海探异宝。
尝论墨子同西说，卓识未经前人道。
示我离诗绪余耳，亦自彪炳丽词藻。
平生心期在经纶，如闻著志既脱稿。
嗟我多歧徒亡羊，一事未成头已皓。
看君膂力将方刚，经营四方济亿兆。
他年万里垂天翼，庇护幸及蜻蜓岛。

日清笔谈集题词

我邦于汉土，兄弟情相合。
古有遣唐使，留学度几腊。
中世往来者，俊杰有僧衲。
战尘相隔离，敦盘久不歃。
明治开中兴，使节互延纳。
学士与友人，侨札殷酬答。
春风联衣袖，秋夕扫床榻。
以笔代唇舌，言语同应接。
学问相资益，不特夸敏捷。
吾友大桥氏，兹卷近编辑。
向我索一言，卷首染墨汁。
涓流当有源，春云不无峡。
笔话尚有素，经史要讲习。
片言发至诚，多辨何用喋。
况是忠信交，情意贵欢洽。
不用斗口角，轻薄事捷给。

读杜诗

雨脚如麻未断绝，挑灯独读少陵集。
傍人见我怪何事，一吟一诵一垂泣。
此老胸中万卷庋，自许稷契岂夸欺。
胡尘滚滚白日暗，蜀道漂泊苦寒饥。
一饭未曾忘君恩，穷年戚戚忧元黎。
满腔忠愤无所泄，往往淋漓见乎辞。

岂唯诗史征后代，风教直补三百遗。

唐家宰相唯奉身，痛痒谁能及下民。

独怪退之山斗望，亦赋二鸟羡荣光。

何以此老几饿死，宗社民生念不已。

吁嗟乎才大难为用，空留诗名到千载。

寄鸟尾得庵

呜呼今日乾坤果如何，悲欢中宵起悲歌。

物议喧腾如乱蛙，人情险恶似骇波。

日清之时我所忧，顷刻片晷难忘过。

人道韩范坐庙堂，吾侪不用杞忧多。

虽然吾性偏忧国，不忧一身苦辗轲。

若使二邦用干戈，后来结果可叹嗟。

蚌鹬相持利渔人，螳螂捕蝉悲生涯。

我恐北方伏猛虎，磨爪窥机凶威加。

治国只当守理直，遂过饰非是妖魔。

更苦庸人自扰事，妄鞭草莱走虺蛇。

又有好战以求利，怒目炯炯活阎罗。

吾知流传多谬说，或似病眼现空华。

愿得吾忧归妄现，二邦和亲如一家。

东风三月春骀荡，与君同看洛阳花。

冈鹿门 (1832—1914)

冈鹿门，名千仞，字振衣，幼名修，字子文、天爵，号鹿门，通称启辅。仙台人。其姓、名、字均出自左思《咏史》诗"振衣千仞冈"。初入藩黉养贤堂学习，后入昌平黉师从安积艮斋，以气节文章鸣于当时。学成后仕仙台藩，为养贤堂教授。鹿门与斋藤竹堂、大槻磐溪并称"仙台三才子"。虽其才不及竹堂，其学不及磐溪，文章气力则胜之。鹿门为文慷慨激昂，在明治文坛独擅其场，其文之长处在史笔、游记、日记中皆能见之，被誉为"陈龙川（陈亮）之流亚"。明治三年（1870）至十八年（1885），在东京开设私塾绥猷堂，授徒四千余人。其间又出仕太政官修史局、东京书籍馆馆长，其事迹松林饭山记叙颇详。有《藏名山房初集》《观光纪游》《观光游草》《砚癣斋诗钞》《尊攘纪事》《仙台史料》。

十月赴东京途中作

白骨掩沙荒海滨，风烟无处不伤神。
路旁累累阵亡冢，多是平生相识人。

无题

匆匆别后十年过，其奈人生朝露何。
诗酒追随疑梦寐，功名潦倒愧山河。

交情旧雨兼今雨，世事长歌又短歌。
休向公园载樽去，五城楼破夕阳多。

纵是新知同旧识，那堪握手便分襟。
南湖东海茫茫水，孰与相思别后深。

木户孝允 (1833—1877)

木户孝允，名孝允，号松菊，通称小五郎，后改称贯治、准一郎。长州（今山口县）萩人。明治维新三杰之一。松菊少年时骄悍不羁，受母亲感化慨然立志读书学剑。十七岁时从吉田松阴学习兵学，成为其一生关心国事的转折点。弱冠之年赴江户斋藤弥九郎练兵馆学习，与诸藩有为之士结交，挺身尊王攘夷运动。蛤御门之变、二度长州征伐之际参与藩政，与坂本龙马斡旋萨长同盟，击退幕府军，继而大政奉还、王政复古、鸟羽伏见之战、江户开城直到幕府溃灭等一系列历史激变，都有他活跃的身影。明治维新后出任太政官、总裁局顾问参与朝政，以功勋赐永世禄一千八百石，从三位。其为人风流蕴藉，平生以家国为怀，诗多率真洒落，直抒胸臆。有《松菊遗稿》。

夜坐怀旧友 三首

一穗寒灯照眼明，默坐沉思无限情。
平生知己多成土，丈夫心事岂计名。

世难多年万骨枯，庙堂形势几变更。
岁如流水去不返，人似草木争春荣。

邦家前途事非易，三千余万奈苍生。
山堂半夜难结梦，万岳千峰风雨声。

逸题

留无补国去非情，孤剑与心多不平。
欲诉忧愁美人远，满城梅雨杜鹃声。

舶中作

怒浪昨朝人失色，橘波今日气扬扬。

悲欢勿怪世间事，一舸如其过海洋。

横山兰洲 (1833—1892)

横山兰洲，名政和，字敬夫，号兰洲。加贺（今石川县）人。
入森春涛门，擅作汉诗词，与中国叶炜（松石）交谊深厚，二人酬
唱诗载于《扶桑骊唱集》。父系江户后期知名诗人横山致堂。致堂
晚年喜填词，写《诗余小谱》未成，兰洲继补之，并于明治四年（1871）
辛未作序（此书似最终未刊行）。有《横山兰洲遗稿》。

明治九年春，多雨诗屋邂逅叶松石先生。
时将归国，出其留别佳什见示。爱步元韵奉呈

欲叙冰壶一片心，离亭漫鼓七弦琴。

愁云笼月如残梦，凄雨和秋遍故林。

长三洲 (1833—1895)

长三洲（1833—1895），名芅，又名主马，字世章、秋史，号
三洲、的华，通称富太郎、光太郎。丰后（今大分县）人。本姓长
谷，其父为长谷允文（梅外）。三洲十五岁入广濑淡窗咸宜园学习。
十八岁应广濑旭庄招，赴大阪任都讲。其间关心国事，多与志士交往。
元治元年（1864）外舰炮击下关，三洲曾加入奇兵队奋战。明治元
年（1868）参加讨幕军，屡建功勋。维新后跟随木户孝允，后任文
部大丞兼教部大丞，举一等编修官。明治八年（1875）辞职，后专

事诗文创作近廿年。明治二十七年（1894）拜东宫侍书，翌年赐正五位。三洲少壮时才气焕发，晚年人格圆满、谦让自持。诗传淡窗衣钵，为宜园派正统，是明治以后唯一能同梁川星岩门下一派抗衡的重要诗人。明治十年（1877）成立香草社，自任社长，多次聚会填词，被誉为近代日本汉文学史上"空前之盛事"。有《三洲居士集》。

火州绝句　四首选一

孤笛谁吹远水涯，归程难觅梦中家。
细风丝雨逢寒食，千石桥南又落花。

燕山杂句

渚宫水殿带残荷，秋柳萧疏太液波。
独自金鳌背上望，景山满目夕阳多。

天津城晚望

草树连天绿似苔，白河引带抱城回。
苍茫客思欲无际，七十二沽秋色来。

有人以涵星石砚遗余，赋刻其背

曾经百战石堪铭，满腹文章气未停。
半夜草成修月赋，无端摇动一天星。

石川丈山

功名场里早抽身，一卧东山经几年。
照影愧临鸭川水，英雄回首即神仙。

哭堤静斋

交友晨星几个存，就中形影最怜君。

少游甫里同耕学，老住都门共卖文。

人阅沧桑诗有泪，天悭簪组命如云。

如何弃我九原去，萧寺鸣虫空夕曛。

源九郎

鹈岭之山犹可跋，屋岛之海犹可绝，腰越之驿不可越。

平军十万如摧枯，难胜馋竖三寸舌。

馋竖之舌有所恃，兄家岳翁如魑魅。

独在帷幄张子房，不安刘氏助吕氏。

李广兵法浑是奇，一生数奇亦可悲。

芳野风雪衣川水，英雄末路无所归。

多情空得儿女怜，蛾眉唱断缲丝词。

余校刻胡忠简经筵玉音问答，刻工忠平苍颜白发，嗜酒如命，坐常置一壶，醉后奏刀，精巧无比，为赋此诗

一枝刀，一杯酒，杯在口，刀在手。

刻一字，饮一杯，杯舞刀跃何快哉。

二千六百三十有二字，字字带酒气。

愈刻愈精绝，老眼透木如明月。

安得醉汝伊丹九百车，刻尽古今才子未刻书。

石川鸿斋 (1833—1918)

石川鸿斋，名英，字君华，号鸿斋、芝山外史、雪泥。三河（今爱知县）丰桥人，长年寓居东京。鸿斋系西冈翠园门人，诗书画皆擅。明治十年（1877），中国首届驻日使团下榻东京芝山月界僧院，鸿斋闻讯即与二位僧人前往，交谈之初清国公使何如璋以为鸿斋亦为僧人，得知误会后双方开怀一笑。鸿斋因而将其此次与多位中国使臣的唱和之诗汇编成集，题为《芝山一笑》，该书亦是清使与日本文人酬唱之作编印成书之嚆矢。

写张斯桂副大使

芝岳雪晴翻彩旗，燕都使节系船时。

钟声远想寒山寺，鸿信遥传太液池。

香界水甘须煮茗，公园花发好倾卮。

扶桑本是同文国，感读康熙御制诗。

闻说晃衡腼宠荣，秘书奉职列公卿。

纪纲稍紊招莱乐，文运中衰却鲁生。

辞赋更无赓旧韵，孩歌还有奏新声。

海东始接汉家客，疑是微躯在北京。

桥本景岳 (1834—1859)

桥本景岳，名纲纪，字伯纲，号景岳，又号黎园，通称左内。越前（今福井县）人。其父为福井藩医。自幼聪敏，初师从藩儒吉田东篁(1808—1875)。十六岁时从大阪绪方洪庵学兰学。二十一岁，又从江户杉田玄白学兰学及医学。藩主爱其才，让其参与改革藩政，并任藩校明道馆学监。安政四年（1857），幕府发生将军继嗣问题，景岳奉藩主命拥立一桥庆喜。继而兴大狱，景岳被捕，未久被杀。西乡隆盛有言："先辈藤田东湖，同辈桥本左内，两人岂我辈所能及耶！"猪口笃志认为"安政大狱"失去吉田松阴和桥本景岳是日本国最大的损失。有《藜园遗草》。

狱中作 二首

二十六年如梦过，顾思平昔感滋多。
天祥大节尝心折，土室犹吟正气歌。

苦冤难洗恨难禁，俯则悲痛仰则吟。
昨夜城中霜始陨，谁识松柏后凋心。

论文

日午暖风吹紫云，冰融池面水成纹。
天然境致谁看取，造化由来有至文。

晚秋偶作

细雨冥烟晚渐收，寒螀哀雁唤吾愁。
半窗霜月怀人夜，一枕凄风落叶秋。
凡骨知难任将相，素心常欲伴凫鸥。
移家负郭终无计，惆怅非由为国忧。

十一月十七日赋即事

断雁声悲带泪痕，如陈上帝诉吾冤。
亲朋畏祸无书牍，寒枕思家有梦魂。

熟养蒙童时授字，厨教痴仆屡蒸豚。

屏居却是幽居好，谢绝来宾昼掩门。

书感

肯戴南冠学楚囚，弊残犹着鹔鹴裘。

故山依旧怨猿鹤，雄气于今贯斗牛。

风雨常疑从北至，海波底意解东流。

悲酸满目有谁曾，日暮江城处处愁。

前原梅窗（1834—1876）

前原梅窗，字子明，号梅窗，通称八十郎。长州（今山口县）藩士佐世彦七的长子。后改姓前原。七岁入学，二十四岁入松下村塾，师事吉田松阴，参加尊王攘夷和倒幕运动。明治政府成立后，历任越后知事、参议、兵部大辅。因与木户孝允等人意见不合，于明治三年（1870）九月辞官归萩（长州藩府所在地），成为长州藩反政府士族的首领。明治九年（1876）十月，在萩市率众发动武装叛乱，旋被平定并处死。

咏高杉晋作

军谋终夜剪青灯，晓闪旌旗气益增。

凛冽寒风面欲裂，马蹄踏破满街冰。

佚题

汗马铁衣过一春，归来欲脱却风尘。

一场残醉曲肱睡，不梦周公梦美人。

岩谷一六 (1834—1905)

岩谷一六，名修，字诚卿，号一六，别号迁堂、古梅园、金粟道人、嚼霞楼。近江（今滋贺县）人。初向中村粟园（1806—1881）学汉学，少壮游京都，明治以后任一等编修官、修史局监事、内阁大书记官、元老院议员等，明治二十四年（1891）任贵族院议员。一六还是著名书法家，与日下部鸣鹤、长三洲并称为明治三大书家。

鸢梁填词图

小池秋水媚清漪，红滴芙蓉露一枝。
并立栏杆迎素月，瑶琴玉笛赋新词。

盆松

无复秦皇荣爵封，小盆尺土讬高纵。
自甘身处乾初九，不作飞龙作潜龙。

秋江即目

青山影里荡舟行，咿轧橹声如雁声。
芦岸风生秋滚雪，夕阳浦外鹭飞明。

绝笔

风月江上结夙缘，不希成佛不希仙。
昭朝恩泽一何厚，游戏人间七十年。

送春涛翁游新潟次其留别诗韵

骊歌一曲且听之，我为吾翁和别离。

画里江山游万里，椽如诗笔秃千枝。

遣愁到处有红友，劝醉何楼无雪儿。

七十二桥秋正好，鲈鱼脍美斫银丝。

绪方南湫（1834—1911）

绪方南湫，本姓西，名羽，字子仪，号南湫，别号拙斋、孤松轩，通称卓治。丰前小仓（今福冈县）人。初从广濑淡窗，后赴大阪从广濑旭庄学。又向绪方洪庵学医，后洪庵被任命为幕府奥医师兼医学所头取，南湫承其医塾。明治四年（1871）任文部权大助教，二十年（1887）任绪方病院院长，二十二年（1889），创立大阪慈惠病院。晚年喜文墨,其《电气灯》一诗或为最早描写电灯的汉诗。有《南湫诗稿》。

电气灯

维岁明治十七年，电灯新自海外传。

天柱千尺拔地起，一团玻璃挂其巅。

中心气脉从铜线，不借膏油火自然。

祝融威猛无由施，况复不要费多钱。

比之石油与轻气，得失何啻异天渊。

白气横空流星外，清晖射眼非月前。

此灯莫是鲁阳戈，挽回颓轮照虞泉。

此灯莫是周郎舰，烧尽凶贼光涨天。

米国赋氏深哲学，刻苦经岁石可穿。

奇外之奇奇不极，笑鹏斥鷃真可怜。

呜呼此灯一出照人界，公然夺取化工权。

呜呼灵妙休说神仙术，人智毕竟胜神仙。

信夫恕轩（1835—1910）

信夫恕轩，名粲，字文则，号恕轩、天倪。因幡（今鸟取县）人。初学于海保渔村（1798—1866），后学经史于芳野金陵、大槻磐溪，兼修文辞。曾在茨城县丰田郡水海道村行医，后任三重县中学教谕、东京帝国大学讲师等。为人傲岸，写诗颇有才思，擅七绝，喜咏江景。有《恕轩诗钞》《恕轩遗稿》《恕轩漫笔》。

秋江夜泊

满窗霜月照人明，数尽流年梦不成。

逝者如斯吾与水，三年客路听江声。

墨陀观花

吾妻桥畔雨初晴，烟水微茫天欲明。

万朵樱花眠未寤，早归人尚带醒行。

江村夜景

夜静江村月一弯，远帆有影破浪还。

渔家断续皆临水，补网灯明竹树间。

广濑林外 (1836—1874)

广濑林外，名孝，字维孝，号林外。旭庄之子，淡窗之侄，早年在家塾咸宜园读书，与长三洲（1833—1895）、田代润卿（1833—1876）并称为"宜园三才子"。淡窗逝世后，他继广濑青村掌管咸宜园。维新后赴东京，由长三洲推荐入修史馆。其诗文风格颇近淡窗、旭庄。有《林外遗稿》。

镰仓僧一沤送至金泽赋赠

山中趺坐道机新，意气萧然谢俗因。

相送依依不能别，高僧却似世间人。

龙口

古刑场在海门东，一剑当年虏血红。

今日偶遇龙口路，云涛万里起雄风。

夜明关别龟井省轩

欲识销魂处，鸡声古关曙。

云山千万里，何时复相遇。

举手指落花，是君西归路。

都下童儿

都会见儿童，无一不才子。

总角方岇然，清辩如流水。

二十犹便儇，三十平平耳。

开萎何倏忽，有如桃与李。

豫章参天材，生在深山里。

富田鸥波（1836—1907）

富田鸥波，名久稼，字美卿、厚积，号鸥波，又号病虎山人、凹县逸士。福井藩（今福井县）人。初从福井藩儒高野真斋、花木澹斋学习，选拔为藩校明道馆的句读师。后受藩命赴江户，师事安积艮斋、安井息轩、藤森天山、大桥讷庵、大沼枕山、鹭津毅堂等大家，同时任教于江户的藩邸学问所。明治后任明新馆（前身为藩校明道馆）文学大训导、文学佐教。废藩后任明新中学校长。

岁暮感怀

阅尽人间世路难，故山归卧梦魂安。

后生可畏吾老矣，逝者如斯岁又残。

苦月窥窗梅影瘦，尖风动屋雁声寒。

十年追忆桑沧事，独剔灯檠坐夜阑。

西琴石（1836—1913）

西琴石，名喜大，字道仙，号琴石。熊本县人。出生于儒医家庭，明治后任职于新政府医学卫生等部门。晚年好收集奇石、古玩，长于汉诗。有《训蒙百章》，所著除诗文稿之外，另有杂书十余卷。

城山

孤军奋斗破围还，一百里程壁垒间。

吾剑既摧吾马毙，秋风埋骨故乡山。

成岛柳北（1837—1884）

成岛柳北，初名温，字叔厉，号确堂。后改名惟弘，字保民，通称甲子太郎。因家在柳原之北故号柳北，又号濹上仙史、何有山人等。先祖为幕府奥儒者成岛锦江，其家世代为儒官。柳北十八岁继承家业为幕府见习侍讲，后升侍讲，为德川家定、家茂两代将军讲经学。后修兰学和西方军事，任步兵头、骑兵头。于幕府末期担任过外国奉行、勘定奉行、会计副总裁等职。维新后辞官，随本愿寺法主大谷光莹游访欧美，极大开阔了眼界。柳北是与《东京日日新闻》的福地樱痴同属幕府旧臣转投近代媒体报刊业而获得成功的新文人，他时常抒发对江户时代优美文化传统的怀念，甚至用戏谑的笔调，辛辣讽刺明治开化期社会上种种可笑、粗鄙的“洋相”，最为典型的表现即明治四年（1871）刊行的《柳桥新志》。明治七年（1874），柳北任《朝野新闻》社长，该报是当时东京四大报纸之一，开辟专栏发表汉诗，森春涛受此启发翌年创刊《新文诗》。明治十年（1877）柳北创办汉诗文刊物《花月新志》（1877—1884），专门刊载描绘花柳风流韵事的汉诗文与和歌、和文，包括大沼枕山、冈本黄石、森春涛、鲈松塘等在内的大批名家多有投稿。柳北平生洒脱放浪，文似袁枚才气焕发，诗之气骨则近于陆游、赵翼，诗友交游之广当时鲜有能及者。有《柳桥新志》《柳北诗钞》《柳北遗稿》《柳北奇文》《柳北全集》。

楞伽山

古庙萧条老藓青，时看远客叩幽扃。
椰林深处山僧在，犹为当年贝叶经。

庚午元日

妇子朝来扫甑尘，萧条破屋又新春。
卖书卖剑家赀尽，幸是先生未卖身。

那耶哥罗观瀑诗

客梦惊醒枕上雷，起攀老树陟崔嵬。
夜深一望乾坤白，万丈珠帘卷月来。

苏士新航渠 选一

凿得黄沙几万重，风潮濯热碧溶溶。
千帆直向欧洲去，闲却南洋喜望峰。

香港

层层巨阁竞繁华，百货如邱人语哗。
此际谁来买秋色，幽兰冷菊几盆花。

伦敦府杂诗 二首选一

汽车烟接汽船烟，四望冥冥不见天。
忽地长风来一扫，伦敦桥上夕阳妍。

塞昆

夜热侵人梦易醒，白沙青草满前汀。
故园应是霜降节，惊看蛮萤大似星。

春半游墨水值雨

人间游事向春饶，学士生涯独寂寥。
公暇偶来墨江上，梅花落尽雨萧萧。

禽兽园

铁槛划园豺虎横，踏青仕女趁晚晴。

谁图钗影裙香里，听个空山啸月声。

无题

回头故国在何边，休唱赖翁天草篇。

一发青山看不见，半轮明月大于船。

秋怀 二首选一

借将诗酒弄风光，多谢乾坤容此狂。

纵有定评棺未盖，岂无善贾玉应藏。

一镰新月虫声白，半沼斜阳鹭影黄。

清浊元来吾自择，任他孺子唱沧浪。

自嘲

忙里匆匆节物徂，十旬囊底一诗无。

公孙徒说马非马，尼公应嘲觚不觚。

洗热幕天飞白雨，惊魂秋信动青芦。

从来侬是闲人耳，何苦狂奔负故吾。

中井樱洲（1838—1894）

　　中井樱洲，名弘，幼名休之助，又名鲛岛云城、后藤休次郎、田中幸介，号樱洲。本姓横山，其父为萨摩藩士。初学于藩校造士馆。

青年时远游江户，因参与尊王攘夷运动被捕，解送回鹿儿岛。赦免后再度脱藩，游学京都、土佐等地，依后藤象二郎，得后藤与坂本龙马共同资助短暂赴英国留学。樱洲通晓中、英文，明治四年(1871)随岩仓具视使节团赴欧美考察，游历法、德、俄等国，曾在英国公使馆任职三年，周游期间著《漫游记程》三卷。樱洲诗主格调，兼通和汉，有其弟横山咏太郎编成之《樱洲山人遗稿》。

西红海舟中

烟锁亚罗比亚海，云迷亚弗利加洲。

客身遥在青天外，九万鹏程一叶舟。

埃及古迹

我来吊古立斜曛，沙没荒陵路不分。

唯有巍然三角冢，塔尖高在半天云。

发长崎赴上海

遥指扶桑以外天，三山五岳在何边。

火船蓦忽如飞鸟，截破鲸涛万叠烟。

巴里

玻璃城郭一眸看，十门炮台战后寒。

孤客登临无限感，欧洲犹未保平安。

按，巴里即巴黎。

尼罗河畔

麦田菜陇倚河畔，无限春风署仅消。

绿阴夹路暮村远，人骑骆驼过小桥。

米国杂诗　选二

黑白移民归版图，百年创业盛规模。

南方未得开化实，遗恨无人禁卖奴。

神生此土布恩荣，未满百年文物明。

能有宗经补开化，共和政治适民情。

无题　选二

神州不啻穗禾嘉，人物精英最可夸。

今日若谙航海术，浑圆球上皆吾家。

船到名都雅典国，欧洲文学此渊源。

山上犹留遗迹在，经尽风霜二千年。

宫岛栗香（1838—1911）

　　宫岛栗香，名诚一郎，字栗香。岩代（今福岛县）人。父为米泽藩儒。初从山田蠖堂（1803—1861）学诗。幕末维新之际，曾历经艰苦将奥州诸藩建白书送达朝廷。明治后应征仕待诏院，为修史馆御用人员，历任参议官补、贵族院议员。栗香诗才天授，曾得到黄遵宪的夸奖，与同门洼田梨溪、云井龙雄同为米泽出身的大诗人。有《养浩堂集》。

乙未二月十七日闻丁汝昌提督之死

同合车书防外侮，敢夸砥柱作中流。

当年深契非徒事，犹记联吟红叶楼。

王昭君

莫道丹青误我身，拼将玉貌镇胡尘。

如何廊庙无良策，社稷安危付妇人。

十月十三日招清国公使黎莼斋君于红叶馆，答书"有晴则赴，雨则不赴"之语，为有此作

满城秋色菊花香，折简相邀把酒觞。

半雨半晴红叶馆，恼人天气近重阳。

梅花书屋 三首选一

屋不栽梅无丰姿，士不读书骨不奇。

安得一脉春风力，吹送清香天下知。

晓发白河城

悲歌一曲夜看刀，风雨灯前鸡乱号。

宿酒才醒驱马去，白河秋色晓云高。

黄参赞公度君将辞京有留别作七律五篇，余与公度交最厚，临别不能无黯然销魂，强和其韵叙平生以充赠言 三首选一

自昔星槎浮海到，看他文物盛京华。

相将玉帛通千里，可喜车书共一家。

使客纵观新制度，词人争赏好樱花。

墨江春色东台景，分与天公着意夸。

岛地默雷 (1838—1911)

岛地默雷，本姓清水，后改岛地。初名谦致，后改默雷，别号益溪、缩堂、雨田等。周防（今山口县）人。日本净土真宗西本愿寺僧人，早年师承原口针水。后任本山参政，庆应二年（1866）与大洲铁然在萩开创学校，为本山之宗政及人才培养尽心竭力。默雷关心时政，明治维新时建议新政府开设教部省，主张废止大教院制，致力于各宗独立。思想上提倡神佛分离，反对基督教。还曾投身新闻发行工作，参与日本红十字会的创立。明治四十四年（1911）圆寂，享年七十四岁。有《岛地默雷全集》。

印度感怀

彼皑皑者，雪山雪，眼中寒。

此滔滔者，恒河水，流不殚。

寒风飒飒路万里，此际回首望渺漫。

忆昔先圣掷大宝，津梁多年几甘酸。

恩波至今三千载，几万生灵生死安。

生也有涯恩无涯，胜迹蹈来忘艰难。

火轮转破羁愁梦，甲谷城外夕阳残。

龟谷省轩（1838—1913）

龟谷省轩，名行，字子省、子藏，初名行藏，号省轩、士藏，斋名惜阴书屋、搜奇窟等。对马（今长崎县）人。二十四岁赴大阪师从广濑旭庄学诗，得旭庄激赏。后从安井息轩学经义文章。省轩怀勤王之志，鼓吹王政复古，维新后跟随岩仓具视，参与机密。明治二年（1869）任大学教官，不久因皇汉二学纷争而辞职。晚年好《周易》《庄子》，旁及佛典。省轩诗长于咏史，文则简练，尽汰赘沉之句。有《省轩文稿》《省轩诗稿》《咏史乐府》《论文汇纂》《论语管见》《言行类编》《释教文范》《函山纪胜》。

咏史

金阁才成又银阁，红桃艳李醉芳筵。
料知经济无他术，海外唯求永乐钱。

赠王兰卿

雄心欲着祖生鞭，游遍欧洲路八千。
慷慨谈兵辛弃疾，风流耽酒杜樊川。
世无知己堪愁怅，天赋斯才岂偶然。
新史好藏东海外，芙蓉峰耸郁云烟。

俞樾

通德门高毓俊贤，茫茫洙泗有真传。
簪毫曾草金銮赋，采药将随玉涧仙。
自愧原非千里骥，长鸣空慕九方湮。
感君珊网搜沧海，我亦微名列简编。

黎庶昌

蓬岛寻仙几千载，徐生遗迹尚堪探。

幽岩绝壁攀萝上，断碣残碑触眼谙。

今日文章绍欧九，当时夜学仿孙三。

搜罗古佚盈书箧，不让传经伏济南。

曝书

英雄爱剑美人镜，迂儒爱书书为命。

曝书殷勤戒小奴，尘埃可拂蠹可驱。

古人精神钟文字，人若污之遭鬼诛。

奴云先生爱书却不读，书中有鬼鬼应哭。

股野蓝田（1838—1921）

股野蓝田，名琢，字子玉，号蓝田、邀月楼主人。父为播磨（今兵库县）龙野藩儒。初受家学，后师林复斋。仕龙野藩，于藩校敬乐馆教授诸生。维新后出仕教部省，历任内阁记录局长、宫内省书记官、帝室博物馆总长、宫中顾问官等。明治四十年（1907）曾来华游访，写下大量纪游诗作。有《邀月楼存稿》《苇杭游记》《铙歌余响》。

辽宁本溪钓鱼台

山骨屼然苔作衣，钓鱼台锁古禅扉。

赖翁不识此奇绝，漫道马溪天下稀。

游上海

申浦繁华胜所闻，埠头船舰簇如云。
人言市况压香港，大厦康衢车马纷。

游明十三陵

雕楹画栋玉栏干，古庙犹观王气残。
无复后人修废宇，秋阶草老夕阳寒。

咏长城

瓦壁犹存亦一奇，长城万里果何为。
始皇旷古大英主，三世而亡知不知。

日下部鸣鹤（1838—1922）

　　日下部鸣鹤，本姓田中，名东作，字士旸，号鸣鹤。近江（今滋贺县）人，彦根藩士出身。明治二年（1869）应征士入东京，累迁太政官大书记官。明治二十四年（1891）年来华访学，与俞樾、吴大澂、杨岘等人交游。胡怀琛《海天诗话》称其"尝游中国，所至纪以诗"，与西泠印社首任社长吴昌硕（1844—1927）有诗酬交往。今浙江杭州西湖孤山路西泠印社内存观乐楼，1957年辟为吴昌硕纪念馆，该楼东南角有"吴昌硕、日下部鸣鹤结友百年铭志碑"，1989年建立。

无题

西湖今日放扁舟，淡淡轻烟隔画楼。
不料功风名雨际，三潭别有小瀛洲。

论书绝句 十二首选一

禊序一篇千古妙，龙跳虎卧又鸾腾。

大唐天子真痴绝，生赚孤僧死殉陵。

按，禊序指兰亭帖。

久坂玄瑞（1839—1864）

久坂玄瑞，名通武、诚，字实甫，号江月斋、秋湖，通称玄瑞、义助。长州（今山口县）萩人。其家世代为藩医，玄瑞初亦学医，后入吉田松阴的松下村塾学兵学，与高杉晋作并称为"松门双璧"。后从芳野金陵学汉学和诗文。玄瑞立志尊王攘夷，常往来于江户、京阪间，结交各地志士。文久二年（1862）参与焚烧英国公使馆，其后又任"奇兵队"队长，参加与西方舰队的炮战。元治元年（1864）在"禁门之变"中受伤，自刃而死。有《江月斋遗集》《兴风集》《伺采择录》。

失题 二首

皇国威名海外鸣，谁甘乌帽犬羊盟。

庙堂愿赐尚方剑，直斩将军答圣明。

去年海内乱如麻，生死不期讵忆家。

此夕萧条无限恨，山堂春雨听鸣蛙。

松林饭山（1839—1867）

松林饭山，名渐，字伯鸿，一字千遽，幼字福次郎，号饭山，通称廉之助、渐之进。筑前（今福冈县）人。饭山自幼被称为神童，十二岁时在藩侯前讲唐诗，因而被赐俸就学。嘉永五年（1852）赴江户，入安积艮斋门下读书。与前述松本奎堂及松原竹松并称为艮斋门下"三松"。安政四年（1857），入昌平黉学习。安政六年（1859）归藩，任藩校五教馆教授，列为上士。后又常在京阪一带活动，结交诸藩名士，纵论时事，参与藩政，鼓吹尊王攘夷。由此招致忌恨，被暗杀。有《饭山文存》《饭山遗稿》。

偶成

自家漫道长经纶，满腹文章不救贫。

说与山妻休诉苦，一生多幸配才人。

自题文存

纷纷毁誉乱如丝，不是谀辞即妒辞。

磨得一奁方雨镜，自家妍丑自家知。

失题

簟纹如水绝纤尘，退食归来与枕亲。

一卧风窗凉味足，难分世上附炎人。

高杉晋作 (1839—1867)

高杉晋作，名春风，字畅夫，号东行，通称晋作。长州（今山口县）萩人。十九岁时入藩校明伦馆读书，后入吉田松阴开设的村下村塾，与久坂玄瑞并称为"松门双璧"。后赴江户，入昌平黉。未久，安政大狱起，吉田松阴也被当局押解到江户，东行曾为营救松阴而奔走。松阴被杀后，东行又访问过佐久间象山、横井小楠等人。万延元年（1860）任明伦馆都讲，文久元年（1861）任世子近侍。文久二年（1862）三月，奉藩命乘船赴中国上海，了解世界形势。同年八月回藩后，主张勤王大义，试图将藩论统一到尊王攘夷上来。元治元年（1864）曾被捕。东行曾组织"奇兵队"袭击幕府军，有战功。后因病在讨幕运动中逝世，年仅二十九岁。有《东行遗文》《东行诗文集》。

学舍偶成

不为浮名屈此身，青天白日见天真。
明伦馆里谈经义，毕竟明伦有几人。

春水

细雨暝烟过野桥，涨堤春水自摇摇。
微风吹度白梅树，花点波头香未消。

绝句

赫赫东藩八万兵，袭来屯在浪华城。
我曹快死果何日，笑待四邻闻炮声。

八月六日招魂场祭事，与奇兵队诸士谒之，此日行军如出阵式

猛烈奇兵何所志，要将一死报邦家。
可欣名遂功成后，其作招魂场上花。

囚中作 其二

君不见死为君臣菅相公，灵魂尚在天拜峰。

又不见怀古投流楚屈平，至今人悲汨罗江。

自古谗闲害衷节，衷臣思君不怀躬。

我亦贬谪幽囚士，忆起二公泪沾胸。

休恨空为谗闲死，自有后世议论公。

秋月天放（1839—1913）

秋月天放，名新，字士新，号天放、必山，通称新太郎。丰后（今大分县）人。其父秋月橘门（1809—1880）为广濑淡窗学生，故幼承家学，入咸宜园师事淡窗。维新后任职兵部省，又曾任女子高等师范学校校长、文部省参事官等。退职后获选贵族院议员。天放诗风学杜甫、苏轼，曾被列为明治十二诗宗之一。有《天放存稿》《知雨楼诗存》。

椿山庄

秋人宛在画图中，占断秋光倚绮栊。

昨夜枫林霜始下，溪阴染出一枝红。

逾信浓阪

篱落萧萧日欲西，行临修阪马长嘶。

褰蹄稳下溪间路，隔树青山次第低。

步虚记梦

空山铁笛白云飞，月满层霄星斗稀。

欲向仙坛偷宝箓，天风吹鹤夜深归。

石山寺

十月天寒霜始飞，一林红叶晚离披。

秋风寂寞千年寺，何处青山吊紫姬。

梅

挺立冰霜凛烈时，笑他桃李梦醒迟。

天真烂漫从中发，不问春风吹不吹。

饭冢西湖（1839—1929）

饭冢西湖，名纳，幼字修平，号西湖。松江（今岛根县）人，其家世为云州藩士。安政三年（1856），十八岁时赴江户修兰学。有外游之志，明治三年（1870）赴法国巴黎，修习法制之学。后遭遇普法战争，避居瑞士，在当地娶德国人为妻。战争结束后携妻子回到巴黎，夫妻一同从事翻译工作。明治五年（1872），担任岩仓具视、木户孝允、大久保利通等访欧考察团翻译。后于瑞士日内瓦湖畔卜居，其号"西湖"即得名于此。明治十一年（1878）携妻归国，明治十四年（1881）与松田正久筹办《东洋自由新闻》，推西园寺公望任社长，西湖任副社长，因触犯当局而辞职。西湖妻子病故后，始潜心诗作，排遣郁闷。曾向僧台洲学诗，居瑞士时一度研读杜诗，诗非五律不作。归国之后与森槐南等交，受到赏誉。移居大阪后，与藤泽南岳、谷铁臣、山本梅厓等人唱酬。明治三十五年

（1902）刊行诗集《西湖四十字诗》（四十字诗即五律）。晚年尤与犬养木堂知交。

江阁

江阁弹琴罢，翛然世外情。

云归山有态，花落水无声。

鹭向波心立，帆从树背行。

春光看若许，时节又清明。

访杨州画师于浪华寓

迹远心神静，占来风月权。

水流人影外，山出橹声前。

画拟明朝法，诗追唐代贤。

一樽浪笔酒，联榻劈吟笺。

春初

荒宅余三亩，疏篱竹作丛。

雪津四檐雨，梅气一窗风。

慵里诗多债，愁边酒有功。

吾家小天地，收在五言中。

黑泽胜算 (1840—1861)

黑泽胜算，通称忠三郎，水户藩藩士。安政七年（1860）三月，参与刺杀幕府大佬井伊直弼（1815—1860）的樱田门事件。黑泽在临刑之日写有绝命诗。

绝命词

呼狂呼贼任他评，几岁妖云一日晴。

正是樱花好时节，樱田门外血如樱。

奥平弘毅斋（1840—1876）

奥平弘毅斋，名谦辅，字居正，号弘毅斋。父为长州藩士。早年入藩校明伦馆学习，后任越后权参事，治佐渡，与前原一诚等人交。明治九年（1876）十月参与佐贺之乱，事败后被斩首。有《弘毅斋遗稿》。

寄友人

人间机巧逐年开，文物典章何在哉。

都鄙既无修汉学，诗书不必待秦灰。

世丁厄运吾当默，天有定时君莫哀。

请见篱边梅一朵，却从雪里挽春回。

大须贺筠轩（1841—1912）

大须贺筠轩，名履，字子泰，号筠轩、鸥渚、舟门，通称二郎。父为盘城（今福岛县）平藩儒官。少年时入昌平黉师从安积艮斋，学成后归任藩儒。元治元年（1864）游仙台见大槻磐溪，磐溪读其诗后惊叹："奇才奇才！后必成名家！"明治元年（1868）因奥羽之乱家财荡尽，逃至仙台，战乱平息后任藩督学。废藩置县后任行方、宇多二郡郡长，不久辞官退隐。明治三十年（1897）任仙台第二高等学校教授。筠轩能诗善画，其诗格调极高，规抚杜甫、苏轼，出入陶（渊明）、谢（灵运）、韦（应物）、柳（宗元）之间，被重野成斋称为"地方文艺之达者"。有《绿筠轩诗钞》《古稀寿唱和集》。

题画 二首

云白埋樵语，江青蘸雁声。

孤帆掠崖树，一片夕阳明。

折芦枯蒲处，白虾青蟹湾。

秋禽啼罢起，蹙破水中山。

题孟母断机图

断机慈训肃风霜，能使吾儿继续长。

请见七篇皆道统，经天纬地大文章。

夜与菊畦晤 选一

相遇高歌发，何忧短暑沉。

诗书三昧业，缟纻百年心。

醉鬓秋华老，吟灯夜阁深。

笑我不量力，欲继杜陵音。

春日山

满目山河霸业空，慨然酹酒吊英雄。

衔枚晓斫人中虎，横槊秋吟月下鸿。

三越貔貅随指顾，八州草木偃威风。

可怜一幅存遗像，香火萧条古梵宫。

牛蛊行

草木夜眠水声冷，神灯欲死瘦于星。

千年老杉半身朽，仄立古庙鬼气腥。

缠素娘子蓝如面，头戴银烛手铁钉。

长发栉风髻松乱，石坛无人影伶仃。

泣掣铃索拜且诉，此恨不彻神无灵。

掾钉响绝夜闲寂，老枭一声山月青。

野狐婚娶图

日光斜斜雨萧萧，西家之狐嫁东邻。

绥绥成队卤簜簇，妖蹋亲迎竹舆轿。

中载婵娟阿紫娘，一点红粉眉目妆。

野花为笈草为服，维尾曳来黄裳长。

婿也拥右媒也左，横波一盼增婑媠。

傔从陆续及其门，玄丘校尉纷满座。

同穴契成合卺杯，一死共期首丘来。

曾是结缡经母诲，肯以赠芍破圣戒。

君不见郑姝春心蔑父母，白日青天逾墙走。

竹添光鸿（1841—1917）

竹添光鸿，名光鸿，字渐卿，晚号井井居士、独抱楼，通称进一郎。肥后（今熊本县）天草人。其父光强（号笋园）系广濑淡窗门人，位列宜园十八才子之一。安政三年（1856）入名儒木下犀潭门下，与同门井上梧阴、坂田警轩并称"木门三杰"。亦师从安井息轩修古注学。后仕熊本藩，任藩校时习馆训导。维新后移居东京，入修史局任二等编修。明治八年（1875），同日本驻华公使森有礼赴天津任书记官，次年（1876）与一道赴任的同事兼同乡津田君亮自北京出发，经直隶（今河北省）、河南、陕西，至蜀山探奇。又由蜀东而下，过四川、重庆、湖北、江西、江苏，历时近四个月，终至上海，堪称壮游。著《栈云峡雨诗草》《栈云峡雨日记》，合称《栈云峡雨稿》。其后旅居上海，徜徉苏杭之间，曾至杭州专程拜访俞樾，并以诗集相赠，著《沪上游草》《苏杭诗草》《文稿》等。明治十三年（1880）任日本驻天津总领事，十四年（1881）任朝鲜弁理公使，十七年（1884）因率军协助朝鲜开化党人发动"甲申政变"被迫辞职。归国担任东京帝国大学文科教授，自此专心著述，大正三年（1914）获文学博士学位。光鸿经学功底深厚，诗文夐出时流，其纪游诗多抒发对中国古代文化的怀想，时而透露出对现实失落的哀婉。有《左氏会笺》《论语会笺》《毛诗会笺》《孟子论文》《栈云峡雨日记并诗草》《独抱楼遗稿》《井井誉稿》。

罂粟花

翠袖轻翻不受尘，娇红艳紫殿残春。
前身应是倾城女，香色娱人又误人。

送人归长崎

懒云如梦雨如尘，陌路花飞欲暮春。
折尽春申江上柳，他乡又送故乡人。

豫让桥

一剑如霜白日寒，漆身吞炭几辛酸。
酬恩不愧男儿事，自古人生知己难。

听妓弹琵琶

青衫有客入三巴，望断东天远忆家。
一握江州司马泪，嘉陵水上听琵琶。

洛阳

落尽百花春已残，熏风一路据征鞍。
魏姚自有前生约，恰到河南看牡丹。

武侯墓

三吊忠魂泣湊河，定军山下又滂沱。
人生勿作读书子，到处不堪感泪多。

呈俞曲园太史

霁月光风满讲帷，薰陶自恨及门迟。
汉唐以下无经学，许郑之间有友师。
金印终输经国业，尘心不系钓鱼丝。
玉堂若使神仙老，辜负湖山晴雨奇。

沪上岁暮

自信儒冠误此生，前途似梦未分明。
年丰故国民犹乱，春近他乡客有情。
绿眼红毛争互市，嗷鸿饥鼠泣孤城。
夜深独对寒灯坐，砚水生冰笔有声。

剑州杂诗 二首选一

湍流激石响如霆，古庙阴森龙气腥。

云絮乱黏巴树白，子规啼破蜀山青。

天低剑外朝扪斗，雨滴愁边夜听铃。

远役何堪多病客，树茎蓬鬓渐星星。

天主堂

金碧耀日高煌煌，谓是西人天主堂。

不独边海架十字，中原半为西教场。

自称西教穷深浩，不比空疏佛与老。

更散货贿唻重利，笼络蚩氓一何巧。

谁将烂烂岩下电，照破魔心装佛面。

孟轲不作韩愈逝，世道之微微于线。

新乡县阻雨，西风寒甚

征衣敝尽发鬅鬅，愁对清樽独自倾。

乱后中原多战骨，眼中宿莽是荒城。

驿窗有梦寻乡梦，灯火无情照客情。

记取新乡今夜雨，西风匝屋作秋声。

人鲊瓮

滩声怒欲卷城走，晴天雷在地中吼。

孤舟不啻一叶轻，千涡万涡涌左右。

左舷桨折去无痕，右舷幸有两桨存。

迁右就左浑不定，努力撑舟抵峡亹。
宛似睢阳婴孤垒，力抗千军争生死。
又似李陵战方苦，裹创犹闻鼓声起。
忽堕涡中势不测，舟人相看惨无色。
握糈投水祷江神，合掌瞑目念菩萨。
菩萨于我无宿缘，江神与人亦漠然。
独有周孔真吾师，为我尝说涉大川。
邪许声中共击楫，转舟稍得就利涉。
此生初能出万死，譬之冲围得凯捷。
惊魂未定青山送，半日朦朦心如梦。
谓君勿复说既往，掩耳怕闻人鲊瓮。

盐井

盐井至小可覆掌，接篾袅袅几百丈。
远送竹筒取盐水，牛车挽之冉冉上。
桶承笕送长不绝，泻入红炉鸣活活。
火候渐进水气尽，无端高堆万斛雪。
闻说巴东胸忍井，盐水自凝形如笋。
碎来万点吹不飞，咸中别带甘味永。
君不见蜀江如箭石巉巉，万里不通海客帆。
天心巧作生生计，海有海盐山山盐。

黑人泣

白人怒兮黑人泣，黑人向谁诉窘急。
穷鸟休投黄人怀，白人一吓黄人慑。

君不见无事排斥有事亲，白人谲诈愚黄人。

不为鸡口为牛后，黄人昔武今何文。

邦交由来视国力，唯有强弱无曲直。

均是两间横目民，黄人何必逊白色。

芳川越山（1841—1920）

芳川越山，名显正，号越山。阿波（今德岛县）人。青年时游学长崎、鹿儿岛，维新后入职政府，累迁文部大臣、内务大臣、邮政大臣、枢密院顾问官等要职。越山修徂徕学，属古文辞派，诗尚清通。与本田种竹、中井樱洲交厚。有《越山遗稿》。

德岛蛾眉山眺望

红蔫白惨送春还，新树阴浓且可攀。

剩看依稀旧时色，蛾眉滴翠雨余山。

土屋凤洲（1841—1926）

土屋凤洲，名弘，字伯毅，号凤洲。和泉（今大阪府）人。父为岸和田藩士。十二岁入藩校讲习馆，师从相马九方（1801—1879）修徂徕学。十九岁入但马（今兵库县）池田草庵（1813—1878）门下，所学包括朱子学、阳明学，以及刘宗周的学说。归乡后学习长沼流兵学。文久元年（1861）赴姬路向森田节斋（1811—1868）请教作文之法，又西游兵库、坛浦等地。后逢天诛组（幕末之际，公卿中山忠光为主将，尊皇攘夷志士组成的武装暴动集团，后被幕府军剿灭）之乱，被召回藩任藩校讲师，后迁军事奉行，又任藩学教授兼世子侍读。幕末时局动荡,时藩论分为尊皇、佐幕两派,互相攻讦排陷,凤洲以主勤皇遭诬下狱。废藩置县后任县学校教师,后开家塾晚晴书院,从学者达数百人。明治十九年(1886)任吉野师范学校校长,二十一年(1888)任奈良师范学校校长,二十六年(1893)任华族女学校教授,三十二年(1899)以后任东洋大学教授,兼任二松学舍、斯文会、弘道会讲师。大正五年(1916)入皇宫讲经学。凤洲为人温厚诚恳,诗文兼善,是日本近代著名学者、教育家,与细川十洲、三岛中洲、南摩羽峰、依田学海、信夫恕轩、藤泽南岳、四屋穗峰等一大批名流交亲。有《晚晴楼文集》《晚晴楼诗钞》。

夜闻落叶

寒窗忽闻雨,醒觅梦中声。

满地皆霜叶,前林缺月明。

秋江晚眺

寒塘红楼夕阳微,几队沙禽背水飞。

芦荻洲前秋瑟瑟,扁舟一棹划波归。

赠春涛髯史

懒向瑶池伍凤群,漫游湖海迹如云。

兴来但喜呼红友,老去何嫌咏翠裙。

才艺两都谁作匹,风流一代独推君。

平生不被微官缚,果见词锋扫万军。

观涛行

安政戊午之秋,余游但马,浴城崎温泉,遂傲小舟抵濑户浦。时风雨暴作,波涛汹涌,颇为壮观。少焉雨霁风止,海如琉璃。作观涛行。

沧海浩荡何壮哉，天吴海若回潮来。

狂风怒号驱猛雨，恶浪奔逸争喧豗。

有如鹏飞群马跃，千乘倒转万彻壑。

有如战酣健儿驰，白旆央央翻碧落。

我来一见惊喜呼，壮哉岂有如斯乎。

长吟独立断崖上，一洗满怀尘垢无。

须臾风歇秋天净，惟见水面磨青镜。

呜呼海涛虽暴看时收，人海风波何日休。

市村水香（1842—1899）

市村水香，名谦，字士谦、士牧，号水香、强堂、梅轩、锦洞仙客，通称谦一郎。摄津（今大阪府）高槻藩士。安政七年（1860）任藩校菁莪堂世话方、出纳方，明治后辞职。水香自幼好学，曾师从藤泽东畡（1794—1864）、官原节庵（1806—1885），还向藤井竹外学诗，其诗作入选《明治三十八家绝句》《皇朝百家绝句》。有《锦洞小稿》。

无题

寿骨峥嵘雪满头，研精经义未曾休。

学无党派能平议，身在山林得自由。

一代名声惊四海，半生著作足千秋。

东方我亦遥瞻仰，赫赫奎光射斗牛。

西京博览会

世运与时偕兴起，万国交情通彼此。

骎骎风俗臻文明，取新舍旧人所喜。

明治丙子九载春，开场沿例傍枫宸。

瑞霭氤氲腾绮殿，奇珍异宝纷列陈。

制作百出巧思至，造化千般妙理备。

乃知天地生生德，日向人间浚灵智。

人作天造无穷期，新奇逐日增新奇。

毕竟后生甚可畏，来者胜今谁不知。

即今天下几万校，诱人循循布文教。

呜呼，就学问道入室须升堂，穷理格物宜精详。

岂夸货萃五都市，博览场原学问场。

藤泽南岳 (1842—1920)

藤泽南岳，名恒，字君成，号盘桥、南岳、醒狂、七香斋主人、九九山人、香翁。香川县大川郡人。系徂徕派学者藤泽东畡(1794—1864)之子。幼承家学，居大阪，成年后仕高松藩，任藩学讲道馆督学，并参与藩政。南岳重视传统，反对明治维新后日本出现的举国欧化思潮，明治六年（1873）于大阪重兴泊园书院（原系其父创办）。明治二十年（1887）发起大成教会，发月刊《弘道新说》。南岳与中国诗人陈鸿诰交厚，陈氏《日本同人诗选》第一册即请南岳作序，亦选其诗。

金山废矿

不是秦皇埋余物，天将岳金镇海渤。

精光高射牛斗间，错招斧凿残山骨。

剡去不充人间用，千古石髓坚凝结。

荒榛锁径绝人踪，混沌不死窟苔滑。

呼顽呼废任世人，耻为人世媒红尘。

读易

洗心一部经，研几十年读。

况是秋满坐，凄气观将剥。

否泰悟往来，姤复谙倚伏。

人事与天时，何必用痛哭。

只恐仰钻心，一废不可复。

天行固应健，日新要在笃。

颐以慎吾言，损以窒吾欲。

观变且玩辞，何烦詹尹卜。

潜神神自安，不知日晷促。

回看斜阳外，西风吹瘦竹。

云井枕月 （1844—1870）

云井枕月,本姓中岛,名守善,字居贞,号枕月,明治后又号龙雄,化名桂香逸、远山翠等。米泽（今山形县）人。初从山田蚁堂学,安政五年（1858）进藩校兴让馆学习,成绩拔群。元治二年（1865）奉藩命赴江户任警卫,并游于安井息轩之门。庆应二年（1866）回米泽。其后幕府宣布"大政奉还",但仍发生讨幕之战。枕月起草《讨萨檄》,因而被人怀疑是奥州联藩的头目。明治后一度任兴让馆助教、集议院议员,但不久以内乱罪被捕并处死,年仅二十七岁。明治二十二年（1889）宪法公布时,赦其罪。其诗悲壮淋漓,极富慷慨之气。

赠执政某

妻妾是知君是忘，此时社稷奈存亡。

愿将慷慨书生泪，洗尽庙堂奸吏肠。

雨中观海棠有感

绿湿红沉悄无力，恰是杨妃啼后色。

花容如愁何所愁，我对花间花默默。

忆昔滨殿殿南庄，把酒赋诗赏海棠。

当时同盟今四散，或为鲁连卧张良。

不将水火挫其志，往往暴凭就死地。

死者函首送贼庭，生者海岛犹唱义。

嗟吾赤城仅脱身，再举无策久逡巡。

今对此花思往事，血泪和雨红湿巾。

释大俊发愤时事，慨然有济度之志，
将归省其亲于尾州，赋之以赠焉

生当雄图盖四海，死当芳声传千祀。

非有功名远超群，岂足唤为真男子。

俊师胆大而气豪，愤世凤入祇林逃。

虽有津梁无处布，难奈天下之滔滔。

惜君奇才抑塞不得逞，枉方其袍圆其顶。

底事衣钵仅洁身，不为盐梅调大鼎。

天下之溺援可收，人生岂无得志秋。

或至虎吞狼食王土割裂，八州之草任君马蹄践踩。

君今去向东海道，到处山河感多少。

古城残垒赵耶韩，胜败有迹犹可讨。

参之水，骏之山，英雄起处地形好。

知君至此气慨然，当悟大丈夫不可空老。

桥本蓉塘（1844—1884）

　　桥本蓉塘，名宁，字静甫，号蓉塘、慎斋。京都人。明治初年赴东京，学于森春涛茉莉吟社，与上梦香、神田香岩并称"西京三才子"。明治后官至宫内省掌典补兼式部三等属。蓉塘喜读白居易、陆游，其诗清丽芊绵，风近晚唐。有《琼矛余滴》《蓉塘诗钞》。

花下睡猫

花阴满地午风和，不省三春梦里过。

懒睡应无尸素责，陶鸡瓦犬世间多。

早春漫兴 三首选一

冰雪痕消草木鲜，东风妆点旧山川。

青烟一桁柳初箪，软玉半梢梅太妍。

时稳英雄皆虎睡，运回士子各莺迁。

山人不是求官者，红日三竿掩户眠。

移居追次厉樊榭韵四首、引二首 选一

误婴世网十年余，西徙东迁欠定居。

事往何须长太息，兴来未害小轩渠。

也知墨子无黔突，不及焦先有散庐。

山约水盟休见外，已移生计就樵渔。

送人赴欧罗巴

铁舰如山驾怒涛，欧洲去拥使臣旄。

张骞绝汉功何伟，宗悫凌风气太豪。

鳌岛点来苍海远，鹏云飞尽碧天高。

四方专对男儿事，莫负腰间日本刀。

同春翁游上野公园

急携双斗赏山樱，可负黄公唤客声。

门下偏多诗弟子，湖亭遍识醉先生。

烟霞三月原如梦，丝竹中年难忘情。

未害烦君灿花笔，水边重赋丽人行。

中元书怀

街头灯火闹初更，为客中原感易生。

谁载酒来看月色，独凭栏坐听虫声。

楚砧岷葛年频改，风絮云萍迹太轻。

记取分明前夜梦，满身松露扫先茔。

松田淞雨（1845—？）

松田淞雨，名敏，号淞雨。出云（今岛根县）人。淞雨大正四年（1915）来华游历，自上海溯长江而上，西抵西陵峡。后发表诗集《禹域游草》。

秋鉴湖墓

巾帼何图出伟人，淋漓慷慨胆轮囷。

一朝遭祸衔冤死，名系千秋磨不磷。

入扬子江

积流千里大江开，极目汪洋不见限。

舰首冲涛澎湃碎，万群白马蹴天来。

姑苏旗楼望天平山

一望姑苏秀气钟，五湖春水荡诗胸。

三杯卯饮思挥洒，欲假天平卓笔峰。

放鹤亭

水抱孤山碧四围，小亭潇凑锁烟霏。

林公仙去无消息，放鹤千年不复归。

天门山

中断楚江疑鬼工，危岩对峙势隆嵸。

千秋不变东流水，船在青莲妙句中。

永坂石埭（1845—1924）

永坂石埭，名德彰，号石埭，别号一桂堂，通称周二、希庄。
名古屋人。世为儒医，仕尾张（今爱知县）德川家。早年在东京学西医，曾任东京帝国大学医学部教授。学诗于森春涛和鹫津毅堂门下，与神波即山、奥田香雨、丹羽花南并称"春涛门下四天王"。明治七、八年（1874、1875）间，居神田玉池梁川星岩旧宅址，称玉池仙馆。石埭有诗、书、画三绝的美誉，曾创办剪淞吟社、一半儿诗社，在和郁达夫唱酬时被称为"诗坛盟主"。晚年归名古屋，以文墨自娱。

横滨竹枝

港楼暮色接沧溟，起卷湘帘酒未醒。
是水是天难辨得，蛮船灯火小于星。

冈山少林寺诗碑

梅花如雪寺门深，薄夜寻诗到少林。
五百应真默无语，一天明月照禅心。

高岛九峰（1846—？）

高岛九峰，字张甫。山口县人。有《九峰诗钞》。

京都

酒醒危楼月未升，鸭涯一抹夜烟凝。
沙流闪闪栏杆外，半浸春星半浸灯。

丹羽花南 (1846—1878)

丹羽花南,名贤,字大受,号花南,通称淳太郎。尾张(今爱知县)人。有说曾受业于奥田莺谷(1760—1830),然二人生活年代不重合。初学于藩校明伦馆,被提拔为学官。"王政复古"之际尽力藩务,参与枢机。明治后废藩置县,任三重县权令、县令,后迁司法少丞,兼权大检事等职。花南初学西昆体,后为森春涛桑三轩吟社和茉莉吟社重要成员。叶炜(松石)在《煮药漫钞》中称花南与德山樗堂、永坂石埭为"东国之秀",一度欲以三家诗合刻。有《花南小稿》。

偶咏

性命高谈各擅名,一朝其奈渡河声。
诸儒不救宋天下,蔓草寒烟五国城。

失题

夜色朦胧春可怜,青云罩月澹于烟。
杨妃樱又赵妃柳,清瘦丰肥一例妍。

题春涛森翁茉莉巷新居

寺门香火市街尘,不损髯翁面目真。
疏柳有枝低挂月,小梅和影欲生春。
自非诗笔压前辈,焉得江湖署散人。
琴观一床书数卷,只应为酒乐清贫。

古泽介堂（1847—1911）

古泽介堂，名滋，字介堂。土佐（今高知县）人。有《介堂存稿》。

读吴世家

昨日杀一人，今日杀一士。

君家一口属镂剑，忍死忠臣相逐死。

忠臣死，美人骄，姑苏台上月轮高。

君王沉醉深宫里，胥山秋冷泣风涛。

按，庆应元年（1865）秋作，时武市瑞山先生以下赐死或刑死。

自注云：吾出狱，示之岛本北洲，北洲叱曰"汝欲复下狱"。

源桂阁（1848—1883）

源桂阁，名辉声，号桂阁。祖姓大河内，世袭高崎藩主，食禄八万二千石。废藩置县后任高崎知事，后改封五品华族，入修史馆。辞官后闲居东京，喜与旅日的清国、朝鲜文人用汉文笔谈。其在《芝山一笑》后序中说："结交清人，相识日深，情谊日厚。"黄遵宪《日本杂事诗》初稿完成后，即由桂阁埋于东京隅田川右岸的庭院，并立碑树冢，亲作《葬诗冢碑阴志》，是为中日文化交流史上一段佳话。今存《大河内文书》九十六卷。

无题 二首

绝胜西园雅会开，春光烂漫似雪堆。

樱堤休作桃源认，为赋渊明归去来。

墨堤十里放莺桃，诗酒来游快此遭。

博得华筵才子赋，洛阳纸价一时高。

南条文雄（1849—1927）

南条文雄，号硕果。岐阜人。日本真宗大谷派僧侣、梵语学者。早间就读于京都高仓学寮，明治五年（1872）任东本愿寺役员。明治九年（1876）随本山学生渡英，赴牛津大学攻读博士学位，研究梵文佛典。其时清末居士杨仁山（1837—1911）以参赞名义，随曾纪泽（1839—1890）出使欧洲与南条相识，自南条处获悉唐代佛经散失之状，其后三十余年间，南条在日本为仁山搜购得散逸经书近三百种，其中包括法相宗开山之祖窥基大师（632—682）所撰《成唯识论述记》六十卷，直接开启了清末民初知识分子研究法相唯识宗的热潮。明治十六年（1883）出版《大明三藏圣教目录》（俗称《南条目录》）。明治十七年（1884）归国，任东京帝国大学梵语学讲师，曾赴印度、中国、泰国等地考察。后历任真宗大学学监、帝国学士院会员、真宗大谷大学校长。有《硕果诗草》《梵学讲义》《怀旧录》《南条文雄著作选集》。

亚丁

日暮海天不见星，铁栏杆外望冥冥。
数声警铎夜将半，灯火隔烟认亚丁。

达马日塞题寄父母书后

客身无计慰慈亲，儿出横滨正五旬。
马港裁书问安否，要知天外亦如邻。

日耳西岛杂诗，岛在英吉利海峡

前湾潮满水如弓，碧落秋高海日融。
晓启南窗时决眦，沧波万里片帆风。

牛津寓居，寄北方心泉在上海，次其所寄诗韵 二首其一

残宵掩卷独微吟，窗暗时知月影沉。

休笑去留犹未定，行云流水本无心。

僧心泉（1850—1905）

　　僧心泉，俗姓北方，名蒙，号心泉，别号月庄、云进、听松阁、文字禅室等，俳号小雨。加贺（今石川县）金泽人。真宗东派常福寺第十四世法裔。幼时从藩校明伦馆教师中村采窝学习书画。元治元年（1864）出游京都，在寺院本山经营的高仓学寮数月，接受了伏见西方寺东瀛嗣讲和乡土先辈石川舜台的教导。明治元年（1868）继任常福寺第十四世住持；五年（1872）赴东京，在位于浅草的阐道社向成岛柳北学习英语及汉诗，为柳北诗风所倾倒；六年（1873）柳北出任东本愿寺翻译局局长，翌年心泉亦进入翻译局工作；十年（1877）九月，心泉以外国布教事务承事的身份率本愿寺留学生渡华，入住上海别院（东本愿寺别院，全称"真宗东派本山本愿寺上海别院"）。在该别院内设立江苏教校，系日本佛寺最早在上海开办的分院，坊间习称"东洋庙"。在沪曾创办日文报刊《上海新报》《佛门日报》等。又考查中国各地，遍访天童、五台等佛教名山。其间经竹添光鸿介绍特赴杭州拜访俞樾，不巧因俞樾去苏州未遇，遂投书并以楹联赠俞，此后时常书信往来。明治十六年（1883）心泉因病归日；三十年（1897）再度奉命赴中国任教务视察，考查苏州、杭州、南京、重庆等各地布教场开设情况；三十六年（1903）归国，不久卒于中风，谥圆融院释现蒙。心泉诗有东坡遗韵，曾向俞樾学书，篆书、楷书皆善。他是岸田吟香（1833—1905）催成俞樾编选《东瀛诗选》的重要联络人，在中日文化交流史上留下了浓墨重彩的一笔。

寄曲园太史

不坠斯文赖此公，执修设礼道尤隆。
谁知无本推敲句，也入昌黎赏识中。

将别西湖剪十指甲埋林处士墓畔

一支健杖纵跻扳，游遍山光水色间。
我骨愿埋林墓畔，先将指爪葬孤山。

无题

斜阳照在最高峰，一杵声动雨后钟。
欲识西湖朝夕变，近山却淡远山浓。

留别杭州诸子

旧约新盟何日寻，论文日日向湖心。
扁舟能载几多恨，细雨斜风出武林。

九日夜半舟子云"不到临平山下则不投锚"，闻之喜而不寝 其二

几度吟声起睡鸥，扁舟一叶下杭州。
篙师心与诗人合，不到临平不系舟。

杉田鹑山（1851—1929）

杉田鹑山，名定一，号鹑山。出身福井县豪农之家。创立"自乡社"，积极参加民权运动，主张亚洲主义，与孙中山、黄兴等中

国民主革命的领导人交往甚厚。其诗多自抒革命血泪，孙中山为其诗集题词"慷慨悲歌"。有《鹑山诗钞》。

悼黄兴次其所赠我诗韵

慷慨平生击节歌，英雄事业奈蹉跎。

秋风今日故人泪，洒向春申江上多。

十一月五日夜，查官二名卒然来拘，引余福井警察署，临发赋一绝遗家

既以斯身供自由，死生穷达又何忧。

丈夫心事人知否，山自青青水自流。

上梦香 (1851—1937)

上梦香，名真行，字大道，号梦香。京都人。上氏为乐人狛氏后裔，代为官中奉侍雅乐。梦香幼承家教，自明治元年（1868）任雅乐伶员，累迁雅乐师，大正十年（1921）以乐长退职。在任期间履职文部省，兼任东京音乐学校教谕、东京高等音乐学校教授，以专业为小学歌唱作曲，亲身参与正仓院乐器及雅乐调查。梦香喜爱中国文化，工诗词、善书法，其汉诗早年受学于父亲上真节（号竹潭）。与桥本蓉塘、神田香岩结成言志社，并称"西京三才子"。赴东京后，受大沼枕山影响，又与岩溪裳川交往，推崇明诗风尚，兼采袁枚性灵论，格调颇高。作品入选《东京十才子诗》，伊藤三郎编《诗家品评录》评梦香诗"流丽幽妍"，常向杂志《花月新志》《桂林一枝》等投稿，其香奁体诗作在青年读者中颇多传诵。李叔同1906至1911年在东京美术学校留学期间，师从上梦香学习音乐和声学，

学成归国前夕，上梦香亲自在册页上以毛笔题诗十三首相赠，叔同亦在册页上写下"梦香先生墨迹"，随身珍藏以为纪念。弘一法师出家之前，将从日本带回的上氏《和声学讲义》及册页赠予学生吴梦非（1893—1979），吴氏在讲义基础上于1929年着手编译成《和声学大纲》（封面由丰子恺所题），该书屡经再版，系我国最早通行的和声学理论书籍。有《上梦香诗集》《梦香论乐诗稿》。

失题

水禽戛戛掠船鸣，短梦醒来何限情。

一点秋灯两人影，妙莲香里话三生。

柳北云"艳羡"。

读《花月新志》 二首

笔头珠月粲生光，吻角琼花芬吐香。

才子美人争诵读，世间无此快文章。

岂唯花月笔端开，看到京猫有别才。

玉爪银毛细评品，匹如秦镜照魔来。

铁肠云"二首使新志声价俄然腾贵"。

废瑟词

古瑟年代邈难识，朱弦尘封绘锦黑。

清庙当年荐神明，云门咸池正雅声。

如今此器无弹者，青娥素女空传名。

世间惟爱郑卫乐，浇季无人听古曲。

芳野看梅用东坡聚星堂诗韵 三首其一

曙莺啼隔林塘叶，山气蒙蒙梅花雪。

清溪落月痕初堕，古驿行人迹尚绝。

密树烟中渺回寻，斜枝竹外寒堪折。

姑射仙子残梦醒，罗浮神女澹愁灭。

绝巘花光紫霞拖，空林霁色碧鸡挈。

风来四面人袂熏，日上三竿水光缬。

轻盈靠岸照水姿，披拂和云霏银屑。

茅店村酒几杯斟，渔舟风笛一腔瞥。

此梅天下已喧传，我诗世间有谁说。

好诵峨眉山客句，四山鸣动响金铁。

片野栗轩（1852—1901）

片野栗轩，名绩，字伯嘉，号栗轩，别号不可无竹居。大分县人。师从广濑青村，是为咸宜园后学，与宫城县知事胜间田云蝶交厚，与北条鸥所、大久保湘南、本田种竹等时有唱和。栗轩诗宗性灵，尚清丽诗风。有《栗轩遗稿》。

鸭东杂诗

红楼倒影蘸斜阳，花外画船过柳塘。

偷眼春波漂绉碧，浣纱少女白于霜。

吊林子平墓

荣辱生前何足言，眼光千古彻乾坤。

新鹃呼起当年恨，月照英雄未死魂。

书怀

龙门争路试先登，堪笑世间多李膺。

烂醉骂时三寸舌，穷愁照梦十年灯。

疾风卷野身如鹘，锐气横秋眼似鹰。

中夜不眠起看剑，精光依旧冷于冰。

永井禾原（1852—1913）

永井禾原，名匡温，字伯良、耐甫，号禾原，别号来青山人，通称久一郎，又称禾原待郎。尾张（今爱知县）鸣尾人。师随鹫津毅堂寄寓江户昌平黉，并向森春涛、大沼枕山等学诗。明治四年（1871）赴美留学，六年（1873）归国后在工部省、文部省、内务省任职；三十年（1897）辞去公务，入职日本邮船会社，任上海支店长；三十三年（1900）归国，任横滨支店长；三十七年（1904）辞职，创立随吟社。禾原诗风受森春涛影响较深，其妻为鹫津毅堂之女，子永井荷风为日本近代著名小说家（亦能写汉诗）。有《来青阁集》《西游诗》。

自扶桑兰斯西克赴纽约克，铁路入落机山，车中小占

一条铁路乱云间，红叶秋寒湾又湾。

但恨汽车无定止，不教人饱看名山。

雪晓骑驴过秦淮

满江飞絮不胜寒，绣阁无人起倚栏。

只有风流驴背客，秦淮晓色雪中看。

秋夕

一片风怀难自持，湘帘半卷月离披。
研朱夜滴芙蓉露，誊写香奁本事诗。

山行回文

蒙蒙午雨细烟笼，映水沿家有竹丛。
东涧西桥幽径断，空山满地落花风。

无题

粉愁香恨两凄迷，手剥青苔认旧题。
春色满庭人不见，海棠枝上画眉啼。

昆仑皕咏集

争雄列国睹昆仑，岂许天骄逞噬吞。
略地功名终是梦，防边筹策与谁论。
海云红照万烽火，江草碧深新血痕。
九死唯期关虎穴，辽东一角事难言。

沪上题寓楼壁

浮海萍随遇合缘，异乡风物又缠牵。
暂将鸿迹留江上，其奈秋霜到鬓边。
桥影高跨虹口水，笛声遥起浦东烟。
举杯一笑乾坤小，门泊俄英法美船。

豆腐

为羹为串两堪夸，传自淮南仙子家。

紫豉香椒怜味辣，青龙白虎笑餐奢。

消寒下酒无佳物，摘雪和汤胜薄茶。

虽尔儒风过澹泊，不随鸡犬舐丹砂。

岩溪裳川（1852—1943）

岩溪裳川，名晋，字士让，号裳川，别号半风瘦仙。但马（今兵库县）人。祖父为福知山藩主朽木纲贞之师，父为名儒岩垣月洲（1808—1873）门人。幼承家学，后为森春涛高足。裳川常活动于关泽霞庵的梦草吟社，森川竹磎的鸥梦吟社及明治二十三年（1890）结成的星社，逐渐在诗坛占据一席之地。明治三十五年（1902）加入江木冷灰主唱的檀栾会（有《檀栾集》），亦是随鸥吟社初创成员。裳川汉诗作很多发表于《新文诗》（1875—1883）杂志，明治二三十年代流行的《新诗府》《精美》《新诗综》等杂志，亦常向其约稿。裳川还编选了《昭代鼓吹》，歌颂当时日本社会之繁盛。浅见平藏将裳川与桥本蓉塘、森槐南、籾山衣洲、上梦香等新近诗人编入《东京十才子诗》。裳川资性恬淡，诗尊杜甫、白居易，造诣宏深，有人将其与国分青厓并称为横跨明治、大正、昭和三个时代的诗坛宗师。晚年担任二松学社诗学教授兼艺文社顾问，其讲义解诗精妙，明白易懂。有《檀栾集》《裳川自选稿》《裳川咏物存稿》，又有诗话《感思珠》《谈笑余响》。

松岛

水寺茫茫日暮钟，惊涛万丈荡诗胸。

海龙归窟金灯灭，雨送余腥入乱松。

插梅

铜瓶手插一枝花，疏影灯前横又斜。

自信对君无愧色，清贫二字是传家。

关泽霞庵（1854—1925）

关泽霞庵，名清修，字士节，别号花庵居士，通称力藏。羽后（今秋田县）人。明治初曾学诗于秋田椿台藩塾及岩崎塾，后移居东京，与友人创建梦草吟社。明治十四年（1881）因灾祸诗稿荡尽，不久入晚翠吟社（幕藩遗老向山黄村创立）。明治二十三年（1890）参加星社，三十年（1897）创立雪门会，后成为随鸥吟社成员。霞庵是明治、大正诗坛活跃人物，参加过檀栾会、一半儿社、榴社、澹社等众多诗社（多属森春涛、森槐南父子系），自称"诗酒征逐"。晚年有《霞庵诗钞》出版。

无题

吾友风流士，如君有几人。

浮舟绫濑月，置酒镜湖春。

偶示维摩疾，忽思张翰莼。

秋风回棹去，从此梦相亲。

读吴梅村集

江山萧瑟劫余情，可耐娄东寄此生。

家有衰亲聊屈节，身为遗老岂求荣。

前朝党局侯方域，一曲琴心卞玉京。

愁绝风流云散后，何人怜取庾兰成。

平山成信（1854—1929）

平山成信，号竹溪。东京人。明治四年（1871）任职中央政府左院，六年（1873）以事务官身份赴维也纳参加万国博览会，归国后任职正院。后历任松方内阁（松方正义，1835—1924）书记官长、大藏省官房长、宫中顾问官。明治二十七年（1894）任贵族院议员，后蒙优宠任枢密顾问官。成信对红十字活动和女子教育事业饱含热情，亦致力于学术事业的振兴。曾亲赴法国考察红十字事业，明治二十年（1887）日本红十字会创立时任理事，后被选为社长。有《昨梦录》。

欧洲客中偶成 二首其二

东海之船西国车，转蓬身迹绕天涯。

怀中书写和洋汉，囊底诗题雪月花。

异俗交来皆是友，各邦到处便为家。

游鞋要踏全球地，休说秋风转望槎。

足立忠八郎（生卒年不详）

足立忠八郎，事迹不详。

乙酉晚秋游静安寺

晴天驰马过斜桥，霜染枫林叶未凋。

满目秋光真似画，暮烟浓处几渔樵。

谷谨一郎 （生卒年不详）

谷谨一郎，号朝轩。大分县人。有《空也集》《湘南别稿》《松鹤遐龄集》《余沥集》。

威尼斯府

风物依然不易描，每逢名刹想前朝。

高低构屋水为地，来往访邻舟是桥。

倦马相投林角雨，欹帆远逐海门潮。

栏杆日暮灯初上，影与归心自动摇。

栗原亮一 （1855—1911）

栗原亮一，号后乐。三重县人。明治元年（1868）赴东京，与小松原英太郎共同发行刊物《草莽新志》，因言论时常攻击当时政府而被禁。西南战争后加入立志社，游说各地宣传自由民权运动。明治十五年（1882）底至翌年六月随板垣退助（立志社创始人）漫游欧洲，归国后在大阪任《东云新闻》主笔。明治二十三年（1890）创立爱国公党，后十次当选众议院议员。

塞纳河

树影连桥翠欲流，浓烟一抹锁青楼。

丽人多少胭脂水，寄得离愁注五洲。

卢堡宫园

林泉静邃骨将仙，石马跃渊喷水烟。

开落蔷薇香满地，春风犹有似当年。

巴黎怀古

塞纳之水巴黎城，地属坤舆第一名。

东洋万里乘槎客，怀旧向谁寄此情。

想见路易十四世，苛政威严猛虎势。

壮志慷慨志难酬，鼎镬锯刀前后毙。

王家积恶苦苍生，坚冰不戒履霜际。

维时七月萧飒秋，杀气卷天起城头。

斩木为兵揭竿旗，一举义军诛主侯。

杀人如草机代剑，伏尸成山血成流。

专制君国咸我敌，宣战飞檄传五洲。

千古忧愤民约论，一世功名山岳党。

暴戾驱入乱贼门，英雄岂徒老草莽。

龙战虎斗乱无穷，霸图帝业迹已空。

自由凯歌昌平象，共和建国贵贱同。

儒生知否家国事，极乱却是致至治。

如今泰西文明华，总成膻风腥雨里。

籾山衣洲（1855—1919）

籾山衣洲，名逸也，字季才，别号衣浦渔叟、樱雨堂主人、秋
莲庵主、冰湖轩主人、鲈六醉士，通称逸。尾张（今爱知县）人。
两岁丧父，由哥哥抚养长大。从尾张藩儒筒井秋水、青木树堂修汉学，
向森春涛学诗。明治五年（1872）赴东京，学习英语、法律、经济

等，又向鲈松塘学习汉学、诗文。毕业后就职于近江某银行。明治十七年（1884）回东京担任《国会》杂志的诗坛编辑，后任《东京朝日新闻》记者，一边受大江敬香资助从事《花香月影》的编辑工作。明治三十八年（1905）赴天津任《北洋日报》主笔，翌年转任保定陆军学堂教习。晚年于大阪发起崇文会，从事函授教育的工作维持生计。衣洲学诗初效清初诗风，中年以后兼采各代诗宗所长，其诗纯情婉丽中带有沉痛苍古之味，自开清高超逸的诗境。有《明治诗话》《燕云集》《支那古董丛说》《支那时文讲习录》《支那商业尺牍讲习录》。

东郊

东郊麦长雨过稀，四月薰风白纻衣。

日暮槐阴村室散，柳枝贯得鳜鱼归。

末松青萍（1855—1920）

末松青萍，名谦澄，字受卿，幼名谦一郎，号青萍，别号笹波子。丰前（今福冈县）人。出身当地里正世家，其父房澄（号卧云）精国学，善和歌。青萍初从村上佛山学汉文辞。明治四年（1871）赴东京修英学，因向《东京日日新闻》投稿得识福地樱痴。明治七年（1874）入《日报社》任编辑，因笔力纵横、议论超卓颇受赏识。明治八年（1875）从黑田清隆出使朝鲜，归国后任工部权少丞。明治十年（1877）任太政官权少书记官。明治十一年（1878）任日本驻英公使馆一等书记，入剑桥大学修习文学和法学，期间撰有《支那古文学略史》，内容虽简略，却系日本人较早用西方文学史观念论述中国古代文学的著述。明治十九年（1886）回国任文部省参事官。明治二十一年（1888）获文学博士。担任过伊藤内阁递信大臣、内务大臣、贵族院议员、枢密顾官等要职，赐子爵。其诗多为政务之暇抒情咏怀。有《青萍诗存》《青萍杂诗》。

秋吟

秋旻寥廓澹斜晖，独恨壮年心事违。

处处枫林生杀气，裂将残锦任风飞。

偶阅渊明集得一绝

笑将功利付云烟，心似柴桑喜自然。

独有君恩忘不得，斯生未敢赋归田。

上熊本城

西海雄镇熊本城，藤清正公所筑成。

断崖千尺削为壁，魏然屹立据峥嵘。

规模尚见英雄志，一望使人暗泪倾。

君不闻征萨役罢赏首功，丰家名臣推此公。

赐封此土岂等闲，一城坼得南方冲。

又提逞兵向绝域，千里县军入朔北。

其奈外政功未竣，飞云阁上丧太白。

一封土寒英雄骨，天地独余孤六尺。

公也从是任寄托，苦辛提携无不力。

尝出短刀泣且言，今而聊报太阁恩。

西归徐待有事日，自谓回澜手犹存。

上国若不利孺子，仍有此城独来奔。

时机未熟世既变，大阪城下壮士战。

朱梁遂倾唐社稷，晋王无子负三箭。

此城至此遂无用，鹊巢鸠居星霜换。

大势忽改遇维新，圣主在位万机振。

居治未遑忘其乱，六管镇台分六军。

西以此城充其一，公之远志亦能伸。

果然萨隅封豕出，唐突来冲势太疾。

孤城屹立待外援，苦战人想蔚山日。

司令长官果干城，六旬不屈士气一。

地下公亦应击节，不拔之节卓尔立。

新战诸城眼下开，俯仰高吟气壮哉。

水禅寺，保田洼，南控玖磨山岳堆。

万古苍茫无限意，犹觉远自荒烟落日来。

曩者城中天守阁罹灾，闻之镇士官曰："阁中元有一室，称'将军间'，柱装铜铁，交用藤家及丰氏徽章，传曰'上国若不利于秀赖，则清正之意在奉之于此矣'。我职制，谓镇台首将为司令长官，时陆军少将谷干城为熊本镇台司令长官，故云。"

横山黄木（1855—1939）

横山黄木，名又吉，高知人。父为藩儒医，早年就学于藩校致道馆。本欲赴东京学习汉学，然而途中改变志向，转投陆军士官学校。在校时常以不安分闻名，热衷带领同学参加政治运动，后因厌学法语而退学，归乡后加入板垣退助（1837—1919）的立志社。明治十三年（1880）入《高知新闻》社，时常发表激烈的政治言论。后获市长应许任高知市学务委员长，明治三十一年（1898）以"商人也有学问"为理念创设简易商业学校（后改称五年制甲种高知商业学校，现为高知商业高等学校），自任校长。大正六年（1917）卸任校长后短暂担任过高知商业银行行长。学诗初从大沼枕山、森春涛，时常向《新文诗》投稿。中年以后进入高知地方生活，但加入随鸥吟社，使其一直与东京的中央诗坛保持接触。有《黄木诗集》。

秋郊

风露西郊野色加，午炊烟飏两三家。

可怜一路无名草，妆点秋光争着花。

陆羯南（1857—1907）

陆羯南，父仕弘前藩（今青森县），为御茶坊主头，后入嗣陆治五兵卫。早年就读于东奥义塾（前身为藩校），后转入宫城师范学校。之后赴东京，考入司法省法学校学习法国法律，明治十二年（1879）因抗议校方腐败而退学（一同退学者还有国分青厓、福本日南、加藤恒忠等）。后一度在青森新闻社、北海道官办纹别制糖厂工作。明治十六年（1883）在品川弥二郎（1843—1900）周旋下进入太政官文书局（后为内阁官报局）工作。为反对明治政府条约改正案（事关改订从江户末期开始日本同欧美列强所签订的一系列不平等条约，涉及治外法权、领事裁判权、关税自主权等主权问题）和极端欧化政策而辞职。明治二十一年（1888）入《东京电报》《日本新闻》，撰文推介西方文明，宣扬国民主义，对政府多有批评，在当时的日本社会产生了较大影响。明治二十三年（1890）参与创立东邦协会（兼任评论员），作有《近时宪法考》《自由主义如何》《大臣论》《近时政论考》《国民论派》等一系列政论著作。羯南是日本近代著名的国民主义政治评论家，对伊藤、黑田、山县数代内阁均有尖锐批评，以至所发表刊物几度被罚停刊。

送东海散士赴难波次国友峡云韵

北马南船志未酬，笑君身迹似凫鸥。

只当利剑钝中藏，休取明珠暗里投。

俗坏汉家无柱石，道衰鲁国有春秋。

人生失意寻常事，好趁江山出帝州。

按，东海散士为柴四朗。国友峡云原诗云："汉北射虎志未酬，好君湖海伴闲鸥。贾生忧国文章在，张子慨时铁椎投。共话曾游风雨夜，重期再会莼鲈秋。勿言前路多辛楚，水绿山青古帝州。"

大江敬香（1857—1916）

大江敬香，名孝之，字子琴，幼名小太郎，号敬香，别号爱琴、枫山、谦受益斋主人、澹如水庐主人等。父为德岛藩士。早年入藩校修文馆学习汉学、英语。明治五年（1872）入庆应义塾，毕业后经外国语学校入东京帝国大学专攻理财学，但因病不得不半途退学。明治十一年（1878）起，任《静冈新闻》主笔，自此愈发志于钻研汉诗；十三年（1880）转任《山阳新闻》（冈山）、《神户新报》主笔；十五年（1882）参与大隈重信"改进党"的创立，后在东京府厅任职；二十四年（1891）辞去公职，专以汉诗文创作为业；三十一年（1898）创刊汉诗杂志《花香月影》（该刊持续四年）；四十一年（1908）出版《风雅报》，致力推动汉诗文的创作发展。敬香曾向菊池三溪学习汉文章，与森春涛、森槐南父子以及日下勺水、松平天行、平井鲁堂等人时常交游切磋。雅爱白居易、陆游、高启之诗，尤擅长五律，其《樱花词》为一时传颂名篇。有《敬香诗钞》。

新秋夜坐

吟哦琢句到三更，开卷疏帘对月明。

阶下芭蕉窗开竹，萧萧无物不秋声。

樱花词

薄命能伸旬日寿，纳言姓字冒此花。

零丁借宿平忠度，吟咏怨风源义家。

滋贺浦荒翻暖雪，奈良都古簇红霞。

南朝天子今何在，欲望芳山路更赊。

惜春词

满庭新绿雨如尘，断送韶光又一年。

婀娜坠楼金谷怨，娉婷归虏汉宫怜。

故山在梦淡于影，芳草吹愁浓似烟。

窣地茶炉香烛尽，一帘暮色更凄然。

题近江八景图

坚田落雁比良雪，湖上风光此处收。

烟罩归帆矢走渡，风吹岚翠粟津洲。

夜寒唐崎松间雨，月冷石山堂外秋。

三井晚钟濑田夕，征人容易惹乡愁。

按，该诗作者佚名，一说为大江敬香所作。

木苏岐山 (1857—1916)

木苏岐山，名牧，字自牧，号岐山，别号三壶轩、白鹤道人、五千卷堂主人等。美浓（今岐阜县）人。父为东本愿寺派诗僧（一说大垣藩侍读），与小原铁心、木户孝允交亲，劳于尊王攘夷之事。岐山早年向野村藤阴（1827—1899）、佐藤牧山（1801—1891）学习汉诗。明治十八年（1885）在大阪发行汉诗文杂志《熙朝风雅》（仅一年余停刊），曾受梁川星岩门下宇田栗原、江马天江等指点。明治二十一年（1888）赴东京，居鞠町，与岩谷一六、森槐南、矢土锦山等往来。时森槐南为诗坛主盟，槐南在《东京每日新闻》、青匡在《日本新闻》、岐山在《东京新闻》各自主持汉诗专栏，并驾齐驱，名声颇盛。五年后，岐山退出东京诗坛，移居越中（今富山县）小杉开帷授徒，并于富山开办湖海吟社，北国诗风为之一变。两年后移居金泽，创立灵泽吟社。六年后，隐居高冈。明治四十一年（1908）曾客游大阪，为《大阪每日新闻》汉诗文品藻，浪华（大阪）诗风亦为之一变。岐山一生性格耿介，不肯俯仰于人，故多穷困于江湖。诗论宗唐，主格调，古风、近体多有锤炼，喜李、杜、韩、苏之诗，反对盲目清新求巧的风气（其离开森槐南主盟的东京诗坛中心，很大原因也在于同森门诗论不合）。有《五千卷堂集》《星岩集注》《五千卷诗话》。

出都书怀　其一

久矣云霄铩羽翰，萧然襆被愧衣单。

哀鸿上苑秋风老，落叶长安暮雨寒。

濒海蛟龙愁颎洞，登盘苜蓿长阑干。

伤时忧国成何济，只合溪山著鹖冠。

和国分青匡

镜里萧萧鬓易摧，那堪席帽走尘埃。

夙知白也诗无敌，可使王郎歌莫哀。

丘壑放情频载笔，云霄无路孰怜才。

相看脱略苍松下，卧瓮只应醉绿醅。

大雄山房印谱引为桑名铁城作

隶草展转崇易简，字体差讹古意泯。

独凭印信存典型，恰如一发千金引。

况复人意趋凶憸，强工光泽铅刀铦。

弱草柔条络蜘蟟，俗脂顽粉刻无盐。

桑生晚出思复古，远追籀斯合规矩。

编次其作盛青囊，佳者可亚宣和谱。

上自王侯下庶人，大者砻石细琢玕。

芒寒色正数百颗，乃知一一愁鬼神。

胸中耿耿罗象纬，运刀之间谢匠气。

焕乎阿阁栖凤凰，矫似公孙舞剑器。

吾友临池僧月庄，搜罗碑版盈箧箱。

左陈峋嵝右石鼓，奴视定武空辉煌。

与吾汲古推博识，金石困源可探渊。

顾余才薄空吟哦，卷还谱牒坐叹息。

菅了法（1857—1936）

　　菅了法，号桐南。岛根县人。曾在庆应义塾、本愿寺学习，被选拔赴英国牛津大学留学。参加过后藤象二郎"大同团结运动"（1887年10月自由党首领后藤象二郎借片冈健吉提出言论自由、减轻地税、刷新外交"三大事件"之机，创建丁亥俱乐部，是为日本自由民权派发动的一次反政府运动），并为其主办的杂志《政论》担任记者，因笔祸入狱，遇宪法颁布之际特赦。后创刊《东洋新报》（日刊），倡导国家主义。有《哲学论纲》。

西贡

绿阴深处放轻舟，逐晚凉欲消客愁。

两岸虫声急于雨，海南万里忽逢秋。

按，东国诗人多好为凝练之句，于唐近昌黎，于宋似山谷。若乃流动活泼，天仙化人，于唐师乐天，于宋宗东坡者，吾惟见竹添渐卿之集，暨此册而已。讽咏三复，欣佩无涯。（湘卿　曾纪泽评）

阪本三桥 (1857—1936)

阪本三桥，本姓永井，名敏树，字利卿、百炼，通称钗之助，号三桥，别号苹园、宾燕。尾张（今爱知县）鸣尾人。系永井禾原之弟，其子高见顺为知名小说家。三桥从森春涛学诗，在当时颇具才名，诗作被浅见平藏录入《东京十才子诗》。春涛逝世后，继从森槐南，其诗作多投于《鸥梦新志》《新诗综》《百花栏》《随鸥集》等书刊中。明治十二年（1879）出仕内务省，二十六年（1893）任滋贺县书记官。后历任奈良县、冈山县、东京府和内务省官员，明治三十五年（1902）任福井县知事，又任鹿儿岛县知事、名古屋市长等。后为贵族院议员、枢密顾问，曾经访华。有《西游诗草》。

镰仓

山河销霸气，折戟见沉沙。

乔木将军墓，斜阳卖酒家。

老鸦饱残果，秋蝶抱寒花。

一笛西风里，行人万感加。

辛丑新秋送禾原兄重游清国次其留别韵

客感何须叹暮年，壮游重赋北溟边。

风声涛怒津沾树，鹘影帆飞渤澥天。

骨肉尊前多远别，文章海外有奇缘。

可堪月下燕台过，劫后山河秋惨然。

午节后一日，星冈茶寮梦山枢相招，饮席上

薰风又过浴兰时，珍重尊前笔一枝。

廊庙江湖谁意气，茶寮禅榻此襟期。

雨余新水荷初见，叶底残花蝶不离。

世局偏同棋打劫，傍观笑付掌中卮。

国分青厓（1857—1944）

国分青厓，名高胤，字子美，号青厓，幼名横泽千贺之助（后复祖姓国分），又号太白山人、仙台老隐。出生于宫城县，父为仙台藩士。幼时入藩校养贤堂，师从国分松崖、落合直亮、冈鹿门等学习汉学、国学（日本学）。明治七年（1874）赴东京，入学司法省第一期法学生（因故退学）。后投身报刊业，任《日本新闻》记者，为该报汉诗栏担纲，以专力时事讽刺的"评林诗"轰动一时，深受读者欢迎。青厓也常将自己的诗作向森春涛主编的《新文诗》投稿，深受春涛赏识，借此与其子森槐南结交。柴四朗（1852—1922）出版的长篇政治小说《佳人奇遇》（该书共8编16卷，于1885—1897年间陆续出版，后为梁启超在渡日避难船中翻译）在日本人人竞读，书中汉诗据传为青厓代作，当时青年往往脱口能诵。明治二十三年（1890），青厓与森槐南、本田种竹、大江敬香等创立星社，新作随时见于报纸、杂志，在诗坛影响甚大。其时还受邀赴内阁总理大臣三条实美的日光别墅，作《风雨观华严瀑布歌》并于报纸发表，自此青厓在诗坛名声愈高。大正十年（1921），与田边碧堂、胜岛

仙波等创立咏社；十二年（1923）任大东文化学教授，讲授汉文学。晚年致力于日本汉文学的重振，时常组织雅文会，亲任咏社、兴社、兰社、朴社等诗社主盟，为《昭和诗文》《东华》等刊及随鸥吟社、艺文社担任顾问。昭和十二年（1937）被推选为艺术院会员。青厓与森槐南、本田种竹并推为明治后期三大家，在另外二家逝世后更是成为"诗坛祭酒"，可以说是日本汉诗史上最后支撑局面的巨擘。青厓诗尊李杜，其诗老劲苍硬，颇具豪快之风。有《诗董狐》《青厓诗存》。

芳野怀古 其一

闻昔君王按剑崩，时无李郭奈龙兴。
南朝天地臣生晚，风雨空山谒御陵。

咏诗

弘文聪睿焕奎章，东海诗流此滥觞。
仰诵皇明光日月，于今艺苑祖君王。

唯射利

操觚有弊几时除，著述仅成多鲁鱼。
乘势奸商唯射利，投机猾士欲求誉。
人情原好新奇事，世俗争传猥亵书。
名教更无毫末补，汗牛充栋遂何如。

游严岛

百重宫殿跨金鳌，山色苍苍照客袍。
所过径多麋鹿意，相逢人尽钓渔曹。

画桥落水龙姿涌，华表凌云鹤唳高。
少女不知衣袂湿，彩笼捞贝步银涛。

读《十八家诗钞》　四首之一

诗有源流远愈新，兴来岂独限风神。
忧存社稷辞皆泪，迹托仙灵笑绝尘。
变雅亦遵规矩正，危言不失性情真。
三唐谁与李侯敌，除却少陵无一人。

杜甫

诗到浣花谁与衡，波澜极变笔纵横。
读书字字多来历，忧国言言发性情。
上接深雄秦汉魏，下开浩瀚宋元明。
灵光精彩留天地，万古骚人集大成。

哭闵娥

青锁烟尘战血多，禁园满目入兵戈。
谁传何后藏间壁，恶异燕王过夹河。
御史有人趋急难，后宫无策挽颓波。
乌啼枫落胭脂尽，汉水秋风哭闵娥。

自评曰：韩宫之变，事出匆卒。闵妃之死，犹未详信，伪之分国，王之诏早，既明内外之政。八道风云，其宜刮目而观也。

固无学

汉字数太夥，六书称多端。

不如节且减，爰除记诵难。

字画多从略，字体务期俗。

讹谬不必问，存石以弃玉。

昭代重文学，庠序图一振。

宰相固无学，养成无学民。

景福宫

第一解叙闵妃进御也，第二解叙宫嫔为妃所烌杀也，第三解叙妃见厉也，第四解叙真灵君司巫祝也，第五解叙真灵君淫奔也，第六解叙阉竖以真灵君之宠列官职也，第七解叙汉主斥真灵君也。

天裂地动阴压阳，韩京城阙莽茫茫。

荧惑犯心黝云惨，怪龙衔烛登御床。

后宫佳丽吞声哭，辉耳剔眼惟寻常。

井栏辘轳绠索断，棺椁饱鱼泣洞房。

日破瑶阶长桑谷，蓬莱宫上天魔翔。

阿武妖猾亦见厉，何物蒙头谈瑞祥。

扬枹拊鼓终何益，元霜绛雪空盈筐。

灵皇不格寿宫闳，猝祭有声云裳扬。

却异捣杵守宫夜，轩裳撇波戏秦郎。

腰围不整红玉热，巫山云雨秋苍苍。

一枕分明不是梦，内舍监奴官太仓。

陈氏爱重楚服辈，巾帼旋见武如香。

庸识伯符刑于吉，帐底寒狐走且僵。

扫荡乾坤仰汉日，汉朝袍笏思元光。

元光孝武历贱，事详《汉书·陈后传》中。

泣孤岛

仰告皇天天不答，俯诉后土地不纳。
三千坑夫苦倒悬，帝泽所及何褊狭。
炭脉层层断复连，暗中匍匐踵接肩。
瘴烟疬气塞坑底，呼吸逼迫步且颠。
有人有人何残毒，手提棍棒日督促。
千鞭万挞尚不厌，气息仅苏又驱逐。
皮败肉烂无完肤，乱头蓬松发不梳。
裸体起卧乱沙上，面容仿佛昆仑奴。
昔闻苛政猛于虎，苦役惨虐所未睹。
岂啻农夫使马牛，甚于狱吏役囚虏。
病无汤药寝无衣，糟糠食尽日呼饥。
父母卧病不得省，妻儿在家几时归。
一身羁缚脱无计，故犯法网陷罪戾。
自曰缧绁非不酸，尚胜孤岛坐待毙。
坑夫坑夫有何辜，唤苦叫痛形槁枯。
剑山血池非夸诞，眼见佛氏地狱图。
触头屠腹自摧殒，草间鲜血痕未泯。
鬼哭啾啾磷火青，风浪澎湃带余愤。
呜呼明治陶朱公，家累巨万人尊崇。
吾闻炭坑为其有，何不锐意除弊风。
何物凶奴逞奸狡，巧假虎威贪不饱。

691

日月不照无告民，三千余人泣孤岛。

小室屈山 (1858—1908)

小室屈山，名弘，字毅卿，号屈山，通称重弘。下野（今栃木县）宇都官人。初为小学教师，后任《栃木新闻》主笔，深受民权运动思想影响，曾因笔祸而入狱。屈山亦在东京《团团珍闻》上发表狂诗和新体诗，赴名古屋创办《新爱知》。后被选为众议院议员，明治三十五年（1902）在总选举中失败，转而进入《山阳新闻》《大和新闻》报社工作。屈山七绝颇有佳作，明治二十九年（1896）在《东京日日新闻》上发表《飞骍纪行二十绝》，所附森槐南的评语隐晦地攻击了国分青厓、本田种竹，引起了一场轰动文坛的纷争。

盛冈

涧道余寒马踏冰，终朝行尽乱雪层。
辛夷四月花初发，一路春风入社陵。

安井朝康 (1858—1938)

安井朝康，名朝康，通称小太郎，号朴堂，法谥朴堂素愿居士。肥前（今长崎县）人。系江户后期名家安井息轩外孙。原姓中井，六岁时父以参与幕末维新惨死狱中，后随母居外祖父家，遂改姓安井。明治九年（1876）入岛田篁村（1838—1898）双桂精舍修汉学；十一年（1878）赴京都随草场船山学诗文；十五年（1882）入东京帝国大学古典科，毕业任学习院助教，后为教授；三十五年（1902）受京师大学堂之聘来华任教；四十年（1907）归国任第一高等学校教授，授高等官二等、从四位勋四等。大正十四年（1925）辞官，任大东文化学院教授，任教东京文理科大学、二松学社、驹泽大学等。朝康幼承家学，汉学功底深厚，和泷川君山是同学（其墓志铭为君山所作）。有《日本儒学史》《日本汉文学史》（未完成）、《经学门径》。

吉水院

满目芳山红几丛，翠帏零落古行宫。

三朝五十年天地，都在飘香飞雪中。

建礼门院歌意

青苔白石是吾家，山寺萧条依涧阿。

恨杀清凉殿上月，彩光偏照他人多。

党人叹

党人党人汝何职，饥则咆哮饱则默。

党利甚重国利轻，头颅几百尽臧获。

巧言如簧鹭为乌，手握利权虎有翼。

天子侍汝以国士，盍致臣节任辐弼。

山可拔兮铁可磨，嗟乎党人如汝何。

山田子静（生卒年不详）

山田子静，名钝，字永年，号子静，通称长左卫门。京都人。喜风雅，生平酷爱收藏书法真迹。有《古砚堂小稿》《皆山楼吟草》。

祝无功先生真迹歌

晋有羲献唐素旭，迩来草书谁继续。

宋元明匪罔名流，瑕瑜不掩伤雕琢。

但求形似罕通神，末流觳觫渐溷俗。

谁将笔阵扫千军，一家手眼出机轴。

买玉还椟自有人，万历进士祝世禄。

平生退笔几成冢，字字老苍骨胜肉。

蟠而蛟龙曲而蛇，沉着之处石没镞。

可知读书破万卷，浩气盘旋充心腹。

溢向砚池发光怪，磅礴淋漓超凡俗。

钝也学书索奇迹，未有一帧注心目。

偶见此幅体被地，弗惜倒囊且倾麓。

作歌志喜夸同人，斯幅应推天下独。

　　按，祝无功即祝世禄。

石川柳城（生卒年不详）

　　石川柳城，名足，字子渊，号柳城。尾张（今爱知县）人。其诗"轻圆流丽，推敲尽善"。陈鸿诰《日本同人诗选》选其诗。

赠清国陈曼寿明经

翰墨三生总有因，题襟会上接嘉宾。

古今典籍胸中富，天地文章眼底新。

迹似闲鸥轻点浪，心同明月净无尘。

西风果促归志否，吹老故乡千里莼。

按，陈鸿诰字曼寿。

鹤田朗（生卒年不详）

鹤田朗，字申明，号松萝。长崎人。诗多咏日本古事、名胜风物。陈鸿诰《日本同人诗选》选其诗。

平清盛麾日图

落日麾欲回，筑岛功难毕。

知否子来民，灵台成不日。

源赖朝放鹤图

奸略施天下，儿孙业忽衰。

金牌托仙鹤，胜树纪功碑。

源义经过安宅关图

西海麾平族，功名兴我源。

萧墙却多祸，蒲伏过关门。

阪口五峰（1859—1923）

阪口五峰，名恭，字公寿、德基、思道、温人，号五峰，别号听涛山人，通称仁一郎。越后（今新潟县）阿贺浦人。曾于东京从森春涛学诗，早年即有诗名，是关泽霞庵雪门会及森槐南随鸥吟社活动的常客,曾在寓日文人王治本(黍园)《舟江杂诗》卷首题诗(见下文诗选)。明治二十四年(1891)年任《新潟新闻》社长。后任宪政会新潟支部长、总务等,多次当选众议院议员,与犬养毅、加藤高明等政界要人关系密切。有《五峰遗稿》。

舟江杂诗卷首

浮槎八月大瀛东,遍赋新诗拟采风。

外国竹枝多杜撰,从今不复说尤侗。

狭门杂诗

扁舟散发狭门东,恍驾扶摇九万风。

山势乍离分大小,涛头相趁判雌雄。

千樯雨霄飞鸦外,一笛秋生落日中。

今我褰裳凌鲽海,无愧豪语赛鹏翁。

按,佐渡古称狭门,岛中山脉两断,龟田鹏斋有诗云"鲽海云腥秣鞯雨,蟹乡月黑任那风"。

无题

飙帆百里破沧溟,来宿津亭酒始醒。

岛市咸烟千灶白,浦桥渔笛一灯青。

苹香早动鸭湖水,海气骤吹龙窟腥。

我有新诗无客知,夜深吟与大鱼听。

山根立庵（1861—1911）

山根立庵，名虎臣，字炳侯，号立庵，别号晴猎雨读楼居士，通称虎之助、深山虎之助。长门(今山口县)萩城人。自幼父母双亡，中学时代不幸因耳聋辍学，汉诗系自学成才。曾参加民权运动，任《周南》《长州日报》主笔。明治三十一年（1898）来上海，创办《亚东日报》，与章炳麟、文廷式、张元济、李伯元、丁祖荫等名人交往。有《立庵诗钞》。

马关客中

湖海十年既倦游，津头三日系归舟。

灯前忍听秋娘曲，旧识美人多白头。

春帆一幢，我辈伤心之地；秋娘一曲，君家感旧之游。湖海闲情，宗邦涕泪，于彼于此，各有会心矣。

挽志士诗 六首

杨深秀

夜深前席鉴精诚，痛哭还同汉贾生。

登车有志清河朔，上书肯避弹公卿。

且存浩气塞天地，剩有忠魂恋帝京。

剧恨豺狼当道卧，上方无剑任横行。

刘光第

大节如公鲜矣哉，力扶兰芷翦蒿莱。

生前儋石任家破，身后黄金挂剑哀。

终古英魂归蜀道，百年侠骨藏燕台。

敢同抉眼吴门恨，忍见敌兵入阙来。

谭嗣同

就义从容白刃前，肯将性命问青天。
论追酌古文无匹，学溯求仁书必传。
为君子儒兼古侠，宗慈悲佛异狂禅。
自从柴市文山死，碧血痕新六百年。

林旭

和靖高风少穆贤，名家有后岂无缘。
一时人物出尘表，六烈士中最少年。
白日争光岂必古，苍生何罪其如天。
鸾离凤别知无恨，千载贞魂伴夜泉。

杨锐

忧时策治奏新文，献赋雕虫薄子云。
百族扬眉望新政，万方多难仰明君。
朝衣有恨赴东市，左袒无人入北军。
为问草间偷活辈，金川一恸竟何云。

康广仁

读书万卷彼何功，岭表成仁独有公。
堪痛残骸委沟壑，但余怒气薄苍穹。
洛阳无客哭彭越，许下何人埋孔融。
离筑轲歌今不再，谁过燕市吊孤忠。

读史

古官月色有余悲，荆棘驼铜双泪垂。

竖子成名因侥幸，英雄无策救时危。
李牛分党唐家替，王谢专权晋鼎移。
千古兴亡金鉴在，不将成败问蓍龟。

感怀

丈夫心事有谁知，慷慨平生托酒卮。
漫拟文章传后代，愧无功业答明时。
危言买祸非吾志，存养待机与世移。
剧恨今年秋又老，胡枝花落雨如丝。

本田种竹（1862—1907）

　　本田种竹，名秀，字实卿，号种竹，别号梦花居士，通称幸之助。
阿波（今德岛县）人。少时从藩儒冈本晤室（1808—1881）学，后
游近畿地方，受谷太湖、江马天江、赖支峰等指点。明治十七年（1884）
入仕，先后在东京递信局、东京府、农商务省任职；二十三年（1890），
与中村敬宇、国分青厓发起创办星社（因开会地点常设星冈茶寮），
森槐南亦欣然率门下参加；二十五年（1892），任东京美术学校历
史教授；二十九年（1896）转任文部大臣官房秘书兼文书课勤务，
后任内务大臣官房秘书；三十一年（1898）来中国漫游，作《戊戌
游草》满载而归；三十九年（1906）创立自然吟社，堪与槐南、青
厓鼎立（后世多将种竹、槐南、青厓并称明治后期三大家），成为
诗坛一方之雄。种竹专长咏史、咏物，人称"怀古博士"。种竹诗
作清新隽丽，用词明快秀逸，诗论奉王士禛为正宗，主神韵说，尚
明格清调，游北京时曾特意瞻仰王士禛故居。有《戊戌游草》《怀
古田舍诗存》。

销夏绝句六言 选一

过云江阁颓景，微雨不妨嘒蝉。
虚廊帘影如水，高柳清风槛前。

饶州绝句 选一

沙湖秋水长兰苕，玉马山云薄似绡。
不见风流姜白石，红楼小女坐吹箫。

九江客舍题壁

青衫我亦滞天涯，瑟瑟秋风响荻花。
月暗浔阳江上路，愁闻贫女拨琵琶。

送鸟居素川之山东

月照辕门凛剑矛，朔风吹满白毡裘。
琅琊台上定回首，雪压山东二百州。

闲居三叠韵 选二

偶访天台寺，山僧不在家。
微风如有意，吹拂石床花。

乾坤双鬓在，心事一灯知。
独掩衡茅卧，山城风雨时。

岳州府

秋风有客弭苏桡，白日烟岚水荡摇。

700

湖口人家鱼菜富，霜前丘陇橘柑饶。

寒山无地葬穷杜，墓木何年锁二乔。

古道萧条烟火外，谁知和泪折芳椒。

高野竹隐（1862—1921）

高野竹隐，名清雄，号竹隐，别号修箫仙侣、白马由人等。尾张（今爱知县）名古屋人。年少师从佐藤牧山（1801—1891）学习经史，兼善诗词，森槐南称赞其"才思劲鸷"。为人品格极高，不求闻名，后居伊势（今三重县）以地方中学汉文教师终。竹隐长于乐府，与森槐南、野口宁斋、木苏岐山多有交往，世称其才力足与国分青厓匹敌。填词方面，与森槐南多有唱和角逐，与森川竹磎的填词唱和称"二竹酬唱"，皆是日本文学史上的佳话。

寄怀国分青厓

南望匈奴涕泪斑，汉家闻说弃阴山。

凭君落日长烟里，收拾沙场白骨还。

东门行

出东门，欲行仗剑立。县门羽书来，效国念方急。

还觋室视儿索爷啼，妻拥儿衔絮而泣。

瓮中无斗粟，桁上故衣悬一袭。

不明相告知，意谓贱妾怯。

栖鸟踟蹰鸣，是日日西倾。

仓皇向塘上，拔剑断水水还合。

已不上惭白日沧浪天，岂可下顾黄口小儿怜。

幸身在兵籍，仍得行穷边。

不许恩爱牵，恶浪瘴涛好墓田。

烈烈子心，㦬㦬女子，不使儿敢饥寒死。

沧浪之天白日有，妾闻在军一夫一国，君复努力加餐食。

妾闻在军难犯号令，君复自爱莫乘胜。

去去事正急，贱妾从此辞。

吾歌乐府词，东门别更悲。

大明无曲照，庶荷皇天慈。

森鸥外 (1862—1922)

森鸥外，名高湛，通称林太郎，号鸥外，别号鸥外渔史、观潮楼主人、千朵山房主人。石见（今岛根县）人，父为藩主侍医。六岁入藩校养老馆学习汉语，后随父入东京文学社学德语。明治七年（1874）入东京医学院预科；十年（1877）入东京帝国大学医学部本科；十五年（1882）毕业后不久任陆军部军医。大学期间曾从依田学海学习汉学；十七年（1884）被派官费赴德国留学五年；二十一年（1888）毕业归国任陆军大学教官。期间亦致力于文学创作和翻译，发表小说成名作《舞姬》，创办过《栅草子》《醒世草》杂志。明治四十年（1907）升陆军省军医总监。大正六年（1917）后，历任帝室博物馆馆长和帝国美术院院长。在文学领域，鸥外的主要成就在小说创作和欧洲文学翻译方面，但从小受到的传统汉文教育使其具有一定的汉诗、汉文功底，特别是军中、行旅感怀和奉和之作，多见其汉诗创作水平。

别离 三首

蔷薇花何艳，有刺盈其枝。

未遂中心愿，一朝苦别离。

娇眸曾流沔，福祉吾所期。

往事归一梦，茫茫不可追。

一自去乡国，飘蓬几迁移。

平生何所阅，妒忌与哀悲。

玉腕如可枕，吾心安且夷。

往事归一梦，茫茫不可追。

云飞风撼数，急雨又相随。

四疆何黯黮，相别欲安之。

祸福任来去，与君永相思。

往事归一梦，茫茫不可追。

按，此三首为鸥外译德语诗。

咏柏林妇人七绝句
试衣娘子

试衣娘子艳如花，时样妆成岂厌奢。

自道妃嫔非有种，平生不上碧灯车。

卖浆妇

一杯笑疗相如渴，粗服轻妆自在身。

冷淡之中存妙味，都城有此卖浆人。

行酒儿

红烛揭檐卖绿醅，几多小室暖如煨。
怪他娘子殊嗜好，特向书生笑口来。

歌妓

娇喉唱出斩新词，插句时看意匠奇。
万卷文章属无用，多君只阅解人颐。

家婢

效颦主妇曳长裳，途遇尖鳌百事忘。
谁识庖中割羊肉，先偷片脔馈阿郎。

私窝儿

二八早看颜色衰，堪惊绛舌巧讥訾。
柏林自有殊巴里，唯卖形骸不卖媚。

露市婆

家积余财儿读书，老来休笑立门闾。
钟鸣十二竿灯暗，一筥腥风卖鲍鱼。

踏舞歌应嘱

雕堂平若镜，电灯粲放光。
千姬斗娇艳，浓抹又淡妆。
须臾玲珑天乐起，凌波女伴驾云郎。
锦靴移步谐清曲，双双对舞拟鸳鸯。
中有东海万里客，黑袍素襟威貌扬。

风流岂让碧瞳子，轻拥彼美试飞翔。

金发掩乱不遑整，汗透罗衣软玉香。

曲罢不忍辄相别，携手细语兴味长。

知否佳人寸眸锐，早认日人锦绣肠。

君不见诗讥屡舞不讥舞，君子亦登踏舞场。

田边松坡（1862—1944）

田边松坡，名正守，字子慎，别号菱花散人，通称新、新之助。肥前唐津（今佐贺县）人。早年就学于东京昌平黉，向大沼枕山、向山黄村、冈本黄石学诗。明治年间，黄村（主持晚翠吟社）、黄石（主持读杜诗社）都曾亲嘱，以诗社的将来托付之。明治二十三年（1890）星社结成之后，参与其中并成为中坚作者。黄村殁后（1897），松坡与西冈宜轩等共同承担诗稿的批改，并兼任《每日新闻》汉诗专栏"诗坛"的选编，确保了栏目的地位。松坡一生以教职为主，历任东京开成寻常中学校长、第二开成中学校长，为镰仓女学校的创立者之一，对日本近代教育事业的发展有重要功绩。还任《唐津藩史》编委会委员。有《明十家诗选》《明山公传》。

鹿岛神庙雷雨观宝刀歌

维昔天孙降临定神州，先驱有神忠勇无匹俦。

攘除群丑四海净，翼赞万世皇家猷。

余烈犹镇常总野，振振螽斯几千秋。

祠庙巍然见古朴，蓊郁老树云阴稠。

一片石根连地轴，百寻涧底藏龙湫。

我来岳拜奠蘋藻，祠官迎引少时留。

几柄古刀供观览，紫气腾上冲斗牛。

神州精气百炼铁，斩犀切玉优吴钩。

一刀五郎正宗之所铸，铁花灿烂推其尤。

黄门义公解佩手自献，拂拭恍惚凝双眸。

忽惊紫电闪檐角，雷雨荡山龙蛇愁。

电光刀光和烂烂，银牙相触裂碧虬。

乃匣宝刀转起敬，黑云解驳雷雨收。

君不见与天壤无穷兮。

森槐南 （1863—1911）

森槐南，名公泰，字大来，号槐南，别号秋波禅侣（填词时常用此号）、菊如澹人、说诗轩主人，通称泰二郎。森春涛之子（有人认为成就在其父之上），与本田种竹、国分青厓并称明治后期三大家，或推明治十二诗宗之首。槐南幼承家学，曾受教于鹫津毅堂、三岛中洲。明治十四年（1881）出任太政官，历任宫内大臣秘书、式部官。晚年任东京帝国大学文科讲师，明治四十四年（1911）获文学博士学位，同年病逝，享年仅四十九岁。槐南诗才卓荦，诗风得其父森春涛之传，标榜清诗，以神韵为尊，亦重性灵，然诗作中艳体占很大一部分，一时俊彦多从其门下学诗，不免造成了气运屏弱的风气。有《槐南集》《杜诗讲义》《李诗讲义》《韩诗讲义》《李义山诗讲义》《唐诗选评释》。

夜过镇江 选一

他日扁舟归莫迟，扬州风物最相思。

好赊京口斜阳酒，流水寒鸦万柳丝。

湖上次韵

雨过池塘绿骤加，好移渔艇占鸥沙。
更须棹入荷花去，风有清香露有华。

台北八胜诗，黑屋天南久嘱

屯山积雪

何人玉戏夺天工，欲以冬冰语夏虫。
为是芙蓉白如许，炎荒争拜雪玲珑。

观岫拖岚

慈云缥缈拥瑶岑，弹指岚飞紫竹林。
彼岸回头普陀近，山风直作海潮音。

铁桥夕照

长虹扬彩卧沧洲，咫尺奔雷哄上头。
车影灭明烟一道，半边雨过夕阳流。

稻江新月

罗轻扇小趁凉还，认得弓鞋刚一弯。
素舸缘流谁濯足，苕苕明月堕云间。

锡岭晚霞

芭蕉叶大压人家，鲜不知名蛮微花。
怪底吟衫乍如水，瘴来前岭罩阴霞。

兰渚晓风

水风猎猎响菰蒲，三两凫鸥相拍呼。

上有乌牛浮鼻过，一川烟雨戴嵩图。

芦洲帆影

冷雁哀猿和竹枝，笛声帆影又参差。
全然画出新城句，芦荻无花日暮时。

戍楼笛声

横海将军罢远征，赤眉何事尚纵横。
笛中莫谩吹杨柳，闻说边愁却尽生。

晓入长江过通州即目

平远江山始，微茫塔树分。
人家稀可数，舟语近堪闻。
触目生秋意，回头问白云。
天涯谁避弋，惊雁落纷纷。

读《红楼梦》用孙苕玉女史韵

天荒地老奈情钟，愁销红楼十二重。
有梦提醒长恨客，为郎憔悴可怜侬。
春痕素月迷零蝶，花影香奁隐暮钟。
惆怅铢衣云样薄，仙城缥缈隔芙蓉。

夏初杂吟

少时惯是读香奁，余绪更将词谱拈。
山抹微云方澹雅，花经疏雨免秾纤。

情多自信风流甚，才减谁夸格调严。

孤负传家诗法在，被人枉唤小森髯。

孔子庙

东有君子国，乘桴游日边。

宣尼有此愿，庙食非偶然。

缭垣有松柏，盈阶陈豆笾。

牛羊鹿豕兔，钟鼓笙箫弦。

颇闻释奠盛，礼乐仪三千。

一一仿阙里，至今犹肃虔。

噫圣师百世，洋洋声教宣。

惜夫困陈蔡，洙泗空流涟。

吾道是穷矣，获麟奚待焉。

到处不黔突，盍早风帆悬。

感此怅回首，烟树沧海连。

浮云起西北，目断齐鲁天。

槛蛇行

冲绳医院槛蓄饭七蛇数头，蛇产本地，毒尤甚，触人立毙。试纵兔、猫、鹰各一头，入槛中，与之斗，皆被噬杀。余目击其状，作槛蛇行。

蛇五六尺体蹒跚，牙三四寸口充毒。

向人作势呀然开，舌尖如焰气闪倏。

爰爰者兔腾以趋，蛇佯不知故瑟缩。

养其全力俄一搏，缺唇吐血耳催衄。

猫无斗志初哀嗥，攀槛欲逃势穷蹙。

人皆见猫不见蛇，蛇乃乘间又一扑。

是时见蛇不见猫，猫已无声脚拳缩。

身不能动蛇乱咬，眼睛迸裂红漉漉。

奋爪而入鹰翩然，蛇正昂头鹰侧目。

蛇心渐怯始逡巡，鹰性虽剽暂踟蹰。

瞰空跃起纷腾拏，爪锐如刀喙如簇。

畏首畏尾蛇仓皇，猛不可当劈头啄。

窘穷生智反噬工，鹰忽负伤空乱蹴。

呜乎志大终成迂，可怜一蹶受迫促。

古来英雄同一叹，蹉跎百战等蛮触。

拔山之力亦徒为，时不利兮伤屈辱。

独怪蛇也何毒淫，白帝子邪赤帝族。

居然播种炎海陬，白日横行伍虺蝮。

有时树上倒悬垂，有时草间窃蟠伏。

伺人巧比射影虫，行旅寒心为悚恧。

幸今尔蛇在槛中，不然我见亦肌粟。

安得汉高三尺剑，神光一击行屠戮。

蛇孙蛇子无孑遗，任尔嗷嗷鬼母哭。

金井秋蘋（1864—1905）

　　金井秋蘋，名雄，字飞卿，号秋蘋，别号画眉娇客，通称雄次。上野（今群马县）人。父为元老院、贵族院议员（曾作为内阁书记官访华）。幼从蒲生聚亭（1833—1901）学习汉学，后入庆应义塾大学预备门。明治十七年（1884）赴德国留学（留德前后约八年，与森鸥外同时），在柏林大学修国家学、理财学等科，归国后任金泽第四高等学校德语讲师。晚年被聘为中国常熟侯实学堂附属东文总教习。

绿天楼与剑士话别

我亦旗亭愧有名，频年腰笛带离声。

从今同作他乡客，花月良宵怨柏城。

不见

不见千金购异材，半生怀抱与谁开。

天教韩子著孤愤，我与王郎歌莫哀。

剑气棱棱空在匣，雄心落落又登台。

霸图已矣无人吊，燕市凄凉一郭隗。

金城客中偶感

八载欧西赴远征，轻衫细马一书生。

空怜磊块填胸尽，漫道功名唾手成。

紫陌筑球春结客，青楼掉臂夜谈兵。

而今风雪金城路，可是屠龙技未精。

永富抚松（1864—1913）

永富抚松，名敏夫，号抚松。兵库人。曾受教于高野竹隐、木苏岐山，善写田园诗。有《春及庐诗稿》《抚松山人田园诗钞》。

初夏即事

麦收时节楝花香，雨散低檐晚日凉。

野荡水肥三尺许，农人余事种鱼秧。

红叶谷

四面秋萧寂，呦呦麇鹿呼。

停车人似杜，游谷趣如愚。

林缺看禅塔，枫明映酒垆。

逍遥颇惬意，欲去又踟蹰。

佐藤六石（1864—1927）

佐藤六石，名宽，字子栗、公绰，号六石，又号爱香、乌玉、燕喜堂主人、鲈十六居主人、占多假屋叟，通称和田藏。越后（今新潟县）人。少时从藩儒大野耻堂（1808—1885）学习汉学。明治十五年（1882）任《新潟日日新闻》社编辑长；十七年（1884）入东京皇典讲究所学习（三年后成为讲师），又赴文部省任《古事类苑》编纂委员；二十三年（1890）入庆应义塾任讲师；二十五年（1892）任庆应义塾大学教授。六石诗学承教于森春涛、森槐南父子两代，先是星社活动的积极成员，大正年间为随鸥吟社骨干，与野口宁斋、宫崎晴澜、大久保湘南并称"槐南门下四天王"。有《六石山房诗文钞》。

自千叶至东京途中

闲踏斜阳影，征人行路遥。

草分知有径，树倒自成桥。

野水微生韵，青山澹欲销。

炊烟飏古驿，日暮柳萧萧。

闻土耳古舰纪海之灾长歌志痛

纪伊之海何险绝，危礁攒戟势屹嵲。

就中大岛难可航，风涛卷起百丈雪。

维时太岁在庚寅，星槎西来大国宾。

龙颜咫尺天日丽，负将玉帛辞枫宸。

月旗去向土耳古，岂图纪海激风雨。

大雾四塞天地昏，群灵惝恍走水府。

冯夷击鼓川后逃，飞廉加威海若号。

席卷万片之喷雪，簸扬百丈之怒涛。

高岩腾身入寥廓，低疑失脚陷那落。

艨艟灭没入苍黄，电火直与水击搏。

俄焉摧藏沉百雷，鲸呿鳌掷天亦颓。

六合晦冥忽失色，众其鱼矣吁悲哉。

是时死者不可算，蛟鳄吞噬浪汹乱。

生者漏网才脱身，关节破摧皮肉烂。

或见四肢碎四飞，躯挂岩角头触矶。

或见手足异其处，是谁遗尸知者稀。

闻言西使元华阀，远持虎节诣凤阙。

天乎何忍言不应，烦冤空葬鼋鼍窟。

即今四海皆弟兄，闻之谁复不怆情。

事既如斯岂忍说，太息唯觉双泪生。

呜呼，丙戌之变犹在目，死伤无算舟颠覆。

老天何意重降灾，漫把民庶捐鱼腹。

君不见，纪伊之海大岛头，白骨往往渔人收。

阴风吹火风雨怒，新旧鬼哭声啾啾。

田边碧堂 (1864—1931)

田边碧堂，名华，字秋谷，号碧堂（赖山阳曾为其祖居亲题"映碧堂"三字），别号红稻道人，通称三郎。备中（今冈山县）人。幼年在私塾读书，青年时因多病不能上学，即学诗画以自娱。壮岁投身政界，两度当选为众议院议员，期间曾访问中国、朝鲜，多与名士结交，后任大东汽船株式会社社长、日清汽船株式会社监查役。终身以振兴东亚文化为己任，晚年任大东文化学院、二松学社教授，兼大东美术振兴会顾问兼艺文社顾问。碧堂诗风清丽潇洒，尤擅七绝，其访华期间所作《万里长城》与国分青厓《芳野怀古》、久保天随《那须野》并称"大正三绝"。有《凌沧集》《衣云集》《碧堂绝句》。

万里长城

雄关北划古幽州，浩浩风沙朔气遒。

不上长城看落日，谁知天地有悲秋。

上海

向晚龙华寺畔回，桃花滚雪入青苔。

十年不贳吴姬酒，细马驮春亦复来。

西湖岳王坟

金牌十二枉班兵，空使英雄涕泗横。

遗恨岳王坟上树，还成风雨渡河声。

洞庭湖

七十二峰安在哉，岳阳日暮独登台。

洞庭秋水东南坼，天末苍苍楚色来。

须磨十绝录

曲浦凉烟罩寺门，须磨内里讨无痕。

虫声幽似宫人泣，秋入豆花篱落村。

还乡

水色山光入户长，吾家先世宰江乡。

山阳外史过中备，三字留题映碧堂。

无题

紫绶金章耳不闻，渔翁樵叟席相分。

柴门咫尺青山浅，欲种梅花补白云。

田冈淮海（1864—1936）

田冈淮海，名正树，号淮海。土佐（今高知县）人。父为维新志士。就读于明治义塾。曾游历中国，于大连创办诗刊《辽东诗坛》。有《游杭小草》《楚南游草》《汴洛游草》。

金陵杂诗

秦淮尚咽来去潮，楼外垂杨接画桥。

有客伤心千载下，残山剩水认前朝。

长沙

长沙城外系轻舟，曳杖吟行芳草头。

日暮无端思楚客，澹烟微雨隔湘流。

西湖杂诗 三首

绿水青山一抹痕，此行恰遇晚春暄。

斜风细雨西湖楼，不是愁人亦断魂。

绿杨桥外子规啼，湖上风光路欲迷。

最是游人回首处，蒙蒙烟雨白公堤。

鹤子梅妻夺化工，孤山处士与仙同。

千秋鹤去亭还寂，惟有梅花放朔风。

松田学鸥（1864—1945）

　　松田学鸥，名甲，字有信、忠信，别号爱雪、味茶香草堂主人，俳号皆梦。会津（今福岛县）人。出身藩士家庭，其兄大竹多气系工学博士，也是旧米泽高等工业学校（现山形大学工学部）初代校长。学鸥曾入东京近藤真琴开办的攻玉社，学习测量学。经常造访各地山川风物，好吟咏山水以抒发诗兴。初学诗于森春涛，后得到森槐南、森川竹磎、野口宁斋指点，参与过星社创建。其汉诗人身份地位获得稳固，主要体现在明治三十年代之后，他先后加入关泽霞庵的雪门会、江木冷灰的檀栾会、大久保湘南的随鸥吟社，并不断以新创汉诗向《新诗综》《百花栏》《随鸥集》投稿。移居东京时受总督斋藤实（1858—1936）殊宠，与之一同创设以文会、忘机吟社。学鸥还自创汉襟社，指导后进学人。也喜和歌、俳句，参加了井上通泰主办的南天庄歌会。学书法于永坂石埭，得其雅致书风。有《皆梦轩诗钞》《忘机小舫诗存》等。

天桥

飘萧散发傲沧州，谁道神仙不可求。
百尺霓虹疑是雨，一天蜃气忽成楼。
何时吹笛乘黄鹤，今日忘机伴白鸥。
当面文珠高阁屹，吟诗人立夕阳头。

大久保湘南（1865—1908）

大久保湘南，名达，字隽吉，号湘南，别号小青居士、春草庐主人。佐渡（今新潟县）人。任职北海道函馆区役所书记，后赴东京历任内务省属官、高等商业学校讲师、法典调查会书记等。曾任职于《北海新闻》《函馆日日新闻》，是星社、随鸥吟社的主要发起者和核心成员。

病中杂句

燕归梁后雨无痕，垂柳如人瘦叩门。
病已缠绵情更恶，最凄凉候是黄昏。

送田边碧堂归里次其留别韵

红花照前渡，碧树罩归程。

翻思重来日，应吹落叶声。

鸿踪秋水别，马背夕阳平。

嗟我望云切，风尘未出城。

石田东陵（1865—1934）

　　石田东陵，名羊一郎，号东陵，书斋名十驾室。仙台人。少时就读于藩校养贤堂。明治十六年（1883）入东京共立学校（今开成高校）学习英语和汉语，毕业后于该校任教。昭和三年（1928）任大东文化学院教授、东京文理科大学讲师。东陵诗自成一家，尚汉魏古风，不逐时流，曾受过国分青厓指点。有《大学说》《老子说》《东陵诗》。

漫成 三首

渊源无所养，涸渴精与神。

何必饿道路，然后曰穷民。

可治者吾心，外饰复何用。

被身以文翎，鸱不可为凤。

粗布作帨巾，几度日瀚之。

所污有不雪，何拭他垢埃。

答人

萧然树竹掩门扉，笑看人间纷是非。

山客眠醒启窗望，千峰日出白云飞。

国富一士无

国以民为本，民以士为荂。

为荂虽孔好，空名匪所须。

所慕猗顿富，太嗤孔孟迂。

书剑代牙筹，甘作贾家奴。

黄金决趣舍，国富一士无。

福田静处（1865—1944）

福田静处，名世耕，别号古道人（南画、和歌）、远人（和歌）、把栗（俳句）。纪州新宫（今和歌山县）人。早年于东京学习画技，始以汉诗闻名。明治二十二年（1889）入《日本新闻》社，向正冈子规学习俳句。曾与虚子、碧梧桐共同被正冈子规评为杰出歌人（日语为"铮铮たる者"）。晚年隐居京都，过着僧人一样节欲恬淡的生活，时常发表汉诗、和歌、俳句。有《逍遥集》。

山中口占 三首

山静花逾白，云高水自鸣。

出门星未见，独立暮天清。

明月时时到，禅心一味赊。

山中唯有我，饮水见梅花。

高峰明月出，孤往道心清。

一涧鸣流水，梅花自有声。

北条鸥所 (1866—1905)

北条鸥所，名直方，字方大，别号碧海舍人、狎沤生、石鸥。东京人。幼从岛田篁村学习汉文，后入外国语学校学习中文。曾随日本公使盐田三郎同游北京，多与中国文人往来唱和，诗名颇显。明治二十一年（1888）任宫城控诉院书记，后升大审院书记长。有《函馆竹枝》《北清见闻录鸿泥》《九梅草堂集》。

圆明园揽古

天风不动碧萝闲，古殿无人燕子还。

万叠明波涵积翠，斜阳冷下玉泉山。

北游至张家口

绝域关河决眦看，萧萧落木夕阳残。

我今饮马长城窟，万里秋风一剑寒。

明月院

我来明月院，无月但残星。

数鸟啼离树，四山围似屏。

经声隔花白，石气入堂青。

低首古龛下，愿分诗笔灵。

内藤湖南（1866—1934）

内藤湖南，名虎次郎，字炳卿，号湖南，别号卧游生、加一倍子。陆奥（今秋田县）人。明治十八年（1885）县立秋田师范学校毕业，任小学训导。后赴东京入《日本人》《亚细亚》等杂志从事编辑工作，历任《大阪朝日新闻》记者、《万朝报》主笔。明治四十年（1907）任京都帝国大学文科大学讲师，主讲东洋史。明治四十三年（1910）被授予文学博士。湖南是日本史学界京都学派开创者，专注于中国稀见古籍史料的搜求、考证、编辑、出版，论证中国文化的发展趋势。他提出的"文化中心移动说"（空间维度）、"唐宋变革说"（时间维度）对中国历史的宏观研究具有重要影响，在中国史学史、美术史、目录学、敦煌学、满蒙史地等领域皆卓有建树。有《内藤湖南全集》。

烟台夜泊

湾头烟罩四茫茫，吹笛何人度水长。
来泊烟台无月夜，不忆家乡忆异乡。

过江北古战场

玄黄龙血已依稀，成败英雄两见机。
日暮余吾湖畔过，萧萧芦荻水禽飞。

落托江湖

落托江湖剩病骸，平生知己感裙钗。
春寒怜我牢骚甚，小院呼灯催斗牌。

千秋园

层城形胜控川原，兴废千年今尚存。

肃慎石砮多古色，新罗源氏最名门。

坠钗土锈花间井，断础苔侵雨后园。

庙貌巍然烟树外，越王经略与谁论。

辟佐竹氏故城墟为公园者。

游清杂诗次野口宁斋见送诗韵

寂寞山川阅废兴，秦淮秋色感难胜。

莫愁湖冷疏疏柳，长乐桥荒漠漠塍。

儿女英雄千载恨，君王宰相一春灯。

凭谁更问南朝事，碎雨零烟满秣陵。

航欧十五律 选一

要起九泉扬子云，轺轩译语资多闻。

名山遗帙留图像，出土方砖有楔文。

古墓奇觚千砌累，长渠如线两洲分。

历山坟籍浑星散，柱下谁当访老君。

送豹轩博士游欧洲

词臣衔命出扶桑，壮志何愁两鬓霜。

浪接北辰低赤土，云开南海望天方。

列王家破池台旧，百战场荒黍麦黄。

吊古应兼访书兴，名山收蓄尽琳琅。

次豹轩博士书怀韵，送其游欧洲。

乐群社同人会于诗仙堂

庚午十一月廿七，乐群社同人会于诗仙堂。君山博士诗先成，即次其韵。

有约林邱共乐群，摩挲遗物酒微醺。

虎头阿堵传神采，仙骨宁馨剩陇坟。

城市牛鸣常裹足，山房朋到细论文。

夜长时梦少年事，为画堞楼明夕曛。

正冈子规（1867—1902）

正冈子规，本名升，又名常规，笔名越智处之助，别号獭祭书屋主人、竹之里人、野球。伊予松山（今爱媛县）人。自幼从外祖父大原观山（1818—1875）学习汉籍，从伯父佐伯半弥学习书法，打下了深厚的汉学功底。明治二十三年（1890）就读东京大学国文科，编纂《俳句分类全集》。两年后退学进入《日本》报社工作，连载《獭祭书屋俳话》。明治三十一年（1898）撰写《给歌者的书简》，倡导短歌革新，主张恢复《万叶集》的风调。和夏目漱石时常以俳句、汉诗唱酬，《十年负笈》即赠夏目以陈己志。有《松萝玉液》言说诗人恶癖。陆续写成的《文学》亦尝试评论汉诗诗坛，对当时名家森槐南、国分青厓、本田种竹等多有点评。有《汉诗稿》《子规全集》。

闻子规

一声孤月下，啼血不堪闻。

半夜空敧枕，故乡万里云。

十年负笈

十年负笈帝王城，紫陌红尘寄此生。

笔砚亲来既羸瘦，田园芜尽未归耕。

暖窗扪虱坐花影，寒褥枕书卧雨声。

独喜功名不为累，诗天酒地一心清。

夏目漱石（1867—1916）

　　夏目漱石，名金之助，号漱石。出生于江户（今东京）。明治十二年（1879）就读一桥中学，因酷爱唐宋诗文，转入二松学舍、成立学社学习，师从三岛中洲；十七年（1884）入一桥大学预备门；二十二年（1889）晤正冈子规，对俳句、汉诗产生了浓厚的兴味；二十六年（1893）文科大学毕业后，曾在东京专门学校（早稻田大学前身）任讲师；二十八年（1895）任教伊予（今爱媛县）松山中学，翌年任教熊本第五高等学校，期间向先辈同事长尾雨山（1864—1942）学习汉诗；三十三年（1900）赴英国留学，归国后任第一高等学校及东京帝国大学讲师；四十年（1907）辞去教职，入《朝日新闻》社，负责文艺版，成为专业作家。漱石是日本近代文豪，明治时期一流的小说家、英国文学研究者，开后世私小说风气之先。汉诗创作亦达较高水平，曾受挚友正冈子规编《木草集》的影响，自编纪行汉诗文集《木屑录》。漱石汉诗以七律最佳，临终百日前是为一生汉诗创作的高峰，共写下七十五首汉诗，其中六十六首为七律，手稿今存于日本东北大学图书馆漱石文库。其汉诗作品深受东方传统禅、道、隐逸思想的影响，表达了"则天去私"的人生哲理。子规评其诗风为"意则谐谑，诗则唐调"。有《漱石诗集》。

山路观枫

石苔沐雨滑难攀，渡水穿林往又还。
处处鹿声寻不得，白云红叶满千山。

题自画 二首

山上有山路不通，柳阴多柳水西东。
扁舟尽日孤村岸，几度鹅群访钓翁。

唐诗读罢倚阑干，午院沉沉绿意寒。
借问风春何处有，石前幽竹石间兰。

无题

闲却花红柳绿春，江楼何暇醉芳醇。
犹怜病子多情意，独倚禅床梦美人。

自嘲书《木屑录》后

白眼甘期与世疏，狂愚亦懒买嘉誉。
为讥时辈背时势，欲骂古人对古书。
才似老驽驽且骏，识如秋蜕薄兼虚。
唯赢一片烟霞癖，品水评山卧草庐。

病中抒怀 选三

非耶非佛又非儒，穷巷卖文聊自娱。
采撷何香过艺苑，徘徊几碧在诗芜。
梵书灰里书知活，无法界中法解苏。

打杀神人亡影处，虚空历历现贤愚。

诗人面目不嫌工，谁道眼前好恶同。
岸树倒枝皆入水，野花倾萼尽迎风。
霜燃烂叶寒晖外，客送残阳夕照中。
古寺寻来无古佛，倚筇独立断桥东。

大愚难到志难成，五十春秋瞬息程。
观道无言只入静，拈诗有句独求清。
迢迢天外去云影，簌簌风中落叶声。
忽见闲窗虚白上，东山月出半江明。

菊池惺堂（1867—1935）

菊池惺堂，名晋，字仲昭，袭名长四郎，别号味灯书屋主人，通称晋二。东京人。惺堂为大桥讷庵之孙，以祖辈之间的姻亲关系，承袭江户豪商菊池家嗣，在实业界占据重要地位，后被选举为日本桥区会议长。惺堂汉学素养深厚，曾向森槐南学习诗文。书、画、篆刻皆能，与狩野直喜交亲。其弟大桥廉堂亦是著名画家。

武田氏故址
霜枫如血夕阳殷，残础松篁蒙密间。
棺盖正邪终未定，而无人不说机山。

落合东郭（1867—1942）

落合东郭，名为诚，字士应，号东郭。熊本人。外祖父元田东野（1818—1891）系明治天皇侍讲，其本人亦奉召为大正天皇汉诗侍从。与森川竹磎、关泽霞庵、高野竹隐交情深厚，曾为竹蹊《得闲集》和《花影填词图》题诗。有《爱冷吟草》。

花影填词图　其三

寒烟乔木有啼鸦，画黛青山夕照斜。

兴感苍凉神鬼泣，可无铁板换红牙。

清明诣西乡南洲墓

佳节花飞海上山，英雄坟墓夕阳闲。

中兴事业艰辛际，大陆风云梦寐间。

圣代受恩龙不卧，故乡埋骨鹤先还。

谁知别有烂柯感，终古洞幽苔色斑。

碧梧翠竹居席上，观芳山瓦砚及瀍上题襟诗卷有作，呈霞庵主人

君家珍宝岂黄金，使我抚摩为此吟。

古砚花纹留坠瓦，彩笺诗句写题襟。

莺啼画阁春风满，鬼哭行官暮雨深。

绮事何关乱离恨，可怜诗客总伤心。

服部担风 (1867—1964)

服部担风，名辙，字子云，号担风、蓝亭、荨塘。爱知县人。诗风受森春涛、森槐南父子影响。明治三十八年（1905）创立佩兰吟社，四十年（1907）入随鸥吟社。大正十年（1921）开设雅声社，出版《雅声》杂志，指导后辈的汉诗创作。主持过清心吟社、丽泽吟社、含笑吟社、冰心吟社等，可谓是继国分青厓后以一己之力支撑日本汉诗诗坛的重要人物。担风兼善诗书，崇尚清诗，早年以《梅花唱和集》和《江西观莲集》（游爱知县海部郡赏莲，三日内作诗百首）名耀诗坛。其与郁达夫系忘年交，主持《新爱知新闻》报汉诗专栏时，在名古屋留学的郁达夫时常在当中发表自己的诗作，自此担风和达夫多次互相拜访，诗文酬唱，留别之作亦感人肺腑，结下了终身的深厚友谊。昭和二十六年（1951）获"中日文化赏"（该奖由日本《中日新闻》报社设立），二十八年（1953）诗集获日本艺术院奖。有《养痾诗纪》《蓝亭诗存》《担风诗集》。

郁达夫寄示近作即次其韵却寄

万里悲哉气作秋，怜君家国有深忧。

功名唾手抛黄卷，车笠论交抵白头。

鲈味何曾慕张翰，鹏图行合答庄周。

略同宗悫平生志，又上乘风破浪舟。

联句诗

分题斗韵雪中天 (郁达夫)，酒量无多也堪怜 (黑宫楠窗)。

风晓之榭结清缘 (花村襄州)，谁拟骑驴孟浩然 (堀竹崖)。

春到蓝亭诗句圆 (铃木天外)，梅花香中杯几传 (角田胆岳)。

拜岁师门上绮筵 (木下高步)，题咏甘让老成先 (青木龙水)。

雪后江山带瑞烟 (立松晴涛)，吾亦老矣一年年 (逸雅堂)。
是酒是诗人欲仙 (加藤月村)，味在辣玉甜冰边 (服部担风)。

结城蓄堂 (1868—1924)

结城蓄堂，名琢，字治璞。但马（今兵库县）人。早年从乡儒三宅竹隐学习儒学及诗文，后转师丰冈儒者久保田捐窗、大阪儒者藤泽南岳，曾向小野湖山 (1814—1910) 学诗。其父为幕末勤王志士，受其影响投身板垣自由党，大力提倡民权思想。明治三十四年 (1901) 随从长冈护美漫游中国，与往来官绅诗文应酬，并得到了向大儒俞樾请教诗文的机会；三十五年 (1902) 入《日本新闻》社担任校对，后成为随鸥吟社客员。大正二年 (1913)，移居东京神田骏河台，发起茗溪吟社，后于京桥筑地创立月池吟社，七年 (1918) 创刊《诗林》杂志，以奖励诗学后进。蓄堂资性阔达，六度造访中国、朝鲜等地，足迹远涉西伯利亚、蒙古高原。有《和汉名诗钞》。

解佩刀赠陈山长歌

我有三尺剑，锐利鏊可剖。

星霜数百年，发硎冰雪似。

剑之为国宝，昭昭载在史。

佩之避百邪，对此知廉耻。

未斩渊底蛟，壮图空委靡。

未除君侧奸，微衷愧知己。

天寒夜夜鸣，龙精出鞘紫。

耿如诉不平，忍藏尘匣里。

携之赋远游，闽粤山河美。

到处吊英雄，血泪洒荒垒。

桑沧感废兴，慷慨奚复已。

茫茫望中原，忽见风云起。

鼓鼙山东乱，惨澹从燕市。

咄彼虎狼秦，胡为逞谲诡。

敌忾岂无人，陈君真国士。

久抱匡济才，气节足仰止。

虚怀容我狂，经纶何卓尔。

犹剑在丰城，光芒冲天矣。

我剑解赠君，同仇可以拟。

一片平生心，交情长如此。

半夜拭一拭，笑向灯前视。

君心似秋霜，我心若秋水。

不磨兮不磷，忠愤填骨髓。

诚以一贯之，王道有终始。

按，陈山长即陈宝琛。

桂湖村 (1868—1938)

桂湖村，名祐孝，号湖村、雪庵，通称五十郎。越后（今新潟县）新津人。明治二十五年（1892）东京专门学校毕业，曾任《日本新闻》记者。曾任教东洋大学、国学院大学，晚年任早稻田大学教授。有《汉籍解题》。

送田边碧堂游禹域

幽朔原平散马群，行人记此覆明军。

榆关日暮风沙起，飞入卢龙作塞云。

宫崎晴澜（1868—1944）

宫崎晴澜，名宣政，号晴澜，别号天生我才阁主人。土佐（今高知县）人。近代知名记者、诗人，曾任《经世新报》（川崎紫山经营）、《自由新闻》（板垣退助主办）、《长野新闻》记者。参加过星社，明治十九年（1886）出版《晴澜焚诗》。师从森槐南，与佐藤六石、野口宁斋、大久保湘南合称"槐南门下四天王"，与末松青萍、国分青厓、矢土锦山等有交。晴澜喜用奇字僻典，诗风幽怪深奥，或论其"奇诡有长吉风"。有《晴澜焚诗》。

天生我才阁题壁 四首其四

鲸铿春丽叹奇才，劈手文章生面开。

天下英雄独焉耳，空中楼阁可乎哉。

浩歌挥袂秋风动，大笑举杯明月来。

我岂灰飞烟灭去，白云仙骨葬蓬莱。

竹磜听秋仙馆题词

前山自在岫云舒，好向此间占我居。

风骨尽和灯影瘦，襟怀全与月痕虚。

萧萧竹院秋听雨，飒飒蕉窗夜读书。

一事情深饶结习，谁知门有美人车。

送原万里游清国 选一

胡尘鸿洞雁门哀，慷慨谈兵异域才。

铁马踏冰嘶汉月，秋风弹剑过燕台。

北排大漠阴山尽，南扫炎州沧海开。

睥睨齐烟小如豆，三秦豪杰眼中来。

狩野直喜（1868—1947）

狩野直喜，名直喜，字子温，号君山，别号半农人。熊本县人。明治二十八年（1895）毕业于东京帝国大学汉学科，受学于岛田篁村、竹添光鸿等。后赴中国留学，期间因义和团事件中断返日。明治三十九年（1906）参与创建京都帝国大学文科大学并任教授，翌年获文学博士学位。在东洋史学科领域，狩野与内藤湖南、桑原骘藏共同奠定了京都大学新的研究风格。他自称考据学派，注重实证，学习清儒乾嘉学派治学方法，改变了旧日本儒学止于祖述宋学之风气。重视俗文学的价值，开日本元曲研究之先河。为调查敦煌文献亲赴中国，并开展国际合作，考察欧洲诸国的中国学研究情况，对中国学研究做出了突出贡献。昭和三年（1928）退休，翌年任东京文化学院京都研究所（后为东方文化研究所，现京都大学人文科学研究所东方部）首任所长。近代以来一大批知名学者，如武内义雄、青木正儿、吉川幸次郎等皆出其门下。有《君山诗草》《君山文》《支那学文薮》《支那文学史》《中国哲学史》。

沪上杂诗

平生痼疾是烟霞，勿怪书生不忆家。

三月江南春又去，十年辜负故山花。

家在扶桑路万重，吴头楚尾动萍踪。

江枫渔火今犹昔，肠断寒山古寺钟。

戊辰四月游北京，舟中次凤冈祭酒送别韵

四月春风词客船，远游笑我志愈坚。

名山未就千秋业，沧海空望万里烟。

今日师生为伴侣，他年鸿雪得同传。

闻道蓟南多豪士，谁诵平原赋一篇。

森川竹磎 (1869—1917)

森川竹磎，名键藏，字云卿，号竹磎，别号鬃丝禅侣，斋名听秋仙馆、忏纤庵等。东京人。曾向大沼枕山的学生沟口桂岩、梁川星岩的学生马杉云外学诗。明治十九年（1886），与同学藤泽竹所、筱崎柳园创立鸥梦吟社，主办诗文月刊《鸥梦新志》（亦载和歌，后设"诗余"栏目专刊词作）。后学于森槐南门下，《鸥梦新志》自此成为森门重要阵地。竹磎也是填词大家，被誉为"日本词坛第一人"，其词作神田喜一郎《日本填词史话》有载。有《森川竹磎诗稿》《听秋仙馆诗稿》。

病中偶题

一炷沉香一桁帘，年年三月病恹恹。

可怜夜夜潇潇雨，听向枕边愁更添。

雨夜读《牡丹亭传奇》 其三

千古伤心杜丽娘，半生薄福梦梅郎。

花魂不恨三年士，月色应回两处肠。

我辈钟情看不耐，此时愁绪为谁长。

无端掩卷又无语，更漏沉沉残篆香。

大西见山（1870—1930）

大西见山，名德造，字龢卿，通称行礼。赞岐（今香川县）人。出身累世富豪之家，父子独立以自家资产成功经营琴平电气铁道会社。早年毕业于明治法律学校，致力于地方产业的振兴，以地方纳税大户而成为贵族院议员。见山倾心汉诗文，得森槐南、本田种竹而亲炙之，与国分青厓、木苏岐山、神田香岩、福原周峰、内藤湖南亦有交。喜好书法、篆刻，能成一家之见。其家藏书赡富，现存大谷大学图书馆。

六万寺怀古

偏安人已尽，浩劫寺犹存。

风气迷王屋，潮声赴海门。

新亭曾有泪，老佛竟无言。

哀怨琵琶曲，空山泣蜀魂。

山本二峰（1870—1937）

山本二峰，名悌二郎，号二峰。新潟县人。曾赴德国留学，归国后任第二高等学校教授。历任劝业银行课长、众议员、农林大臣等，晚年任大东文化协会副会长。大正十五年（1926）年秋曾来华游历，有《游燕诗草》。

天坛

祈天何若克治民，民怒天坛迹已陈。

不管兴亡唯老柏，鸾栖千岁翠如春。

居庸关

凭吊犹怀秦汉间，征人暴骨万重山。

不知羌笛吹惊梦，卧过居庸古塞关。

张家口

秋山日赤挂铜钲，万里霾云塞北横。

胡马不嘶烽火熄，游人袖手望长城。

舟望旅顺

层峦叠嶂限乾坤，尖塔冲空峙海门。

昔日风云龙虎迹，鬼磷无影月黄昏。

颐和宫次沈教授韵

三十六宫秋色荒，海龙庙峙水中央。

宫人有泪伤先帝，石马无声忆后皇。

忽见风尘侵上苑，岂知鼙鼓动渔阳。

千年史事迁陵谷，二十一朝兴复亡。

按，沈教授即沈尹默。

渡贯香云 (1870—1953)

渡贯香云，名勇，号香云、勇翁。茨城县人。青年时曾向川田瓮江、依田学海、蒲生裂亭、永坂石埭学习汉诗文。后任大分中学、东京府立一中等中学教师。有《宁固轩小草》。

松洲秋游

秋风玉笛度回汀，缥缈仙音带梦听。
应有羽人会良夜，一湾明月万松屏。

仙台

山河历在古仙台，可憾英雄去不回。
唱断图南诗向壮，悲歌一曲雨声来。

永坂石埭先生画梅见赠赋此寄呈

夜雨空山一笛残，灯痕如水古香坛。
梅花瘦尽诗人老，写出春愁不耐看。

春尽

酒欲醒时梦欲空，暮寒如水洒帘栊。
花开花落愁多少，春尽风风雨雨中。

花村蓑洲 (? —1932)

花村蓑洲，名弘，号蓑洲，别号如竹山人。美浓（今岐阜县）人。

蓑洲系服部担风门人，诗、画、篆刻皆通。其秉性高洁，虚清通达，颇有文人雅致。有《蓑洲遗稿》。

山阁惜春

暮寒帘幕酒空消，时有檐铃破寂寥。

悄向东风伤小别，落花残笛雨萧萧。

题自作花瓶

坦腹虚心自保真，不阿富贵不嫌贫。

野人性格清如水，只爱闲花一掬春。

蝶如

人间蝴蝶两相忘，十二万年一梦长。

觉来非觉幻非幻，草自芊眠花自芳。

久保天随（1875—1934）

久保天随，名得二，字士奇、长野，号天随、春琴、默龙，别号大狂、兜城山人、秋碧吟庐主。信州（今长野县）人，先祖为内藤氏家臣。明治三十二年（1899）东京帝国大学文科大学汉学科毕业，以评论、随笔等在文坛崭露头角，后致力于汉籍注释。大正九年（1920）任宫内省图书寮编修官；十二年（1923）任大东文化学院教授。昭和二年（1927）以《西厢记研究》获文学博士学位。天随是近代著名学者、汉学家，一生著述一百七十余种共二百五十余册，包括《支那戏曲研究》《支那文学史》《日本儒学史》《日本汉学史》等。亦善写汉诗，其诗得力于吴梅村（吴伟业），纵横开阖，尤擅七古长篇。其七绝《那须野》，与国分青厓《芳野怀古》、田边碧堂《万里长城》并称"大正三绝"。有《东洋通史》《秋碧吟庐诗钞》《评注名诗新选》《唐诗选新释》。

耶马溪

松风度水韵于箫，目断峡天秋色遥。
斜照乱山高下路，一肩黄叶有归樵。

那须野

浮云直北接三陆，乱水正南趋两毛。
何草不荒风浩浩，平原落日马嘶高。

夜过凤凰城

看如残画夜山幽，飒地凉风树已秋。
吹角楼台斜月仄，银河一道贯城流。

铜雀台

漳水东流去不回，几多宫观劫余灰。
终生权略三分业，旷古文章七子才。
墓表题名欺后世，帐前奏伎引余哀。
依稀疑冢亦荒草，秋老西陵风雨来。

挽森川竹磎 选一

冰心一片与君同，怅绝音容转瞬空。
夙慧宁知赋诗苦，妙年既见读书功。

生前疟鬼频为祟，天下才人例自空。
惟有师恩堪记取，后山意不负南丰。

遥望宁古塔有感吴汉槎之事

潦倒南冠几断魂，蛾眉谣诼奈烦冤。
河冰山雪寒加紧，白草黄榆日易昏。
万里吴江归梦杳，十年辽海一身存。
穷荒合见马生角，夙志蹉跎谁共论。

读吴君挚甫诗集乃题其后

阴云压屋雨声起，空斋灯火夜如水。
危坐展卷诵遗诗，蔚然霞光照净几。
禹域地气东南倾，近古词派属桐城。
先生桑梓之所在，文章经济推夙成。
眼看浩劫驱豺虎，年少雄心闻鸡舞。
慷慨罪言杜牧之，纵横谠议陈同甫。
枕戈誓欲扫搀枪，鸲鹆参军名姓扬。
范老胸中兵十万，陈琳草檄亦寻常。
儒生功成甘牛后，笑杀儿曹印如斗。
衙斋烧烛闲讲经，莲池书院栖迟久。
一朝丹诏降紫霄，观风万里趁海潮。
日射珊瑚红十丈，蓬瀛群仙举手招。
龙章凤彩玉堂选，执谒下风缘非浅。
知己为君吐胸奇，几度拍节且称善。
当日声望晁董俦，须除君王宵旰忧。

诅图空中甲马去，白玉楼高云自愁。

先生既重冰霜节，自系家国肝肠热。

日星河岳正气钟，区区文辞非所屑。

诸将曾续杜陵吟，江西嫡嗣人相钦。

乃知一卷二百八十首，总是洋洋中兴雅颂音。

按，吴汝纶（1840—1904）字挚甫，一作挚父。

方广寺古钟

国家安康，是截我名。

君臣丰乐，是欲兼并。

铭辞容易供口实，两年连动十万兵。

可怜金汤化焦土，乃道偃武致太平。

欺人寡妇孤儿，狐媚以取天下。

昔者石勒尚羞之，照祖老狯胡为者。

三百星霜梦里过，将军势焰竟如何。

于今巨钟晨夕响，偏为丰家诉冤多。

仁贺保香城（1877—1945）

仁贺保香城，名成人，字士让，号香城。羽前（今山形县）人。昭和八年（1933）到访中国东北及江南地区。曾与土屋竹雨、服部空谷等参与创办艺文社，历任随鸥吟社主事、大东美术振兴会干事等。有《冷香集》《带星草堂诗》。

渡扬子江

掠舷白鸟影双双，春水桃花满大江。

直到中流风浪起，金焦飞翠扑船窗。

吊真娘墓

吴中儿女丽成行，江上蘼芜绿映裳。

日暮风花洒如雪，香山一路吊真娘。

服部空谷（1878—1945）

服部空谷，名庄夫，字子敬，号空谷，别号闲闲老人、沧浪孺子、九松庐主人。伊予（今爱媛县）人。早年于越前（今福井县）孝显寺出家，后还俗。曾与仁贺保香城、土屋竹雨等创办艺文社，诗擅七绝，风格明快。有《空谷诗》《苍海诗选》。

盆植

盆植可怜萝与枫，霜余染着浅深红。

不敢寻诗出门去，十分秋色一床中。

纵笔

自古诗人多脱略，于今志士足饥寒。

任他狡兔营三窟，犹想秋鹰快一抟。

端阳

人生苦短意常长，浪走风尘鬓既苍。

未免此心多怵惕，老夫生日是端阳。

盐谷温 (1878—1962)

盐谷温，名温，号节山，东京人。盐谷宕阴之后，出身汉学名门。明治三十五年（1902）毕业于东京帝国大学文科大学汉学科，入大学院（研究生院）学习，二十八岁即成为东京帝国大学支那文学科副教授。明治三十九年（1906）起先后赴德、中两国留学，在中国时曾师事叶德辉（晚清著名藏书家、出版家，曾著《书林清话》）学习元曲，后以《元曲研究》获文学博士学位，并任东京帝国大学教授。盐谷温对中国小说史方面的研究有开山之力，其《中国文学概论讲话》甚至影响到鲁迅《中国小说史略》的撰写。其学术成就主要集中于中国传统戏曲、小说领域，有《唐宋八大家文新钞》《中国小说研究》《汉诗和日本精神》。

埃及怀古

三角陵荒岁月悠，怪神像古没沙丘。

帝魂不返繁华尽，唯有大江依旧流。

管仲墓

料峭春风拂柳梢，驱驴来访古齐郊。

一匡霸业无处寻，青史空传管鲍交。

铃木虎雄 (1878—1963)

铃木虎雄，名虎雄，字子文，号豹轩、蕴房。新潟县人。祖父
为峰山侯宾师，从小在家塾长善馆读书。明治三十三年（1900）东
京帝国大学文科大学汉学科毕业，入《日本新闻》社工作，与陆
羯南以文才相识；三十六年（1903）入《台湾日日新闻》社工作；
三十八年（1905）任东京高等师范学校讲师；四十一年（1908）任
京都帝国大学助教授。大正五年（1916）赴中国留学；八年（1919）
任京都帝国大学教授，获文学博士学位。昭和十三年（1938）退休，
后被推选为学士院会员，兼任数所大学讲师。晚年被授予日本文化
勋章，位列一等功勋并授瑞宝勋章。铃木虎雄在日本汉学界地位极
高，其研究领域横跨《诗经》《楚辞》《文选》《杜诗》，乃至词曲、
戏剧、小说，几乎对中国文学史上各个阶段和各种形式都有专著或
专文涉及。著名学者如青木正儿、吉川幸次郎、小川环树皆出自其
门下，因而被誉为日本近代"中国文学研究的第一人"。其诗平易
流畅，尊崇白居易、陆游诗风。著有《豹轩诗钞》《支那文学研究》
《支那诗论史》《赋史大要》《豹轩退休集》。

杭州西湖有感

苏堤春晓忆前游，吊罢林君拜岳侯。
今日重逢湖上雨，风荷烟柳不胜秋。

秦淮

烟雨青山六代愁，吴宫晋苑邈难求。
潺湲唯有秦淮水，长向石头城下流。

卢沟桥

两岸平原水浊流，依然风景是并州。
卢沟桥上回头立，禾黍西风动客愁。

桂湖村墓

万卷读书无所成，是何痴汉葬斯茔。
数言题碣何悲痛，反复花飞春鸟鸣。

等持院村途上

金阁胧胧望欲迷，千年乔木古原西。
黄昏一路蘼芜雨，衣笠山前戴胜啼。

船入基隆港舸上口占

驰舸苍衣筹笠蛮，晴波淡淡载人还。
岩屏曲折抱湾水，水底倒涵鸡笼山。

顺德途上即目

黄粱刈尽麦斑斑，野旷天清鸟倦还。
惊见千峰如马背，向南腾跃太行山。

无题

夺将民志赴干戈，四海风云日夜多。
若使管商长跋扈，神州天地竟如何。

定家、俊成墓

满园狂醉牡丹春，寂寞山蹊碧草新。
一种阴崖乔木下，夕阳谁吊两歌人。

故山柚饼子北越蒲原郡福井里所产

风韵色香长继承，吾乡柚饼子名腾。
佳品近来较遗憾，多用砂糖少味噌。

癸巳岁晚书怀

无能短见愍操觚，标榜文明紫乱朱。
限字暴于始皇暴，制言愚驾厉王愚。
不知书契垂千载，何止寒暄便匹夫。
根本不同休妄断，蟹行记号但音符。

多景楼

形胜东南第一楼，登临与客坐矶头。
天垂山色排云出，地坼江光压树浮。
细雨疏钟京口寺，春风断角秣陵舟。
羁情不觉沧州远，疑是丹青屏里游。

登岱

巍然青色压群峰，渐听曲林岩壑淙。
寒涧花明皇帝道，苍崖日冷大夫松。
天边城郭浮平野，鞋底烟云起怪龙。
七十二君何处觅，抚碑绝顶驻孤筇。

梅雨

数间茅屋倚林皋，梅雨淫淋正郁陶。
户漾流云玄豹伏，檐悬飞瀑玉龙高。

平原水出田园没，童谷崖崩版筑劳。

行导索无神禹手，补修可况女娲鳌。

八月十八日夜草堂玩月

京郊素秋节，草堂明月团。

瀹茗迎上客，聊共一夕欢。

游云生光彩，晴空涌银澜。

浮萍碎涧上，流辉入檐端。

篱落清虫韵，草露皎以泞。

歌咏金石发，稍觉胸宇宽。

好景遇不易，嘉会逢亦难。

愿竭平生怀，莫言归袂寒。

河上肇（1879—1946）

　　河上肇，自号闲户闲人，又号千山万水楼主人。山口县人。早年毕业于东京帝国大学法学政治科，后留校担任讲师。河上肇是日本传播马克思主义理论的先驱者，曾在《读卖新闻》报上连载《社会主义评论》，在《大阪朝日新闻》发表《贫乏物语》，以穷苦大众的立场介绍马克思主义，产生了很大的影响。大正八年（1919）创刊《社会问题研究》，又投身于马克思著作的译介和社会实践，因当局压迫不得不辞去教授职务。昭和四年（1929）参与重建劳农党。昭和七年（1932）加入日本共产党，参与《赤旗》的编辑工作，翌年被捕。在狱中因藏书被没收，只有夫人投送的一本《唐诗集》遗闷，是以开始研习汉诗。出狱后喜读《陆放翁集》，曾撰多篇评论陆游诗的专论，在其逝世后被整理出版为《陆放翁鉴赏》。其诗平实朴拙，真挚动人。有《杂草集》《旅人》《自叙传》。

不卖文

守节游世外，甘贫不卖文。

仰天无所愧，白眼对青云。

兵祸何时止

薄粥犹难得饱尝，煮茶聊慰我饥肠。

不知兵祸何时止，破屋颓栏倚夕阳。

寄狱中义弟

一千里地十年囚，高树蝉鸣岁复秋。

处处江山空有待，断云斜月为君愁。

义弟即大冢有章。

永井荷风（1879—1959）

永井荷风，名壮吉，号荷风，别号断肠亭主人、石南居士、鲤川兼侍、金阜山人。日本著名小说家、散文家，获文化勋章，入选艺术院会员。其父为知名汉诗人永井禾原，外祖父为名儒鹫津毅堂。自小即喜汉诗，后入岩溪裳川之门，受学《三体诗》。曾入东京国语学校学习汉语，少时曾随父游上海，后赴美国、法国留学，担任过庆应义塾大学教授。主编《三田文学》杂志。小说文笔圆熟，代表作如《地狱之花》《美国故事》《隅田川》《争风吃醋》《梅雨前后》等，流露出缠绵悱恻的情调，在文坛掀起过一股注重感官享乐主义的潮流。散文有《断肠亭杂稿》《断肠亭日记》《荷风随笔》等，带有唯美主义倾向。有《荷风全集》。

申城怀古

当年遗迹已榛荆，谁弄黄昏笛一声。
千岁兴亡在青史，乱烟荒月古申城。

杨树浦

孤帆无影水悠悠，客路犹为汗漫游。
暮笛一声杨树浦，烟零雨散过残秋。

浦东

枫叶芦花两岸风，寒潮寂寞晚来通。
满天明月孤村渡，舟子吹灯话短篷。

吊鹭津毅堂

孤碑一片水之涯，重经斯文知是谁。
今日遗孙空有泪，落花风冷夕阳时。

墨上春游

黄昏转觉薄寒加，载酒又过江上家。
十里珠帘二分月，一湾春水满堤花。

题客舍壁

黄浦江头瑟瑟波，年光梦里等闲过。
天涯却喜少知己，不省人生誉毁多。

西胁吴石 (1879—1970)

西胁吴石，名静，字如练。福井县人。著名书画家，日下部鸣鹤弟子，被誉为"日本最后一位诗书画通才""昭和最后的文人"。大正六年（1917）受文部省委托，制定书法挥毫范本。吴石精通汉诗、南宗国画，曾任日本美术展览会会员、文化书法会（代代木文化学院）会长，昭和四十五年（1970）追赠从五位。有《吴石诗草》《北支满鲜游草》《吴石翰墨》《吴石书画集》。

船发神户

远山凝紫近山苍，画里鸥飞映水光。
春雨如油细波稳，不知明日向玄洋。

云冈石佛寺 二首

门前一树老苍苍，古寺无僧堂宇荒。
山腹蜂窝天下宝，千年石佛放慈光。

云冈石佛古禅宫，巨像千年见妙工。
满壁更惊雕刻密，庄严夺目洞天中。

鲍石亭址

曲水流觞拟晋时，当年盛事有谁知。
空留遗迹春萧寂，鲍石亭墟鸟雀悲。

在庆州昔新罗王离宫，有流觞曲水宴迹。

今关天彭（1882—1970）

今关天彭，名寿麿，号天彭山人。出生于房州（今千叶县）。父为石川鸿斋门人，其本人亦长期就学于鸿斋门下，博通经史，尤喜读《史记》《汉书》《文选》。祖父去世后随父母移居东京。清末时局变迁，大量中国学人赴日，天彭得与章太炎、康有为、梁启超见面并交流思想主张，又与词章家郁曼陀、李息霜（李叔同）等交游。学诗长期出入森槐南、国分青厓之门，得闻明清诗风之要旨。后从事《译文大日本史》的编辑工作。二战日本战败后隐居东京，曾受邀为日本银行、川北兴业银行等单位职员讲解汉诗。昭和二十六年（1951）在友人资助下刊行汉诗杂志《雅友》（共出七十七期）。昭和三十七年（1962）出版《天彭诗集》。昭和三十九年（1964）担当集英社《汉诗大系》编委。天彭平生以诗人自居，为人恬淡，清瘦孤高，有经世之愿，留下了丰富的著述成果。学术方面有《支那戏曲集》《近代支那的学艺》《东京先儒扫苔录》《东洋画论集成》《支那人文讲话》《宋元明清儒学年表》《法帖丛话》《支那禅学的变迁》《清代及现代的诗文界》《骏远的诗界》。晚年撰《近世日本诗人传》，惜未完成而病逝。

岁端杂吟

江湖满地欲何之，犹是万方多难时。

八十老翁无所用，拥炉暗诵少陵诗。

次竹雨词长蓝社席上诗韵

不须一笑两行分，同是江湖鸥鹭群。

事涉琴书皆可乐，趣经风月忽成文。

满园草木生春色，浮座香薰带异芬。

更有梅花横竹外，自将逸气远尘氛。

桥本关雪（1883—1945）

桥本关雪，名贯一、关一，号关雪。幼年学中国南画，后学日本画，曾向其父桥本海关学习汉诗，是一位画家诗人。曾赴欧洲、中国游历，后成为帝国展览会审查员、帝国美术院会员。有《关雪诗稿》《南船集》《关雪诗存》。

题画

木鱼声歇晓岚低，汲水雏僧立竹溪。

风蹇纱厨人欲碧，雨中新树一鹃啼。

懒起吟

药气笼帘日影迟，一衾泥暖读陶诗。

园梅昨夜东风信，春自南枝到北枝。

笠置山

山色迷蒙暮雨过，当年遗恨竟如何。

一从松露沾龙袖，长滴行人衣上多。

土屋竹雨（1888—1958）

土屋竹雨，名久泰，字子健，号竹雨。山形县鹤冈人。其家世仕藩主酒井氏，食禄三百石。初随角田鸟岳、三好蜻洲学，明治三十九年（1906）入仙台第二高等学校，向大须贺筠轩学习汉诗。明治四十二年（1909）入东京帝国大学法学部政治科修法学，又向岩溪裳川请教诗法。大正三年（1914）毕业后，入职信州伊那电铁会社；八年（1919）入职帝国蓄电池会社；十二年（1923）大东文化协会、大东文化学院创立，竹雨任干事。其中教授诗学兼善诗作的名家包括国分青厓、田边碧堂、石田东陵、长尾雨山、冈崎春石、久保天随、长田盘谷等人，皆和竹雨成为忘年交。又与仁贺保香城、服部空谷最为亲善，还曾与国分青厓、长尾雨山、仁贺保香城等同赴中国东北游历。昭和三年（1928）艺文社创立，汉诗文杂志《东华》刊行，竹雨承担编集评述的工作，升允（1858—1931）、郑孝胥（1860—1938）、汪荣宝（1878—1933）等在中国具有影响力的文化名流纷纷投稿。昭和六年（1931）任大东文化学院讲师，十年（1935）升教授，十六年（1941）任大东文化协会理事，兼大东文化学院次长。太平洋战争（1941—1945）爆发后，艺文社所在处也蒙受了战火的摧残，皆赖竹雨一力苦撑。昭和二十三年（1948）任大东文化协会理事长兼学院总长。翌年，学院升格为大学，竹雨任校长，同年成为艺术院会员。但因长年过度劳累，积劳成疾，昭和二十九年（1954）辞去理事长，三十三年（1958）辞任校长。竹雨文化修养极高，诗、书、画被称三绝，曾向岩谷一六学习书法，向大村西涯学习南画。诗风清超雅洁，各体皆善。进入昭和年代后，国分青厓、岩溪裳川、服部担风等诗坛老将居于名位，日本汉诗界很多重要活动都是以竹雨为中心展开的，以至有观点认为"日本汉诗终于竹雨"。有《猗庐诗稿》《大正五百家绝句》《昭和七百家绝句》《汉诗大讲座》《日本百人一首》《土屋竹雨遗墨集》。

题画

高下石林微径通，白云摇曳一溪风。
修琴道士去何处，门掩寒山落木中。

山海关

长城北与乱山奔，远势盘天限朔藩。
谁倚雄关麾落日，风云暗淡古中原。

梅花

涧流鸣玉韵清微，明月梅花白我衣。

独立苍岩横铁笛，夜云吹裂万星飞。

萤

数萤流入水中蘋，星点水心难认真。

生不趋炎唯惯冷，可怜身世似诗人。

暮秋杂吟

六十年华指一弹，颜朱销尽鬓凋残。

文簿久宰无微绩，艺府新除是散官。

鸿雁长天秋信远，桑榆故国夕阳寒。

余生那愿轩裳贵，欲泛沧江把钓竿。

岁晚志痛

从自卿之逝，再见月盈亏。

青山骨未葬，殡宫掩素帷。

学拜两儿女，髟髟髻髻垂。

渐惯进香手，晨夕绝戏嬉。

生小丧阿母，昊天何不慈。

逝者无归日，留者长相思。

茕然看四壁，抱膝一伤悲。

生作诗人妻，妆奁常不富。

死化邙山烟，丧祭岂言厚。

终年多劳劬，蒲柳竟无寿。

天命一何薄，我心哀俦俦。

日月忽其迈，不返如逝川。

落叶下庭树，霰雪响阶前。

愁人中夜起，耿耿不能眠。

旁卧两儿女，眉目纤可怜。

对之如见汝，双泪流涟涟。

犹忆在残魄，纱窗月西悬。

滨青洲 (1890—1980)

滨青洲，字子兴，号青洲，通称隆一郎。长野县松本人。早年入二松学舍，师从三岛中洲，曾先后向国分青厓、岩溪裳川、冈崎春石学习汉诗文。毕业后就职于帝室博物馆，时任馆长为森鸥外。后执教松本医学专门学校（后为信州大学医学部），讲授东洋哲学。昭和三十三年（1958）任二松学舍大学教授。青洲诗擅七绝，善于写景状物。有《青洲遗稿》。

清明日雪

同云一色销楼台，节入清明暖未回。

昨夜东风卷酿雪，红花枝上白花堆。

归乡偶感

草庐临水拥寒林，今日归乡惬素心。

话尽旧时犹未寝，信山夜雪一灯深。

阿藤伯海（1894—1965）

阿藤伯海，名简、大简，号虚白堂。备中（今冈山县）人。毕业于京都帝国大学哲学科，从中国学专家狩野直喜学习经学。后任教于法政大学、第一高等学校。退休后辞职归乡，致力于汉诗创作。伯海是著名的"汉诗人教育家"，被称为"最后的汉诗人"，其独特的人格魅力影响了一大批学生。有《大简诗草》。

陪狩野君山夫子访寂光院

山衔翠黛水流东，古寺风烟一梦中。

何事杜鹃啼不止，夕阳影里蹴残红。

过西山处士馆址

山阴雪后野梅风，忆昔栖迟老此中。

好与先生象高节，一林清瘦旧时同。

按，西山处士指西山拙斋。

右相吉备公馆址作

往学盈归日，昭昭长德音。

礼容明两序，文字迄当今。

衔命扶桑重，顾恩沧海深。

规模遵圣训，吁咈靖宸襟。

大节绛侯业，中兴梁国心。

上天无贰道，众口欲销金。

宠辱岂须说，风怀久更寻。

宫梅贤士笔，涧月逸人琴。

旧馆浮云静，遗墟乔木森。

饥鹰伏祠屋，狡鼠窜丛林。

花落孤村夕，草生华表阴。

兔册幼童集，时祭野翁临。

想见三朝政，谁疑右相忱。

我生千岁晚，掩泪对苍岑。

富长蝶如（1895—？）

富长蝶如，名觉梦，号蝶如。曾入服部担风门下，被誉为"担风门下四天王"之一。曾长期在同朋大学（名古屋）任教。年轻时与郁达夫为诗友，二人写下了许多感人的酬唱、送别诗作。晚年退休后仍致力于主持蓝川吟社（岐阜）、麋城吟社（大垣）、湘川吟社（关原）、冰心吟社（尾张）等诗社，堪称现代以来日本汉诗坛的一员老将。

寄怀郁达夫在上海

忆昔东京共杯酒，吐胆倾心情笃厚。

击碎唾壶发醉歌，家国殷忧慨慷久。

天下财赋收敛难，干戈纷纷羽檄走。

白面书生论世务，冷笑大臣印如斗。

时艰殊重经济学，匡时之略不辍口。

玉璞金矿隐光彩，落魄且伍流俗丑。

虽称余技句惊人，吾辈久为莫逆友。

别后二岁消息空，人生变化真难穷。

九月关东大地震，百万人家一炬红。

杞人忧天非徒事，炼石谁继补天功。

朱门豪客骨成灰，绮楼美妾花委风。

盗贼蜂起恣暴掠，流言蜚语锋刃中。

我思故人惨不言，此意恻恻愁萦胸。

宁期故人在沪上，闻之愁眉乍舒畅。

陌头万犬车马尘，华灯灿映琉璃帐。

当垆少女施粉白，道左美人凝眸样。

知君襟期特风流，一枝红管如天匠。

艳情传奇女儿情，一一文字写万状。

绝世声名重文章，据地狂歌避谗谤。

君不见绾绶由来误潘岳，嵇康布衣喜自放。

吁乎梦里夺君五色之笔，我辈何日敢为诗坛将。

川田瑞穗（1897—1951）

川田瑞穗，号雪山。土佐（今高知县）人。年少时曾于大阪从山本梅崖学习经史与汉诗文。后赴京都，任《近畿评论》杂志编辑，并从长尾雨山研习诗文。大正十二年（1923）参与大东文化学院创建，任协会干事、教授。后又任早稻田大学教授。有《诗语集成》《归展日志》《雪山存稿》。

石田三成

欲为丰家致寸忠，关原一战气凌空。

金吾若守男儿节，不使老雄歌大风。

矶部觉太 (1897—1967)

矶部觉太，号草丘。群马县人。其汉诗和俳句都造诣颇深，又擅绘画，被誉为"画坛鬼才"而名重一时。有《尺山丈草居诗钞》。

屋岛怀古

千年一梦一恩仇，往事茫茫春复秋。

前浦堪看呜咽水，落花红白与同流。

井上舒庵 (1900—1977)

井上舒庵，名万寿藏，号舒庵。毕业于东京帝国大学法科，毕业后任职铁道省，担任过交通博物馆馆长。曾学诗于土屋竹雨，又向日下部道寿学习南画。舒庵诗好写村庄田园，有悠然闲适之趣。有《舒庵诗钞》。

能州旅次曾曾木海岸

曲径崎岖断复通，峻崖矗矗乱云中。

拦溪危石虎蹲地，欹岸老松龙跃空。

气象雄浑怀北苑，点皴奇逸似南宫。

何人妙手能收拾，掷笔偏叹造化工。

夏日偶成

寂寂山居觉地偏，盘桓尤喜露双肩。

闲门不闭风如水，虚室无为日似年。

槐下清阴移榻坐，蕉前永昼曲肱眠。

却炎妙计君知否，都忘人间返自然。

吉川幸次郎（1904—1980）

吉川幸次郎，名幸次郎，字善之，号善乏，又号宛亭。兵库县神户人。大正十五年（1926）毕业于京都帝国大学文学科。昭和三年（1928）来华赴北京大学留学。昭和六年（1931）归国任东方文化学院京都研究所所员，从事《尚书正义》与《毛诗正义》的校定，与青木正儿一同校注元曲。昭和二十二年（1947）任京都大学文学部教授，同年以《元杂剧研究》获文学博士学位；三十九年（1964）当选艺术院会员；四十五年（1970）获"朝日赏"（创立于1929年，奖励给在人文及自然科学等领域做出突出贡献的日本学者）。善之还曾任日本外务省中国问题顾问，并在中日邦交恢复后，于1975年以日本政府文化使节团团长的身份带队访华。参加编写过《世界大百科事典》中国文学部分，编译《中国古典文学全集》等。一生著作等身，逝世后有《吉川幸次郎全集》陆续出版。有《漱石诗注》《知非集》。

高知绝句 四首

蕉坚多警策，鲸海醉贤侯。
此亦一诗国，江山正欲秋。

非攻逾墨翟，问答醉三人。
河岳英灵富，经纶忆兆民。

南国夏云静，长汀碧浪迤。
金人望洋久，袖手亦何思。

坂本龙马像。

夙通资本论，又爱易从容。

仲任遗篇在，后来孰蔡邕。

小岛祐马博士。

南座观剧绝句 选二

歌声当日彻云霄，旧梦宣南尚可招。

铜狄堪摩人未老，羡君风度愈迢迢。

余始观梅氏《洛神》一剧，在北京宣武门外某剧场，已二十年前事。绕梁余韵，犹记渭城。而世事变迁，乃如梦幻。梅氏此来，翩翩风度，不减当年，又孰信其为六十以外人耶？

何如唐代踏谣娘，鱼卧衔杯亦擅长。

莲步蹒跚尤夺魄，可怜飞燕醉沉香。

梅氏之《贵妃醉酒》，与唐代古舞如何，固不可知；然如"卧鱼""垂手""衔杯""醉步"，种种姿态，令人神往于李白《清平调》"可怜飞燕倚新装"及"沉香亭畔倚阑干"之佳句也。

骏台庄杂诗 四首其二

扇悬东海白皑皑，仙岭遥瞻名骏台。

云敛风清望千里，天将画图为吾开。

购书怀旧绝句 四首

隔海书来字每斜，我寄铅石自中华。

春申江上停舟问，十字街西第二家。

函购铅石印书，皆由亚东图书馆，其尺牍字甚不易读，癸亥春游上海乃往访之。

达夫浪漫说沉沦，禹域文风由此新。
创造季刊曾购得，恨同长物付埃尘。

湖上春星映水寒，依稀灯火照书摊。
二田星解青蚨百，随我能为群峡冠。
时亦游杭州，得《读杜心解》。

夷士东隅隐士庐，家风淳朴及钞胥。
层层小室艺笈叠，此乃书淫成癖初。
上海英租界蟫隐庐罗氏。

元杂剧研究

经苑彷徉苦问津，忽将余事惋才人。
如能受拜侠君似，应有衣冠闲绿巾。

碧云寺礼孙中山榇

白塔明霞外，疏林萧寺边。
昔营由石显，今看葬孙权。
事业苍杉默，风烟丹旐缠。
中原还战鼓，凭吊意茫然。

寿斯波教授六十三辞官，昭和三十二年丁酉

文选楼久圮，文选学久微。
只看李善独卓荦，五臣肤浅东坡讥。
近来清儒稍钩沉，言多绪余少发挥。
退庵旁证空獭祭，兰坡集释亦疏稀。

761

芜秽悠悠将千祀，谁知昭明文采翚。
况乎村学宝唐宋，沉思翰藻事愈非。
忽然崛起得夫子，继得绝学鲁殿巍。
由来我邦富旧本，某氏集注尤珠玑。
句梳字枇一一校，董而理之杼在机。
只字有疑不敢忽，读书深切如救饥。
当今熟精选理者，舍此冥行欲安归。
负笈问学桃李满，星布骎骎各骖骒。
顾我戋戋何为者，几席昔同董生帏。
尔来淡交三十载，奇义共析心莫违。
国家功令有引年，闻君冠挂神武闱。
祝君名山业可就，祝君道腴体自肥。

猪口笃志 (1915—1986)

猪口笃志，号观涛，熊本县人。昭和十四年（1939）毕业于大东文化学院高等科，从国分青厓、土屋竹雨学习汉诗，并向馆森袖海、泷川君山学习文章之学。长期任职大东文化大学教授，由多年授课讲义汇编而成的《日本汉文学史》（角川书店出版）规模巨大、论述精辟而具有划时代意义。观涛是日本现代著名学者、汉学家，出版学术著作还有《孟子研究》《新汉诗选》《日本汉诗鉴赏辞典》《日本汉诗》。

山居

萧然结屋倚林皋，数卷诗书世外逃。
休道家无担石蓄，满山春色属吾曹。

春兴

中庭经雨雪初消，渐见东风上柳条。

袖诗欲访溪南友，缓缓看云渡野桥。

寒山曳杖

寒山秋老瘦棱棱，一路崎岖挥策登。

西峰日落人家远，乍自烟中认夜灯。

羽田武荣（1925—　）

羽田武荣，山梨县富士吉田市人。毕业于东北大学工学部化学工业科，获工学博士，长期从事化工领域的工作。其故乡传说是徐福东渡落脚之地，又据史料载徐福后代有一支改姓"羽田"（按日语训读，和"秦"发音一致）。武荣受到当地传说的熏陶，认为自己是秦人的后裔，从小刻苦攻读汉文，并一直热心于徐福研究，系东京徐福研究会会员，平成二年（1990）曾到访传说为徐福故乡的江苏省赣榆县徐阜村。有《徐福浪漫》《真说徐福传说》等书。

徐福王节偶成

万民岁岁诣王祠，恰若黄河入海驰。

岂意母邦友相告，古碑西向似怀齐。

按，日本二月八日为徐福节。

村山吉广（1929—　）

村山吉广，号流堂、芦城。书斋号"冬藏书屋""面壁山房"。

埼玉县人。曾任早稻田大学文学部教授，后为名誉教授。有《杨贵妃》《诗经鉴赏》《藩校》《龟田鹏斋碑文及序跋译注集成》。

游悬空寺

浑源城北雁门中，栈道危楼挂碧空。

人说鲁班能致处，诗思只听绿阴风。

石川忠久（1932—2022）

石川忠久，字岳堂。东京人。系日本著名中国古典文学研究专家。昭和三十年（1955）毕业于东京大学中国文学系。担任过东京大学中国文学哲学事务局委员长、二松学舍大学校长、日本汉诗联盟总会会长、世界汉诗协会名誉会长等职务。曾多次在 NHK（日本放送协会）等电视台上讲授唐诗。著有《汉诗的世界》《汉诗的风景》，诗集《长安好日》《桃源佳境》。其诗集《江都丽景》被李寅生教授甄选后按创作时间编译为《中华旅吟》。

孤山尾藤二洲诗碑

时间：平成十八年（2006）四月二十五日

序：杭州西湖的孤山，建有我国（日本）昌平黉教授尾藤二洲（1747—1813）的诗碑。二洲私淑孤山隐士林和靖，作有咏梅之诗。其出生地爱媛县川之江刻有他的诗碑，笔者参加了揭幕式。

和靖二洲双爱梅，梅花诗作友情媒。

偏欣今日孤山畔，添得新碑景胜开。

武陵桃源呈袁教授

时间：平成四年（1992）五月五日

序：游汨罗之后，访问了洞庭湖之西的桃源境，然后回到北京。在旅行的最后，于北京小宴，招待老友北京大学袁行霈教授夫妇。拙作表现了这个意思。

弥旬远探武陵滨，归路恍然忘渡津。

幸值南阳刘子骥，桃源共得问渔人。

附袁行霈教授和诗：

喜尝药膳寿百康，旧雨新朋呼满堂。

底事武陵山里客，衣襟犹自带桃香。

按，以上三首参见李寅生教授编译《中华旅吟》。

屈子祠堂

屈子祠堂寻汨罗，骚人感慨此何多。

二千年后海东客，低唱沧浪渔父歌。

秦兵马俑坑

秦山之北灞之东，嬴政陵前黄土中。

不见太平开朗世，八千兵马为谁雄。

月牙泉

丘棱斜划半空青，沙底蘸青一水停。

日暮迎风就归路，骆驼背上满天星。

宁波藏书楼天一阁

书藏王库盛名长，七阁规模由此堂。

今日四民偕俗惠，范公遗德自流芳。

长城春望

步步登高轻汗催，岭风吹处立烽台。

抬头一望长城外，万里春光天地来。

题《中华旅吟》封底

蓬莱风骨欲何之，恰是千年历数期。

五典犹存避秦世，斯文不丧畏匡时。

冤禽填海似堪笑，愚叟移山岂可疑。

承乏念思先哲业，双松景仰岁寒姿。

入谷仙介（1933—2003）

入谷仙介，毕业于京都大学文学部，获博士学位。曾任岛根大学、山口大学教授，后为岛根大学名誉教授。在中国古典文学和日本汉诗文研究方面都有建树，著有《汉诗入门》《唐诗的世界》《西游记的神话学》《作为近代文学的明治汉诗》《赖山阳·梁川星岩》，其《王维研究》有中华书局节译本（卢燕平译）。

过奉节怀古

子美行吟白帝春，放翁踏碛五溪滨。

前贤落拓悲伤处，急峡水声愁杀人。

武昌赠故人

日东孤客下江来，柳绿湖滨春色开。

剪韭故人相待厚，共望落日古琴台。

松浦友久（1935—2002）

松浦友久，静冈县人。早稻田大学文学博士学位，后任早稻田大学教授。主要研究领域为中国古典文学、中日比较诗学。一生中多次来华讲学、旅游，曾赴四川探访李白、杜甫等唐人踪迹。

杜甫草堂怀古

浣花溪上一扁舟，十五年来梦里游。

今日再寻琼树下，绿荫深处锁清秋。

李白故里览古

西蜀临风碧树天，匡山遥望白云边。

依稀英丽谪仙子，犹倚青松抱石眠。

嘉州凌云山怀古

岷江大渡并青衣，水国山河秀又奇。

恰得嘉州岑太守，至今堪诵望乡诗。

伊藤仲导（生卒年不详）

伊藤仲导，字环夫，号兰斋。上野（今群马县）人，有《兰斋先生遗稿》。

秋夜闻雁

塞北风霜急，江南木叶稀。

联翩呼月去，断续入云飞。

离恨频欹枕，愁心堪浥衣。

可怜天外客，不与汝同归。

《明治诗文》

《明治诗文》，明治九年（1876）十二月（森春涛《新文诗》出版第二年）由大来社、福冈县士族佐田白茅出版发行，与森春涛创办的《新文诗》并称"明治汉诗文杂志双璧"。初为月刊，每月刊行一辑，明治十三年（1880）三月后改为每月两辑。杂志主要撰稿人多为当时日本宿儒士绅，知名者有宫岛栗香、重野成斋、冈鹿门、龟谷省轩等。刊行至二十六辑后，增设外集，载中国文人、学者作品，登载过何如璋、俞樾、王韬等中国名家诗作。

题画
桥本小六

山色含烟远，长江夕不波。

扁舟人独钓，柳外雨声多。

草场船山曰："柳州亦有愧色。"

春晓
加藤九郎

新树绕檐阴未合，幽人早起倚吟榻。

小园昨夜雨兼风，满地落花无处踏。

鲈松塘曰："仄韵稳押，可谓老手。"

兰

孤洁何争桃李春，猗猗自是远风尘。

深林不用怨幽独，异日采芳定有人。

社评："夫子自道。"

望夏山作

泼墨云来雨意浓，前林乍渲两三峰。

横披一幅薰风笔，半写南宗半北宗。

山居

古郡图南

孤云迷山寺，天色渐依微。

松花落苔石，一鸟立柴扉。

斜径才通处，山僧与云归。

川北梅山曰："五古佳境，字句亦稳秀。"

《花月新志》

《花月新志》，明治十年（1877）由时任朝野新闻社社长成岛柳
北创办，停刊于明治十七年（1884）柳北去世，共发行 155 期，主
要刊载汉诗文、和歌和文以及汉文调等。当时森春涛主办的《新文
诗》影响很大，然多收政坛人物之作，且装帧精美，售价较高，难
以普及。为弥补其不足，成岛柳北决心创刊《花月新志》。《花月新
志》于内容上广收博采，注重选取贴近现实、引领时代潮流的作品，
加之柳北为人豪迈，善于交际，得到了当时日本诗坛和汉文学界的
广泛支持，也为汉诗汉文的创作注入了新的活力。江户至明治时期，

江户城（东京）柳桥一带多青楼，柳北常于此招歌妓助兴，邀人宴饮，故所刊诗文多描写文人流连花月山水之事。正如成岛柳北在创刊号《题言》说："'花'既是'梅杏桃李'之花，又不限定于此；'月'既是当空之皓月，也不限于此。既然'花月'之一种是'情事'，'花柳街巷'自然成为主要内容之一……轻浮急躁之人将其看作陈腐也在所不惜。"但柳北作品中也时常体现出对艺妓的同情，或借艺妓之口，表达对社会现实和某些明治政府高官大员的讽刺。

新桥佳话题词 十五首选二

晚看钗影映帘栊，樱树门边系玉骢。

花月楼头花月夜，弦歌声在淡烟中。

玉钿低斜称素姿，凌寒意气弄鸣丝。

真成竹外梅花趣，添个莺声一段奇。

小原铁心尝品三都歌姬曰："东京妓竹外梅花，西京妓雨中海棠，浪华妓月前李花。"

新秋杂咏 二首

胁屋菊外

竹屋梧窗雨到初，案头风湿读残书。

早凉征得市童语，今夜卖冰声太疏。

风抚残蚊枕簟幽，孤萤明灭映帘流。

新凉一夕梧桐雨，唤起闲人早听秋。

柳北云："仆顷日有句'萧萧何物催秋到，半是风声半雨声'，今读此句，怃然若失。"

偶成

醉石吟客

寄身中隐半仙间，何必许巢相往还。

到处高谈与高卧，红尘脚底亦青山。

末广铁肠云："达士之语。"

秋江叠韵 四首选一

中村城山

酒旗飘处夕阳红，一只鸳飞镜样中。

无复情人卷帘坐，衰杨秋冷水楼风。

挽松菊木户公 二首其一

奥兰田

十载当朝赞帝猷，平生忠义死而休。

莫疑积虑终为病，始信至诚果兆忧。

孤榻香残新翰墨，名园梦断旧春秋。

斯公逝矣今何在，飞鹤云霄不可求。

《随鸥集》

《随鸥集》，随鸥吟社主办，月刊，创立期主编为大久保湘南，客员中著名者有森槐南、岩溪裳川、永坂石埭、国分青厓、北条鸥所、本田种竹等。诗刊以"承继风流云散，恢张文运"为主旨，明治三十七年（1904）十月九日初编发行于东京，初期每月五日发行，大正三年（1914）起改为每月十五日。后由土居香国主编，结城蓄堂辅助，客员中除森槐南首盟，还吸收了落合东郭、高岛九峰、大江敬香、福井学圃、上梦香、服部担风等诸多名家。出版形式也有所变化，卷首插入铜版写真，原有《墨田佳话》中增加"风雅余志""翰筵余渗"二栏。森槐南《玉溪生诗讲义》亦曾在刊中连载。

寐觉床

增田俊一

乱山叠翠拥崔嵬，苏水奔腾喷雪来。

既有新枫青女染，旋看高岫白云回。

当年香梦留珠匣，千古仙踪剩石台。

纵遭遗风画中似，衰翁何奈忆蓬莱。

天随曰：相传寐觉为浦岛故迹，此篇后半，捃摭遗闻，切于境地。

贺三岛好子女史叙勋

及川义辅

萤窗雪案忘其躬，学业初成坤道隆。

奋为育英抛俗累，夙因振铎起仁风。

已看皇泽覃遐迩，便有圣恩旌绩功。

下赐勋章灿然耀，余光遍及一门中。

柳堂曰：叙写有次第，能尽其人。可抵三岛女史小传。

记遭难

宫胁松雨

连街走车若跳丸，老少失途叫声酸。

谁知利器真危器，行人兢兢心胆寒。

戎子驿前尤填塞，沙尘翻风昼犹黑。

一车如箭自后来，蓦忽春撞抛身踣。

瞢腾如醉忘后先，始见左臂流血鲜。

偏喜神佑余命在，闲窗裹伤枕书眠。

天随日：利器真危器，操器者须深戒。当路君子，宜书此语于神。

《大正诗文》

《大正诗文》，日本汉诗文社雅文会会刊，出版于大正年间，月刊，每月十日发行。每期采录会员诗文可观者，更辑学术评议员及其他名家之作。刊物发起人、名誉协赞员、顾问皆日本当时名流，多是有爵位或博士学位者。

夜宿严岛
西岛砚湾

夜半客楼人语绝，淙淙听尽泉声咽。

春寒沁骨梦频惊，知有暝云凝作雪。

赴名古屋途上
泽田乐水

田边高峙比良山，残雪光寒碧一湾。

目断琵琶湖上晚，渔帆遥带淡烟还。

会评：心目一旷。

送友人归萨摩 二首
田中白茅

短灯剪尽一尊前，三叠阳关万感牵。
只合今宵同尽醉，与君把臂又何年。

放浪江湖岁月催，锦衣今日羡君回。
如逢旧识为吾道，四十壮心独未灰。

会评：委婉入情，不嫌其稍少词彩。

春归

无情啼鸟唤春归，风里落花何所依。
窗竹萧疏寒瘦影，园林寂寞澹斜晖。
吟魂乍听新鹃断，醉梦犹随残蝶飞。
辜负冠童浴沂约，先生未脱旧鹑衣。

水户偕乐园看梅 二首其一
菊池仙湖

乐寿楼头耐大招，微云淡月夜萧萧。
香先敛苒来高阁，星自参差落野桥。
铁骨百年增逸致，冰心千古仰清标。
硕人既逝春空在，鹤唳一声魂欲消。

《昭和诗文》

《昭和诗文》，日本汉诗文社雅文会会刊，月刊，出版于昭和年间。

旨在"钻研诗文，振兴奎运，以裨补一世风教"（雅文会规）。曾有国分青厓任主编，冈崎春石、馆森袖海任编辑，顾问中有田边松坡、松平天行、宫崎晴岚、仁贺保香城、加藤天渊、松田学鸥、渡贯香云等，皆当时诗坛名家。另有荒浪烟厓、西胁吴石等任理事。

中秋佐沼观月清集 选一
原田石处
水阁更阑白露浓，芙蓉洲外碧溶溶。

月沉星没四边寂，仿听龙宫深处钟。

烟厓曰：明月碧水，摇荡吟思，一清一幽，尽写生之妙。洵是老手。

邂逅伊东君见赠竹枝篇 二首其一
石川皓屋
偶然途上会，谈旧喜如狂。

禽影山边树，屐痕桥上霜。

十年春梦短，千里别情长。

樽酒期何日，斜阳转断肠。

自嘲
矢尾太华
祈晴晴不得，今夏雨偏多。

茄子花凋落，芋魁蠹石磨。

培栽缺厨料，惆怅立庭阿。

徒买老农笑，汗劳遂奈何。

烟厓曰：一篇能尽艰生之状，亦是郑绘余意。

红梅花

中岛霞汀

横斜映水比桃红，独带清香便不同。

深雪埋残微点染，峭寒瘦损渐朦胧。

看花最爱山家月，索笑翻嫌江店风。

散作彩云何处向，孤高梦寄赵师雄。

烟厓曰：每联能发题意，姿态横生，不著陈语。咏物至此，夺化工手。

春日局

寺冈镜谷

及妾清闺门，扶持彝伦尊。

翻身后门去，一断恩爱根。

外祖在世昔，文武奋双翮。

一诵蓝关诗，忽脱虎口厄。

刚健传家风，热血流脉脉。

名声达台闻，简拔传嗣君。

修文又练武，育成名将军。

诸侯尽慑伏，芳葵敷余熏。

赐谒圣天子，将军进药饵。

辛苦四十春，功胜百战士。

前夫亦封侯，阖族拖金紫。

晓钟催安禅，麟祥院外天。

英姿人不见，遗烈自千年。

主基村青年学校校歌

小池曼洞

名高房东模范村，民淳俗美古风存。

明治御宇献新谷，主基之田功绩尊。

青年有学教科备，三百男女成德器。

农是国本不可忘，练成体力达其志。

白泷山头树苍苍，山下青年胆自刚。

须报国恩彰父母，须尚廉耻正纲常。

烟厓日：一颂一规，不脱途辙。愈必能使风俗淳。

参考文献

[1] 菅野礼行，德田武. 日本汉诗集 [M] // 新编日本古典文学全集 86. 东京：小学馆，2002.

[2] 富士川英郎，松下忠，佐野正巳. 诗集：日本汉诗 [M]. 东京：汲古书院，1987.

[3] 富士川英郎，松下忠，佐野正巳. 词华集：日本汉诗 [M]. 东京：汲古书院，1983.

[4] 川口久雄. 平安朝日本汉文学史的研究 [M]. 东京：明治书院，1959.

[5] 江村北海. 日本诗选 [M]. 刻本. 江户：平安书肆玉树堂，1774.

[6] 池田四郎次郎. 日本诗话丛书 [M]. 东京：文会堂书店，1920.

[7] 原善，东条耕. 先哲丛谈，先哲丛谈后编 [M]. 东京：东学堂书店，1892.

[8] 菅谷军次郎. 日本汉诗史 [M]. 东京：大东出版社，1941.

[9] 绪方惟精. 日本汉文学史 [M]. 丁策，译. 台北：正中书局，1968.

[10] 铃木学术财团. 大日本佛教全书 [M]. 东京: 讲谈社, 1973.

[11] 上村观光. 五山文学全集 [M]. 京都: 思文阁, 1973.

[12] 原田宪雄. 日本汉诗选 [M]. 东京: 人文书院, 1974.

[13] 玉村竹二. 五山文学新集 [M]. 东京: 东京大学出版会, 1967—1981.

[14] 安藤英男. 日本汉诗百选 [M]. 东京: 大陆书房, 1977.

[15] 波户冈旭. 日本汉诗文选 [M]. 东京: 笠间书院, 1980.

[16] 猪口笃志. 日本汉诗鉴赏辞典 [M]. 东京: 角川书店, 1980.

[17] 神田喜一郎. 明治汉诗文集 [M]. 东京: 筑摩书房, 1983.

[18] 川口久雄. 幕末明治海外体验诗集 [M]. 东京: 大东文化大学东洋研究所, 1984.

[19] 猪口笃志. 日本汉文学史 [M]. 东京: 角川书店, 1984.

[20] 黄新铭. 日本历代名家七绝百首注 [M]. 北京: 书目文献出版社, 1984.

[21] 近藤春雄. 日本汉文学大事典 [M]. 东京: 明治书院, 1985.

[22] 刘砚, 马沁. 日本汉诗新编 [M]. 合肥: 安徽文艺出版社, 1985.

[23] 小岛宪之. 王朝汉诗选 [M]. 东京: 岩波书店, 1987.

[24] 日野龙夫, 德田武, 揖斐高. 江户诗人选集 [M]. 东京: 岩波书店, 1990—1993.

[25] 肖瑞峰. 日本汉诗发展史: 第1卷 [M]. 长春: 吉林大学出版社, 1992.

[26] 王元明, 增田朋洲. 中日友好千家诗 [M]. 上海: 学林出版社, 1993.

[27] 马歌东. 日本汉诗三百首［M］. 西安：世界图书出版公司，1994.

[28] 黄铁城，张明诚，赵鹤龄. 中日诗谊［M］. 西安：陕西人民出版社，1995.

[29] 一海知义，德田武. 江户汉诗选［M］. 东京：岩波书店，1995—1996.

[30] 渡部英喜. 日本汉诗纪行［M］. 东京：东方书店，1995.

[31] 王福祥，汪玉林，吴汉樱. 日本汉诗撷英［M］. 北京：外语教学与研究出版社，1995.

[32] 猪口笃志. 日本汉诗［M］. 菊地隆雄，编. 东京：明治书院，1996.

[33] 王福祥. 日本汉诗与中国历史人物典故［M］. 北京：外语教学与研究出版社，1997.

[34] 赵琼，陈孝英，服部承风，等. 亚洲古今汉诗精选［M］. 西安：世界图书出版公司，1998.

[35] 李庆. 东瀛遗墨：近代中日文化交流稀见史料辑注［M］. 上海：上海人民出版社，1999.

[36] 李庆. 日本汉学史［M］. 上海：上海外语教育出版社，2002.

[37] 杉下元明. 江户汉诗：影响和变容的谱系［M］. 东京：鹈鹕社，2004.

[38] 兴膳宏. 古代汉诗选：日本汉诗人选集［M］. 东京：研文出版，2005.

[39] 高文汉. 日本近代汉文学［M］. 银川：宁夏人民出版社，2005.

[40] 蔡镇楚. 域外诗话珍本丛书［M］. 影印本. 北京：北京图书馆出版社，

2006.

[41] 严明. 花鸟风月的绝唱：日本汉诗中的四季歌咏［M］. 银川：宁夏人民出版社，2006.

[42] 谭雯. 日本诗话的中国情结［M］. 北京：中国社会科学出版社，2007.

[43] 李寅生. 日本汉诗精品赏析［M］. 北京：中华书局，2009.

[44] 冈村繁. 冈村繁全集：第七卷 日本汉文学论考［M］. 俞慰慈，陈秋萍，韦海英，等，译. 上海：上海古籍出版社，2009.

[45] 陈福康. 日本汉文学史［M］. 上海：上海外语教育出版社，2011.

[46] 马歌东. 日本汉诗溯源比较研究［M］. 北京：商务印书馆，2011.

[47] 张伯伟. 域外汉籍研究入门［M］. 上海：复旦大学出版社，2012.

[48] 石川忠久. 中华旅吟［M］. 李寅生，编译. 北京：中国青年出版社，2014.

[49] 王向远. 日本古代诗学汇译［M］. 北京：昆仑出版社，2014.

[50] 马歌东. 日本诗话二十种［M］. 广州：暨南大学出版社，2014.

[51] 俞樾. 东瀛诗选［M］. 曹升之，归青，点校. 北京：中华书局，2016.

[52] 李寅生，宇野直人. 中日历代名诗选：东瀛篇［M］. 上海：上海古籍出版社，2016.

[53] 严绍璗. 中日古代文学交流史稿［M］. 福州：福建教育出版社，2016.

[54] 查屏球. 甲午日本汉诗选录［M］. 南京：凤凰出版社，2017.

[55] 王强. 日本汉诗文集［M］. 南京：凤凰出版社，2018.

[56]王焱.日本汉文学百家集 [M].北京:北京燕山出版社,2019.

[57]赵季,叶言材,刘畅.日本汉诗话集成 [M].北京:中华书局,2019.

[58]张红.江户前期理学诗学研究 [M].长沙:岳麓书社,2019.

[59]石立善,林振岳,刘斯伦.日本汉诗文集丛刊:第一辑 [M].上海:上海社会科学院出版社,2020.

[60]程千帆,孙望.日本汉诗选评 [M].上海:东方出版中心,2020.

[61]严明.东亚汉诗的诗学构架与时空景观 [M].台北:圣环图书股份有限公司,2004.